DAS ERBE DES DRITTEN
BUCHSTABENS
BEFREIUNG

Von Franco Vitalini

Ich widme dieses Buch meinem Lieblingsmenschen und Ehefrau Gisela. Für die Kraft und die Zeit, die sie mir gegeben hat, mich meinem Buchprojekt zu widmen. Die vielen Stunden, die sie mir geschenkt hat, für das Installieren und Einrichten des Schreibprogramms. Die Unterstützung bei der Textverarbeitung. Das gelungene, selbstkreierte Cover Design und zuletzt der Veröffentlichung meiner Bücher. Wir sind wie immer ein gutes Team.

Buchbeschreibung:

Im Band II „Das Erbe des dritten Buchstabens"
BEFREIUNG, überlässt Jan Orsens neue Bekanntschaft,
Clara Borel, nichts dem Zufall. Mit Hilfe ihres Schulfreundes, Jon Foges, einer der besten Privatdetektive, hofft sie
Jan Orsens mysteriöses Verschwinden zu klären. Koni, sein
Sohn Michel sowie Joschi, entschliessen sich C zu suchen,
um ihn vor den ungeahnten Gefahren zu bewahren. Wird er
die übereilte Suche nach seiner Familie mit dem Tod
bezahlen? Ist die Bruderschaft so mächtig, dass sie das Auffinden von C weiterhin verhindern können? Sind die neu
gewonnenen Liebesbeziehungen so konstant, dass sie den
holprigen Pfad zusammen überwinden?

Über den Autor:

Franco Vitalini lebt mit seiner Frau, in einem idyllischen
Dorf in der Schweiz. Die erwachsenen Kinder sind längst
ausgeflogen. Seine erst klein geplante Geschichte verzweigte
sich immer mehr. Sodass eine Leidenschaft für das Schreiben und daraus ein zweiteiliger Roman entstand.

DAS ERBE DES DRITTEN BUCHSTABENS

BEFREIUNG Band 2 von 2

von Franco Vitalini

Die Geschichte sowie Länder und Personen sind frei
erfunden.

Bibliografische Information der Deutschen
Nationalbibliothek: Die Deutsche Nationalbibliothek
verzeichnet diese Publikation in der Deutschen
Nationalbibliografie; detaillierte bibliografische Daten
sind im Internet über dnb.dnb.de abrufbar.

Herstellung und Verlag: BoD – Books on Demand,
Norderstedt

ISBN: 9783754305843

1.   Verschleppung ins Verlies im September 1969

Die Fahrt dauerte vierzig Minuten. Die Strassen waren wie ausgestorben, was um diese Zeit keine Seltenheit war. Das Fahrzeug parkte in einer offenstehenden Scheune, die kurz danach geschlossen wurde. Sven und Frank schleppten den schlafenden Jan Orsen zwei Treppen nach unten. Sie legten ihn in ein dafür vorgesehenes Verlies.

2.   Die Suche nach C

Leicht verschwitzt betrat Michel das Haus und sprach:

„Er ist nirgends aufzufinden, ich habe alles durchsucht, sämtliche Gebäude und Räume!"

Marga zog eine noch besorgtere Miene als zuvor.

„Hoffentlich ist dem Jungen, bei dieser Kälte und dem wenigen das er auf sich trug, nichts passiert. So kann niemand im Freien übernachten."

Michels Vater schoss hoch und sprach: „Wir werden ihn gemeinsam suchen, du Marga bleibst hier, falls er unverhofft auftaucht. Wir teilen uns auf, du gehst nach Norden und ich Richtung Süden. Wir werden mit dem Funkgerät in Verbindung bleiben, Gott steh uns bei."

Jeder wusste, dass ein Mensch mit normaler Bekleidung, eine solch kalte Nacht draussen nicht unbeschadet überstand. Nichtsagend hatten alle drei den gleichen Gedanken. Marga lief schnell in C`s Zimmer, der Rucksack sowie die anderen Utensilien waren alle da. Das hinterliess bei ihr ein klein wenig Hoffnung, dass er wiederkommen würde. Sie hatte ihn in ihr grosses Herz geschlossen und ertrüge es nicht, wenn ihm etwas zustossen würde.

Michel lief direkt in Richtung Hütte, er hatte grosse Hoffnung, ihn dort anzutreffen. Er stellte sich vor, wie sich C fühlen musste, verlassen, hintergangen und dies alles weit weg von der eigenen Familie. Allein der Gedanke daran liessen seine Augen feucht werden. Die Schritte wurden immer schneller, aber die Strecke schaffte man kaum unter vierzig Minuten. Das Gute daran war, wenn C zurücklaufen würde, müssten sie sich zwangsläufig kreuzen.

„Hallo Michel, bitte antworten."

„Hier Michel, was ist los Vater, hast du ihn gefunden?"

„Nein, leider noch nicht und du?"

„Nein, aber ich vermute, dass er in meiner Hütte übernachtet hat, bin in einer halben Stunde da."

„Bitte melde dich, wenn du da bist."

Lange war es still.

„Vater, bist du noch da, hallo?"

„Ja, entschuldige. Bist du überzeugt, dass die Wahrheit zu sagen, das Richtige war?"

„Ja Vater, ich hätte nicht anders gehandelt, ehrlich, ich bin stolz auf dich, egal wie die Geschichte endet."

Wehmütig wichen die letzten weissen Wolken der wärmenden Sonne, der Himmel erschien in einem angenehmen Blau. Der Fluss führte erneut rauschend in einen Wald hinein, dort kämpften die Sonnenstrahlen um ein Durchkommen. Mein Bauch fing gewaltig zu knurren an, viel konnte ich nicht von der Hütte mitnehmen, aber es musste für drei magere Tage reichen. Die eingemachten Gurken und Paprikas waren gewöhnungsbedürftig, das Endziel, mich einigermassen zu ernähren, erfüllten sie. Einige Fleischkonserven lieh ich mir auch von Michel Vorrat, das Öffnen dieser Delikatessen blendete ich erstmals aus.

3.   Fundsachen

Die Essiggurken schmeckten zum Frühstück schrecklich, egal, sie hielten mich bei Kräften. Alles was Spuren hinterliess, beseitigte ich. Meine wenigen Essensreste schmiss ich in den Fluss, die Strömung floss mit mir, so konnte das Weggeworfene mich nicht verraten.

Nach einer weiteren Stunde hörte ich plötzlich Stimmen, es waren männliche. Vorsichtig versuchte ich, herauszuhören woher sie kamen, das Getose der Strömung machte es mir nicht leicht. Automatisch ging ich in die Hocke und lauschte weiter.

„Nächstes Mal müssen wir früher los, die Viecher beissen nicht an."

„Ja, ja, aber die Flusskrebse sehen gut aus, die haben ein schönes Gewicht."

„Hast du noch Kaffee dabei?"

„Klar habe ich den, liegt alles in meinem Versteck."

Zu gerne wollte ich sehen, wo dieses verheissungsvolle Versteck lag. Ich pirschte mich so nah als möglich heran, jetzt erblickte ich zwei Männer in Gummianzügen. Sie waren scheinbar Fischer und sassen auf ihrem umgelegten Boot, sie assen schmatzend ihre Brote.

„Hat es in deinem Kaffee wirklich auch Kaffeepulver drin, oder nur dieses Teufelszeugs?"

„Du musst keinen trinken, wenn du ihn nicht magst."

„Sei nicht gleich eingeschnappt, du ähnelst immer mehr meiner Frau."

Beide lachten laut und genehmigten sich noch einen Kaffee. Der eine stand auf, lief zwei Meter vom Boot weg und entledigte sich seiner Fischerkluft. Er packte alles zusammen und legte es neben das Boot.

„Wir lassen es hier, sonst müssen wir es morgen wieder hierher schleppen, was meinst du?"

„Klar machen wir, das Wetter sollte halten."

Endlich packten sie alles unters Boot und liefen wortlos davon. Ich wartete, bis ich ziemlich sicher war, dass sie nicht mehr zurückkamen. Mit dieser scheinbaren

Gewissheit schlich ich leise zum Boot. Es war ruhig, keine Stimmen oder Sonstiges. Vorsichtig stürzte ich das Boot um, um zu schauen, was sich darunter verbarg.

Die Fischerkleider stanken fürchterlich, gaben aber bestimmt warm. Eine Flasche ohne Etikette lag auch darunter, ich schraubte vorsichtig den Korken hinaus und roch daran. Meine Nase hatte schnell einen grösseren Abstand genommen, es roch unangenehm, nach etwas unbekannt stechendem. Angelruten sowie eine Rolle mit Schnur lagen neben der Kleidung, ich überlegte, was ich gebrauchen könnte. Die Kleider wären wärmer und schützender als meine, aber dieser Geruch war gewöhnungsbedürftig. Enttäuscht stand ich auf und deckte die Sachen wieder mit dem Boot zu.

Urplötzlich vernahm ich in der Nähe ein Knacken von Holz, meine Knie wurden weich und schwer wie Blei. Verdammt, du musst verschwinden, hörte ich mich sagen. Ich versuchte es, doch ich war wie angewurzelt. In letzter Sekunde schaffte ich es, mich mit einem beherzten nicht stilgerechten Hechtsprung, ins Unterholz zu retten. Kaum gelandet, stand der Grössere dicht neben mir, ich fühlte mich völlig lächerlich.

Der ältere Mann hob das Boot, nahm eine Angelrute hervor und murmelte etwas Unverständliches vor sich hin. Von weitem hörte ich eine zweite Stimme rufen.

„Wie lange hast du noch, ich muss zur Arbeit?"

„Ja, ja ich komme ja gleich",murmelte er, öffnete zügig die Flasche und nahm einen grossen Schluck daraus. Schnell verstaute er alles und huschte davon.

Trotz der Kälte hatte ich Schweissperlen auf der Stirn. Das war anscheinend kein flüssiges Brennmaterial, sondern etwas zum Trinken. Da ich durstig war, nahm ich die Flasche und trank einen richtig grossen Schluck daraus. Ohne Vorankündigung schoss ein Blitz durch meinen

Körper, er raubte mir den Schnauf und liess die Körpertemperatur in die Höhe schnellen. Ungewollt warf ich die Flasche zu Boden und hielt mit den Händen meinen Hals, als ob es das Brennen stoppen könnte. Keuchend taumelte ich zum Fluss, da liess ich mich auf die Knie fallen, steckte meinen Kopf unters Wasser und spühlte damit mein Rachen. Das Brennen wurde langsam weniger, die Schmerzen im Hals und in den Knien liessen mich weiter leiden.

Nach mehrmaligen Hustenattacken und einer verlorenen halben Stunde, war ich wieder im Stande, normal zu denken. Das Teufelszeug liess ich schnell unter dem Boot verschwinden, ein grosser Teil war verschüttet. Verärgert über mein dummes Verhalten, verliess ich die Stelle und lief weiter flussabwärts. Erst nach einer Weile wurde mir bewusst, dass ich völlig falsch überlegt hatte. Nicht was unter dem Boot lag, war von Bedeutung, sondern das Boot selbst. Ich lief ja mit der Strömung mit, das Boot würde mir viele Stunden Marsch ersparen. Fest entschlossen lief ich wieder zurück.

Das Boot war schwerer, als ich dachte, nur mit Mühe schleppte ich es bis zum Fluss. Die Fischerkluft nahm ich vorsichtshalber doch mit. Ich verstaute, mit einem etwas schlechten Gewissen, meine Habseligkeiten und stiess das Boot vom Ufer weg.

Die Strömung war stärker als angenommen. Das Boot erhielt eine nicht gewollte Geschwindigkeit. Mir war angst und bange, noch nie sass ich in einem Boot. Ich versuchte, mit dem Paddel die Richtung zu beeinflussen, dies gelang nur halbherzig. Immer wieder schlug das Boot mit dem vorderen Teil an Felsen, die aus dem Wasser ragten. Es drehte sich, ohne mein Dazutun, um die eigene Achse. Die herunterhängenden Äste, der am Ufer gewachsenen Bäume, versuchten, mich zu treffen. Zum Glück war ich flink genug, diesen geschickt auszuweichen.

Die Fahrt bereute ich schon nach den ersten Metern, dass das Laufen anstrengender wäre, war eine fatale Fehleinschätzung. Das ewige Ausweichen wegen Ästen, Schwemmholz sowie Steinen, war kräfteraubend. Nach einer gefühlten Ewigkeit wurde die Strömung ruhiger, ich konnte endlich etwas verschnaufen. In diesem Tempo hat es mir angefangen zu gefallen.

4.   Anna und Tom

Anna erledigte zügig die Hausaufgaben und setzte sich ans Fenster, das zum Garten hin lag. Tom schwirrte ihr erheblich mehr im Kopf herum, als ihr lieb war. Durch das Fenster sah sie Ida im Garten sitzen, dabei streichelte sie ihren noch fehlenden Bauch. Innerlich verärgert über Idas Zustand, fing sie an über das Internat nachzudenken.

Wenn sie so überlegte, wäre es gar keine so üble Idee, sie hat sich bei Alex und Ida nie wirklich wohl gefühlt. Wenn Maria weniger im Hause anwesend gewesen wäre, hätte sie es kaum ausgehalten.

Dem Haus am Fluss gegenüber wollte sie nicht undankbar erscheinen, sie hatten ihr damit eine einmalige Gelegenheit verschafft, in eine Familie zu kommen.

Das Haus am Fluss, sie verlor sich in Gedanken daran.

Sie vermisste die Bewohner von Tag zu Tag weniger, dies bereitete ihr Angst. Sie wollte sie nicht vergessen, sie waren ihre Vergangenheit. Selbstverständlich galt dies nicht für ihre Lieblinge G, K und die Leiterin Z, die immer sehr lieb sowie fürsorglich zu ihr waren. Was sie am meisten beschäftigte, war C. Sie liebte ihn über alles, doch sie wusste nicht, ob sie ihn überhaupt irgendeinmal wiedersehen würde. Z hatte ihr mitgeteilt, was die Polizei annahm, diese angenommene Wahrheit hatte sie immer wieder ausgeblendet. Sie war davon überzeugt, dass man spüre, wenn einem geliebten Menschen so etwas geschieht. Sie hatte es nie gespürt, also war sie sich sicher, dass C lebte. Was würde er von ihr halten, wenn sie Spass mit Tom erlebte. Es war eine ganz andere Beziehung, dennoch ertappte sie sich, wie sie es genoss.

Das schlechte Gewissen liess sie eine halbe Stunde über dieses Thema schwelgen, bis Maria sie mit dem Wunsch, nach unten zu kommen, aus Ihren Träumen riss.

Hunger hatte sie eigentlich nicht. Die zwei, besser gesagt eineinhalb Tassen heisse Schokolade mit Tom, hielten sie gesättigt. Doch aus Dankbarkeit und Sympathie zu Maria, leistete sie ihr beim Abendessen Gesellschaft.

„Wo sind Ida und Alex?", fragte Anna.

„Sie haben kurzfristig irgendwohin müssen, genaueres kann ich dir nicht sagen, du sollst nicht auf sie warten." Anna zeigte keine Reaktion auf das Gesagte, was Maria verwunderte.

„Was gibt es in der Schule und so Neues?", wollte sie wissen. Anna sah sie fragend an, obwohl sie die Frage genau verstand.

„Wie meinst du das?"

Maria wiederholte die Frage mit einem Lächeln.

„Es ist wie immer, es läuft gut", war Annas Antwort.

„Und das andere, du kannst mit mir über alles reden, das weisst du, es bleibt unter uns."

Anna fragte sich, was sie wohl meinte.

„Was meinst du genau, Maria?"

„Ich bin eine Frau und Mutter, mir kannst du nichts vormachen, da muss ein Junge im Spiel sein. Habe ich recht oder habe ich recht?" Annas Gesichtsfarbe änderte sich wie bei einem Chamäleon.

„Er heisst Tom, aber bitte zu niemandem ein Wort. Er weiss nicht woher ich bin, wir mögen uns."

„Das ist schön, es gibt nichts aufregenderes als die junge Liebe. Du musst aber wissen, dass es immer wieder Enttäuschungen gibt."

„Das ist mir bewusst, ich mag nicht daran denken, ich geniesse es einfach. Ich kann meine Gefühle noch nicht richtig deuten."

„Das wirst du nie können, vor allem am Anfang einer Liebe, das ist das Schöne an ihr."

Sie plauderten nach dem Essen lange miteinander, Maria spürte wie so oft, dass Anna für ihr Alter sehr Erwachsen war. Sie riet ihr, nicht mit Ida oder Alex darüber zu sprechen. Sie wusste, dass dies nur unnötigen Ärger verursachen würde.

Anna hätte Maria am liebsten über C eingeweiht, sie schaffte es nicht. C war ihr Geheimnis, dabei sollte es auch bleiben.

5. Das Versprechen

Georg ehemals G, lag auf dem bequemen Bett in seinem Zimmer, jeden Tag wurde er von Gewissensbissen geplagt. Es ging schon so weit, dass er deswegen Fieber bekam. Mägi brachte ihn zum Arzt Ken Bolt, doch er konnte keine Diagnose stellen. Er meinte nur, dass dies eine Reaktion auf die neue Lebenssituation sein könnte.

Mägi glaubte dies nur teilweise, seit sie einzogen, fiel nie ein böses Wort oder dergleichen. Sie hatten mit den Zweien wirklich ein riesen Glück, dafür bedankte sie sich fleissig in ihren Gebeten.

Georg war sich längst nicht mehr so sicher, ob er mit dem selbst auferlegten Schwur des Schweigens, nicht etwas Unrechtes tat. Jetzt ist es schon über einen Monat her, als C sich davonmachte. Aufgegriffen wurde er nicht. Die Polizei glaubt an einen Unfall, die gefundenen Sachen waren für sie Beweis genug. Dies erzählte ihm Z, weiter wusste er, dass sich C nie bei F meldete. Immer noch auf dem Bett liegend überlegte er, ob er mit Mägi und Ross darüber reden sollte. Sie waren ja sozusagen neutral, aber ungefährlich wäre es nicht, wer hätte schon gern einen Lügner im Haus. Seinen Bruder wollte er ebenfalls nicht gefährden, er konnte ja nichts dafür. Er dachte nach, wem er, wenn überhaupt, die Wahrheit erzählen sollte, den neuen Eltern, seinem Bruder oder Z.

Wieder verging ein Tag voller Ungewissheit, wie lange wird er dies noch ertragen. Mit diesen letzten fast täglich wiederkehrenden Gedanken schlief er wie gewohnt für wenige Stunden ein.

Der nächste Morgen war fast nicht auszuhalten, Georg war gleichermassen müde wie am Vorabend. Es fühlte sich so an, als habe er den Schlaf verschlafen.

Kelly und die anderen waren schon rege am Diskutieren, er grüsste sie und liess sich in seinen Stuhl nieder. Er füllte sich ein grosses Glas Orangensaft und trank es in einem Zug hinunter. Mägi beobachtete ihn, ihr gefiel sein Zustand schon lange nicht mehr. Sie nahm sich vor, heute mit ihm alleine eine ernsthafte Unterredung zu führen. Kelly und Ross waren in eine tiefschürfende Diskussion über Automobile vertieft.

Das nutzte Mägi und fragte Georg leise: „Könntest du nach der Schule mit mir in die Stadt kommen und mir bei diversen Besorgungen helfen?"

Georg nickte, da er ein Stück Marmeladenbrot im Mund zerkaute.

„Sicher, ich helfe dir gerne beim Einkaufen."

„Ich hole dich direkt nach der Schule ab, wenn es dir recht ist?"

„Klar Mägi."

Nach dieser kurzen aber herzlich anzuhörenden Antwort assen sie weiter. Die anderen am Tisch haben von ihrer Unterhaltung nichts mitbekommen, sie waren immer noch in ihre Diskussion versunken.

Georg wartete vor dem Schulhaus auf einer grünen Bank auf Mägi, was sie wohl mit ihm besorgen wollte. Sonst erledigte sie ihren Einkauf immer selbst.

Sie parkte hinter dem Schulhaus und freute sich auf Georg. Als er sie sah, stand er auf und lief ihr entgegen. Die Begrüssung war herzlich aber dennoch distanziert. Sie liefen gemeinsam Richtung Altstadt, an diesem Septembertag schien die Sonne nur schüchtern.

„Sollen wir uns etwas Süsses gönnen?"

„Ja gerne, ich liebe es."

Sie begaben sich in ein Kaffee mit eigener Bäckerei, das Mägi kannte. Sie setzten sich an einen Tisch in der Ecke. Irgendwie kam es Georg komisch vor, warum sie mit ihm alleine in ein Kaffee ging.

Als beide die Getränke sowie die dazugehörenden Süssigkeiten bestellt hatten, fing Mägi das Gespräch an.

„Georg, du hast dich sicher gefragt, warum ich alleine mit dir Einkaufen gehe. Es ist so, ich wollte mal mit dir ungestört über etwas reden."

Georg fühlte sich plötzlich unwohl, hatte er was Unbedachtes getan, waren es seine schulischen Leistungen. In Bruchteilen von Sekunden schossen ihm alle nur erdenklichen Gedanken durch den Kopf, bis hin zur Rückkehr ins Heim.

„Ich habe in letzter Zeit das Gefühl, dass dich irgendetwas sehr beschäftigt. Dies hat dich verändert, ich mache mir ernsthafte Sorgen. Wenn es etwas mit mir oder Ross zu tun hat, sage es mir bitte, wir können über alles reden. Du bist nicht allein, du hast jetzt wieder eine Familie, und eine Familie ist füreinander da."

Georg senkte seinen Blick zum nicht mehr ganzen Stück Apfelkuchen.

„Es hat nichts mit euch zu tun, es tut mir leid, dass ich euch dieses Gefühl gegeben habe. Es ist nur eine Angelegenheit zwischen mir und jemandem anderen."

„Ich höre dir gerne zu, man kann alle Probleme versuchen zu lösen. Wenn man am Schluss scheitert, hat man es wenigstens versucht", sprach Mägi.

Eine Minute wurde geschwiegen.

„Weisst du Mägi, ich habe demjenigen versprochen, dass nie jemand davon erfahren wird."

Mägi antwortete: „Da stimme ich dir völlig zu, Versprechen bricht man nicht. Es gibt jedoch Situationen, in denen es ehrenvoller ist ein solches zu brechen, als es um jeden Preis zu halten. Wenn man es nur schützt, um sein eigenes Fehlverhalten damit zu rechtfertigen, dann ist es der falsche Weg." Georg überlegte und nahm ein Stück Apfeltorte um etwas Zeit zu gewinnen.

„Entschuldige Mägi, habe ich das recht verstanden, wenn ich das Versprechen nur halte, um mich zu schützen, dann wäre dies feige?"

„Nicht direkt, aber es ist nicht die feine Art. Schau, ich oder wir haben schon seit längerem bemerkt, dass es dir schlecht geht. Du hast schlaflose Nächte sowie unerklärliche Fieberattacken. Da gibt es was, dass dich innerlich auffrisst. Wir wollen dich nur vor etwas schützen, das du eventuell später bereust, doch nicht mehr ändern kannst. Du musst jetzt nichts dazu sagen, wenn du nicht magst, aber überleg es dir genau. Eines sollst du wissen, egal was es ist, wir stehen hinter dir und werden für dich wenn nötig kämpfen!"

Das war zu viel des Guten, Georg brach in Tränen aus und lehnte sich an Mägi.

„Es wird alles gut!", sprach sie und drückte ihn an sich. Mägi musste das Weinen selbst unterbinden, so einen Gefühlsschub hatte sie seit Samus tot nicht mehr erlebt. Es fühlte sich trotz der unglücklichen Lage angenehm an. Als Georg sich einigermassen fasste, fing er an zu erzählen.

Mägi hörte gespannt zu, man hätte meinen können, in Georgs innern verbarg sich eine Staumauer, die dem Druck nicht mehr standhalten konnte. Statt Wasser strömten Wörter hinaus.

Mägi staunte nicht schlecht, wie gewitzt und überlegt ihr Georg doch war.

Sie sassen bestimmt eine Stunde in diesem Kaffee. Sie vergassen alles um sich herum, es gab nur sie und seine Geschichte.

Als alles erzählt war, fühlte er sich wie hundert Kilo leichter. Es gelang ihm, seit langem wieder frei zu atmen. Mägi kam aus dem Staunen nicht heraus.

„Das was du mir erzählt hast, braucht sehr viel Mut und Vertrauen mir gegenüber. Ich danke dir dafür, wir werden, wenn du einverstanden bist, diese Sache gemeinsam mit Ross versuchen zu lösen."

Georg nickte nur und nahm einen Schluck Wasser, sein Hals war staubtrocken.

„Wenn du erlaubst, werde ich es Ross weitererzählen. Danach setzen wir drei uns zusammen und besprechen das weitere Vorgehen. Wir werden ohne dein Einverständnis nichts unternehmen. Du wirst sehen, es wird alles gut, ich bin mir sicher, dass du das Richtige getan hast. Ich bin sehr stolz auf dich."

Auf der Rückfahrt plauderten sie über vieles weiter, nur das eben besprochene, liessen sie im Kaffee zurück. Kurz vor verlassen des Autos umarmte sie Georg und küsste ihn auf den Kopf.

„Komm, lass uns reingehen."

Nach dem Abendbrot und den Hausaufgaben gingen Georg und Kelly aufs Zimmer und legten sich bald schlafen. Mägi schenkte Ross ein Glas Rotwein ein und bat ihn, sich ins Wohnzimmer zu setzen. Nach getaner Küchenarbeit begab sie sich zu ihm.

„Du musst mir den heutigen Abend schenken, es geht um Georgs Zustand."

„Ward ihr beim Arzt, ist etwas nicht in Ordnung?", fragte Ross nervös.

„Nein, ich werde dir jetzt eine schier unglaubliche Geschichte erzählen. Ich habe Georg versprochen, dass wir, egal was geschieht, hinter ihm stehen. Wir werden auch nichts ohne sein Einverständnis unternehmen, das habe ich ihm versprochen." Mägi nahm einen Schluck vom Rotwein, anschliessend begann sie zu erzählen.

6.   Die Entscheidung

Der Leiterin war bewusst, dass sie nicht mehr viel Zeit zur Verfügung hatte. Da Z dies wusste, nahm sie die Strapazen gerne auf sich, sie arbeitete fast Tag und Nacht. Die vielen Akten der Kinder, mit ihren dazugehörenden Geschichten, nahmen viel Zeit in Anspruch. Natürlich musste sie nicht alle durchgehen, doch nach dieser Zeit wurde eine Neueinteilung längst fällig. Die Feinarbeit wurde aus gegebenen Gründen auf später verschoben. Nach fünf, fast zwanzigstundentagen, war das wichtigste Übergeben. Was fehlte, wurde auf die kommenden Tage vertagt.

Die Leiterin hatte nahezu das ganze Wochenende mit schlafen und der nötigen Nahrungsaufnahme verbracht. Sie spürte, dass die Müdigkeit immer mehr ihren Körper beherrschte. Die Schmerzen waren akzeptabel, doch der restliche Zustand war sehr unangenehm. Der Sonntagabend wurde durch den Regen früher eingedunkelt, sie ging zum Telefon und wählte eine Nummer.

„Hallo, wer ist am Apparat?", sprach eine ernste Männerstimme.

„Hei Brad, hier ist Hara?"

„Hara, schön von dir zu hören, wie geh…?", Brad vergass kurz ihre Vereinbarung.

„Was kann ich für dich tun, soll ich für dich Kochen?"

„Lieb von dir, aber nein danke, ich habe schon| gegessen. Der Grund des Anrufs ist folgender. Ich habe die neue Leiterin wie vereinbart eingeführt. Die Aufnahme- und Übergabebestimmungen hat sie sehr schnell begriffen. Die Personalfragen sowie Zahlungsmodalitäten waren auch keine Hexerei, jetzt stellt sich die Frage, wie weiter. Die geheimen Akten wird sie irgendwann kennenlernen müssen. Bei einem Todesfall oder sonst einem unvorhergesehenen Zwischenfall, wie zum Beispiel bei C, kann es sehr schnell in einem Desaster enden."

„Schwierige Lage, hast du ihr von der Bruderschaft erzählt?"

„Nur das Nötigste, was wir besprochen haben."

„Wie hat sie es aufgenommen?"

„Da die Bruderschaft das Heim unterstützt, natürlich positiv. Die anderen Gründe habe ich ihr vorerst verschwiegen."

„Klar, das hast du gut gemacht, wie immer. Was meinst du, was traust du ihr zu, wie weit könnten wir gehen. Sie müsste natürlich erst der Bruderschaft beitreten, sowie die lebenslange Treue und Verschwiegenheit schwören."

Eine Schweigeminute wurde eingelegt.

„Garantieren kann ich nichts, ihr liegt das wohl dieses Hauses und der Bewohner sehr am Herzen. Von da her sehe ich keine Probleme, das andere muss ich langsam angehen. Sie ist ehrlich und gesetzestreu, man wird sehen."

Brad überlegte kurz.

„Versuche es, berichte ihr von der Bruderschaft ohne Namen zu nennen. Erzähl ihr, warum du dabei bist, du spürst ihre Einstellung bestimmt schnell. Danach gehst du so weit, wie du es für richtig hälst. Wir konnten immer auf deinen Spürsinn zählen, ich glaube an dich."

„Gut, mache ich, uns bleibt fast keine Wahl oder hast du eine andere Idee?"

„Nein, zuerst dachte ich an Ken, er hätte das Heim von der Praxis aus führen können. Du kennst ja selbst den Aufwand, der betrieben werden muss, das wäre kaum zu schaffen. Zusätzlich wäre es unklug, wenn ein Zusammenhang zwischen ihm und der Bruderschaft bekannt werden würde. Wir hätten nicht mehr die gleichen Freiheiten wie bis anhin", sagte Brad.

„Da stimme ich dir zu, es hat über Jahrzehnte so funktioniert, gefährden wir es lieber nicht. Ich lasse dich den weiteren Verlauf wissen, schlaf gut, ich liebe dich", sprach Hara leise.

„Du weisst nicht, wie ich dich liebe, freue mich auf unser nächstes wiedersehen, Hara, gute Nacht."

Sie lief ins Bad und sah in den Spiegel, sie erschrak, als sie die fremde Gestalt darin sah. Sie dachte, verdammt, lass mir noch ein wenig Zeit, ich bin früh genug bei dir oben, danach kippte sie den Lichtschalter.

Am nächsten Morgen liess sie Z wissen, dass ein weiteres persönliches Gespräch anstand. Sie verabredeten sich im Besprechungszimmer neben dem eigentlichen Büro. Die Leiterin hatte sich so gut wie möglich zurechtgemacht.

Z war wie immer pünktlich, nach der Begrüssung lag ihr die Frage nach ihrem befinden auf der Zunge. Sie sah ihr natürlich die Strapazen der letzten Wochen an, doch hielt sie sich mit der Frage zurück, was ihr sehr schwerfiel.

„Was ich jetzt mit ihnen bespreche, fällt mir schwer, da ich nicht weiss, wie sie darauf reagieren. Dieses Risiko werde ich eingehen, es bleibt mir keine andere Wahl, da sie die Auserwählte sind."

Z trank ihren zweiten Kaffee, der leider nicht mehr heiss war.

„Ich verstehe sie nicht ganz, sie machen mir etwas Angst, habe ich was Falsches getan?"

„Nein, sie haben keineswegs etwas zu befürchten, sie haben bestimmt nichts Falsches getan. Im Gegenteil, ich bin überrascht, wie schnell sie das Ganze aufgenommen haben. Um ihnen die Spekulationen zu ersparen, komme ich gleich zur Sache."

Sie berichtete Z, dass sie in der Bruderschaft Arche sei, sie ist die Eigentümerin dieses Heims. Was sich ja alles schön und grossherzig anhörte. Sie erklärte ihr ebenfalls die Verpflichtungen dieser Bruderschaft, sie sollte spüren, dass dies nicht irgendein Verein sei.

Z fragte sich, was denn daran so geheimnisvoll sei.

Die Leiterin spürte die verständliche Unsicherheit und sprach: „Nun ist es an der Zeit zu erfahren, ob sie unter den gegebenen Umständen dieser Bruderschaft beitreten werden. Bevor sie Antworten, muss ich sie darüber informieren, dass ein Ausstieg aus dieser Gemeinschaft nicht möglich wäre. Es ist ein Bund fürs Leben."

Z war etwas verunsichert, sie versuchte, dies der Leiterin nicht zu zeigen.

„Darf ich fragen, was dieser Geheimschwur in Wirklichkeit bedeutet, wird mir meine Redefreiheit genommen, wie muss ich dies verstehen?"

„Nein, was jedoch die Bruderschaft betrifft, wird nur intern besprochen. Alles andere bleibt so, wie es ist. Ein Fehlverhalten würde einiges gefährden, nicht nur unser Haus am Fluss, sondern viele andere Institutionen, die von der Gemeinschaft unterstützt werden. Alles wäre in Gefahr, darum dieses Schweigegelübde."

„Ich verstehe, ich kannte bis anhin nicht einmal meinen wahren Arbeitgeber. Ich wahr der Meinung, dieses Haus würde von den Spenden der Allgemeinheit, sowie dem Erlös der Vermittlungen finanziert. Sie haben das vorbildlich vor uns allen geheim gehalten, die ganzen Jahre, gratuliere, das meine ich nicht negativ."

Die Leiterin verzog keine Miene.

„Danke, ich empfinde dies als Kompliment. Gerne würde ich ihnen mehr erzählen, vor ihrer endgültigen Entscheidung, sind mir die Hände gebunden. Eines müssen sie wissen, in unserem, besser gesagt in ihrem Fall, täten sie es für eine gute Sache. Verlieren werden sie nur ihre uneingeschränkte Meinungs- und Entscheidungsfreiheit. Gewinnen dafür eine lebenslange Treue und Unterstützung, die sie vermutlich nirgends erhalten. Wenn sie mit neunzigprozentiger Sicherheit für ja tendieren, werde ich sie noch tiefer in unser Schaffen einführen. Sie müssen sich einfach bewusst sein, danach gibt es kein Ausscheiden mehr, wenn doch, wird es ein steiniger, unschöner Weg!"

Z machte ein Gesicht, als ob sie die Welt neu erklärt bekäme, alles drehte sich im Kopf. Jetzt einen klaren Gedanken zu fassen wäre unmöglicher, als einen Stern am Himmel einzufangen.

„Sie haben weitere zwei Tage, um sich das Ganze zu überlegen, denken sie daran, diese Entscheidung steht in keiner Weise in Abhängigkeit mit ihrer jetzigen Arbeit. Wenn sie hier etwas bewirken wollen, kommen sie um eine Zugehörigkeit nicht herum. So, ich habe viel geredet und sie in eine nicht beneidenswerte Situation gebracht. Nehmen sie die nächsten zwei Tage frei und überlegen, was sie aus ihrem Leben noch machen wollen. Wir treffen uns in zwei

Tagen um die gleiche Zeit, bei Fragen wissen sie ja, wo sie mich finden. Bitte, kein Wort zu niemandem."

„Geht klar, hatte ich auch nicht vor. Danke für ihr Vertrauen und die Offenheit mir gegenüber."

Voller unbeantworteten Fragen lief Z zurück zum Haupthaus, die Kälte liess sie zusammenfahren. Vor lauter herumsitzen, empfand sie es kälter, als es tatsächlich war. Beim öffnen der Haupttüre kam ihr eine Welle warmer Luft entgegen. Sie blieb kurz stehen, um die angenehm unsichtbare Umarmung über sich ergehen zu lassen.

„Willst du mit uns Mittagessen?", fragte X beim Vorbeigehen. Z bemerkte erst Sekunden später, dass jemand zu ihr sprach.

„Entschuldige X, hast du mich eben etwas gefragt?"

„Ja, wollte nur wissen, ob du mit uns isst?" Nach kurzem überlegen rief sie: „Gerne, ich komme gleich nach hinten." X schlenderte weiter, dabei winkte sie bejahend mit der Hand.

Im Grunde wollte sie allein sein, doch die Ablenkung durch die Anderen würde ihr bestimmt guttun. Sie war in letzter Zeit sowieso seltener anzutreffen als sonst. Zum Glück lief mit den anderen Kindern alles wie am Schnürchen. So hatte sie genügend Freiraum für ihre wichtigen Entscheide, die sie in letzter Zeit arg in Anspruch nahmen. Die anderen Mitarbeiter haben natürlich ihre Abwesenheit bemerkt, doch nie danach gefragt. Sie wussten genau, wenn Z es ihnen erzählen wollte, würde sie es von sich aus tun.

Zurück in ihren Räumen, fingen die Gedanken wie Geier über sie zu kreisen. Sie setzte sich an den Schreibtisch, der vor dem Fenster zum Hof stand, sie blickte mit leeren Augen in die Ferne. So sicher mit ihrer Entscheidung wie vor dem Gespräch, war sie sich nicht mehr. Ihr war bewusst, nur mit dem Beitritt war sie im

Stande, ihre Aufgabe hier im Hause ernsthaft umzusetzen. Im Gegenzug würde sie einen Teil ihres Lebens in fremde Hände legen, das wäre schlussendlich den Preis, den sie bezahlen würde.

Sie trank vom mitgebrachten Eisenkrauttee einen grossen Schluck, danach führte sie beide Hände zum Gebet zusammen und sprach leise.

„Ist dies meine Aufgabe auf Erden oder ist es eine Prüfung, die du mir auferlegst. Ich bitte dich selten um einen Gefallen, aber heute bete ich zu dir, um eine Antwort zu erhalten. Lass mich mit dieser Entscheidung nicht allein. Gib mir irgendein Zeichen von dir, dies deute ich dann für ein Ja. Ich will dich nicht nerven, aber bitte vergiss C nicht." Mit dem obligaten Amen beendete sie ihr Gebet.

Sie schlief ohne das erhoffte Zeichen von oben ein. Die Nacht verlief ohne weitere Ereignisse und neigte sich dem Ende zu.

Sie verliess das warme Bett und bemerkte, dass sie die Nachtvorhänge nicht wie sonst, lichtdicht zugezogen hatte. Ein Sonnenstrahl bohrte sich durch die enge Öffnung, fasziniert verfolgte sie deren Ziel. Der Strahl erhellte wie ein Scheinwerfer das Kruzifix, das über ihrem Bett hing. Beim bestaunen dieses Schauspiels wurde ihr warm ums Herz.

Oh Gott, dachte sie, ist dies dein Zeichen oder purer Zufall. Voller Zuversicht bedankte sie sich mit einem Blick nach oben.

7.   Brief von C

Michel war ausser Atem, er schnaufte wie eine alte Dampflokomotive. Der warme Atem stiess auf die klare, kalte Aussenluft. Er drückte auf die Türklinke, sie gab nicht nach, die Hoffnung ihn hier anzutreffen war gross. Enttäuscht entdeckte er den Schlüssel in seinem Versteck. Nach dem Öffnen deutete nichts auf C hin. Von innen schloss er sie zügig, damit die kalte Luft nicht Einzug halten konnte.

Erst auf den zweiten Blick erkannte er einige Veränderungen, darunter ein stück Papier auf dem Tisch. Er befreite sich erst von seiner schweren Jacke. Anschliessend nahm er ihn so behutsam auf, als wäre es ein frisch geschlüpftes Küken. Noch stehend begann er den kurzen Text zu lesen.

Lieber Michel

Wie ich dich kenne, wirst du als Erster hierherkommen. Ich habe mich auf den Weg gemacht, um meine Familie und mein Zuhause zu suchen. Zu viele Wochen sind vergangen, bitte folgt mir nicht, ich hoffe, ihr akzeptiert meine Entscheidung. Ich bin euch zu Dank verpflichtet, ja sogar mehr als das, ihr habt mein Leben gerettet. Die Wut über die erfahrene Wahrheit hat sich wieder gelegt. Bitte sei nicht böse über die Sachen, die ich mitnahm, ich hoffe, du kannst sie entbehren.

Bitte Grüsse und umarme alle von mir, C.

Koni sog die kalte Luft ein, damit er die Fassung nicht verlor, die Worte von C drangen tief in ihn. Er setzte sich auf den Holzstuhl und trank einen Schluck aus der Flasche des starken Birnengebräus. Nach dem Dritten ging es wieder einigermassen. Er nahm sein Funkgerät und meldete sich.

„Hallo Vater, ich habe ihn gefunden. Besser gesagt ich weiss, wo er übernachtet hat, er ist unterwegs nach Hause."

Nach ein paar Nebengeräuschen meldete sich sein Vater.

„Habe verstanden, woher weisst du, dass er nicht in der Nähe geblieben ist?"

„Er schrieb mir einen Brief, ich nehme ihn mit. Was meinst du, soll ich ihm folgen?"

„Das wäre nicht klug, der Wintereinbruch wurde bereits angedroht. Wir treffen uns Zuhause und besprechen alles Weitere."

„Ja, ich begebe mich auf den Weg, bis dann."

Der Wintereinbruch wurde vor zwei Tagen angekündigt, dieses Jahr käme der Schnee früher als sonst, Michel hatte es vergessen. Hier im Norden konnte er über Nacht bis zu einem Meter oder mehr fallen. C hatte dies sicher verdrängt, wer nicht hier aufwuchs, konnte die Gegebenheiten schwer einschätzen. Begleitet von weiteren Gedanken, nahm er den Rückweg in Angriff.

8.   Georgs Geschichte

Ross trank vom Rotwein, den Mägi auf den Salontisch deponiert hatte. Sie erzählte ihm die ganze Geschichte ohne Unterbruch. Die Spannung stand ihm sichtlich im Gesicht geschrieben, er suchte nicht nach Fragen, sondern sog das Gehörte in sich auf.

Nach etwa einer halben Stunde befeuchtete Mägi mit Rotwein ihren Gaumen.

„Das ist wahrhaftig eine geballte Ladung, bist du sicher, dass dies auch der Wahrheit entspricht?"

„Du hättest Georg beim Erzählen miterleben sollen, das war echt, glaube mir."

„Der arme Junge, das trägt er schon so lange mit sich. Hast du bereits eine Idee Mägi, wir müssen dieses Wissen mit jemandem teilen. Sonst sind wir noch mitschuldig."

Mägi überlegte kurz.

„Georg darf dafür nicht bestraft werden, darum überlegen wir genau, was wir tun. Mein Vorschlag wäre folgender, wir reden mit der Leiterin des Heims, sie wird Georg sicher am besten verstehen. Wir müssen ihr ein Versprechen abnehmen, alles vertraulich zu behandeln. Was meinst du dazu?"

„Finde ich gut, wir rufen gleich morgen an", sprach Ross.

„Erst reden wir mit Georg, wie bereits erwähnt, entscheiden wir nichts ohne seine Einwilligung."

„Entschuldige Mägi, das habe ich kurz vergessen."

Die Geschichte begleitete sie bis ins Bett, das einschlafen fiel ihnen schwer.

Am nächsten Morgen liess Ross Georg wissen, dass er von Mägi eingeweiht wurde und sie heute nach dem Mittagessen zusammen sitzen.

Da Georg am Nachmittag schulfrei hatte und Kelly seit neustem Judounterricht nahm, war der Zeitpunkt ideal.

Der Morgen verflog für alle wie im Fluge. Nach dem Mittagessen verschwand Kelly, er hatte sich mit seinem neuen Freund verabredet, um zusammen das Training zu besuchen.

Nach einem kurzen Geläuf waren alle drei am runden Tisch in der Küche versammelt. Mägi erklärte Georg, dass sie Ross alles erzählte und sie auf die folgende Idee kamen. Georg sass schweigend da und war überrascht, dass kein Tadel seitens Ross folgte.

„Wir haben gestern Folgendes als mögliche Lösung besprochen. Wir könnten mit der Leiterin des Heims sprechen. Sie muss im Voraus versprechen, dass sie im Gegenzug nicht preisgibt, von wem sie dieses Wissen erhielt. Was denkst du, können wir ihr vertrauen?"

Georg sprach: „Ich kenne die Leiterin des Heims nicht gut, sie hat sich eigentlich nie um uns gekümmert."

Mägi überlegte kurz.

„Eine Frage Georg, zu wem würdest du gehen, wenn du niemand anders hättest?"

Georg überlegte nicht lange.

„Ich würde zu Z gehen, sie hat uns immer zugehört und gut behandelt. Ihr habe ich, neben meinen Freunden, am meisten vertraut."

Sie schauten sich gegenseitig an, Ross meldete sich als Erster.

„Wenn das so für dich stimmt, kontaktieren wir Z. Was ich dich noch Fragen wollte, was ist mit Kelly, weiss er etwas?"

Leicht beschämt sprach Georg: „Nein, nur ihr zwei wisst davon, ich werde es ihm erzählen, wenn wir mit Z gesprochen haben."

Ross erhob sich und holte die Unterlagen des Heims, darin fand er zwei Telefonnummern, für diejenigen, die Kinder aufgenommen haben.

„Soll ich dort anrufen, jetzt?"

„Ja bitte Ross, vielleicht lebt dieser C ja noch, ich hoffe es."

„Denkt ihr, C versteht es, dass ich nicht mehr schweigen konnte. Eventuell muss er ins Heim zurück, oder gar ins Gefängnis."

Mägi rutschte etwas näher zu Georg.

„Was richtig oder falsch ist, ist schwer zu sagen. Wie du bereits erwähnt hast, hat er seine Freundin F noch nicht besucht oder benachrichtigt. Sie war ja der Grund für die Flucht. Ich glaube, wenn alles so verlaufen wäre, wie er es sich das erhoffte, hätte er sich schon längst irgendwo gemeldet. Nein Georg, deine Entscheidung war weise."

Sie drückte ihn an sich und er liess es sichtlich zu.

Im Büro der Heimleitung klingelte das Telefon. Da Hara Bensen wiederholt starke Schmerzen im Unterleib verspürte, fuhr sie nach Hause, um ihre vergessenen Medikamente einzunehmen. Sie beabsichtigte anschliessend zurückzukehren, daher unterliess sie es, jemanden einzuweihen.

Immer wieder störte das Klingeln des Telefons die unheimliche Stille im Büro der Leiterin.

Z hatte ihren zweiten freien Tag, doch das Ganze wurde ihr ohne Arbeit zu viel. Sie lief ins Nebenhaus in ihr neues Büro, dabei wunderte sich, dass die Leiterin nicht an ihrem Platz sass.

Z fragte im Haupthaus nach, ob sie sich bei irgend jemandem abmeldete, so wie sie es normalerweise handhabe. Niemand konnte ihr eine brauchbare Antwort liefern.

Sie nahm an, dass sie kurz weggegangen und bald wiedererscheinen werde. Z hatte sich entschieden, selbst wenn es nicht ihrer Wertvorstellung entsprach, würde sie dem Heim zuliebe zusagen. Sie freute sich darauf, Frau Bensen die erfreuliche Nachricht persönlich zu überbringen. Nächstes Jahr würde sie dreiundvierzig Jahre werden, eine eigene Familie wird es wohl nicht mehr geben. Sie hatte sich auch nie danach gesehnt, wahrscheinlich deswegen, da sie ihre Familie hier gefunden hatte. Die Männer hat sie nicht vergessen, aber sie spielten nie eine grosse Rolle in ihrem Leben.

Wie aus dem nichts klingelte das Telefon der Leiterin und bescherte Z beinahe einen Herzstillstand. Sie war dermassen in ihren Gedanken vertieft, dass sie vergass, wo sie war. Der Anruf wiederholte sich mehrmals, sie hoffte, es würde irgendwann aufhören, umsonst. Wenn es nicht Hara Bensens persönliches Telefon wäre, hätte sie es längst entgegengenommen. Sie traute sich noch nicht eigenmächtig zu handeln. Aktuell war sie die Heimleiterin, nur sie besass die Befugnis für diesen Anschluss. Da das Telefon keinen laut mehr von sich gab und wehrlos auf dem Schreibtisch stand, setzte sich Z. Sie fing an, die Akten der Bewohner zu ordnen. Alle hier Wohnenden hatten ihre persönliche Akte, in diesen wurde nur der Leiterin Einblick gewährt. Ihr fiel auf, dass nur die Akten der Bestehenden, sowie den diesjährigen Abgängen vorhanden waren.

Sie wusste genau, das was sie jetzt im Schilde führte, ihre Kompetenzen überstieg. Sie sah zur Tür, um sicherzugehen, dass die Leiterin nicht im Anmarsch war. Sie fühlte sich wie ein Kind, das heimlich Süsses naschte und Angst vor dem Erwischen hatte. Sie fand sie nicht, erst dachte sie, die Akte wäre bei den Abgängen falsch abgelegt. Alles Suchen half nichts, sie war nicht auffindbar, das hatte sicher seinen Grund. Als sie hinter dem Stuhl der Leiterin kniete, erwachte das Telefon aus dem Tiefschlaf. Sie kroch schnell hervor und bemerkte, dass es ihres war. Sie führte den Hörer zum Ohr und begrüsste den Anrufer mit ihrem Namen. So, wie mit Hara Bensen besprochen, da diese zwei Leitungen nur für Mitglieder bestimmt waren. Sie wurde etwas stutzig, da sich der Anrufer nicht mit seinem Namen meldete. Erst musste sie bestätigen, dass sie wirklich Z wäre und anschliessend versprechen, mit niemandem über dieses Telefonat zu sprechen.

Erst dachte sie an einen schlechten Scherz, doch die Tonlage konnte ernster nicht klingen. Als sie nachfragte, um was es den gehe, erfuhr sie das Unerwartete. Das Weitere würde nur persönlich an einem neutralen Ort besprochen.

Sie willigte sofort ein, Ort und Zeit wurden festgelegt. Ohne den Namen des Anrufers zu erfahren, liess sie sich in das Abenteuer ein.

Kaum aufgelegt, änderte sich ihre Gesichtsfarbe von halb Rot zu fast Weiss. Sie liess sich in ihren Bürostuhl fallen und verharrte in eine Starre der Ratlosigkeit.

9.   Das Geschenk

Das Telefon klingelte genau vier Mal, dann verstummte es, nach kurzer Zeit ertönte es erneut, beim vierten Klingelton wurde der Anruf entgegengenommen.

„Hallo", sprach eine Männerstimme.

„Hier der Schatten, das Geschenk ist sicher aufbewahrt."

„Gut gemacht, ich überlege mir das weitere Vorgehen. Es darf ihm während dieser Zeit nichts geschehen, ist das klar."

„Alles klar."

Das Telefonat wurde so wortkarg beendet, wie es begonnen hatte.

10. Flussfahrt

Langsam fing ich zu frieren an, die Sonne gab ihr Bestes, doch die tiefen Temperaturen konnte sie nicht besiegen. Es würde bestimmt auch an der fehlenden Bewegung liegen, im Boot sitzend war es unmöglich, mich aufzuwärmen. Trotz des Geruches zog ich die Fischerkluft an. Die Hose war mir viel zu gross und würde mich nur behindern, doch die Jacke hielt den kalten Wind ab. Durch Bewegen der Arme und Beine, das lächerlich aussah, schaffte ich es, meine Glieder etwas aufzuwärmen.

Die Gegend war wunderschön, bis anhin konnte ich diese gar geniessen. Der Fluss schlängelte sich wie eine Riesenschlange durch die unberührte Landschaft. Da er um einiges unruhiger wurde, musste ich das Paddel des Öfteren einsetzen, was doch meiner Körpertemperatur entgegenkam. Irgendwoher hörte ich Stimmen, bis ich am Flussufer einen Angler entdeckte. Er winkte und rief mir immer wieder etwas zu, doch ich verstand es nicht. Als die Strömung mich näher ans Ufer trieb, änderte der Angler plötzlich seine Stimmlage.

„Hei, wo ist Loni, das ist doch sein Boot!"

Erst wusste ich nicht genau, was er meinte. Doch er wurde stets lauter und rief einem anderen zu, den ich noch gar nicht gesehen hatte. Er rief immer wieder, ich solle ans Ufer kommen, das sei nicht mein Boot.

„Verdammt nochmal, komm endlich hierher, sonst holen wir dich raus!" Dies klang nicht wie eine Frage, sondern als eine ernstgemeinte Drohung. Ich paddelte wie besessen, nur weg von hier dachte ich. Das Boot bewegte sich langsamer als mir lieb war. Die zwei fingen an, mit Steinen zu werfen, sie riefen immer wieder Fluchworte in den Wind. Das Paddeln ermüdete mich extrem, ich durfte nicht nachlassen, es war so schon ein Kampf gegen Windmühlen. Die Steine wurden immer mehr und grösser, eine Auswahl davon landete im Boot. Plötzlich spührte ich einen heftigen schlag, die Augen brannten, danach brummte der Kopf. Immer wieder wurde ich getroffen, mal am Körper dann abermals am Kopf. Das Paddel glitt mir aus der Hand, ich hatte keine Kraft, das andere hochzuheben. Ich legte mich auf den schon mit etwas Wasser gefüllten Bootsrumpf und hielt mir die Hände schützend über den Kopf. Mir war speiübel, alles tat weh. Die Fahrt konnte ich nicht mehr beeinflussen. Ob sie mich erwischten war nicht mehr von Bedeutung. Als der Steinschlag langsam weniger wurde, entfernten sich ebenfalls die gerufenen Worte. Nach einiger Zeit flogen keine Steine mehr, die Stimmen waren dem Rauschen des Wassers gewichen.

Langsam, sowie unter Schmerzen bewegte ich meinen Oberkörper über die Bootskante. Ich sah keine Menschenseele mehr, der Fluss floss ruhig dahin, der Luftraum war steinfrei. Ich setzte mich, so gut es ging, auf und sah meine blutigen Hände. Da keine Wunde festzustellen war, wusch ich sie mit Wasser und tastete den Kopf ab. Schnell wich mein Kopf dem Händetasten, ich fühlte eine gewisse Wärme, die meine Haut streichelte. Wieder waren die Hände mit frischem Blut verschmiert, abermals wusch ich sie und suchte nach einem stück Stoff. In meiner Hosentasche fand ich ein Taschentuch, ich benetzte es im Fluss, anschliessend führte ich es vorsichtig an die Verletzung am Kopf, die heftig pochte. Mehrmals wiederholte ich dies, langsam lies das pulsieren im Kopf nach, was man vom Bluten nicht behaupten konnte. Ich zog mein Unterhemd aus, band es so gut als möglich um meinen Kopf.

Mein Oberkörper schmerzte unangenehm, ich setzte mich auf und warf die Steine, die den zwei Verrückten als Geschoss dienten, in den Fluss. Danach schöpfte ich mit meinem Einmachglas das Wasser aus dem Boot. Zum Glück fiel bei dieser Schlacht nicht mein Beutel in den Fluss, ansonsten wären all meine Vorräte für immer verloren. Um wieder zu Kräften zu kommen, verschlang ich die restlichen eingelegten Gurken und Paprikas. Die Fleischkonserven konnte ich leider nicht öffnen, hierfür wäre ein kantiger Stein von Nöten gewesen, die hatte ich längst dem Fluss geschenkt.

Das Rauschen wurde stets lauter, dabei herrschte beinahe Windstille.

Die nassen Kleider liessen mich immer mehr frieren, ich musste so schnell als möglich das Ufer erreichen. Unter Schmerzen paddelte ich ans Ufer, danach zog ich das Boot instinktiv soweit als möglich an Land.

Es war niemand zu sehen oder zu hören. Holz lag genügend herum, erst sammelte ich trockenes Gras, um das gesammelte Holz schneller anzuzünden. Mein Beutel war nicht vollends durchnässt. Die Zündhölzer hatte ich vorsorglich in ein Einmachglas gesteckt, worin ebenfalls etwas Dörrobst lag.

Das Feuer schenkte mir neue Lebenskraft, die Wärme lud meinen Körper mit neuer Energie auf. Die nassen Kleider hängte ich an eine selbstgebaute Vorrichtung aus Ästen zum Trocknen. Der Himmel versteckte sich langsam hinter weissgrauen Wolken, die Dunkelheit liess die Uhrzeit nur erahnen. Ich war hundemüde und entschloss mich hier

für die Nacht einzurichten. Erst besorgte ich mehr Holz, um das Feuer vor dem erlöschen zu bewahren.
Anschliessend erkundete ich vorsichtig die Gegend, um eine geschütztere Schlafstelle zu finden. Da ich mich nicht auskannte, wagte ich nicht, mich allzuweit vom Feuer zu entfernen. Leider fand ich nur dicht überwachsenes Unterholz, das war's schon. Meinen Standort konnte man wahrscheinlich nur vom Fluss her erreichen und einsehen, was eine gewisse Sicherheit garantierte. Mit Mühe öffnete ich eine Fleischkonserve, die ich genüsslich verspeiste. Das war wohl die beste Konserve, die ich je gegessen hatte. Ich legte so viel Holz ins Feuer wie nur möglich, damit die angenehme Wärme mich die ganze Nacht hindurch wärmte. Alle trockenen Kleider wurden angezogen, die Kälte liess, wie die Nachtschwärze, nicht lange auf sich warten.

11.   Todesfall

Ross legte den Hörer auf und sah zu Mägi: „Morgen um fünf Uhr treffen wir Z im Büro der Firma. Ist es dir möglich, vorher Georg von der Schule abzuholen. Sie hat allem zugestimmt, ich hoffe, sie meint es ernst."

Mägi sass vor ihrer Tasse Kaffee und sprach: „Was meinst du, wird Georg für sein Verhalten bestraft. Wenn das so wäre, verweigern wir jegliche Gespräche."

Mägi wurde etwas rot im Gesicht, was ihr aber gut stand, dachte Ross.

„Wir werden dies erst mit Z besprechen, wenn sie uns das schriftlich bestätigt, erzählen wir weiter. Ich setze ein solches Schreiben auf."

Z erholte sich langsam, sie dachte über das eben geführte Telefonat nach. Eigentlich müsste sie die Leiterin miteinbeziehen, so waren die Regeln. Wenn sie einen Alleingang startete, würde sie sich und dem Heim schaden.

Es war wohl der schlechteste Zeitpunkt, den es für sie gab.
Nach eifrigem Nachdenken entschloss sich Z, die Leiterin
einzuweihen. Sie durfte nicht nur an sich und C denken, die
vielen anderen Kinder im Haus am Fluss waren ja auch
noch vorhanden. Sie wählte umgehend die Privatnummer
von Frau Bensen, etliche Versuche endeten erfolglos.

Sie bat den Fahrer, sie zur Wohnung der Leiterin zu
chauffieren. Auf der Fahrt überlegte sie, wie sie ihr
Vorgehen erklären konnte, damit sie einverstanden wäre.
Die Chancen standen schlecht, denn die Leiterin war
wiederum von ihren Vorgesetzten abhängig, was nicht
gerade förderlich war.

Als sie in die besagte Strasse einbogen, entdeckte Z das
Fahrzeug der Leiterin. Sie liess den Fahrer im Wagen
warten. Die Haupttüre des Wohnhauses war nicht
abgeschlossen, sie zählte die Namensschilder ab um etwa
einzuschätzen, in welcher Etage sie wohnte. Sie erahnte die
Dritte, das Treppenhaus war gepflegt und hinterliess einen
eher gehobenen Eindruck. Bei der besagten Türe drückte
sie den goldenen Klingelknopf, nach viermaligem drücken,
klopfte sie an. Nichts, kein laut, kein Geräusch folgte auf ihr
klopfen. Langsam wurde ihr unwohl, das Heim ohne
Abmeldung zu verlassen, das Auto parkt vor dem Haus und
doch ist niemand Zuhause.

Ohne darüber nachzudenken drehte sie am Türknopf,
er liess sich drehen und löste damit den
Öffnungsmechanismus aus. Sie rief leise ihren Namen in die
anscheinend leere Wohnung. Keine Antwort, sie trat wie auf
Eiern in diese ein.

Offensichtlich war sie wirklich nicht da, sie schaute in
der Stube und in der Küche nach, nichts. Das Zimmer, das
durch die diese zu erreichen war, liess die Hoffnung noch
mehr schwinden. Plötzlich hörte sie jemanden, den Namen

der Leiterin rufen, sie erschrak dermassen, dass sie keine Silbe herausbekam.

„Hara, ich bin es, Ken, hallo." Z rang nach Luft und lief aus der Küche in den Flur.

„Guten Tag, ich bin Linda, ich suche nach Frau Bensen und wer sind sie?"

„Entschuldigen sie, ich bin Doktor Bolt, Ken Bolt, Hara hat mich angerufen, ich bin so schnell wie ich konnte gekommen, wo ist sie."

„Ich kann sie auch nicht finden."

„Das verstehe ich einfach nicht, sie bat mich, so schnell wie möglich zu kommen. Wenn Hara dies tut, ist es fünf nach Zwölf."

Ein Schrei, der lauter und schmerzvoller nicht sein konnte, beschallte das Treppenhaus. Sie sahen sich beide an und liefen synchron Richtung Ausgang. Auf dem Flur stehend erahnten sie, woher er kam, anschliessend rannten sie die Treppe hinunter.

Der Haupteingang war leer, sie vernahmen aber Geräusche im unteren Bereich und folgten diesem. Eine Frau älteren Jahrgangs, kniete wie eine Statue vor einer am Boden liegenden Frau. Schnell begriff Doktor Bolt und drückte sanft zwei Finger auf Haras Hals, dieser gab kein Pulsieren zurück. Er beugte sich mit seinem Kopf noch tiefer an ihre Nase und verharrte kurz, aber da war kein Lebenszeichen mehr auszumachen. Er wusste, es war unnötig, doch hörte er mit dem Stethoskop ihr Herz ab, wie befürchtet blieb alles ruhig. Z stand wie versteinert da und bewegte nur noch ihre lebensnotwendigen Organe. Sie wollte sprechen, aber irgendetwas liess es nicht zu.

„Wir müssen die Polizei verständigen", sprach die Frau, die die Leiterin fand.

„Das werde ich veranlassen, bitte schliessen sie die Kellertüre ab."

Da sie erkannte, dass dieser Mann ein Arzt war, nickte sie bejahend und holte den Schlüssel.

Doktor Bolt rief von Haras Wohnung die Polizei an und forderte gleichzeitig einen Leichenwagen. Er füllte ein Formular aus, das die Todeszeit sowie Ursache bestätigte.

„Brauchen sie mich noch, ich würde gerne diese Wohnung verlassen?", fragte Z.

„Nein, aber bitte geben sie mir ihre Adresse und Telefonnummer, vielleicht hat die Polizei noch Fragen an sie. Woher kennen sie Frau Bensen, wenn sie erlauben."

„Sie dürfen, ich bin ihre Stellvertreterin vom Haus am Fluss."

„Dan sind sie Frau Grän?"

„Woher kennen sie meinen Namen?", fragte sie erstaunt.

„Hara hat mich informiert, sie werden die neue Leiterin, nicht wahr?"

„Ja, sie hat mir von ihrer Krankheit erzählt, doch nicht, dass es so schlimm ist." Tränen liefen ihr übers Gesicht, Doktor Bolt drückte ihren Oberarm und sagte: „Das habe ich auch nicht angenommen, aber so bleibt ihr eine lange Leidenszeit erspart."

Sie verabschiedeten sich, Z liess sich wieder nach Hause chauffieren, im Wissen, dass ab heute alles anders werden würde.

12. Aufholjagd

Konis Heimweg war alles andere als ein Spaziergang, seine Gedanken kreisten dauernd um C. Er hat ihn in dieser kurzen Zeit sehr ins Herz geschlossen, die Chemie zwischen ihnen hatte von Anfang an gestimmt. Ihm war natürlich klar, dass diese Beziehung nur auf Zeit war, doch er blendete dies immer wieder aus.

Zuhause angekommen entledigte er sich seiner warmen Kleidung, er verspürte einen immensen Hunger. Dieser wurde zusätzlich durch den Duft der Zwiebelringe, die Marga goldgelb röstete, angeregt. Sein Vater sass schon am Tisch in der Küche, sein Blick ähnelte einem Hund, der vor dem Erschiessungskommando stand. Michel klopfte ihm liebevoll auf die Schulter: „Es wird schon. Wir müssen jetzt die Zeit verstreichen lassen und hoffen, dass alles wieder so wie früher wird."

Marga setzte sich zu ihnen, nachdem sie ihrem Sohn einen Tee vorsetzte.

Er zog den Brief, besser gesagt den Zettel heraus, den C vor der Reise schrieb. Beide rückten näher und lasen die wenigen, aber aussagekräftigen Worte. Marga wusch sich die Tränen ab, sie liefen schon seit heute Morgen, woher nahm sie nur den Nachschub, dachte Michel. Sein Vater atmete tief ein und sprach: „Ich habe keine Angst vor dem, was später kommen wird, ich fürchte mich vor dem, was in den nächsten Tagen geschieht. Er trägt keine Winterkleidung, der Schnee steht bereits in den Startlöchern. Der Weg wird bestimmt bei den angedrohten Wetterverhältnissen mindestens drei Tage in Anspruch nehmen. Er kennt die Abkürzungen nicht, er wird dem Fluss folgen, wenn er zu spät abzweigt, hat er mindestens einen Tag länger."

„C ist dank euch in einer körperlich guten Verfassung, er wird das mit seinem Fähigkeiten schon meistern", sprach er zur Beruhigung. Marga klopfte halbherzig auf den Tisch und sagte: „Wir müssen zur Polizei, um es zu melden, dann werden sie nach ihm suchen. Wir können doch nicht weiter machen, als ob nichts passiert wäre. C wird das nicht ohne fremde Hilfe überstehen. Es gibt keinen anderen Weg."

Michel meldete sich.

„Ausser wir suchen ihn, Joschi wird bestimmt auch mitmachen. Wir sind schneller als C, wenn wir ihn finden, begleiten wir ihn bis zur Stelle, wo ihr ihn gefunden habt. Wir könnten uns die Pferde von Karl ausleihen, wir sagen ihm, dass wir einen Ausritt unter Männer unternehmen, da hat er sicher nichts dagegen."

„Die Idee finde ich gut, so würden wir, also Joschi und ich, auch wieder etwas gut machen. Einzig der Schnee könnte unserem Vorhaben ein Ende setzen, doch lassen wir es darauf ankommen. Die Polizei würde auch nicht schneller handeln, die bewegen sich doch kaum wegen einem ausländischen Jungen." Marga stand auf und sprach in einem scharfen Ton.

„Wenn es ihm nur hilft und euch nicht schadet. Eines müsst ihr mir versprechen, gefährdet euch selbst nicht, sonst ist am Schluss niemandem geholfen. Ich mache das Essen fertig, bis dahin kannst du Joschi fragen, doch ohne Schnapspause. Sohnemann, du holst die Pferde bei Karl, sag ihm, er hätte was gut bei uns. So verlieren wir keine Zeit!"

Michel war von seiner Mutter überrascht, ohne etwas dagegen zu sagen, bejahte er und verschwand, wie es auch sein Vater tat.

Nach einer knappen halben Stunde waren alle vollzählig eingetroffen. Vater und Sohn bepackten die Pferde mit allem Nötigen, Marga bat Michel, die Sachen von C mitzunehmen.

Sie hatte den Tisch gedeckt und das Essen serviert, Joschi war schweigsam.

„Hast du bedenken Joschi?", fragte Koni.

„Nein nein, ich habe mich nur gefragt, was wir machen, wenn wir ihn tot finden. Dann sind wir wieder am Anfang unserer schlechten Geschichte." Koni dachte, wie die anderen kurz nach.

„Deine Überlegungen sind berechtigt, ich schlage für alle Fälle vor, dass wir Pickel und Schaufel mitnehmen", sprach Koni und brachte die anderen damit kurz zum Schweigen.

Nach dem Essen ritten sie los, Marga hielt nach ihrem Verschwinden ein kurzes inniges Gebet.

Ihr erstes Ziel war die Hütte von Michel. Von dort aus starteten sie die Aufholjagd, obwohl schon später Nachmittag war. Normalerweise würden sie erst am folgenden Morgen losreiten, doch es war alles andere als normal.

13. Das Verlies

Die absolute Dunkelheit umgab Orsen wie ein schwarzer Umhang, er schaute umher, sah jedoch nichts. Er tappte wortwörtlich im Dunkeln, er tastete erst den Raum direkt um ihn herum ab. Er spürte nur den kalten Boden unter sich, streckte die Hand in das über ihm liegendem nichts. Er versuchte, sich langsam aufzurichten, stehend tastete er wiederum alles um sich herum ab. Nichts war fühl oder fassbar, ein unangenehmes Gefühl überkam ihn. Er traute kaum sich zu bewegen, das Dunkle bremste seine Neugier. Orsen durchsuchte die Taschen seiner Kleidung, alles leer, wie befürchtet. Er holte tief Luft und bemerkte, dass sie nach Erde sowie Moos roch.

Durch das ruhige Verharren erhoffte er sich, fremde Geräusche wahrzunehmen. Es war der stillste Raum, wenn es einer war, in dem er je stand. Er nahm allen Mut zusammen und rief leise in die Dunkelheit, ein dezentes Echo war die einzige Antwort. Er rief immer lauter, doch nur dieses Echo war zu vernehmen. Genervt schrie er so laut wie er nur konnte, nichts, nur die Kehle tat weh und fühlte sich trocken an. Leicht fröstelnd begann er die Umgebung Schritt für Schritt abzugehen, die Hände immer halb ausgestreckt voran. Schnell wurde ihm klar, dass der Raum nicht sonderlich gross sowie aus Stein war. Er ging langsam in die Hocke, dabei fing er an zu überlegen.

Wo befand er sich, woher hatte er so einen seltsamen Geruch im Gaumen. Die Augen tränten leicht, den Grund dafür kannte er nicht. Die Erinnerungen meldeten sich schleichend zurück, die Nacht mit dieser Frau namens Clara, die Fahrt zum Hotel und dann … Er konnte sich nicht mehr an die Ankunft, wenn er überhaupt ankam, erinnern.

Von den steten Weiterbildungskursen bei der Polizei, wusste er, dass er auf keinen Fall die Fassung verlieren durfte. Sein Verhalten könnte für den weiteren Verlauf entscheidend sein. Er setzte sich auf den Boden, anschliessend überdachte er seine Situation völlig nüchtern. Offenkundig hat mich jemand entführt und hier eingesperrt, aber warum?

Die Augen gewöhnten sich an die Dunkelheit, er glaubte die Umrisse des Raums zu erkennen. Die Mauern bestanden aus grossen Blöcken. Die Höhe erahnte er nur, da ihr Ende nicht sicht sowie fühlbar war. Plötzlich bemerkte er, dass seine Blase, die er bis anhin vergass, ihn dermassen nötigte, wodurch er Bauchschmerzen bekam. Kurzentschlossen stand er auf und löste sein Problem an einer Mauer. Der Geschmack des austretenden Urins, erinnerte ihn an ein Gewürz, er konnte es nicht bestimmen. Kaum uriniert hörte er ein dumpfes stampfen, ein Stein in der Mauer bewegte sich.

Der Lichteinfall, der die Dunkelheit durchbohrte, blendete Orsen. Ein dumpfes Aufschlagen verriet, das etwas auf den Boden fiel, danach folgte erneut das Steingeräusch und alles war wieder ruhig.

Er versuchte zu rufen, bekam aber kein Wort aus seiner Kehle, sie war wie zugeschnürt. Anschliessend schlich er, die Hände nach vorne gerichtet, leise in die Richtung, von wo aus er das Licht vermutete. Er bewegte sie synchron wie

Scheibenwischer, plötzlich stiess er mit etwas zusammen und blieb schlagartig stehen.

Mit ruhiger Hand ertastete er vorsichtig den angestossenen Gegenstand. Nach kurzem Befühlen erahnte er einen Eimer aus Metall, darin steckte eine Decke oder Ähnliches, sowie einen Beutel. Er warf sie um seine Schulter, die wohltuende Wärme liess nicht lange auf sich warten. Als er sich nochmals dem Boden widmete, ertastete er eine Art Flasche, sie war nicht aus Glas, eher aus Holz. Er hob sie auf und konnte sie schwach erkennen, er drehte am Verschluss und roch instinktiv daran. Er nahm eine vorsichtige Probe, danach stufte er es als Wasser ein. Der erste Schluck wurde zum spülen des Rachens benutzt, er spukte ihn aus und trank einen weiteren in sich hinein. Vorsichtig verschloss er das Trinkgefäss und widmete sich wieder dem Eimer zu. Der Beutel, der darin steckte, wurde vorsichtig hinausgehievt.

Dieser wurde derselben Geruchskontrolle unterzogen, erst glaubte er zu träumen, es roch nach geräuchertem Fleisch. Er hielt den Beutel ein wenig von seiner Nase entfernt und wiederholte das Vorhaben. Er war nicht verrückt, dieser Beutel beinhaltete etwas Wunderbares. Orsen öffnete den mit Schnüren verschlossenen Sack und griff hinein, seine Vermutung bewahrheitete sich. Etwas, das sich nach Wurst anfühlte, sowie ein rundes Brot lagen darin. Dieser Beutel weckte den unterdrückten Hunger. Er drehte den Eimer auf den Kopf und setzte sich vorsichtig darauf, die Knie bildeten die Unterlage für den Beutel. Das Essen liess ihn für kurze Zeit seine missliche, ungewisse Lage vergessen.

14. Unerwartetes

Eine Viertelstunde zu früh, stand Z vor der besagten Firma.
Sie begab sich zum Haupteingang und trat ein, auf einer
Tafel las sie den Namen „Gros Kunststoffe."

Wie ein Blitz schlug es ein, die Familie Gros, sie, die G
und K aufnahmen, gleich fühlte sie sich wohler. Sie hatte
sich schon ernsthaft Sorgen über ihr unterfangen gemacht,
doch dieser Name löste ihre Angespanntheit.

„Guten Tag Frau Grän, oder doch lieber Z?", fragte
eine freundliche Stimme.

Ganz in Gedanken drehte sie sich.

„Ach, guten Tag Herr Gros, wie meinten sie eben?"

„Entschuldigen sie, ich wollte nur fragen, wie ich sie
ansprechen darf?"

„Z wäre mir recht, dieser hat sich in den Jahren zum
Hauptnamen gemausert."

„Gut, bitte kommen sie herein, meine Frau wird sich
freuen, sie zu sehen."

Sie betraten einen hellen freundlichen Raum. Frau Gros
stand schon aufgeregt im Raum, um sie zu begrüssen.

Nach kurzer Plauderei setzten sie sich auf die lederne
Polstergarnitur.

Auf dem Tisch stand ein Krug Wasser mit drei Gläsern,
sowie eine Kanne Kaffee mit Tassen.

„Sie sollten wissen, dass ich ohne Einverständnis des
Heimes hier bin. Ich muss sie bitten, dieses Treffen
nirgends zu erwähnen. Unsere langjährige Leiterin des
Hauses verstarb gestern unerwartet. Darum war es mir nicht
möglich, eine Erlaubnis einzuholen."

Mägi stand auf und gab kondolierend die Hand, Ross
tat es ihr gleich.

„Das tut uns leid, wir zwingen sie zu nichts, was sie
nicht verantworten können!"

„Schon gut, wenn ich es nicht gewollt hätte, wäre ich nicht hier. Jetzt würde ich gerne über das sprechen, weshalb ich überhaupt hier bin."

Ross begann wie abgesprochen.

„Es liegt uns viel daran, dass Georg und Kelly nach diesem Gespräch, nichts nachteiliges geschieht. Wenn Sie uns nicht versprechen können, dass dies so ist, werden wir es bei der Plauderei belassen."

Mägi erschrak, wie ernst Ross diese Worte sprach, das zeigte ihr wieder einmal, wie er die Jungs ins Herz geschlossen hatte.

„Ich verspreche ihnen, dass den beiden nichts passiert, ausser natürlich, wenn es sich um eine schwere Straftat handelt. Da bin ich nicht bereit zu schweigen. Übrigens gefällt es mir, welche Sorgen sie sich um G und K machen!" Ein sanftes Lächeln zeichnete sich auf ihr freundliches Gesicht.

„Danke, nach meinem Rechtsempfinden sind wir von einer schweren Straftat weit entfernt", sprach Ross und bat Georg, der nebenan wartete, herein. Sofort stand Z auf, nahm Georg in die Arme und drückte ihn liebevoll. Er schien es zu geniessen und hielt eine Weile inne.

„Jetzt bin ich auf das, was ich gleich hören werde, gespannt, es geht um C, habe ich Recht?"

Alle setzten sich und bejahten es. Georg erzählte es so, wie er es bereits Mägi und Ross berichtete. Z kam aus dem Staunen über das gehörte nicht raus. Georgs Art der Erzählung gestaltete es noch interessanter, man spürte unweigerlich, wie befreiend es für ihn war. Nachdem die ganze Geschichte erzählt war, wurde Kaffee eingeschenkt.

„Was halten sie jetzt davon, ist es eine schwere Straftat?"

Z antwortete: „Die Beihilfe zur Flucht bestimmt nicht, wie es sich mit dem Schweigen verhält, kann ich nicht beurteilen. Da dieses Gespräch offiziell nicht stattfand, ist es auch kein Thema!"

Die Erleichterung sah man allen dreien an, Georg stand unaufgefordert auf und setzte sich zu Z.

„Ich hatte nie vor, sie anzulügen, aber C konnte ich auch nicht verraten, es tut mir leid."

Z nahm Georg abermals in die Arme, dabei spürte sie seine Tränen auf ihrem nackten Unterarm.

„Ist schon gut, Freunde verrät man nicht, das ist halt so. Es ist lobenswert, dass du dich nun doch getraut hast, jetzt hat es nichts mehr mit Verrat zu tun."

Mägi fuhr die Situation zu heftig ein, sie weinte, wusste doch nicht genau warum.

„Wie wird es jetzt weitergehen, was können sie unternehmen. Das Ganze ist ja schon über einen Monat her?"

Sichtlich nach Worten suchend sprach Z: „C wurde offiziell als tot erklärt, die Suche wurde eingestellt, als sie blutverschmierte Kleider von ihm fanden. Der Fundort wurde mit Hunden abgesucht, die Suche endete erfolglos. Sie vermuten, dass ihn ein Tier angefallen, oder er im reissenden Fluss ums Leben kam. Vielleicht war der heftige Sturm sein Verhängnis."

Die Stimmung wurde durch Z`s Worte getrübt.

„Diesen Sturm werden wir nie vergessen, er hatte nicht nur unser Leben gefährdet, er hatte es auch ironischerweise positiv beeinflusst. Was halten sie davon, teilen sie die Meinung der Polizei?", fragte Ross.

„Anfangs nicht, doch er hat sich nirgends gemeldet. Nicht einmal bei F, sie war ja der Grund dieses Unterfangens. Ich hatte vor drei Tagen Kontakt mit ihr, er hat sich bislang nicht gemeldet. Ich überlege mir in Ruhe, was ich unternehmen werde, auf jeden Fall bin ich dankbar es erfahren zu haben. Ich muss leider wieder ins Heim zurück, dieses Treffen hat für beide Seiten nie stattgefunden. Das schwöre ich."

„Wir auch, Danke."

Nach der Verabschiedung traten alle den Heimweg an, die einen erleichtert, die eine weniger.

Die Mitarbeiter sowie die Bewohner wurden über das Ableben der Heimleiterin informiert. Da die meisten nur wenig bis gar keinen persönlichen Kontakt zu ihr pflegten, wurde es eher emotionslos aufgenommen.

Z wusste nicht so recht, was sie denken sollte, auf der einen Seite trauerte sie über jeden Todesfall im engeren Umfeld. Doch die Leiterin hatte sie erst vor kurzer Zeit näher kennengelernt. Traurig war sie, es beschäftigte sie, dass sie nicht eher zu ihr fuhr. Vielleicht hätte es ihr das Leben, wenigstens für kurze Zeit, gerettet.

Sie stand nun in ihrem Büro, es so zu übernehmen, war für sie kein gutes Omen. Sie öffnete den Safe, in dem das Heft mit den Notfallnummern lag. Nicht etwa von der Polizei oder dem Spital, nein, es waren die Geheimnummern für aussergewöhnliche Vorfälle.

Sie hielt es wie eine Bibel in ihren Händen, öffnete es und staunte nicht schlecht. Zwei Nummern ohne Namen standen wie verloren auf einer Seite, umgeben von Leere. Sie wählte die ersten vier Zahlen, als das gegenüberliegende Telefon klingelte. Sie überlegte kurz und entschied, es anzunehmen, eine Männerstimme meldete sich.

„Guten Tag Frau Grän, hier spricht Doktor Bolt."
Danach eine Pause.

„Guten Tag, wie kann ich behilflich sein?"

„Wollte nachfragen, wie es ihnen ergangen ist, es wird für sie kaum eine alltägliche Situation gewesen sein?"

„Danke der Nachfrage, ja, also ich meine nein, es ist keine und ja es geht mir gut."

„Schön das zu hören. Ich hätte da ein Anliegen, könnten wir uns mal treffen, wenn möglich heute oder morgen?"

Etwas verdutzt antwortete sie verzögert: „Wie muss ich das verstehen, ich kann ihnen nicht folgen?"

„Es ist so, Hara hat mich beauftragt sie zu informieren, im Falle sie vor Ende des nächsten Monats sterben würde. Ich habe es ihr versprochen, mich persönlich um sie zu kümmern."

„Ich verstehe nicht warum, doch wir können uns gerne treffen. Morgen Nachmittag bin ich in Aronis, da könnte ich es mir einrichten."

Sie vereinbarten ein Treffen im Mona Lisa, einem Kaffee in der Altstadt von Aronis.

15.   C

Die Nacht war anfangs klar und kalt, das Feuer wärmte mich, bis ich schliesslich einschlief.

Jemand streichelte mein Gesicht mit einer Feder, es war ein seltsames Gefühl, das mich nicht weiter störte. Sie glitt mit sanftem Druck über die Haut. Eine Gestalt in weissem Gewand und blonden Haaren, kniete neben mir. Sie erinnerte mich an einen Engel, den ich einmal in einem Märchenbuch bestaunte. Dieser hatte mich sofort in ihren Bann gezogen, ihr Gesicht war wohl das Liebste, was ich je gesehen habe. Ich versuchte, den Engel anzusprechen, doch meine Lippen waren wie zugenäht. Nicht ein Pieps brachte ich raus, sie hingegen beugte sich zu mir runter, und küsste mich auf den Mund.

Dieser Kuss brachte meinen ganzen Körper in einen unbekannten Zustand, der sehr angenehm war. Sie berührte mit ihren sanften Händen die Wangen, die Aufregung sah man mir bestimmt aus weiter Ferne an. Das Streicheln fühlte sich weniger sanft an als geahnt, es war feucht und eher rau. Als sie die Ohren erreichte, wurde es mir zu viel, ich stiess sie mit meinen Händen weg, ich hatte das Gefühl, etwas Pelziges anzufassen. Ein Geschrei weckte mich unsanft aus meinem Schlaf.

Ich setzte mich auf und erkannte ein grosses Tier neben mir. Mein Herz blieb fast stehen, denn ich hörte das schnelle Schlagen in meiner Brust. Zähnezeigend knurrte mich das Tier an. Es besass ein eindrückliches Gebiss, das alles Weitere erahnen liess. Instinktiv schaute ich auf das Feuer, was leider keines mehr war. Trotzdem nahm ich einen angekohlten Ast als Waffe. Nachdem ich bemerkte, dass es kurz zurückwich, stiess ich einige Male mahnend gegen dieses. Automatisch stand ich auf, gleichzeitig schrie ich es, so laut es ging, an, das war dem Tier scheinbar zu viel des Guten. Es bewegte sich einige Meter zurück und machte sich aus dem Staub. Nachdem sich das Ganze beruhigte, spürte ich eine kühlende Kälte auf der rechten Gesichtshälfte. Meine Hand fand schnell den Weg dorthin, strich über sie und ertastete eine eklig, klebrige Nässe. Langsam wurde mir klar, wer mich im Traum so küsste und liebkoste. Nicht vorstellbar, in was für einer gefährlichen Lage ich mich vor kurzem befand. Eilig nahm ich trockenes Holz und brachte es, dank der Glut, wieder zum Brennen.

Das Feuer wärmte meinen inzwischen erkalteten Körper. Im Einmachglas, dass als Trinkgefäss diente, erwärmte ich etwas Flusswasser und trank es wie Tee, nur ohne Geschmack. Der Zaubertrank liess mich gestärkt auf den nahenden Morgen warten.

Nach dem mickrigen Frühstück machte ich mich wieder auf den Weg. Eine Entscheidung durfte ich zuvor noch fällen, zu Fuss oder mit dem Boot, schneller wäre ich mit dem Boot, sicherer und bestimmt wärmer wäre Laufen. Dem Gefälle nach verlief der Fluss leicht abwärts und verschwand in einem Waldstück, das wäre meiner Meinung nach falsch. Rechts von mir ging es bergauf, ich glaubte, einen schmalen Pfad zu erkennen. Das Boot liess ich angeleint am Flussufer liegen, in der Hoffnung, die Eigentümer würden es wiederfinden.

Ich entschied mich für diesen und verlies das Flussufer marschierend bergwärts. Nach mehrmaligen Pausen, die ich dringend benötigte, bereute ich diese Entscheidung, eine Umkehr kam nicht in Frage.

So nach etwa drei Stunden war ich völlig am Ende meiner Kräfte, die Luft wurde immer dünner, das Atmen fiel mir schwer. Während des Marsches hörte ich ein stetiges Rauschen in der Ferne, wie Blätter im Wind. Ich sah in die Höhe erkannte jedoch nichts, es war windstill, woher kamen diese Geräusche. Wurde ich langsam verrückt oder spielte die Natur mir etwas vor. Nach einer weiteren halben Stunde wurde ich vom Rauschen eingehüllt, nebelartige Feuchte streichelte mein Gesicht. Der Lärm wurde fast unerträglich, ich lief in die Richtung, von wo meiner Meinung nach das Rauschen herkam. Da ich unweigerlich ein Dickicht von Gebüschen durchstreifen musste, schoss mir ein Zweig von der Seite ins Auge, es schmerzte höllisch. Ein letzter Schritt und ich wurde aus diesem Dschungel befreit, das eine Auge tränte, das andere hielt ich instinktiv geschlossen.

Als ich mich wieder fasste, öffnete ich sie ganz behutsam, das laute Rauschen hatte ich durch die Schmerzen ausgeblendet. Ich traute meinen Augen nicht, rieb diese und schaute nochmals hin. So etwas Schönes und Gewaltiges hatte ich zuvor noch nie gesehen. Ein tosender Wasserfall stürzte rechts von mir in die Tiefe, er liess mich einfach nur staunen.

Ein Naturschauspiel von unbeschreiblicher Schönheit, das Farbenspiel, ausgelöst von der Sonneneinstrahlung, gab dem Geschehen ihre Vollkommenheit. Ich stand starr wie ein Stein da und war unfähig, meinen Blick abzuwenden.

16.   Anna und Maria

Anna stand wie jeden Morgen nach der Toilette vor dem Spiegel und betrachtete sich. Ihr Körper wurde von Rundungen, die ihr unangenehm waren verändert, ihr schien, als ob diese täglich fortschritten. Anschliessend zog sie sich an und begab sich nach unten, um zu frühstücken. Maria stand in der Küche, sie sah gelangweilt aus.

„Guten Morgen Maria."

„Hallo Anna, ausgeschlafen und hungrig?"

„Ja, wo sind die Anderen?"

„Sie haben mich gestern angerufen, um mich zu informieren, dass sie noch zwei Tage wegbleiben. Alex erzählte mir nichts genaueres. Ich soll auf dich aufpassen und dir einen Kuss von ihnen geben."

Anna setzte sich und war kurz sprachlos.

„Einen Kuss von den beiden, hast du dies richtig verstanden? Sie haben mir noch nie einen Kuss gegeben, ich will auch keinen!" Sie hörte genau zu und dachte das Gleiche, ohne es auszusprechen.

„Lass gut sein, iss etwas, dann ab in die Schule."

Maria lächelte, dabei bediente sie sie.

„Maria, ich kann dies selbst machen, du musst mich nicht bedienen, ich mag das nicht."

„Das weiss ich, doch sie bezahlen mich dafür, ohne dieses Einkommen würde ich meine Familie nicht durchbringen. Mein Mann starb viel zu früh, er hinterliess uns nur eine kleine Rente."

„Tut mir leid, ich meinte es nicht so", sagte Anna leicht beschämt.

„Egal, wenn wir zusammen sind, ist das für mich keine Arbeit, du bist mir ans Herz gewachsen, das musst du wissen."

„Wie alt sind deine Kinder?"

„In deinem Alter etwa, Sarai ist zwölf und Timmy zehn Jahre, sie würden dir gefallen."

„Das glaub ich dir, bring sie doch mal mit, damit ich sie kennenlerne."

„Dies ist keine gute Idee, das würde gegen meinen Arbeitsvertrag verstossen", Maria lachte seicht.

„Dann komme ich mal bei dir vorbei, wenn du erlaubst?"

„Das hingegen verstösst gegen keine Regel, so jetzt musst du aber los, sonst bin ich noch schuld, wenn du zu spät in die Schule kommst."

Sie räumte die Sachen auf und liess den Tränen ihren Lauf, den Verlust ihres Mannes hatte sie noch längst nicht verkraftet, obwohl es schon zwei Jahre her war.

Anna traf nicht ganz zufällig Tom auf dem Schulweg, sie fand es schön, jemanden zu haben. Dennoch dachte sie jeden Tag an C, das mit Tom war etwas ganz Anderes, was, wusste sie selbst nicht so genau.

17. Brad Maron und Doktor Ken Bolt

Brad Maron, Präsident der Bruderschaft Arche und Haras heimlicher Liebhaber, wurde von Doktor Ken Bolt, persönlich über ihr ableben informiert. Er fasste es wie gewohnt. Ken wusste genau, dass dies nur Fassade war. Hara hatte ihm seit ihrem Befund, viel von ihrem Leben preisgegeben, natürlich im Wissen der ärztlichen Schweigepflicht. Da sie ihr Begräbnis schon seit längerer Zeit geplant hatte, gab es nicht mehr vieles zu besprechen. Die Beerdigung sollte nur im engsten Kreis vonstattengehen. Genau genommen waren dies zwei Personen, ihre an Demenz erkrankte Mutter und Brad.

„Wir müssen noch besprechen, wie es mit unserem Geschenk weitergehen soll?", sprach Brad.

„Wie besprochen, es darf ihm nichts geschehen, nur eine kleine Auszeit!"

Es wurde eine gefühlte Minute geschwiegen.

„Geht klar, aber ich kann für meine Freunde in Scanland nicht die Hand ins Feuer legen. Du kennst diese Leute, ich versuche mein möglichstes."

„Das hoffe ich, sonst wird uns die ganze Sache über den Kopf wachsen."

„Nun noch kurz zu C, weisst du schon, wann C offiziell als tot erklärt werden kann?"

„Ich habe alles in meiner Macht stehende unternommen, ohne die Sache zu gefährden, ich vermute in einem Monat."

„Dies wäre für alle eine Erleichterung, wir sitzen alle im gleichen Boot. Das wegen dem Geschenk, diese Sache steht über allem anderen, das ist dir doch klar?", sprach Brad ernst.

Nach kurzem Schweigen folgte die Antwort.

„Halten wir uns an unsere Werte und Regeln, dann ist es kein Thema."

Sie verabschiedeten sich kurz aber freundlich.

18.   Neues Verlies

Orsen dachte erst, es sei ein Traum, passender gesagt ein Alptraum, doch er wurde eines Besseren belehrt. Das Essen im Beutel war schon längst verschlungen, die wiederholten Rufe endeten immer im Nichts. Er durchsuchte wiederkehrend die Taschen seiner Kleidung, die er auf sich trug, leider ohne Erfolg. Der einzige Trost war der Geruch seiner Kleidung, wenn er nah an ihnen roch, erkannte er den Geschmack von Clara.

Seine Hosen rutschten immer wieder runter, ihm fehlte der gestern noch vorhandene Ledergurt. Kurz entschlossen, diesem Umstand ein Ende zu setzen, stopfte er seine Kleider in die Hose, damit konnte er das Herunterrutschen verzögern. Das Zeitgefühl hatte er völlig verloren, müde, sowie langsam resigniert, sass er auf dem Eimer und dachte nach. Warum bin ich überhaupt nach Wornas gereist, das Ganze brachte eh nichts. Alles was er erfuhr, half ihm nicht weiter. Die Zustände in Scanland hatte er so nicht erwartet, woher auch. Warum hatte er sich nur auf dieses Abenteuer eingelassen, hatte Bruno Arno eine Absicht, die er nicht erkannte. War alles ein Zufall, er hatte sich selbst in diese Lage manövriert.

Die Müdigkeit kroch langsam in seinen leicht frierenden Körper. Er setzte den Eimer näher an die Mauer und legte die Decke um die Schultern, an diese lehnte er sich an und versuchte zu schlafen. Dunkel genug war es ja.

Ein Gewirr aus Stimmen und anderen undefinierbaren Geräuschen, holte Orsen aus dem Schlaf. Erst dachte er, seine Augen hatten sich an die Dunkelheit gewöhnt, er sah nun leicht verschwommen Wände und Möbel. Erst jetzt bemerkte er, dass er nicht mehr auf dem Eimer sass, sondern auf einem Bett mit Matratze lag. War es doch ein Traum, dieses Zimmer kannte er nicht, das Hotelzimmer sah schon etwas anders aus. Er trug immer noch dieselben Kleider, teils steckten sie noch halb in der Hose. Er stand auf und suchte nach einer Tür, er fand sie, konnte sie jedoch nicht öffnen. Sein Klopfen verstummte das zu hörende Stimmengewirr. Der Hals war trocken und schmerzte leicht, trotzdem versuchte er zu rufen.

„Hallo, ist hier jemand, bitte öffnen sie die Tür."

Nicht ganz ausgesprochen, bemerkte er seinen polizeilichen Ton in der Stimme. Nach einigen Sekunden meldete sich eine Männerstimme mit fremden Akzent.

„Was ist los, sie haben alles, was sie benötigen im Zimmer, die Toilette ist hinter dem weissroten Vorhang. Frische Kleider liegen im Koffer, vielleicht nicht ihre Grösse. Das Essen wird ihnen in Kürze gebracht."

Orsen dachte erst an einen schlechten Scherz.

„Bitte lassen sie mich hier raus, das können sie nicht machen!"

„Sie können wählen, entweder sie benehmen sich so wie wir wollen, andernfalls müssen wir sie wieder ins dunkle Verlies verfrachten. Es liegt an ihnen!"

Orsen sah ein, dass sein Leben momentan in fremden Händen lag, er sagte nichts mehr und war um die alte aber intakte Toilette erfreut. Er wusch sich am metalligen Waschtrog, das Wasser hatte den gleichen Geruch wie das Getränk von gestern. Als er aus der Toilette trat, sah er auf dem Tisch ein Tablett mit Essen. Er warf die stinkenden Kleider neben den Koffer. Frisch gekleidet lief er zum Tisch. Er hob den Deckel des steinernen Kruges, der Duft von Kaffee umhüllte seine Nase, er schloss die Augen und genoss den Moment, es war eine Offenbarung. Er setzte sich auf den mit kissenbelegtem Stuhl und fing mit dem frühstücken an. Ein Lachen zeichnete sich ab, eigentlich war es wie im Hotel, aber eben nur fast. Nach dem Schmaus schaute er sich genauer um, alles war aus Holz, der Boden, die Decke, sogar die Wände. Es war spartanisch aber zweckmässig eingerichtet, kein Bild, keine Zeitschrift, nichts aus dem man hätte etwas schliessen können. Er sass wie begossen auf dem Stuhl und schaute mit leerem Blick in sein Gefängnis. Die Gedanken schwirrten von Ausrasten bis Resignation. Er entschloss sich fürs Abwarten und überlegtes Handeln. Schliesslich hatten sie eine solche oder ähnliche Situation schon oft in der Theorie durchgenommen. Das Wichtigste war, einen kühlen Kopf zu behalten. Gespräche suchen und so zu führen, dass das Gegenüber das Gefühl bekam, die Sache unter Kontrolle zu haben. Er fühlte sich so machtlos wie schon lange nicht mehr, ihm blieb wirklich nichts anderes übrig, als abzuwarten. Das Zimmer hatte er auf alle Schwächen untersucht, konnte ausser der Türe keine finden. Die Toilette war wie ein kleiner Bunker, sogar der Abfluss war nicht grösser als acht Zentimeter. Er klopfte alle Wände sowie die Decke vorsichtig ab, er behalf sich eines Wäschestückes, damit das Klopfen gedämpft wurde. Leider war das Stimmengewirr wie abgestellt, er bereute, dass er anfangs so schnell zu rufen begann. Aus den Gesprächen hätte er sicher einiges erfahren, vielleicht sogar seinen Aufenthaltsort.

Er legte sich mit vollem Bauch auf das für ihn zu kleine Bett, und schwelgte in Gedanken an Clara. So beeindruckt hatte ihn noch keine andere Frau, ihm wurde warm ums Herz.

19. Clara Borel

Der Grinsemann sass wie meistens hinter der Theke und versuchte zwischen den Zigaretten etwas Sauerstoff einzuatmen. Clara Borel lief geradewegs auf ihn zu, das bewog ihn, so schnell wie möglich aufzustehen.

„Guten Tag Frau Borel, schön sie zu sehen.“

„Danke, ist Herr Orsen wieder aufgetaucht?“

„Nein, ich war die ganze Zeit hier, es verlangte auch niemand den Schlüssel.“

„Seltsam, war er zuletzt alleine angekommen?“

„Da bin ich überfragt, ich habe ihn gar nicht bemerkt. Ich kann nicht einmal mit Bestimmtheit sagen, ob er überhaupt aufs Zimmer ging.“

„Gut, geben sie mir bitte seine Schlüssel, solange nichts geklärt ist, darf niemand von dieser Sache erfahren. Das wird für sie ja kein Problem sein, denke ich."

Leicht verstört durch die Andeutung, reichte er ihr die Zimmerschlüssel.

„Hier bitte, ich stehe ihnen zu Diensten."

Sie nickte lächelnd und begab sich auf Orsens Zimmer. Das Öffnen des Schlosses löste bei ihr ein ungutes Gefühl aus. Sie tritt hinein und rief zeitgleich: „Ist jemand da?" Natürlich im Wissen, dass niemand antwortet. Den Geruch eines fremden, leicht beissenden Geschmacks, hing wie eine unsichtbare Wolke im Raum. Sie durchsuchte alle Räume, das heisst, es gab ja nur zweieinhalb.

Die Toilettenartikel standen wie normalerweise auf dem Waschbecken, die Sandalen neben dem Bett gleich vor dem Nachtisch. Der Schrank sah etwas unordentlich aus. Das eine Jackett erkannte sie wieder, er trug es damals im Hotel Waga. Sie sah neben dem Schrank einen Koffer liegen, sie überlegte kurz, ob sie ihn öffnen solle. Vielleicht hilft es ihr, die Situation zu klären, er hätte bestimmt nichts dagegen.

Leider brachte der Inhalt des Koffers keine Hinweise. Sie setzte sich auf den Stuhl, der am kleinen runden Tischlein stand und überlegte was hier geschah. Sie starrte in den Raum, als ob sie den Ablauf nochmals herbeischwören und sehen könnte.

Danach verliess sie Orsens Zimmer und schloss es, sie gab den Schlüssel wieder dem Grinsemann, den sie Yuri nannte.

„Sie melden sich bei mir, wenn er hier erscheint, jemand den Schlüssel oder sonst etwas von Herrn Orsen will."

Yuri nickte und bekräftigte es mit folgenden Worten.
„Sicher Chef, mache ich."

Zuhause angekommen, schenkte sie sich ein Glas Orangensaft ein. Sie setzte sich in den Wintergarten und telefonierte erst die Spitäler, danach alle Arztpraxen durch, die in der Umgebung tätig waren.

Leider ohne Erfolg, sie überlegte, ob sie eventuell überreagiere. Unter Umständen ist er einfach irgendwohin, um sich etwas anzusehen. Wenn sie nicht in diesem Land wären, würde sie sich mit Sicherheit keine solchen Sorgen machen. Falls bis morgen Abend nichts geschähe, müsste sie ihre Kontakte mobilisieren.

20.   Der Anruf

Bruno Arno sass im Büro in seinem Lederstuhl und redete stumm mit sich selbst.

Jetzt ist es bald eine Woche her, ohne ein Zeichen von Jan, die Angelegenheit wurde für ihn immer mehr zur Belastung. Er hätte ihn nicht fragen dürfen, denn ohne sein zutun, wäre Jan nie auf diese absurde Idee gekommen. Einerseits fragte er sich, ob er alles auf sich nehmen, und die Sache beenden solle. Doch wollte er Jan nicht hintergehen, bis jetzt wusste ja niemand, was sie vorhatten. Er hoffte, dass er bald anrufen oder zurückkehren würde. Dann könnten sie einen Trinken gehen und alles vergessen und begraben.

Das Klingeln des Telefons jagte seinen Puls auf über das Doppelte, er konnte sich gerade noch an der Stuhllehne festhalten.

„Arno", meldete er sich ausser Atem.

„Störe ich Bruno, bist du beschäftigt?"

„Nein ist schon gut, ich war in Gedanken. Was kann ich für dich tun?"

„Eigentlich sollte ich es an Jan weiterleiten, da er aber in den Ferien weilt und dies scheinbar dringend ist, dachte ich, du bist sicher die richtige Ansprechperson."

„Um was geht es, dass so wichtig scheint?"

„Eine Frau Grän ist am anderen Ende, sie wollte ausschliesslich mit Orsen sprechen, sie sagte mit keinem Wort, um was es sich handelt."

„Also gut, stell sie durch."

„Hier spricht der Polizeichef von Aronis, Bruno Arno, was kann ich für sie tun?"

„Hier ist Linda Grän, ich möchte nur mit Jan Orsen sprechen, ist er nun da oder nicht?"

„Nein, Herr Orsen nahm zwei Wochen Ferien, entweder gedulden sie sich bis dahin, andernfalls müssen sie mit mir vorliebnehmen."

Es wurde eine halbe Minute geschwiegen.

„Danke, dann muss ich mich eben gedulden. Es ist nicht gegen sie, aber ich vertraue niemandem, den ich noch nie gesehen habe."

„Kein Problem, woher sind sie, ihren Namen habe ich schon mal gelesen?"

„Entschuldigen sie bitte, ich bin die Vertreterin des Haus am Fluss, es ging um diesen Jungen, der verschwand und nicht wieder gefunden wurde."

Jetzt ordnete Arno seine Gedanken, bevor er antwortete.

„Sind sie noch da?", frage sie.

„Ja klar, das ist aber schon einige Wochen her oder nicht. Der Junge wurde als tot erklärt und damit die Suche eingestellt."

„Genau, sie wurde einfach so beendet, es handelte sich ja nur um ein Kind aus dem Heim."

„Sehen sie Frau Grän, ich begreife, dass sie wütend sind und nicht verstehen, weshalb dies so geschah. Es ist immer derselbe Ablauf, egal um wen es sich handelt, glauben sie mir."

„Es spielt keine Rolle, ich werde mich melden, wenn Jan Orsen wieder arbeitet."

„Gut, aber halten sie bitte keine Informationen aus reiner Enttäuschung zurück, dies hilft niemandem."

„Keine Angst, auf Wiederhören Herr Arno."

Z legte den Hörer auf und liess sich in ihren Sessel sinken. Ihr tat der Polizeichef im Nachhinein doch leid, die Sache regte sie wieder dermassen auf, dass sie sich etwas gehen liess. Noch eine Woche warten, das war für sie eine Ewigkeit. Doch nach dieser Zeit spielen einige Tage mehr oder weniger keine Rolle mehr. Sie verliess ihr Büro im Nebengebäude, damit sie mit den anderen das Abendessen einnehmen konnte.

Bruno Arno holte sich nach diesem Gespräch einen kräftigen Kaffee, dies hiess bei ihm einen doppelten Espresso. Er setzte sich wieder auf den noch warmen Lederstuhl, dachte und trank gleichzeitig. Manchmal hasste er den Job, zu gerne hätte er Frau Grän seine ehrliche Meinung zu diesem Fall offenbart. Doch so würde er sich noch mehr Ärger einholen und dem Jungen oder dem Fall wäre nicht geholfen. Jetzt wünschte er sich umso mehr, dass sich Jan melden würde. Was hat mich nur geritten, dass ich eine solche Idee in die Tat umsetzte. Da Jan der gleichen Meinung war, verlor es etwas an seiner Absurdität. Er wollte sich gar nicht ausmalen, was wäre, wenn die Sache auskäme, sein Job hätte er sowie Jan los. Die Öffentlichkeit würde über das Polizeisystem herfallen, wie die Geier auf einen frischen Kadaver.

21. Naturschauspiel

Aus dem Rauschen des Wasserfalls, der etwa zwanzig Meter oberhalb entsprang, glaubte ich, einzelne Wörter zu hören. Ich schenkte dennoch diesem Phänomen keine weitere

Bedeutung zu. Der Anblick allein liess mich die reale Welt vergessen. Nach einer gefühlten Viertelstunde berührte mich etwas am Rücken, es fühlte sich wie ein stumpfes Messer an, das in meinen Körper einzudringen versuchte. Ein Gemisch aus Angst und Unsicherheit liess mein Herz wie verrückt schlagen. Mein Kopf erlaubte mir nicht, klar zu denken. Im Prinzip sollte ich mich vorsichtig umdrehen, anderseits hatte ich Angst, was dann geschehen könnte. Das stupsen wurde eingestellt. Plötzlich hörte ich die gesprochenen Wörter wieder, die nicht wie gedacht aus dem Wasserfall, sondern hinter mir erklangen. Da ich sie bei diesem Lärm nicht richtig verstehen konnte, drehte ich mich behutsam um.

Da stand etwa zwei Meter vor mir ein älterer Herr mit einem dichten weissen Bart. Er trug einen Gehstock, den er immer noch in der Luft in meine Richtung hielt. Er redete mit mir, verstehen konnte ich ihn nicht wirklich, einzig an seinem strengen Blick zu deuten, machte er keine Witze.

Er winkte zusätzlich mit der Hand als Zeichen, dass ich zu ihm kommen solle. Da ich sein Gerede nicht verstand, bewegte ich mich vorsichtig zu ihm. Er begrüsste mich mit folgenden Worten: „Bist du verrückt oder lebensmüde, so nah am Abgrund zu stehen?"

Sein gesprochenes war immer noch schwer zu verstehen, vielleicht lag es an seinem Bart.

„Keines von beiden, ich habe es nur bewundernd betrachtet", antwortete ich eher laut.

„Du bist nicht von hier, nicht war, komm mal mit mir, ich zeige dir was."

Da er eine imposante Erscheinung war und ich ihn nicht provozieren wollte, folgte ich ihm widerstandslos. Nach wenigen Metern kamen wir auf eine Felsplatte, die mit Moos bewachsen war.

„So, jetzt komm hierher."

Er zeigte mit dem Gehstock nach links, meine Augen folgten wortlos. Die Knie wurden schlagartig weich und in mir stieg Übelkeit hoch, ich war unfähig hinzuschauen. Kurz vor dem übergeben streckte mir der Bärtige eine Flasche hin.

„Nimm einen Schluck, der hilft immer."

Er lachte und ich gehorchte. Er setzte sich neben mich und trank aus Nächstenliebe selbst einen Schluck. Das Zeug brannte in der Kehle, es vertrieb jedoch die Übelkeit aus meinem Körper.

„Vielen Dank, sie haben mir mit Sicherheit das Leben gerettet, das ist der Wahnsinn."

Kaum zu glauben, wo ich eben noch verweilte, war ein nichts aus überhängender Erde. Ich stand soeben am Abgrund zur Hölle. Ein kleiner Schritt nach vorn und ich wäre gewesen, verschwunden im Nirgendwo. Die überwältigende Schönheit zog mich dermassen in ihren Bann, dass jegliche Gedanken an bestehende Gefahren ausgeblendet wurden.

„Woher bist du eigentlich gekommen und warum hältst du dich in dieser gottverlassenen Gegend auf?"

„Ich bin erst am Flussufer entlanggelaufen, ich kam von Trubik her."

„Trubik kenne ich nicht, wird ein kleines Nest sein. Wohin willst du, der Wintereinbruch wird nicht lange auf sich warten lassen."

„Ich muss über die Grenze nach Snorland."

„Warum nach Snorland, was willst du dort?"

„Das ist eine lange Geschichte, ich suche meine Familie."

„Diese lebt in Snorland?"

Jetzt stieg wieder Unmut in mir auf, denn ich wusste nur, dass ich nichts wusste.

„Ich kann nicht genau sagen wo, ich habe nur ein paar Anhaltspunkte."

„Ist schon gut, du darfst ehrlich zu mir sein. Du hast was auf dem Kerbholz und die Polizei sucht dich, habe ich recht. Mir ist das völlig egal, wenn du magst, zeige ich dir, wo du über die Grenze kannst. Auf der richtigen Seite bist du schon mal."

Das Weitere der Geschichte hätte er mir sowieso nicht abgenommen, also behielt ich sie für mich und liess ihn im Glauben, es wäre so wie er meinte. Was völlig verständlich war.

„Es ist bald Mittag, wir gehen erst zu mir nach Hause und essen was. Danach bringe ich dich ein Stück weit und zeige dir, wie du nach Snorland kommst."

Da mein Magen mehr als leer war, konnte ich der Einladung nicht widerstehen. Ich wusste eh nicht mehr wie weiter, denn der Pfad wurde durch eine Felsklippe getrennt. Dieser Mann war für mich ein Geschenk des Himmels. Trotz seinem Gehstock musste ich schauen, dass ich mit ihm Schritt hielt, er marschierte wie ein junger Hirsch durch die beeindruckende Landschaft.

Als er einmal kurz den Mantel anhob, um einen Baumstrunk zu übersteigen, entdeckte ich unter diesem ein Gewehr. So ganz geheuer war er mir nicht mehr, er rettete mich vor einer tödlichen Dummheit, doch ich wusste überhaupt nichts von ihn.

Der Weg schien mir etwas lang, desto länger er dauerte, umso mehr Gedanken machte ich mir über den Bärtigen. Vielleicht wird er selbst von der Polizei gesucht, darum ist es ihm auch egal, was mit mir ist.

Plötzlich wurde die stille der Natur unterbrochen.

„Mach dir keine Sorgen, bald sind wir am Ziel."

Das war schon heftig, war er im Stande meine Gedanken zu lesen, oder war es purer Zufall. Das Gute an diesem nicht gerade langen Monolog, war, dass ich den Rest der Strecke gedankenlos lief. Die Steigung wollte nicht enden, ich atmete tief und langsam ein, um überhaupt Sauerstoff zu erhalten.

In einer Waldlichtung stand eine stattliche Hütte aus Holz, besser gesagt aus ganzen Baumstämmen. Einige Hühner pickten im Boden nach allerlei Essbaren, zwei Schweine schauten uns durch ein Gatter entgegen. Der Kamin liess ihren Rauch in die frühherbstliche Kälte entgleiten, dabei färbte er die Luft weisslich.

Urplötzlich kam knurrend eine grosse braune Bestie auf uns zugesprungen, ich stoppte abrupt.

„Du musst stillstehen und ihn nicht ansehen, ansonsten zerfleischt er dich."

Ich befolgte dies ohne zu fragen warum. Die Bestie war riesig und hatte Zähne wie ein Bär, jetzt versagten meine Knie zum zweiten Mal. Sie sprang direkt auf den Mann zu, stoppte kurz vor ihm und fing mit dem Schwanz an zu wedeln. Der Bärtige lief einfach weiter und liess mich stehen. Die Bestie starrte mich knurrend an, ich befand mich in einer sehr unangenehmen Lage, sie spürte dies und lies nicht locker. Ich versuchte mit aller Kraft sie nicht anzusehen, sah stattdessen hilfesuchend zum bärtigen Mann.

Er drehte sich um und pfiff zweimal kurz, die Bestie lief wie ferngesteuert schnurstracks zu ihm. Er sagte etwas Unverständliches zu ihr, danach sah er wieder zu mir.

„Du kannst jetzt kommen, aber halte dich nah an meiner Seite, du darfst ihm nicht zu nahekommen, es ist gesünder für dich."

Ich bemerkte erst jetzt, wie ich zu frieren begann, meine Kleidung war durch den Nebel des Wasserfalls feucht.

Die Veranda war mit drei Stufen erreichbar, dort stand eine Bank, auf der sich der bärtige Mann setzte, um sich die Schuhe auszuziehen.

„Du kannst deine zum Trocknen hinein nehmen."

Als ich es ihm gleichtat, bemerkte ich, wie meine Strümpfe nass sowie etwas stinkig waren. Er öffnete die Tür, die scheinbar nicht verschlossen war und bat mich hinein.

Die Bestie, die sich als Hund Sam entpuppte, trat auch in die Hütte, sie kam mir bis an meine Hüfte, auf allen vieren versteht sich. Etwas Gemütlicheres als dieses Haus hatte ich nie gesehen, das Feuer im Kamin brannte. Die Mischung aus Holz, Stoff und Fell verlieh dem Ganzen eine unbeschreibliche Wärme. Es war inwendig sozusagen gleich wie aussen, einzig die Baumstämme schienen heller.

„Du hängst am besten, alles was feucht ist hinter den Kamin, dort werden sie in Kürze trocknen."

Ich hängte alles an die Leine und stellte meine Schuhe auf den Boden, die Strümpfe wagte ich mich nicht aufzuhängen, ich legte sie neben die Schuhe auf dem Boden. Kaum fertig aufgehängt duftete es nach etwas Würzigem, dieser Geruch liess meinen Magen vor Freude knurren. Die Geräuschkulisse hatte den Hund aufgeschreckt, sie veranlasste ihn, gespannt umherzuschauen. Als er sich sicher war, dass nichts Ungewöhnliches geschah, legte er den Kopf wieder auf seine Vorderläufe.

„Sie haben es hier sehr schön gemütlich, vielen Dank, dass ich hier sein darf."

„Komm in die Küche, das Essen ist fertig, es wird dir guttun."

Aus Respekt gegenüber dem Hund schlich ich langsam dahin, die Küche war grösser als erwartet.

„Nimm Platz, du kannst dir aussuchen wo, heute kommen keine Gäste mehr."

Der Bärtige lachte schelmisch und setzte sich ebenfalls. Mit voller Kelle schöpfte er mir das Mittagessen, es roch so verführerisch, dass ich es kaum mehr aushielt.

„Ich wünsche einen guten Appetit, mein junger Herr."

„Danke, ihnen auch, und nochmals vielen Dank, dass sie mich mitessen lassen."

Viel wurde während des Essens nicht mehr geredet, es schmeckte wie es roch, einfach himmlisch. Ein Eintopf mit Fleisch, Kartoffeln und Bohnen. Erst als alles gegessen und getrunken war, fing der Mann an zu reden.

„Wann musst du denn bei deiner Familie sein, ich meine zeitlich?"

Mit vollem Bauch antwortete ich: „So schnell wie möglich, sie warten bestimmt schon auf mich."

Der Bärtige kratzte an seinem Bart und fragte: „Dann stimmt die Geschichte, ich meine, dass du deine Familie suchst?"

„Es ist etwas kompliziert, aber ja es stimmt. Ich fliehe nicht vor der Polizei und bin auch nicht von Zuhause weggelaufen."

„Aber du weisst doch, wo deine Familie lebt, du hast ja dort gelebt oder nicht?"

„Ja und nein, ich erinnere mich nicht mehr an früher, darum weiss ich es nicht. Mir ist nur bekannt, dass ich von Snorland bin, auf jeden Fall hat man mich von dort mitgenommen."

Der Mann stand auf und räumte das Geschirr weg.

„Willst du auch einen Kaffee?"

„Gerne mit viel Zucker, wenn das geht."

„Wer hat dich von dort mitgenommen und warum, ich verstehe das nicht."

„Die ganze Geschichte würde zu lange dauern, es spielt für mich auch keine Rolle mehr, ich will einfach nur zurück nach Snorland."

Der Bärtige setzte Wasser auf.

„Es ist so, ich fahre übermorgen nach Tornika, das liegt auf der Strecke zu Snorland, wenn du dich bis dahin geduldest, nehme ich dich mit. Auf dem Wagen ist es gemütlicher als zu Fuss. Der Weg ist etwas länger als durch den Wald, doch bedeutend angenehmer. Dann wärst du gesund und sicher in vier Tagen in Snorland. Ausser, du willst deinen Fussmarsch fortsetzen, aber die Nächte werden immer kälter und die Raubtiere hungriger. Als Gegenleistung erzählst du mir deine Geschichte und hilfst mir bei einigen Arbeiten, die ich vor der Fahrt zu erledigen habe. Ist das ein Geschäft. Ach ja, die Wunde am Kopf musst du desinfizieren."

Diese hatte ich völlig vergessen. Ich dachte nach, der erste Gedanke war nein. Doch umso länger ich darüber nachdachte, umso sympathischer wurde sein Angebot. Ich war kaum zwei ganze Tage unterwegs, dabei stürzte ich mich beinahe selbst in den tot.

Der Kaffee war heiss und kräftig.

„Ich würde gerne mit Ihnen auf dem Wagen nach…. zu diesem Dorf fahren. Zum Dank helfe ich, so gut ich kann."

„Das freut mich, es heisst Tornika, das Dorf meine ich. Mein Name ist übrigens Ben und deiner?"

„Ich weiss es nicht, die anderen nannten mich nur C."

Ohne nachzuhaken, hoben sie die Kaffeetassen und prosteten sich zu.

22.   Weitere Aufholjagd

Den Fluss zu überqueren war keine grosse Sache, die Wassertiefe war für die Pferde kein Problem.

„Was meinst du Koni, ist er auf dieser oder auf der anderen Seite entlangmarschiert?"

„Schwer zu sagen, weiter ostwärts wird es schwierig, ihn zu überqueren, was C aber nicht wissen konnte."

Michel mischte sich in ihr Gespräch ein: „Eigentlich spielt es keine Rolle, irgendwann ist er gezwungen den Fluss zu überqueren, er hat fast einen Tag Vorsprung."

Joschi überlegte und sprach: „Wenn wir ihn nicht in zwei Tagen finden, müssen wir so oder so umkehren, dann könnten wir ja auf der anderen Seite zurückreiten." Beide fanden die Idee gut.

„Du hast recht Joschi, so haben wir alles abgedeckt."

Sie ritten nicht alle auf dem gleichen Weg, Joschi ritt am Flussufer, die anderen auf dem Weg, der etwa fünf Meter weiter landeinwärts lag. Das Ufer konnte dank dem niedrigen Wasserstand leicht beritten werden. Der obere Weg würde nicht lange so breit bleiben, denn diesen hatten die Bewohner nur gebaut, um leichter an die Wiesen und Wälder zu gelangen. Nach etwa zehn Kilometer wird er vor einem Wald enden. Sie ritten in einem Tempo, welches das Erspähen der Umgebung noch zuliess, zwischendurch hielten sie kurz an und riefen seinen Namen in die Weite der rauen Natur, leider immer ohne Erfolg.

Nach drei Stunden ritt legten sie eine Pause ein und tranken vom Tee, den Marga für sie braute.

„Wie viel schneller sind wir mit den Pferden?", fragte Michel in die Runde.

„Schwer zu sagen, das Pferd braucht für das vorwärtskommen mehr Platz als ein Mensch, dafür ist es sicher dreimal so schnell."

„Das würde bedeuten, wenn C drei Tage marschiert, sollten wir ihn in eineinhalb Tagen eingeholt haben?"

Joschi zog an der eben entfachten Pfeife und sprach in rauchumhüllten Worten: „Das könnte bei unserem Tempo so etwa stimmen, wir wissen aber nicht genau, wann er losmarschiert ist. Wenn wir ihn in zwei Tagen nicht eingeholt oder gefunden haben, hat es keinen Sinn mehr. Wir kennen seinen Weg nicht, vielleicht ist er auch durch den Wald gegangen, wir schaffen es in der Zeit nicht, die ganze Gegend abzusuchen."

Koni bestätigte mit seiner Gestik das gesprochenen, Michel ahnte es, mochte gleichwohl nicht daran zu denken.

Nach kurzer Rast war Michel mit dem Uferweg beauftragt. Dieser war viel anstrengender zu reiten, da man sich immer wieder ducken musste, um den herabhängenden Ästen auszuweichen.

Der Weg verlor sich schleichend in einen Wald, der sehr dicht mit Tannen bewachsen war. Dies erschwerte den Ritt mehr, als sie angenommen hatten.

Die Wolken am Himmel liessen nichts Gutes erahnen, der Wind wurde immer heftiger sowie kälter.

23. Mitgliedschaft

Z sass bereits im Mona Lisa und bestellte einen Kräutertee, sie fragte sich leise, was dieser Doktor Bolt von ihr wolle. Die Leiterin hatte ihn nie erwähnt, ist ja auch kein Wunder, denn sie hatte nie etwas von sich preisgegeben.

„Guten Tag Frau Grän, entschuldigen sie die Verspätung, ich bin zu Fuss nicht mehr so in Form."

Sie lächelte, stand auf und gab ihm die Hand.

„Guten Tag Herr Doktor Bolt."

„Bitte ohne den, einfach Bolt oder besser noch Ken, einverstanden."

„Gerne, ich bin dann nur Linda oder Z, sie dürfen wählen."

Er lächelte und entschied sich für Linda, er stand nochmals auf.

„Guten Tag Linda, freut mich sehr."

Sie lächelte und wurde leicht verlegen.

„Was trinken sie da, dies riecht ganz speziell?"

Das ist Kräutertee, wollen sie, Entschuldigung, willst du probieren?"

Als die Kellnerin, die mit Carla auf der Bluse angeschrieben war, lächelnd vor ihm stand, bestellte er dasselbe.

„Du wolltest doch sicher nicht nur mit mir diesen Tee kosten, was ist der eigentliche Grund unseres Treffens?"

Doktor Bolts Gesicht nahm eine ernste Mimik an.

„Es ist folgendermassen, Hara hat mich beauftragt, im Falle ihres Ablebens, dich zu unterstützen. Bevor ich weiterfahren kann, muss ich dich fragen, ob du in die von Hara angesprochene Bruderschaft eintreten wirst. Hara konnte mir dahingehend keine Antwort mehr geben."

Linda überlegte einige Sekunden. Sie hatte sich für die Aufnahme entschieden, war sich im Moment jedoch nicht mehr so sicher.

„Was meinst du, habe ich überhaupt eine Wahl?"

„Man hat immer eine Wahl, wenn du allerdings für das Haus am Fluss noch mehr Verantwortung und Einflussnahme willst, gibt es nur ein Ja."

„Bist du ebenfalls bei dieser Bruderschaft?"

„Das darf ich dir erst verraten, wenn du unterzeichnet hast."

Sie tranken den Tee und waren froh, in dieser Zeit nicht reden zu müssen. Kaum die Teetasse abgestellt, antwortete Linda.

„Ja, ich trete bei, nicht meinetwegen, sondern vor allem der Kinder wegen, das Haus am Fluss ist mein Leben, ich habe doch keine Wahl."

Ken nahm ihre vom Tee gewärmte Hand und drückte sie behutsam.

„Du weisst gar nicht, wie ich mich über deine Entscheidung freue, ich habe Hara versprochen, alles zu unternehmen, damit du ja sagst. Sie hielt sehr viel von dir."

Er nahm vom Stuhl nebenan seine Ledertasche hoch und entnahm drei zweiseitige Dokumente.

„Diese musst du unterzeichnen, aber lese sie erst gründlich durch."

„Sie nahm die Dokumente und unterzeichnete, ohne ihren Inhalt gelesen zu haben."

Ganz überrascht von ihr, fragte er: „Willst du nicht wissen, was du unterzeichnest?"

„Wie gesagt, ich habe keine Wahl, das Heim oder nichts, es wird ja nicht eine Heiratsurkunde sein."

Ken staunte und lachte zugleich.

„So habe ich noch niemandem unterzeichnen sehen."

Er bestellte bei der Bedienung eine Flasche Rotwein mit zwei Gläser.

„Auf diesen Augenblick stossen wir an, wenn uns Hara jetzt sehen könnte, wäre sie überglücklich."

Nach der halben Flasche, fragte sie ihr Gegenüber:

„Bist du jetzt ein Mitglied von der Bruderschaft?"

Sein Gesicht wurde ernster: „Nein, ich würde nie einer solchen Bruderschaft beitreten."

Linda wechselte von heiter zu bewölkt, sprachlos irritiert, sah sie ihn fragend an.

„War nur ein Spass, sicher bin ich dabei, schon über dreissig Jahre." Lindas Erleichterung stand ihr im Gesicht geschrieben.

„Auf diesen schwarzen Humor stossen wir ebenfalls an", sagte sie lachend.

„Ab sofort bist du die neue Leiterin des Heims, bitte lass es die Mitarbeiter wissen. Hier hast du sämtliche Schlüssel, damit du auf alles Zugriff hast."

Er zog aus seiner Ledermappe noch eine etwa drei Zentimeter dicke Akte hervor.

„Die muss ich dir von Hara übergeben, sie meinte, in dieser steht alles was du wissen musst, sie ist nur für dich bestimmt. Alle Rechte und Pflichten der Mitglieder der Bruderschaft, sind auch darin enthalten. Wenn du Fragen hast, wende dich bitte an mich, ich bin deine Anlaufstelle in sämtlichen Belangen."

Sie hörte interessiert zu und war auf deren Inhalt gespannt.

„Leider muss ich bald aufbrechen, ich habe noch einiges zu erledigen. Würde mich freuen, wenn wir uns bald wiedersehen, ich meine unabhängig der Bruderschaft. Es hat mir viel Spass bereitet, hoffe du hast dich auch wohl gefühlt."

„Ja, geht mir auch so, du hörst, vermute ich, früher als dir lieb ist von mir", sie lächelte und klopfte auf die Akte.

Sie verabschiedeten sich, Linda blieb noch eine Weile sitzen und genoss den Augenblick. Sie wusste nicht, war es der Wein oder seine Gesellschaft. Sehr wahrscheinlich beides zusammen. Sie fühlte sich von Anfang an wohl in Kens Gesellschaft. Die Existenz solcher Gefühle, hatte sie fast schon vergessen. Sie nahm noch einen Schluck und fühlte sich so richtig gut, ja schier zu gut.

Sie verliess das Mona Lisa und bat den Fahrer, sie etwa einen Kilometer vor dem Haus am Fluss aussteigen zu lassen. Sie benötigte frische Luft und Ruhe, um den Kopf zu lüften. Auf der Fahrt wurde ihr etwas eigenartig in der Magengegend, sie schaffte es, sich zu beherrschen.

Sie war froh, endlich das Fahrzeug verlassen zu dürfen.

„Brauchen sie die Jacke nicht, es ist schweinekalt geworden?" Erst jetzt bemerkte sie den rauen kalten Wind auf ihrer Brust.

„Danke, die habe ich völlig vergessen."

Die Akte fest an den Körper gedrückt, lief sie Richtung Heim, die Kälte hatte sie wirklich unterschätzt. Sie verdoppelte das Tempo, um wenigstens nicht daran zu erfrieren. Sie entschied, heute den Angestellten nichts zu berichten, das hatte Zeit bis Morgen. Dann hätte sie bestimmt auch wieder einen klareren Kopf.

24. Selbsthilfe

Ein lautes Knallen riss Orsen aus dem Halbschlaf, er richtete sich auf und wartete gespannt. Da kein weiterer folgte, stand er auf und streckte sich so weit wie möglich, zur Decke. Mit beiden Händen berührte er die Holzdecke. Er erschrak, durch den Widerstand gab sie nach, er konnte sie spielend fast zwei Zentimeter nach oben drücken. An den Übergängen zur Wand tanzten Staubkörner dem Boden entgegen. Verwundert lief er in die Ecke, wo sich die Toilette befand. So nah wie möglich lehnte er sich an die Wand und versuchte wieder die Decke anzuheben.

Sie gab mehr nach, als er zu hoffen wagte, Schmutz und Staub umgaben ihn wie einen Schleier. Der Hustenreiz liess nicht lange auf sich warten, er trat einen Schritt nach vorn und hielt sich die Hand vor den Mund. Hastig lief er zum Wasserhahn und trank das schlecht riechende Wasser, um dem Husten zuvorzukommen. Als der Reiz besiegt und die Kleider entstaubt waren, trat er wieder ins Zimmer. Am Boden lagen Zeitungsfetzen sowie anderes undefinierbares Zeugs. Sogleich nahm er sein altes Hemd auf und benutzte es als Besen. Er wickelte den Unrat in dasselbe und legte es wieder zu seinen anderen Kleidern. Um den eigenartigen Geruch des Wassers loszuwerden, trank er den inzwischen kalt gewordenen Kaffee.

Er setzte sich auf den Stuhl und betrachtete sichtlich stolz diese Ecke. Der Schwachpunkt war gefunden, die Decke erhob sich mit einem Abstand von drei Zentimetern zur Wand.

Vorsichtig untersuchte er jede Ecke, in keiner der Dreien hob sie sich, wie in der einen. Fast schon erfreut begab er sich zum Koffer und nahm wieder vorsichtig sein altes Hemd auf, dieses schüttelte er über die Toilettenschüssel aus. Er legte es auf dem Boden, damit der allfällige Staub aufgefangen würde. Vorsichtig stemmte er, auf dem Koffer stehend, sich wieder gegen die Holzdecke. Von irgendwoher dachte er, einen Lichtstrahl zu sehen, auch blies ihm sanft eine anders riechende Luft entgegen. Er versuchte, sie immer höher zu stemmen, doch nach weiteren vier Zentimetern, gab sie nicht mehr nach.

Auf dem Koffer stehend, guckte er verstohlen in die eben frei gestemmte Öffnung.

Plötzlich schoss ihm wie aus dem nichts, eine geballte Staubladung in die Augen. Er hielt eiligst die Hand vor diesen und wollte fluchen, was er doch instinktiv unterliess. Erschrocken sank er in die Hocke, rieb seine Augen mit dem Hemdsärmel, was aber keinen Erfolg brachte. Wieder lief er zum Wasserhahn. Dieses Mal trank er es nicht, sondern spülte nur Augen und Mund damit. Da es keinen Spiegel gab, erkannte er nicht, wie schnell sich doch seine Haarpracht ergraute. Er wischte mit einem Tuch den ganzen Körper von oben nach unten sauber und klopfte anschliessend die Kleider aus. Wenn jetzt jemand ins Zimmer trat und ihn so sehen würde, hätte er bestimmt eine Menge Ärger am Hals. Er musste wieder alles reinigen und sich vom Schrecken erholen, bestäubt legte er sich aufs Bett und betrachtete seine Leistung. Wer oder was hatte ihm solch eine Staubwolke in die Augen geblasen, der Wind war es nicht, er war nur leicht spürbar. Das erhöhte Herzklopfen verschwand trotz der liegenden Position nicht. Selten zuvor war er dermassen erschrocken, wie ein ertappter Junge lag er da und überlegte, wie er die Decke wieder in ihren Urzustand bräche. Da die Ecke gegenüber der Eingangstür lag, wäre die Veränderung leicht zu erkennen.

So gut wie möglich zog er sie mit dem Schnürsenkel, wieder nach unten, eine leichte Distanz war unvermeidbar.

Doch wenn man nichts wusste oder vermutete, würde es keinem auffallen, hoffte er zumindest.

Ein Klopfen beendete seinen Leichtschlaf, eine Stimme hinter der Tür sprach undeutlich: „Gehen sie in die Toilette, schliessen sie ab und kommen erst wieder hinaus, wenn ich es erlaube."

Er kämpfte sich aus dem Bett und befolgte den Rat. Die Türe öffnete sich, es wurde etwas auf dem Tisch abgelegt, so hat es sich wenigstens angehört. Orsen nahm allen Mut zusammen und rief durch die Toilettentür:

„Könnten sie mir bitte mal sagen, was sie wollen oder mit mir vorhaben?"

Erstaunlicherweise kam ein Echo: „Nichts, befolgen sie einfach unsere Befehle und alles wird gut. Sie dürfen jetzt wieder rauskommen."

Das Schliessen der Tür inklusive das Einrasten des Türschlosses, konnte Orsen noch hören.

Auf dem Tisch stand ein neues Tablett mit Essen und Wasser. Am liebsten würde er es an die Türe schmeissen. Er wusste jedoch, dass dieses Verhalten ihm nur schaden würde, darum liess er es bleiben. Hunger hatte er keinen, doch das frische Wasser tat seinem verstaubten Hals gut, der Geschmack blieb der Alte. Er legte sich abermals auf das Bett und dachte über sein Leben nach, wie lange er es noch besitzen würde, wusste er nicht.

25. Jon Foges

Clara Borel frühstückte und rief danach Yuri an, um zu erfahren, ob sich etwas getan hatte. Yuri verneinte und versicherte, dass er sich schon melden würde.

Das schien ihr jetzt wirklich zu lange, selbst wenn sich Jan irgendwo was angesehen und die Zeit vergessen hätte, wäre er längst wiederaufgetaucht. Mehr als zwei Tage ist es her, als sie sich das letzte Mal sahen. Sie beschloss, einen guten Freund zu kontaktieren, um ihn mit der Suche zu beauftragen.

Jon Foges war ein, wenn nicht der beste Privatdetektiv weit und breit. Was er nicht fand, war entweder schon im fernen Ausland untergetaucht, oder in die ewigen Jagdgründe geschickt worden.

Clara erhielt sofort einen Termin, sein Büro lag in der Kleinstadt, wo ihre Mutter wohnte.

Sie stand eine Viertelstunde vor der Mittagszeit vor ihm. Nach der herzlichen Begrüssung begaben sie sich ins Restaurant unten an der Ecke.

„Schön dich wieder mal zu sehen, was machst du die ganze Zeit?"

„Wie immer arbeiten, du weisst ja, das ist mein Leben", antwortete Clara.

„Leider weiss ich dies, heirate mich und gründe eine Familie mit mir", sprach er mit einem Lächeln im Gesicht.

„Du weisst, dass ich keine gute Mutter und Hausfrau wäre, du würdest mich nach kurzer Zeit nicht mehr ertragen."

Beide lachten und bestellten das Essen.

„Dann bist du noch nicht verheiratet, nehme ich an?"

„Nein, du weisst, ich warte nur auf dich." Clara nahm seine Hand und drückte sie liebevoll.

„So, jetzt zur Arbeit, was darf ich für dich erledigen?"

Clara erzählte die Geschichte, dabei liess sie die unwichtig scheinenden Kleinigkeiten nicht aus. Dass niemand anderes etwas erfahren durfte, war selbstverständlich, dies war bei Jon Foges sowieso Ehrensache.

„Du bekommst von mir, was du brauchst. Yuri vom Hotel werde ich informieren, du kannst dort gerne wohnen, wenn du willst, umsonst versteht sich", sagte Clara mit ernster Miene.

„Das wäre wahrscheinlich gar keine so üble Idee, aber bitte informiere diesen Yuri nicht, ich werde als normaler Gast einchecken."

Clara dachte kurz nach.

„Den Schlüssel wird er dir nicht ohne meine Erlaubnis aushändigen."

„Mach dir darüber mal keine Sorgen, ich bin nicht umsonst der Teuerste. Wenn du, Clara, etwas erfährst, wäre ich froh, wenn du mich umgehend benachrichtigst. Ich selbst melde mich jeden Tag, um dich auf den neuesten Stand zu halten."

Sie tranken noch einen Kaffee und diskutierten eine Zeitlang über Jan Orsen.

Anschliessend verabschiedeten sich so herzlich wie bei der Begrüssung.

Clara fuhr zu ihrer Mutter, sie wohnte nur ein paar Strassen weiter in einem Aussenbezirk. Gedanklich war sie nicht für einen Besuch bereit, doch könnte sie nie diesen Ort verlassen, ohne sie zu sehen.

26. Bedenken

So gegen halb fünf verliess die letzte Patientin die Praxis, schnell wurde das Wichtigste notiert, dann war Schluss. Er spürte den Wein in seinen Adern, erschöpft, doch aussergewöhnlich glücklich, verliess er die Praxis und fuhr direkt nach Hause. Da er seinen alten Volvo Jan ausgeliehen hatte, durfte sein ebenfalls in die Jahre gekommener Jeep herhalten. Dieser kam normalerweise nur für Grobes in Einsatz. Wenn er mit Freunden oder alleine in die Natur hinausfuhr, um einige Tage draussen zu verbringen, war es das richtige Gefährt. Er besass eine Hütte im oberen Teil des Hausberges, dort holte er sich alles zurück, was er in der Stadt vermisste. Diese erbte er von seinen Eltern, sie hatten die letzten Jahre ihres gemeinsamen Lebens ausschliesslich dort gelebt.

Endlich im Heimdress kochte er sich eine heisse Schokolade. Er machte es sich auf dem Ohrensessel bequem und bemerkte, wie seine Gedanken nur um diese Linda Grän kreisten. Er hoffte sie wiederzusehen oder wenigstens wiederzuhören, ihm würde schon etwas einfallen, wenn dies nicht eintreffen sollte.

Als die Schokolade ausgetrunken war, dachte er komischer weise an Jan Orsen. Hoffentlich hielt Brad sein Wort, dass Jan nichts zustossen würde. Sie wollten nur etwas Zeit gewinnen, doch war nie die Rede von Entführung, geschweige denn von Gewalt. Die ganze Angelegenheit beschäftigte ihn sowieso schon längere Zeit. Früher war die Bruderschaft nicht so gierig, sie wäre nie so skrupellos mit jemandem umgegangen. Man spürte die innere Unruhe, vor allem angetrieben durch Brad Maron. Er war nur noch von Macht und Gier getrieben, dabei liess er alle menschlichen Emotionen auf der Seite.

Ken beschloss, Brad anzurufen, um ihm die Neubesetzung der Heimleitung durch Linda Grän zu bestätigen. Dabei würde er ihm seine Bedenken im Umgang mit Jan Orsen nochmals bekräftigen. Eine sofortige Aufhebung dieser Massnahme musste gefordert werden. Er wollte nicht die Verantwortung für etwas, das er aufs schärfste verurteilte, übernehmen. Seine Freundschaft mit Jan, gewichtete er höher als die Zugehörigkeit der Bruderschaft. Er atmete tief durch und hoffte innig, dass Jan nie erfahren werde, dass er von dieser Entführung wusste und durch sein fehlendes Engagement befürwortete. Entschlossen griff er zum Telefon und wählte Brads Nummer.

27. Früher Schneefall

Ich lag auf dem Rücken in einem fremden Bett, mein Blick endete im Holzgebälk des Daches. So lange und tief hatte ich seit ewig nicht mehr geschlafen, ich streckte mich wach. Aus irgendeiner Ecke sprach Ben zu mir.

„Guten Morgen, wenn es den einer ist."

Nicht ganz schlau geworden aus dem Gesagten, setzte ich mich auf und sah mich nach ihm um. Der Hund lag neben meinem Bett und schlief mit offenen Augen weiter. Ben stand in der Küche und murmelte vor sich hin. Ehrlich gesagt wollte ich aufstehen, aber traute mich nicht, ich hustete einige Male, es half nichts, er blieb liegen. Die andere Seite war durch die Holzwand versperrt, da überwand ich mich und rief Bens Namen. Nach dreimaligem Rufen lief er auf meine missliche Lage zu. Ohne etwas zu sagen, schnippte er mit den Fingern und der Hund bewegte sich weg.

„Du darfst keine Angst zeigen, sonst bemerkt er dies und weicht nicht von deiner Seite."

Ein bisschen peinlich war mir das schon, doch der Hund besass auch eine Grösse, die einem das Fürchten lehrte. Ich zog meine trockenen Kleider an und verspürte einen riesen Hunger. Um dies nicht so direkt zu sagen, dachte ich mir folgende Frage aus.

„Soll ich für das Frühstück draussen Holz holen?"

„Nicht nötig, ich habe schon alles erledigt, ausserdem kannst du nicht nach draussen."

„Weshalb nicht?", ich sah aus dem Fenster, „was ist denn das?", fragte ich unüberlegt.

„Schnee, das ist der erste in diesem Jahr, früher als sonst. Nach draussen zu gehen kannst du vergessen, wir sind für einige Zeit wohl eingesperrt." Ich traute meinen Augen nicht, als ich näher an das Fenster trat, sah ich nur Schnee, soweit das Auge reichte, eine weisse dicke Pracht.

Scheinbar war mein Gesicht ein offenes Buch.

„Nur keine Bange, wir werden nicht sterben. Das hier erlebe ich nicht zum ersten Mal. Komm jetzt zu Tisch, sonst wird der Kaffee noch kalt."

Etwas benommen von der Überraschung, nahm ich Platz und sagte: „Das muss ja schon die ganze Nacht über geschneit haben."

Ohne darauf zu reagieren, ass Ben sein Brot mit Butter und Honig, was ich ihm gleichtat.

„Es wird sich zeigen, wann wir hier wegkommen, wenn es so weiter schneit, wird aus der Fahrt nach Tornika leider nichts. Die Pferde würden das nicht schaffen."

Der Honigbrotbissen blieb mir fast im Halse stecken.

„Wie lange wird es den dauern, bis wir nach Tornika fahren können?", fragte ich und fürchtete die Antwort, die kommen musste."

„Das weiss nur der Himmel, der spricht nicht mit uns. Möglich, dass wir im schlimmsten Fall erst im neuen Jahr von hier wegkommen. Das wird sich zeigen, geniessen wir erst das Frühstück und den ersten Schnee."

Wo er recht hat, hat er recht, dachte ich. Niemand kann das Wetter beeinflussen, das ungute Gefühl blieb dennoch.

Das „vielleicht nächstes Jahr" hatte sich den ganzen Tag in meinem Kopf verankert. Viel gab es nicht zu tun, Ben meinte, es mache nicht viel Sinn, jetzt schon anzufangen den Schnee wegzuschaufeln. Abwarten brachte meistens mehr, als drauflos zu stürzen. Der Nachmittag brachte wenig Hoffnung, das Schneetreiben liess nicht nach. Ich fragte mich schon langsam, wie viel es noch schneien müsse, bis diese Hütte unter ihm begraben wurde.

Ben holte Spielkarten hervor, nachdem er Sam die Möglichkeit verschaffte, sein Geschäft zu erledigen. Wir sassen gemütlich am Tisch mit heissem Tee, er erklärte mir den Ablauf und Sinn dieses Spieles. Da es nicht so schwierig war, fanden wir darin unsere nachmittagsfüllende Beschäftigung. Derweil unbeachtet, wütete draussen der Schneefall weiter, als ob er alles an einem Tag loswerden müsste. Der Winter hatte endgültig Einzug gehalten.

Joschi, Michel und Koni wurden im Schlaf überrascht, ein beissender Wind, mit Eiskristallen versehen, blies ihnen rücksichtslos um die Ohren. Die Pferde wurden dementsprechend unruhig, obwohl sie mit einer Decke bedeckt waren. Sie beschlossen die Nacht abzuwarten. Da sie im dichten Wald ihr spärliches Nachtlager aufschlugen, bekamen sie nicht die ganze Menge an Schnee zu spüren. Zum Glück hatte Joschi eine Plane gegen den Regen mitgenommen, diese schützte sie nun vor dem Schnee. Um ihr wärmendes Feuer zu löschen, hatte es zweifellos gereicht, es wieder zu entfachen war ein Ding der Unmöglichkeit.

Der nächste Morgen glich der Nacht, nur die Dunkelheit wich der Helligkeit. Die Pferde und ihre Reiter waren leicht überfordert. Der Wind wurde spürbar weniger, oder man hatte sich unterdessen daran gewöhnt. Der Schneefall hatte keine Schwäche an den Tag gelegt, im Gegenteil, die Kristalle wurden zu riesigen Flocken. Sie tranken den restlichen, nun kalt gewordenen Tee, assen die völlig erkalteten und in der Konsistenz eingedickten Lebensmittel. Sie besprachen das weitere vorgehen, sie waren sich einig, weitersuchen und dabei hoffen, dass der Schneefall nachlassen würde.

Nach circa zwei Stunden Ritt durch den dichten Wald wurde dieser abgelöst durch offene, schneebedeckte Wiesen. Da die Pferde immer wieder im nassen Boden einsackten und die Schneedecke bald zu hoch für ein sicheres Reiten wurde, suchten sie Schutz unter einer Gruppe von Tannen. Sie stiegen von den Pferden, um diesen eine Pause zu gönnen, sie versanken wie Zwerge im Schnee. Sie standen bis über den Knien darin, Joschi hatte Glück, da er der grösste war, reichte es bei ihm nur knapp unter die Knie.

Trotz allem versuchte Joschi seine Pfeife, die schon mit Tabak gefüllt war, zu entzünden, er schaffte es und zog genüsslich an dieser. Sobald sie zu reden begannen, rauchten alle aus Nase und Mund, auch ohne Tabak. Die Kälte veränderte den Atem kurzerhand in Nebelhauch.

Joschi meldete sich als erster zu Wort: „Wenn es noch zwei bis drei Stunden so weiter schneit, sind wir unweigerlich gezwungen, abzubrechen. Eines dürfen wir nicht vergessen, aus den sechs Stunden Rückweg werden unter diesen Umständen, mindestens acht."

Alle schauten betrübt auf den Schnee, der am Boden lag.

„Du hast Recht. Wenn wir jetzt abbrechen, könnten wir es noch rechtzeitig zurückschaffen. Da wir talwärts reiten, wird die Schneedecke immer dünner, dann übernachten wir wo es sicher ist und Feuer machen können. Dann sehen wir weiter."

Michel wusste, dass dies die einzige Möglichkeit war, um sie sowie die Pferde heil nach Hause zu bringen.

„Wir beten kurz für C, damit er den richtigen Weg findet und gesund ankommt."

Anschliessend bestiegen sie traurig die Pferde und ritten wortlos in die Gegenrichtung, alle wussten, was für Konsequenzen der frühe Wintereinbruch für C hatte. Keiner traute sich, es auszusprechen, ob Tränen oder die schmelzenden Schneeflocken die Augen befeuchteten, wussten nur sie selbst. Vermutlich war es eine Mischung von beidem.

28. Der Unfall

Alex Bonn wartete im Flur der Frauenklinik, die vermeintliche Geschäftsreise war in Wirklichkeit ein Aufenthalt von Ida im Spital. Er wollte Maria und Anna nicht beunruhigen und bediente sich dieser Ausrede.

Ida war seit gestern auf der Station, sie hatte unerklärliche Unterleibsschmerzen und starke Blutungen bekommen. Nach Aussage des Arztes gab es eine Fehlgeburt.

„Herr Bonn, wir müssen uns kurz unterhalten?“, sprach der gestern operierende Arzt.

„Wie geht es ihr, ist sie schon aufgewacht?“

„Bitte lassen sie uns in meinem Büro darüber sprechen.“

Er lief voraus.

„Nehmen sie Platz. Es ist so, ja sie ist aufgewacht, medizinisch ist sie ok. Ich muss sie bitten, behutsam mit ihr umzugehen.“

„Wie lange muss sie hierbleiben?“

„Ich beabsichtige sie noch einige Tage zur Überwachung hierzubehalten, falls es eine Infektion gibt, ist sie hier in guten Händen.“

Sie verliessen das Büro, im Zimmer angekommen lag Ida tränenüberströmt im Bett. Alex nahm sie in den Arm und drückte sie behutsam.

Der Arzt schlich unbemerkt aus dem Zimmer, seine Anwesenheit war überflüssig geworden. Gemeinsam weinten sie so lange weiter, wie es die Trauer erforderte. Nach etwa zehn Minuten schafften sie es, einigermassen ohne stocken miteinander zu sprechen.

„Es tut mir so leid, ich weiss, wie sehr du es dir gewünscht hast, jetzt ist alles weg, einfach ausgelöscht.“

„Ich bin froh, darf ich dich so in den Armen halten. Wir schaffen das Ida, ich liebe dich über alles.“

Sie diskutierten lange miteinander, Ida beruhigte sich langsam. Sie wünschte sich von Alex, dass er es den anderen Zuhause erzählt.

„Bitte sag ihnen, ich will nicht darüber sprechen, mit niemandem. Das musst du mir versprechen!"

Alex überlegte kurz und bejahte mit einem Kuss auf die Stirn.

Anna war Zuhause angekommen, als Alex angefahren kam. Verwundert, dass er alleine im Auto sass, wartete sie an der Eingangstür auf ihn.

„Hallo Alex, wo ist Ida?"

Sie sah sein Gesicht und bereute die Frage.

„Anna, wir sprechen gleich darüber, lass uns reingehen."

Sie folgte ihm und spürte, dass etwas nicht stimmte, so hatte sie ihn noch nie erlebt.

Maria stand in der Küche und rief fröhlich: „Hallo miteinander, das Essen ist gleich fertig."

Doch als sie die beiden Gesichter sah, brachte sie kein Wort mehr heraus.

„Können wir uns in zehn Minuten in der Küche treffen?"

Ohne eine Antwort abzuwarten, drehte er sich und stieg die Treppe hoch. Anna und Maria sahen sich fragend an, sie setzten sich wortlos hin. Zur besagten Zeit stand Alex frisch geduscht sowie umgezogen vor ihnen und fing zu sprechen an: „Ida wurde gestern mit starken Unterleibsschmerzen und Blutungen ins Spital eingeliefert."

Beide wurden noch blasser als blass.

„Leider wird sie ihr, unser Baby nicht austragen dürfen, es hat nicht überlebt. Ida geht es den Umständen gut, sie muss zur Überwachung einige Tage bleiben. Sie, nein wir haben eine Bitte an euch, wir wollen nicht, dass darüber in diesem Haus gesprochen wird. Also keine Fragen wie es ihr gehe oder sonst was. Sprecht über alles mit ihr, nur nicht über das Geschehene. Ich bitte ihretwegen, euch daran zu halten."

Er goss sich ein Glas Wasser ein und trank es in einem Zug.

„Ich werde direkt zur Arbeit fahren, ihr müsst mit dem Abendessen nicht auf mich warten."

Maria fragte vorsichtig: „Gute Wünsche darf ich wohl auch nicht mitgeben?" Alex sah sie nur schweigend an, die Tür fiel ins Schloss und sie waren allein. Maria sah Anna fragend an: „Was willst du fragen, frag nur, das war ein wenig heftig für eine Fünfzehnjährige."

„Kannst du mir bitte nochmals erklären, was er vorhin sagte?"

Sie setzte sich neben Anna und erklärte ihr das Ganze auf eine Art, die ein junges Mädchen verstand.

„Wird sie nie mehr Kinder kriegen können?", fragte Anna mit ernster Miene.

„Das kann man nie so genau sagen, in den meisten Fällen funktioniert es dann doch."

Anna schämte sich für das, was sie dachte.

Später als vorgesehen assen sie trotzdem das zarte Kaninchenfleisch mit Reis. Den ganzen freien Nachmittag verbrachte Anna in ihrem Zimmer, das verlorene Baby ging ihr nicht mehr aus dem Kopf. Eigentlich wollte sie sich auf die Prüfung von morgen vorbereiten. Doch wie ein dichter Nebel schwebte diese unangenehme Geschichte über ihr.

Maria kam schnaufend im oberen Stockwerk an, klopfte und öffnete die Tür.

„Anna, du wirst am Telefon verlangt, komm bitte nach unten."

Freudig dachte sie an Tom.

„Komme gleich."

„Anna Bonn am Telefon."

„Anna, hier spricht Z, hast du kurz Zeit für mich."

Leicht überrascht, dass es nicht Tom war, antwortete sie: „Hallo Z, sicher habe ich Zeit für sie."

„Es geht um C, ich dachte, das müsstest du erfahren."

Anna nahm auf dem Stuhl, der neben dem Telefon stand Platz und bekam kaum mehr Luft. Ohne zu antworten, hörte sie wie benebelt zu.

„Bist du noch da, Anna?"

„Ja, ja."

„Wie ich aus sicherer aber geheimer Quelle erfuhr, ist C weggegangen, um dich zu suchen. Er wollte dich unbedingt wiedersehen, warum muss ich dir ja nicht sagen. Hat er sich wirklich nicht bei dir gemeldet, wenn du irgendetwas weisst, sage es mir bitte."

„Er ist wegen mir geflohen, also hat er die Flucht geplant und ist nicht von jemandem verschleppt worden."

Z hörte gespannt zu und ahnte, dass sie die Wahrheit sagte.

„Also hast du nichts von ihm gehört, dann hast du nicht gelogen, um ihn zu schützen?"

„Nein, leider nicht."

„Na gut, dachte, du musst es erfahren, wenn du wider Erwarten etwas von ihm hörst, ruf mich bitte an."

„Meinst du denn auch, dass er noch lebt?"

Gespannt auf die Antwort stand Anna wieder auf.

„Langsam weiss ich selbst nicht mehr, was ich glauben soll. Das Herz sagt ja, die Vernunft nein."

Sie redeten über das Heim und deren Bewohner, Anna verschwieg das mit der Fehlgeburt und Tom. Das Telefonat wurde nach zehn Minuten beendet, Anna fühlte sich irgendwie besser und schlechter zugleich.

29. Hotelgast

Das Wetter war grau und nass, eigentlich nichts aussergewöhnliches für Wornas, doch irgendwie nervte es Yuri mehr als sonst. Kaum fertig genervt, trat ein gut gekleideter Mann durch die Eingangstür. Schnell zog Yuri an seiner Zigarette, als ob es die Letzte wäre.

„Guten Tag, kann ich ihnen behilflich sein?", fragte Yuri noch leicht rauchend.

„Ich hätte gerne ein Zimmer mit Blick auf den Platz, wenn dies ginge?"

„Sicher, eines habe ich noch, das heisst mit dieser Aussicht", er grinste, es wurde nicht erwidert.

„Bitte füllen sie dieses Formular aus, dann brauche ich noch kurz ihren Pass. Wie lange bleiben sie bei uns, Herr Foges?"

„So drei Tage, eventuell länger."

Ohne weiteres Diskutieren händigte Yuri ihm den Schlüssel aus und bedankte sich. Als der neue Gast ausser Reichweite war, studierte er schnell den ausgefüllten Zettel. Yuri der Grinsemann war sehr interessiert, wer hier abstieg. Leider war ausser dem Namen nichts von Interesse drauf. Von Beruf Kaufmann, nicht wirklich aufregend. Automatisch zündete er sich wieder eine Zigarette an, danach begab er sich, wie an jedem Tag, auf einen Rundgang durchs Hotel.

Gora war im Frühstückssaal, sie bereitete die Tische für den nächsten Morgen vor.

„Alles gut?", fragte der Grinsemann. Ohne auf eine Antwort zu warten, drückte er ihren Po und lief weiter, als ob dies das normalste auf der Welt wäre. Gora störte es jedes Mal, sie durfte jedoch das Einkommen nicht gefährden, sie brauchte das Geld, etwas anderes zu finden, war fast aussichtslos.

Das Zimmer lag auf derselben Etage wie jenes von Jan Orsen. Da er sämtliche Informationen von Clara erhielt, war es ein Einfaches, sein Zimmer ausfindig zu machen. Er begutachtete das Türschloss. Als er seine Sachen ausgepackt hatte, nahm er sein Werkzeug und versuchte, sein Schloss von innen zu öffnen. Nach nicht einmal einer halben Minute war es offen, da die anderen gleicher Bauart waren, sollte Orsens Schloss kein Problem darstellen. Er schaute sich um und trat ans Fenster, vor lauter Nebel sah man keine zwanzig Meter weit. Die wenigen Menschen, die herumliefen, sahen wie Nebelgespenster aus. Er wollte sich eine Weile ausruhen, bevor er das Zimmer von Orsen inspizierte.

30. Der Baum

Am morgen danach schmerzte Orsens Nacken, er schlief scheinbar doch ein, dabei wollte er sich nur kurz hinlegen. Er stand auf, streckte sich so gut er konnte und berührte dadurch die Holzdecke des Zimmers. Das war wie ein Zeichen, die Decke durfte er nicht vergessen, doch der Drang zur Toilette war momentan grösser.

Nach getaner Arbeit verspürte er doch einen kleinen Hunger, er setzte sich hin und genoss Wurst, Käse und Brot. Das Essen war so gewählt, dass man kein Besteck dazu benötigte. Währenddessen überlegte er, wie er die anstehende Arbeit mit wenig Aufwand bewältigen könnte. Er schaute sich im Zimmer nochmals genau um, eigentlich gab es nichts sichtbares, was er benutzen konnte. Es fehlte an allem, keine Vorhangstangen, Kleiderbügel oder sonstiges Kleinzeug. Das einzige Metall, das vorhanden war, war die Wasserleitung in der Toilette. Er sah sich die Möbel, das heisst den Tisch, die Stühle und das Bett genauer an. Nichts war mit brauchbaren Mettalteilen gefertigt. Er musste umdenken, wie schaffte er es, die Decke aus Holz weiter anzuheben. Sein Plan war eigentlich einfach, durch die Türe konnte er nicht fliehen, Fenster waren keine vorhanden. Der Boden, die Wände starr wie ein Fels, wie auch die kleine Toilette. Ihm blieb nur die Decke, die Öffnung musste nur so gross sein, dass er knapp durchschlüpfen konnte. Dick war er ja nicht, aber trotzdem keine Elfe.

Er nahm den Stuhl, stellte ihn direkt unter die besagte Stelle, stand auf ihn und drückte mit der Schulter wieder gegen die Decke. Sie gab abermals nach, wie gestern, doch mehr nicht. Nach mehrmaligem Versuchen schmerzte ihm die Schulter mitsamt Nacken.

Kurzentschlossen bediente er sich dem Kopfkissen und legte es schützend auf die Schulter. Wieder brachte er sich in Position und drückte wie ein Stier. Plötzlich knackte es so laut im Gebälk, dass er sein Vorhaben sofort unterbrach. Als sich der Staub langsam am Boden sammelte, sah er sein Werk.

Augenscheinlich hatte sich ein Brett von den anderen gelöst und wippte auf und ab. Das trug wohl die grösste Spannung in sich. Er wischte wieder mit seinem schmutzigen Hemd den Boden, der restliche Staub blieb hartnäckig in der Luft hängen. Dieser bescherte Orsen ein ungutes Gefühl, er konnte nicht einfach ein Fenster öffnen und Lüften. Dies würde ihn verraten, dann hätte er die schlechtesten Karten, die man sich vorstellen konnte. Er entschloss sich, das Unterfangen so ruhen zu lassen, er warf einen Blick auf das Erreichte.

Das Brett konnte man ohne grossen Kraftaufwand nach oben oder unten drücken, die frische Luft strömte wieder gegen sein staubiges Gesicht. Das muss der Geschmack von Freiheit sein. Er sog sie so tief wie nur möglich in seine Lunge und wiederholte dies einige Male. Als er die Augen öffnete, spähte er durch die freigewordenen Öffnung, er sah seit langem wieder Tageslicht. Dieses blendete ihn dermassen, dass er nichts weiter sah. Die Angewöhnung der Augen dauerte einige Sekunden, vorsichtig blinzelte er gegen den Lichtkegel. Er fasste es kaum, er glaubte einen Baum zu erkennen, unscharf aber real. Die kalte Luft befeuchtete seine Augen aufs Neue, doch es war so, er sah einen Baum.

Müde, dennoch zufrieden legte er sich hin.

31. Spurensuche

Jon Foges ging nach unten und stiess auf den Grinsemann hinter der Empfangstheke. Er bat um ein Getränk und betonte, dass er jetzt gerne so zwei drei Stunden schlafen wolle. Der Grinsemann verstand sofort und sprach: „Sie sind der einzige Gast in diesem Stockwerk und die Putzfrau ist auch längst fertig. Sie können ohne Bedenken den Schlaf geniessen."

Er nahm seine Flasche Bier und bedankte sich. Er liess eine viertel Stunde vergehen, unterdessen legte er sein Handwerkzeug zurecht, dies bestand aus Handschuhen, einem Dietrich, Taschenlampe und einer Fotokamera. Er öffnete seine Türe einen Spalt breit und lauschte die Umgebung ab, ausser den weit entfernten Stimmen war nichts zu hören.

Er öffnete Orsens Zimmer innerhalb von fünfzehn Sekunden, langsam drückte er sie auf, um zu hören, ob es besetzt war. Er trat hinein und schaute sich erst um, den Geruch eines Gases flog ihm sofort in die Nasenflügel. Es benötigte kein enormes Wissen, um es als ein Narkosegas zu entlarven. Das gemachte Bett nahm er sich als erstes vor, der Geschmack des Gases war auf der Oberdecke noch deutlicher zu riechen. Eines war klar, hier hat in den letzten vierundzwanzig Stunden niemand geschlafen. Das Absuchen des Bettinhaltes war erfolglos. Selbst unter dem

Bett war ausser Staub nichts zu finden. Das Badezimmer brachte ebenfalls keine neuen Erkenntnisse, die Hoffnung im Kleiderschrank was zu finden, wuchs. Hier wurde eindeutig nach etwas oder jemandem gesucht, die an Bügeln aufgehängten Kleider hingen dermassen ungeordnet, dass es keinen anderen Schluss zuliess. Ausser der Unordnung im Schrank war nichts Auffälliges zu entdecken. Die Taschen waren leer und unter der Unterwäsche und Socken war auch nichts.

Den Koffer hatte der Gast ordentlich neben dem Schrank deponiert. Der Inhalt war immerhin nicht enttäuschend, einen Pass, der den Namen Jan Orsen trug, bestätigte, dass er sich im richtigen Zimmer aufhielt. Er betrachtete das Foto und fragte sich, was er wohl besass, dass Clara so an ihm interessiert war. Er schoss ein Foto von diesem und legte ihn wieder zurück, viel brachte der Inhalt des Koffers nicht. Blut war nirgends zu finden, die Wände waren sauber, auch das Bett und Badezimmer.

Er stand dicht bei der Türe und liess sich langsam in die Hocke gleiten, den Blick immer auf den Boden gerichtet. Plötzlich stoppte er seinen Abwärtstrend, wusste er es doch. Kurze Schleifspuren auf dem Bodenbelag wurden sichtbar, dank des Lichteinfalls vom Fenster. Er untersuchte diese und vermutete, dass sie von Orsen stammten. Er verliess es, wie er es betrat, niemand würde sein eindringen bemerken.

Leicht enttäuscht setzte er sich an sein Tischlein und öffnete die eben erworbene Flasche Bier, genussvoll trank er einen grossen Schluck des Gebräus. Das Wenige was er herausfand, setzte er zu einem Ganzen zusammen.

Anscheinend wurde Orsen liegend auf dem Bett mit diesem Gas betäubt, deshalb der starke Geruch auf der Oberdecke. Er trug die Kleider noch am Körper, ansonsten lägen Socken oder andere Kleidungsstücke herum. Sie oder er zogen ihn vom Bett und schleiften ihn Richtung Tür. Da es keinen Aufzug gab, trugen sie ihn ein Stockwerk hinunter, am Grinsemann vorbei und nach draussen. Das schaffte eine Person nie, ein schlaffer Körper dieser Grösse benötigte mindestens zwei kräftige Männer. Er führte die Flasche nochmals zum Mund. Da sie ihn nicht gleich umbrachten, bestand ein Interesse, ihn lebend mitzunehmen. Das sieht ganz nach einer Entführung aus, dachte er und trank die Flasche leer.

Nach eineinhalb Stunden machte er sich fertig, um der Polizei einen Besuch abzustatten. Da hatte Orsen, gemäss Clara, nach jemandem gesucht. Er verliess das Hotel, der Grinsemann war nicht auf seinem Platz. Er hätte ohne Probleme etwas hinausschmuggeln können, ohne, dass es jemand bemerkte.

Der Nebel war dichter als vorher, die Nässe legte sich schnell auf seine Kleider und Haaren nieder. Er kannte den Weg, Wornas besuchte er nicht zum ersten Mal.

Vor der Treppe legte er einen kurzen Halt ein, plötzlich hörte er eine Stimme.

„Überlegen sie es sich gut, ob sie wirklich da rein wollen, die meisten gehen da nicht freiwillig rein."

Er sah nach unten und entdeckte einen lächelnden älteren Herrn.

„Wie meinen sie das?", fragte er ihn.

„Haben sie Geld dabei, sonst kommen sie da nicht weit, das ist wie in einer Bank. Wer nicht genug bringt, fliegt raus", er lächelte und zündete sich eine weitere Zigarette an. Er warf ihm eine Münze hin und bedankte sich selbst lächelnd für den guten Rat.

Im Polizeirevier stehend, schaute er sich erst um, alle Schalter waren besetzt, doch niemand beachtete ihn. Innerlich musste er lachen, der Herr draussen hatte gar nicht so unrecht, wie in einer Bank. Er sah sich einige

Fotos, die an zwei Stehwänden neben dem Eingang hingen, an.

„Suchen sie jemand bestimmten?", fragte eine Männerstimme.

„Ja, aber den finde ich nicht an diesen Wänden."

„Sie habe ich hier noch nie gesehen, sind sie nicht von hier?"

„Nein, warum?"

Der Mann kratzte sich am Kinn und antwortete: „Es ist etwas eigenartig, normalerweise begegne ich immer den gleichen Menschen. Sie sind bereits der zweite Fremde, den ich hier antreffe."

„Wie meinen sie das?"

„Vor zwei drei Tagen traf ich, genau wie jetzt, einen fremden Mann. Dieser sah sich auch die Fotos an."

„Wie hiess den dieser Fremde?"

„Woher soll ich das wissen, wir hier Fragen nicht so schnell nach dem Namen."

„Wie sah er denn aus und wen suchte er?"

Der Mann erzählte, was er wusste, da wurde Foges schnell klar, dass es sich um Orsen handelte.

„Nur noch eine Frage, wissen sie wohin er gehen wollte?"

„Nein, aber ich riet ihm, im Stadtheim nachzusehen. Ob er es befolgte, weiss ich nicht."

Er begab sich auf den Weg zum Stadtheim, er wusste, dass es schwierig werden würde, etwas zu erfahren.

Im Hotel machte er kurz halt und steckte noch mehr Bares ein. Er liess seinen Wagen im Hof stehen und benutzte den Bus, er wollte auf keinen Fall auffallen.

Der Eingangsbereich des Stadtheims Starrex, ähnelte einem Hochsicherheitsgefängnis. Das Gelände war mit etwa vier Meter hohen Wänden aus Stein umrahmt, gekrönt mit

Stacheldraht. Der Eingang war enger als im Hotel, von weitem betrachtet, sah er einem Trichter ähnlich.

Am Empfang stellte er sich vor und fragte nach der Person, die hier das sagen hatte. Der uniformierte Herr hinter der Scheibe, blies sich leicht auf und erkundigte sich nach dem Grund der Frage, zugleich drückte er auf einen Knopf. Jon Foges bemerkte seine Gestik und schmunzelte über den kleinen Erfolg. Er griff in die Manteltasche und nahm unauffällig eine Note heraus, diese schob er verdeckt durch seine Hand, vor das Glasfenster und sprach: „ Ich dachte mir, dass sie das sind."

Der uniformierte stand auf, sah um sich und zog den Schein schnell zu sich.

„Sie haben eine Frage?", sagte er und zupfte seine Uniform zurecht.

„Ja, war heute oder gestern ein Fremder hier, der nach einem etwa sechzehnjährigen Jungen suchte?"

Er überlegte kurz und gab ein Nein zur Antwort. Foges zog nochmals einen Schein hervor und notierte darauf eine Telefonnummer.

„Rufen sie mich bitte an, wenn sich ein Fremder nach einem Jungen erkundigt."

Kopfnickend bejahte er und zog auch diesen Schein, nachdem er erneut um sich sah, schnell zu sich. Er bedankte sich und verliess den Eingangsbereich, der Uniformierte drückte erneut auf einen Knopf und liess sich wieder auf seinen Stuhl nieder.

Auf dem Rückweg ins Hotel überdachte er alles, was er bis jetzt erfuhr, dabei schmiedete er sich einen Plan für das weitere Vorgehen.

32.   Geduldsprobe

Wie lange Orsen schlief, konnte er nicht einschätzen, den Hunger schon. Sein Magen knurrte wie besessen, als ob er mit ihm sprach. Er stand auf und spürte jeden Knochen, immer wieder wurde ihm bestätigt, dass er nicht mehr der Jüngste war. Die Toilette war von feinem Staub umgeben, nach dem Wasserlassen versuchte er, sie mit einem Tuch zu entstauben. Dem Magen gehorchend, setzte er sich an den Tisch. Wieder lag Brot und Wurst auf dem Teller, doch bei genauerem betrachten, entdeckte er etwas Weisses. Er zog es unter dem Tuch hervor, es entpuppte sich als Ei. Wie ein kleiner Junge nahm er es erfreut auf und roch daran. Wie ein gekochtes Ei roch, wusste er, aber es duftete nach etwas Blumigem. Er schloss die Augen und roch abermals, dieses Ei war eindeutig von einer Frau berührt worden, die Parfüm benutzte. Seine Lage änderte sich durch diesen Geruch nicht wirklich, doch er versprühte eine Art Geborgenheit. Er ass alles auf und liess nur etwas Wasser im Krug übrig. Aus irgendeinem unerklärlichen Grund nahm er zwei Stücke der Eierschale und legte sie unters Kopfkissen.

Anschliessend betrachtete er wieder sein Werk, solle er nun weiter an diesem arbeiten, oder würde es ihm nur unnötigen Ärger einbringen. Er setzte sich auf den Stuhl, mit Blick auf die Ecke und fing an, leise mit sich zu reden.

„Wie weiter, wenn sie sich soweit heben lässt, dass ich hindurchkriechen kann. Wo befinde ich mich, wenn ich auf dem Lande bin, was ich vermute, könnten die mich von weitem sehen. Bin ich in einer Stadt, wäre es weniger schwierig zu fliehen. Mein Gefühl sagte mir, dass ich mich eher auf dem Lande befinde, ansonsten wäre es eine Geisterstadt. Durch den Schlitz in der Decke hätte ich Stimmen oder Geräusche hören müssen."

Er nahm unbewusst einen Schluck Wasser und beabsichtigte, die Öffnung weiter zu bearbeiten. Nichts zu unternehmen war nicht seine Art. Er zog sich von Anfang an die stinkenden, getragenen Sachen über, so konnte er schneller reagieren. Bis anhin wurde immer angeklopft, bevor jemand eintrat. Bestimmt war das eine Vorsichtsmassname, damit sie unerkannt blieben. Wieder zog er den mit Beschlägen versehenen Koffer unter die Stelle, die er für das Anheben vorsah. Mit einem Tuch bedeckte er Mund und Nase gegen den zu erwartenden Staub. Er stand auf den Koffer und stemmte erst vorsichtig die Stelle, die er letztes Mal schon erfolgreich anhob. Diese gab sofort wieder nach und die Lucke war um etwa vier Zentimeter grösser. Die erwartete Staubwolke blieb glücklicherweise aus.

Vorsichtig guckte er durch den frei gewordenen Spalt, und sah abermals den Baum, er erkannte, dass er keine Blätter trug. Die Luft roch sauber aber kühl, irgendwie dachte er, einen leichten Hauch von Schnee darin zu riechen. Die Sicht nach draussen war nur auf einer Seite möglich. Er schloss zwischendurch seine Augen, denn durch die lange Zeit ohne Tageslicht, musste er sich erst wieder daran gewöhnen. Vier Meter über ihm entdeckte er eine Art Dachstock, man erahnte Ziegel von unten zu erblicken. Viel mehr erkannte man nicht, der hintere Teil war wie eine schwarze Wand und liess keine Sicht zu. Das Rätselraten, ob er auf dem Lande oder in einer Stadt festgehalten wurde, erübrigte sich.

Ungeachtet dessen musste er die minimale Öffnung so erweitern, dass er in der Lage war, mit seinem Körper durchzukriechen. Vorsichtig versuchte er, ein weiteres Brett zu lösen, die knackenden Laute waren sehr störend. Die ersten zwei gaben, nach einwirkender Gewalt, schnell nach. Somit konnte er die Lucke um weitere zehn Zentimeter öffnen. Leider würde er durch dieses Stück neu gewonnene Freiheit nicht durchkriechen können. Immer wieder stiess er, auf dem Koffer stehend, mit aller Kraft die anderen Bretter hoch, leider erfolglos. Irgendetwas da oben behinderte sein Vorhaben gewaltig. Langsam erschöpft von

der ungewohnten Arbeit, gönnte er sich eine Pause.
Resigniert sowie von sich enttäuscht zog er sich um und
versetzte alles wieder in seinen Urzustand. Am liebsten
hätte er den Stuhl genommen und das Zimmer kurz und
klein geschlagen, langsam verlor auch Kommissar Orsen die
Geduld.

33.   Neubesetzung

Z liess vor dem Frühstück die Belegschaft, bestehend aus
zwei Betreuerinnen X und Y, und der Lehrerin W, sowie
den Fahrer und Hauswart wissen, dass sie anschliessend
eine Neuerung zu verkünden hatte. Völlig aufgeregt
warteten sie auf das Ende des Frühstücks, den Kindern
wurde mitgeteilt, dass die Schule eine halbe Stunde später
starten würde.

X und Y setzen sich nebeneinander und rätselten, was
wohl kommen werde. X hatte bereits Angst, dass nach dem
tot der ehemaligen Leiterin, das Heim geschlossen würde.
Sie hatte sich wie die anderen, dem Haus am Fluss
verschrieben. Y tröstete sie präventiv, obwohl ihr ebenfalls
nicht wohl dabei war. Als das Frühstücksritual zu Ende
ging, begaben sich die Drei auf den Weg ins Nebenhaus,
unterwegs wurde der Fahrer und Hausmeister abgeholt.

Sie wurden von Z an der Eingangstür empfangen und
an den Besprechungstisch geführt. Sie schaute auf ein Blatt
Papier, das vor ihr lag, die Ruhe war gespenstisch. Nach
einer gefühlten viertel Stunde sah sie auf und begann zu
sprechen: „Es haben alle vom traurigen Ableben unserer
Heimleiterin erfahren. Nun geht es darum, wie es hier
weitergeht. Vor etwa einem Monat hat mir Frau Bensen
mitgeteilt, dass sie schwer erkrankt sei. Sie hatte mich als
neue Heimleiterin vorgeschlagen. Ich habe mich
bereiterklärt, diese Herausforderung anzunehmen, in der
Hoffnung, dass Hara Bensen noch lange unter uns weilt.“

Die Fünf sassen gespannt, mit teilweise offenen Mündern, wie Wachsfiguren da.

„Nun, es ist anders gekommen, als ich hoffte."

Y holte tief Luft und fragte: „Müssen wir uns eine neue Arbeit suchen?"

Z ahnte, dass diese Frage kommen würde, es war ja auch ihr erster Gedanke.

„Nein, alle die wollen, dürfen selbstverständlich bleiben. Es geht weiter wie bisher, nur die Leitung des Hauses ändert sich, ich hoffe das stört euch nicht." Die Gesichtszüge wechselten von fragend zu zufriedenem Lächeln.

„Ich bin auf euch angewiesen, dass ihr mich unterstützt und mir zur Seite steht. Durch meine neue Aufgabe bin ich nicht mehr im Stande, dieselbe Betreuung wie früher zu übernehmen. Bis wir einen geeigneten Ersatz für mich gefunden haben, werdet ihr einen Teil der Arbeit aufteilen müssen. Ich hoffe, dies macht euch nichts aus."

Alle Sprachen wie im Chor: „Wir freuen uns für dich, das ist sicher das Beste, was uns und dem Heim geschehen konnte."

Alle gratulierten Z, sie holte die kaltgestellte Flasche Champagner, die sie noch in Haras Schrank fand, hervor, um sie mit den anderen zu geniessen. Die Stimmung war ausgelassen, da Hara Bensen nie die Nähe der Mitarbeiter suchte, hielt sich die Trauer in Grenzen. Die Freude über die Neuigkeit überwog. Sie wurden beauftragt, diese den Kindern und den Stundenarbeiterinnen zu verkünden. Nachdem die Flasche bis auf den letzten Tropfen geleert war, gingen alle wieder mit neuem Elan an ihre Arbeit. Der Gesprächsstoff für den heutigen Tag war gegeben.

Z sass allein und verlassen in ihrem neuen Büro und schaute um sich, einen Augenblick bereute sie ihren Schritt, sie fühlte sich plötzlich so furchtbar einsam.

34. Schlafstelle

Der Schneefall liess nicht nach, nur die Grösse der Flocken veränderten sich für sie positiv. Michel ritt wie die anderen, stumm Richtung Trubik. Plötzlich, wie aus dem Nichts ertönte die Stimme seines Vaters.

„Da unten, da steht eine Hütte", er zeigte mit der Hand nach links.

Joschi und Michel blickten in diese Richtung. Da stand ein kleines massives Blockhaus, sie ritten gemeinsam hin. Sie erreichten mit ihren erschöpften Begleitern die Behausung, sie ahnten, dass sie verlassen wäre. Sie stiegen von den Pferden und banden sie fest. Erst riefen sie in alle Richtungen, bevor sie sich zu nahe heranwagten, hier draussen wusste man nie so genau, wem man begegnete. So wie es aussah, war sie unbewohnt, die Fensterläden waren zu, frische Spuren im Schnee nicht sichtbar. Trotzdem klopften sie mehrmals an die Eingangstür, doch wie geahnt und gehofft, meldete sich niemand.

„Wir müssen den Schlüssel suchen, ich will nichts beschädigen", sprach Koni. Leider erwies sich das Auffinden schwieriger als geahnt, der Schnee, der stetig die Augen zum schliessen zwang, machte das Ganze nicht leichter.

„Wir brechen sie auf, sonst erfrieren wir noch hier draussen", rief Joschi und versuchte sich ans Öffnen der Tür. Die Sache war in wenigen Sekunden erledigt, sie war nicht fest verschlossen, eher notdürftig zugesperrt. Sie traten ein, ausser einem beissenden Gestank, empfing sie niemand.

Da die Holzläden vor den Fenstern geschlossen waren, zündete Joschi ein Zündholz an. Viel sehen konnte er nicht, es wurde durch den Wind, der durch die offene Tür blies, schnell ausgelöscht. Nach dem Schliessen dieser wurde es dunkel wie in der Nacht, unheimlich, bis er das zweite Streichholz entzündete. Das geschulte Auge von Joschi erkannte eine Öllampe, die auf einem Tisch stand.

Das Glück war auf ihrer Seite, sie liess sich widerstandslos anzünden. Joschi bewegte sie vorsichtig hin und her und lauschte an ihrem unteren Teil. Zufrieden mit dem Ergebnis erhellte er, so gut es ginge, den Innenraum. Spartanisch war schon fast übertrieben, Pritschen aus Holz mit Fellen bedeckt, die wahrscheinlich für den Gestank verantwortlich waren. Der kleine Tisch, auf dem die Lampe stand, war die einzige Ablagefläche. Am anderen Ende der Hütte war etwas mit einem Jutesack abgedeckt worden, Michel lief hin und lüftete das Geheimnis.

„Es ist ein Ofen, wir werden Feuer machen und uns aufwärmen", rief er und strahlte über das ganze Gesicht. Holzscheite lagen direkt daneben, nicht viel aber ausreichend, um die Hütte etwas zu erwärmen. Joschi suchte nach der Flasche mit dem Petrol, er wollte es als Brandbeschleuniger benutzen, den alles war etwas feucht in dieser Behausung. Schnell war das geliebte Feuer entfacht und alle drei wärmten sich an ihm auf.

„Nachher schauen wir nach den Pferden. Einen Stall habe ich vorhin nicht gesehen, wir müssen sie vor der Kälte schützen", sprach Koni und sah ins Feuer, das sich durch die Luke im Ofen zu erkennen gab. Die anderen sagten nichts dazu, wäre auch überflüssig.

Als sie und die Hütte etwas erwärmt waren, fragte Koni, ob Joschi ihm bei den Pferden helfen würde.

„Du kannst in der Zwischenzeit nach etwas Essbarem suchen, obwohl es nicht so aussieht, als ob du Erfolg haben wirst."

Lächelnd nickte Michel und suchte. Joschi war schon draussen, da noch etwas Tageslicht vorhanden war, war es möglich, die Hütte von aussen abzusuchen. Einen Stall gab es wahrhaftig nicht, wäre auch zu viel verlangt für die Grösse der Hütte. Die vier Pferde waren schon halb zugeschneit, sie bewegten sich auch nicht mehr. Hinten befand sich ein überhängender Unterstand, dass würde den Pferden ausreichen. Sie räumten die Sachen, die darunter verstaut waren auf die Seite und brachten die Tiere dort unter. Sie wurden freigerieben und mit Wasser und dem restlichen Futter versorgt, die Sättel kamen in die Hütte.

Michels Erfolg blieb bescheiden, einige Dosen, dessen Etiketten nicht mehr leserlich waren. Zwei Flaschen, deren Inhalt schon fast explosiv rochen, natürlich nicht angeschrieben. Das einzig vernünftige war eine Dose mit Kaffeepulver. Einen Topf, einen eisernen Krug, zwei Löffel und Messer, war der ganze Küchenrat. Zum Glück hatte ihnen Marga genug Essen eingepackt, ansonsten würden sie sich heute Abend nur mit Kaffee ernähren. Er wurde aufgesetzt, jetzt begriff Michel, warum der Ofen oben glatt war, eine andere Kochgelegenheit gab es nicht. Der Kaffee schmeckte wie erwartet, Joschi vertuschte den schlechten Geschmack mit dem explosiven Inhalt der gefundenen Flaschen. Der ganze Raum roch nur nach diesem Gebräu, sogar die stinkenden Felle verloren ihren eigenartigen Geruch.

„Wer wird wohl hier draussen so leben?", fragte Michel in die Runde.

„Ich vermute nicht, dass jemand hier lebt, eher wird es für die Jagdzeit benutzt."

Koni nickte und trank das heisse Gebräu. Viel geredet wurde nicht, denn alle wussten, was sie heute getan, oder eben nicht getan haben. Sie legten sich auf die Pritschen und deckten sich mit ihren Decken zu, die Felle stanken fürchterlich, die Wärme unterstütze diesen erheblich. Die Nacht verlief durch den stark wütenden Wind alles andere als ruhig, dazu kamen immer wieder leise Geräusche im

Innern, die nicht zuzuordnen waren. Die Wärme und Müdigkeit verhalfen ihnen doch noch zu einigen Stunden Schlaf.

Langsam müde vom Kartenspielen, bat ich um eine Pause, die anstandslos gutgeheissen wurde.

„Was geschieht eigentlich mit den Tieren draussen, erfrieren diese nicht?" Ben räumte erst die Karten beiseite.

„Die beiden Pferde sind sich an alle Wetterlagen gewöhnt, sie haben die Möglichkeit, den Stall aufzusuchen. Die Hühner und Hasen haben alle einen Unterschlupf, den Tieren musst du nicht lehren, wie sie überleben, die besitzen Instinkte."

Ich hörte ihm gespannt zu.

„Wieso ist den Sam im Haus und nicht wie die anderen Tiere draussen im Gehege?"

„Er bewacht das Haus und mich, ausserdem ist er der Einzige, mit dem ich mich meistens unterhalte. Es kommt nicht oft vor, dass ich Gäste habe, das letzte Mal, war vor drei Jahren."

Ich brannte darauf, mehr über diesen eigenartigen Ben zu erfahren, doch befahl meine innere Stimme, mich in Geduld zu üben. Ben stand auf und lief in die Küche.

„Du kannst, hinten wo das Holz lagert, Kartoffeln holen."

Gesagt getan, aber wo lag das Holz. Ich überlegte kurz und sah nur eine Türe, die in Frage kam. Gezielt lief ich auf sie zu und öffnete sie, zwei Seiten waren voll mit Holzscheiten bedeckt. Verwundert sah ich am Ende des Zimmers noch eine Türe, neben dieser hing ein Sack mit Mehl und Salz, daneben stapelten sich etwa fünf Holzharasse, gefüllt mit dreckigen Kartoffeln. Ein Korb aus Stroh geflochten, füllte ich mit diesen und brachte sie Ben.

„Gut, du darfst sie gleich abwaschen, dann ins heisse Wasser in die grosse Pfanne geben."

„Wieso sind die Kartoffeln so schmutzig?", fragte ich während dem reinigen. Ben schaute mich an und sprach:

„Auf dem Bauernhof bist du wohl nicht aufgewachsen. Die Kartoffeln halten so viel länger und das ist für mich hier oben überlebenswichtig."

Ich nickte nur und verrichtete meine Arbeit weiter, somit war es nicht das erste Mal, dass er den Winter hier verbrachte. Diese Erkenntnis war beruhigend, doch war mir der Gedanke daran nicht geheuer. Den Blick zwischendurch nach draussen gerichtet, liess nichts Gutes erahnen.

35. Der Spiegel

„Alles in Ordnung, Anna?"

Fragte jemand aus der Ferne. Da keine Antwort folgte, wurde die Frage wiederholt.

„Ja Maria, entschuldige, alles in Ordnung. Es war nur jemand von der Schule."

Sie stieg die Treppe hoch und schloss die Tür, setzte sich auf die Bank am Fenster, dann starrte sie ins Leere. Sie liess das Telefongespräch nochmals durch ihre Gedanken streifen. Langsam schlichen ihr Tränen übers Gesicht, sie fielen wie sanfte Tautropfen, in die gefalteten Hände in ihrem Schoss. Er hat dies alles auf sich genommen, um mich zu suchen, ihr fröstelte. Diesen Bann zwischen ihnen, spürte sie schon seit Jahren. Dass daraus Liebe wuchs, wurde ihr erst am Ende ihrer Zeit, im Haus am Fluss bewusst. Das Erwachsenwerden veränderte einiges. Sie war gezwungen, das mit Tom zu beenden, sie kam sich richtig mies vor. Wenn sie ehrlich war, nahm auch Tom einen kleinen Raum in ihrem Herzen in Anspruch. Wenn sie sich aber entscheiden müsste, würde die Wahl eindeutig auf C fallen. Ihn hatte sie schon immer als Lebensgefährten betrachtet, selbst wenn es nur Mädchengetue war, nahm sie dieses sehr ernst. Irgendetwas in ihr bekräftigte ihre Hoffnung, dass er noch lebte. Sie war sicher es zu fühlen, wenn ihm etwas Endgültiges zugestossen wäre. Am liebsten hätte sie einige Sachen gepackt und sich auf die Suche nach ihm gemacht. Da sie nicht wusste, wo anfangen, beliess sie es beim Gedanken.

Sie würde morgen Tom wieder auf dem Schulweg antreffen, sie musste es ihm auf irgendeine Art begreiflich machen, dass sie nur gute Freunde sein könnten. Bestimmt keine einfache Aufgabe, doch es führte kein Weg daran vorbei. Mit ernster Miene stand sie auf und lief zum Bett. Am trocknen der Tränen, fragte sie sich immer wieder, ob sie Maria einweihen sollte. Sie hatte ja niemanden, der ihr nahe stand, Alex misstraute sie, seine Blicke liessen Ängste aufkommen. Ida strahlte eine unbeschreibliche Kälte aus, ob sie liebenswerte Gefühle besass, war schwer zu erahnen. Maria oder Z waren die Einzigen, denen sie Vertrauen schenkte. Maria kannte ihre Vorgeschichte nicht, daher wäre sie neutraler. Es war hell draussen, doch Anna war müde und legte sich ins Bett.

Sie stand im Bad, als sie den Waschlappen vom Gesicht nahm, erschrak sie heftig. Im Spiegel lachte ihr C entgegen. Er bewegte die Lippen, als ob er zu ihr sprechen würde, hören vermag sie ihn nicht. Sie rief seinen Namen mehrmals, er streckte ihr die Hände entgegen, als ob er zu sagen versuchte, halte mich fest, ergreife sie und zieh mich zu dir. Er entfernte sich immer weiter von ihr, sie war unfähig, seine um Hilfe suchenden Hände zu fassen. Sein Ebenbild verschwand im Spiegel.

Sie erwachte aus ihrem Alptraum, ihr ganzer Körper war in Aufregung, sie zitterte, alle Muskeln schmerzten wie verrückt.

Von Annas Rufen aufgeschreckt, rannte Maria ungewohnt schnell hoch in ihr Zimmer. Sie erkannte ihren Zustand, nahm sie sie fest in ihre Arme und hielt sie so lange, wie sie es zuliess. Sie versuchte nicht, Anna mit Worten zu beruhigen, das Festhalten brachte die gewünschte Wirkung.

Anna war mit ihren Kräften am Ende, Maria holte ihr ein Glas Wasser, das sie in einem Zug leerte. Da sie nicht ins Bad wollte, deckte Maria sie zu und gab ihr einen Kuss auf die Stirn, danach zog sie die Vorhänge zu.

Sie setzte sich an den Küchentisch und trank ebenfalls ein Glas klares Wasser, sie überlegte, was wohl der Grund für Annas Zustand war. Vielleicht war das Ganze mit Ida zu viel für sie, sie ist ja erst fünfzehn Jahre alt. Maria wusste nicht genau, wie sie sich verhalten solle, sie durfte Anna in diesem Zustand nicht alleine lassen. Alex hatte nicht erwähnt, wann er nach Hause kommt. Kurz entschlossen rief sie ihre Nachbarin an und bat sie, sich um die Kinder zu kümmern. Sie machte es sich im Gästezimmer bequem und hinterliess für Alex eine Nachricht. Um alles mitzubekommen, liess sie ihre Türe weit offen, das Gästezimmer lag nur ein Zimmer neben Annas.

Die Nacht verlief ruhig, Maria schaute am Morgen erst unten nach. Anscheinend war Alex nicht nach Hause gekommen, oder hat ihren Zettel schlicht weg übersehen, denn der lag wie gestern an derselben Stelle. Sie schaute vorsichtig ins Schlafzimmer von Alex und Ida, doch da hatte niemand geschlafen, dies erblickte ihr geschultes Auge sofort. Eilig lief sie wieder die Treppe hoch und öffnete Annas Zimmer. Sie lag noch immer vertieft im Schlaf, die Decke hing zur Hälfte aus dem Bett. Maria schlich auf Samtpfoten hinein und deckte sie wieder zu, Anna schlief tief und fest.

Sie begab sich nach der Toilette in die Küche und bereitete das Frühstück vor. Da es Freitag war, hatte es keinen Sinn, Anna in diesem Zustand in die Schule zu schicken. Sie rief an und erklärte, Anna hätte starkes Fieber, es wurde ohne Gegenfrage akzeptiert und eine gute Genesung gewünscht. Ein kurzes Telefonat mit der Nachbarin brachte ihr Gewissheit, dass bei ihr Zuhause ebenfalls alles rechtens war.

36.   Nichts Neues

Im Hotel angekommen begab er sich erst auf sein Zimmer, entledigte sich seines feuchten Mantels und zog die nassen Schuhe aus. Nachdem er wieder trockengelegt war, nahm er Stift sowie Papier und schrieb einige Notizen auf. So wie es aussah, war eine Entführung die plausibelste Erklärung für sein Verschwinden. Ansonsten hätte Orsen den Rat angenommen und wäre zum städtischen Heim gefahren. Was war der Grund der Entführung, so wie Clara Borel ihm erklärte, war dieser Orsen nicht reich oder politisch engagiert. Er musste sie über seine Ergebnisse informieren, irgendetwas gefiel ihm am Verschwinden gar nicht. Er verabredete sich in einem Café nahe beim Polizeipräsidium mit Clara.

Als er das Lokal betrat, sass sie schon an einem Tisch, mit einem dampfenden Tee. Sie war schlicht und einfach etwas Besonderes, schade, dass es mit Ihnen nie geklappt hatte. Nach kurzer Begrüssung kamen sie zur Sache.

„Hast du schon etwas herausgefunden?", fragte Clara aufgeregt.

„Leider zu wenig, dass er entführt wurde, kann ich mit fast neunzigprozentiger Sicherheit sagen."

„Entführt, warum und von wem?"

Hastig nahm sie einen Schluck des heissen Tees.

„Es deutet alles darauf hin, dass sie ihn betäubten und dann mitgenommen hatten. Sie benutzten ein Gas, um ihn in den Schlaf zu befördern. Das unauffällige hinaustragen, war das kleinste Problem."

„Wer arbeitet in unserem Land mit solchen Methoden und warum?"

„Diese Frage habe ich mir auch schon gestellt, es gibt mehrere Gruppierungen, die für Geld Entführungen ausführen. Aber keine von denen passt in dieses Schema. Ein unbedeutender Ausländer ohne Reichtum oder Einfluss, dies ergibt keinen Sinn."

Um nachzudenken, nippten beide am Getränk.

„Was hältst du von meiner Idee, ich benachrichtige seinen Chef bei der Polizei in Aronis. So wie ich es heraushörte, hielt er viel von diesem. So könnte ich wahrscheinlich erfahren, was hier wirklich gespielt wird. Wer weiss, eventuell ist es doch politischen Ursprungs und er hat mich an der Nase rumgeführt."

Jon sah nachdenklich aus.

„Meinst du nicht, es ist noch zu früh, wenn tatsächlich etwas Politisches dahintersteckt, halte dich besser raus, du weisst, wie dies für dich enden könnte."

„Ich weiss, aber nichts tun, kann ich nicht."

Sie bestellten sich ein Wasser.

„Du machst schon sehr viel, du kennst ihn erst seit Kurzem. Vielleicht ist alles so vorgesehen und du tappst voll in eine Falle."

„Ich habe alles, was möglich war überprüft, auf diese Quellen kann ich mich verlassen. Das dachte ich jedenfalls bis heute. Er ist ein angesehener Kommissar bei der Mordkommission in Aronis. Ist und war nie verheiratet, keine Kontakte, die mir Sorgen bereiten, nichts Derartiges. Fast schon zu normal würdest du jetzt sagen", Clara lächelte, obwohl es ihr nicht danach war.

„Die Geschichte zeigt uns, was wir glauben zu wissen, ist eben nur glauben und nicht wissen. Ich schlage vor, wir warten noch ein zwei Tage ab, in der Zwischenzeit lasse ich meine Beziehungen spielen, dann sehen wir weiter, so bist du aus dem Schussfeld."

Sie nahm seine Hand und drückte sie.

Jon genoss die Zuneigung und nickte lächelnd.

„Du magst ihn sehr, diesen Orsen, nicht wahr?"

Sie schaute direkt in seine Augen: „Ja, ich glaube, ich bin etwas verliebt."

„Schön, dass es dir gut geht, das wird sich hoffentlich alles zum Guten wenden."

Sie wusste, er meinte dies nicht sarkastisch, sie kannte ihn gut. Sie verabschiedeten sich und versprachen, sich zu melden, wenn es Neuigkeiten gäbe.

Er fuhr direkt in sein Büro und erledigte seine Anrufe. In zwölf Stunden sollte er mehr erfahren, er war ein leiser Schaffer und besass exzellente Kontakte. Der automatische Telefonbeantworter liess ihn wissen, dass der wichtige Mann vom städtischen Heim nicht angerufen hatte.

37. Kompromisse

Ken Bolt wählte Brad Marons Nummer, es klingelte genau drei Mal, bis eine Männerstimme zu hören war.

„Ja, was kann ich für sie tun?"

Dies war sein Standard Spruch, so musste sich immer erst der Anrufende zu erkennen geben.

„Hei Brad, hier spricht Ken."

„Hallo Ken, du hörst dich etwas besorgt an, ist irgendwas?"

Brad kannte ihn schon zu lange, um dies nicht zu bemerken.

„Ich will nicht drum herumreden. Es geht um diesen Jan Orsen, ich kann und will nicht weiter akzeptieren, wie das gehandhabt wird. Ich fordere hiermit den sofortigen Stopp dieser Aktion, ansonsten ziehe ich meine Konsequenzen."

„Was ist denn los Ken, las uns in Ruhe darüber reden."

„Das tun wir jetzt, ich bin ruhig, aber ich meine es ernst. Jan ist mein bester Freund, ich habe schon zu lange zugeschaut. Die Bruderschaft liegt mir, wie du weisst, sehr am Herzen. Aber mit Entführung und Gewalt, will ich nichts zu schaffen haben, egal, um wen oder was es sich handelt. Damit stehe ich nicht alleine da, das wirst du wissen!"

Brad liess sich Zeit, um die nächsten Worte zu überdenken.

„Na gut, was schlägst du vor, was wir tun sollten. Wir brauchen das Geld, ohne dieses, können wir bald die Bruderschaft auflösen. Das würde heissen, dass alle Institutionen, die wir unterstützen, am Ende wären. Kannst du das akzeptieren und damit ruhig schlafen?"

Jetzt benötigte Ken seine Zeit. Brad hatte ihn wieder dort, wo er nicht hinwollte, genau vor diesem Zustand hatte er Angst.

„Du kennst mich Brad, es kann aber nicht sein, dass ein Elend ein anderes heilt. Nun dann, ich stelle den Totenschein aus. Du weisst, was ich, besser gesagt wir, damit riskieren."

Ein kurzes schweigen.

„Die Polizei sowie die zuständigen Behörden sprechen alle die gleiche Sprache. Der Junge muss tot sein, sämtliche Fakten weisen darauf hin. Du hast selbst gesagt, dass die Wahrscheinlichkeit sehr hoch sei, oder nicht?"

Ken schluckte leer: „Das stimmt, warum hast du Angst davor, dass Orsen den Jungen finden könnte. Du lässt ihn sogar ausser Gefecht setzen, einen Kommissar, Brad, was ist nur los mit dir?"

„In Scanland ist er kein Polizist mehr, warum umgeht er die Befehle und arbeitet auf eigene Faust weiter. Er bekam die direkte Order von höchster Stelle den Fall zu beenden, du siehst, es gibt immer zwei Betrachtungswinkel."

Da war es wieder, das Brad Syndrom.

„Der einzige Unterschied liegt darin, dass sein Antrieb die Gerechtigkeit und deine reine Habsucht ist. So einfach ist die Geschichte dann auch wieder nicht. Kann ich mich darauf verlassen, dass du alles einstellst, dafür sende ich den Totenschein. Eines noch, falls Orsen etwas zustösst, dann Beete zu Gott."

Er legte auf, ohne eine Antwort abzuwarten. Völlig durchgeschwitzt füllte er, den vor ihm liegenden Totenschein aus und gab somit dem weiteren Verlauf seinen Antrieb.

Anschliessend fuhr er nach Hause, duschte und ertränkte sein schlechtes Gewissen in einem zwölfjährigen Whiskey. Als kein Tropfen mehr aus der Flasche auf seine fast betäubte Zunge tropfte, liess er sich auf die Couch senken.

Trotz des gewaltigen Alkoholkonsums, oder genau deswegen, schlief Ken bis neun Uhr morgens. Da es Samstag war, musste er nicht dringend in die Praxis. In seinem Kopf nahm er ein dumpfes Klopfen wahr, es begleitete ihn, trotz Einnahme des Hausmittels. Ihn freute, dass er auch in diesem Zustand noch von Linda träumte. Nach einigen starken Kaffees, mit Eiern und Speck, kehrte langsam das normale Leben zurück. Im Prinzip war er nicht der Typ, der Ärger mit Alkohol zu bekämpfen pflegte, das was gestern geschah, beschäftigte ihn schon zu lange.

Unter der Dusche dachte er wieder an diese Linda, sie war sicher auch ein Grund, dass er sein Leben endlich ändern musste. An sie zu denken war sehr angenehm. Einzig die Sache mit Jan, bedrückte seine Stimmung.

38. Unerwartet

Mit schrecklichen Hals und Gliederschmerzen, erwachte Orsen durch die Kälte, die ihn umgab. Es roch nach Schnee, doch war keiner zu erkennen. Erst glaubte er an einen Traum, er hörte Hunde bellen, sowie Vögel pfeifen. Er schaute behutsam und ungläubig umher. Er staunte nicht schlecht, den über ihm schwebte nicht mehr die zu tiefe Holzdecke, sondern ein freier, bewölkter Himmel. Von weitem meinte er Menschenstimmen zu hören. Er fasste sich an den Kopf und spürte ihn, konnte er in einem Traum sich selbst spüren. Er schlug mit der Hand auf seine rechte Backe und sie schmerzte. Es war Wirklichkeit, er kämpfte sich hoch und schaute umher, er lag anscheinend auf einer Parkbank. Der Hals tat immer noch weh, er war völlig ausgetrocknet, wie vor ein paar Tagen, als er in diesem Verliess erwachte.

Die Sitzbank stand in einem parkähnlichen Areal. Er versuchte zu gehen, doch die herunterrutschenden Hosen liessen dies nicht zu. Von weitem hörte er nicht gerade freundlich klingende Stimmen. Er sah in der Ferne eine Frau, die wie verrückt mit ihrem Gehstock umher fuchtelte. Er kümmerte sich nicht weiter um sie und sah nach unten, schnell zog er seine Hosen hoch und stopfte, damit sie oben blieb, sein Hemd und Jackett hinein.

Leise rief er Hallo und dann immer lauter und kräftiger. Er traute seinen Augen nicht, er war wirklich in Freiheit, wo wusste er nicht, das war ihm im Übrigen egal. Sichtlich glücklich lief er in irgendeine Richtung, nur nicht in die, wo die Frau noch schimpfend, wie ein Soldat stand. Nach einem etwa zwanzigminütigen Marsch hörte er Geräusche, die ihn an einen Bahnhof erinnerten. Seine Vermutung gab ihm recht, es war nicht der grösste, aber im Moment der schönste Bahnhof der Welt.

Seine Blase rief nach einer Entleerung, was kein Problem darstellte, denn Toiletten waren vorhanden. Er öffnete eine Türe, die mit einem unverkennbaren Zeichen versehen war, um einzutreten. Kaum halb geöffnet, hielt eine Person in Uniform dagegen.

„Zieh Leine, dir ist bewusst, dass ihr hier nicht auftauchen solltet. Du weisst, was sonst geschehen kann!"

Ein wenig irritiert sprach Orsen: „Ich muss nur schnell zur Toilette, sonst nichts."

„Das glaube ich dir, aber nicht hier, verpiss dich du stinkender Abschaum!" Plötzlich standen drei dieser Uniformierten vor Orsen und blickten nicht gerade freundlich daher.

„Brauchst du Hilfe, Stan?", fragte der eine.

„Glaube werde selbst fertig mit ihm, er will mir nicht gehorchen, nehme an, er versteht unsere Sprache nicht."

Er lachte, die anderen taten es ihm gleich. Orsen verstand nicht, was da abging, sein Zustand erlaubte keinen klaren Gedanken. Aber irgendetwas flüsterte ihm, dass er besser verschwinden sollte, so lange er noch konnte. Er liess die immer noch halb offene Türe los und lief nichtssagend davon. Er hörte, wie plötzlich das Lachen verstummte.

Von Angst getrieben, lief er so schnell er konnte, doch urplötzlich wurde er von etwas Unbekanntem an der Wade gepackt. Vor Schmerzen niedersackend, sah er in eine mit gefährlichen Zähnen versehene Schnauze. Das bedrohliche Bellen liess ihn erstarren, das Gebiss bohrte sich blitzschnell in den rechten Unterarm.

Nach einem lauten Pfiff drehte die Schnauze ab und lief davon, das Lachen erklang wieder und Orsen vernahm nur ein Gemurmel, das weit entfernt schien. Mit aller Kraft und unter unbeschreiblichen Schmerzen, versuchte er, sich hochzustemmen. Er blendete sie aus und lief davon, wohin wusste er nicht, einfach weit weg von dort.

Als er sich einigermassen in Sicherheit fühlte, schaute er sich um. Sein Adrenalin hatte ihn, die zum Bersten volle Blase vergessen lassen, doch langsam meldete sie sich merklich zurück.

Die Gebäude um ihn schienen verlassen, die Natur hatte sie schon zur Hälfte in Besitz genommen. Kurz entschlossen öffnete er den Hosenschlitz und befreite die Blase aus der schmerzlichen Lage. Ein unangenehmer Geruch stieg von unten in seine Nase, war es der Urin oder sein Körper, es stank wie in einer Kloake. Um sich nicht übergeben zu müssen, stellte das Atmen ein. Der Geschmack war grauenhaft, doch das Pinkeln war zu diesem Zeitpunkt schöner als alles andere auf der Welt. Er wünschte sich, dass es nie mehr enden würde.

Er packte wieder alles zurecht und fühlte sich gleich um hundert Kilo leichter. Die Schmerzen wurden heftiger, der Unterarm blutete durch das Bewegen stärker, die Wade spürte er schon gar nicht mehr.

Er schaute an sich nach unten, er erschrak selbst an seiner Gestalt. Alles war mit Dreck und Blut verschmiert, es ekelte ihn. Er lief so gut es ging, den verlassen scheinenden Gebäuden entlang, kein Mensch war zu sehen. Nach einer gefühlten Stunde Marsch, glaubte er, wieder Stimmen zu hören, dieses Mal hörten sie sich jünger an. Vom Bahnhof Erlebnis vorsichtig geworden, verlangsamte er den schon sehr trägen Gang.

Sie kamen immer näher, sein Sehvermögen spielte plötzlich verrückt, er sah alles doppelt sowie unscharf. Er lehnte sich an die Hausfassade und rieb mit der Hand seine Augen. Am liebsten hätte er damit nicht mehr aufhgehört. Die Stimmen wurden immer lauter, er fühlte sich unwohl. Er holte tief Luft und schlich so nah wie möglich an den Häusern weiter. Am Ende angekommen, guckte er vorsichtig um die Ecke, eine Gruppe von Jugendlichen standen im Kreis, dabei diskutierten sie lautstark. Er verstand das gesprochene nicht, wollte umkehren, doch ihm wurde schwarz vor Augen.

39. Trubik November 1969

Das Nachtlager lag schon sicher eine Reitstunde entfernt, der Schneefall hatte auch diese Nacht nicht aufgegeben und fiel munter weiter. Die Stimmung war dieselbe wie gestern, die Gedanken waren grösstenteils bei C, doch niemand sprach darüber. Je weiter sie Richtung Trubik ritten, umso weniger tief war die Schneedecke. Das Tempo der Pferde wurde automatisch schneller, doch die Strapazen hinterliessen selbst bei ihnen Spuren. Wenn die Wetterverhältnisse sich nicht verschlechtern, erreichten sie in etwa fünf Stunden ihr Dorf. Was Michel noch Kopfzerbrechen bereitete, war, wie sie es seiner Mutter erklärten. Da sie bestimmt Verständnis für ihren Entscheid aufbringen würde, gestaltete die Sache etwas leichter.

Sie legten während der ganzen Zeit nur eine kurze Rast ein, denn alle hatten nur das eine Ziel. Trubik lag nur noch wenige Stunden vor ihnen, die Sonne kämpfte erfolgreich gegen die Schneewolken an. Die letzten zwei Stunden schien sie unentwegt auf die erkaltete Erde nieder.

Nebel stieg schleichend hoch und verwandelte die Landschaft in eine märchenhaft unwirkliche Welt. Joschi sass rauchend auf seinem Pferd und sprach: „Wir werden diesen Ausritt unser Leben lang nicht vergessen, der Entscheid war der richtige."

Koni antwortete: „Ich sehe das genauso, wir können, um ein Leben zu retten, nicht drei gefährden. Wir hoffen, dass er da oben ein Auge auf ihn wirft."

„Dafür beete ich", sprach Michel und sah fragend himmelwärts.

Zuhause in Trubik angekommen, trennten sie sich umarmend, aber schweigend. Vater und Sohn wurden von Marga erwartet, das wiehern der Pferde hörte sie schon von weitem. Als sie nur drei Männer zählte, wurde ihre Hoffnung zunichtegemacht. Die Freude über das Wiedersehen der Dreien, liess ihr doch ein Lächeln ins Gesicht zaubern. Ihr Herz wurde aber nur zu dreiviertel erwärmt, C fehlte, die Geschichte dahinter, liess nichts Gutes erahnen.

40.   Verabredung

Z durchsuchte alle Aktenschränke, die Ordnung war perfekt, nichts was nicht hingehörte, war vorhanden. Die Schränke hatte sie schneller als geahnt durchgekämmt.

Der Schreibtisch enthielt genau so wenig Persönliches, wie der Rest des Büros. Nur eine Schachtel Pralinen, die noch original verpackt in der obersten Schublade auf Geniesser wartete. Daneben einige Schlüssel, die fein säuberlich beschriftet waren. Sie betrachtete jene genau, der Eine passte bestimmt zum silbernen Schrank im hinteren kleineren Raum.

Den Champagner spürte sie noch immer, sie hatte nur ein Glas getrunken, nach dem gestrigen Abend, war das mehr als genug. Sie braute sich einen Kaffee, denn das Nebengebäude besass eine eigene kleine Küche. Sie hatte eigentlich alles was sie benötigte im Nebenhaus, sie könnte, wenn sie dies wollte, hier Wohnen. Sie nahm in der Küche Platz und trank genussvoll den Kaffee. Den Blick aus dem Fenster liess sie erstaunen, es ermöglichte ihr, die Hälfte des Grundstückes einzusehen. Im oberen Stockwerk hatte man bestimmt noch einen fulminanteren Blick über das gesamte Anwesen.

Sie zog es vor, in ihrem gewohnten Zimmer zu bleiben, sie fühlte sich unter den anderen sehr wohl.

Das Klingeln des Telefons, riss sie aus ihren Gedanken, sie sprang auf und lief ins Büro.

„Z hier."

„Hier spricht Ken, wollte mich nur nach deinem Befinden erkundigen?"

Z holte tief Luft, bevor sie antwortete.

„Hallo Ken, den Umständen entsprechend gut. Ich durchsuche gerade alle Schränke und Schreibtische."

„Es ist doch Samstag, da solltest du nicht arbeiten", sprach Ken.

Sie lachte und entgegnete: „Das ist keine Arbeit, hier im Hause gibt es für die meisten keine festen Arbeitszeiten. Das ist eben kein normaler Job, die Kinder sind auch am Wochenende auf uns angewiesen. So ist mein Leben, ich liebe es so."

Ken holte tief Luft: „Wenn ich dich mal ausführen will, habe ich da eine Chance?", gespannt wartete er die Antwort ab.

Lachend sprach sie: „Sicher, es ist nur so, dass ich nicht einfach von einer Minute auf die andere wegspringen kann. Aber einrichten lässt sich das fast immer."

Ken war froh dies zu hören, ihre Stimme war Balsam für seine Seele. Sie hatte so was an sich, bisher kannte er diese Symptome an sich nicht.

„Wie wäre es Morgen, wir unternehmen gemeinsam einen Spaziergang. Ich könnte zu dir fahren, wenn dir das lieber wäre?"

Z wurde leicht verlegen.

„Das würde mich freuen, dann kann ich dir gleich das Haus am Fluss zeigen, wenn du willst."

„Gerne, ich komme so um vierzehn Uhr."

Z war voll motiviert und nahm ihre Arbeit wieder auf, der Kaffee war eh schon erkaltet, im Gegensatz zu ihrem Herzen.

41. Freiheit

Seine Augen öffneten sich, eine weisse Decke mit hellen
Lichtern war das Erste, was er wahrnahm. Er musste die
Lider einige Male auf und ab bewegen, um die Feuchte
darin zu verdrängen. Als er wieder normal sah, versuchte er,
den Kopf leicht nach rechts zu drehen. Er sah eine Wand,
verbaut mit Einbauschränken, er drehte ihn langsam nach
links. Wieder nur eine weisse Wand mit diversen Geräten
versehen.

„Wo bin ich hier?", sprach er leise vor sich hin. Kaum
ausgesprochen spürte er Schmerzen im Hals. Er versuchte,
ihn mit der rechten Hand zu berühren, als ob dies eine
heilende Wirkung hervorrief. Wieder starrte er zur Decke,
sie war tatsächlich weiss und nicht aus Holz. Infolgedessen
lag er nicht mehr im selben Zimmer wie bis anhin. Seine
Lider wurden immer schwerer, bis er sie nicht mehr zu
kontrollieren vermochte.

Sie fuhr so schnell wie erlaubt, das Spital lag etwa eine
Dreiviertelstunde entfernt von ihrem Zuhause. Ihre Hände
zitterten, sie schaffte es kaum, das Lenkrad ruhig zu halten.
Endlich angekommen, platzierte sie ihren Wagen auf die
spitaleigenen Parkfelder, sie waren so gut wie leer.

„Danke, dass sie mich direkt angerufen haben Doktor
Lorsen, ist er es?"

„Das kann ich leider nicht mit Bestimmtheit sagen, er
wachte bis anhin nicht auf. Wir können gleich zu ihm,
vielleicht ist er inzwischen erwacht."

„Wenn ich ihn sehe, weiss ich es", sprach Clara Borel,
und versuchte sich zu beruhigen. Kaum im Zimmer
angekommen flossen die Tränen.

„Demnach ist es der, den sie suchen?"

Sie nickte nur, da sie keinen Pieps herausbekam.

„Ich lasse sie jetzt alleine, bitte melden sie sich danach bei mir. Sie wissen warum."

Wieder ein Nicken, den Blick auf den Patienten gerichtet. Sie hielt ihm die linke Hand und drückte sie liebevoll in der Hoffnung, dass er darauf reagieren würde. Er schlief tief und fest, sein Aussehen verriet, dass er nicht freiwillig weg war. Nach einer halben Stunde hatte sich noch nichts geändert, das Atmen erwärmte Claras Gemüt. Sie wischte sich die letzten Tränen weg und suchte den Arzt auf.

„Kommen sie bitte in mein Büro, trinken sie auch einen Kaffee?"

„Gerne, den kann ich jetzt gut gebrauchen."

Er füllte zwei Tassen und stellte sie auf den Tisch.

„Bitte bedienen sie sich. Um es vorwegzunehmen, ihrem Bekannten geht es so weit gut. Wir haben ihm die nötigen Impfungen verabreicht. Die Wade ist zugenäht, der Muskel wurde auch in Mitleidenschaft gezogen. Wahrscheinlich benötigt er erst Gehstöcke, die Verletzungen werden mit der Zeit verheilen. Der Unterarm ist, wie schon am Telefon erwähnt, weniger verletzt worden. Doch die Infektion liess nicht auf sich warten, das Antibiotika sollte helfen."

„Dann hatte er riesen Glück gehabt!"

Er nahm einen Schluck Kaffee und sprach: „Etwas Glück sicher, aber ohne das sofortige Handeln der jungen Menschen, hätte es böse geendet."

Er erzählte ihr, was er wusste und goss Kaffee nach.

„Danke, ich werde mich darum kümmern. Wie lange muss er bleiben?"

„Zwei drei Tage hätte ich ihn noch gerne in meiner Obhut, danach können sie ihn Zuhause pflegen."

„Bitte geben sie mir Bescheid, was ich ihnen schuldig bin, ich möchte es gleich begleichen. Dass sie nicht die Polizei, sondern direkt mich informierten, werde ich ihnen nicht so schnell vergessen!"

Er nahm ihre Hand und sprach: „Das war eine Ehre für mich, ohne ihre Grosszügigkeit, würde das Spital so nicht existieren. Wenn irgendwer, jemandem etwas schuldig wäre, dann bestimmt nicht sie!"

Sie bedankte sich mit einem Lächeln und drückte ebenfalls seine Hände.

„Sie können so lange sie wollen bei ihrem Bekannten bleiben, wenn sie es wünschen, kann ich ein Bett bringen lassen."

„Danke, das ist lieb, aber der Stuhl reicht mir. Nochmals vielen Dank."

„Gern geschehen, aber bitte zu keinem ein Wort, sonst bekommen wir Schwierigkeiten."

„Das ist genauso in meinem Interesse", sie lächelte und lief Richtung Orsens Zimmer.

Würde er nicht atmen, hielte man ihn für tot, so ruhig und steif lag er auf dem Bett. Sie nahm einen Stuhl auf die linke Seite, nahm seine Hand und war erleichtert, ihn gefunden zu haben.

Wieder versuchte er, die Lider zu heben, sie waren bleischwer, doch er schaffte es. Froh darüber, immer noch die weisse und nicht die Holzdecke zu sehen, versuchte er zu lächeln, immerhin innerlich. Er drehte den Kopf und glaubte, eine Frau zu erkennen, die ihre Augen geschlossen hielt.

„Bin ich schon im Himmel bei den Toten, bilde ich mir das alles nur ein. Tote träumen doch nicht, oder doch", sprach er mit sich. Er bewegte die Lider abermals ein paarmal und schaute nochmals umher. Jetzt glaubte er, die

Tote zu kennen, die neben ihm sass. Er hob den rechten
Arm und wollte sich an den Kopf greifen. Diesen konnte er
auf halbem Weg nicht mehr kontrollieren, er fiel nach unten
am Bett vorbei und landete auf die sitzende Totgeglaubte.

Ein Schreckensschrei ertönte, dabei erschrak auch
Orsen und liess einen Schrei von sich. Schnell wurde die
Türe geöffnet, eine Schwester kam wie ein Blitz ins Zimmer
geschossen.

„Ist etwas passiert?", fragte sie während des Gehens.
Ohne nachzusehen, antwortete Clara: „Nein, alles in
Ordnung, bin nur eben aus dem Schlaf aufgeschreckt
worden."

Die Schwester sah trotzdem schnell nach und befand
alles als normal.

„Sie können mich mit dem Knopf am Bett rufen, wenn
sie mich brauchen." Ohne eine Antwort abzuwarten,
verliess sie das Zimmer.

Orsen lag mit schmerzverzerrtem Gesicht da, sein Arm
lag noch immer neben dem Bett und schmerzte.
Geistesgegenwärtig nahm sie ihn und legte ihn wieder
dorthin, wo er hingehörte.

„Jan, Jan wie geht es dir, ich bin so froh dich zu sehen!"
Jan schaute etwas hilflos drein.

„Clara?", sprach er kratzig und sichtlich unter
Schmerzen, „Clara."

Er streckte seine andere Hand in ihre Richtung. Sie sah
dies und nahm sie vorsichtig entgegen.

„Du bist in Sicherheit, du bist im Spital von Wornas.
Du wirst bald wieder gesund und kannst es in etwa drei
Tagen verlassen. Erhole dich erstmals, alles Weitere
überlasse mir."

Verständlich fragend schaute er ihr in die feuchten
Augen: „Wieso bin ich hier?", fragte er völlig erschöpft.

Sichtlich ermüdet schlief er ein, bevor eine Antwort folgte. Die Tränen unterdrückt, verliess sie das Zimmer, verabschiedete sich vom Arzt und nahm sich vor, morgen früh wiederzukommen.

Im Wagen sitzend, liess sie sich fallen und gewährte dem Weinen freien Lauf. Es tat ihr gut, denn anschliessend kam Freude auf, dass er mehr oder weniger gesund war.

Zuhause angekommen rief sie Jon an und erzählte ihm die schier unglaubliche Geschichte. Da sie wusste, dass sie ihm blind vertrauen konnte, war dies kein Problem. Er bedankte sich bei ihr und wünschte ihr viel Kraft, sie solle trotz allem vorsichtig sein. Denn was dieser Orsen wirklich hier vor hatte, war noch nicht völlig geklärt, die Entführung setzte dem Ganzen ein grosses Fragezeichen auf.

Nach drei Tagen nahm Clara Jan Orsen zu sich nach Hause, im Spital wurde ihr erklärt, auf was sie achten und wie es zu behandeln wäre. Orsen fühlte sich schlecht, nicht der Schmerzen wegen, sondern dass er ihr zur Last fiel. Sie verneinte dies natürlich, was ehrlich gemeint war. Clara liess sämtliche Sachen, die noch in Orsens Hotelzimmer waren, zu ihr bringen. Sie beharrte darauf, dass er bei ihr wohnen blieb, bis er das Land wieder verlassen könne.

Yuri bekam die Anweisung, bei jeglichen Nachfragen, selbst von der Polizei, Orsens Abreise zu bestätigen. Selbstverständlich nichtwissend, wohin die Weiterreise ging. Seinen alten Volvo versteckte sie in ihrer Garage, wo er ehrlich gesagt, neben den glänzenden Artgenossen, etwas deplatziert aussah.

Orsen schlief zwei Tage lang sehr viel, die kurzen Zeiten dazwischen, versuchte Clara für ihn da zu sein. Die Heilung der Wunden schritt erfreulich voran, die Naht an der Wade spannte unangenehm, diese bereitete ihm immer wieder schmerzhafte Momente. Sie redeten oft über die

Entführung, Orsen konnte sich keinen Reim daraus machen. Warum er, er war keine Persönlichkeit im Sinne des Wortes, besass kein Reichtum, nichts. Clara glaubte ihm, doch eine kleine Ungewissheit schwebte stets über dem Ganzen.

Am dritten Tag assen sie zusammen zu Mittag.

„Bald muss ich wieder zurück, meine Ferien sind langsam zu Ende. Ehrlich gesagt, würde ich lieber bei dir bleiben, ich fühle mich sehr wohl bei und mit dir."

Er nahm mit seiner gesunden Hand die ihre und küsste sie symbolisch.

„Es geht mir auch so, solche Gefühle hatte ich schon eine Ewigkeit nicht mehr. Du tust mir gut, du erfüllst mein Leben mit neuem Sinn. Bleib doch noch eine Weile, du bist ja schliesslich nicht arbeitsfähig."

Das war wie Musik in Orsens Ohren.

„Das ist lieb von dir, ich muss wieder zurück, sonst machen sie sich Sorgen um mich. Meine Ferien waren ja nur ein Vorwand, um die Spur des verschwundenen Jungen zu verfolgen."

Clara schluckte ihren Bissen Kaninchen runter und sprach: „Du hast es mir schon etliche Male erzählt, aber weshalb riskierst du deinen Job für diesen Jungen, du kennst ihn ja nicht, oder doch?"

Orsen kratzte sich am Kinn: „Das kann ich nicht beantworten, ich habe da so ein komisches Gefühl, irgendetwas in mir glaubt, dass er noch lebt. Erklären kann ich es selbst nicht."

„Der Junge", sprach sie weiter, „wenn die Fragerei zu viel wird, musst du es mir sagen, versprochen?"

Orsen lächelte. „Sicher, was wolltest du fragen?"

„Der Junge, wer ist er denn genau, warum hat man euch den Fall entzogen. So wie du es mir geschildert hast, ergibt es gar keinen Sinn. Ausser er ist für jemandem sehr wichtig oder ein Hindernis."

Orsen antwortete mit grossen Augen: „Meinst du etwa, was ich gerade denke?", fragte er.

„Warum sonst wirst du in einem fremden Land entführt, da muss es doch einen Zusammenhang geben."

Orsen hatte auch schon daran gedacht, aber es sofort wieder als unsinnig verworfen.

„Und warum bin ich jetzt frei und lebendig?"

„Das passt nicht ganz in meine Theorie, da muss ich dir recht geben Jan."

Er überlegte kurz und sprach: „Ein Junge aus einem Heim, der scheinbar nichts besass ausser seinem Leben. Was für eine Gefahr geht von so einem Jungen, von circa sechszehn Jahren, den schon aus. Beide Elternteile sind tot, er hat keine Geschwister, keine Verwandten, niemanden. Jahrelang hat sich keine Menschenseele um ihn geschert, warum sollte er jetzt plötzlich für jemandem wichtig sein."

Orsen ass weiter.

„Vielleicht erfahren wir die Wahrheit, wenn es den eine gibt, nie. Eventuell hat man dich verwechselt und nachdem dies erkannt wurde, setzte man dich einfach im Park wieder ab. Das könnte natürlich sein, wir sehen möglicherweise mehr darin, als es ist."

Beide vertieften das Gespräch noch eine Stunde weiter, bis Orsen die Müdigkeit einholte und Schlafen ging. Clara grübelte eine Zeitlang nach, verschiedene Szenarien spielte sie durch. Was wäre, wenn Jon recht behielt und Orsen nicht der war, den er vorgab zu sein. Sie wollte und konnte dies nicht glauben, obwohl es naiv und kitschig klang.

Es stimmte sie traurig, ihre Gefühle für ihn waren in den letzten Tagen sehr gewachsen, seine Anwesenheit brachte dies so richtig zum Vorschein.

42.   Anna und Maria

So gegen elf Uhr erwachte Anna, sie hatte lange geschlafen, fühlte sich jedoch noch hundemüde. Sie stand mit schmerzenden Gliedern auf und begab sich ins Bad, sie freute sich auf eine erwachende Dusche. Sie fühlte sich schlecht, sie hatte C schon zu weit von sich entfernen lassen.

Die Brause liess sie direkt auf ihren Kopf gerichtet, es war eine Wohltat, die Wasserstrahlen zu spüren. Dabei fühlte sie sich immer frei, wie unter einem Wasserfall in der Wildnis, fernab der Zivilisation. Sie genoss diesen Zustand etwa fünf Minuten, bis sie ein Klopfen vernahm. Sie drehte die Brause zu und hörte nochmals hin. Es ertönte abermals, gleichzeitig rief eine Stimme.

„Alles in Ordnung mit dir, Anna?" Sofort erkannte sie Marias Stimme: „Ja, ich komme gleich."

Zügig erledigte sie ihre Toilette und ging nach unten.

Maria stand wie meistens in der Küche.

„Guten Morgen Maria, ich habe einen Mordshunger."

Sie lachte und sprach: „Das glaube ich gerne, du hast auch lange und tief geschlafen."

Erst jetzt schaute Anna auf die Uhr und die Blässe breitete sich auf ihrem Gesicht aus. Maria ahnte dies und sprach sofort: „Mach dir keine Gedanken, ich habe bereits die Schule über deine Grippe informiert. Am Montag darfst du wieder hin."

Sie lachte und stellte Anna einen Tee hin. Sie liess sich erleichtert in den Stuhl fallen.

„Vielen Dank Maria, du hast mich gerettet."

Sie assen gemeinsam das Frühstück, das zeitlich gesehen eher ein Mittagessen war.

„Was war Gestern mit dir los, gibt es da etwas, was ich wissen sollte. Das Telefonat war nicht einfach so ein Geschwätz, oder täusche ich mich da?"

Anna schluckte und begann zu erzählen. Plötzlich öffnete sich die Eingangstüre, Alex stand im Flur. Er lief in die Küche und entdeckte die Zwei.

„Was ist denn hier los, hast du keine Schule Anna?"

Maria antwortete für Anna: „Sie fühlte sich die ganze Nacht nicht wohl, ich entschied gegen ihren Willen, sie nicht gehen zu lassen. Sie muss sich erst richtig erholen, die Schule ist informiert."

„Tja, dann wünsche ich gute Besserung, ich werde heute noch zu Ida fahren, ich bin erst gegen Abend zurück."

Alex duschte, zog sich um und war so schnell, wie er gekommen war, wieder weg.

„Sie tun mir leid, er und Ida machen bestimmt eine harte Zeit durch."

Maria hörte zu und sprach: „Das glaube ich auch, doch das Leben muss weitergehen. Sie bekommen sicher eine zweite Chance, Ida ist ja noch jung."

Sie trank ihre Schokolade fertig und fragte Anna: „Jetzt aber wieder zu dir, hast du mir etwas zu sagen, du weisst, unsere Gespräche bleiben unter uns, vertraue mir."

Annas Gesicht wurde durch Tränen befeuchtet. Als Maria sie in die Arme nahm, wehrte sie sich nicht und liess sich gehen. Anna fing zu erzählen an, sie verkürzte die Geschichte so gut als möglich ab. Maria hörte die ganze Zeit gespannt zu, Annas Erzählung glich einem spannenden Roman. Nachdem sie fertig war, spürte sie abermals Tränen über ihre weissen Wangen schlängeln. Sie war in guter Gesellschaft, Maria holte Taschentücher für beide. Sie tranken erst schweigsam ihren kalt gewordenen Tee.

„Warum hast du mir dies nicht schon eher erzählt?"

Anna wischte sich trocken: „Ich dachte, dies wolle eh niemand hören, es wurde mir verboten, ausserhalb des Zuhauses, zu viel preiszugeben!"

„So etwas, es ist doch wichtig, dass man über sich und was einem beschäftigt, mit jemandem reden kann. Ich finde es gut, dass du mit diesem Tom ehrlich bist. Er hat es nicht verdient, im Unwissen zu sein."

„Ja, das hatte ich heute vor, wir treffen uns meistens auf dem Schulweg. Aber am Montag bringe ich es hinter mir. Er tut mir schon leid, ich mag ihn auch sehr, aber so kann ich das nicht stehen lassen."

Maria streckte ihre Hand zu Anna, sie folgte mit ihrer.

„Du würdest dich für C entscheiden, wenn du müsstest, nicht wahr?"

Anna schaute sie an: „Ja, C ist ein Teil von mir, nie würde ich mich gegen ihn entscheiden, egal was kommt!"

„Du bist für dein Alter sehr erwachsen, wenn ich dir so zuhöre, bekomme ich Hühnerhaut. Ida und Alex hatten echt Glück mit dir, eine bessere Wahl gibt es nicht. Ich bin stolz auf dich, wenn du vorhast C zu suchen, helfe ich dir dabei."

„Versprochen?", fragte Anna völlig überrascht.

„Ja, so gut ich kann."

Sie sassen noch eine ganze Weile zusammen, sprachen über dies und das. Maria reizte die Zeit so lange wie möglich aus, bis sie wieder nach Hause zu ihrer Familie musste.

Anna fühlte sich irgendwie erleichtert und war froh, mit jemandem den sie gerne mochte, darüber geredet zu haben. Erst jetzt wurde ihr klar, wie wertvoll dies für sie war.

43. C`s Einsicht

Es war Morgen, der erste Blick, nachdem ich mich aufrichtete, war gezielt nach draussen. Ich liess mich wieder nach hinten fallen und starrte etwas enttäuscht auf die Balken, die die Decke stützten. Die Vorstellung, unter dieser Menge Schnee zu liegen, bereitete mir Angst. Als ob er es spürte, schaute mich Sam an, er lag wie gestern neben meinem Bett. Ich musste schmunzeln, man hätte denken können, er gehöre zu mir. Ich wagte mich, vorsichtig aufzustehen, er wich keinen Zentimeter von seinem Schlafplatz. Erst als ich Richtung Küche lief, erhob er sich und streckte sich einmal nach vorn und nach hinten. Während er dies tat, öffnete er seine Schnauze und mir wurde anders. Er hatte einen Rachen voller gefährlicher Zähne, die Bisskraft liess sich nur erahnen. Ich dachte mir, lege dich nur nicht mit dieser Bestie an, denke nicht mal dran.

Irgendwoher kam ein eigenartiges Geräusch, beim genaueren Hinhören, dachte ich, dass es von draussen kam. Nachdem ich Bens Namen dreimal, ohne eine Antwort zu bekommen, rief, vermutete ich ihn dort. Ich öffnete die Türe und sah nur in eine Schneewolke.

„Ben", rief ich hinaus.

„Ich bin hier oben, auf dem Dach."

Ich lief die Veranda hinunter und sah nach oben, Ben stand da und befreite das Vordach vom Schnee.

„Kann ich dir helfen, soll ich nach oben kommen?"

„Nein, du kannst den Schnee, den ich hinunterwerfe, auf die Seite befördern, die Schaufeln sind im Stall!"

Gesagt getan, derjenige war an der Haupthütte angebaut und war von innen sowie aussen zugänglich. Da der Weg durch den Schnee völlig unbegehbar war, wählte ich den anderen.

Ich schaufelte wie wild, Ben war dermassen schnell mit hinunterwerfen, dass ich ins Schwitzen kam. Nach etwa einer Viertelstunde stieg Ben wieder vom Dach.

„Hält das Dach den Schnee nicht aus?", fragte ich ihn.

„Keine Angst, das Hauptdach hält das doppelte aus, aber das Vordach hätte ich schon längst erneuern müssen. Habe gedacht, dass mir etwas mehr Zeit bliebe, bevor der erste Schnee fällt. Wenn du Lust hast, könnten wir uns einen Pfad bis zu den anderen Gebäuden schaufeln."

Da ich nichts Besseres vor hatte, stimmte ich zu. Der Schnee ging mir bis fast zur Hüfte, wir schaufelten, bis uns der Schweiss aus den Poren hervortrat. Man brauchte fast eine halbe Stunde für einen Meter, wir waren gezwungen, zwischendurch eine Pause einzuschalten, sonst hätten wir dies nicht überstanden. Nach drei Stunden war es vollbracht, zu beiden Nebengebäuden verlief nun ein Pfad. Ich stand auf der schneebefreiten Veranda, dabei schaute ich in die Ferne. Das Bild von den schneebedeckten Bergen und Wäldern war so schön und ungemein wohltuend, dass ich ins Schwärmen geriet. Dass er meine Weiterreise verhinderte, war weniger schön. Hinter mir hörte ich ein klopfen, Ben winkte mich durchs Fenster hinein. Das Frühstück hatte ich völlig vergessen, obwohl mein Magen schon eine halbe Stunde wie verrückt knurrte.

„Du darfst mich nachher begleiten, um nach den Tieren zu sehen, in der Zeit wo du hier bist, kannst du es erlernen. Kennst du dich damit aus?"

Ich dachte nach: „Ich weiss es nicht, ich kann mich nicht erinnern, es würde mich freuen, dir zu helfen. Schliesslich kann ich ja bei dir wohnen."

Ben trank seinen Kaffee: „Irgendwie kommst du mir schon komisch vor."

Wir verpflegten die Tiere, es fühlte sich nicht fremd an, ohne zu überlegen führten meine Hände automatisch das Richtige aus. Ben bemerkte dies und lobte mich. Nach getaner Arbeit war Ben etwas müde und legte sich hin. Ich war selbst ziemlich fertig. Meine Gedanken waren weit weg von hier, ich dachte an Michel und seine Eltern, sie taten mir leid. Im Prinzip, so im Nachhinein, durfte ich nicht einfach weglaufen. Sie haben es ja nur gut gemeint mit mir, sie waren alle sehr nett. Die besagte Lüge war nicht schön, doch was hätten sie sonst tun sollen, mich einfach liegenlassen. Wahrscheinlich wäre ich verblutet, oder von wilden Tieren als Hauptmahlzeit verspeist worden. So oder so wäre ich heute bestimmt nicht mehr hier.

Die Gedankenspiele ermüdeten mich noch mehr, da Ben auch in seinem Bett lag und regelmässig aber hörbar atmete, legte ich mich hin.

Ein lautes Bellen, riss mich aus meinem Traum, Sam stand vor der Eingangstür und bellte wie verrückt. Seine Körperhaltung war stramm und sah gefährlich aus. Ben erwachte, stand auf und lief zum Nebenzimmer, da ergriff er sein Gewehr.

„Geh schnell zum Stall, aber nicht die Aussentüre öffnen, nur um nachzusehen, ob alles in Ordnung ist!"

Während des Sprechens schaute Ben aus jedem Fenster, Sam folgte ihm. Ich lief direkt in den Stall, wo die Tiere unruhig umherirrten. Die Stalltüre nach aussen war verschlossen, ich vernahm Geräusche von Draussen. Die Hasen waren verschwunden die Hühner, die sich weiter hinten aufhielten, verhielten sich einigermassen ruhig.

„Es ist alles zu, die Pferde, Ziegen und Schweine sind nervös, aber eingesperrt!"

„Das ist gut so, wahrscheinlich schleichen Wölfe umher, auf der Suche nach Essbaren" , sprach Ben.

Ich lief zum Küchenfenster und spähte nach draussen.

„Hast du sie gesehen, ich kann nichts erkennen?", fragte ich.

„Die machen sich unsichtbar, sie meiden schlauerweise die Menschen. Scheinbar war der Hunger grösser als ihr Instinkt. Normalerweise riechen sie uns über mehrere Kilometer hinweg."

Ben öffnete die Türe und schoss einmal in die klare kalte Luft hinaus, der Knall kam mit dem Echo zurück.

„Etwas wollte ich dir noch sagen, lass nie Essbares draussen liegen, die Stallung lassen wir nur noch offen, wenn wir uns selbst dort aufhalten."

Ben schaute sich noch kurz um, danach schloss er die Tür.

„Werde ich befolgen, sind sie nun verschwunden?"

„Ich glaube schon, Sam hat sich auf jeden Fall beruhigt."

Nach dieser Aufregung brauten wir Kaffee und assen noch die restlichen Kartoffeln mit Wurst.

„Lebst du schon immer so allein hier in der Wildnis?"

Kaum ausgesprochen, bereute ich die Frage. Ben ass seelenruhig weiter und sprach: „Nein, aber mein altes Leben existiert nicht mehr und nein, ich rede nicht gerne über mich."

Der Fall war klar, ich hätte gar nicht fragen brauchen.

„Was willst du den im neuen Leben unternehmen, du kannst dich ja an nichts erinnern. Du kennst deinen Namen nicht, du erkennst deine Eltern und Geschwister nicht mehr. Wie meinst du, wird das sein?"

Diese Fragen versuchte ich mir schon selbst zu beantworten.

„Wenn ich ehrlich bin, keine Ahnung, ich habe Angst davor. Ich stell mir immer vor, ich stehe vor meiner Mutter und bemerke es nicht", das Sprechen viel mir schwer.

„Du wirst sie mit den Augen nicht erkennen, aber wenn du vor ihr stehst, fühlst du sie."

Ich kämpfte mit den Tränen, scheinbar habe ich diesen Ben unterschätzt.

„Nun lass uns weiteressen, danach können wir wieder Karten spielen."

Meine Freude hielt sich in Grenzen, er hatte jedoch recht, was sollten wir sonst auch tun. Der Schneefall legte zwischendurch eine Pause ein, wir beachteten es durchs

Kartenspielen nicht. Einsichtig stellte ich mich langsam darauf ein, hier den Winter zu verbringen, mit Ben, dem Hund Sam und allem anderen.

44.   Kellereimer Akten

Bruno Arno sass an seinem Schreibtisch und jonglierte völlig weggetreten mit dem Bleistift zwischen den Fingern. Er machte sich Sorgen um Jan, er bekam keine Nachricht von ihm, es waren beinahe zwei Wochen vergangen. Sie hatten ja beschlossen nichts von sich hören zulassen, die Gefahr darin war ihnen bewusst. Seine Gedanken liessen trotzdem nicht von ihm ab, er hoffte innig, dass er bald wieder zurückkommen würde.

Das klopfen an der Türe, unterbrach seine geistige Abwesenheit. Ein wichtig aussehender Beamte, brachte ihm eine Akte, die speziell gekennzeichnet war. Er stellte sich vor und Bruno Arno tat es ihm gleich.

„Ich benötige noch eine Unterschrift, sie darf nur mir persönlich wieder zurückgegeben werden."

Er unterzeichnete und sprach: „Ich weiss, sie können sie nach dem Mittag wieder abholen."

Der streng aussehende Beamte bedankte sich und verliess das Büro. Er erkannte sie sofort, sie war gekennzeichnet mit einem durchgestrichenen Eimer. Das inoffizielle Zeichen einer Kellereimer-Akte. Diese Akten waren als abgeschlossene Fälle anzusehen, obwohl die meisten nicht völlig aufgeklärt wurden. Nur wenige hatten Zugang und Einsicht, damit dies gewährleistet blieb, war die Aushändigung nur gegen eine persönliche Unterschrift möglich. Da er sie nicht lange zur Verfügung hatte und sein Büro nicht verlassen durfte, machte er sich sofort ans Lesen. Vor ihm lag die Akte, des verschwunden Jungen aus dem Haus am Fluss.

Die Neuerungen lagen immer in einem transparenten Umschlag zuoberst. Er lass sie aufmerksam durch. Also doch, dachte er, das was vor ihm lag, war der offizielle Totenschein des Jungen, ausgefüllt und bestätigt durch Doktor Ken Bolt. Es wunderte ihn bei diesem Fall nichts mehr, normalerweise wurde ein Schein erst ausgestellt, wenn die Person nach acht Monaten nicht auffindbar war, hier vergingen nicht einmal vier. Der Junge, den sie C nannten, hatte plötzlich einen Namen, Nils Oberson. Geburtsort und Datum waren nicht bekannt. Hier war einiges seltsam, viele offene Fragen. Da er mit niemandem, der nicht bemächtigt war, über den Inhalt solcher Akten reden durfte, machte es eh keinen Sinn, sich darüber den Kopf zu zerbrechen. Umso mehr wünschte er sich, dass Jan so schnell wie möglich wieder zurückkehrte. Insgeheim hoffte er, dass er nichts in Erfahrung bringen konnte, der Frust würde nur noch grösser werden. Er schloss die Akte und war froh, nächstes Jahr aufhören zu können. Ihm ging das Ganze immer tiefer, er hatte leider schon zu viel miterlebt.

45. Dank

Clara Borel war eine Frühaufsteherin, dies erlaubte ihr, den Tag so richtig auszukosten. Sie bereitete für Orsen und sich ein beeindruckendes Morgenessen. Sie liebte es, wen es die Zeit erlaubte, ausgiebig zu frühstücken. Ihre Arbeit nahm viel Zeit in Anspruch, doch in den letzten Tagen hatte sie erfahren, dass es doch noch anderes gab. Sie arbeitete teilweise wie verrückt, obwohl die Geschäfte blendend liefen und sie sich ums Finanzielle keine Sorgen machen musste.

Sie hatte das Geld, das sie von ihrem nicht offiziellen Vater geerbt hatte, sehr intelligent eingesetzt. Da sie schon immer Freude an alten Häusern besass, investierte sie das

Meiste in solche. Das wurde sehr schnell belohnt, die Preise stiegen sukzessive und das eine Geschäft ergab ein weiteres. Scheinbar hatte sie doch mehr Gene von ihrem Erzeuger, als sie wahrhaben wollte.

Als das Frühstück im Wintergarten angerichtet war, ging sie in Orsens Zimmer. Sie trat vorsichtig ein und sah, wie er versuchte, aufzustehen.

„Das Frühstück wäre angerichtet, willst du lieber vorher Duschen?"

Er sah zu ihr und nickte.

„Soll ich dir helfen oder willst du es immer noch selber schaffen?"

Wenn er nicht so lädiert und Schmerzen hätte, würde er das Angebot nie im Leben abschlagen.

„Gerne ein andermal, wenn ich es mehr geniessen kann."

Eigentlich wollte er es nicht so sagen, wie er es dachte, gesagt ist jedoch gesagt.

„Du hast recht, ich verstehe dich, verschieben wir es auf bessere Zeiten."

Sie lachten beide, danach schloss sie die Türe wieder von aussen.

Beim Frühstücken besprachen sie den heutigen Tag, sie wussten, dass ihnen nur noch zwei Tage blieben. Orsen musste übermorgen wieder zurückfahren, der gesundheitliche Zustand erlaubte es, die Gefühle nicht wirklich.

„Eines würde ich gerne erledigen, bevor ich abreise."
„Das wäre?"
„Ich will mich bei denen, die mich fanden und den Notarzt riefen, bedanken. Ich habe mir vorgenommen, mich mit irgendetwas Nützlichem erkenntlich zu zeigen."

Clara war gerührt, dass er dies nicht vergessen hatte, vorher hätte sein Zustand dies nicht erlaubt.

„Sehr gerne, ich rufe den Arzt an und erkundige mich genauer über die Retter."

Orsen biss genüsslich in ein Brötchen und fragte: „Was würdest du tun?"

Clara überlegte: „Dort wo man dich fand, ist eher ein ärmeres Viertel. Die meisten haben keine Arbeit und einige besuchen nicht einmal die Schule. Die Lebensumstände dieser Menschen sind sozusagen miserabel, daher ist es umso erstaunlicher, dass sie einem Fremden halfen."

„Was denkst du, wäre Geld das gescheiteste?"

„Gib mir noch etwas Zeit zum Nachdenken, toll, dass du dir diese Gedanken machst."

Sie assen weiter und diskutierten währenddessen den Verlauf ihrer sich anbahnenden Beziehung. Beide waren sich einig, dass sie sich weiterhin sehen. Da Clara öfters nach Snorland fuhr, wäre die Entfernung kein Hindernis. Orsen war selbst mobil und in keiner festen Beziehung, daher stände nichts im Wege. Sie wollten es ruhig angehen, Orsen hatte es nicht eilig und Clara wollte sich auch sicher sein.

46.   Anna und Tom

Der Montag der Montage war Wirklichkeit geworden, heute musste sie Tom alles Erzählen und reinen Tisch machen. Wohl beim Gedanken war ihr nicht, sie hatte es etliche Male in ihrem Zimmer durchgespielt. Sie hoffte, Tom nicht zu verlieren, denn sie fand in ihm einen ehrlichen, aufgestellten Freund.

Auf dem Schulweg verlief es wie gehofft, Tom war nach nur fünfzehn Minuten an ihrer Seite.

„Wie geht es dir, habe mich echt um dich gesorgt. Leider waren wir übers Wochenende bei meinen Grosseltern, sonst hätte ich dich besucht."

„Das ist lieb von dir, es geht mir wieder besser, das Fieber hat mich zum Glück verlassen." Er nahm ihre Hand und drückte sie, Anna zog sie behutsam zurück.

„Tom wir müssen reden, treffen wir uns nach der Schule in der Konditorei?"

„Gerne, ich habe mir auch vorgenommen, mal mit dir über gewisse Dinge zu sprechen."

Sie streichelte ihn freundschaftlich über die Schulter und sprach: „Schön, ich freue mich."

Sie plauderten weiter über die Grosseltern und die Schulferien, die bevorstanden.

Während des Unterrichts dachte Anna stets an das anschliessende Gespräch mit Tom. Hoffentlich würde er es nicht zu sehr empfinden, es bräche ihr das Herz. Die Nachmittagslektionen wollten und wollten nicht enden, vielleicht kam ihr dies entgegen. Die Stunde der Wahrheit war mit dem ertönen der Schulglocke Tatsache geworden.

Noch nie fühlten sich ihre Schritte zur Konditorei so schwerfällig an, Tom sass an ihrem Lieblingstisch und winkte ihr lächelnd zu. Sie erwiderte es, obwohl ihr nicht danach war. Sie bestellte das Übliche und hoffte, es würde etwas dazwischenkommen, damit sie nicht beginnen müsste. Nachdem die Getränke vor ihnen standen, rührte Anna länger als nötig in ihrer heissen Schokolade.

„Du musst aufpassen, nicht das ihr übel wird."

Anna bemerkte ihr handeln und lachte.

„So, wer beginnt?", fragte Tom.

„Ich, du musst mir aber versprechen, bis zum Schluss zuzuhören, es ist für mich sehr wichtig."

Seine Miene wurde ernster.

„Ich verspreche es, auch wenn es mir schwerfällt."

Nach der zweiten Schokolade war Anna fertig, Tom sass sprachlos da. Er wusste im Moment nicht was sagen.

„Das ist der Wahnsinn Anna, wieso hast du mir das nicht schon früher erzählt?"

Anna sah zum Fenster raus: „ Ich habe mich nicht getraut, wir kannten uns noch zu wenig, jetzt liess es sich nicht mehr vermeiden. Es liegt mir etwas an dir, darum ist es für mich so schwierig."

Tom nahm ihre Hand.

„Mir ist es wichtig, dass du weisst, dass ich dich sehr mag, egal woher du kommst, beziehungsweise was war. Schön wäre es, wenn wir weiterhin gute Freunde bleiben."

Anna konnte nicht mehr, sie nahm seine Hand und sprach stotternd: „Du weisst gar nicht, wie schwer es mir gefallen ist, es dir zu erzählen, ich mag dich eben auch sehr." Er wischte mit der Serviette ihre Tränen ab.

„Du kannst dich auf mich verlassen, dies bleibt unser Geheimnis, versprochen."

Anna war die Erleichterung anzusehen, danach sprachen und lachten sie noch lange. Es wurde völlig vergessen, was Tom vorhatte zu erzählen, vielleicht erledigte es sich von alleine.

47. Lesestoff

Die Tage vergingen, der Schnee blieb trotz spärlichem Neuschnee standhaft. Die Temperaturen vermiesten der Sonne die Schmelzarbeit. Es wurde langsam eintönig, ich konnte das Kartenspiel nicht mehr sehen, nicht wie Ben. Die meiste Zeit verbrachte ich auf der kleinen Veranda, dort sass ich stundenlang, eingepackt wie ein Eskimo. Ich genoss einfach die Ruhe und den Ausblick, meine Gedanken kreisten um Konis Familie, die Flucht, sowie das Unbekannte Zuhause. Wer war ich wirklich, war ich überhaupt, oder ist alles nur ein schlechter Traum. C wurde ich genannt, etwa sechzehn oder siebzehn Jahre alt, ich wusste sozusagen nichts von mir. Im Grunde war es völlig egal, ob ich da bin oder nicht, ob ich lebe oder tot bin. Immer wenn diese Gedanken mich einnahmen, war ich anschliessend sehr traurig. Einzig Sam, der meistens neben mir lag, bemerkte überhaupt mein Dasein. Scheinbar spürte er meine Gefühlswelt, immer wenn ich fröhlich aufgelegt war, hatte er die Nähe nicht sonderlich gesucht. Wenn jedoch Schwerenöter an Gedanken mich aufsuchten, war er ausnahmslos an meiner Seite und wich nicht von mir. Die anfängliche Bestie, die ich ehrlich gesagt nicht sonderlich mochte, hatte sich auf seine Art immer mehr in mein Herz geschlichen und dies hatte es nur durch ihr simples Dasein geschafft. Vielleicht machte ich mir etwas vor, da mir seine Nähe guttat, aber eigentlich spielte es keine Rolle, warum es so war.

Ben hatte nach fast einer Woche nicht viel mehr gesprochen als sonst. Nie hatte er ein Wort über sich und seiner Vergangenheit erzählt. Er war, was er war, einfach der Ben, der mich aufnahm und bei sich leben lässt, ohne eine Gegenleistung zu verlangen.

Die Tage wurden immer länger und länger, das Nichtstun schlug negativ auf meine Stimmung. Ben war stets gleich gelaunt, er hatte sich anscheinend an die Einsamkeit gewöhnt und dies als normalen Zustand angenommen.

Eines Tages setzte sich Ben neben mich auf die Veranda, und fragte aus heiterem Himmel.

„Kannst du lesen und schreiben?"

Etwas verdutzt über die Frage, antwortete ich unüberlegt schnell mit einem ja. Kaum ausgesprochen dachte ich nach, schreiben kann ich, das wusste ich, aber lesen?

„Warum meinst du, soll ich etwas für dich schreiben?"

Ben sah mich an und lachte lautlos.

„Nein, ich hätte einige Bücher in der Truhe, wenn du dich mal langweilst, kannst du darin stöbern."

„Du hast Bücher?", fragte ich so, als ob dieser Mensch auf dem Mond leben würde.

„Ja stell dir vor, sie liegen in der Truhe hinter dem Kamin. Such dir ruhig was aus, wenn du Lust hast. Es gibt auch leeres Papier, wenn du etwas aufschreiben willst, darfst du das natürlich."

Ohne mich zu bedanken, lief ich direkt zur Truhe und war mächtig gespannt auf deren Inhalt. Sie war etwas schwer zu öffnen, scheinbar wurde sie nicht so oft benutzt. Sie gab wenige Bücher her, eines beschrieb die Geschichte der Eisenbahnen, das andere eine Art Jagdanleitung und ein Gesundheitslexikon.

Ben war wie immer gut gelaunt, er nahm das Buch der Eisenbahnen aus der Truhe und lies darin. Ich meinerseits brachte natürlich das Jagd Buch unter mein Kopfkissen in Sicherheit.

Kurz vor dem Nachtessen begann es erneut zu schneien, als ob dies das normalste auf der Welt wäre, es wurde mit keinem Wort erwähnt. Nach dem Essen und der anschliessenden Toilette, verweigerte ich das Kartenspiel mit der Ausrede, das ich gerne das Jagdbuch studieren wolle.

Ben nahm auf dem Sofa Platz und vertiefte seinen Blick in das Eisenbahnbuch. Ich legte mich bequem auf mein Bett und holte das Jagdbuch hervor. Am Anfang war es etwas langweilig, es wurde das Jägerlatein erklärt sowie die Rechte und Pflichten der Jägerei. Ich kämpfte mich durch die ersten zehn Seiten, die ich pflichtbewusst aber gelangweilt las.

48.   Gefühle

Ken Bolt begab sich auf den Weg zu Linda, da er seinen alten Volvo Jan Orsen überliess, nahm er den Jeep aus der Garage. Den Weg zum Heim kannte er ja bestens, einmal im Jahr trafen sich jeweils die drei obersten Mitglieder der Bruderschaft, um das Heim zu begutachten. Das Engagement für die Wohltätigkeit, hatte ihren Ursprung hier im Haus am Fluss. Im Vordergrund stand das wohl der Bewohner, das war immer ein grosses Anliegen der Bruderschaft.

Die Strasse war gut befahrbar, Ken freute sich riesig Linda, alias Z oder umgekehrt, nochmals zu treffen. Wenn er ehrlich zu sich war, war es liebe auf den ersten Blick, sowas kannte er nur aus schlechten Liebesromanen.

Er parkte den Jeep direkt beim Nebenhaus, Linda stand am Fenster und winkte ihm zu. Kurz vor der Eingangstüre zauberte er einen Blumenstrauss hervor und hielt ihn vor sich.

Z öffnete und war positiv überrascht.

„Sind die für mich?", ertönte die unnötigste Frage der Welt. Er streckte sie ihr entgegen und lächelte schelmisch:

„Nur für dich!"

Z hatte in den letzten zwanzig Jahren keine Blumen mehr erhalten, sie war für einen Moment sprachlos.

„Vielen Dank, bitte komm doch herein."

Mit den verrücktspielenden Gefühlen im Kampf bat sie ihn in die Küche, die nur zum Kaffeekochen benutzt wurde. Sie suchte vergebens nach einer Vase, sowas hatte Hara Bensen anscheinend nicht. Sie nahm kurzerhand den Weinkrug, der mit blaugelben Verzierungen bemalt war.

Ken fand dies anscheinend lustig und schmunzelte:

„Was willst du zuerst machen, mir das Haus zeigen, das ich schon ein wenig kenne, oder spazieren gehen?"

„Ich würde dir gerne das Haus aus meiner Sicht zeigen, wenn es dich interessiert?"

Ein ganz klein wenig geschummelt, entschied er sich für die Besichtigung des Hauses. Nach einer halben Stunde Hausführung zogen sie sich etwas wärmer an und begaben sich auf den Spaziergang.

Nach wenigen Schritten befanden sie sich in der puren Natur. Sie nahmen den Weg, der Richtung Fluss führte. Sie diskutierten eifrig über das Heim, die Arbeit und was so anstand.

Am Fluss angekommen waren sie völlig überrascht, dass sie doch soweit gelaufen sind, die Zeit verflog im Fluge. Beide spürten sofort wieder die Zuneigung, die sie dem Gegenüber empfanden. Z dachte damals, es wäre der Alkohol, der sie im Mona Lisa durcheinanderbrachte. Heute musste sie sich eingestehen, es war nicht nur der Wein.

Vorsichtig nahm Ken ihre Hand und sprach: „ Ich fühle mich in deiner Gegenwart sehr wohl, ich hoffe, es geht nicht nur mir so."

Etwas überrascht aber froh, dies von ihm zu hören, antwortete sie: „ Es geht mir genau so, ich will aber nichts überstürzen."

Er liess sofort ihre Hände los und entschuldigte sich, sie nahm reflexartig seine wieder in dir ihrigen.

„So meinte ich es nicht, ich habe darin keine Übung mehr, darum brauche ich etwas Geduld von dir."

Sie lächelte ihn an und alles war geklärt.

Der Rückweg war länger als geahnt, sie liefen Hand in Hand und genossen es. Im Heim angekommen, bot sie ihm einen Kaffee an, den er dankend annahm. Sie besorgte sich aus der Küche im Haupthaus etwas Süsses und begab sich wieder ins Nebenhaus. Sie beredeten vieles, obwohl sie sich schon auf ihrem Spaziergang viel zu erzählen hatten.

„Darf ich dich etwas Persönliches fragen?"

„Alles was du willst, ich habe keine Geheimnisse?"

Er nahm ein Gebäck, das die Form eines Schmetterlings besass.

„Bist du verheiratet, hast du Kinder oder eine Partnerin. Ich frage nur, weil ich keine solche Beziehung eingehen will."

Ken schluckte erst das Gebäck.

„Ich bin ehrlich zu dir, verheiratet war ich nie und Kinder habe ich auch keine. Was die Partnerin betrifft, ist es so, ich hatte bis vor kurzem eine Beziehung aufrechterhalten, die schon längst zu Ende war. Ich war nur zu bequem oder zu feige, sie zu beenden. Es hat sich jedoch in der Zwischenzeit erledigt, ich bin wieder ganz zu haben." Sie lächelte erleichtert und sprach: „Die Gegenfrage erspare ich dir, ich hatte in den letzten Jahren keine Beziehungen mehr. Verheiratet war ich nie und Kinder habe ich etwa zweiundzwanzig." Beide lachten aus vollem Herzen.

„Ich besorge uns was, um darauf anzustossen."

Als der Inhalt der Flasche sich dem Ende neigte, wurde Z doch noch kurz ernst.

„Ich will dich nicht belästigen, doch ich finde einige Akten von Kindern, die hier wohnen oder wohnten nirgends. Weisst du wo diese sein könnten?"

Ken nippte am Glas und überlegte seine Antwort, ohne es zu zeigen.

„Es ist so, es gibt welche, die sind nicht hier aufbewahrt. Dies zum Schutz derjenigen, die aus gewissen Gründen unerkannt bleiben wollen. Das ist auch ein indirekter Schutz der betroffenen Kinder."

Z bohrte nach: „Versteh mich bitte nicht falsch, ich begreife das nicht ganz. Diese Kinder haben doch alle keine Eltern mehr, oder täusche ich mich?"

„Nicht immer, es gibt auch solche, die unehelich gezeugt wurden. Um ihnen trotzdem ein gutes Zuhause sowie Bildung zu ermöglichen, gibt es das Haus am Fluss. Die Grundidee war einst, dass Kinder von Mitgliedern der Bruderschaft Arche, die Vollwaisen wurden, hier eine bestmögliche Alternative bekommen. Da sie eher in der Minderheit blieben, erhielten auch andere die Chance."

„Um diese zu schützen, lässt man die Akten einfach verschwinden und niemand wird je zur Rechenschaft gezogen. Findest du dies in Ordnung Ken?"

„Einiges geschieht, ob wir einverstanden sind oder nicht. Mir ist es lieber, die Kinder wachsen hier auf, als dass sie keine Zukunft haben, oder schlimmstenfalls weggemacht werden.

Ich bin Arzt geworden, um Leben zu retten. Diese Methode hier ist eine gute Gelegenheit, dies zu tun. Nicht ganz konventionell, jedoch erfolgreich. Ohne die Beiträge der Mitglieder, wäre dieses Zuhause deiner Kinder, schon längst geschlossen."

Z überlegte und sprach: „Du hast recht, ich bin auch dankbar dafür. Ist mir der Zugang zu diesen Akten verwehrt?"

„Im Moment schon, es benötigt einige Zeit, erst wenn der Rat der Bruderschaft es als erwiesen erachtet, dass du ein uneingeschränktes, loyales Verhalten gegenüber dieser zeigst, wirst du sie einsehen können. Es ist ganz normal, dass für dich das Ganze etwas schwierig zu verstehen ist. Mir erging es am Anfang gleich, du wirst sehen, es kommt alles gut, ich bin ja auch noch da. Glaube mir, es ist auch ein Schutz für dich, denn wenn du mit der Bruderschaft nicht zurechtkommst, bist du froh, so wenig wie möglich darüber zu wissen."

Z überlegte und sprach es widerwillig aus.

„Es geht mir im Moment nur um einen Jungen, der unser Haus verliess und bis heute nicht mehr aufgetaucht ist. Leider wurde die Suche nach ihm eingestellt, aus Gründen die mir unerklärlich, ja sogar schleierhaft sind."

Ken wurde es anders, auf sowas war er überhaupt nicht vorbereitet. Z bemerkte dies und reagierte sofort.

„Entschuldige bitte, dass ich mit diesem Thema angefangen habe, ich wollte dich nicht an deinem Wochenende damit belästigen. Magst du noch einen Kaffee?"

Ken reagierte nicht.

„Willst noch Kaffee Ken, oder was anderes?"

Erst jetzt bemerkte er, das Z mit ihm sprach.

„Was meinst du, mir war plötzlich schwindlig, vielleicht habe ich zu viel getrunken."

„Willst du ein Glas Wasser oder einen Tee, du bist kreideweiss."

Ken stand auf und fragte nach der Toilette, er begab sich ohne Worte dorthin.

„Wenn ich dir etwas bringen soll, dann ruf einfach."

Ohne eine Antwort zu geben, schloss er die Türe hinter sich. Er sass auf der Kloschüssel und langte sich mit beiden Händen an den Kopf, er konnte keinen klaren Gedanken fassen. Der blumige Geschmack des Klosteins benebelte ihn noch stärker, er stand auf und hielt seinen Kopf unters kalte Wasser.

„Alles in Ordnung, Ken?", ertönte es hinter der Türe.

„Ja, es geht schon wieder, ich fühle mich bereits besser!"

Er trat aus der Toilette und lief auf Z zu.

„Bitte entschuldige, es ist besser, wenn ich jetzt gehe. Ich muss mich Zuhause etwas hinlegen, hin und wieder passiert mir das, tut mir leid."

„Ich begleite dich zum Auto, wenn es für dich besser wäre, könnte unser Fahrer dich nach Hause bringen?"

„Das ist lieb, es geht schon, wir hören voneinander."

Z gab ihm die Hand und wünschte ihm eine gute Besserung.

Ken fuhr zurück, er hatte keine Augen für das, was um ihn war. Er durfte sie nicht wiedersehen, das würde für sie und ihn zu gefährlich werden. Er war gezwungen, für diesen mit grosser Wahrscheinlichkeit toten Jungen, den Totenschein auszustellen. Nur so konnte er seinen besten Freund Jan Orsen vor weiteren Gefahren schützen. Er fluchte noch einige Silben und schlug vor Aufregung auf das unbeteiligte Lenkrad.

Z machte sich furchtbare Vorwürfe, wie konnte sie nur bei so einer Verabredung, wo ehrliche Gefühle im Spiel waren, über die Arbeit und vor allem über ein spezifisches Problem diskutieren. Ein richtiger Beziehungskiller.

„Ich bin so eine Kuh, das war einfach nur dumm!", sprach sie in den leeren Raum. Sie war ihm schuldig, dies in einem späteren Telefonat zu erklären. Sie musste sich eingestehen, dass sie mit solchen Dingen seit Jahren keine Übung mehr hatte. Um sich abzulenken, verliess sie das Nebenhaus und begab sich ins Hauptgebäude, sie wollte ihren Kolleginnen zur Hand gehen.

49. Bedankung

Clara hatte sich über die Lage der jungen Menschen, die Jan fanden und gerettet hatten, schlaugemacht. Wie es sich herausstellte, war dieses Quartier eines der Ärmsten in Wornas, viele der Jungen Menschen besassen keinerlei Perspektiven für die Zukunft. Die Stadt hatte das Problem immer politisch korrekt hinuntergespielt, das lief schon Jahre so, berichtete ihr der Arzt, der ihr mit Orsen half. Es gäbe aber so eine Art Selbsthilfe- Organisation, diese würde sich ernsthaft um die Sorgen des Quartiers kümmern. Vor allem lägen ihnen die jungen Menschen am Herzen, sie waren die Zukunft der Siedlung. Nur wenn Bildung und Jobs erreichbare Ziele waren, hätten sie eine Chance. Clara notierte sich die Adresse und verliess dankend das Spital, der Geschmack dieser Häuser liessen sie immer irgendwie traurig stimmen.

Orsen war fleissig beim Packen, er verstaute es in seinen, nein Kens Volvo und wartete auf Clara. Er schaute sich um und war erstaunt, wie exklusiv alles aussah. Er wusste, dass sie finanziell unabhängig war, genau deshalb fragte er sich, warum er, ein einfacher Kommissar und dazu noch Ausländer.

Er setzte sich auf die Treppe, die vom Keller ins Haus führte. Trotz der Schmerzen fühlte er sich wie im siebten Himmel und grinste leise vor sich hin. Fast zeitgleich öffnete sich das Garagentor und Clara fuhr hinein. Erst ein wenig erschrocken, da sie Jan so dasitzen sah, doch als sie sein verschmitztes Lächeln entdeckte, wurde sie entspannter.

„Hallo Jan, was treibst du hier unten?"

Jan kämpfte sich wieder hoch und sprach: „ Es ist einfach sonderbar, ich bin hergekommen um einen vermissten, ja totgesagten Jungen zu suchen und was geschieht. Ich finde nicht ihn, sondern meine grosse Liebe, das ist doch fast schon Tragik pur, wie in einem schlechten Liebesfilm."

Clara schmunzelte und nahm ihn behutsam in die Arme, sie drückte ihn nur symbolisch und vergoss dabei eine unscheinbare Träne.

„Tja, das muss Schicksal sein, als ich dich damals im Hotel Waga kennenlernte, schoss eine heisse Welle durch meinen Körper. Da wusste ich, dass ich jemandem Besonderen begegnet bin. Ich war aber Realist genug, um zu wissen, das war's, wunderbar aber kurz."

Er drückte sie ebenfalls, aber sie bekam natürlich nichts davon mit. Er war nur schon froh, seine Arme oben halten zu können, geschweige denn, noch kraft zum Drücken aufzubringen.

Nach einer gefühlten halben Stunde stiegen sie die Treppe wieder empor, da sah Jan dieses Bild an der Wand, dies hatte er schon entdeckt, als er das erste Mal das Haus verliess. Wieder kam ihm der Herr auf dem Foto, neben vier anderen Personen, bekannt vor.

Er stoppte und fragte Clara: „Dieser Mann, der zweite von links, kommt mir irgendwie bekannt vor, kennst du dessen Namen?" Er zeigte mit dem Finger auf ihn, Clara sah auf das Bild und verneinte.

„Ich kenne nur Paul, den zweiten von rechts, das war ein guter Freund unserer Familie."

Jan schaute nochmals hin, er blieb im Ungewissen. Clara dachte, dass es noch zu früh sei ihm alles anzuvertrauen, überstürztes Handeln war selten von Vorteil.

Jan war von ihrer Idee, der Organisation dieses Quartiers etwas zu spenden, begeistert. Dass er den eigentlichen Helfern zusätzlich beschenken wollte, verstand Clara und fand es grossartig. Sie setzte alles in Bewegung und organisierte ein Treffen mit der Person, die sich Lea Krone nannte und das Büro der Selbsthilfegruppe leitete. Sie versprach Clara, dass sie besorgt sei, die Helfer bei ihrem Besuch vorstellen zu können.

Clara schlug Jan vor, dass sie mit dem alten Volvo dorthin fahren. Sie wollte nicht mit einem eigenen Wagen vorfahren, dies wäre etwas höhnisch.

Die Strassen, die zu diesem Quartier führten, waren nicht gut unterhalten. Der Belag hatte Risse und Löcher, viele der Bewohner sassen warm eingepackt auf den

Treppen und rauchten oder kauten irgendetwas. Die Blicke waren ihnen auf sicher, denn hier kannte jeder jeden.

„Jetzt verstehe ich, warum du mit meinem Auto hierher wolltest, das ist eine schreckliche Gegend."

Clara sah unauffällig zum Fenster hinaus und sprach:

„Hier fahre ich zum ersten Mal durch, normalerweise fährt hier, vor allem nachts, niemand durch der nicht muss, nicht einmal die Polizei macht das freiwillig. Zum Glück ist es Tag und ich habe ja meinen privaten Polizisten dabei." Sie lachten beide verhalten, es war ihnen nicht wirklich wohl bei der Sache, aber Jan wollte es so.

Sie bogen in die besagte Strasse und erkannten sofort das bunt angemalte Gebäude. Der Innenhof sah gepflegt aus, sie parkten wie empfohlen direkt vor der Treppe des Hauses. Lea Krone hatte ihr Büro, wenn man dies als solches nennen konnte, in der zweiten Etage. Die Klingel war früher mal eine Konservendose, die umgebaut wurde. Jan betrachtete diese noch lange, er staunte über die Idee. Sie drückte auf den Knopf der früher einmal, als Flaschendeckel diente.

Eine etwas dickliche Frau, so um die Mitte vierzig, öffnete die Türe.

„Sie sind Herr und Frau Orsen, nehme ich an?"

Er streckte ihr die Hand zu und sprach: „Guten Tag Frau Krone, ich bin Orsen und sie ist Frau Borel."

„Hier nennen mich alle Lea, bitte kommen sie herein. Ausser dem Mädchen Sara, die unter Grippe leidet, werden alle in einer halben Stunde eintreffen. So können wir vorher alles besprechen."

Lea Krone war überrascht, wie grosszügig dieser Herr Orsen war, so eine Summe hatten sie noch nie von einer Privatperson erhalten.

„Sie müssen wissen, dass der ganze Betrag den Jungen zugutekommt. Wir haben die grösste Mühe, für unsere

Schule einigermassen akzeptables Lehrpersonal zu begeistern. Die meisten Lehrer, die hier landen, wurden irgendwo aus irgendwelchen Gründen hinausgeworfen. Sie sehen, wir geben hier allen eine Chance", sie schmunzelte.

Sie unterhielten sich interessiert über die Organisation. Orsen brachte sein Anliegen, jedem einzelnen Helfer etwas zukommen zu lassen an, es wurde von Lea als sehr noble Geste gutgeheissen.

Allmählich trafen die fünf Jugendlichen, zwei Mädchen und drei Jungs ein, sie nahmen auf der abgenutzten aber bequem aussehenden Sitzgruppe Platz, sie wussten nicht genau, was hier geschah.

Lea sah zu Orsen und sprach: „Ich habe ihnen den Grund des Treffens nicht bekannt gegeben, ich denke die Überraschung wäre so umso heftiger."

Auf das war Orsen nicht vorbereitet, etwas hilfesuchend sah er zu Clara, die hob die Schultern und schloss lächelnd kurz die Augen. Das sollte bedeuten, das klappt schon, keine Angst.

Die Jugendlichen unterhielten sich leise miteinander. Lea stand auf und begrüsste sie und bat um Ruhe.

„Ich möchte euch Frau Borel und Herrn Orsen vorstellen."

Kaum ausgesprochen fragte einer der Jungs, ob sie von der Polizei seien. Um die Lage nicht allzu arg zu strapazieren, stand Orsen auf und begann, die Sachlage zu erklären. Kaum fing er an zu reden, war es mucks Mäuschen still, sogar Clara, die die Geschichte schon kannte, zog er in seinen Bann. Er erwähnte mit keiner Silbe, dass er Polizist war.

Den Gesichtern nach zu deuten, schienen nach der Erzählung alle etwas überfordert. Es war eindeutig, so eine Geschichte erfuhren sie noch nie so direkt und real. So ruhig hatte Lea diese Jungen nie erlebt, ausser bei

Beerdigungen. Sie ergriff das Wort und erzählte von der grosszügigen Spende, die nur durch ihr Verhalten zustande kam.

„Ihr habt mir mit eurem Handeln bestätigt, dass meine Arbeit mit und für euch nicht umsonst war, ich bin mächtig stolz auf euch!"

Das eine Mädchen, geschätzte fünfzehn, stand auf und sprach: „Geht es ihnen heute wieder richtig gut, wir hatten, ehrlich gesagt Angst, dass sie uns wegsterben, bevor der Rettungswagen eintraf."

Überrascht sprach Orsen: „ Ja, danke, mir geht es bestens. Ihr habt mir das Leben gerettet, das werde ich euch nie vergessen." Orsen kämpfte sichtlich mit den Tränen, fand jedoch die Fassung wieder.

„Es ist mir bewusst, dass ich dies mit Geld nie begleichen kann. Was kostet ein Menschenleben, ich weiss es nicht."

Er ergriff seine Mappe und zog Briefumschläge heraus.

„Ich will jedem hier und natürlich auch der kranken Sara, persönlich etwas übergeben. Gibt es aus, für was ihr lust habt. Gönnt euch was, ihr habt es mehr als verdient."

Da keiner sich bewegte, lief Orsen auf sie zu und übergab jedem einen Umschlag und bedankte sich mit einem herzlichen Händedruck. Die Überraschung war gelungen, niemand konnte fassen, was da gerade lief.

Lea Krone war eine vom Leben gekennzeichnete Frau, doch selbst sie konnte die Tränen nicht mehr zurückhalten. Auch wenn die anderen es verbargen, Lea war damit nicht alleine.

Die Rückfahrt verlief wortkarg, beide schienen von der Begegnung völlig geschafft zu sein, es fühlte sich verdammt gut an. Zuhause angekommen, lud Clara ihn zu einem Abschiedstrunk ein, es verlief wie zu erwarten, anders als gedacht. Jan verbrachte diese eine Nacht in Claras Zimmer und fuhr am nächsten morgen früh los, Richtung Aronis.

Während der Fahrt entschloss er sich, erneut im Hotel Waga die Nacht zu verbringen. Clara schien seine Zukunft völlig zu verändern, auf etwas Derartiges, hatte er sein leben lang gewartet. Es ist schon eigenartig, dass er für dies nach Scanland fahren musste. Dieser vermisste Junge war eigentlich schuld, dass er überhaupt hierherkam.

Leider fing es zu regnen an, nein es war eher Schneeregen, die Strasse wurde rutschig, er reduzierte das Tempo. Mit etwa einer Stunde Verspätung erreichte er endlich sein Nachtlager, die Schmerzen und die sehr konzentrierte Fahrt, erschöpften ihn. Kaum den Motor abgestellt, riss jemand zaghaft die Autotür auf.

„Guten Abend, kann ich ihnen behilflich sein?"

Orsen war froh, dass er fragte, obwohl er es beim letzten Besuch ablehnte.

„Gerne, ich bin leider etwas lädiert."

Der Hotelangestellte verstand sehr wahrscheinlich nicht, was er damit meinte, egal, er nahm seinen Koffer und trug ihn hinter Orsen zur Rezeption.

Er bezog das Zimmer, das Clara das letzte Mal gemietet hatte. So fühlte er sich ihr näher, er konnte ein schmunzeln über sein Handeln nicht verbergen.

Anna lief nicht, sondern schwebte nach Hause. Sie war dermassen erleichtert, dass sie mit Tom alles klären konnte und er es verstand.

Sie musste etwas unternehmen, um C zu finden, ihr Herz liess nicht zu, ihn als nicht mehr vorhanden anzusehen. Maria würde ihr bestimmt dabei helfen, sie musste es aber geschickt planen, damit Alex und Ida nichts davon mitbekamen.

Alex war schon Zuhause, Maria war es scheinbar nicht möglich zu kommen. Sie sprang heute für ihre Nachbarin ein, sie konnte ihre und deren Kinder nicht alleine lassen. Alex unterbreitete ihr den Vorschlag, das Abendessen gemeinsam zuzubereiten, dann könnten sie miteinander etwas plaudern. Anna war es gar nicht danach, wollte aber nicht unhöflich und undankbar erscheinen, sie sagte lächelnd zu. Sie verabredeten sich in einer Stunde in der Küche, da Alex noch Büroarbeiten und Anna Hausaufgaben zu erledigen hatten. Anna sass an ihren Aufgaben, brachte aber nichts zustande, ihre Gedanken an C nahmen sie voll ein. Plötzlich klopfte jemand an die Tür, Anna sprang auf und öffnete.

„Sollen wir in deinem Zimmer kochen, oder wollen wir nach unten?"

Völlig verdutzt und auf die Uhr schauend, sah sie, wie spät es war.

„Oh, entschuldige bitte, ich hatte vor lauter Schulaufgaben die Zeit vergessen."

Alex lächelte und tat, was Anna auf keinen Fall zulassen wollte.

„Fühlst du dich eigentlich wohl in deinem Zimmer?", fragend betrat er es. Anna lief unscheinbar rückwärts und schloss schnell die Schulhefte.

„Ja, es gefällt mir sehr gut hier, vor allem seid ihr und Maria so nett und anständig zu mir."

Kaum ausgesprochen hätte sie sich ohrfeigen können, Alex war nicht dumm, so was peinliches. Er beugte sich leicht über sie und sprach ihr direkt ins Gesicht.

„So, so sind wir eben."

Anna wurde fast übel, Alex roch stark nach Alkohol, was ihr noch mehr Angst einjagte.

„Was würdest du gerne essen Alex, komm, wir gehen in die Küche."

Anna war schon auf dem Weg zur Türe. Alex richtete sich auf und schlug die Türe mit dem Fuss heftig zu. Anna wusste, was jetzt folgen würde, meistens, wenn sie alleine waren, sprach er grob und wüst mit ihr. Sie versuchte, ihn zu besänftigen, indem sie weitersprach und das Fenster zum Garten öffnete. Wieso sie dies tat wusste sie selbst nicht, es geschah instinktiv. Die kalte Luft, die einströmte, erregte ihn scheinbar noch mehr.

„Schliess das verdammte Fenster, sonst holen wir uns noch den Tod, schrie er sie an."

Ohne Worte schloss sie es und spürte, wie Alex sie von hinten anfasste. Seine Hände packten fest zu, so dass Annas Bauch schmerzte und ihr das Atmen schwerfiel. Ihr schossen in diesem Moment so viele Gedanken durch den Kopf, dass sie gar nicht mehr wusste, wie reagieren. Er hatte sie schon öfters grob beschimpft und mit den Augen ausgezogen, doch angefasst hatte er sie bis heute nie. Alex drückte sie fest an sich, die schmerzende Händefessel wandelte sich in eine Art feste Umarmung. Sie fing zu zittern an, war aber vor lauter Angst ausser Stande, einen Pieps von sich zu geben. Während der Umarmung legte er seinen Kopf zwischen ihren Hals und Schultern. Die Arme blieben wie angewurzelt an ihrem Körper, doch statt dem erwarteten, glaubte sie auf ihrem Nacken tränen zu spüren. Da ihr wortwörtlich die Angst darin sass, dachte sie erst, sie hätte sich getäuscht. Doch als sie sein Weinen hören konnte, wurde ihr bestätigt, dass es Tränen waren. Sie blieben so verharrt eine gefühlte halbe Stunde, Anna wusste nicht, was da gerade geschah, sie konnte es auch nicht deuten.

Sie wartete zitternd ab, plötzlich löste sich die Umklammerung und Alex verliess scheinbar das Zimmer. Sie traute nicht sich umzudrehen, doch hörte sie, wie die Türe sich öffnete und wieder zuschoss. Anfangs wartete sie ab, sie wusste nicht genau, ob er sie von innen oder aussen schloss.

Als sie sich ein wenig sicherer fühlte und nichts mehr vernahm, drehte sie sich um. Alex war nicht mehr im Zimmer, trotzdem wurde das Zittern wieder heftiger und sie begann zu weinen. Eilig lief sie zur Türe, verriegelte sie mit dem Schlüssel und ging ins Bad. Sie wischte sich mit dem Waschlappen die Tränen von Alex und nun auch die eigenen ab. Sie rieb sich wie verrückt, als ob sie geteert wurde.

Anna blieb diesen Abend im Zimmer, die Türe liess sie verschlossen, sie wollte keine Überraschung mehr erleben. Lange lag sie regungslos auf dem Bett und starrte ins Leere, ihre Gedanken an eine Flucht waren nur von kurzer Dauer. Sie überlegte sich reiflich, was sie tun oder besser lassen sollte. Denn wen sie genauer darüber nachdachte, hatte sie ja nichts Brauchbares gegen Alex in der Hand. Wem solle sie davon erzählen, Ida kam nicht in Frage, die hat momentan grössere Sorgen. Maria wäre die Einzige, die könnte ihr aber auch nicht weiterhelfen. Was gab es auch zu beklagen. Alex hat sie ja nur umarmt, vielleicht ein wenig grob, aber sonst war eigentlich nichts geschehen. Er hatte sie nicht wirklich angefasst, jedenfalls nicht so, dass es unangebracht wäre. Sie entschloss, es sein zu lassen, denn jeder aussenstehende würde dies als fast normale Umarmung eines Vaters ansehen, der es im Moment schwer hatte, was war da schon dabei.

Anna war nun noch mehr bereit, C zu suchen, sie wollte nicht länger hier leben, es gefiel ihr von Anfang an nicht wirklich. Wenn Maria nicht wäre, wüsste sie nicht, ob sie noch hier leben würde. Sie nahm sich vor, so schnell als möglich mit Marias Hilfe ihr Vorhaben umzusetzen. Von nun an war sie darauf bedacht, nie mehr Zuhause zu bleiben, wenn Alex und sie alleine waren. Nach der

Abendtoilette legte sie sich hungrig ins Bett, versuchte einzuschlafen, was ihr nicht wirklich gelang.

50.   Bens Geheimnis

Der Schneefall lies nicht nach, was vor ein paar Tagen noch mit der Hoffnung auf ein schnelles Ende betrachtet wurde, gehörte heute schon zur Normalität. Wie oft habe ich den Tag verflucht, an dem ich aus Michels Hütte die Flucht ergriff. Ich hätte mit den Dreien die Zeit, die mir geblieben wäre, einfach geniessen können. Dort unten wäre der Schnee nicht im Ansatz so ein Problem, hier oben war es scheinbar einfach so, wie es war. Wer hier lebte, passte sich den Launen der Natur an, ansonsten hatte er keine Überlebenschance. Zum Glück waren da noch die Tiere, die versorgt sein mussten, so hatte ich wenigstens eine geregelte Aufgabe, die ich gerne übernahm. Ben war anscheinend froh, dass ich diese Arbeiten verrichtete, ich wusste ja nicht, wie viele Jahre er bereits hier oben lebte, es waren bestimmt schon einige. Er strahlte so eine Ruhe und Zufriedenheit aus, dass es mir schier fürchtete. Egal was passierte oder nicht, er war immer in gleich guter Stimmung.

Die Wetterlage sprach eine eindeutige Sprache, ich fragte auch nicht mehr, wie lange es noch dauert, bis wir aufbrechen könnten. Wenn es so weit ist, würde sich Ben schon melden. Er war es sich nicht gewohnt, jemanden so nahe und lange bei sich zu haben. Aus irgendeinem Grund lebte er ja hier oben so zurückgezogen, vermute mal, dass er freiwillig hier war. Ben las interessiert im Eisenbahnbuch, wüsste man es nicht besser, so würde man denken, er las es zum ersten Mal, er war ganz besessen davon. Ich tauschte nach kurzer Zeit mein Jagdbuch, mit dem Gesundheitsbuch, dieses fesselte mich mehr. Es war von einer Ärztin verfasst worden, sie war lange Zeit

Krankenschwester und hatte von ihrem Vater viel über die Heilkunst der Kräuter gelernt. Später begann sie Medizin zu studieren und übte dies bis ins hohe Alter aus. Nach vielen Jahren schrieb sie ein leicht verständliches Handbuch der Medizin, das den normal sterblichen Menschen erlaubte, einfachere Erkrankungen zu deuten und zu behandeln. So stand es zumindest im Vorwort der Verfasserin.

Jenes das ich selbst in den Händen hielt, war ihr zweites, dieses war eher vertieft und schwer zu verstehen. Es war nicht als Anleitung gedacht, sondern um Interessierten die Medizin näher zu bringen. Erst langweilte es mich etwa so wie das vorherige Buch, doch nach der zweiten Stunde des Lesens und studieren der Skizzen, fesselte es mich mehr, als mir lieb war. Ich beschäftigte mich bis spät in den Nachmittag hinein. Ben war auch vertieft, aber nicht mehr in seinem Buch, sondern im Schlaf. Den Lauten und Bewegungen zu deuten, befand er sich in einem heftigen Traum. Ich musste fast lachen, es war wie ein Einmanntheater, für ihn selbst war es bestimmt nicht so lustig.

Der Hund lag mitten in der Stube und reagierte nicht auf das, was Ben von sich gab, anscheinend war er es sich gewohnt. Ich stand auf und begab mich in die Küche, die restlichen Kartoffeln hatte ich in Würfel geschnitten, um sie danach in der Pfanne zu braten. Ein Stück getrockneter Speck schnitt ich auch in Würfel und mischte ihn unter die Kartoffeln.

Das Feuer war schnell entfacht, ich füllte draussen eine grosse Pfanne mit frischem Schnee und brachte ihn zum Schmelzen. Dies wiederholte ich zweimal, das gewonnene Wasser füllte ich in einen bereitgestellten riesigen Tonkrug, er besass als Verschluss einen Korken. Am untersten Teil war ein Hahn angebracht, womit man die Flüssigkeit entnehmen konnte. Das Wasser für die Tiere wurde nicht abgekocht, sondern einfach in die dafür vorgesehenen Fässer aufbewahrt, der Schnee war natürlich derselbe.

Nach getaner Arbeit versorgte ich nochmals die Tiere, die fühlten sich anscheinend wohl in ihrem Stall. Die Pferde wurden seit dem Besuch der Wölfe, am frühen Abend wieder in den Stall hineingebracht. Die Hühner und Hasen zeigten, zu meinem Bedauern, kein Bedürfnis in dieser Kälte nach draussen zu gehen. Die Hinterlassenschaften hatten seither massiv zugenommen und dadurch mein Arbeitspensum. Die Schweine waren ähnlich wie die Pferde, sie wagten sich ab und zu nach draussen, gruben im Schnee, bis sie den gefrorenen Boden erreichten. Wenn alle im Stall waren, setzte ich mich zu ihnen und beobachtete sie lange. Sie hatten so was Friedliches an sich. Erst dachte ich, dass dies nicht gut sei, so viele verschiedene Tiere zusammen. Doch das Gegenteil war der Fall, manchmal legte sich das Schwein so nah an das Pferd zum schlafen, dass man dachte, es wäre ein Liebespaar. Ab und an störten die Hühner durch ihr ewiges umherpicken die Stallruhe, aber das war schon alles.

Die Nächte wurden immer länger, der Schnee liess keine Weiterreise zu. Die Gedanken an mein Ziel, schwächten zusehends ab. Mein Ziel, was war es überhaupt, ich sprach nicht viel mit Ben darüber, aber wenn, kam ich mir immer etwas dümmlich vor. Ben hat mich auf eine ganz verrückte Idee gebracht, er meinte nämlich, ich solle mir mal überlegen, ob das alles von der Familie Brend, nicht einfach erfunden war.

Ben braute uns einen Tee und setzte sich wieder an den Tisch.

„Vielleicht habe ich ja unrecht und es hat sich wirklich so abgespielt, wie sie dir erzählten. Hast du dir Folgendes schon mal überlegt. Nehmen wir an, du hattest einen Unfall und wärst nicht mehr nach Hause gekommen, deine

Familie, Freunde, wären doch spätestens nach einem Tag zur Polizei, um dich als vermisst zu melden. Die Vermisstenmeldung hätten bestimmt auch die Polizeistationen der umliegenden Länder erhalten."

Er legte eine Pause ein und schlürfte am Tee. Mein Körper wurde plötzlich ganz heiss vom Getränk, er schmeckte wie getrocknete Erde.

„Verstehst du, was ich meine, wenn die zur Polizei gegangen wären, sässest du heute nicht hier, sondern wärst schon längst wieder bei deiner Familie." Sprachlos sah ich Ben an, so hatte ich die Angelegenheit noch nicht betrachtet. Was hätten sie davon, es ergab nicht wirklich einen Sinn.

„Sie haben mir doch die Sachen gezeigt, die ich bei mir hatte."

„Was für welche, altes Zeug und sonst nichts, das könnte von jedem stammen."

Ich wurde langsam müde, war es der Tee oder die anstrengende Unterhaltung mit Ben. Ich legte mich hin und versuchte zu schlafen, die Fragen, die Ben mir in den Kopf pflanzte, brachte ich nicht mehr weg.

Wieder vergingen einige Tage, der Schneefall war nicht mehr das Problem, die Kälte liess der Sonne keine Chance, den Schnee zu schmelzen. Die Sonnenstunden waren spärlich hier oben, das half nicht wirklich.

Meine Müdigkeit wurde immer schlimmer, erst hatte ich das Gefühl, es wäre die Kälte, es musste aber etwas Anderes sein. Selbst der Wunsch, nach Snorland zu gehen, wurde immer schwächer. Ben meinte, es wäre die Einsamkeit sowie die Luft hier oben, er hatte anfangs dieselben Symptome. Ich sass auf dem Bett und studierte meine Füsse, daneben lag das Buch, das mich in letzter Zeit fesselte. Mit dem Zeigefinger fuhr ich die einzelnen

Knochen im Fuss nach und versuchte sie in meiner Fantasie, ohne Haut und Fleisch vorzustellen. Ben wusste viel über Medizin und erklärte mir einige, für mich unerklärlich scheinende Vorgänge. Manchmal sass ich nur da und stellte mir Ben als Skelett vor, auch der Hund wurde für mich gedanklich als Versuchskaninchen missbraucht. Die schönsten Momente waren draussen auf der Veranda, auf der mit Fellen gepolsterten Bank, sass ich stundenlang. Die Aussicht auf die verschneiten Berge und das dazwischenliegende Tal, waren atemberaubend. Die Bäume hier oben waren eher klein gewachsen, mit dem darauf liegenden Schnee, erinnerten sie mich an fremde Gestalten aus einer anderen Welt. Die weisse Masse, die mich zum bleiben zwang, hatte die ganze Gegend in ihren Besitz genommen. Es schien alles so rein und ordentlich. Die Eiszapfen, die an der Dachrinne hingen, liessen im Sekundentakt einen Tropfen nach dem anderen auf den Boden aufschlagen. Wenn ich völlig ruhig dasass und mich nur auf dieses Geräusch konzentrierte, schlich eine wohlfühlende Müdigkeit in meinen Körper.

Die Schneedecke war bestimmt fünfzehn Zentimeter in sich gefallen, dennoch war sie zu hoch, um sie zu begehen. Nur die komischen Schuhe aus einem Holz, Fellgeflecht trugen mich und Ben auf dem Schnee. Doch zwischendurch sackte man wieder mit einem Fuss in die Schneemasse ein, meistens konnte man sich selbst aus der misslichen Lage befreien.

Das Essen wiederholte sich so alle drei Tage, Kartoffeln mit Trockenfleisch, Kartoffeln mit Eiern, oder Brot in Butter gebraten mit Eiern, oder nur Trockenfleisch. Ben war ein Meisterkoch, trotz den wiederkehrenden Gerichten, schmeckten sie nie gleich. Scheinbar hatte er genug Lebensmittel auf Vorrat, nie hatte er weniger gekocht als sonst.

Einzig mit dem Kaffeepulver mussten wir sparsam sein, den Ben rechnete erstens nicht mit dem frühen starken Schneefall und schon gar nicht mit mir. Ben ist ein seltsamer Kerl, einerseits wortkarg und in sich gekehrt, anderseits, wenn er etwas sagte, hörte es sich sehr weise an. In den fünf vergangenen Wochen hatte ich ihn nie mehr nach dem Grund, warum er hier oben lebte, gefragt. Doch ich nahm mir vor, dies in naher Zukunft noch einmal anzugehen, es interessierte mich wirklich.

Eines Abends fragte mich Ben aus heiterem Himmel, ob der Drang nach dem ungewissen, das mich in Snorland erwartete, noch stark sei. Ich überlegte nicht lange, es war sonderbar, aber umso länger ich hier lebte, umso weniger plagte mich das Heimweh. Anfangs konnte ich es kaum erwarten, weiter zu ziehen, mittlerweile war es so, dass die eine Hälfte gehen und die andere bleiben wollte.

Wieder einmal sassen wir draussen auf der Bank, beide genossen die stille Schönheit der Natur.

„Darf ich dich etwas Persönliches fragen, Ben?"

Es kam keine Antwort.

„Es würde mich brennend interessieren, warum du hier oben so alleine lebst." Wieder keine Antwort.

Ich sah ein, dass es keinen Sinn hatte, weiter zu fragen, abermals wandte ich mich der stillen Schönheit zu.

„Ich hatte alles verloren, was ich liebte, es wurde mir für nichts und wieder nichts genommen."

Eine unendlich scheinende Pause wurde eingelegt.

„Ich arbeitete länger als sonst, dabei hatte meine kleine Tochter ihren achten Geburtstag, ich habe ihr hoch und heilig versprochen, pünktlich zum Fest zu erscheinen. Mit zweieinhalb Stunden Verspätung kam ich Zuhause an, es brannte kein Licht im Haus. Erst dachte ich, sie sahen mich kommen und spielten mir einen Streich. Doch als es noch dunkel war, als ich die Garage verliess, war mir plötzlich unwohl."

Ich hörte ein leises Weinen neben mir, aus Respekt schaute ich nicht hin, es konnte ja nur Ben sein. Nach wenigen Sekunden sprach er weiter.

„Ich lief mit gemischten Gefühlen zur Eingangstüre, sie war offen und ich trat ein. Den Lichtschalter suchend, tastete ich die Wand ab, erspürte ihn und drehte daran. Nichts geschah, danach ich rief ihre Namen, keine Antwort. Da ich ab und an eine geraucht hatte, besass ich Streichhölzer. Nach dem Dritten erreichte ich den Sicherungskasten und behob das Problem. Immer wieder erwartete ich ein lautes fröhliches Geschrei, um mich zu erschrecken, doch es blieb aus. Ich rief nochmals ihre Namen, nur Stille. Ich entdeckte die aussergewöhnliche Unordnung. So schnell ich konnte rannte ich nach oben."

Eine lange Pause ohne Blickkontakt.

„Beide lagen blutüberströmt in unserem Bett. Mit gemischten Gefühlen trat ich näher, eine unbeschreibliche Enge breitete sich in meiner Brust aus, danach war nichts mehr so, wie es war.

Ich habe meine Familie im Stich gelassen, ich hätte sie beschützen können, war aber nicht Zuhause, als sie mich am dringendsten benötigten."

Ich fand keine Worte, konnte mich auch nicht mehr bewegen, was sehr wahrscheinlich auch besser war.

„Es geschah vor circa fünfzehn Jahren. Seit beinahe vierzehn, als die Justiz mich als unschuldig einstufte, lebe ich hier oben und hoffe jedes Jahr zu sterben. Wenn es meine Religion zulassen würde, hätte ich mich schon vor vierzehn Jahren erlöst."

Wir sassen bestimmt noch eine Stunde nebeneinander und schwiegen uns an, es gab keine passenden Worte.

51. Warten

Da Z nichts mehr von Ken hörte, wollte sie ihn nachmittags anrufen. Sie hatte sich in den letzten Tagen öfters an ihrem Verhalten von damals geärgert, sie verspürte Sehnsucht nach seiner Stimme. Sie studierte in den letzten Tagen viele Akten der Kinder, die meisten waren Waisen. Sie schämte sich ihrer selbst, sie hätte Ken nicht in diese Lage bringen dürfen, vor allem nicht bei einem privaten Treffen.

Sie dankte in ihren Gebeten jeden Abend ihrem Schöpfer, dass es dieses Haus gab.

Der Nachmittag war angebrochen, Z musste sich etwas zwingen, der Anruf fiel ihr nicht leicht. Es klingelte einige Male, das monotone summen des Telefons, wurde von einer freundlichen Stimme unterbrochen. Leider war Ken nicht abkömmlich, anscheinend hatte er heute zwei Notfälle, die ihn den ganzen Tag beschäftigen. Die nette Dame am anderen Ende versprach, dass sie Doktor Bolt ausrichten werde, dass er zurückrufen solle.

Es kam kein Anruf, diese Woche nicht, auch die weiteren Tage verliefen, ohne etwas von ihm zu hören. Z lag oft nachts wach und überlegte, wie sie sich verhalten solle. Einerseits waren schöne Gefühle vorhanden, anderseits war ihr bisheriges Leben auch angenehm, ohne einen Mann an ihrer Seite. Sie sprach viel mit sich und dem Herrn am Kreuz, doch sie wartete umsonst auf eine Antwort. Sie liess es einfach so weiterlaufen, wenn sich etwas ergab, dann würde es geschehen. Das war bei ihr schon immer so und hatte sich bewährt.

52. Aronis

Nach dem fulminanten Frühstück, das er am selben Tisch einnahm, wo er Clara damals kennenlernte, fuhr er direkt weiter. Einerseits freute er sich über die Heimkehr, anderseits hatte er hier die liebevollste Frau seit Gedenken kennengelernt. Er hatte noch einige Stunden Fahrt vor sich, der leichte Schneefall konnte dem alten Volvo nichts anhaben.

Dank der zahlreichen Gedanken, erreichte er ohne Pause die Grenze von Scanland. Der grimmige Grenzbeamte fragte nur kurz nach dem Reisepass, den Grund der Ausreise und ob er etwas ausführe, interessierte ihn nicht. Scheinbar war heute nicht sein Tag, „weiterfahren", unterstrichen mit einer Handbewegung, war das letzte, was er von sich gab.

Etwa eine Stunde nach der Grenze hielt er am Strassenrand an, stieg unter Schmerzen aus und streckte sich einige Male durch. Er atmete mehrmals ungewöhnlich tief ein, seine Brust schmerzte durch diesen ungewohnten Akt. Er liebte sein Land und dessen Duft, irgendwie roch Snorland einfach nach Snorland. Bevor die Kleider vom Schnee durchnässt wurden, stieg er wieder ein und fuhr gelassen weiter. Die Stimmung erhöhte sich merklich, als er seine Stadt Aronis in der Ferne entdeckte.

Da es schon spät war, fuhr er direkt nach Hause und war dankbar, den Volvo verlassen zu dürfen. Die letzten Kilometer schafften ihn mehr als geahnt, die Schmerzmittel liessen langsam nach.

Es fühlte sich so an, als ob er gar nicht weg war. Der Kühlschrank war wie gewohnt mit allem ausgestattet. Leichter Hunger war spürbar, erst wollte er sich gleichwohl etwas hinlegen und danach frischmachen.

Nach einem heftigen Traum erwachte Orsen schweissgebadet, erst fand er den Schalter fürs Licht nicht, denn er lag mit dem Kopf auf dem Fussteil. Es war ein Uhr morgens, aus dem kleinen Nickerchen wurde ein Tiefschlaf. Er braute sich erst einen Kaffee und genoss ihn auf dem Sofa, das Licht liess er nur im Schlafzimmer an, so hatte er ein angenehmes, dem Zustand angepasstes Ambiente.

Nach der nötigen Dusche kam Hunger auf, er kochte sich ein paar Eier, die er danach auf zwei Scheiben Brot legte. Die flüssige Butter, die an den Spiegeleiern haftete, wurden vom Brot aufgesogen und versetzte ihm dadurch eine genüssliche Note.

Er packte den Koffer aus, das meiste, nein eigentlich alles musste gewaschen werden, das würde dann seine Hausfee übernehmen.

Den Anzug, den er während der Entführung trug, schmiss er, ohne zu überlegen, in den Abfall. Er wollte diesen Teil seiner Reise aus dem Jetzt streichen und nur noch den angenehmen mit Clara in Erinnerung behalten. Als der Koffer geleert im Putzschrank verstaut war, schenkte er sich einen Gin Tonic ein, setzte sich halb liegend wieder auf das Sofa und überdachte das Geschehene.

Für ihn war klar, dass er nichts von der Entführung Bruno Arno erzählen würde. Die Suche nach dem Jungen und die Bekanntschaft mit Clara, war eine andere Sache. Diese Ereignisse, durfte und wollte er natürlich erzählen. Er machte sich Gedanken über die Entstehung seines Zustandes, es musste schon glaubwürdig daherkommen. Darum entschied er sich für einen Unfall mit einem Motorrad. Er wurde auf der Strasse von einem Unbekannten angefahren, dabei erlitt er diverse Schürfungen gepaart mit Prellungen. Er erfand eine glaubwürdige Geschichte drumherum und übte sie bis sie Sass.

Als draussen die Strassenlichter in den noch stockfinsteren Morgen leuchteten, wusste Orsen, es war erst halb sechs. Ein leichter Schneefall war zu erkennen, die Flocken tanzten im halbdunkeln, bis sie den schwarzen nassen Boden erreichten, das frühzeitige Ende des Herbstes war endgültig eingeläutet.

Den ganzen Sonntag genoss er Zuhause, seine neue Beziehung zauberte ihm ein nicht endendes Lächeln aufs Gesicht. Die Schmerzen wurden immer weniger, natürlich unter Mithilfe der Schmerzmittel.

Am frühen Abend telefonierten sie miteinander, die Sehnsucht nach der Stimme des anderen war gross, hier wuchs eine innige Beziehung heran.

In den folgenden Tagen erledigte Orsen alles, was liegen geblieben war, auch Kens alten Volvo, hatte er unbeschadet und vollgetankt zurückgebracht. Als Dankeschön wurde ein gemeinsamer Abend vereinbart. Ken freute sich darauf, mit Jan war er am liebsten zusammen, als Freund natürlich. Jan hatte ihm schon durchblicken lassen, dass sich da was anbahnte. Ken dagegen erwähnte nichts von den privaten Geschehnissen der letzten Tage. Ihn belastete das Wissen um Jans Entführung, das Ganze hatte ihm sehr zugesetzt.

Die Geschichte vom Motorradunfall nahm er Jan nicht ab, liess es ihm jedoch nicht anmerken. Er bat ihn, in den nächsten Tagen in der Praxis zu erscheinen, um ihn gründlich zu untersuchen. Ken nahm sich vor, an seinem Leben in naher Zukunft einiges neu zu ordnen.

Mit Bruno Arno traf er sich eines Abends bei sich Zuhause, sie wollten beide nicht, dass jemand Verdacht schöpfte. Nachdem einfachen Mahl, erzählte Orsen sein Erlebtes, sagen wir mal, die fast ganze Geschichte seiner Reise. Der erfundene Motorradunfall kam glaubwürdig daher.

„Die dortige Polizei konnte ich leider nicht einbeziehen, die haben eine etwas andere Art, ihre Arbeit zu erledigen."

Bruno nahm noch einen Schluck Rotwein.

„Das war auch klug von dir, die hätten bestimmt Informationen von einem Ausländer, der einen Jungen sucht, eingeholt. Das wäre für uns zu gefährlich gewesen."

Jan musste innerlich grinsen, schlimmer als das Erlebte, wäre es bestimmt nicht geworden. Das konnte er Bruno natürlich nicht erzählen, obwohl er es gerne getan hätte.

„Ich will nicht lange drum herumreden, der Junge wurde vor zwei Tagen als tot erklärt. Schneller als ich dachte, aber die Sachverständigen sahen es als erwiesen an. Somit ist die Sache für uns sowieso vom Tisch. Schenk mir bitte noch Wein nach. Das Ganze, entschuldige die Ausdrucksweise, widert mich immer mehr an, ich bin froh, muss ich nicht mehr so lange. Etwas mehr als ein Jahr und dann ist Schluss."

Jan folgte seinen Worten und goss Rotwein nach.

„Dieser Fall wird als einen der unschönen in die Geschichte eingehen, nur wird sich kein Mensch je für ihn interessieren", sprach Jan und holte abermals Nachschub.

Die dritte Flasche war knapp entjungfert, da begann Jan von seiner Clara zu berichten, Bruno hörte gespannt zu und freute sich für ihn. Die Zeit verging, er entschied, nachdem Jan es ihm anbot, bei ihm zu übernachten.

Jan hatte eine kurze, dafür gute Nacht hinter sich, der Alkohol gepaart mit den Schmerzmitteln, hatten ganze Arbeit geleistet.

Für das Frühstück begaben sie sich in ein Kaffee um die Ecke, dort wurde ziemlich wortkarg gegen die Nachwehen gekämpft. Anschliessend starteten sie den letzten Arbeitstag dieser Woche eher sachte, es lag eh kein dringender Fall auf dem Tisch. Das Wochenende wurde von beiden sehnlichst erwartet.

Die Telefonate mit Clara wurden immer länger, die Sehnsucht wuchs von Tag zu Tag. Da sie in der darauffolgenden Woche, geschäftlich nahe der Grenze zu Snorland sein musste, beschlossen sie, das Wochenende gemeinsam bei ihm zu verbringen. Orsen freute sich schon auf die Zweisamkeit, langsam ging es ihm gesundheitlich wieder besser, die Wunde an der Wade hatte sich erfreulich entwickelt. Die restlichen Schmerzen hatte er mit nur einer Tablette voll im Griff.

Der Besuch bei seinem Lieblingsarzt Ken, hatte sicher auch zur schnelleren Heilung beigetragen. Nun hatte er endlich Zeit, die liegengebliebene private Post von den letzten drei Wochen zu sichten. Wichtiges war nicht dabei, ausser den Brief von der Werkstatt, dass sein Pontiac wieder abholbereit wäre. Die Rechnung war imposanter als geahnt, ehrlich gesagt, hatte er den Wagen vergessen.

Das Wochenende verbrachte er sehr besonnen, ein Telefonat mit seinen Eltern, sonst nichts. Der Fernseher war ein willkomener Zeitvertreib, so konnte er sich schonen und gleichzeitig die Batterien wieder aufladen.

Die Entführung schlich sich unentwegt in seine Gedanken, noch immer hatte er keine Antwort auf das Warum. Niemand hatte sich gemeldet, um ein Lösegeld zu verlangen, oder sonst eine Forderung. Wenn sie vorgehabt hätten, ihm etwas anzutun, wären genügend Gelegenheiten vorhanden gewesen. Sehr wahrscheinlich war es so, wie Clara meinte, er war einfach zum falschen Zeitpunkt, am falschen Ort.

Nachdem er sich in der Küche einen doppelten Espresso braute, sah er die Zeitungen der letzten Tage durch. Die meisten Ausgaben legte er zu den anderen gelesenen dazu. Kaum war der Kaffee bereit, setzte er sich und sah sich die letzten drei durch. Bei der zweitletzten Ausgabe, verbrannte er sich fast die Lippen, er sah ein Foto von Corin Kral auf der ersten Seite. Ihm wurde heiss und kalt in derselben Minute, sie hatte er völlig vergessen. Er kam sich elend schlecht vor, sie hatte ihn noch vor seiner Reise zur Premiere eingeladen und anschliessend den Abend mit ihr verbracht. Er hatte sich damals wahrhaft in sie verguckt. Er las den Artikel und erfuhr, dass die Theatergruppe schon weitergezogen war. Er nahm sich vor, sie anzurufen, sobald er herausfand, wo sie gastierte.

Clara Borel hatte seine Gefühlswelt völlig durcheinandergebracht, erst hatte er seit Jahren keine Seele, die sein Herz berührte und jetzt gleich zwei.

53. Ida

Anna war froh, Maria als Erste anzutreffen, sie war wie eigentlich jeden Morgen, gut gelaunt.

„Du bist etwas schläfrig, das Frühstück wird dich wieder in diese Welt holen."

Anna lachte leise und nickte. Sie fragte nach Alex, doch Maria liess sie wissen, dass er zu Ida ins Spital fuhr. Anna vergass, dass heute ja Sonntag war. Maria wäre dementsprechend nur bis kurz nach Mittag anwesend.

„Hat Alex gesagt, wann er wieder zurück sei?" Maria überlegte kurz.

„Nein, wir haben uns nur kurz gekreuzt."

Sie frühstückten weiter und Anna wollte nicht mehr nachhaken, sie würde das Geschehene eh für sich behalten.

Als das Telefon klingelte, erschrak Anna dermassen, dass sie ihr Brot fallen liess. Maria bemerkte dies, stand auf und hob den Hörer ab. Das Telefonat wurde kurzgehalten. Als sie wieder zu Tisch kam, strich sie Anna übers Haar und fragte: „Ist alles in Ordnung, du bist so schreckhaft heute Morgen?"

Anna war zum Heulen, liess es aber sein.

„Ich habe elendig und wenig geschlafen, wird schon wieder besser",sprach sie angestrengt lächelnd. Maria spürte, dass sie nicht die ganze Wahrheit sagte, liess sie jedoch in Ruhe.

„Wer war am Telefon?", fragte sie Maria.

„Oh, entschuldige, hätte ich fast vergessen, es war Alex, Ida wird Morgen entlassen. Es gehe ihr den Umständen entsprechend wieder gut."

„Ich freue mich für sie, wollen wir etwas vorbereiten?" Maria schaute sie fragend an.

„Lieber nicht, Alex will das nicht, wir dürfen auch nicht darüber reden oder sie befragen. Wir befolgen natürlich seinen Wunsch."

Anna nickte und ass weiter.

54.   Fassungslos

In letzter Zeit schlief Ben immer mehr, er trank viel von diesem erdig schmeckenden Tee und ass sonderlich wenig. Ich fragte ihn, ob ich etwas für ihn tun könne, doch er verneinte und sprach: „Das habe ich ab und zu, ich werde hundemüde und habe fast keinen Appetit. Das geht schon vorbei, war bis jetzt immer so, bitte kümmere dich um die Tiere, den Rest erledigt die Natur."

Ich tat, was er sagte, war aber sehr besorgt um ihn. Ich stöberte das Gesundheitsbuch nach den beklagten Symptomen durch, fand aber wenig darüber oder verstand es einfach nicht. Gegen die Appetitlosigkeit könnte man Benediktenkraut oder Baldrian verwenden und als Aufguss verabreichen. Eines der besten Mittel gegen die Müdigkeit ist Brennnessel, sie könnte man roh essen oder mit Wasser aufkochen. Es wurden noch weitere Kräuter erwähnt, diese konnte ich teilweise nicht einmal aussprechen, geschweige den kennen. Baldrian kannte ich vom Namen her, die Brennnessel von ihrem lästigen brennen nach dem Kontakt mit ihr. Ich stand auf und suchte in der Küche nach Kräutern, leider war das zerkleinerte Grünzeug in den Dosen nicht angeschrieben. Ich wusste nur, dass Ben daraus immer Tee braute, oder sie benetzt auf eine Wunde rieb. Ich roch an allen Kräutern, warum wusste ich nicht, ich kannte ja die einzelnen Gerüche nicht. Danach begutachtete ich die verschiedenen gehackten Kräuter genauer, die einen sagten mir nicht viel, doch eine kam mir irgendwie bekannt vor. Ich verstreute sie auf dem Tisch und versuchte die einzelnen Stücke zusammenzusetzen.

Nach einer Viertelstunde hatte ich etwas erschaffen, das wie ein Blatt aussah. Bei genaueren betrachten, fiel mir die Ähnlichkeit mit einem Brenneselblatt auf. So sicher war ich mir dann doch nicht und nahm mir vor, Ben um Rat zu fragen, ich wollte ihm ja nicht schaden mit meinem Gebräu. Er schlief fast den ganzen Tag durch, nur kurz vor dem Eindunkeln stand er kurz zum Pinkeln auf. Ich sah deutlich Schweissperlen auf seiner Stirn, sein Schlafgewand war auch durch und durch nass. Schnell griff ich ihm unter die Arme und setzte ihn auf einen Sessel.

„Warte kurz hier, ich hole dir etwas Wasser, du musst viel trinken."

Ben nickte nur kurz, sehr wahrscheinlich war er zu schwach um zu reden. Er trank nicht wirklich viel, aber immerhin. Währendessen suchte ich in seinem Schrank nach einem frischen Schlafgewand. Ohne zu fragen, wechselte ich ihm dieses und legte ihn in mein Bett, seines war völlig durchnässt.

Nach einer schrecklichen Nacht, begleitet von furchtbaren Träumen, erwachte ich durch das Bellen des Hundes. Er wachte neben dem Bett, worin Ben schlief.

Eilig stand ich auf und lief mit einem erdrückenden Gefühl zu ihm. Er lag friedlich im Bett, erst als Sam sein Gesicht leckte, bemerkte ich, dass Ben sich nicht mehr rührte.

Wie ferngesteuert richtete ich ihn auf und rief laut seinen Namen, als keine Antwort folgte, legte ich ihn wieder nieder, vorsichtig drückte ich mein Ohr auf die Brust. Das Leben hatte seinen Körper verlassen.

Unfähig mich zu bewegen, sass ich eine halbe Stunde bei ihm und schaffte es nicht, das weinen zu beenden. Der Hund leckte mich unterdessen am Unterarm, es kam mir vor, als ob er mich trösten wollte.

Nachdem ich endlich mein Weinen unterdrücken konnte, wusste ich nicht was tun, ich war mit dieser Situation völlig überfordert.

Ich schloss ihm die Augenlider und bedeckte ihn mit der Bettdecke, seinen leblosen Anblick ertrug ich nicht länger. Grundlos rannte ich nach draussen, die Morgenkälte spürte ich nicht, in mir kroch Übelkeit mit rasender Geschwindigkeit hoch. Sie fand den Weg nach draussen, ob ich wollte oder nicht. Den Mund spülte ich mit frischen Schnee, bis der üble Geruch beseitigt war. Den Kopf mit beiden Händen haltend, schrie ich wie verrückt in die Weite leere der Natur. Einzig das Echo war in der Ferne zu hören. Plötzlich bemerkte ich die Kälte, die vorerst unbemerkt von den nackten Füssen in Richtung Knie wanderte.

Die Stille lag wie eine gefährliche dunkle Wolke über uns, obwohl der Himmel nicht blauer sein konnte.

Ich trank einen Kaffee und sah immer zu Ben, wo Sam noch lag. Was soll ich nur tun, ich kann ihn ja nicht einfach liegenlassen und wo soll ich ihn ……

Das Wort wagte ich, nicht einmal zu denken, mein Körper reagierte mit Schüttelfrost.

Während ich die Tiere versorgte, sah ich immer wieder nach ihm, doch das Leben war endgültig von ihm gegangen.

Die Sonne schien heute mehr als sonst, die Tropfen des schmelzenden Eises und Schnees, schlugen in kürzeren Zeitabständen auf den Verandaboden auf. Ich sah freundlich zum Himmel hoch und wünschte mir, dass der Schnee verschwinden möge und ich endlich den Heimweg in Angriff nehmen konnte.

Den Weg zum kleinen Nebengebäude schaffte ich mit mittlerer Anstrengung. Viel war nicht darin, was ich als Aufbewahrung für Ben gebrauchen könnte. Eine alte Truhe, doch sie war leider zu kurz. Schaufel und Pickel standen bedrohlich in der Ecke, so als ob sie schon auf mich warteten. Das wollte ich im Prinzip verhindern, ich kann ihn doch nicht einfach vergraben.

Der Tag verging und der Schnee litt unter der Sonneneinwirkung. Nach vier solchen Tagen könnte ich den Heimmarsch wagen. Aber Ben durfte und wollte ich nicht so zurücklassen.

Die Nacht war alles andere als angenehm, vielleicht war es Bens Leiche, die mich nicht ruhen liess oder das Wirrwarr in meinem Kopf. Mich begleitete die ganze Nacht der Gedanke, dass jemand kommen könnte und sehen, dass ich mit einer Leiche im gleichen Raum schlief. Das musste für einen Fremden viele Fragen aufwerfen. Morgen musste sie weg, ich kann sie nicht länger in der Hütte lassen. Erst gegen morgen schlief ich für kurze Zeit völlig erschöpft ein.

Nachdem ich gerädert, und alles andere als ausgeruht erwachte, lag Sam immer noch bei Ben. Die Sonnenstrahlen umgaben die beiden wie ein Zauberumhang aus Licht und Wärme. Dieses Bild prägte sich in mir fest. Ich konnte den Blick kaum abwenden und genoss ihn, bis das Schauspiel vorbei war. Es kam mir wie ein Zeichen vor, wurde die Seele in diesen Minuten fortgetragen, wo sie hingehörte?

Sam drehte seine Schnauze zu mir und heulte leise, so als ob er mir die Berechtigung geben würde, den Körper zu begraben.

Kurz nach meinem kargen Frühstück begab ich mich nach draussen, und schaute mich nach einem geeigneten Platz um. Da er die Aussicht auf das Tal und die Bergkette immer wieder genoss, entschloss ich mich für die perfekte

Stelle. Die Schaufel half mir, den Schnee nach etwa einer halben Stunde, zu beseitigen, der Boden darunter war steinhart. Er gab auch nicht nach, als ich ihn mit dem Pickel bearbeitete, er bot mir meisterhaft die Stirn. Eigentlich vermutete ich es, aber die Hoffnung stirbt zuletzt.

Das richtige Begräbnis musste warten, bis der Schnee sich verzogen und den Boden freigab. Ich hielt daran fest, ihn irgendwie unter der Schneedecke aufzubewahren, bis es so weit war.

Ich holte alle Bretter und Hölzer aus der Hütte und bastelte so einen provisorischen Sarg. Den Boden belegte ich mit Stroh, damit er einigermassen bequem lag. Die Tiere durften nicht an ihn ran kommen, das musste ich auf jeden Fall verhindern.

Ben war schwerer, als ich dachte, ich wickelte ihn in eine Plane, und zog ihn behutsam zu seiner einstweiligen Ruhestätte. Der Schnee war dieses Mal eine enorme Hilfe, ohne ihn hätte ich es auf keinen Fall geschafft. So gelang es mir, Ben angemessen in den behelfsmässigen Sarg zu legen sowie mit der Plane schützend einzuwickeln.

Das Brett, das als Deckel diente, nagelte ich, so gut es gelang fest. Ich befestigte daran ein Seil und bedeckte ihn mit Schnee, sodass man fast keinen Unterschied wahrnahm. Das Seil legte ich, als letzte Sicherheit, dem Pfad entlang auf den Boden. Von nun an, musste ich diesen Pfad immer freihalten, ansonsten würde ich ihn nur schwer wiederfinden. In der Kälte war er sicher besser aufgehoben als in der warmen Hütte. Ich hielt inne und sprach einige Worte zu Ben. Sam weilte noch eine Weile bei seinem Herrn, doch kurz darauf trottete er zu mir und blieb an meiner Seite.

Das Totenbett bezog ich, mit dem was noch vorhanden war, die dreckige Wäsche warf ich in den Behälter, den Ben als Wäschekorb benutzte. Bens wirkliches Bett, wollte ich auch neu beziehen, doch dafür reichte die saubere Wäsche nicht. Ich müsste wohl oder übel morgen waschen.

Abends bereitete ich mir widerwillig ein Abendessen, so allein am Tisch zu sitzen und in einem sozusagen fremden Haus zu essen, war so eine Sache. Er fehlte mir jetzt schon, die Frage nach dem Kartenspielen, würde nie mehr gestellt werden.

Wie soll es jetzt weitergehen, ich kann die Tiere ja nicht einfach so zurücklassen. Mein Kopf fuhr Achterbahn, einerseits wollte ich so schnell als möglich nach Hause, anderseits tat der Gedanke, von hier wegzugehen weh. Morgen sieht die Welt wieder anders aus, mit diesem Wunschdenken legte ich mich schlafen.

Erneuter Schneefall hatte über Nacht wieder alles weisser werden lassen. Die meisten Spuren wurden meisterhaft weggeschneit. Ich holte frisches Wasser für mich sowie die Tiere, die Versorgung war schnell erledigt, als Lohn durfte ich vier Eier mein Eigen nennen. Eigentlich wollte ich sie heute ins Gehege lassen, damit sie sich etwas austoben konnten. Da ich aber keine Zeit hatte, verschob ich das Vorhaben auf den Nachmittag. Ben hatte mich gewarnt, die Tiere nie unbeaufsichtigt ins Gehege zu lassen, viele hungrige Artgenossen warten nur auf so eine schmackhafte Gelegenheit.

Da ich bei Ben einmal zusehen durfte wie er Wäsche wusch, wusste ich, was zu tun war. Den hölzernen Kübel, der bestimmt zwanzig Liter fasste, füllte ich bis zur Hälfte mit heissem Wasser. Danach kam ein Stück zerriebene Seife rein, das umgerührt werden wollte. Die Wäsche stopfte ich nach und nach in diesen, dabei schwang ich sie einige Male umher. Im Eimer mit frischem Schneewasser tauchte ich sie danach etwa dreimal unter. Die Wäschestücke erwürgte ich so lange, bis sie nicht mehr tropften. Hinter dem Kamin hingen Kordeln zwischen den Balken, an denen hängte ich sie auf. Es war eine strenge Arbeit, vor allem hatte ich keine Übung darin, meine Lieblingsarbeit wird es jedenfalls nicht werden. Ich dachte, ich hätte es geschafft, da erblickte ich noch das Bett von Ben, dieses hatte ich völlig vergessen.

Etwas genervt über mich, zog ich das Kissen und die Decke ab, in gleicher Manier kam das Bettlaken dran. Vor lauter hasst, übersah ich nahezu ein Stück Papier, das scheinbar vom Bett auf den Boden flog. Ich hob es vorsichtig auf, als ob es aus Glas wäre, es war ein von Hand beschriebenes Blatt.

Auf dem Bett sitzend, fing ich zu lesen an.

Liebste Jana, lieber C

Ich Ben, Bürgerlicher Name Ben Darken, geboren am 10. September 1910, Bürger von Konstral in Scanland, hinterlasse die Hälfte meiner Hütte und das dazugehörende Land, diesem seltsamen Jungen, namens C aus Snorland. Die andere Hälfte von alledem, soll Jana Kannar bekommen. Leider kam ich nicht mehr dazu, sie dir vorzustellen, doch du wirst sie bestimmt bald kennenlernen.

Alle Urkunden, die ihr benötigt, liegen in der alten kleinen Kommode, hinter dem Sofa. Wenn jemand das Erbe nicht annehmen will oder kann, fällt seine Hälfte automatisch dem anderen zu, ohne eine Entschädigung zu erhalten. Die Hütte sowie das Land, dürfen nicht grundlos verkauft werden, ausser beide sind einverstanden. Die Tiere sollen es bei dir Jana guthaben, mein treuer Begleiter Sam bleibt bei C, er wird dich als neuen Rudelführer anerkennen. Wenn euch das Geld ausgeht, schaut genau hinter dem Kamin nach.

C, bitte mach dir keine Gedanken, ich wollte mir gar nicht helfen lassen, für mich ist jetzt der richtige Zeitpunkt, die Erde zu verlassen und endlich zu meiner Familie zu stossen.

Auf dich Jana habe ich einen riesen Stolz, wie du dies nach dem tot deines Vaters hingekriegt hast, alle Achtung. Danke dir für die Jahrelange, wertvolle Freundschaft.

Seid nicht traurig das ich nicht mehr unter euch bin, freut euch über die Zeit, die wir zusammen erlebten.

Langsam werde ich müde, ich möchte nur noch zu meiner Familie gehen.

Euer Ben

Der Text war kaum lesbar, dieses Schreiben raubte ihm scheinbar die letzte Kraft. Nach mehrmaligem Durchlesen überkam mich ein seltsames Gefühl, er wollte wircklich sterben.

Nach getaner Wäsche sass ich etwas verloren am Tisch, ich ass ein Stück Trockenfleisch. Ich hatte nie was Eigenes besessen und jetzt besitze ich die Hälfte von alledem. Eigentlich sollte ich mehr als glücklich sein, nur der Umstand, wie ich dazu kam, gab der ganzen Freude einen bitteren Beigeschmack.

Wer war diese Jana Kannar, scheinbar werde ich sie bald kennenlernen, doch wie und wo.

Die Nacht verlief wie die vorangegangene, der Schneefall tat es ihr gleich.

Sam bellte, dabei weckte er mich aus meinem eh schon schlechten Schlaf, erst dachte ich, er müsste Gassi gehen. Doch als ich aufstand und nach draussen blickte, sah ich nichts. Das war wohl der stärkste Schneesturm, den ich je sah, besser gesagt, hörte. Wenn der Wind nicht wie verrückt um die Hütte peitschen würde, könnte man meinen, die Fensterscheiben wären einfach von draussen verdunkelt worden.

Nach der Versorgung der Tiere, verspeiste ich mein Frühstück. Heute verspürte ich einen immensen Durst, war es das brennende Holz im Kamin, oder doch die Hitze in meinem Körper, die mich die ganze Nacht über plagte.

Gegen Nachmittag hatte sich der Sturm gelegt, warum die Eingangstüre nach innen aufging, war mir nun klar. Wäre es anders rum, hätte ich keine Chance, sie zu öffnen.

Mit Schaufeln war ich minimum zwei Stunden beschäftigt, bis ich nur einige Meter aus der Hütte konnte. Sam half tatkräftig mit seinen Pfoten mit, am Ende fingen sie zu bluten an. Er leckte sich das Blut ab und wollte gleich danach weiterhelfen, da ich dies sehr anständig, aber unklug fand, befahl ich ihm, von der Veranda aus zuzusehen.

Gegen Abend backte ich in einem eisernen Topf noch zwei Brote. Das Salz würde mir bestimmt lange reichen, was ich leider vom Mehl nicht behaupten konnte. Müde und etwas verbittert, legte ich mich ins Bett und versuchte schnell einzuschlafen.

Nach einigen Tagen ohne Schneefall und Sturm, verliess ich die Hütte. Ich stand auf der Veranda und sah, dass Bens vorläufiges Grab kaum mehr sichtbar war. Die Holzstange die ich zwecks Wiederfindens, als Merkmal einlochte, war kaum mehr erkennbar. Den Pfad, den ich vor ein paar Tagen präparierte, war von den Verwehungen nicht mehr zu erkennen. Das gelegte Seil war irgendwo, nur nicht dort wo es hingehörte. Ich besorgte mir eine Holzlatte, die im Stall an der Wand lehnte und keine eigentliche Aufgabe erfüllte. Diese wollte ich mit den Spezialschuhen, noch an die andere festmachen, ich wollte verhindern, dass ein erneuter Schneesturm alles zudeckte. Sam folgte mir unaufgefordert, sank aber immer wieder im Schnee ein, dies verunmöglichte ihm ein weiterkommen. Er kämpfte sich auf die Veranda zurück und sah mir misstrauisch zu. In einer Hand die Holzlatte in der anderen den Gehstock.

Am Ziel angekommen, band ich die zweite Latte an die Bestehende fest. Plötzlich bellte Sam wie verrückt, ich schaute zu ihm, es war nichts Ungewöhnliches festzustellen.

Doch irgendwie hatte ich das Gefühl, immer tiefer in die Schneemenge einzusinken, obwohl ich die speziellen Schuhe trug. Als ich realisierte, dass die gesamte Schneemasse um mich herum den Abhang hinunter rutschte, war es schon zu spät. Es riss mir wortwörtlich den Boden unter den Füssen weg, ich spürte, wie mich der Schnee langsam umschlang und ich die Kontrolle verlor. Etwas schlug mir heftig ins Gesicht, kurz darauf auf die Brust, das Atmen wurde fast unmöglich. Ich hatte das Gefühl, das ich auf dem Kopf stehe. Meine Sinne schwanden, mein Leben schoss im Schnelldurchlauf an mir vorbei, bis ich überhaupt nichts mehr spürte.

55. Verzweiflung

Alle vier sassen am Tisch und tranken Kaffee, diskutierten heftig über C sowie sein verschwinden. Koni ärgerte sich, dass die Polizei von Wornas das Ganze nicht ernst nahm. Sogar der gute Draht von Joschi, konnte da keine Abhilfe schaffen. Ihnen war von Anfang an klar, dass die Suche in dieser Jahreszeit nicht gestartet werden konnte. Der Winter war einer der härtesten seit Jahren, der frühe Schneefall machte vielen zu schaffen.

Was sie aufwühlte, war nicht der Umstand, nein, es war die Einstellung gegenüber dem Vermissten. Klar er war ein Ausländer, doch wenigstens aus Anstand, hätten sie es ernster nehmen können.

„Vater, meinst du die Suchen überhaupt je nach C?", Michel sah zu ihm. Er verneinte mit Kopfdrehen: „Nein, wenn ich ehrlich bin, nein. Die werden darauf hoffen, dass sich die Sache von selbst erledigt und nichts mehr von uns hören. Die Gegend ist ausserdem riesig, wo willst du beginnen und wo aufhören."

Joschi nickte und sprach: „ Das ist schlimmer als die Nadel im Heuhaufen zu suchen. Er muss es alleine schaffen, ansonsten sehe ich schwarz. Einfach wegrennen war noch nie eine Lösung, vor allem dann nicht, wenn man sich nicht auskennt."

Marga sah ihn streng an und sprach: „In seiner Verfassung war es verständlich, in solchen Fällen unternimmt man selten das Richtige. Vorwürfe sind hier bestimmt nicht angebracht, ich bete jeden Abend für ihn."

Sie stand auf und lief ins Schlafzimmer, da wusste Koni, sie braucht jetzt ihre Ruhe, es nahm sie zu sehr mit.

„Was meint ihr, sollen wir, wenn das Wetter es zulässt, nochmals los, um ihn zu suchen?", fragte Michel.

„Selbst wenn das Wetter besser wird, die Schneedecke wird nicht so schnell dahinschmelzen. Wenn er noch leben würde, hätte er es von alleine geschafft. Wenn nicht, wäre es sowieso zu spät. Wir dürfen uns nichts vormachen, er hat zu unüberlegt gehandelt und sich unwissentlich in Lebensgefahr gebracht. Das sage ich nicht gerne, aber es ist, wie es ist."

Michels Vater fiel dies zu sagen merklich schwer, alle wussten, dass er recht hatte. Joschi nahm noch einen Schluck und stand auf.

„Das Einzige was uns übrigbleibt, ist alle zwei Wochen bei der Polizei nachzufragen, so wissen sie, dass wir es ernst meinen." Die anderen zwei nickten und verabschiedeten sich von Joschi.

„Es ist meine Schuld, hätte ich nichts erzählt, wäre er auch nicht weggegangen. Erst rette ich ihm das Leben, um ihn im Nachhinein wieder in Todesgefahr zu bringen. Was dachte ich mir nur?"

„Du kannst gar nichts dafür Vater, die Wahrheit birgt genauso viele Gefahren wie die Lüge. Du hattest keine Wahl, sie ist immer die bessere Variante."

Michel nahm ihn in die Arme und drückte ihn wortlos, Vaters Tränen spürte er auf dem Unterarm. Kurz darauf trat

Marga durch die Tür und fragte nach Joschi, sie hatte vor, sich bei ihm zu entschuldigen. Sie wusste, dass er recht hatte, sie war einfach seit diesem Vorfall dünnhäutiger geworden.

56. Besuch

Anna verbrachte den ganzen Sonntag mehr oder weniger im Zimmer, immer wieder sah sie zur verschlossenen Tür. Maria war gegen Mittag nach Hause gegangen, somit war sie alleine im Haus. Sie hoffte, dass Alex so lange wie möglich bei Ida im Spital bliebe, sie hatte keine Nerven, ihm heute zu begegnen.

Als sie vertieft in ihrem Buch las, vernahm sie ein dumpfes klopfen. Erst dachte sie, es wäre weit weg, doch als sie genauer hin hörte, bemerkte sie, dass es im Hause sein musste. Eilig begab sie sich auf den Flur und rief Marias Namen, doch eine Antwort blieb aus.

Langsam und auf der Hut schlich sie die Treppe hinunter, das klopfen endete. Als sie endlich unten ankam, begann es wieder, es kam von der Eingangstür. Etwa zehn Kilo leichter schritt sie vor und sah durch das kleine Guckloch. Unerwartet stand Tom vor der Tür, er machte bereits Anstalten zu gehen. Schnell entriegelte sie das Schloss und öffnete.

„Tom, was für eine Überraschung!"

„Ich hoffe ich störe nicht, ansonsten bin schnell wieder verschwunden."

Anna vergass vor dem öffnen in den Spiegel zu schauen, da kam das spiegelnde Fenster an der Seite gerade recht.

„Nein ich freue mich, ich war nur nicht auf einen Besuch vorbereitet."

Tom lachte: „Hast du Lust auf einen Spaziergang, das Wetter meint es heute gut mit uns?"

Anna verschwand kurz, warf eine Jacke über und sperrte die Türe zu. Während des Gehens plauderten sie frei drauflos. Nahe einer Waldlichtung setzten sie sich auf einen am Boden liegenden Baumstamm. Anna nuschelte etwas in ihrer Jacke, dabei zauberte sie eine Schokolade hervor.

„Magst du was Süsses?"

Tom antwortete: „Und wie."

Sie genossen die wärmenden Sonnenstrahlen sowie den Geschmack der Nussschokolade.

„Was unternimmst du in den Ferien, die sind ja schon in zwei Wochen?"

Anna schlemmte zu Ende.

„Ich weiss nicht genau, vielleicht gehe ich ins Haus am Fluss, habe noch nicht gefragt, ob das ginge, und du?"

Wir werden wie jeden Herbst meinen Onkel besuchen, der wohnt am südlichsten Teil von Snorland, dort unten ist es meistens sechs Grad wärmer als hier. Jedes Jahr trifft sich die ganze Familie, dies ist immer sehr lustig."

„Schön, so eine zu haben, meine sind die Bewohner vom Haus am Fluss. Hier wo ich jetzt bin, sind wir keine Familie, es ist alles so kühl und herzlos. Ausser Maria natürlich, sie ist die gute Seele des Hauses. Gäbe es sie nicht, wäre ich längst ins Heim zurück."

Tom nahm ihre Hand und streichelte sie: „Wir sind doch auch eine Kleinfamilie, oder?"

Anna musste lachen, immer wieder verstand es Tom, sie aufzuheitern. Sie nahm ebenfalls Toms Hand und drückte sie: „Danke, das ist so."

Sie lächelten sich an und blieben so einige Minuten stumm sitzen.

Auf dem Nachhauseweg beschrieb Tom alle Mitglieder der Familie, sie spürte, dass er sie sehr mochte.

Zuhause angekommen, bedankte sie sich für seinen Besuch, anschliessend lief Tom zufrieden zurück.

Alex war zum Glück immer noch nicht heimgekommen, so konnte sie in Ruhe etwas essen, danach schloss sie sich wieder in ihr Zimmer.

Am nächsten Morgen war Alex schon am frühstücken und Maria wie gewohnt in der Küche. Nach der Begrüssung, die kurz und kühl ausfiel, erzählte Alex, dass er heute Ida nach Hause hole. Er unterstrich mit ernster Miene, dass Ida viel Ruhe benötige. Ohne eine Antwort abzuwarten, stand er auf und verabschiedete sich.

Maria und Anna besprachen kurz das gehörte und nahmen den Tag wie jeden andern in Angriff.

57.   Neuanfang

Es war eines der schwersten Telefonate, die er in letzter Zeit führen durfte oder musste. Die Angewählte nahm den Anruf entgegen: „Linda Grän vom Haus am Fluss."

„Linda, hier spricht Ken, ich muss mich entschuldigen, dass ich erst jetzt anrufe."

Sie war kurz mit der Situation überfordert.

„Hallo Ken, schön von dir zu hören, ich will mich ebenfalls entschuldigen."

„Du, nein, es ist meine Schuld. Ich möchte dich liebend gern so schnell wie möglich treffen, was hältst du von morgen Abend im Mona Lisa?"

Linda überlegte nicht: „Das würde mich sehr freuen."

Sie hielten sich kurz und vereinbarten eine Zeit. Ken reservierte den Tisch, der abseits der anderen stand, damit sie ungestört wären.

Am nächsten Abend betrat Linda das Lokal, die Bedienung lief sofort auf sie zu und fragte: „Sind sie Frau Grän?"

Nach Bejahung der Frage führte die Dame sie in eine Nische, die von den anderen getrennt lag. Ken stand sofort auf und begrüsste Linda.

„Danke, dass du gekommen bist, hiermit entschuldige ich mich offiziell für mein Fehlverhalten, ich bitte um Vergebung", er streckte ihr ein Glas Sekt hin.

„Es ist auch mir ein Anliegen, mich zu entschuldigen, ich habe mich selbst schrecklich verhalten."

Sie diskutierten über den unglücklichen Start ihres Kennenlernens. Sie bestellten das Abendessen und genossen eine Flasche erdig schmeckenden Rotwein. Sie unterhielten sich über die neue Aufgabe von Linda. Beide spürten abermals diese unerklärliche Anziehungskraft, sie fühlten sich sichtlich wohl zusammen. Ken hatte vor dem Treffen viel Zeit damit verbracht, wie er ihr das Ganze so sanft, doch wahrheitsgetreu erklären solle.

Linda verschwand kurz zur Toilette, während ihrer Abwesenheit sammelte sich Ken und konzentrierte sich auf das kommende Gespräch. Sie kehrte zurück und atmete tief ein, bevor sie sich wieder setzte.

Er nahm ihre Hand in die seine und wurde leicht ernster.

„Ist was nicht in Ordnung?",fragte Linda.

„Ich muss, nein, ich will dir etwas erzählen. Es ist sehr wichtig, dass du bis zum Schluss zuhörst. Unsere Beziehung kann nur gedeihen, wenn wir bei der Wahrheit bleiben, sowie uns Vertrauen."

Linda dachte, dass da noch eine andere Frau im Spiel sei. Ken fragte sie, ob sie etwas sagen wolle, doch sie verneinte und versprach bis zu Ende zuzuhören.

„Wie du weisst, bin ich Arzt, da ich der Bruderschaft angehöre, vertrete ich unter anderem auch das Haus am Fluss, als Vertrauensarzt. Ich nehme an, du weisst dies bereits.

In letzter Zeit kam ich etwas unter Druck, gegenüber der Polizei und der Bruderschaft. Das heisst, beide Parteien drängten mich für ein beschleunigtes Verfahren. Da alles für den Tod des Jungen sprach, wurde mir nahegelegt, den Totenschein einige Monate früher als normal auszustellen."

Linda lag eine brennende Frage auf der Zunge, doch sie hielt ihr Versprechen und hörte gespannt weiter zu.

„Dies tat ich den auch, um der Sache willen. Ich vermute ja selbst, dass dieser Junge durch einen Unfall ums Leben kam. Um bei der Wahrheit zu bleiben, dies musst du aber mit ins Grab nehmen. Habe ich es nur getan, um einem guten Freund zu helfen, der sich für den Jungen sehr einsetzte, fast schon zu sehr.

So, jetzt bin ich froh es dir endlich erzählt zu haben, wenn andere dies erführen, bekomme ich ungeahnte Schwierigkeiten. Egal wie du dich nun entscheidest, du darfst niemandem davon erzählen. Ich vermute, du hast noch etliche Fragen, die dir auf der Zunge brennen, jetzt bist du an der Reihe."

Linda wirkte etwas durcheinander, sie bestellte sich noch einen Kaffee, was Ken ihr gleich tat.

„Erstens danke ich dir für deine Ehrlichkeit, du hast recht, nur eine Beziehung, die auf gegenseitiges Vertrauen basiert, ist es wert sich darauf einzulassen. Dass du der Vertrauensarzt des Hauses bist, wusste ich. Was hat das Ganze aber mit der Bruderschaft zu schaffen, bei der Polizei verstehe ich natürlich, dass sie den Fall so schnell wie möglich abschliessen wollten."

Ken nippte an seiner Tasse: „Es geht eigentlich nicht um diesen Jungen, wie hiess er nochmals?"

„C, ist sein Name."

„Wie gesagt, es ging nie um diesen C, das einzige, was der Bruderschaft wichtig war, war leider nur das Geld."

Ganz erstaunt fragte Linda: „Was für Geld, C besass wie die anderen Kinder nur das, was sie von uns bekamen."

„Eigentlich bin ich schon zu weit gegangen, aber egal. C hätte mit zwanzig Jahren eine wirklich beträchtliche Summe Geld geerbt, jedoch bei seinem Ableben bekäme die Bruderschaft das Erbe. Da ihre Finanzen momentan nicht rosig stehen, kam ihnen die Flucht des Jungen gerade recht. Die Bruderschaft hat mit dem verschwinden überhaupt nichts zu tun. Dies kann ich beschwören."

„Das glaube ich dir, ich kenne den wahren Grund seines Verschwindens."

„Der Hintergedanke der Bruderschaft war nicht nur schlecht, dieses Geld käme auch dem Haus am Fluss zugute", sprach Ken.

Linda nahm seine Hand mit einem warmen Lächeln.

„Alles was du mir heute Abend anvertraut hast, bleibt natürlich geheim. Was aber viel wichtiger ist, es hat mir gezeigt, dass du genau der Typ Mensch bist, den ich in dir vermutete. Ich gehe davon aus, dass du heute den Grundstein für unsere beginnende Beziehung gesetzt hast, das heisst, wenn du dies überhaupt willst."

Sie ahnte die Antwort, hoffte, sie nochmals aus seinem Munde zu hören.

„Nichts lieber als das, darum die Offenheit."

Der Abend wurde länger als geplant, doch der Gesprächsstoff schien nicht enden zu wollen. Beide wussten einiges voneinander, die Gefühle fanden darin einen wertvollen Nährboden. Ken bot ihr an, sie nach Hause zu fahren, was sie dankend annahm. Die Fahrt verlief im Gegensatz zum Essen eher ruhig. Linda hatte sich vorgenommen, nichts über seinen erwähnten engsten Freund zu fragen. Der Zeitpunkt würde schon noch kommen, sie wollte die angenehme Situation geniessen und nicht unnötig gefährden.

58. Brad Maron

Nachdem Orsen den Wagen aus der Werkstatt fuhr, war er froh, hatte er ihn nicht nach Scanland mitnehmen können. Die Wetterverhältnisse wären zu prekär für seinen Pontiac gewesen. Mit Kens altem Volvo hatte er die besseren Karten. Er parkte auf Kens privatem Parkplatz vor der Praxis, er hatte ihm versprochen, dass er ihn aufsuchen würde. Ken freute sich, ihn zu sehen, er checkte ihn gründlich durch und war mit der Verheilung der Wunden zufrieden. Sie vereinbarten einen Termin für den folgenden Freitagabend. Es gab viel zu erzählen, Ken freute sich, ebenfalls über die Neuerungen zu berichten.

Die Praxis leerte sich schnell, heute war ein ruhiger Tag, keine schrecklichen Notfälle oder andere unschönen Sachen.

Der heutige Abend würde noch spannend werden, es war ein Treffen der Liga der Bruderschaft angesagt. Brad Maron hatte sie einberufen, scheinbar war etwas Wichtiges geschehen, was, konnte sich Ken vorstellen.

Alle erschienen pünktlich, wie immer begrüsste Brad alle persönlich, am Eingang seines imposanten Wohnsitzes. Es wurde Wein und andere Köstlichkeiten aufgetischt, jeder bemerkte die heitere Stimmung, die von Brad aus ging.

Nachdem jeder seinen persönlichen Stuhl einnahm, ergriff Brad das Wort.

„Es ist ein trauriger und doch ein guter Tag. Es kommt mir vor, als ob es gestern geschah. Der tragische Brand vor fast sechzehn Jahren, Richter Karl Ferguson und seine Frau Runa, wurden Opfer eines nächtlichen Feuers. Ein dunkler Tag in der Geschichte der Bruderschaft Arche. Wie sie vielleicht noch wissen, hatte er einen unehelichen Sohn, mit seiner Sekretärin, Laura Oberson. Seine Frau war unglücklicherweise nicht in der Lage, ihm ein eigenes Kind zu schenken. Er hatte nach der Geburt zwei Testamente verfasst. Im ersten hatte er diesen Nils, im Falle seines Ablebens zum Teilerben ernannt. Nach dem Tod seiner Gattin, sogar zum alleinigen Erben. Das Vermögen würde nach Nils zwanzigstem Lebensjahr, an ihn übergehen. Bis dahin müsse die Bruderschaft es in treu und Glauben verwalten. Nach dem Brand trat das zweite Testament in Kraft. Da die Mutter von Nils kurz darauf einem Krebsleiden erlag, kam Nils mit vier Jahren ins Haus am Fluss. Das hätte Karl mit recht von uns gewünscht und erwartet. Die Bruderschaft wurde auch im Testament erwähnt. Im Falle eines natürlichen Ablebens vor seinem Zwanzigsten, erhielte die Bruderschaft das gesamte Vermögen. Das war Karl Fergusons letzter Wille."

Brad hob sein Weinglas und trank einen Schluck. Bevor eine Diskussion ausbrach, sprach er weiter.

„Dieser Nils, der im Haus am Fluss nur C genannt wurde, ist nun offiziell als tot erklärt worden. Leider wurde er nicht mehr gefunden, vieles deutet darauf hin, dass er verunglückte oder durch ein wildes Tier ums Leben kam. Ich bitte an Gedenken von Karl, Runa und diesem Nils, um eine Schweigeminute.

Für die gründliche und zügige Arbeitsweise der hiesigen Polizei möchte ich mich bedanken. Die finanzielle Lage der Bruderschaft sieht momentan nicht rosig aus, das kann uns Josef Brunn, unser Finanzdirektor, bestimmt bestätigen."

Alle schauten zu Josef, zur Bestätigung nickte er mit seinem fetten Kopf ein paar Mal auf und ab.

„Nun dann, lasst uns dies feiern, wir reden hier über einen zweistelligen Millionenbetrag. Es muss noch alles juristisch geregelt werden, das ist nur Formsache, nicht wahr Sven?"

Sven Bard, der Rechtsanwalt, lächelte kurz und winke mit der rechten Hand ab und sprach: „Wenn alles nach unseren Wünschen verläuft und das wird es, sind wir in einem knappen Monat im Besitze des Geldes."

Brad stand abermals auf und sprach: „Genug geredet, ich sagte euch ja, es ist auch ein guter Tag, also lasst uns darauf anstossen und geniesst den Abend."

Alle klatschten, danach hoben sie die Gläser, Ken tat es ihnen gleich, selbst wenn es ihm nicht darum war. Am liebsten wäre er aufgestanden und erzählt, was Brad alles Unehrenhaftes unternahm, um an dieses Geld zu kommen.

Brad kam direkt auf Ken zu und klopfte auf seine Schultern.

„Ich habe mein Wort gehalten, es war nie meine Absicht, jemandem wehzutun, das musst du mir glauben."

Ken hätte sich übergeben können.

Er verweilte kurze Zeit auf dieser skurrilen Feier, er missbrauchte einen Notfall, um das Weite zu suchen.

59. Der Fremde

Sie war knapp eine halbe Stunde von Bens Hütte entfernt, ihr Schneemobil war schon kurz vor dem überhitzen, doch sie gönnte ihm nur eine kurze Pause. Hätte sie keine Raupen unter dem Mobil, wäre ein Besuch bei Ben nicht mehr möglich gewesen.

Sie hatte ihn vor Jahren kennengelernt, da war sie noch ein Kind. Ihr Vater fuhr mit ihr auch jedes Jahr zweimal zu ihm, kurz vor dem Winter und einmal anfangs Sommer. Diese Tradition war gegenseitig, so sahen sie sich immer viermal im Jahr, einmal in jeder Jahreszeit. Sie bewahrten sie auch nach dem Tod ihres Vaters. Dieses Jahr war sie eher spät dran, doch ihr Fieber hätte ihr keine frühere Reise erlaubt.

Kurz vor der Hütte parkierte sie wie immer ihr Mobil, rief freudig Bens Namen, doch niemand meldete sich mit Worten, nur ein Bellen und Jaulen hörte man in weiter Ferne. Sie nahm ihr Bündel und marschierte zum Eingang, die Türe war offen, doch niemand war im Haus. Nochmals rief sie Bens Namen, so laut sie nur konnte, keine Antwort. Sie lief auf die Veranda, schaute umher, irgendetwas kam ihr komisch vor. Ben war nicht da, der Hund war weg und doch dachte sie, ein leises Bellen oder heulen gehört zu haben. Sie schaute nach den Tieren, doch da schien alles wie immer. Sie überlegte kurz, danach holte sie ihre Schneeschuhe und fing an die Gegend abzusuchen.

Etwa dreissig Meter entfernt, entdeckte sie etwas Dunkles im Schnee, es bewegte sich nur langsam. Vorsichtig folgte sie diesem, kurz davor erkannte sie Bens Hund Sam, er war bis über die Schultern im Schnee versunken. So wie es aussah, war er steckengeblieben und vor Erschöpfung am Ende. Schnell versuchte sie ihn von seiner misslichen Lage zu befreien, doch sie schaffte es mit blossen Händen nicht. Sie lief so schnell, wie es der Untergrund zuliess, zurück und holte ihre Schaufel vom Schneemobil. Sie war eine grosse Hilfe, in Kürze war er vom Schnee befreit, sie konnte ihn mit aller Kraft aus der Grube ziehen. Sam half mit, seine blutenden Pfoten bewegte er wie in Zeitlupe. Sie zog ihn über den Schnee und platzierte ihn in der Hütte vor dem erkalteten Kamin. Ihr wurde unwohl, wenn Bens Hund da draussen um sein Leben kämpfte, was war dann mit Ben. Sie verdrängte die unschönen Gedanken, bedeckte Sam mit einer Decke und stampfte zurück zum Fundort. Sie ging in die Hocke, sie suchte mit ihren geübten Augen die Gegend ab. Sie erkannte nichts, doch kaum war sie aufgerichtet, entdeckte sie weiter unten im Abhang einen Kopf.

Gewitzt wie sie war, lief sie abermals zurück und fuhr mit dem Mobil so nah heran wie nur möglich. Sie band erst das Seil der Winde um ihre Taille und lief vorsichtig in diese Richtung. Der Schnee gab immer wieder nach, sie kannte die Gefahren von Schneebrettern nur zu gut, doch es gab keine Wahl. Am Ziel angekommen, blickte sie in ein ihr unbekanntes Gesicht, es war definitiv nicht Bens. Sie sah abermals umher, entdeckte aber weit und breit niemanden mehr, nur weissen Schnee. Wieder kam die Schaufel zum Einsatz, es machte ihr zu schaffen, irgendwie war alles nicht so, wie es sein sollte.

Nachdem sie diesen Menschen mehr oder weniger frei gebuddelt hatte, band sie ihm das Seil einmal um die Hüfte und weiter um den Brustkorb. Sie war sich dem Risiko bewusst, doch mit reiner Menschenkraft war hier nichts zu bewegen.

Vorsichtig lief sie am Seil entlang zurück. Langsam fuhr sie ein wenig rückwärts, um die Stellung des Schneemobils zu sichern, danach liess sie die Winde langsam einfahren. Zuerst verlief es sehr zaghaft, sie musste zwischendurch immer wieder den leblos scheinenden Körper zurechtrücken. Nach einer gefühlten Ewigkeit, war er auf der Anhöhe, sie zog ihn behutsam am Seil hängend, Richtung Hütte.

Der Körper des Mannes war unterkühlt und schwer, nur mit Mühe konnte sie ihn in die Hütte schleppen. Sie wusste nicht recht, was sie als Nächstes tun solle, erst ruhte sie sich einige Sekunden aus. Anschliessend verliess sie sofort wieder die Hütte und suchte nochmals die Gegend mit dem Fernglas akribisch ab, erfolglos. Traurig und irgendwie zornig lief sie eilig zurück.

Erst befeuerte sie den Kamin, um die Hütte einzuheizen, danach kümmerte sie sich um den Fremden. Sie streckte ihre Wange nahe an seinen Mund, ein schwacher Atem war spürbar. Sie zog ihm die Kleider aus und wickelte ihn in alles, was sie fand. Das Kaminfeuer erwärmte langsam den Raum. Sam zog sie näher ans Feuer, mehr konnte sie für ihn im Moment nicht tun. Sie warf zusätzlich ein paar scheiter Holz in den Kamin.

Sie legte sich aufs Bett und schlief ungewollt vor Erschöpfung ein.

Etwas nasses Warmes strich ihr über die Wange, erst dachte sie, dass sie sich in einem Traum befand. Doch das unaufhörliche Streicheln, holte sie aus dem Schlaf ins jetzt. Sie öffnete vorsichtig die Lieder und sah, in eine braune riesige Schnauze, erschrocken schoss sie hoch und wischte sich mit der Decke das Nasse aus ihrem Gesicht. Bens Hund stand ebenfalls etwas überrascht neben ihr und jaulte leise. Erst jetzt begriff sie wieder, wo sie war, sie sah nach unten und entdeckte den jungen Mann auf dem Boden. Er atmete, machte jedoch keinen Anschein aufzuwachen.

Diesem zierlichen Geschöpf hätte wohl niemand die gestrige Aktion zugetraut. Sie stand auf und schaute erst nach Sam, der sie liebevoll anschaute und immer wieder gähnte. Sie war froh, wenigstens Bens Hund lebend wiederzusehen.

Sie fütterte ihn mit dem, was da war, Wasser gab es in einem Gefäss am Boden. Das Laufen verursachte ihm sichtlich schmerzen, er sank bei jedem Versuch ein. Sie begutachtete erst seine Knochen sowie die Gelenke, die schienen alle noch intakt zu sein. Die Pfoten hingegen waren in einem furchtbaren Zustand, das Fleisch unter den Krallen war völlig abgeschabt.

Die Spuren seines Todeskampfes waren unübersehbar. Sie suchte in der Küche geeignete Kräuter, mixte sie mit einer Salbe, danach strich sie sie vorsichtig auf die Wunden. Sam wollte es natürlich sofort wieder ablecken, doch ihr „Nein" akzeptierte er widerstandslos. Sie streichelte ihn kurz, danach sah sie anschliessend nach dem am Boden liegenden Mann. Sie versuchte ihn, auf das Bett zu hieven, doch der schlaffe Körper war schwerer als geahnt. Sie riss kurzerhand die Matratze auf den Boden und richtete ihm nahe am Kamin ein Lager ein.

Auch ihn suchte sie nach Brüchen oder anderen Verletzungen ab. Doch ausser Schürfungen sowie kleineren Blessuren, entdeckte sie nichts. Die Wunde am Kopf war schon älteren Datums. Wie es mit inneren Verletzungen aussah, könnte sie erst im Wachzustand kontrollieren.

Sie suchte nach frischen Kleidern und zog ihm diese über, ob es wirklich seine waren, wusste sie nicht. Die teilweise zerrissenen warf sie auf einen Haufen, neben der Küche.

Anschliessend versorgte sie die Tiere und holte noch mehr Brennholz, dies durfte nicht ausgehen, denn die Wärme tat den Patienten gut.

Nachdem sie etwas zur Ruhe kam, parkierte sie das Schneemobil, wo es eigentlich hingehörte, ihr Gepäck lag noch immer angebunden auf dem Gepäckträger. Sie suchte mit ihren scharfen Augen nochmals die Gegend ab, Ben war nirgends zu sehen, sie rief mehrmals in alle Himmelsrichtungen seinen Namen. Es war nur ein Echo aus weiter Ferne zu hören.

Am Tisch sitzend ass sie Brot und Trockenfleisch, irgendwie kam es ihr schon eigenartig vor, wo war Ben, was macht der junge Mann hier. Er war bestimmt nicht viel jünger als sie. War Ben eventuell irgendwohin gegangen und hat diesen Burschen zurückgelassen. War es reiner Zufall, dass sie ihn hier draussen fand. Sie musste wohl oder übel warten, bis er aufwachte, erst dann würde sie es erfahren.

60. Idas Heimkehr

Alex sollte Ida so um zehn Uhr nach Hause bringen, Anna war in der Schule, doch Maria war immer zur Stelle.

Irgendwie freute sich Anna, dass Ida wieder heim durfte, auf der anderen Seite, hatte sie grossen Respekt davor. Sie war schon vor diesem Ereignis eher seltsam, hoffentlich hatte sie sich dadurch nicht noch negativer verändert.

Die Aussetzer von Alex, machten ihr immer wieder Angst, vor allem gab sie ihm nie einen Grund, um auf sie böse zu sein. Sie verstand es einfach nicht, mit Ida darüber zu sprechen, traute sie sich nicht. Sie würde sie eher als undankbar bezeichnen, sowie die Sache nicht ernst nehmen. Zuhause angekommen, hörte sie Maria mit Ida diskutieren. Sei begab sich in die Stube und begrüsste sie. Sie wollte nach Idas Befinden fragen, da fiel ihr noch rechtzeitig Alex`s Wunschbefehl ein. Ida sah seltsamerweise gar nicht so krank oder mitgenommen aus, sie hatte sogar ein kleines Anzeichen von einem Lächeln im Gesicht. Sie ass nicht mit ihnen, sie speiste früher und legte sich hin.

Maria berichtete ihr das wichtigste über Idas zustand und ihren Wünschen. Sie war froh, dass Alex schon wieder im Büro war.

Den Nachmittag verbrachte sie im Zimmer und bequemte sich auf der Bank vor dem Fenster. Sie hatte sich ein kleines Notizheft von der Schule besorgt, darin wollte sie alles notieren, was sie benötigte, um C zu suchen. Sie hatte den Entschluss endgültig gefasst, es in den Ferien zu versuchen. Das grösste Problem war wo anfangen. Sie hatte keine Ahnung, wohin ihn seine Wege führten. Maria hatte versprochen ihr zu helfen, sie war gezwungen, sie einzuweihen. Allein hatte sie keine Chance. Die Ferien waren in knapp zehn Tagen, sie musste schnell handeln.

Die Uhr zeigte bereits halb drei, Maria war demzufolge schon nach Hause gegangen. Morgen beim Frühstück, wenn sie zu zweit wären, würde sie es ihr erzählen.

Der Gang in die Küche war eigenartig, sie wusste genau, wer sich im Hause aufhielt, doch kam sie sich fremd vor. Zuvor schaute sie noch kurz in Idas Zimmer, sie schlief, atmete ruhig und tief.

„Sie nimmt Beruhigungsmittel, darum schläft sie so tief und friedlich."

Sie spürte den Atem auf ihrem nackten Hals, sie hätte vor Schreck beinahe geschrien. Sie wartete mit umdrehen, bis sie seinen Atem nicht mehr wahrnahm. Die Angst, ihm so nahe zu sein, machte sie vorsichtig. Er lief vor ihr in die Küche und bot ihr ein Glas Wasser an, das sie aus Höflichkeit annahm.

„Ida braucht eine Weile Ruhe, ich bin froh, wenn du und Maria zu ihr schaut. Sie wird wieder alles alleine tun wollen, was ich auch begrüsse, trotzdem wäre es schön, wenn ihr sie unbemerkt unterstützt."

Anna war über das Gespräch etwas erstaunt.

„Sicher, das werden wir gerne für Ida machen."

Er nahm einen Schluck und bedankte sich in einer lieblichen Tonlage, die sie von ihm bisher nicht kannte. Lächelnd stellte er sein Glas hin und lief Richtung Büro.

„Falls etwas ist, bin ich im Büro."

Ein wenig irritiert trank sie das Wasser und verstand die Welt nicht mehr. Wenn sie irgendjemanden, das mit Alex und ihr erzählt hätte und diese Person ihn soeben erlebte, würden sie Anna für verrückt halten.

Wie konnte das sein, einmal so liebevoll und vertrauenswürdig, ein anderes Mal so gemein und niederträchtig. Es hört sich eigenartig an, doch ihr wäre lieber, er wäre immer so, wie sie ihn aus schlechten Tagen kannte. Dieses Wechselspiel war für sie unerträglich, war es Absicht, um sich selbst zu schützen, oder war er ein wenig verrückt.

Wieder im Zimmer sitzend überlegte sie, ob sie Z anrufen solle und sie fragen, ob sie neues über C erfuhr. Jetzt wäre ein schlechter Zeitpunkt, den niemand durfte etwas darüber erfahren. Sie durfte Z nur anrufen, wenn Ida schlief und Alex ausser Hause war.

61. Aussprache

Jan freute sich die ganze Woche auf diesen Freitagabend, sie hatten sich bestimmt viel zu erzählen. Er musste vorsichtig sein, damit er nichts über den wahren Grund seiner Reise verriet. Doch was ihm mit Clara Borel geschah, konnte und wollte er ihm natürlich nicht vorenthalten.

Ken seinerseits freute sich nicht weniger auf Jan, die Gegebenheiten mit der Bruderschaft hatten ihn in letzter Zeit sehr beschäftigt. Doch auch er konnte Jan von diesen Problemen nichts erzählen, von Linda Grän zum Glück schon.

Ihr Lieblings Restaurant wurde zurzeit umgebaut, darum hatten sie sich entschieden, ein ihnen nur dem Namen nach bekanntes Lokal aufzusuchen. Es hatte verschiedene Etagen im selben Raum, die Decke war hoch und mit Stuckaturen versehen. Die Kronleuchter waren alle sehr pompös, das Licht war hell jedoch sanft. Kurz nach dem Eingangsbereich befand sich eine hölzerne Bar, diese war nicht weniger aufwendig gearbeitet. Eine elegante Dame, im schwarzen Rock und weissem Hemd, hiess Ken herzlich willkommen. Da er etwas früher als vereinbart erschien, begab er es sich an die Bar und bestellte sich ein kleines Bier. Die Dame hinter der Bar trug dieselbe Bekleidung wie die Empfangsdame.

Jan traf etwa eine halbe Stunde später ein, sie entschieden sich, vorab ein Bier an der Bar zu geniessen. Von Beginn an wurde erzählt, was seit ihrem letzten Treffen politisch, sowie wirklich Wichtiges geschah. Beide hatten unabhängig voneinander entschieden, ihre Geheimnisse erst beim Essen zu lüften. Nachdem sie ihren Tisch aufsuchen wollten, eilte eine andere Dame daher und begleitete sie.

„Wenn das Essen so gut ist, wie die sehr freundliche Art dieser Damen, haben wir eventuell ein neues Lieblingsrestaurant", sprach Ken, Jan bejahte nickend. Sie kämpften sich durch die Speisekarte, sie war bestückt mit einigen sehr interessanten und ansprechenden Gerichten. Sie entschieden sich für den Überraschungsteller mit allerlei Fleischsorten und Beilagen, es wurde als Klassiker des Hauses angepriesen.

Ken fragte ihn nach dem Befinden, Jan antwortete kurz, dass es ihm wieder sehr gut ginge.

Dies benutzte Jan als Einstieg für seine Geschichte in Scanland. Ken hörte gespannt zu, er verstand nicht immer den Zusammenhang, doch dies resultierte daraus, dass Jan nicht die ganze Wahrheit preisgab und er das wusste.

Ken verzichtete auf die Frage nach dem Grund der Reise.

Er kam schnell auf Clara Borel zu sprechen, Ken genoss vor lauter Gespanntheit kaum das Essen. Er spürte, dass da etwas Ernsteres auf die beiden zukam. Er freute sich riesig, Jan in einem so gelassenen und wohlklingenden Zustand zu erleben. Innerlich schmunzelte er, wenn er überlegte, dass ihm in derselben Zeit fast das gleiche widerfuhr. Nur war sein drum herum um ein Wesentliches angenehmer, als Jans.

„Das heisst, nehme ich an, dass ihr ein Paar seid. Ich freue mich riesig für dich oder euch. Du wirst nicht glauben, was ich dir zu erzählen habe."

Ken erzählte auch seine Geschichte, Jan kannte natürlich Z oder Linda Grän, dies durfte Ken auch erfahren. Der Fall war ja sowieso geschlossen worden. Sie beglückwünschten sich und vereinbarten in naher Zukunft einen Abend zu viert zu verbringen.

Das Essen war vorzüglich, die hohen Erwartungen wurden vollends erfüllt. Die Zeit zwischen Hauptmahlzeit und Dessert nutzte Jan, um etwas Ernsteres anzusprechen.

„Nur kurz zum Geschäftlichen. Du hast ja den Totenschein dieses Jungen ausgestellt, kannst du mir sagen, ob du wirklich an sein Ableben glaubst. Mein Gespür lässt mich da schon etwas zweifeln. Die Suche, unter uns gesagt, war nicht gerade generalstabsmässig abgelaufen."

Ken nahm noch ein Schluck Wein.

„So viel ich vom Fall weiss, stimme ich dir zu. Als Arzt war ich verpflichtet den Schein auszufüllen. Anderseits hätte es jemand anders getan, mir wurde dies auch mehr oder weniger aufgedrückt."

Jan schämte sich, dieses Thema angeschnitten zu haben.

Sie bestellten das Dessert, obwohl beide satt waren, doch er wurde von der Bedienung so schmeichelhaft angeboten, dass sie keine Wahl hatten.

Ken setzte eine etwas ernstere Miene auf, was Jan nicht entging.

„In nächster Zeit werde ich viele Dinge in meinem Leben neu ordnen. Das hat nichts mit Linda zu tun. Es wird einiges geben, das dir nicht gefallen wird, doch es muss sein. Du weisst, dass mir unsere Freundschaft sehr viel bedeutet, denke immer daran."

Jan war von der Ernsthaftigkeit überrascht und sprach:

„Unserer Freundschaft kann nichts und niemand etwas anhaben, solange ich nicht wegen ihr mit dem Gesetz in Konflikt komme. Du kannst mir alles anvertrauen, wie ich dir. Ich werde auch nicht über dich richten, du hast genug Gerechtigkeitssinn, um das Richtige zu tun. Wenn ich dich irgendwie unterstützen kann, lass es mich bitte wissen."

„Danke, das werde ich vielleicht in Anspruch nehmen. Ich habe niemanden getötet oder sonstige Gesetzte gebrochen, in letzter Zeit fühle ich mich nicht mehr so wohl in meiner Haut."

Jan drückte mit seiner Hand Kens Unterarm.

„Eventuell wird das, was ich dir jetzt sage, dich etwas beruhigen. Bis anhin fand ich es nicht nötig, es dir zu sagen, aber jetzt schon. Ich weiss oder nehme mit grosser Wahrscheinlichkeit an, dass du dieser Bruderschaft Arche angehörst, damit habe ich überhaupt kein Problem. Solange die Gesetze eingehalten werden, ist für mich alles in Ordnung. Ich habe schon vor längerer Zeit Ermittlungen dahingehend aufgenommen, dies aber auf privater Basis. Dein Name habe ich nirgends gefunden, aber gewisse Umstände führten mich zu dieser Annahme."

Kens Gesicht liess das Erstaunen erahnen.

„Du hast es die ganze Zeit über gewusst und mir nichts davon zu spüren gegeben."

„Ich hatte keinen Grund dazu, jeder kann tun und lassen, was er will", sprach Jan.

„Du überraschst mich immer wieder. Du weisst nicht, wie oft ich mir überlegt habe, wie ich es dir sagen sollte. Irgendwie war nie der richtige Zeitpunkt. Wer oder was hat dich darauf gebracht?"

Jan überlegte kurz: „Im Laufe der Ermittlungen, des Falles, wie hiess der Junge schon wieder…?"

Ken antwortete schnell: „Samu Gros meinst du vermutlich."

„Genau, dieser Fall enthielt merkwürdige Geschehnisse, die ich intensiver untersuchte. Im Prinzip war der Bruder des Herrn Gros daran schuld. Dieser war auch in der Bruderschaft, er kam unter mysteriösen Umständen ums Leben. Dies war der Anstoss meiner Neugier."

Von den gefundenen Papieren im Keller dieses Hauses, das nachher abgefackelt wurde, erzählte er Ken nichts. Eine gesunde Portion Misstrauen schadete nie.

„Danke Jan für deine Offenheit, ich weiss dies zu schätzen. Ich bin froh, dass es so ist, mir war nie wohl dabei, dich nicht eingeweiht zu haben."

„Kein Problem, Geheimnisse machen eine Freundschaft erst interessant. Lass uns jetzt wieder den Abend geniessen, ausser du hast noch etwas auf dem Herzen, was du loswerden möchtest?"

„Nein, reicht vorerst, ansonsten komme ich gerne auf dich zu."

Beide bestellten einen Espresso mit einem Seitenwagen, danach waren sie wieder im Gespräch über ihre Liebschaften und das sonstige Leben. Es wurde spät, beide gingen zufrieden mit einem guten Gefühl nach Hause.

Ken war um einiges erleichtert, auf dem Nachhauseweg bedankte er sich dafür, so einen Freund zu haben. Er schätzte die Freundschaft mit Jan von je her, dieser Abend bestätigte seine ehrliche Tiefe.

62.   Die Fremde

Alles tat weh, sogar das Atmen schmerzte. Die Augen konnte ich nur leicht öffnen, mein Kopf brummte, als ob sich ein Wespennest darin befand. Ich versuchte, so gut als möglich die Augen offen zu halten, um so die Umgebung zu erkunden.

Die Balken über mir und ein Feuer, das ich mehr hörte als sah, war im Moment alles, was ich erkannte. Ein leises Gebell glaubte ich zu vernehmen, als es nicht endete, stand eine Riesin vor mir. Ich bewegte gleich die Lippen und wollte um Gnade betteln, doch ich brach kein Wort über meine Lippen. Vor lauter Anstrengung schlossen sich unfreiwillig die Augen.

Sie lobte Sam, der ihr sein Aufwachen meldete, mit Streicheleinheiten. Die Lippen des Fremden bewegten sich, doch hören konnte sie ihn nicht. Vielleicht konnte er gar nicht sprechen, viele unliebsame Gedanken kreisten wie Geier über ihr.

Zwei Tage waren bereits vergangen, Ben war noch nicht aufgetaucht und der junge Herr nicht richtig aufgewacht. Ab und an öffnete er seine Augen, diesen Wachzustand nutzte sie, um ihm Wasser zu verabreichen.

Ich konnte eine fremde Person erkennen, doch meine Kräfte versagten, sobald ich etwas zu ihr sagen wollte. Ich kannte sie nicht, war es ein Traum oder war ich schon bei den Engeln.

Die Sonne hatte den meisten Schnee wieder in seinen Urzustand gewandelt, der Himmel konnte nicht blauer sein. Er war schön anzusehen, doch die Umstände liessen nicht gerade Freudensprünge zu. Der Patient lag wie schon vor zwei Tagen immer noch am Boden. Sie versetzte ihn so alle paar Stunden in eine andere Liegeposition. Bei ihrem Vater musste sie dasselbe tun, bevor er nach fünf Tagen verstarb. Damit die traurigen Gedanken sie nicht vollends einnahmen, überlegte sie, wie es denn weiter gehe, wenn sich die Lage nicht ändert. Sie konnte ja nicht die ganze Zeit hierbleiben, eine Woche wäre das Maximum.

Zum Glück kannte sie Bens Hütte in- und auswendig, sie hatte keine Mühe, sich zurechtzufinden. Holz war genügend vorhanden, sowie Mehl, Salz und Kartoffeln. Dies waren neben Trockenfleisch die wichtigsten Lebensmittel, um den schlimmsten Winter zu überstehen. Wasser schenkte ihnen der Himmel, egal in welcher Form.

Ben musste man nicht lernen, wie man hier oben überlebte. Er hatte sich intensiv mit der Natur und den hiesigen Gegebenheiten vertraut gemacht. Manchmal konnte er ihrem Vater sogar noch Tipps über Kräuter weitergeben.

Das Bellen des Hundes riss sie aus den Gedanken, schnell lief sie zum Patienten und sah, wie dieser versuchte, mit geöffneten Augen sich aufzurichten. Der Versuch misslang, doch die Freude über das, was sie sah, war unbeschreiblich. Sie hatte schon bedenken, dass sie ihn wie ihren Vater verlieren würde.

„Langsam, ich helfe dir."

Sie griff ihm unter die Arme und half ihm sich aufzusetzen. Die Bettkante diente als Rückenlehne.

„Wer…bist….du?" ‚fragte ich stotternd.

„Ich bin Jana, aber komm du erst einmal zu Kräften."

Sie holte die Suppe und fütterte mich langsam.

„Wenn ich dich etwas frage, nicke bitte nur mit dem Kopf, das sprechen verschieben wir auf später."

Ich nickte und war insgeheim froh, nicht sprechen zu müssen, mir brummte der Kopf, alles war sehr anstrengend. Diese Frau habe ich nie zuvor gesehen, ihr Name verstand ich, sagte mir aber nichts. Die Augenlider fielen mir immer wieder zu, ich hatte nach mehrmaliger Gegenwehr verloren und fiel zurück in den Schlaf.

Jana war überglücklich, holte warmes Wasser mit Seife, zog ihn aus und wusch ihn abermals. Danach wechselte sie sein, besser gesagt Bens Schlafgewand, da er nicht auf die Toilette konnte, musste sie selbst diese unangenehme Aufgabe übernehmen. Zum Glück kannte sie dies von ihrem Vater und erledigte es, ohne darüber nachzudenken.

Die Matratze schützte sie im vornherein mit einer Plane. Die Wunden verheilten gut, einige schienen schon älteren Datums, sie schätze ihn so um die zwanzig.

Langsam machte sie sich Gedanken über die Herkunft des Patienten, vorher stand nur sein Überleben im Vordergrund. Dies, hoffte sie, war nun Geschichte.

Das Wäschewaschen war nicht gerade ihre Lieblingsbeschäftigung, doch es waren schlicht weg zu wenig Kleider vorhanden. Das meiste gehörte Ben, sie kannte sie sehr genau, denn er hatte immer dasselbe getragen. Da sie nur wenige neue Kleidungsstücke entdeckte, bestätigte ihr, dass der Fremde nicht hier lebte. Er war sehr wahrscheinlich auf der Durchreise.

Sie lief nach draussen, genoss kurz das sonnige Wetter, atmete mehrmals tief ein, wobei sie der Hund genau beobachtete. Sie kniete sich zu ihm hinunter und streichelte ihn.

„Wo ist nur dein Herrchen, was ist hier passiert, so ganz wohl ist mir bei der Sache nicht."

Die Antwort blieb wie erwartet aus, Sam hatte sich sehr schnell erholt, die Pfoten musste sie weiter salben und schützen. Sie stand wieder auf und sah sich nochmals um, die Stimmung war paradiesisch. Da die Schneedecke ihre immense Höhe verloren hatte, liess sie die Tiere ins Aussengehege.

Die Pferde hüpften wie verrückt, die restlichen verhielten sich nicht sonderlich anders, nur sah es nicht so graziös aus. Jana lachte laut, sie genoss die Ausgelassenheit der Tiere, es tat ihr gut, sie so fröhlich zu sehen.

63. Suchgedanken

Es war der letzte Donnerstag vor den Ferien. Da Anna nachmittags Schule hatte, wartete Maria, bis sie nach Hause kam. Kurz nach halb fünf war Anna eingetroffen, Maria berichtete ihr das Geschehene oder besser gesagt das

Ungeschehene. Ida hatte sich den ganzen Nachmittag im Zimmer aufgehalten.

Sie genossen zusammen einen Tee, Anna ergriff die Möglichkeit und fragte Maria, ob sie ihr helfen könne, C zu suchen.

„Ich will nicht einfach loslaufen, das bringt keinen Erfolg. Ich weiss gar nicht, wo ich anfangen soll. Ich meine mit Helfen eher, dass du mir Tipps gibst, wie ich es anstellen soll."

Maria überlegte kurz und sprach: „Ich würde dir vorschlagen, diese Leiterin zu fragen, wo die letzte Spur von ihm gefunden wurde und was sie davon hält. Hast du auch den richtigen Namen von dem Jungen, wenn du nach C suchst oder fragst, bringt das nicht viel."

Anna war von dieser Aussage etwas überrasch.

„An das habe ich gar nicht gedacht, du hast recht, es kann ja niemand, ausser die im Heim, etwas mit C anfangen. Ich habe nicht einmal ein Foto von ihm, eigentlich habe ich gar nichts, wenn ich ehrlich bin."

„Es wird nicht einfach, aber bitte ruf sie an, sie wird dir vielleicht weiterhelfen."

Anna nickte und war sichtlich enttäuscht, was Maria nicht unbemerkt blieb.

„Manchmal ist es schwer, einzusehen, dass man machtlos ist. Das ist in etwa der schlimmste Zustand, den man erleben kann. Aber denke immer daran, wenn beide das gleiche wollen und nicht aufgeben, wird es, wenn es so vorgesehen ist, auch gelingen. Die Hoffnung darf man nie verlieren, sonst hast du schon verloren."

Maria nahm sie in die Arme und drückte sie, Anna war unendlich dankbar, so eine Maria zu haben.

Sobald sie alleine war, nahm sie das Telefon und wählte die Nummer von Z.

„Linda Grän am Apparat."

Anna war unsicher, ob sie gleich wieder auflegen solle oder nicht.

„Hier ist Anna oder besser gesagt F."

„Hallo Anna, wie geht es dir, alles in Ordnung?"

Anna holte tief Luft: „Ja danke und bei dir?"

„Alles gut, ein bisschen am strauchen wegen meiner neuen Aufgabe als Leiterin, aber sonst gehts. Erzähl, warum hast du angerufen?"

„Es ist so, ich habe letztens wieder von C geträumt, er streckte mir im Spiegel seine Hände zu, so als wolle er mich bitten, nein anflehen, ihn zu mir zu ziehen. Ich bin sicher, dass er noch lebt, ich will ihn suchen, weiss aber nicht wo und wie."

Linda unterdrückte die Tränen: „Es wäre besser, wenn wir uns treffen und uns in Ruhe unterhalten, ich finde, das sollten wir nicht am Telefon bereden?

Anna war erleichtert, genau dies war ihr Ziel.

„Das wäre wunderbar, ehrlich gesagt hatte ich gehofft, dass du das vorschlägst."

Sie verabredeten sich am letzten Schultag. Linda würde sie von der Schule abholen, um danach irgendwohin in Ruhe zu plaudern.

Nachdem Telefonat war Anna erleichtert, sie hatte so darauf gehofft. Was sollte sie alleine unternehmen, sie hatte drei Wochen Ferien und konnte ja nicht für unbestimmte Zeit, ihr jetziges Zuhause verlassen. Als sie damals von Tom erfuhr, dass dieses Internat in Laros über zwei Stunden Fahrzeit entfernt lag, war sie völlig enttäuscht. Doch im Nachhinein konnte sie sich nichts Besseres vorstellen. Ihr Zuhause bei den Bonn`s, war nicht gerade das, was man sich wünschte, und das mit Alex wurde ihr sowieso immer unangenehmer.

Linda sass in ihrem noch ungewohnten Büro und dachte über Anna nach. Sie konnte sich genau vorstellen, was sich in Anna abspielte, ihre Gefühle für C waren mehr als nur das übliche. Die beiden waren anfangs wie Geschwister, mit den Jahren entwickelte sich dies zu einer engeren, nicht gerade Liebesbeziehung, aber doch etwas in dieser Richtung. Sie war gezwungen, ihr die Suche nach C auszureden, es wäre ein hoffnungsloses, enttäuschendes Unterfangen.

Sie selbst hatte es auch versucht, gab es aber nach einigen Abklärungen schlicht weg auf. Wenn jemand das Ganze wieder vereinen könnte, dann gäbe es nur einen und diesen konnte niemand beeinflussen. Es graute ihr vor dem kommenden treffen, sie war es ihr schuldig, sich gut vorzubereiten.

Kaum betrat Anna die Treppe nach oben, ertönte das Läuten des Glöckleins. Sie klopfte an und öffnete die Tür von Idas Schlafzimmer. Ida lag völlig verschwitzt und abgedeckt in ihrem Bett. Anna erschrak dermassen, dass sie, ohne zu fragen, ins Zimmer trat.

Ida krümmte sich und verlangte nach Wasser, ihr brannte der Hals und war nicht fähig, es selbst zu holen. Schnell lief Anna in die Küche und holte eine Karaffe mit kühlem Leitungswasser. Bevor sie Idas Trinkglas füllte, riss sie es ihr aus der Hand und trank es in einem Zug leer.

„Danke Anna, jetzt geht es mir besser."

Anna sah sie nun klarer, was sie erblickte, raubte ihr den Atem. Sie war dermassen abgemagert und fahl im Gesicht.

„Was ist Anna, geht es dir nicht gut?"

Anna hörte erst nach Idas Wiederholen, was sie sagte.

„Nein, nein alles in Ordnung, ihr Nachthemd ist völlig durchnässt. Es wäre besser, es zu wechseln."

Anna war erleichtert, dass ihr dies einfach so aus dem Munde sprudelte, so konnte sie sich vom Eigentlichen abwenden.

„Danke Anna, das schaffe ich schon selbst, kannst du mir bitte noch mehr Wasser holen, ich muss meine Tabletten einnehmen."

Anna tat dies und fragte nochmals nach, ob sie nicht doch helfen könne, nach dem Verneinen zog sie sich in ihr Zimmer zurück. Im Bad trank sie direkt vom Wasserhahn ziemlich viel kaltes Wasser, sie übergab sich beinahe.

Ich sah dem Tod direkt in die Augen, sagte sie sich einige Male. Sie konnte ihre knochige Gestalt nicht mehr aus ihren Gedanken verbannen. Sie fing unweigerlich mit lernen an, so konnte sie sich vom Erlebten entfernen.

Alex kam so um halb acht nach Hause, Maria hatte für das Abendessen alles vorbereitet, Anna musste es nur noch erwärmen. Es war ihr nicht wohl so allein mit Alex, doch zum Glück nahm er das Essen mit Ida in ihrem Schlafzimmer ein. Er hatte Anna nicht wie sonst sonderbar angeschaut. Anna war froh, von ihm schon fast ignoriert worden zu sein. Ohne ihn nochmals gesehen zu haben, schlief sie im abgeschlossenen Zimmer ein, mit erfreulichen Gedanken an ihr baldiges treffen mit Z.

64.   Erleichterung

Immer wieder träufelte Jana dem Patienten ihre Suppe und den kräftigenden Tee ein, sie wusste, dass dies keine Garantie für sein Überleben war. Doch es war das Einzige, was sie für ihn tun konnte, damit er es eventuell schaffen würde. Fieber hatte er keines, trotzdem redete er viel im Schlaf, reden war ein bisschen übertrieben, er stotterte eher einige Wörter daher. Sie war über jedes Lebenszeichen glücklich. Wenn dieser Patient ein Fremder war, warum akzeptierte Sam ihn, er wachte sogar über ihn.

Sie trieb die Tiere wieder vom Gehege in den Stall, sie kannte die Gefahren hier oben. Als sie im halbdunkeln in der Küche stand und ein Brot mit Eiern ass, hörte sie ein lautes Geräusch, das sie nicht zuordnen konnte. Schnell ergriff sie die schwere Pfanne und drehte sich vorsichtig um, sie spürte, das etwas in der Nähe war. Irgendein Schatten bewegte sich hinter dem Balken, an der Seite des Kamins. Plötzlich stand eine Gestalt vor ihr, sie holte reflexartig mit der Pfanne aus und war bereit zuzuschlagen.

Ich konnte mich kaum auf den Beinen halten, alle Glieder schmerzten, ich wollte mehrmals rufen, schaffte es aber nicht. Der Schwindel stieg hoch und ich hielt mich, kurz vor dem niederfall, am Balken des Kamins fest.

„Oh Gott", rief Jana und liess vor Schreck die Pfanne auf den Boden fallen. Sie hielt sich die Hände vor den Mund und glaubte kaum, was sie sah. Der Fremde stand vor ihr, sie war überglücklich ihn so zu sehen. Nach den Tagen des Bangens war es endlich soweit, er sah fragend in ihre eisblauen Augen. Er bewegte die Lippen, doch Worte entflohen spärlich. Sie begleitete ihn zurück und setzte ihn auf ihr Bett.

Mit der Zeit brachte er Fragen wie, wer bist du, wo bin ich, bruchweise aus seinem trockenen Mund. Sie sprach ganz langsam und in einem ruhigen Tonfall, so als ob er ein Kleinkind wäre.

„Ich bin Jana, du bist in einer Hütte die Ben gehört, mehr weiss ich auch nicht. Du musst erst zu Kräften kommen. Du liegst schon einige Tage verletzt hier."

Ich hörte sie sprechen, verstand sogar einiges, doch mein Zustand war noch sehr instabil. Immer wieder wurde mir übel und mein Schädel brummte ungleichmässig. Diese unbekannte Person hatte eine liebenswerte Aura ausgestrahlt, ich fühlte mich sehr wohl.

„Ich heisse," ich strengte mich an, „ man nennt mich C, ich wohne, glaube ich hier."

Es fiel ihm sichtlich schwer, zusammenhängend zu sprechen, Jana bemerkte dies schnell und überging es, auch das mit dem sonderbaren Namen.

„Das reicht erstmals C, ich bin froh, dass du meine Sprache sprichst, jetzt musst du dich aber schonen. Ich bereite etwas essen zu, danach kannst du wieder schlafen."

Sam leckte liebevoll, aber nicht wirklich gut riechend, mein Gesicht ab. Da ich es auf eine Art genoss, wollte ich ihn nicht davon abhalten. Ich weiss nicht, ob es an meinem Zustand lag, aber diese Person fand ich verdammt hübsch, vielleicht spielten mir die Sinne nur etwas vor. Das Denken ermüdete mich unmerklich, ich wurde gefüttert wie ein kleines Kind. Das Essen schmeckte lecker, beissen musste ich es nicht, mein brummender Schädel begrüsste dies.

Jana war froh, ihn so füttern zu können, sie hatte sich schon Horrorszenarien ausgemalt, was, wenn er verstorben wäre. Als sie ihn so betrachtete, befand sie ihn als gutaussehenden jungen Mann, die Prellungen und das Einhorn auf der Stirn mal weggedacht. Sein Alter war schwer einzuschätzen, sie schätzte ihn so zwischen achtzehn und zwanzig Jahren.

65.   Ferien

Anna wartete vor dem Schulhaus, die Freude auf das Treffen, übertraf die Freude über das Schulende an dieser Schule. Sie dachte nicht viel über das Internat nach, denn sie wusste nicht, was auf sie zukam. Das einzig Positive war, dass sie nicht mehr so oft mit Alex zusammen sein musste. Die Wochenenden würde sie schon überstehen.

Das rotweisse Auto vom Haus am Fluss fuhr vor, der Fahrer winkte Anna mit einem Lachen im Gesicht zu. Sie erwiderte es lächelnd, in ihr stieg ein unbeschreibliches Gefühl auf. Beide begrüssten sie herzlich.

Sie fuhren bis zum Stadtpark, Linda vereinbarte mit dem Fahrer eine Zeit für die Rückfahrt. Anna schmunzelte, sie wusste, nein vermutete eher, wie damals am Geburtstag von C, wie er die Zeit bis dahin am liebsten verbrachte.

Sie spazierten gemeinsam durch den schon fast winterlichen Park. Die Gespräche beinhalteten ihre neue Familie Bonn, die beendete Schule und natürlich das Internat.

Das Kaffeehaus, das früher eine botanische Anlage gewesen sein musste, preiste sich mit heissen Getränken und selbstgemachtem Gebäck, auf einer Schiefertafel an. Die heisse Schokolade wurde bestellt, der Blick auf den kahlen Park war sehr beeindruckend.

„Was hast du auf dem Herzen, Anna?"

Das Z sie Anna nannte, war irgendwie ganz fremd für sie.

„Wie am Telefon erwähnt, hatte ich einen schlimmen, zugleich schönen Traum. Jedenfalls stand ich vor dem Badezimmerspiegel, plötzlich erschien C darin, er streckte mir seine Hände hilfesuchend entgegen. Ich wollte sie fassen, konnte es aber nicht, widerwillig wurde er wieder zurück gezerrt", das erzählen fiel ihr schwer.

„Das musste schrecklich für dich gewesen sein."

Sie nickte nur und fuhr fort.

„Ich habe mich entschieden, ihn zu suchen, in Wahrheit ist er ja nur meinetwegen in diese Situation geraten. Daher ist es nicht mehr als recht, dasselbe für ihn zu tun."

Z nahm zärtlich ihre Hand in die ihrige: „Was ich jetzt zu dir sage, soll dich nicht verletzen, aber es ist leider die Wahrheit. Die Polizei hat schon alles, hoffe ich zumindest, unternommen, um ihn zu finden. Scheinbar gibt es einige wahre Hinweise, die erahnen lassen, dass ihm etwas schlimmes widerfuhr."

Anna unterbrach sie: „Bist du persönlich auch davon überzeugt, denn mein Inneres sagt mir etwas Gegenteiliges. Ich glaube fest daran, dass ich spüren würde, wenn es nicht so wäre."

Z überlegte kurz.

„Ehrlich gesagt, etwas in mir glaubt auch nicht daran. Was mich beschäftigt ist die Frage, warum er sich bis jetzt nicht bei uns meldete. Es ist schon so viel Zeit verstrichen und es gibt kein Zeichen, nicht einmal eine Falschmeldung war zu vernehmen."

Annas Miene verfinsterte sich: „Was soll ich tun, einfach warten und so tun, als ob er tot sei?"

„Ganz ehrlich Anna, ich weiss es nicht, aber manchmal ist Warten das einzig Vernünftige. Du hast ja nun drei Wochen Ferien, diese Zeit würde dir nicht ausreichen, ihn zu suchen. Ich vermute, du wärst danach enttäuschter als heute." Z sah Annas Enttäuschung und überlegte nicht lange.

„Hast du in den Ferien schon etwas mit deiner neuen Familie vor?"

Sie verneinte kopfschüttelnd.

„Hättest du Lust, ein paar Tage zu uns zu kommen, natürlich nur, wenn du das willst und deine neuen Eltern dies gutheissen?"

Anna war vorerst sprachlos: „Ob ich das will, ich träume fast jeden Tag vom Haus am Fluss, ich vermisse alle so sehr, ihr seid, sind in Wirklichkeit meine richtige Familie.

Ich dachte immer, man dürfe nicht mehr ins Heim zurückkehren."

„Da hast du recht, bis jetzt war das so, nun bin ich die Leiterin, ich werde einige Regeln des Hauses umkrempeln, mit dieser beginne ich heute."

Sie lachte und sah die glänzenden Augen in Annas hübschen Gesicht. Sie unterhielten sich freudig über Gott und die Welt.

Als Anna sicher im Hause verschwand, liess Linda auf der Rückfahrt das Treffen nochmals Revue passieren. Sie spürte, dass Anna nicht glücklich war. Nicht nur wegen des Verschwindens von C, sondern allgemein. Sie war immer so fröhlich und aufgestellt, jetzt wirkte sie eher verschlossen sowie unzufrieden. Sie würde mit ihr unter vier Augen im Haus am Fluss darüber sprechen. Einige Aufgaben, wenn sie einverstanden wäre, würde sie ihr ebenfalls übertragen. Dies könnte ihr helfen, nicht die ganze Zeit an C zu denken.

Ida lag schlafend im Bett, Maria war anscheinend nach Hause gegangen. Eilig ging sie in ihr Zimmer und fing schon an zu packen, plötzlich machte sie sich Gedanken darüber, was, wenn sie dies nicht zulassen.

Der Zeitpunkt war ausgesprochen schlecht gewählt, Ida hütete noch das Bett und Marias Kinder hatten ja auch Ferien. Na ja, sie würde es heute beim Abendessen ansprechen, vielleicht wären sie ja auch froh darüber. Voller Enthusiasmus packte sie weiter.

66. Unglaubliches

Bruno Arno liess Jan in sein Büro kommen, er folgte der Einladung und dachte, es ginge um einen neuen Fall. Nach dem üblichen Nachfragen setzte er eine ernstere Miene auf.

„Jan, ich will, dass du es als erster sowie von mir erfährst, ich werde den Posten als Polizeichef in Aronis, auf Ende Jahr aufgeben. Ich erhielt ein Angebot als Leiter der Polizeischule in Garda, ich habe noch nicht zugesagt, werde es jedoch annehmen."

Jan sass sprachlos, was nicht oft vorkam, im Lederstuhl und hörte gespannt zu.

„Jetzt zu dir, ich werde dich, mit deinem Einverständnis natürlich, als meinen Nachfolger vorschlagen."

Jetzt war Jan völlig überfordert, als ob Brunos bevorstehende Entscheidung, nicht schon genug gewesen wäre.

„Was meinst du dazu, Jan?"

„Ich weiss nicht, was dazu sagen?"

„Denke nur über deine Zukunft nach, mein Entschluss ist gefasst."

„Wie lange habe ich Bedenkzeit?"

„Ich werde es diese Woche bekanntgeben, das heisst, du musst dich bis Ende Monat entscheiden. Der Wechsel wäre Anfang nächstes Jahr."

Jan blickte Bruno direkt in die Augen und fragte: „Was ist der eigentliche Grund deines Entscheides?"

Bruno bestellte zwei Espresso.

„Ehrlich gesagt, kann ich mich mit vielem, was hier geschieht oder geschehen ist, nicht mehr abfinden. Es ist die Summe einiger Vorfälle, die mich zu diesem Entschluss trieben. Wir haben ja öfters darüber diskutiert."

„Ich muss dir wohl nicht sagen Bruno, wie schade ich es finde, dass du gehst, anderseits verstehe ich deine Beweggründe sehr wohl. Dies wird meine Entscheidung nicht leichter machen, ich bin genauso wenig, mit den angesprochenen Vorfällen einverstanden."

Die Espressos wurden aufgetischt.

„Magst du noch etwas dazu, es ist ja schliesslich bald Feierabend?"

Jan schaute auf die Uhr und bejahte: „Den kann ich gut gebrauchen, hast du noch was von diesem Birnengebräu?"

„Lass uns auf unsere schöne Zeit sowie auf die Zukunft anstossen, alles Gute besonders für dich", sprach Jan wehmütig.

„Weisst du Jan, du gingst immer anders als ich mit diesen Vorfällen um, das bewundere ich an dir. Ich würde dich schon als Chef der Truppe sehen, du wärst nicht der typische Chef, sondern hast so deine Eigenarten. Nicht, dass ich alle davon Gutgeheisse, doch helfen würden sie in dieser Position. Ich rate dir als Freund, nimm das Angebot an."

Sie diskutierten noch lange über dieses und jenes, das Birnengebräu liess sich auch ohne Espresso trinken. Es half, die vielen unbeantworteten Fragen zu ertragen.

Den Weg nach Hause bewältigte Jan zu Fuss, fahrtüchtig war er sowieso nicht mehr, die frische Nachtluft durchlüftete sein allzuvolles Hirn. Das Geradeausgehen fiel ihm sichtlich schwer, doch da er so gut wie alleine unterwegs war, störte es ihn nicht besonders. Entschieden hatte er sich bis anhin nicht, solche Entscheide mussten immer gut überdacht werden, gewiss nicht in diesem Zustand.

Endlich Zuhause im Bett liegend, versuchte er den Schlaf zu finden. Da er ihn nicht fand, kreisten seine Gedanken um Clara, diese fuhren Achterbahn. Irgendwann überrollte ihn der sehnlichst erwünschte Schlaf. Doch Ruhe fand er trotzdem nicht, Träume begleiteten ihn die ganze Nacht.

Der Morgen war hart, sehr hart. Das Duschen dauerte doppelt so lange, er liebte dieses morgendliche Ritual.

Gedanklich war er mehr bei Clara als bei der Körperpflege, am kommenden Wochenende war es wieder soweit, sie hatten nichts vorgeplant, nur Gegenseitiges geniessen war angesagt.

Er wollte, nein musste, das neue Angebot von Bruno mit ihr besprechen, sie war es nämlich, mit der er sein restliches Leben verbringen wollte. Er war überzeugt, sie war die Frau, auf die er bis heute gewartet hatte.

Clara Borel sass an ihrem Schreibtisch und holte liegengebliebene, administrative Arbeiten nach. Die meisten wurden von den Angestellten erledigt. Für sie Wichtige, behandelte sie lieber selbst. Dabei liess sie sich nicht ablenken, erst als alles erledigt war, kehrten ihre erfreulichen Gedanken zu Jan Orsen. Übermorgen war es soweit, sie fuhr zu ihm, um das Wochenende so richtig zu geniessen. Sie spürte starke Gefühle aufkeimen, die mehr waren, als nur gernhaben.

Sie arbeitete nicht unnötig lange, sie hatte sich mit ihrer Mutter verabredet, sie freute sich, sie einzuweihen.

Die Fahrt dauerte eine knappe halbe Stunde, natürlich nur mit dem Nichteinhalten der gesetzlich erlaubten Geschwindigkeit. Ihre Mutter bedeutete ihr alles, sie war es, die sie liebevoll aber doch mit klarer Linie aufzog. Ihr Vater, den ihre Mutter immer Karlchen nannte, lernte sie ja nie kennen. Der Name war klar erfunden, das wusste sie damals schon. Elia, so hiess ihre Mutter, hatte beide Rollen übernommen, erstaunlicherweise hatte sie den Vater selten vermisst.

Sie assen Claras Leibgericht, Hackbraten mit Bratkartoffeln. Nachdem beide zufrieden, mit gefüllten, gutfühlenden Bäuchen die Lehnen der Stühle strapazierten, fing Clara zu erzählen an. Ihre Mutter erfüllte diese Geschichte mit grosser Freude. Sie dachte stets, dass sie zu viel arbeite und zu wenig auf ihr Privatleben achtete. Die sieben Jahre Altersunterschied, sowie dass er Ausländer war, liess sie mal so stehen. Das Einzige was sie beschäftigte, war der Geburts- und Wohnort dieses Jan Orsen. Es erinnerte sie an eine gewisse Person, die ihr Leben damals völlig veränderte.

Diese Geschichte lag schon über 30 Jahre zurück, doch ihr kam es vor, als ob es gestern war. Es war ihr Geheimnis, das sie nie mit jemandem geteilt hatte. Ist es Zufall oder Fügung, dass die Liebe ihrer Tochter in Aronis lebte.

„Wieso weinst du Mutter, habe ich etwas Falsches gesagt, das wollte ich nicht!" Sie stand auf und umarmte sie liebevoll: „Ist da etwas, was ich Wissen sollte, bitte sei ehrlich zu mir, du weisst, du kannst mir alles sagen."

„Es ist nichts, nur, dass du so glücklich bist, bringt mich zum Weinen. Ich liebe dich über alles, es darf dir nie jemand weh tun."

Nach zwei drei Gläsern Weisswein und viel liebevolles Gerede, verabschiedeten sie sich. Als sie das Fenster zur Strasse hin schloss, wusste sie nicht recht, ob sie ihr doch irgendwann die Wahrheit über ihren leiblichen Vater erzählen sollte, oder sie es wie geplant, ins Grab nehmen würde.

Die Heimfahrt war angenehm, der Verkehr wenig und der Regen hatte aufgehört die Strassen zu säubern. Wenn es Nacht und regnerisch war, fuhr sie nicht gerne. Das spiegeln der Nässe auf dem Asphalt, sowie das Blenden der Scheinwerfer anderer, ermüdete sie. Irgendetwas war nicht wie sonst bei ihrer Mutter, nach über dreissig Jahren konnte sie ihr nichts mehr vormachen. Vielleicht war es wirklich ihr Glück, dass das Weinen verursachte, oder sie verbarg irgendetwas vor ihr. Nach dem Wochenende bei Jan, würde sie ihre Mutter nochmals besuchen, um sie ernsthaft darauf anzusprechen.

Endlich angekommen, trieb es sie auf die Toilette, das deftige Essen und das Glas Wein zu viel, forderten ihren Tribut. Während sie so vor sich hinstarrte, hörte sie plötzlich das Telefon klingeln, jetzt ärgerte sie sich, dass sie den Anruf nicht entgegennehmen konnte. Es klingelte lange, sehr lange. Der Telefonbeantworter wurde nicht besprochen, aber sie wiederholten sich im Minutentakt. Nachdem die ganze Prozedur auf dem besagten Örtchen geschafft war, lief sie schnell zum Telefon. Sie wartete neben dem Gerät, doch es blieb stumm, als ob jemand dem Ding das Klingeln verbot. Leicht genervt wandte sie sich ab und lief Richtung Bad, da ertönte es wieder. Wie eine Gazelle sprang sie zum Telefon.

„Ja, wer spricht da?"

„Hallo meine Liebe, hier ist Jon."

Clara musste erst durchatmen.

„Jon, was ist los, hast du mich andauernd angerufen?"

„Genau, das ist so das hundertste Mal, glaube ich, wir müssen uns Morgen sehen, es könnte wichtig für dich sein."

Clara verstummte kurz: „Was meinst du damit?"

„Es geht um, du weisst schon wen, ich habe etwas Interessantes erfahren. Du verstehst, dass ich dies nicht am Telefon bespreche."

„Klar, treffen wir uns um neun zum Frühstück, im Hotel?"

„Alles klar, dann bis morgen, ich freue mich."

Es wurde aufgelegt. Clara hielt den Hörer noch eine Weile in ihrer Hand, als ob sie ihn wärmen müsste. Sie war etwas durcheinander, obwohl sie schon genug Weisswein innehatte, lief sie in die Küche und holte sich ein Bier aus dem Kühlschrank. Sie setzte sich in den Wintergarten und schaute in die spiegelnden Fenster nach draussen. Was hatte

Jon herausgefunden, er würde sie nicht in der Nacht belästigen, wenn es unwichtig wäre. Sie trank einen grossen Schluck Bier, danach sprach sie leise vor sich hin.

„Bitte lass mich nichts erfahren, was diese Beziehung gefährdet. Ich bin so glücklich."

Nur dank dem Alkohol schlief sie unerwartet wie ein Stein.

Am nächsten Morgen fuhr sie selbst zum vereinbarten Treffpunkt, sie wollte, dass niemand ihr Treffen mitbekam. Jon sass schon im kleinen Raum, den Clara zuvor bei Yuri reservierte, der Tisch war bereits mit Brötchen, Kaffee und was dazugehörte gedeckt. Die Begrüssung fiel wie immer sehr herzlich aus. Nach kurzem Austausch war Clara gespannt zu erfahren, was er zu berichten hatte.

Der Kaffee wurde eingeschenkt, nach einem prüfenden Blick zur Türe, fing er zu sprechen an: „Es ist so, eine gute Quelle hat kürzlich etwas mehr über diesen Jungen herausgefunden. Er ist oder war sehr reich."

Clara unterbrach sofort: „Warum denkst du, er wohnte doch in diesem Heim?"

Er kaute zu Ende.

„Hör mir bitte bis zum Ende zu, danach kannst du mich mit Fragen löchern." Entschuldigend nickte sie.

„Der Junge wusste überhaupt nichts von seinem Reichtum, nur einige wenige hatten Kenntnis davon. Er war ein Bastard, ein uneheliches Kind von dem damals höchsten Richter von Snorland, namens Karl Ferguson."

Gespannt hörte Clara zu.

„Er war als einziger erbberechtigt und mit zwanzig Jahren hätte er alles bekommen. Jetzt kommt das Beste. Die Besitzer des Heimes sowie die Treuhänder des Vermögens, gehören alle einer Bruderschaft, namens Arche an. Sie würde alles erhalten, wenn dieser Nils Oberson vor seinem zwanzigsten Geburtstag das Zeitliche segnet."

Clara war ausser Stande, sich zurückzuhalten.

„Was hat dies alles mit Jan Orsen zu tun?"

„Das wird dir jetzt nicht gefallen. Der Arzt, der den Totenschein zu früh ausstellte, ist Mitglied der Bruderschaft und der Vertrauensarzt des Heimes, jetzt kommt für dich das unangenehme. Er ist sozusagen seit seiner Geburt, Jan Orsens bester Freund."

Clara trank ihre Tasse Kaffee mit einem Zuge aus. Eine gefühlte viertel Stunde hatte das Schweigen die Übermacht.

„Dann nimmst du an, Jan Orsen wollte ihn gar nicht finden, vor allem nicht lebend!"

„Nehme an, es könnte so gewesen sein, tut mir leid, dir dies berichten zu müssen."

„Du hast wie immer eine super Arbeit geleistet, selbst wenn dies möglicherweise mein Leben ruiniert."

Auf der Heimfahrt entstand ein Gemisch aus Zorn, Unverständnis und leiser Hoffnung. Der Zorn kannte nur eines, den Abbruch der Beziehung. Das Unverständnis wusste nicht so recht, wem er mehr Glauben schenken solle, dem Wunschdenken oder den Fakten. Die leise Hoffnung hoffte auf einer sehr wahrscheinlich nicht eintretenden Klärung, zugunsten ihrer Beziehung.

Zuhause beim nochmaligen Kaffee, hätte sie am liebsten ihre Mutter angerufen, das tat sie immer, wen sie nicht weiter wusste. Doch in dieser Sache wäre es nicht ratsam, sie würde sie nicht verstehen.

Sie begann zu arbeiten, um die ganze Sache etwas ruhen zu lassen, Ablenkung war im Moment das beste Mittel. Nachdem es langsam Abend wurde, fiel es ihr schwer, sich zu entscheiden, Koffer packen oder nicht. Sie packte, doch mit sehr gemischten Gefühlen.

67. Freud und Leid

Anna vernahm laute Geräusche, vermutlich vom Erdgeschoss. Sie erkannte Marias und Alex Stimmen, eine weitere konnte sie nicht zuweisen. Sie öffnete ihre eben verschlossene Tür und lief langsam nach unten.

„Hallo Anna, dachte nicht, dass du schon so früh Zuhause bist, an deinem letzten Schultag."

Anna antwortete Maria: „Wir feiern am Sonntag unser Abschiedsfest, in der Aula."

Sie begrüsste auch Alex, der ein sehr grimmiges Gesicht zog.

„Es ist gut, dass du schon Zuhause bist, wir müssen miteinander reden, wir setzten uns in einer halben Stunde in der Küche zusammen."

Maria und Alex verschwanden in Idas Zimmer, ohne weitere Worte zu verlieren. Die Situation hatte eine nicht wirklich gute Aura hinterlassen, so wortkarg kannte sie Maria nicht. Sie verbrachte die besagte halbe Stunde auf der Bank am Fenster, die Landschaft zeigte ihr zu erwartendes winterliche Gesicht. Die momentane Stimmung glich der draussen. Mit dem hatte sie nicht gerechnet, so ihr Anliegen vorzubringen war fast schon aussichtslos. Der eine Baum, der am Rande des Gartens stand, erinnerte sie stark an ihr früheres Zuhause. Dieser war ebenfalls vollständig von Efeu umwachsen, doch er überlebte so schon Jahre. Dass dieses Grünzeug Efeu hiess, erfuhr sie von der Lehrerin. Ihr tat der Baum leid, er wurde wie von Greifarmen gefangen gehalten, er hatte keine Chance gegen sie anzukämpfen. Damals holte Anna eines Abends eine Säge aus dem Gartenhaus und durchtrennte alle Efeu Stränge. Danach fühlte sie sich viel besser und hoffte dem Baum ebenfalls.

Marias Rufen riss sie aus ihren Gedanken.

Sie schaute sich kurz im Spiegel an und machte sich auf den Weg nach unten. Alex sass schon am Tisch, Maria richtete noch etwas am Herd, die schwermütige Stimmung war spürbar. Nachdem alle sassen, fing Alex zu sprechen an.

„Ich werde mich kurzhalten," es fiel ihm sichtlich schwer, „ Idas Zustand hat sich abermals verschlechtert, sie hat wieder hohes Fieber und nimmt leider nicht zu."

Er schaute Anna direkt in die Augen: „Ich werde sie wieder ins Spital einliefern müssen, laut Arzt ist es unabdingbar. Dort hat sie die richtige Hilfe. Das Gute daran, wenn es dies gibt, Maria du kannst deine Ferien wie gewohnt Zuhause mit der Familie geniessen. Ich werde meine liegengebliebenen Arbeiten nachholen. Bei dir Anna, bin ich noch unschlüssig, eventuell darfst du eine Zeitlang zu meiner Schwester."

Als beide ihr Mitleid und ihre Hilfe darboten, ergriff Anna vorsichtig das Wort.

„Ich könnte ja mal im Haus am Fluss nachfragen, eventuell gibt es eine Möglichkeit, eine Zeitlang dort unterzukommen."

„Wäre das für dich so in Ordnung, es sind immerhin deine Ferien?", fragte Alex erstaunt.

„Klar, dann sehe ich meine alten Freunde wieder einmal, so wäre allen geholfen."

Alex trank einen Schluck aus dem Wasserglas und sprach: „Das wäre das einfachste, kümmerst du dich selbst darum?"

Anna bejahte.

Wieder im Zimmer, hätte sie vor Freude schreien können, im gleichen Moment kam sie sich miserabel vor. Ida lag schwerkrank im Bett und sie freute sich über dessen Nebenwirkungen.

Tags darauf rief sie Z an und erzählte es ihr, sie vereinbarten einen Termin, damit sie der Fahrer des Hauses abholen konnte. Die Freude über ihren Ferienaufenthalt im Haus am Fluss war unbeschreiblich. Am gleichen Tag wurde Ida vom Rettungswagen abgeholt, Alex fuhr ihm hinterher. Zuvor hatten sich noch alle voneinander verabschiedet, Ida kämpfte wie die Anderen mit den Tränen. Sie drückte Annas Hand ganz fest, sie bewegte ihre Lippen, ohne das Anna die Worte verstand, wusste sie, was sie meinte. In diesem Augenblick durchfuhr Anna ein kalter Schauer von unbekannter Intensität.

Der Fahrer war pünktlich um 14.00 Uhr vor Annas Haus. Maria begleitete sie vor die Tür und verabschiedete sich herzlich von ihr: „Gib acht auf dich, wenn etwas ist, melde dich bei mir, du hast ja meine Nummer."

„Werde ich Maria, geniesse die Zeit mit deiner Familie." Der Fahrer stieg zwischenzeitlich aus, um Annas Gepäck in den Kofferraum zu verstauen. Danach begrüsste er sie, Anna bemerkte sofort, dass Maria ihm gefiel.

„Bringen sie sie mir gesund wieder", sprach sie lächelnd zum Fahrer.

68. Jana und C

Meine Augen öffneten sich, der Raum schien eingenebelt, erst nach einigem Augenreiben verschwand der Nebel. Wie ich bemerkte, befand sich niemand im Raum, nicht einmal der Hund war anwesend. Das Aufsitzen entpuppte sich als schwieriges Unterfangen, das schlussendlich doch gelang. Ich atmete langsam, tief ein und wieder aus, bis die leichte Übelkeit beinahe verschwand. Mein nächstes Ziel war das andere Bett, es stand etwas verloren und verlassen im Raum. Ich spürte, dass meine Muskeln entweder schliefen oder nicht mehr vorhanden waren. Ich atmete wieder einige Male ein und aus. Ich versuchte, mein Endziel zu erreichen. Meine Knie schmerzten wie die anderen Gliedmassen, die noch spürbar waren. Ein fester Stand war wohl mehr Wunsch als Tatsache. Da sich der Dachbalken nicht weit über meinem Kopf quer durch die Hütte streckte, griff ich nach ihm. Ich lief ganz vorsichtig dem Balken entlang und hielt ihn wie ein Goldbarren fest. Plötzlich riss jemand die Eingangstür auf, ein vierbeiniges grosses Etwas sprang auf mich zu, dabei stiess es mich mit einem Sprung zu Boden. Das Etwas, das sich als Bens Hund Sam entpuppte, leckte mich voller Freude ab.

„Aus!", rief eine frauliche Stimme, dies nützte nicht wirklich, erst das Wegziehen des Hundes am Halsband, brachte den gewünschten Erfolg. Ich lachte die Person, die ich wiedererkannte, an. Doch anstatt dieses zu erwidern, schrie sie mich garstig an.

„Was fällt dir ein, alleine aufzustehen, du hättest umfallen und dich noch mehr verletzen können. Verdammt konntest du damit nicht warten?"

Ich war so erschrocken, dass ich kein Wort herausbekam, ich fühlte mich wie ein Kind, das erwischt wurde. Da ich Mühe hatte, allein wieder aufzustehen, half sie mir, dass ich mich aufs Bett setzen konnte. Ihre Nähe war trotz den widrigen Umständen sehr angenehm, ich ertappte mich, wie ich es genoss.

„Wenn du etwas willst oder brauchst, musst du mich rufen oder warten, bis ich wieder da bin. Ich werde bald nach Hause zurückkehren, bis dahin musst du so gut wie möglich zu Kräften kommen."

Ich dachte, es wäre Gescheiter, mich zu entschuldigen.

„Es tut mir leid, es war wohl etwas dumm von mir. Mein Verlangen aufzustehen war anscheinend grösser als die Vernunft."

Wieder versuchte ich, sie anzulächeln, dieses Mal mit Erfolg. Sie schaffte es, ein Lächeln auf ihr hübsches Gesicht zu zaubern.

„Ich werde dir Wasser und einen Lappen bringen, dann kannst du dich etwas frisch machen."

„Du meinst den Rest, den Sam nicht schaffte."

Lächelnd lief sie zur Küche.

„Ich werde in der Zwischenzeit die Suppe erwärmen, damit du etwas essen kannst. Was denkst du, schaffst du es allein?"

„Wenn du in meiner Nähe bleibst, würde ich es gerne versuchen."

Ich wusch mich, so gut ich konnte, danach half sie mir den Weg zum Esstisch zu bewältigen. Ich war bereits im Stande, die Suppe selbständig zu essen, nicht ganz stilvoll, aber immerhin.

„Wie heisst du nochmal?", fragte Jana, obwohl sie seinen seltsamen Namen bereits kannte.

„C, doch ich bin mir nicht mehr sicher."

Dass ich dies einfach so ausplaudern konnte, erstaunte mich. Jana schmunzelte, aber so ganz geheuer war ihr doch nicht. Hatte er die Unterkühlung nicht so heil überstanden, wie sie erhoffte.

„Wie heisst du eigentlich?" ,fragte ich mit ernster Miene.

„Jana, Jana Kannar, ich bin eine gute Freundin von Ben."

Plötzlich, wie aus dem nichts, erhob ich mich und versuchte zur Tür zu laufen. Jana stand erschrocken auf und stützte mich kurz vor dem erneuten Fall.

„C, du musst nicht davonrennen, was ist denn los?"

Widerwillig setzte ich mich wieder an den Tisch.

„Erzähl mir, was du weisst, von Ben, über dich, einfach alles", sprach Jana.

Die Geschichte mit Ben war schnell zu ende, doch bei meiner war ich mir völlig unsicher. Nur Bruchstücke davon waren für mich abrufbar, ich erzählte ihr über mich, was ich wusste oder vermutete.

Janas Tränen liefen wie feine Bäche die Wangen runter, sie konnte die Geschichte kaum glauben. Doch etwas anderes von C zu denken, schien ihr daneben.

„Wo ist der Brief, den Ben schrieb?"

Ich überlegte eine Zeitlang.

„In der Kommode, hinter dem Kamin, bitte hole und lies ihn, er ist ja auch für dich bestimmt."

Jana lief vorsichtig hin, wenn sie diesen Brief von Ben tatsächlich vorfinden würde und Bens Handschrift erkannte, konnte sie C vertrauen.

Vorsichtig öffnete sie die Schublade und entdeckte einen Zettel. Sie hob ihn und fing an zu lesen. Ich beobachtete sie wie ein Sperber, sie tat mir furchtbar leid. Anscheinend war ihre Beziehung zu Ben tiefer als geahnt. Wie angewurzelt stand sie da und las den Brief, immer wieder starrte sie ihn ungläubig an.

Wie aus dem nichts sprach sie nach etwa zehn Minuten:

„Es ist Bens Schrift, du hast mich nicht angelogen."

Sie setzte sich wieder zu mir.

„Es tut mir leid, ich habe ihn so würdig wie nur möglich begraben wollen, doch wie schon erzählt, liess es die Natur nicht zu."

Ich nahm ihre Hände, sie wehrte sich nicht und lächelte mich verweint an.

„Ich finde es schön, was du für Ben getan hast, danke."

Wir sassen noch lange am Tisch und diskutierten über Bens Brief sowie das weitere Vorgehen. Jana musste in zwei Tagen wieder zu ihr nach Hause, sie konnte ihre Tiere und das Haus nicht unendlich unbewacht lassen. Sobald eine Hütte zu lange unbewohnt blieb, wusste man nie so richtig, wer sich einnisten würde, das habe ich von ihr erfahren.

Die Tage eilten uns davon, ich erholte mich mit Hilfe ihrer Pflege und Kochkünsten sehr schnell. An den Abenden, die immer länger wurden, erzählten wir stets wieder etwas von unserem Leben. Jana konnte nicht genug davon hören, sie war völlig hingerissen, von dem, was ich ihr erzählte. Umso mehr sie mich fragte, desto mehr Erinnerungen erwachten in mir.

Wir schlossen eine Vereinbarung, ich würde vorerst hierbleiben, damit Jana nach Hause fahren konnte, um die Tiere zu versorgen, sowie alle anderen anfallenden Arbeiten erledigen konnte. Nach ihrer Rückkehr und sobald es der Schnee zuliess, zeigte sie mir ihrerseits den schnellsten Weg nach Snorland. Ich meinerseits fand die Abmachung sehr fair. Ich verspürte nicht mehr dasselbe Verlangen nach Snorland zu reisen, wie noch vor zwei Wochen.

Der Tag ihrer Abreise war gekommen, wir nahmen uns in die Arme, ich drückte sie scheinbar fester als gewollt, da sie fast keine Luft mehr bekam. Für einen Sekundenbruchteil war ich in einer anderen Welt, angenehm wohlig und warm. Mit Tränen in den Augen und schweren Herzens fuhr sie davon, ich winkte, bis mein Arm an Blutarmut litt. Bens Hund blieb an meiner Seite, bis ich mich fortbewegte. Um den Abschied schnell zu überwinden, mistete ich den Stall aus.

Am Abend fehlte sie mir fürchterlich, das Essen schmeckte nur halb so gut und es war erdrückend still. Sie war mir in der kurzen Zeit sehr ans Herz gewachsen, sie hatte eine Aura, die so guttat, dass es schon fast schmerzte. Ich vermutete, dass ich ihr auch fehlen würde. Jeden Morgen erwachte ich in der Hoffnung, dass sie gleich zur Tür hereinkäme, leider blieb es ein Wunsch.

Die Erinnerungen schlichen sich von Tag zu Tag zurück in meinen Kopf. Ein spezieller Traum hat mich völlig fertiggemacht.

Er handelte von einem Mädchen, das in einem Gebäude wohnte, das man das Haus am Fels, Fluss oder so nannte. Danach ging es schlag auf schlag, ich sah mich mit diesem Mädchen und zwei weiteren Bewohnern in einem Raum sitzend. Plötzlich sprachen wir uns gegenseitig mit Buchstaben an, den einen nannte ich nur G, den anderen K, ich wurde C genannt, nur das hübsche Mädchen neben mir, blieb unbenannt.

Völlig verschwitzt und schlaftrunken erwachte ich, der Kopf schmerzte, das Tageslicht war unerträglich. Nach dem Versorgen der Tiere, sowie meiner Fütterung, genoss ich einige Augenblicke auf der Veranda. Dieser Traum liess mich gedanklich nicht mehr in Ruhe.

Nach und nach bekamen die Buchstaben Gesichter und Geschichten, die aus der Erinnerung erwachten. Nur beim Mädchen gab es keine Klärung, sie schien wie aus dem Gedächtnis gelöscht worden zu sein. Jede folgende Nacht war wie die vorangegangene, einfach mit neuen Gesichtern und Erinnerungen. Ich erkannte sogar das Haus wieder, alles war echt, ich erhielt eine solche Flut von Erinnerungen, dass es mich fast krankmachte. Die ganze Angelegenheit war gespenstisch, ich wusste allmählich, was früher war und vor allem, woher ich kam. Das Mädchen gab noch Rätsel auf, es erschien immer wieder in meinen Träumen, hinterliess jedoch keine Erinnerungen.

Natürlich dachte ich auch viel an Michels Familie, es tat mir echt leid, sie so verlassen zu haben. Wie schon mehrmals gedacht, würde ich heute nicht mehr davonrennen. Wochenlang haben sie mich gepflegt und ertragen, dadurch retteten sie mir mein Leben.

69. Frust

Jan freute sich ungemein auf Clara, er hatte die ganze Wohnung auf gemütlich getrimmt, besser gesagt trimmen lassen. Der Kühlschrank war bis an den Rand gefüllt. Wie vereinbart, war ihr Ziel, die Wohnung übers Wochenende nicht zu verlassen.

Die Klingel, die wie eine Sirene klang, liess ihn aufschrecken. Clara stand mit einem kleinen roten Koffer vor der Tür, schnell nahm er ihr diesen ab und bat sie hinein. Sie umarmten sich küssend, ihr Geruch war verführerisch.

„Nach Häppchen und Bier, entschloss sie sich, Jan auf das Erfahrene anzusprechen. Sie hatte nicht vor, das ganze Wochenende zuzuwarten. Wenn das erahnte sich bestätigte, wären die geplanten zwei Tage zu zweit und die Beziehung sofort wieder Geschichte.

„Jan, kann ich dir voll vertrauen und auf deine Ehrlichkeit bauen?"

„Sicher, warum fragst du?"

„Es ist so, ich habe etwas erfahren, was mich sehr beunruhigt und seither beschäftigt."

Jan wusste nicht recht, was sie meinte.

„Befreie dich von dem Ungewissen, wenn wir nicht von Anfang an ehrlich miteinander sind, wird unsere Beziehung scheitern."

Clara erzählte ihm, was sie erfuhr, jedoch nicht woher. Sie beobachtete ihn sehr genau, entweder war er ein genialer Schauspieler, oder er war wirklich überrascht von dem Erfahrenen. Er liess sie bis zum Schluss ausreden und fing erst danach zu sprechen an.

„Wie seriös ist deine Quelle, das haut ja sogar mich um? Aber erst zu den Fragen. Ja, ich kenne den Arzt Ken Bolt, schon fast mein ganzes Leben lang. Ich erfuhr erst dieses Jahr, dass er bei der Bruderschaft Arche ist. Ich bin es zu deiner Beruhigung nicht. Dass der Junge erben würde, entzieht sich meiner Kenntnis. Die private Suche war nicht bloss Augenwischerei, sie war echt aber nicht offiziell genehmigt. Ich brauche nochmals ein Bier!"

Clara wollte aufspringen, doch er signalisierte ihr, dass sie sitzenbleiben solle.

„Bist du sehr überrascht von dem Erfahrenen?", fragte Clara.

„Ehrlich gesagt bin ich jetzt etwas schockiert, wenn das alles zutrifft, bekommt der Fall des Jungen einen völlig anderen Stellenwert." Er streckte ihr ungefragt das frische Bier hin und liess sich auf das Sofa fallen.

„Tut mir leid Jan, aber ich musste dich darauf ansprechen. Das Ungewisse hat mich fertiggemacht, meine Gefühle für dich sind zu ernst, um dies einfach so stehen zu lassen."

Jan trank einen Schluck des kühlen Bieres.

„Du weisst gar nicht, was für einen Gefallen du mir damit bereitest. Ich entschuldige mich, ich will dich nicht in diesen Fall mitreinziehen. Ich bin momentan in einer schwierigen Situation, doch lassen wir die Sache mal ruhen, ich werde mich am Montag um alles kümmern. Lass uns das Wochenende geniessen."

„Wenn du trotzdem mal reden willst, nur zu, ich höre dir gerne zu."

Er nahm sie in den Arm und drückte sie fest an sich. Der grösste Störfaktor daran, war das mit Ken, dies bereitete ihm am meisten Sorgen. Wusste er von dieser Erbschaft des Jungen, aber durfte es ihm nicht erzählen. Er würde ihn darauf ansprechen müssen. Was doch den Fall angeht, dieser musste wieder aufgerollt werden. Hier gehts nicht mehr nur um einen vermissten Jungen aus dem Heim, nein, anscheinend ebenso um ein mögliches Finanzdelikt. Bruno Arno wird am Montag nicht schlecht staunen.

Sie genossen das Wochenende ganz nach ihren Wünschen, ein Spaziergang im Park war der einzige Grund, das Liebesnest zu verlassen. Clara war unbeschreiblich froh, dass sie ihr Wissen mit Jan teilen konnte. Sie hatte sich in ihm nicht getäuscht, das glaubte sie jedenfalls. Jan erzählte ihr von seinem eventuellen neuen Posten bei der Polizei, die damit verbundene Ortsgebundenheit wäre für Clara kein Problem.

„Ich werde meine Heimat, solange Mutter lebt, auch nicht verlassen. Wir müssen nicht schon anfangen, uns einzuengen, jeder hatte bis jetzt sein eigenes Leben, das muss auch so bleiben. Nimm auf mich keine Rücksicht, entscheide so, wie du es getan hättest, bevor wir uns kannten."

„Einverstanden, es würde mich trotzdem interessieren, was du davon hältst?"

Es wurde viel geredet, gegessen und anderes genossen, das gemeinsame Wochenende tat beiden in jeglicher Hinsicht sehr gut.

Kaum war Clara abgereist, rief Jan Ken an, denn er beschäftigte ihn am meisten. Ken war glücklicherweise Zuhause, sie verabredeten sich noch auf ein schnelles Bier. Da die Sache etwas heikel war, trafen sie sich in Jans Wohnung.

Ken fiel es schwer, sich auf den Verkehr zu konzentrieren. Es musste schon wichtig sein, wenn Jan ihn am Sonntagabend zu sich rief. Hoffentlich hatte er nichts über die Hintergründe seiner Entführung erfahren, in dieser Hinsicht besass Ken mehr als ein schlechtes Gewissen.

Nach inniger Begrüssung kamen sie eilig zur Sache.

„Jan, wieso hast du mich so schnell sehen wollen?"

Beide setzten sich auf das etwas eingedrückte Sofa.

„Ich rede nicht lange drumherum, ich frage und hoffe auf eine ehrliche Antwort."

Ken wurde es etwas unwohl.

„Hattest du Kenntnis davon, dass der vermisste Junge vom Haus am Fluss, an seinem zwanzigsten Geburtstag, eine hohe Summe erben würde. Wusstest du auch, dass wenn er vorher stirbt oder für tot erklärt wird, die Bruderschaft Arche, der du angehörst, alles erhalten würde?"

Jan fühlte sich mieser denn je. Ken trank sein Bier leer, doch die Farbe des Gesichtes änderte sich dadurch nicht.

„Selbst wenn du es nicht gerne hörst, ja ich wusste über beides Bescheid. Aber um deine nächste Frage zu beantworten, nein, die Bruderschaft hat nichts mit dem Verschwinden des Jungen zu tun. Es war eine Verknüpfung von natürlichen, unglücklichen Umständen. Die der Bruderschaft, ehrlich gesagt, entgegenkam. Eine ihm nahestehenden Person bestätigte, dass die Flucht aus eigenem Antrieb stattfand."

Ken strich mit beiden Händen über sein Haar.

„Du weisst schon, dass mit diesem Wissen der Fall neu aufgerollt wird. Wir haben immer noch keine Leiche, der Totenschein wurde zu früh ausgestellt. Das Gericht wird neu entscheiden und diesen wahrscheinlich als ungültig erklären. Warum hast du mir nichts davon erzählt, es hätte mir vielen unangenehmen Ärger erspart."

Ken antwortete besonnen: „Es wurde nichts Unrechtes unternommen, der Fall wurde offiziell eingestellt."

„Ken, uns beiden ist klar, wer diesen Fall so schnell als möglich als erledigt sehen wollte. Ich kann es noch nicht beweisen, doch der Einfluss von irgendjemandem, hat die Klärung dieses Falles erschwert, wenn nicht verunmöglicht. Ich will niemandem zu nahekommen, doch bei der Summe, kann es schon zu gewissen Einflüssen gekommen sein."

„Jan, wenn du diesen Fall neu aufrollst, dürfen wir uns bis auf weiteres nicht mehr sehen. Wir sind befangen, das schadet uns beiden."

„Ja, das ist mir schon klar, darum werde ich den Fall an Bruno Arno übergeben, natürlich kann er auf meine

Unterstützung zählen. Ich hoffe, dass unsere Freundschaft nicht darunter leidet. Wenn du etwas, das ich jetzt wissen sollte weisst, dann bitte ich dich inständig, es mir heute Abend zu sagen!"

Ken überlegte lange und sprach: „Soweit ich es einschätzen kann, gibt es da nichts mehr und wenn, dürfte ich es dir nicht sagen. Hast du für deine Vermutung auch handfeste Beweise, ansonsten wird dies ein langer steiniger Weg, ich sage dir dies als guter Freund. Wir dürfen uns nichts vormachen, das wird die härteste Probe für unsere Freundschaft. Ich bin überzeugt, wir sind clever genug, das Private und Berufliche zu trennen."

„Von dem bin ich absolut überzeugt, doch wegschauen kann ich nicht, das weisst du."

„Das verlangt auch niemand, darum schätze ich dich so sehr. Eines musst du wissen, ich habe in dieser Sache nie etwas unternommen, was dir wissentlich geschadet hätte."

„Ich weiss, das habe ich auch nie in Erwägung gezogen, unser Treffen heute Abend hat nie stattgefunden, dies erspart uns beiden viel Ärger."

Nach weiteren Gesprächen und einigen starken Espressos, verabschiedeten sie sich im Wissen, dass dieser neue Umstand alles ändern könnte.

Die Nacht war kurz und schrecklich, die Gedanken kreisten nur um das Gespräch mit Ken. Das Wochenende wich schleichend der kommenden Woche.

Bruno Arno sass im Büro, als Jan anklopfte und eintrat.

„Komm rein Jan, trinkst du mit mir einen Kaffee?"

„Morgen Bruno, sehr gerne, ich bin nicht wegen dem, was du denkst hier."

„Was denke ich denn?"

„Wegen dem Posten, nehme ich an."

Bruno bestellte die Kaffees.

„Wir haben eine Woche vereinbart, diese Zeit lasse ich dir, ausser du hast deine Entscheidung bereits getroffen."

„Nein, ich habe ein anderes Anliegen, leider, ich hätte dir dies aufs Ende hin gerne erspart."

Beide setzten sich und rührten im Kaffee herum.

„Das klingt aber wichtig, leg los Jan."

„Meine Quelle ist zu neunzig Prozent sicher. Es handelt sich um den verschwunden, den sie C nannten."

„Der Junge aus dem Heim?", fiel Bruno entschuldigend ins Wort.

„Genau, er war oder ist ein uneheliches Kind, gezeugt von Karl Ferguson, ehemals oberster Richter von Snorland."

Bruno wechselte zum dritten Mal die Sitzposition.

„C erbt an seinem zwanzigsten Geburtstag, halte dich fest, circa zehn Millionen Ruban. Jetzt kommt der Wahnsinn, stirbt er oder wird für tot erklärt, bevor er die Zwanzig erreicht, geht die ganze Erbschaft an wen?"

Bruno war leicht blass, es machte den Anschein, dass er die Frage nicht wahrnahm.

„An die Bruderschaft, von der ich dir erzählt habe, denen gehört unter anderem die Bank am Neunplatz, Treuhandbüros und Immobilien, darunter das Haus am Fluss."

„Das ist der Hammer, ich bin mir nicht sicher, ob ich das jetzt hören wollte. Diese Quelle, nehme ich an, bleibt geheim?"

„Tut mir leid, das ist so. Was gedenkst du zu unternehmen, der Fall wurde ja als Kellereimerfall abgetan." Der Unterton in seinen Worten blieb Bruno nicht verborgen.

„Du weisst genau, ohne Beweise habe ich keine Chance, den Fall wiederaufzunehmen. Hast du irgendetwas, was ich benutzen darf?"

„Leider nein, man benötigt ein notarielles Schreiben, was beweist, dass die Erbschaft überhaupt existiert."

Bruno antwortete: „Auch wenn wir das beweisen könnten, hiesse dies noch lange nicht, dass sie mit dem Verschwinden des Jungen etwas zu schaffen haben."

Beide kratzten sich am Kinn.

„Was haben wir in der Hand, eigentlich nur Vermutungen aus einer Quelle, die Geheim bleiben muss. Nehmen wir an, es ist so, wie wir denken, dann wird folgendes Szenario ablaufen.

Die Treuhänder, die das Erbe verwalten, gehören der Bruderschaft an. Die Bank, auf der die zehn Millionen liegen, gehört ebenfalls der Bruderschaft. Wenn der Junge nun für tot erklärt wird, geschieht folgendes.

Die Treuhänder übergeben das Erbe rechtmässig der Bruderschaft, das Geld würde auf der Bank bleiben, oder durch diese eingesetzt. Niemand aus der Öffentlichkeit erführe irgendetwas davon. Selbst wenn, das Gesetz brechen die bestimmt nicht. Ich weiss, was du vermutest, ich denke ebenfalls, dass hier etwas nachgeholfen wurde. Aber wir können in Wahrheit nichts tun, diesen Jemanden aufdecken und zum Reden bringen, ist ein Ding der Unmöglichkeit."

Jan war insgeheim gezwungen, Bruno recht zu geben.

„Das System ist in sich geschlossen, niemand ausserhalb der Bruderschaft hat Einblick. Dumm sind die nicht, das muss man neidlos zugeben."

„Das ist so Jan, das Schwierigste ist, wir wissen nicht, wer alles dazugehört, ich, du, mein Vorgesetzter oder der Richter und so fort. Das ist einer von vielen Gründen, die mich zu meinem Handeln führten. Ich hoffe, es schreckt dich deswegen nicht ab, diesen Posten anzunehmen. Ich finde, du hast das Zeug dazu, ich habe es nicht mehr. Hast du dich schon ein wenig entschieden."

„Nein, das Erfahrene hat mich wieder voll eingenommen. Vielleicht lasse ich es auch sein, ich bleibe weiterhin Kommissar und kümmere mich nur um meine Fälle, mehr nicht."

„Du bist aufgebracht wegen der Sache, genau deswegen braucht es einen wie dich. Du denkst immer weiter und hast keine Angst vor dem Unangenehmen. Mach heute frei und überlege es in Ruhe, übermorgen muss ich meinen Vorschlag abgeben. Sie brauchen ihn früher als geplant."

Bruno klopfte auf Jans Schultern und begleitete ihn hinaus: „Tu das, was dich glücklich macht. Nimm auf niemanden Rücksicht, denn am Ende des Tages, stehst du immer alleine da."

Jan verliess das Revier und lief Richtung Park, er benötigte eine Kopfwäsche. Das Ganze ärgerte ihn masslos, insgeheim wusste er, dass es so kommen würde. Der Wunschverlauf war auch für ihn nicht denkbar, es hätte ihm jedoch gutgetan. Die Luft war kühl und rein, die Raben begleiteten ihn auf der ganzen Strecke, sie waren unüberhörbar. Er nahm sich vor, von nun an nur noch das Gute im ganzen Schlamassel zu sehen. Was ihn als Privatmensch freute, war, dass er mit Ken in keinen weiteren Konflikt käme. Die Geschichte hätte ihre Freundschaft massiv auf die Probe gestellt.

Er setzte sich auf eine Bank, die mit gefallenen rot gefärbten Blättern verziert war. Die Menschen um ihm herum, liess er nicht in sein Gedankenfeld. Wie ein unsichtbares Wesen sass er da, er dachte nur an sich und Clara. Er war ein Meister darin, sich von dem Negativen zu entfernen sowie das Positive aufzunehmen.

70. Fremder Besuch

Das Gebell des Hundes riss mich grausam aus dem Schlaf, kaum die Augen geöffnet, rannte ich sofort zur Tür. Mein Wunsch war nicht in Erfüllung gegangen, von Jana keine Spur, dafür ein grosser mit Fellen bedeckter älterer Mann, mit einem jüngeren Begleiter.

„Morgen, können wir uns bei euch aufwärmen und etwas Kaffee bekommen?"

Sam stand leicht knurrend rechts von mir, geheuer waren die zwei nicht, doch einfach so abweisen, in dieser verlassenen Gegend, war auch nicht fair.

„Kommt nur rein, viel habe ich nicht, aber ich teile gern."

„Danke, wir sind schon seit einigen Tagen unterwegs, die meisten Nächte verbrachten wir draussen. Ach ja, ist es möglich, die Pferde in den Stall zu bringen und sie zu füttern, etwas Erholung wird ihnen nicht schaden."

C antwortete: „Die Pferde könnt ihr in die Box links unterbringen, Stroh und Futter ist genügend vorhanden."

Sie demontierten nach der Pferdeunterbringung die Schneeschuhe, warfen die Felle ungefragt auf die Bank der Veranda. Durch ihr Gewicht antwortete sie mit einigen Knarren. Drinnen erleichterten sie sich von ihren zu Kleidern gearbeiteten Felle.

„Hast du etwas Kaffee, wir sind nahezu erfroren?"

Ich wollte sie zu Tisch bitten, doch der jüngere sass längst.

„Wirst du wohl wieder aufstehen, man setzt sich nicht unaufgefordert an fremde Tische, wir sind hier Gäste und benehmen uns dementsprechend, du elender Taugenichts."

Wie vom Blitz getroffen, schoss er hoch und versuchte etwas zu sagen, doch es war für mich unverständlich.

„Es ist schon in Ordnung, setzt euch, wohin ihr wollt. Ihr seid bestimmt müde."

Der ältere holte seine Pfeife aus einem Beutel und stopfte sie: „ Ja das sind wir wohl, aber der Anstand muss trotzdem gewahrt bleiben."

Er steckte die Pfeife in seinen Mundwinkel und setzte sich.

„Bist du ganz alleine hier oben, das ist ja eine gottverlassene Gegend."

Das war die Frage, die ich nicht hören wollte.

„Ja und nein, ich erwarte jeden Moment den Hüttenbesitzer."

Leicht schmunzelnd trug ich eine Kanne Kaffee an den Tisch und goss drei Tassen voll.

„Ich habe noch etwas Kartoffeln und Brot übrig, wenn ihr mögt."

„Das ist nett von dir, doch wir haben genügend Proviant."

Er schnippte mit den Fingern dem jüngeren zu, er stand immer noch am Kamin. Dieser zog sofort einen Stoffsack aus einem grösseren Lederbeutel heraus. Er überbrachte es dem Älteren und der reichte ihn mir.

„Der ist für deine Gastfreundschaft, wir haben genug davon. Es ist getrocknetes Hirschfleisch."

Ich öffnete den Beutel, es roch kolossal.

„Vielen Dank, das ist doch nicht nötig."

In diesem Moment schämte ich mich dafür, dass ich erst noch überlegte, sie überhaupt reinzulassen. Der Ältere befahl dem Jüngeren, ebenfalls Platz zu nehmen, dieser setzte sich vorsichtig hin.

„Darf ich fragen, woher ihr kommt, die Schneeverhältnisse sind ja nicht optimal?"

Der Ältere lachte: „Optimal ist es für uns nie, den Tieren ist das Wetter egal, doch die Fallen sind im schlechteren eher besucht."

Die Frage nach ihrer Arbeit hat sich erledigt, was er an den vielen Fellen schon geahnt hatte.

„Ist dein Vater auch auf der Jagd?"

„Nein, er verreiste für ein paar Tage, er besucht einen Freund auf der anderen Seite des Waldes. Er ist nicht mein Vater, ich bin nur auf Besuch hier."

„Schade, ich hätte ihn zu gern gefragt, wo hier die besten Stellen sind. Egal, wir würden gerne eine Nacht hier übernachten, um am Morgen gleich weiterzuziehen, geht das in Ordnung. Du bemerkst uns kaum, wir sehen uns nur etwas in der Gegend um."

„Eine Nacht wäre in Ordnung, sie dürfen die Pfeife gerne anzünden, wenn sie mögen. Mein Name ist übrigens C."

Er stand auf und bewegte sich auf C zu, er war eine prächtige Erscheinung, selbst ohne die Felle.

„Entschuldige, ich hätte mich erst vorstellen müssen. Ich heisse Kolon und der da hat keinen Namen."

Der da sah vom Stuhl aus nach oben und lächelte mich an, er sah etwas jünger aus als ich. Die beiden verschwanden nach etwa einer halben Stunde, von da an sah ich sie erst am frühen Abend wieder. Ich erledigte meine Arbeiten, danach richtete ich ihre Schlafstellen ein. Der eine konnte Bens Bett benutzen, der andere den Strohsack auf dem Boden. Wer wo schlafen würde, war so klar wie das Eis draussen. Es passte mir überhaupt nicht, wie er mit dem Jungen umging, doch ich lernte früh, mich nicht zu übereilt in fremde Angelegenheiten einzumischen.

Sie brachten einen toten Schneehasen mit, den sie schon ausgenommen und das Fell abgezogen hatten.

Ich wusste nicht, welche Pfanne ich für das frische Fleisch nehmen sollte, scheinbar bemerkte dies der Jüngere. Er kam zu mir, nahm schweigend aber lächelnd die eiserne schwere Pfanne. Ich überliess ihm das Kochen, er hatte wohl Übung darin. Es schmeckte einfach himmlisch, so etwas Gutes hatte ich schon seit einer Ewigkeit nicht mehr gegessen. Ich hatte mich an das eintönige Essen hier oben gewöhnt. Nach dem Schmaus sprach der Ältere: „ Hier oben ist kein gutes Jagdgebiet, wir werden morgen weiterziehen. Woher kommst du, du hast gesagt, du wärst nur zu Besuch hier?"

Ich musste erst das Fleisch schlucken und etwas Wasser trinken.

„Ich will nach Snorland, das Wetter verhinderte bis anhin den Weitermarsch."

„Sag nur, du bist zu Fuss hierhergekommen, das hätte ich dir nicht zugetraut. Von wo bist du denn gekommen?"

„Das ist das Problem, ich weiss es nicht mehr, ich geriet in ein Schneebrett, seither kann ich mich nicht mehr an vieles erinnern."

Kolon nahm einen Schluck Wasser und sprach: „Du willst nach Osten, also bleiben dir nicht viele Möglichkeiten, woher du gekommen bist. Die einzige grössere Ortschaft wäre Wornas, sonst hat es umliegend nur viele kleine Dörfer."

Es wurde eine Minute geschwiegen, ich wiederholte diesen Namen mehrmals im Stillen.

„Wornas, nein, das kommt mir nicht bekannt vor, jedenfalls nicht sofort."

Kolon lächelte.

„Glaube mir, es ist immens wichtiger, zu wissen wohin man gehen will, als woher man gekommen ist."

Er fragte den ganzen Abend nichts mehr, so war mir auch wohler, ich wusste nie so recht, wie viel ich preisgeben sollte. Michels Familie wollte ich auf keinen Fall erwähnen, man wusste nie, wen man vor sich hatte. Sein Schlusssatz, nistete sich in mein Gehirn ein. „Es ist immens wichtiger, zu wissen wohin man gehen will, als woher man gekommen ist."

Die Nacht war miserabel, nachdem ich endlich einschlief, träumte ich schreckliche Dinge, zwischendurch, lag ich verschwitzt sowie hellwach im Bett.

Der ersehnte Morgen war Wirklichkeit, einige Sonnenstrahlen fanden den Weg ins Innere. Sam lag die ganze Nacht neben mir, als ob er zwischen mir und den Fremden eine schützende Sperre stellte.

Das Morgenessen war kurz, denn die zwei wollten früh los, damit sie vor dem Eindunkeln wieder Zuhause wären. Die Verabschiedung verlief freundlich aber knapp, die Felle wurden von der Verandabank genommen. Einige Zeit später war alles wie gewohnt. Ich spürte, wie es mir erheblich besser ging, als ich wieder so alleine war, ich dachte erneut öfters an Jana.

71.   Heimkehr

Linda wartete bereits, als der Fahrer mit Anna angefahren kam, die Begrüssung war herzlich.

„Hallo Anna, ich freue mich so, dass es geklappt hat, wie geht es den Bonn`s?"

Anna drückte Linda noch immer, undeutlich sprach sie: „Ida Bonn geht es sehr schlecht, sie muss wieder ins Krankenhaus. Ich mag jetzt nicht darüber sprechen, ich erzähle dir alles später."

Im Heim angekommen, erklärte Linda, dass neu die Kinder mit ihrem richtigen Namen angesprochen werden.

„Möchtest du bei den anderen schlafen oder ein eigenes Zimmer beziehen, Platz wäre genug vorhanden?"

Wie schon geahnt antwortete sie.

„Gerne würde ich bei den anderen schlafen, ich träumte viele Nächte von meinem Bett hier."

„Bitte erzähle den anderen nicht zu viel von deinem Glück, niemand sollte falsche Hoffnungen hegen. Die meisten werden keine Familie finden, du weisst ja selbst, wie lange es bei dir dauerte. Ach ja, bitte nenne mich nur noch Linda."

Anna machte ein ernsteres Gesicht: „Ich werde bestimmt niemanden falsche Hoffnung machen, im Gegenteil, ich wusste erst danach, wie schön ich es hier hatte. Wenn ich wählen dürfte, wäre ich nicht sicher, für was ich mich heute entscheiden würde. Übrigens, das mit Linda muss ich erst üben."

Sie lachten beide. Sie führte sie überall herum, alle freuten sich und bombardierten sie mit Fragen. Sie war überglücklich hier sein zu dürfen.

Ken war verpflichtet, sein erfahrenes der Bruderschaft mitzuteilen. Er wandte sich an Brad, er besass das Recht, es als erster zu vernehmen. Brad war nicht sonderlich überrascht, dass dieser Orsen dies herausfand. Doch er wusste natürlich, dass alles gesetzeskonform war. Die Unterlagen wurden fein säuberlich auf Rechtsfehler hin geprüft. Eine lästige Untersuchung der Geschäfte innerhalb der Bruderschaft, wäre sehr unerwünscht. Da dieser Fall, seines Wissens, nicht wieder aufgerollt werden würde, nahm er es eher gelassen hin.

Ken war nahe daran, seinen Austritt bekanntzugegeben, doch er wusste nur zu gut, wie der weitere Weg aussehen würde. Er unterdrückte es für dieses Mal, er dachte auch an Linda und das Haus am Fluss. Er lachte innerlich, früher wären solche Gedanken nie aufgekommen, aber die Liebe zu ihr, änderte einiges. Die Bruderschaft war für ihn ein Fluch und Segen zugleich.

Jan lief langsam durch den Stadtpark zurück und dachte erst an Ken, er solle die für ihn erfreuliche Nachricht als erster erfahren. Clara würde er anschliessend in Kenntnis setzen, sie wird es nicht verstehen, weshalb auch. Was er ihr sicher erzählen würde, ist, seine Entscheidung, den Posten als Polizeichef anzunehmen. Mit Bruno hatte er einen einzigartigen, loyalen Vorgesetzten, wenn er den Posten nicht annahm, wer weiss, was folgen würde. Wenn er sich zur Wahl stellte, heisst das ja noch nicht, dass er den Job bekäme. Es wäre erforderlich, vom Stadtrat, bestehend aus dem obersten Richter und den drei Stadtvertretern, gewählt zu werden. Natürlich würde man dem Vorschlag, von Bruno Arno, viel Aufmerksamkeit schenken, er wurde geachtet und genoss ein hohes ansehen. Er hatte es immer geschickt verstanden, dass es sich gegen oben und unten gerecht anfühlte.

Auf dem Nachhauseweg kaufte er sich noch eine Nussschokolade, er gönnte sich diese als eine Art Belohnung.

72. Janas Hütte

Jana erledigte ihre Arbeiten in vier Tagen, sie war gezwungen es so zu richten, dass sie bestimmt bis zwei Wochen wegbleiben durfte. Sie stand vor ihrer Hütte und überlegte, wo sie denn lieber Leben würde.

Dies war ihre Geburtsstätte, sie kannte nichts anderes, ihre Mutter starb vor zwanzig Jahren, ihr Vater vor drei, beide in dieser Hütte. Sie war viel kleiner und älter als die Behausung von Ben, die Gegend hingegen gefiel ihr hier wesentlich besser. Niemand konnte ahnen, dass sie Bens Hütte, oder sagen wir mal die halbe, irgendwann sein Eigen nennen durfte. Die Tiere wären nicht das Problem. Sie konnte momentan keine Entscheidung treffen, beide zu unterhalten, käme für sie nicht in Frage. Sie lief abermals um die Hütte, um alles nochmals zu kontrollieren. Dabei dachte sie wieder an C, vielleicht wäre sie im Stande, ihn umzustimmen. Er könnte in die Hütte von Ben einziehen, so würde alles wie gewohnt weitergehen.

Sie wusste jedoch genau, dass er so schnell wie möglich nach Snorland wollte. Er tat ihr leid, sie könnte sich nicht vorstellen, nicht zu wissen, wer ihre Familie ist. Sie bemerkte, dass sich etwas in ihr abspielte, was sie bis anhin nicht kannte. Es gefiel und missfiel ihr zugleich.

Sie betankte ihr Mobil und befestigte alles Nötige auf dem Anhänger, denn die Wege waren nicht planiert, es ging buchstäblich über Stock und Stein, einfach mit Schnee überzogen.

Auf der Fahrt bemerkte sie, dass die Wege normal befahrbar waren, vor allem für eine so geübte Fahrerin wie sie. Die letzten Tage hatte es nicht geschneit, was untypisch für diese Jahreszeit war. Einerseits war es positiv, doch wusste sie genau, dass sie so ihr Versprechen an C einlösen musste und ihm den Weg nach Snorland zeigen. Im innersten ersehnte sie sich einen Jahrhundert Winter herbei.

73. Stadtbummel

Anna genoss die Zeit im Haus am Fluss, sie fühlte sich einfach wieder Zuhause. Sie half in der Küche, der Lehrerin und überall, wo sie nützlich war. So glücklich und erfüllt war sie schon ewig nicht mehr. Mit Linda sprach sie viele Stunden über sich, die Familie Bonn und natürlich über C. Die Suchgedanken hatte sie aufgegeben, Linda brach ihr die Sinnlosigkeit dieses Unterfangens, auf liebevolle und eindrückliche Weise näher.

Eines Tages lud sie Anna auf eine Bummeltour in die Stadt ein. Sie wollte auf neutralem Boden mit ihr Zeit verbringen. Sie war ihr seit klein auf ans Herz gewachsen. Es wäre ein wenig schnulzig zu behaupten, sie wäre wie eine

Tochter für sie, weit davon entfernt war es in Wahrheit jedoch nicht.

Sie genossen die unbeschwerte Zeit und hatten viel Spass miteinander. Selbstverständlich durfte das Ganze nicht enden, ohne etwas aus einem Geschäft zu befreien. Anna entschied sich für eine hübsche kleine Tasche, bestickt mit diversen Glasperlen, die wie Diamanten im Licht schimmerten. Zum Ausklang ihres Ausfluges besuchten sie das begehrteste Café mit dem himmlischsten Gebäck der Stadt.

„Vielen, vielen Dank für diesen wunderbaren Tag."

Kaum ausgesprochen, umarmte sie Linda und drückte sie fest an sich. Annas Herz zerriss beinahe vor Schmerz sowie Wohlgefühl zugleich.

Linda wusste genau, nachdem was sie von der Familie Bonn und vor allem von diesem Alex erfuhr, würde sie Anna nicht mehr zurückkehren lassen. Ihr dies jetzt es zu sagen, wäre verfrüht, sie musste noch einiges abklären.

Vor lauter Gefühlsausbrüche bemerkten sie nicht, dass ein Mann vor ihnen stand und darauf wartete, sie zu begrüssen.

„Guten Abend die Damen, wollte nur kurz hallo sagen."

Linda befreite erst die Augen von der Feuchtigkeit, um nachzusehen, wer hier stört. Leicht erschrocken stellte sie fest, dass es Ken war.

„Hallo Ken, dich hätte ich hier nicht erwartet."

Sie erhob sich und gab ihm einen Kuss auf die Wange, er erwiderte ihn, wenn auch etwas intensiver.

„Willst du mich der Jungen hübschen Dame nicht vorstellen?"

„Oh, entschuldige, das ist Anna, Anna das ist Ken."

Sie spürte, dass sie errötete, eine junge hübsche Dame, so hatte sie noch niemand genannt, sie erhob sich und begrüsste Ken.

„Leider habe ich noch einen Termin, sonst hätte ich mich gerne dieser Runde angeschlossen. Vielleicht klappt es ein andermal, würde mich freuen."

Er lächelte und verabschiedete sich wie bei der Begrüssung. Als sich die Aufregung wieder legte, fragte Anna: „Wer war dieser nette Herr?"

Sie bemerkte ja die Küsse.

„Das war Ken, Ken Bolt, wir verstehen uns sehr gut."

„Er ist sehr gutaussehend und wirklich nett, ist er dein Freund?"

Jetzt errötete Linda.

„Was soll ich sagen, wir sind erst am Anfang, aber ich hoffe es sehr."

Anna nahm ihre Hand und drückte sie sanft.

„Danke, dass du nicht erwähnt hast, wer ich bin, ich meine woher. Ich habe mich zum ersten Mal wie ein ganz normales Mädchen gefühlt."

Sie drückte sie ebenfalls und sprach liebevoll: „Wie eine junge hübsche Dame."

Linda hatte sich sehr über Ken gefreut, aber ehrlich gesagt, war sie heute lieber mit Anna alleine. Kens Termin kam ihr gerade recht.

74.   Angriff von oben

Ich erwartete täglich die Ankunft von Jana, es waren drei Tage vergangen, seit der Abreise der zwei Fremden. Auf der einen Seite konnte ich es kaum erwarten weiterzuziehen, anderseits hoffte ich, dass ich nie von hier wegkomme.

Ich nahm eine Tasse Kräutertee nach draussen und setzte mich auf die Veranda. Die Sonne schien kräftig, sie wirkte wärmend auf meinen Körper, auch Sam legte sich ins

Strahlenmeer. Er begleitete mich den ganzen Tag, als ob er ein Auge auf mich werfen würde, scheinbar hatte Ben ihm dies aufgetragen. Manchmal redete ich mit ihm wie mit einem Freund.

Der folgende Tag war voll eingenebelt und stockfinster, die Sonne war schon längst aufgegangen, nur schaffte sie es nicht, sich zu erkennen zu geben. Genauso stellte ich mir den Weltuntergang vor, war das Ende gekommen, oder spielte uns die Natur einen Scherz. Meine Gedanken kreisten um Jana, hoffentlich war sie nicht bei diesen Verhältnissen unterwegs.

Die Tiere im Stall verhielten sich untypisch ruhig, es herrschte eine gespenstische Stille, nichts war zu hören, rein gar nichts. Sam liess ich schnell nach draussen, damit er sein Geschäft erledigen konnte. Ungewohnt schlich er förmlich in das Dunkle nichts und kehrte eilig wieder zurück. Andauernd schaute ich mit entsprechender Entfernung durchs Fenster, als ob es zu gefährlich wäre, näher ran zu gehen. Das dunkle Nichts blieb hartnäckig unser Gast, der längste Tag seit je, schien mir bevorzustehen.

Der Morgen war ideal, um loszufahren. Das Wetter könnte nicht passender sein, Sonnenschein und kein Wölkchen trübte den kitschig blauen Himmel.

Die Fahrt war angenehm, wenn man das überhaupt von einem Schneemobil behaupten konnte, Jana war sich allerhand gewohnt. Sie fuhr früher viel mit ihrem Vater zur Jagd oder einfach auf Erkundungstour.

Beid dieser Tagesreise war es besser, kurz nach Sonnenaufgang loszufahren. Die Gefahren waren nicht ohne, niemand wollte in dieser Jahreszeit freiwillig eine Nacht draussen verbringen. Die Wölfe durfte man nie unterschätzen, vor allem, wenn sie hungrig waren, und das war bestimmt der Fall.

Nach drei Stunden Fahrt, sowie zwei pausen, verdunkelte sich der Himmel, in der Ferne sah sie eine eigenartige pechschwarze Wand auf sie zukommen. Sie bestaunte das Naturspektakel und wusste nicht recht, sollte sie umkehren oder weiterfahren. In einer knappen Stunde Entfernung befand sich eine ihr bekannte Hütte, in der sie das Unwetter überdauern könnte. Kurz entschlossen fuhr sie weiter und liess den Motor etwas lauter heulen. Die Wand kam immer näher, es war fast unmöglich, Himmel und Erde voneinander zu unterscheiden. So, als ob dunkle Wesen das Licht stahlen und sich breitmachten. Einige Sonnenstrahlen trotzten diesen und stachen wie Speere durch sie hindurch, doch besiegen konnten sie sie nicht. Das einzigartige Schauspiel löste Staunen und Angst zugleich aus. Ihr Inneres rügte sie, da sie nicht kehrtmachte, als noch Zeit war.

Die bisher nicht gekannte Sehnsucht, war scheinbar stärker als die Vernunft. Sie hatte keine Wahl, sie schaute sich nach einer Hütte, oder wenigstens einem Unterstand um, doch wie geahnt, fand sie nichts. Sie bewegte ihr Gefährt sehr langsam, damit sie nach etwas Geeignetem Ausschau halten konnte. Plötzlich fiel ihr eine Baumgruppe auf, die dicht aneinander, doch etwa zwanzig Meter abseits, einen Kreis bildeten. Dort wäre eine Möglichkeit, um ein einigermassen schützendes Lager einzurichten.

Sie stieg vom Schneemobil und montierte sich die Schneeschuhe, sie wollte nicht, dass das Mobil, durch ihr Gewicht, im tieferen Schnee einsank. Vorsichtig führte sie es in die Mitte des Baumkreises. Die Plane, die als Schutz für das Gepäck diente, wurde so gut wie möglich an den Bäumen festgemacht. Es war eine behelfsmässige Abschirmung der Sturmseite. Zwischen dem Mobil und den Bäumen, war ein Abstand von knapp einem Meter. Dort richtete sie sich ein und befestigte eine weitere Plane am

Mobil, sie bedeckte sich mit dieser. Sie hoffte, dass der Sturm nicht allzu heftig und schneereich ausfallen würde.

Das schwarze Unwesen liess ein Gewitter von noch nicht gekannter Wucht über das Land ziehen, anstatt Regen, prasselten eiergrosse Eisperlen vom Himmel. Ich musste mit meinen Händen den Ohren das Hören verbieten. Sie knallten mit aller Wucht auf Bens Hütte, es schien, als ob sie sie zerschlagen wollten. Zum Glück lag eine dicke Schicht Schnee auf dem Dach, das schützte es vermutlich.

Ich wagte, nach draussen zu schauen, sah ausser herabschiessenden Eisperlen nichts. Der Wind schloss sich dem Hagel scheinbar an, wie verbündete kämpften sie gemeinsam gegen die Erde und alles, was sich darauf befand.

Zum Glück hatte ich alle Fensterläden verschlossen. Den neben der Türe liess ich als Ausguck offen. Ohne es zu bemerken, nahm ich die Hände von den Ohren, der Lärm war unerträglich, doch so langsam gewöhnte man sich daran. Ich hätte weinen können, so wie es sich anhörte, wurde soeben mein Zuhause in seine Einzelteile zerschlagen. Sam verzog sich hinter den Kamin, dieser war nicht mehr in der Lage, den Rauch abzuführen, sicherheitshalber löschte ich das Feuer. Die Aussage damals von Ben, wie viel Schnee das Dach aushielte, beruhigte mich ein wenig. Was mir mehr Sorgen bereitete, war, dass ich nicht wusste, wie es Jana erging. Sie wuchs hier oben auf, daher nahm ich mit grosser Wahrscheinlichkeit an, dass sie das Unwetter früh genug erkannte und es abwarten würde.

Es war innert einer Stunde Nacht geworden, der Wind blies heftig, die Bäume wiegten sich unfreiwillig. Jana blickte nur einmal kurz unter der Plane hervor und sah, dass sie nichts sah. Schnell zog sie sich die Jacke und die Kopfbedeckung zurecht. Der Wind hörte plötzlich, wie von Geisterhand auf zu wehen, es war eine Minute totenstill.

Ohne irgendeine Vorwarnung schossen Unmengen von grossen Hagelkörnern vom Himmel. Er kannte kein Erbarmen, alles was er besass, liess er auf die Erde niederknallen. Als ob dies nicht schon genug war, setzte der Wind wieder ein, damit verhalf er dem Hagel zu noch höherer Zerstörungskraft. Zum Glück hatte sie sich hinter einem alten Baum mit beachtlichem Umfang niedergelassen. Von oben schützten sie nur die ineinander verwachsenen Äste der Baumgruppe. Doch ab und an knallten die Geschosse doch auf das Schneemobil, einige leider auch auf sie. Instinktiv steckte Jana ihren Kopf, der schon mächtig brummte, zwischen die Knie und versuchte so die Attacke auszuharren. Trotz des unheimlichen Lärms, sowie unerträglichen Schmerzen, schlief sie irgendwann ohne es zu wollen ein.

75. Zukunftsgedanken

Jan Orsen kam gut gelaunt, wenn auch müde, im Polizeigebäude an. Er freute sich auf Brunos Gesicht, wenn er erfahren würde, dass er sich bewerben wolle. Er setzte sich auf seinen Bürostuhl und schaute sich um. Der Blick nach draussen verriet den nahenden Winter, sein Baum besass kaum mehr Blätter. Dieses Büro würde er vermissen, er hatte sich hier immer aufgehoben gefühlt. Abgesehen vom grünen Teppich und dem grellen Licht, war es angenehm eingerichtet. Das Meiste war schon vorhanden, als er es übernahm. Ein Bild, das er an seinem vierzigsten Geburtstag von den Kollegen erhielt, worauf alle verewigt waren, hing links von ihm an der Wand. Die grauen Aktenschränke verdeckten die weisse Wand. Auf einem stand ein Pokal mit einem Emblem, das einen Reiter darstellte. Diesen hatte er ebenfalls vom Vorgänger geerbt, er hatte es bis anhin nicht geschafft, ihn verschwinden zu lassen. Genau wie der Name des Baumes, immer wieder nahm er es sich vor, diesen herauszufinden, er kannte ihn bis heute nicht.

Er nahm das Telefon zur Hand und wählte Brunos interne Nummer, drei Mal die Acht. Bruno bat ihn in einer halben Stunde zu sich, er solle doch gleich zwei Kaffees mitbringen. Pünktlich stand Jan mit zwei heissen Tassen in der Hand vor Brunos Büro, man sah nicht hinein, da die Türgläser mit undurchsichtiger Folie beklebt waren. Er hörte keine Stimmen, darum betätigte er mit den Ellbogen die Türfalle.

„Entschuldige, ich konnte nicht anklopfen."

„Komm rein, danke für den Kaffee, ich benötige ihn dringend. Ich hatte eben eine Unterhaltung mit dem Stadtrat. Du kennst ihn ja, Benjamin Kloser."

„Ja, doch nicht persönlich, politisch kein unbeschriebenes Blatt."

„So ist es, er hat die Aufgabe, die Besetzung dieser freiwerdenden Position zu begleiten."

Orsen nippte am Kaffee und war im Begriff loszulegen, doch Bruno kam ihm zuvor.

„Ich komme gleich zur Sache, sie wünschen sich nicht unbedingt einen von uns an dieser Position. Es gibt scheinbar schon Anwärter, die nach ihnen in Frage kämen. Wie du dir vorstellen kannst, natürlich Politiker, die keine Ahnung von unserer Arbeit haben."

Orsens Gesicht verlor etwas an Farbe.

„Tja, dann hat sich das für mich erledigt, demzufolge trägt meine Entscheidung nichts mehr zur Sache bei."

„Hast du dich dafür entschieden?"

Orsen nickte etwas widerwillig.

„Ich rede mal Klartext, sie wollen einen der ihre Gesinnung teilt. Du ahnst ja, von wem ich spreche."

„Ich kann dir nicht ganz folgen Bruno, hilf mir mal auf die Sprünge."

„Die Bruderschaft, du siehst, sie lässt uns nicht aus ihren Fängen."

„Dann ist Kloser auch dabei, verdammt, sind den alle wichtigen Leute bei dieser Bande."

Bruno stand auf und lief ans Fenster, um es zu schliessen, als ob die Vögel zuhören würden.

„Wir sind leider machtlos, der Kreis schliesst sich immer mehr. Wer weiss, wohin das noch führt."

Jan trank seinen lauen Kaffee leer.

„Vielleicht ist es ein Wink des Schicksals, der mich vor einer Fehlentscheidung schützt."

Bruno setzte sich wieder.

„Ich sinniere jetzt einfach mal vor mich hin. Du kennst ja diesen Ken Bolt sehr gut, wieso erkundigst du dich nicht mal bei ihm, so erfährst du, wie die Bruderschaft tatsächlich funktioniert. Wir haben sie bis jetzt als krankes Geschwür angesehen, vielleicht ist sie gar nicht so übel. Immerhin haben sie viele die ihr folgen, sie unterstützen unter anderem dieses Heim, das ist schon mal ein guter Akt."

Jan stand auf: „Du denkst, dass ich mich der Bruderschaft anschliessen soll, nur um diesen Posten zu erhalten?"

„Wieso nicht, so könntest du deinen Einfluss auf positive weise einbringen. Stell dir vor, irgend so ein Schwachkopf aus der Politik führt diesen Laden. So wie ich dich kenne, würdest du nicht lange Kommissar bleiben. Was dann, was willst du tun, du hättest keine Chance in Snorland als Polizist Arbeit zu finden. Ich sage dir das als Freund, überlege es dir."

Unterdessen sass Jan wieder auf dem Stuhl, der aus Leder aber sehr hart gepolstert war.

„Ist es okay, wen wir dieses Gespräch für heute beenden?"

„Klar, nimm dir den Rest des Tages frei, lasse mich morgen wissen, was du gedenkst zu tun."

Bruno erhob sich und klopfte schweigend auf Jans Schulter. Jan verliess das Büro, er fühlte sich irgendwie verloren sowie unverstanden.

76. Linda

Linda las alle Statuten, die sie fand durch, um irgendetwas über die Rückführung von missglückten Vermittlungen zu finden. Ihr war klar, dass Anna, nachdem was sie erfuhr, nicht mehr zurückmusste. Sie fand viele Vorschriften über die Vermittlungen, aber nichts von Rücknahmen. Sie griff kurzerhand zum Telefon und wählte die Nummer von Kens Praxis. Sie beabsichtigte, sich mit ihm zu treffen, um ihr Vorhaben zu diskutieren, natürlich hatte sie auch Sehnsucht nach ihm.

Ken freute sich riesig über den Anruf von Linda, er hatte ebenfalls schon lange vor, sie zu treffen. Er hatte momentan viel Arbeit, die kälteren Tage forderten bei vielen Personen ihren Tribut, vor allem bei den Älteren. So wie es sich anfühlte, war Linda Grän die Frau, die er schon lange suchte und doch bis heute nicht fand. Es war, nicht nur ihr aussehen, nein, die Persönlichkeit und ihr liebevolles Wesen. Ken verlor sich in Gedanken, doch die Sprechstundengehilfin beförderte ihn mit dem Einlass eines weiteren Patienten, gnadenlos ins Jetzt.

77. Weltuntergangsstimmung

Ich sah im Minutentakt nach draussen, der Sturm wollte nicht enden. Wüsste man es nicht besser, hätte man nicht sagen können, ob es Tag oder Nacht sei. Der Hagel hatte zum Glück an seiner Intensität verloren, doch der Wind kämpfte weiterhin wie ein Gladiator. Sam lag noch wie zu Beginn hinter dem Kamin, damit er sein Geschäft dennoch erledigen konnte, führte ich ihn in den Stall, wo er sich sichtlich gerne entleerte. Ihn in diesem Sturm nach draussen zu jagen, wäre schon fast Tierquälerei.

Das erloschene Feuer im Kamin entfachte ich neu, erst entfernte ich die nasse Kohle und legte frisches Holz nach. Der Rauch wurde wieder fast gänzlich nach oben abgezogen. Ich war erleichtert, somit war der Kamin nicht völlig kaputt gehagelt worden. Die Hütte hatte sich währendessen massiv abgekühlt, der Sturm lies bis anhin nicht nur den Rauch nicht mehr hinaus, sondern blies wie zum Trotz kalte Luft hinein. Die Holzscheite knackten und es wurde wieder etwas gemütlicher.

Ich dachte nur an Jana, was wen sie doch unterwegs war, nein, ich wollte mir dies nicht vorstellen. Es blieb mir vorerst nichts anderes übrig, als abzuwarten und zu hoffen, dass das Wetter sich wieder normalisiert.

Nachdem alles erledigt war, legte ich mich hin und starrte an die Decke, die Augenlider wurden schwerer und bald verlor ich die Kraft, sie offen zu halten.

Jana besass eine wache Vorahnung, ihr Zufluchtsort hätte unter diesen Umständen nicht besser sein können. Der Hagel, begleitet vom heulenden Wind, hatte ihr arg zugesetzt. Die Tannen hatten die schräg kommenden Geschosse zum grössten Teil von ihr ferngehalten. Ohne diesen natürlichen Wall, wäre sie bestimmt nicht mehr so lebendig, die gespannte Plane brachte nicht den gewünschten Schutz.

So einen Sturm hatte Jana erst einmal erlebt, sie war damals mit ihrem Vater auf dem Nachhauseweg. Die

Nachmittagssonne wurde in Minutenschnelle von schwarzen gespenstischen Wolken eingenommen. Sie schafften es gerade noch nach Hause, danach drohte die Erde unterzugehen, begleitet von einem Gespann aus Donner und Blitz.

Nach dem ersten Schock und dem Nachgeben des Unwetters, das sie längst nicht mehr wahrnahm, bemerkte sie die schmerzende Kälte, die ihren Körper erreichte. Sie versuchte aufzustehen, es misslang erbärmlich. Die Schicht aus Schnee und Hagel, die sich auf ihrer Plane niedergelegt hatte, verunmöglichte dieses Unterfangen. Immer und immer wieder versuchte sie es, doch die Kraft und der Wille gaben allmählich nach.

Sie starrte in die finstere Dunkelheit, vorsichtig tastete sie ihr unfreiwilliges Iglu ab. Sie konnte die Arme nicht ganz durchstrecken, der Kopf war etwa zehn Zentimeter von der schweren Plane entfernt. So, wie sie mit schrecken feststellte, war ihr Körper rundherum eingebettet. Sie versuchte es abermals, doch es bewegte sich nichts, ob mit den Füssen oder Fäusten, nichts half. Die Plane verhinderte glücklicherweise, dass ihr Körper nicht von der Schneemasse umschlungen wurde, anderseits liess sie das Ausgraben nicht zu. Sie hörte nur noch ihren Atem, ansonsten umgab sie eine bedrohliche Stille. Trotz der Dunkelheit schloss sie ihre Augen, dies tat sie immer, wenn sie für sich alleine eine wichtige Entscheidung treffen musste. Durch tiefes ein und ausatmen, beruhigte sie sich einigermassen.

Sie redete mit sich selbst: „Ich muss ruhig bleiben, klar überlegen, wie die nächsten Schritte aussehen."

Das Wissen, dass ihr der Sauerstoff langsam aber sicher ausging, unterstützte das Ruhigbleiben nicht wirklich. Sie hatte das Glück, dass sie wusste, wo oben lag, was in einer Lawine unmöglich wäre.

„Ich müsste nur ein kleines Loch nach oben hin graben, Luft benötigte keine grossen Gänge. Meine wichtigste Aufgabe ist klar, ohne frische Luftzufuhr, würde ich bald sterben," sagte sie zu sich und öffnete ihre Augen. Sie versuchte abermals die Plane von irgendeiner Ecke aus zu verschieben, auch das Abtasten jedes Zentimeters nach einem Riss, endete mit Frust. Der Versuch, sich um die eigene Achse zu drehen misslang, der Schnee hatte sie passgenau eingehüllt. Mit der rechten Hand tastete sie die Taschen ihrer Jacke ab, sie spürte etwas Hartes, hatte aber vergessen, was es sein könnte. Normalerweise trug sie nie etwas in ihrer Hose oder Jackentasche. Dies würde sie in Zukunft ändern, wenn sie dazu noch Gelegenheit bekäme. Vorsichtig zog sie die Handschuhe aus, mit den fast gefrorenen Fingern griff sie hinein.

Es fühlte sich wie ein Stück Metall an, doch ihr Tastsinn hatte sich durch die Kälte verändert. Da sie nicht sicher sein konnte, was es war, führte sie es in ihren Mund. Es schmeckte metallic sowie nach ranzigem Fett. Sie überlegte kurz, das muss der Zündschlüssel für das Schneemobil sein. Diesen hatte sie vorsichtshalber abgezogen, als sie sich unter die Plane verschanzte. Schnell zog sie ihre Handschuhe wieder an und begann mit dem Schlüssel, gegen die Plane zu stechen. Das Ende dessen musste abgerundet sein, denn sie benötigte viele Versuche, bis sie eine Beschädigung der Plane erreichte. Sie zog eifrig die Handschuhe aus, um die verletzte Stelle zu vergrössern. Die Erschöpfung hielt schneller als erwartet Einzug, sie legte eine Pause ein, dabei bemerkte sie, dass sie den unteren Teil ihres Körpers nicht mehr richtig spürte. Sie versuchte mit den Muskeln, die sie noch bewegen konnte, dagegen anzukämpfen, doch dies erschöpfte sie zusätzlich. Ungewollt oder doch nicht, liefen Tränen über ihre eiskalten Wangen, als ob ein Lavastrom durch einen Gletscher floss.

Ohne zu überlegen, öffnete sie ihren Mund und versuchte die Tränen aufzufangen, sie schmeckten salzig warm, kurz gesagt wunderbar. Nach dem Zaubertrank grub sie weiter mit dem Schlüssel in der Schnee und Eisdecke. Sie grub und grub, doch nichts geschah, sie fühlte das bearbeitete mit den Fingern ab, ihr Gefühl versprach mehr, als es in Wahrheit war. Sie hatte erst eine kleine Grube auskratzen können, wenn die Schneedecke etwa dreissig Zentimeter beträge, hätte sie nicht die Kraft und Zeit diese durchzubrechen. Erschöpft steckte sie den Schlüssel in den linken Handschuh und schlief kurz danach ein.

78. Eingeschneit

Seit einer Woche steckten die Bewohner, selbst wenn es nicht viele waren, in ihren Häusern fest. Der Schnee hatte das gesamte Gebiet um Trubik für sich eingenommen. Die Familie Brend sass am Küchentisch und ass das Abendbrot, das Wetter drückte auf die Stimmung.

„Wir haben lange nicht mehr darüber gesprochen", sprach Marga völlig unerwartet, „ich träume jede zweite Nacht von C."

Alle Beide schauten sie an: „Wir haben doch abgemacht, dass wir nicht mehr von ihm sprechen, solange wir nicht wissen, was mit ihm ist", erwiderte Michel.

„Ich weiss, doch diese Träume plagen mich, das darüber schweigen, noch mehr."

Die Tränen unterstrichen das Gesagte.

Koni nahm ihre Hand und sprach: „Es geht mir genauso, ich fühle mich, seit diesem Abend, als hätte ich einen zweiten Sohn im Stich gelassen und verloren."

Michel wusste genau, was sie meinten, er konnte es nur bestätigen.

„Wir müssen stark sein und für ihn Beten, wir können uns selber nicht einmal mehr helfen, nun muss es der da oben für uns richten. Ich vertraue darauf, dass er dies tun wird.“

79. Hoffnung

Jana erschrak fürchterlich, sie wurde durch einen furchteinflössenden Lärm aus ihrem nicht ungefährlichen, kurzen Schlaf gerissen. Sie konnte den Lärm erst nicht zuordnen, doch nur schon der Gedanke, dass jemand da draussen sein musste, freute sie ungemein. Sie wusste genau, dass sie hier alleine keine Ueberlebenschance besass. Sie versuchte mit halb erfrorenen Fäusten, gegen die Schneedecke zu hämmern, zugleich rief sie um Hilfe. Sie bemerkte die Kraftlosigkeit im Teil ihres Körpers, den sie noch spürte. Natürlich bekam sie keine Antwort, die hatte sie nicht ernsthaft erwartet. Das graben oder kratzen wurde immer lauter, Stimmen hörte sie nicht. Sie versuchte, sich zu bewegen, sie spannte und entspannte alle Muskeln, die noch mitmachten. Die Hoffnung auf Rettung gab ihr neue Energie und somit erwärmte sich ihr Körper wieder langsam. Leicht stechend spürte sie ihren Hintern und Rücken, er fühlte sich trotzdem weit entfernt von ihr an. Das Lebenselixier Hoffnung verlieh ihr neue Kraft, ein unbändiger Wille zu überleben. Das Graben hörte sie immer deutlicher, die Freude wurde nur durch eine unangenehme Vorahnung getrübt.

80. Männergespräch

Orsen nahm den Rest des Tages wirklich frei, er hatte ein fürchterliches Durcheinander nach dem Gespräch mit Bruno Arno. Er wusste, dass er es gut meinte, doch hatte es nicht den gewünschten Verlauf genommen, den er sich vorstellte. Er war uneinig, mit wem er zuerst reden solle, mit Clara oder Ken. Ken kannte er schon so lange und wusste, dass seine Meinung immer die war, die er vertrat. Nicht die,

die dem anderen gefiel. Bei Clara war es schwieriger, sie kannte den ganzen Hintergrund noch zu wenig, um ihm eine neutrale Hilfe zu sein.

Er lief unangemeldet in Kens Praxis und meldete sich bei der freundlichen Dame hinter dem Tresen. Die wartenden Patienten grüssten ihn und starrten danach wieder ein Loch in den Fussboden, nur zwei von ihnen lasen eine Zeitschrift. Es waren sechs wartende, er rechnete sich aus, dass es noch sicher sechsmal eine halbe Stunde dauern konnte. Er überlegte sich, ob sein Handeln sinn ergab, da rief die nette Frau eine nächste Patientin hinein. Zum Erstaunen standen plötzlich zwei Personen auf und verliessen das Wartezimmer. Der Mut schlich sich wieder zurück, er ergriff wahllos eine Lektüre und blätterte sie durch. Kaum angefangen zu stöbern, rief sie den nächsten Patienten und verlieh Orsen damit noch mehr Hoffnung. Nach kaum mehr als einer Stunde und drei Zeitschriften, kam er an die Reihe. Ken schien von der Arztgehilfin informiert worden zu sein, er war nicht überrascht, als er eintrat. Sie begrüssten sich wie immer herzlich.

„Wo drückt der Schuh?", fragte Ken.

„Hast du nachher kurz Lust auf ein Bier?"

„Dürfen wir uns zusammen noch blicken lassen, du weisst warum?" Ken lächelte verschmitzt.

„Keine Bange, da geschieht gar nichts mehr, wie schon erzählt."

„Alles klar, war nur ein Scherz, mir ist es eh egal, gib mir zehn Minuten."

Jan nickte und verliess unaufgefordert den Raum.

„Benötigen sie einen neuen Termin oder ein Medikament?", fragte die etwas erschöpft wirkende nette Dame.

„Nein danke, es ist alles in Ordnung, ich warte nur noch auf Ken."

Sie ordnete, ohne zu antworten, irgendwelche Papiere und legte sie vor sich zurecht.

Sie gingen um die Ecke ins Henrys, nicht gerade die erste Adresse, aber sehr gemütlich und anonym. Das dunkle Bier wurde serviert und sie stiessen auf sich an. Nach einer Viertelstunde unwichtigem Gerede, fragte Ken nach dem wahren Grund seines Kommens.

„Ich rede nicht lange drum herum, wie du ja bereits erfahren hast, wird der Fall nicht mehr neu aufgerollt. Aber die, besser gesagt deine Bruderschaft, macht mir etwas Kopfschmerzen. Ich bitte dich um eine ehrliche Meinung, denk daran, es geht um meine Zukunft."

Ken trank langsam das Bier und hatte grosse fragende Augen.

„Du weisst, ich war und bin weiterhin immer ehrlich mit dir."

„Darum bin zu dir gekommen. Ich erzählte dir vom Jobangebot als neuer Polizeichef, es läuft nicht ganz nach Plan. Scheinbar haben einige weiter oben die Absicht, nur jemanden zu nehmen, der der Bruderschaft positiv gesonnen ist. Bruno Arno, mein jetziger Boss meint, ich solle mich informieren und eventuell dieser Bruderschaft beitreten. Jetzt bist du dran."

Ken war sichtlich überrascht, er überlegte kurz, dies nutzte Jan für einen Schluck Bier.

„Wenn ich dir einen ernstgemeinten Rat geben soll, dann vergiss es, dich wegen dem Posten, der Bruderschaft beizutreten. Du wirst nicht mehr vieles alleine entscheiden können. So wie ich dich kenne, dauert das etwa ein halbes Jahr und du hast erheblichen Ärger mit denen."

Jan rieb sich die Nase.

„Die Herausforderung würde mich schon reizen, aber du unterstreichst genau meine Befürchtungen."

Ken spürte die Enttäuschung in seinen Worten.

„Das verstehe ich, ich sähe dich allemal in dieser Position. Das einzig Intelligente, was ich für dich tun könnte, wäre mich für dich einzubringen. Wie du bestimmt schon erfahren hast, gehöre ich dem inneren Kreis der Bruderschaft an."

„Das hingegen wusste ich nicht, würdest du das nach alldem für mich tun?"

„Sicher, du etwa nicht", Ken lächelte, „du darfst dir einfach keine allzu grosse Hoffnung machen, ich bin nur einer von Sieben."

Sie verbrachten viel Zeit miteinander, es blieb natürlich nicht bei einem Bier, sie genossen das zusammensein.

Ken hatte zum Glück am Tag danach frei und schlief bis halb elf. Die kalte Dusche und das eierhaltige Frühstück, hauchten wieder Leben in ihn, somit war er fit für sein heutiges Treffen mit Linda.

Die Fahrt zum Haus am Fluss meisterte sein alter Volvo problemlos, die Strecke kannte er, doch immer wieder erfreute er sich daran.

Linda wartete schon mit einer Kanne starkem Kaffee auf ihn, als ob sie einen siebten Sinn besässe. Sie begrüssten sich innig und beiden wurde sehr warm ums Herz. Sie setzten sich vors grosse Fenster, von wo sie einen unbeschreiblichen Blick auf den Rest des Komplexes hatten. Nach der Plauderei über dies und das, wurde Linda kurz ernst.

„Ken", sprach sie liebevoll, „ich möchte gerne ein Mädchen namens Anna, wieder zu uns ins Heim zurücknehmen. Die Zustände der zugewiesenen Familie haben sich seit der Vermittlung immens verschlechtert.

Leider finde ich nirgends Hinweise, für die Rücknahme eines Kindes."

Ken goss sich nochmals einen Kaffee nach und trank die halbe Tasse aus.

„Soviel ich weiss, wurde noch nie ein Kind, das ein Zuhause fand, zurückgenommen. Ausser bei deren frühzeitigem Ableben."

„Das hiesse, dass ausnahmslos alle Vermittlungen, einen positiven Verlauf nahmen. Bestehen überhaupt Akten, in denen Berichte zu finden sind, wie es den Kindern erging?"

„Da bin ich überfragt, da könnte dir nur Hara Auskunft geben, aber eben."

„Du warst doch ihre rechte Hand, hatte sie diese Thematik nie angesprochen?", fragte Linda.

„Du kanntest sie fast besser als ich, Hara hatte nie etwas preisgegeben oder einem um Rat gefragt. Gott habe sie selig, aber eine eigensinnigere Person als sie, kenne ich kaum", Linda nickte, „aber warum schlafende Hunde wecken, wenn es kein Dokument darüber gibt, dann kreiere eines. Du bist die neue Leiterin, also bestimmst du, wie in Zukunft dies gehandhabt wird. Frage nicht, tu es einfach. Ich werde dir mit Rat und Tat zur Seite stehen."

Linda war auf so eine Antwort nicht vorbereitet, sie rechnete eher mit einem riesigen bürokratischen Aufwand.

„Wie stehen die neuen Eltern des Mädchens dazu?", erkundigte sich Ken.

„Die wissen noch nichts, die Frau liegt schwer krank im Spital und der Mann kam Anna schon gefährlich nahe, verbal und anders."

„Nun dann, leite so schnell als möglich ein Gespräch ein, ich werde dich als Berater begleiten, wenn du das willst?"

Sie sprang ihn an und liess ihn nicht mehr aus ihrer Gefangenschaft, tränenbegleitete Küsse folgten. Die Erregung beider überflutete sie mit unbändiger Wucht, er trug sie, ohne es wirklich wahrzunehmen, auf das Sofa im Nebenzimmer. Sie verbrachten den Rest des Nachmittags in den in Liebe getauchten Raum.

81. Willenskraft

Ich versuchte, die Hütte über den Stalleingang zu verlassen, da sich diese Türe nur nach aussen hin öffnen liess, hatte ich keine Chance. Die Schneemasse muss gewaltig sein, ich hatte alle Kraft gegen diese Türe eingesetzt, nichts. Die eigentliche Eingangstür war so gebaut, dass sie sich nach innen öffnete, dadurch war nur ein Ruppiges ziehen nötig, um sie zu öffnen. Wie erwartet sah ich in eine Wand aus Schnee und Hagelkörner, die wie ein Fels im Türrahmen stand. Sam bellte sie an, weil sie eine fremde Bedrohung darstellte.

Ich schlug mit dem Fuss dagegen, natürlich geschah nichts, ausser einigen Schneekristallen, die auf den Boden fielen. Kurz überlegte ich und warf mehr Scheite in den Kamin, damit erhoffte ich, die Temperatur zu erhöhen und dadurch die Wand zum Schmelzen zu bringen.

Die gesteigerte Wärme half den Schnee, langsam aufzutauen, das könnte ewig dauern. Meine Ungeduld liess mich alle Behälter einsammeln, die in der Hütte und im Stall standen. Mit der Schaufel begann ich die Wand sorgfältig abzutragen. Die Behälter waren schneller gefüllt als erwartet, ich vermag sie ja nirgends zu leeren. Mein Blick wanderte zur Küche, die nahe am Eingang gebaut war, die Kochstelle schaute mich fragend an. Ich schlug sanft mit der Hand auf meine Stirn, eilig entfachte ich dort auch ein Feuer, das etwas grösser als sonst ausfiel. Die Idee gefiel mir, die Schneekristalle wandelten sich schnell in ihren

Urzustand. Jetzt waren wir schon zu dritt, die gegen die Bedrohung ankämpften. Wenn es so weiterginge, würde ich am Abend bestimmt durch diese Türe nach draussen treten können.

Der Boden wurde völlig überschwemmt, ich durfte es nicht beachten, das trocknen war eine Sache, die ich auf später verschieben musste. Die Wand gab mehr und mehr meinem Abtragen, sowie die für sie unerträgliche Hitze nach. Mir lief der Schweiss ebenfalls aus allen Poren, ob die Nässe am Boden nur vom Schnee stammte, war anzuzweifeln.

Nach einer halben Stunde Pause, in der ich Wasser wie eine Kuh trank, bemerkte ich erst, wie weit wir schon gekommen waren. Es konnte sich nur noch um höchstens eine Stunde handeln.

Kaum an der Arbeit zurück, war ich im Stande, mit dem Stiel der Schaufel ein Loch in die Mauer zu stossen. Der Lichtstrahl drang wie ein Blitz in die Hütte, es hatte etwas Erhabenes und fremdes an sich. Der Strahl traf geradewegs auf Sams Kopf und erhellte die Stirn, dies bemerkte er nicht, da er die Schnauze zwischen den beiden Vorderläufen platziert hatte.

Ich schaute mit einem Auge in das Schneeloch, die Sonne blendete mich, was mich aber nicht sonderlich störte. Nach einem weiteren Einsatz von einer halben Stunde war es soweit, ich schlängelte mich durch die Öffnung halbwegs nach draussen, Sam folgte mir sofort. Als ich mich so umsah, konnte man sich kaum vorstellen, wie es hier normalerweise aussah. Scheinbar hatte der Wind den Schnee von allen Seiten her zu unserer Hütte getragen. Um es noch vollkommener zu gestalten, begleitete ihn starker Hagelschlag. Die Natur leistete ganze Arbeit, ich fühlte mich wie in einer anderen Welt und dabei verloren.

Die Geräusche, die sie zugleich liebte und hasste, wurden stetig lauter. Plötzlich sackte die Plane leicht ein und berührte fast ihre Beine. Als das Graben immer schneller wurde und ein eigenartiges Schnaufen dazukam, wurde ihre böse Vorahnung bestätigt. Es waren keine menschlichen Wesen, es mussten Raubtiere sein, sie vermutete Wölfe oder Luchse. Die Hilfe entpuppte sich als weitere Todesfalle, sie kannte sich mit allen Tieren in ihrer Gegend aus. Darum wusste sie, in welcher Gefahr sie schwebte, Frischfleisch in beissnaher Nähe.

Schnell musste sie das Adrenalin in ihr Wissen einschleusen, die Angst, wenn sie auch berechtigt war, würde sich nur als Hemmschuh erweisen. Wieder schloss sie widerwillig die Augen und versuchte einen klaren Gedanken zu fassen. Sie hatte nicht viele Waffen gegen die Bedrohung, sie besass kein Gewehr, kein Feuer und vor allem keine Kraft mehr. Eine Pfote erreichte ihren Kopf, nur dank der Plane wurde sie nicht gefährlich verletzt.

„Denk nach, du hast keine Zeit, sonst bist du tot", sprach sie und dachte, so schnell es ihr Zustand zuliess. Plötzlich hörte die Schaberei auf, es war totenstill. Sie versuchte, so leise wie möglich zu atmen.

Hatten er oder sie aufgegeben, kaum, es war Winter und eine so leichte Beute gab man in dieser Jahreszeit nicht auf. Wie viele warten da draussen, um sie lebendig zu zerfleischen, drei, zehn oder nur einer? Natürlich wäre nur einer das Beste, obwohl man hungrige Einzelgänger nicht unterschätzen durfte. Da war es wieder, sie konzentrierte sich auf das Geräusch des Grabens.

Leichte Hoffnung kam auf, sie war sich nicht sicher, aber sie glaubte oder hoffte zu glauben, nur einen zu hören. Vater hatte ihr viel über Wölfe und andere Lebewesen, die unter und teils mit ihnen lebten, beigebracht. Da sie keine Wahl hatte, konnte sie nur eines gegen den oder die Wölfe einsetzen, ihre Stimme und ihre Gestalt. Sie waren das Einzige, um ihr Leben zu retten. Das Problem war ihre Stimme, sie versuchte, in ihre Handschuhe zu schreien, der Hals tat weh, aber viel zu hören gab es nicht. Sie war gezwungen, sich auf ihre Gestalt zu konzentrieren. Sobald die Schneedecke auf der Plane so abgegraben war, dass sie im Stande wäre aufzustehen, musste dies blitzschnell geschehen. Es kam leider anders als gedacht. Der Wolf oder wer auch immer, riss mit den Krallen, das freigelegte Stück der Plane in Fetzen und steckte hungrig seine Schnauze in die neu gewonnene Öffnung. Jana lief es eiskalt den Rücken hinunter, den sie mittlerweile wieder spürte.

Sie sah nichts, umso mehr roch sie es. Ein grässlicher Gestank und feuchtes Geschlabber umgab ihren Kopf. Ihr zuvor geplantes klares Vorgehen, verlor sich in hemmungslose Panik. Sie schlug unkontrolliert wild um sich, schrie, was die Kehle hergab. Völlig überrascht erhob sie sich erst auf die Knie, nach einem erneuten Kraftakt ohne gleichen, auf ihre wackligen Füsse. Immer noch wie in Trance, schreite und schlug sie unter der Plane wie verrückt umher. Sie bemerkte nicht einmal, wie sie mit voller Wucht den Baum vor ihr traktierte. Von aussen musste dieses ums Leben kämpfende Schauspiel, imponierend ausgesehen haben.

Der Wolf, der sich tatsächlich als Einzelgänger entpuppte, entfernte sich vorsichtig etwa zwanzig Meter, von dieser sich nicht zu ergebender Beute.

Er blieb unsicher stehen und verfolgte das Geschehen mit eingezogenem Schwanz, er fühlte sich sichtlich unwohl, aber trotz allem noch hungrig.

Nach einer dreiminütigen Vorstellung kehrte die Müdigkeit, begleitet von dem sich zurückbildenden Adrenalin, in ihren Körper zurück. Erschöpft zog sie die Plane, die sich schon selbständig um die Hälfte von ihr abwandte, zur Seite. Sie stand wie angewurzelt da und erkannte die in etwa zwanzig Meter stehende Gefahr nicht sofort.

Der Wolf blickte konzentriert Richtung Beute und schien die Lage neu zu beurteilen. Erst als Jana die Augenpaare, die auf sie gerichtet waren, entdeckte, wurden ihre Knie weich. Sie sah sich vorsichtig um, damit sie sichergehen konnte, dass es nur zwei Augen auf sie abgesehen hatten. Sie erspähte keine mehr, ausser der Biese, war nichts zu hören. Geistesgegenwärtig versuchte sie, die Plane vom Schneemobil zu reissen, da viel Schnee auf ihr lag, war es nötig, mehrmals daran zu ziehen. Mit stetigen kurzen Blickkontakten zum Gegenüber versuchte sie, den Schlüssel in das Zündschloss zu versenken. Ihre Hände zitterten fürchterlich, ob Angst oder die Kälte dafür verantwortlich waren, spielte keine Rolle.

Der Schlüssel glitt ihr aus der Hand, direkt auf die Raupe des Mobils. Der Wolf bewegte sich schleichend Richtung Beute, diese hingegen betete leise, dass der Schlüssel beim Aufheben nicht in den Schnee fallen würde. Zitternd hob sie ihn auf und steckte ihn, wohin er eigentlich gehörte. Der Schnee, der den Lenker und die Instrumente bedeckte, war schnell entfernt. Sie drehte ihn in den Startmodus und drückte auf den Starterknopf. Beim zweiten Versuch ertönte ein lautes Geräusch, grauschwarzer Rauch stieg durch die kalte klare Luft. Jana erkannte, dass das Motorengeräusch dem Wolf nicht geheuer war und ihn zum Verharren zwang. Auch für ihn galt die Vorsicht als überlebenswichtig.

Sie nutzte die Zeit, um sich die Schneeschuhe zu montieren. Anschliessend versuchte sie, langsam das Schneemobil aus dem Kreis der Bäume, der zum Glück nicht so viel Schnee abbekam, zu manövrieren. Als sich der Wolf versuchte zu bewegen, schrie sie so laut, wie sie nur konnte, den Wolf an. Was diesen wieder von seinem Vorhaben ablenkte und ins starre Beobachten zwang.

Die Fahrbahn, die sich als solche nur noch erahnen liess, war erreicht. Sie war völlig verschwitzt und ausser Atem, das führen des Mobils mit Schneeschuhen, war äusserst anstrengend. Sie musste die ganze Zeit achtgeben, dass sie dem Wolf nie den Rücken zuwandte, ansonsten hätte sich die Situation drastisch gewendet.

Sie war so verdammt froh, dass sie so vieles über die Tiere, im Besonderen von den gefährlichen, von ihrem Vater hatte erlernen dürfen.

Der Schnee unter ihr war eisig, der kalte starke Wind hatte den Weg glatt geweht. Der Wolf fing an, sich zu langweilen, seine Konzentration liess langsam nach, er fing an, die Pfoten vom Schnee zu befreien. Die Situation war dennoch sehr kritisch, eine kleine Unachtsamkeit und er stände blitzschnell zum töten bereit.

Nachdem sie die Schneeschuhe entfernte, stieg sie langsam und immer den Blick Richtung Gefahr, auf das Mobil. Sie wagte sich nicht, sich zu setzen, denn sie musste gross erscheinen, der Wolf hätte so mehr Respekt vor seiner vermeintlichen Beute.

Sie fuhr langsam davon, der Wolf verfolgte sie leicht hinter ihr, doch stets im Visier. Jana war überglücklich, dass nicht mehr Wölfe dazukamen, gegen ein Rudel hätte sie keine Chance. Ihr wurde nur vom Gedanken daran schon übel.

Sie spürte, dass der Untergrund es gut mit ihr meinte, sie erhöhte die Geschwindigkeit sukzessive und gab schlussendlich Vollgas. Sie konzentrierte sich nur noch auf das fahren, dem Wolf würdigte sie keinen Blick mehr, denn es lagen teilweise verschiedengrosse Äste auf dem Weg. Nur eine kleine Unachtsamkeit würde sie zu Fall bringen. Die

Chance auf eine überlebenswichtige Mahlzeit, hätte den Wolf zu einer Bestie werden lassen.

Nach einer Pause schaufelte ich weiter einen Teil der Veranda frei, danach grub ich einen Pfad durch die Schneemassen. Die Arbeit brachte mich an meine Grenzen, der Schnee war schwer und kaum abzutragen. Nach etwa einer Stunde war ich am Ende, die Hände schmerzten, die Kraft hatte meinen Körper verlassen. Als ob Sam Gedanken lesen konnte, kam er näher und leckte meine Hände.

In der Hütte war eine fast unerträgliche Hitze, obwohl die Türe die ganze Zeit offenstand. Sam und ich füllten uns den Magen, ohne es zu bemerken, schliefen wir ein.

Ich lachte, dabei sprang ich Richtung Wald, inmitten der Tannen und den mit Moos bedeckten Waldboden, hockte ich mich hinter einer vom Sturm herausgerissenen Wurzel. Mein Herz schlug schneller, plötzlich rief eine Mädchenstimme irgendetwas, das ich nicht verstand. Die Stimme kam immer näher, sie rief: „C wo bist du, C warte auf mich."

Das galt mir, sie hörte nicht auf, den Namen, besser gesagt den Buchstaben zu rufen. Da sie mir leidtat, stand ich auf und sah umher. Die Sonne liess den Strahl genau zwischen zwei Tannen scheinen, da erschien eine weibliche Gestalt, die zu mir sah. Erst sammelte ich mich, sie ähnelte einem Engel. Ich lief wie ferngeleitet vorsichtig auf sie zu, sie unternahm scheinbar dasselbe. Mein Herz trommelte fast schmerzhaft, ich schaute nur auf sie und vergass alles um mich herum. Irgendwie hatte ich das Gefühl, das ich sie kannte. Sie stand nur noch zwei Meter vor mir, ich war verloren, sie sprach mich an.

„C, wieso lässt du mich so lange warten?"

Sie redete völlig vertraut mit mir. Ich selbst brachte kein Wort zustande, ich war nicht sicher, ob ich dies träumte. Ich sah sie an und wusste nicht, was mit mir geschah. Sie nahm mich an die Hand und drückte sie gleichzeitig.

„Wir müssen wieder zurück, sonst kommen wir zu spät in die Schule."

„Wohin?", fragte ich etwas verwirrt.

„Nimm mich nicht auf den Arm C, natürlich ins Haus am Fluss."

Wir liefen gemeinsam zurück, ich fühlte mich wie im siebten Himmel.

Ein Bellen riss mich aus meinem Zustand, ich setzte mich auf und bemerkte, dass ich völlig durchnässt war. Nach mehrmaligem Augenreiben sah ich mich um, der Wald hatte sich in eine Hütte verwandelt, anstatt eines engelhaften Mädchens, stand nur Sam der Hund neben mir, nicht dass ich ihn nicht schätzte, aber der Engel war hübscher. Ich blieb noch eine Weile im Bett und genoss meinen Zustand. Kurz darauf schoss ich hoch, lief zum Schrank und nahm ein Stück Papier.

Ich sprach mit mir selbst und schrieb gleichzeitig, engelhaftes Mädchen, C, Schule und Haus am Fluss auf. Wenn ich so über meinen Traum nachdachte, glaubte ich nun, das Mädchen doch zu kennen. Es wurde mir abermals warm ums Herz, der Gedanke an diesen Engel und den Namen des Hauses liessen mich nicht mehr los. In einem meiner anderen Träume, kam das gleiche Haus vor, auch das Mädchen, deren Name unbekannt war. Das Haus am Fluss, das musste mein Zuhause sein, es passte zu den stetig zurückkehrenden Erinnerungen. Das Feuer meine Familie zu suchen entfachte erneut.

Es war früher Nachmittag, die Sonne kämpfte vergebens um Durchlass ihrer Strahlen, die Wolken waren trotzend in der Überzahl. Dadurch fiel die Helligkeit immer mehr der Dunkelheit zum Opfer. Ich schaufelte weiter und kämpfte um jeden Zentimeter, meine Gedanken kreisten erneut um Jana. Wen ihr etwas Schlimmes zugestossen war, würde ich diesen Ort für immer hassen.

Die Zeit hatte sie vergessen, spüren konnte sie schon lange nicht mehr viel. Sie versuchte völlig banal, sich auf dem Schneemobil halten zu können. Es war unumgänglich, einige Male anzuhalten, um das herumliegende Geäst vom Weg zu räumen.

Der Wolf hatte die Verfolgung aufgegeben, er hatte wohl berechnet, wie viel Energie er für die Jagd verbrauchen und er eventuell mit der Beute gewinnen würde.

Ihre Hände klammerten sich am Lenker, als ob sie aus einem Guss wären. Es war eine Wohltat, dass sie seit längerem wieder normal auf dem Mobil sitzen konnte. Sie fuhr und fuhr, den Wind, den sie nicht mehr spürte, kam von hinten und verhalf ihr zu einer noch rasanteren Fahrt. Sie dachte nur noch ans Ankommen und an C, diese waren momentan die zwei wichtigsten Dinge auf der Welt.

Das Phänomen Wetter spielte verrückt, nach der Dunkelheit zu deuten wäre es bald schon Abend. Doch nach ihrem Empfinden war es so um drei Uhr nachmittags. Nach einer unerträglichen Fahrt erreichte sie die Hütte, die sie kannte und vor dem Sturm aufsuchen wollte. Was Gestern leider zeitlich nicht mehr umsetzbar war.

Die Hütte diente allen Durchreisenden oder Jägern, um zu übernachten oder einfach sich aufzuwärmen. Sie stand für alle offen und jeder verliess sie so, wie er sie vorgefunden hatte. Probleme damit gab es nie, den nur Einheimische benutzten diese.

Sie überdachte ihre Lage, sie hatte noch sicher zwei Stunden Fahrt vor sich und die Dunkelheit hatte massiv zugenommen. Sie entschied weise und parkte ihr Mobil vor dem Eingang der Hütte, scheinbar hatte der Sturm hier nicht gewütet.

Halb Steiff gefroren und unterkühlt, entfachte sie als erstes ein Feuer. Holz sowie Zündhölzer gehörten zum festen Inventar. In den Sommermonaten, wurde der Vorrat für mindestens zwei Winter aufgestockt. Dafür verantwortlich waren im Jahreswechsel, die verschiedenen Bewohner hier oben.

Sie zog sich die nassen Sachen aus und hängte sie an eine dafür angebrachte Kordel. Sie besass die richtige Bekleidung, doch diesmal war alles bis auf die Haut nass geworden. Nun stand sie nackt vor dem Ofen und liess mit geschlossenen Augen die wohltuende Wärme in ihren, von der Kälte geschändeten Körper eindringen. Sie verbrachte so eine gefühlte halbe Stunde, die einzige Bewegung, die sie ausführte, war sich zu drehen, damit der ganze Körper die Wärme geniessen konnte.

Sie fand ein altes Männerhemd und Socken, die für sie viel zu gross geschnitten waren. Erst braute sie sich ein heisses Getränk aus getrockneten Brennnesselblättern, Kräuterschnaps und Zucker, was auch zur Grundausstattung gehörte. Langsam spürte sie den schon lange unterdrückten Hunger.

Einige Dosen weisse Bohnen mit Speck, standen reizvoll im Regal oberhalb der pragmatischen Küche. Während sie den Tee genoss, öffnete sie eine und stellte sie in die Pfanne mit etwas Schnee gefüllt. Die Kochplatten lagen direkt oberhalb des Ofens, dadurch wurde alles sehr schnell erhitzt.

Sie fütterte nach dem Essen den Ofen mit genügend Holz, damit das Feuer so lange wie möglich anhielt. Von Wärme umgeben, mit gefülltem Magen und etwas zu viel Kräutertee, fiel sie in Windeseile in einen tiefen, erholsamen Schlaf.

Ich war völlig erledigt vom ewigen schaufeln, die Verpflegung der Tiere hatte ich beinahe vergessen. Nach dem kurzen Abendbrot mit heissem Kaffee fiel ich halbtot ins Bett. Während ich Sam streichelte, verlor ich die Herrschaft über mich und schloss unbemerkt meine traurigen Augen.

Die Kälte schlich sich langsam in die kleine Hütte und brachte Jana unaufgefordert in den Wachzustand. Sie streckte sich ausgiebig und spürte den Schmerz, der noch in ihrem Körper heimisch war. Sitzend auf der Bettkante, mit halbnacktem Oberkörper, blickte sie sich um. So ganz bewusst, wie sie hierherkam, war sie sich nicht. Sie drückte sich in den Oberschenkel und wusste, sie war wirklich hier.

Die noch leicht glimmernde Glut war schnell wieder zu einem Feuer entfacht, etwas Kaffee und den Rest des gestrigen Abendmahls, stärkten sie für die kommende Fahrt. Sie war glücklich, wieder ihre eigenen trockenen Sachen anziehen zu dürfen. Die Spuren des gestrigen Überlebenskampfes waren von der Wärme nicht verschwunden. Jana brachte wieder alles in ihren Urzustand, und bedankte sich bei der Hütte fürs Beherbergen.

Es war noch früh am Morgen, die Sonne liess sich schon etwas blicken, nichts erinnerte mehr an den Sturm. Gekräftigt stieg sie auf das Mobil und fuhr eilig aber gelassen Richtung C, nur die Schmerzen in Armen und Rücken störten die Vorfreude. Nach kurzen drei Pausen sah sie Bens Hütte von weitem, eigentlich war es der Rauch, den sie sah. So wusste sie, dass sie in einer halben Stunde dort ankam, wo die Sehnsucht sie hinführte. Dieses seltsame Gefühl begleitete sie von Anfang an, solche kannte sie bis anhin nicht, unangenehm empfand sie diese überhaupt nicht.

Sam bellte lauter als sonst, dadurch war ich blitzschnell aufgewacht und betrachtete den Raum. Warum er Alarm gab, konnte ich nicht sagen. Ich lief zur Tür, schaute hinaus, ausser Schnee war nichts zu sehen. Die Helligkeit tat in den Augen weh, ich kehrte mich und schloss die Türe. Sam lief immer noch nervös umher, scheinbar hatte er ein Tier gespürt oder gehört.

Hungrig und durstig setzte ich mich, wäre das schön, wenn das Frühstück einfach von Zauberhand auf den Tisch käme. Da ich in keinem Märchen lebte, musste ich mich selbst bewegen. Der Kaffee schmeckte besonders gut, das Brot hätte frischer sein können, doch ich war zufrieden. Ich hoffte, wenn Sam sein Fressen erhält, würde er ruhiger werden, das ging voll daneben.

Nach dem Frühstück kümmerte ich mich um die Tiere im Stall, ich kam zügig voran und widmete mich danach wieder dem Schnee schaufeln. Nach etwa einer halben Stunde dachte ich, ein Geräusch von weitem zu hören. Ich stellte die Arbeit ein und lauschte nochmals, dazu schloss ich die Augen, warum wusste ich nicht, ich hörte abermals ein Geräusch. Umso länger ich so verharrte, umso klarer wurde die Sicherheit, ein Motorengeräusch wahrzunehmen. Durch das erneute Bellen wurde ich aus meinem Lauschprogramm gerissen. Er wedelte und stupste mich mit der Schnauze, ich Schaute ihn ungläubig an und sagte: „Das kann aber jetzt nicht wahr sein, denkst du das gleiche wie ich?"

Natürlich konnte er mir nicht antworten, doch sein verhalten bejahte es klar. Schnell rannte ich auf die Veranda und stieg auf das Geländer, ich musste vorsichtig sein, das Eis hatte es wahrhaft in seiner Gewalt. Doch das Risiko musste ich eingehen, das Geräusch kam immer näher, ich dachte, ich wüsste woher es kam.

Plötzlich erblickte ich ein Schneemobil, ich konnte noch nicht erkennen, wer darauf sass, doch für mich durfte es nur Jana sein. Ich blieb auf meinem Aussichtspunkt, bis sie etwa zweihundert Meter entfernt war. Ich wusste, sie konnte nicht ganz bis zur Hütte fahren, ich montierte meine Schneeschuhe und lief ihr entgegen. Sam tat es mir gleich, doch er sank bei jedem Schritt ein, da ich kein Risiko eingehen wollte, befahl ich ihm, zu warten. Ganz überrascht befolgte er es, das machte mich ein wenig stolz. Während des Gehens rief ich ihren Namen mit fast jedem Atemzug. Da vernahm ich plötzlich meinen Eigenen, es ging so weiter, bis wir uns sahen. Sie hielt, so fünfzig Meter vor mir an und versuchte sich aufzurichten. Es fiel ihr sichtlich schwer, doch ihr Lachen im Gesicht vertuschte es. Nach ein paar halb torkelnden Schrittversuchen wusste ich, dass es nicht gut um sie stand. Ich lief so schnell ich konnte zu ihr, wir umarmten uns, als ob wir uns ein ganzes volles Jahr nicht gesehen hätten. Kaum lagen wir uns in den Armen, war ich machtlos dem Drang meiner Tränen ausgeliefert. Es war mir völlig egal, die Freude über ihr Dasein war grösser als alles andere. Sie weinte natürlich auch, doch als ich endlich ihr Gesicht genauer betrachtete, sah ich, dass es ihr tatsächlich nicht gut ging.

„Komm, lass uns in die Hütte gehen, du musst dich aufwärmen, etwas essen und schlafen."

Ich stützte sie, die Schneeschuhe waren echt hinderlich. Sie sprach kein Wort, das Weinen war die einzig wahrnehmbare Regung. Ich fragte nichts, denn in solchen Momenten war es angebrachter zu schweigen und zu helfen. Schnell zog ich ihr die Schuhe aus und setzte sie vor das Feuer im Kamin. Ich befreite sie von den nassen Sachen, und legte eine wärmende Decke über ihre Schultern. Anschliessend erwärmte ich den Rest meiner Suppe und fütterte sie vorsichtig.

„Du musst jetzt nichts sagen, erhole dich erst, dann kannst du mir alles erzählen. Ausser es gibt etwas, das ich sofort wissen sollte?

Sie verneinte mit einer Geste und ass weiter. Als die Schüssel leer war, trug ich sie in mein Bett und hüllte sie, bis zum Kopfansatz, in Decken ein. Ich streichelte ihr Haar und küsste sie auf die Stirn. Ihre Augen waren schon beim Hinlegen halb geschlossen.

Ich nahm einen Stuhl und setzte mich lange zu ihr. Was war nur geschehen, sie sah schrecklich mitgenommen aus. Auch die Schürfungen und Frostbeulen blieben mir nicht verborgen.

82.   Anna

Anna lief um halb elf zum Nebengebäude in Lindas Büro.

Es war schon etwas eigenartig, früher war es ihnen verboten, diesen Weg zu gehen, heute beging sie ihn ohne schlechtes Gewissen. Doch ein unerklärliches, fast überirdisches Gefühl begleitete sie dennoch.

Sie brauten einen Tee und setzten sich ins Zimmer mit dem grossen Fenster, das den Blick über das ganze Areal bot.

„Ich darf dir etwas sagen, das aber nicht zu hundert Prozent sicher ist. Es gibt eventuell eine Möglichkeit, dich von der Familie Bonn zu trennen."

Ihr Gesicht erstrahlte.

„Sei dir bewusst, dass es möglicherweise nicht klappen könnte. Da Ida Bonn schwer krank ist, sowie Herr Bonn sich unredlich gegenüber dir verhielt, besteht eine reelle Chance. Ich werde Frau Bonn im Spital besuchen und versuchen, mit ihr dieses Problem zu besprechen. Bitte rede mit keinem nur ein Wort darüber, das ist unser Geheimnis, bis wir wissen, was Sache ist."

Anna nahm ihre Hand und sprach: „ Ich werde alles tun, was du willst, Hauptsache, ich kann wieder hierhin zurück, in mein wirkliches Zuhause."

Sie sassen und plauderten noch etwa eine Stunde, die Schule und ihre weitere Zukunft boten genügend Gesprächsstoff.

83. Geburtstagskuchen

Jan Orsen lief zum Revier und genoss den kalten doch angenehmen Morgen, die klare Luft tat seinem eher dumpfen Kopf gut. Er hatte es gestern ein bisschen übertrieben, das hochprozentige zum Kaffee, nach dem Bier, hätte er lieber sein lassen. Kurz vor der Treppe des Gebäudes spürte er kaum noch seine Ohren. Eine Mütze wäre hilfreich gewesen, doch als er Zuhause loslief, besass er genügend innere Wärme.

Er zog im Büro den Mantel aus und begab sich Richtung Kaffeeecke. Bruno war noch nicht in seinem Büro, er hätte ihm gerne, die Entscheidung über den eventuellen Beitritt zur Bruderschaft, berichtet.

Die heisse Tasse zwischen beiden Händen haltend, schritt er langsam in sein Büro zurück. Ihm war etwas langweilig, seit der Geschichte mit dem Toten im Garten der Familie Gros und dem darauffolgenden Feuer, war zum Glück, nichts interessantes mehr geschehen. Abgesehen von seinem privaten Abenteuer in Scanland, über das er jedoch nur mit Bruno und Clara reden durfte. Irgendwie ging es ihm heute Morgen nicht sonderlich gut. Seit er in seinem bequemen, nicht mehr ansehnlichen Ledersessel sass, stieg in ihm eine sonderbar unzufriedene Stimmung empor. Er hatte dies nicht oft, er hasste dieses eigenartig befremdende Gefühl.

Die Gedanken an Clara halfen ihm nur teilweise, er verliess sein Büro und hoffte damit, auch seinen seelischen

Ballast dort deponieren zu können. Auf dem Tisch neben der Kaffeemaschine stand ein angeschnittener marmorierter Kuchen, er war aussen liebevoll mit heller Schokolade verziert. Ein aus Marzipan geformter Revolver lag oben auf. Er schaute sich um, als er sich unbeobachtet fühlte, schnitt er eine Scheibe dieser Köstlichkeit ab.

Kaum angebissen grüsste ihn Bruno.

„Ich hoffe, er schmeckt dir?"

Etwas erschrocken bejahte er mit vollem Mund, nur mit Kopfnicken.

„Er schmeckt ausgezeichnet, hast du ihn gebacken?"

Bruno lachte leise: „Nein, dieses Prachtstück stammt von meiner besseren Hälfte, sie meinte, es sei ja schliesslich mein letzter Geburtstag, den ich hier erlebe."

Das darf nicht wahr sein, dachte Jan. Etwas beschämend legte er den Teller mit dem Kuchen auf den Tisch.

„Was soll ich sagen, vor lauter anderen Gedanken habe ich deinen Geburtstag völlig vergessen, verzeihst du mir?"

Er umarmte Bruno und drückte ihn freundschaftlich.

„Du weisst, ich wünsche dir nur das Allerbeste, heute und in Zukunft."

„Vielen Dank Jan, ich weiss du meinst es ehrlich, das schätze ich sehr."

„Kann ich den Kuchen in deinem Büro fertig geniessen?"

„Klar, ich nehme uns noch einen frischen Kaffee mit."

Jan schnitt sich nochmals ein Stück ab und verschwand in Brunos Büro. Er entschuldigte sich abermals wegen dem vergessenen Geburtstages.

„Darum isst du doch nicht deinen Kuchen bei mir?", fragte Bruno lachend. Jan nahm einen Schluck Kaffee.

„Nein nicht nur, ich habe mich entschieden."

Bruno hörte gespannt zu.

„Ich hätte deinen Posten wirklich von Herzen gern, aber dafür dieser Bruderschaft beizutreten, macht es für mich uninteressant. Ich würde mich selbst betrügen."

Bruno verzog keine Miene, er legte, ohne den Blick von Jan zu weichen, seine Tasse ab.

„Ich befürchtete es, anderseits wäre ich ehrlich gesagt, fast ein wenig enttäuscht von dir gewesen. Du weisst, dass ich dich schätze und du hast wieder mal bewiesen, dass du für deine Werte einstehst, auch wenn sie noch so bittere Spuren hinterlassen."

„Danke für deine ehrlichen Worte, es ist mir nicht leichtgefallen, aber das wäre einfach nicht ich, das ginge nicht gut."

Nach einer halben Stunde verliess Orsen sein Büro und kehrte ins eigene zurück, bewaffnet mit einem weiteren kleinen Stück vom delikaten marmorierten Kuchen. Der Kaffee musste dieses Mal einem Glas Wasser weichen, er verursachte einen immensen Durst. Als er wieder an seinem Schreibtisch sass, fühlte er sich um etliche Kilos leichter, das Gespräch mit Bruno hatte verdammt gutgetan, es wirkte befreiend.

Die Gedanken an Clara hellten seine Stimmung noch mehr auf, er freute sich auf eine gemeinsame Zukunft mit ihr. Sie war jetzt für ihn das Wichtigste auf der Welt.

84. C und Jana

Ich sortierte ihre Kleider und hing sie zum Trocknen auf, sie sahen etwas mitgenommen aus. Vor allem die Hose und Jacke hatten viele Spuren, die von einem Kampf zeugten. Ich war nur froh, dass soweit ich dies beurteilen konnte, sie nicht ernsthaft verletzt wurde. Es war keine richtige Wunde zu sehen, sondern eher Schürfungen und blaue Flecken. Ich nächtigte auf dem ehemaligen Bett von Ben, Sam lag wachend neben Jana. Ich starrte zur Decke, für Jana hatte ich echte Gefühle entwickelt, ich wollte sie nur noch lachend sehen und sie vor allem beschützen. Die Gedanken an sie, liessen mich in einen unendlich tiefen Schlaf fallen.

Am nächsten Morgen stand ich als erster auf und sah nach Jana, sie schlief wie ein Engel, einfach mit roten Wangen. Ich schlich ruhig nach draussen und holte Schnee, um uns einen frischen kräftigenden Tee zu brauen. Danach begab ich mich schleichend in den Stall, die Tiere schienen noch den Schlaf in den Knochen zu spüren. Ich durfte sie noch nicht ins Gehege lassen, der Schnee hatte es beschlagnahmt. Den Mist von gestern räumte ich fort, dabei schien mir die Sonne direkt ins Gesicht. Sie strahlte mit voller Kraft, als wolle sich der Himmel für sein vergangenes Verhalten entschuldigen. Nach dem Füttern, was sie anscheinend genossen, sammelte ich die Eier ein und ging wieder zurück.

Sie lag immer noch im Tiefschlaf, ich bereitete uns das Frühstück. Sam kam nur kurz zum fressen in die Küche und begab sich eilig wieder zu ihr. Ich nutzte die Zeit, um einige Brotteige zu kneten. Brote herzustellen hatte mir Ben beigebracht, es hat mich immer wieder erstaunt, wie er das fertigbrachte. Das Wichtigste war, das stehenlassen der Teige, damit diese an der Luft, jedoch zugedeckt, aufgehen konnten. Am Abend würde er den Teig in einer hohen Pfanne backen. Ich backte immer einige Brote miteinander, das reichte wieder für ein paar Wochen.

Plötzlich hörte ich ein Stöhnen, Jana hatte sich gedreht und rieb sich die Augen.

„Guten Morgen Jana, wie geht es dir?", fragte ich, währenddem ich zu ihr lief. Sie setzte sich auf und sah mich an: „Ich bin wirklich hier, erst dachte ich, es wäre ein Traum. Lass dich umarmen."

Sie öffnete die Arme, ich setzte mich aufs Bett und hielt sie fest.

„Ich habe mir solche Sorgen gemacht."

Sie drückte noch mehr zu. Nach der innigen Umarmung bediente ich sie mit einem frisch gekochten Ei zum Frühstück, dabei fing sie zu erzählen an.

Die Geschichte ging mir nah, erst jetzt wurde mir so richtig bewusst, wie viele Schutzengel sie begleiteten. Wir sassen noch einige Tassen Tee lang am Tisch und genossen uns. Sie fühlte sich schon stark genug, um mir ein wenig zu helfen, ich holte die Sachen, die auf dem Anhänger des Schneemobils verstaut waren. Ansonsten verbrachten wir den ganzen Tag in der Hütte, ich wollte sie so wenig wie möglich alleine lassen.

„Morgen helfe ich dir beim Schneeräumen, wenn die Sonne so wie heute scheint, haben wir es leichter."

Ich lachte sie an und sprach: „Erst lassen wir es morgen werden, dann sehen wir, ob du schon so weit bist."

Sie lachte und sprach: „Ja natürlich Herr Doktor."

Ich genoss die Zeit mit ihr in der Hütte ungemein, die Nähe zu ihr versetzte mich in einen anderen Gefühlszustand. Die liebliche Art und ihr herzliches Lachen nahmen mich schon damals ein. Doch jetzt wollte ich sie nicht mehr gehen lassen, so muss sich Liebe anfühlen.

Die nächsten Tage vergingen im Fluge, die Sonne hatte ein Dauerscheinen aufgesetzt und liess den Schnee regelrecht dahinschmelzen. Die Tiere liessen wir wieder ins Gehege, sie bedankten sich mit diversen Hüpfparaden. Wir sprachen seit ihrer Ankunft nicht mehr von unserer Vereinbarung, ehrlich gesagt, wollte ich dies auch nicht.

Eines Morgens sagte sie mir mit einem Lächeln im Gesicht.

„Jetzt ist es bald soweit, wenn die Kälte und der Schnee nicht wiederkommen, zeige ich dir den Weg."

Ich war leicht überfordert und wusste nicht, was sagen, also schwieg ich eine Weile.

„Habe ich was Falsches gesagt, C."

Ich sammelte mich und antwortete kühn: „Nein Jana, es ist nur so," ich pausierte kurz, „ich bin mir gar nicht mehr so sicher, ob ich das noch immer möchte."

Sie sah mich nur schweigend an, ein Ansatz eines Schmunzelns, glaubte ich erkannt zu haben.

„Aber deine Familie wird dich vermissen, sie machen sich sicher enorme Sorgen."

Ich überlegte und schämte mich.

„Du hast recht, eigentlich will ich es ja auch, anderseits wäre ich gerade so gerne hier."

„Glaube mir, wenn du es nicht tust, wirst du es irgendwann bereuen. Die Hälfte der Hütte gehört ja dir, such deine Familie, danach kannst du dich immer noch entscheiden. Hier oben führst du ein einsames und sehr beschiedenes Leben, du verzichtest auf vieles. Hier existieren wir mehr oder weniger von der Hand in den Mund."

„Ich weiss, trotzdem bin ich hier mit dir einfach nur glücklich, ich bin mir nicht sicher, ob ich das früher war."

Jana schaute schelmisch drein: „Vielleicht will ich gar nicht, dass du hier oben lebst."

Jetzt erst bemerkte ich, dass ich sie sozusagen überging, ich dachte nur an mich. Ich möchte ja nicht nur mit den Tieren hier oben leben, Jana wäre der Mittelpunkt meines Lebens. Ich nahm ihre Hände in die meine und sah sie mit ernster Miene an.

„Entschuldige, ich habe vor lauter Freude nur an meine Sichtweise gedacht, jetzt frage ich dich, du musst mir deine ehrliche Meinung sagen. Würdest du überhaupt wollen, dass ich hierbleibe. Natürlich könnten wir erst getrennt leben und uns einfach oft besuchen."

Ihr Gesichtsausdruck wurde nachdenklich.

„Du meinst es wirklich ernst!"

Meine Hände fingen an zu zittern.

„Ja, ich habe mich in dich verliebt, ich kann mir gar nicht mehr vorstellen, ohne dich zu leben. Ich habe mir unendliche Sorgen gemacht, als du solange nicht gekommen bist, mir hat es fast das Herz zerrissen."

Wir nahmen uns in die Arme, das Glück schien vollkommen.

Die folgenden Tage waren die schönsten meines Lebens, im Grunde hätte ich es am liebsten so belassen. Es wurde vereinbart, dass ich erst die Familie suche. Wenn ich dann immer noch das Verlangen nach ihr verspüre, kehre ich zu Jana zurück, um mein Leben mit ihr, hier zu verbringen. Wenn ich mich ein Jahr lang nicht mehr melde, überlasse ich ihr meinen Teil der Hütte und alles, was dazugehörte. Über das gesamte, von Ben geerbte Bargeld, durfte sie ungefragt verfügen. Jana besass noch nie einen solch hohen Notgroschen, sie lebten als Selbstversorger und von der Jagd, da blieb nicht viel übrig.

Dies alles habe ich auf die Rückseite des Briefes von Ben niedergeschrieben und unterzeichnet.

Jana hoffte insgeheim, dass er zurückkehren und mit ihr zusammenbleiben würde. Sie war genauso verliebt wie C, nur kannte sie dieses Gefühl so nicht. Sie wusste nur, dass sie seit dem tot ihres Vaters, nie mehr so glücklich war. Doch ihr war klar, dass es falsch wäre, ihn von der Suche nach seiner Familie abzuhalten. Sie war ihr heilig und sie wusste, dass dies für C ebenfalls galt. Nur wenn man mit dem Vergangenen im reinen ist, war man fähig, eine neue glückliche Zukunft aufzubauen.

Man hätte meinen können, der Himmel erhörte ihren Wunsch, er liess die Sonne wie wild scheinen. Die Temperaturen stiegen und halfen dem Schnee zu verschwinden. Jana hätte schon bald wieder zu ihrer Hütte zurückkehren müssen, doch die Wettersituation war so ideal, dass es fast schon fahrlässig wäre, diese nicht zu nutzen.

Der Tag war gekommen, Jana hatte mir eine Karte, die früher ihrem Vater gehörte mitgebracht, dort zeichnete sie gemeinsam mit mir unsere Standorte ein. Bens Hütte war nirgends eingezeichnet, aber auch Janas Behausung fehlte sichtlich darauf. Mit einem Bleistift markierte sie die ungefähre Strecke ein, die vor uns lag. Sie kannte das Gebiet scheinbar in- und auswendig, ich staunte über ihr Wissen.

„Du kennst dich sehr gut aus, du erstaunst mich immer wieder aufs Neue."

„Mein Vater hatte es mir beigebracht, er erklärte und erforschte mit mir das gesamte Gebiet. Er fand, man müsse genau wissen, wo und mit wem man lebte."

Ich sah sie an und dachte nur, wie hübsch sie doch ist.

„Was ist?" ,fragte sie.

„Willst du auch für immer hier oben leben?"

Ohne den Blick von der Karte zu nehmen, antwortete sie: „Gibt es noch was Schöneres."

Ich wollte schon antworten, doch bemerkte ich, dass dies keine eigentliche Frage war. Sie war überflüssig, denn es verging kaum ein Tag, ohne dass sie am Morgen glücklich aufstand und genauso Abends einschlief. Sie hatte mich mit ihrer Zufriedenheit richtig angesteckt.

Die vorläufig letzte Nacht war angebrochen, Jana packte mir noch genügend Lebensmittel und das Wenige an Kleidern die nötig waren ein. Das war der erste Abend, an dem sie unzufrieden schien.

Ich verabschiedete mich von allen Tieren, natürlich hatte ich bei Sam am meisten Mühe. Er war mir sehr ans Herz gewachsen, ich flüsterte ihm, dass ich wiederkomme.

Bis zum Dorf Tornika, von wo aus ich meine Reise allein bewältige, würde es etwa drei Stunden dauern. Damit

Jana am gleichen Tag wieder zurückfahren konnte, brachen wir frühmorgens auf. Wir planten zwei Pausen ein, denn das Schneemobilfahren war eine anstrengende Sache.

Der Weg war einigermassen gut befahrbar, ich bemerkte schnell, dass Jana ein Profi darin war. Nach etwa fünfzig Minuten legten wir die erste Pause ein, die Gegend war einzigartig. Die Stille und Schönheit der Landschaft liess uns verstummen.

Wie aus dem nichts fragte Jana: „Willst du auch mal fahren, es ist nicht so schwer, du wirst sehen."

Ich war völlig aufgeregt und freute mich über dieses Angebot.

„Wenn du dich traust, würde ich gerne mal fahren."

Sie erklärte mir die Instrumente und auf welche Gefahren ich achten musste. Ich stellte mich gar nicht so ungeschickt an, anfangs hatte ich Mühe mit dem Gasgeben. Immer wieder rutschte mein Daumen vom Griff, doch nach etwa einer halben Stunde fuhr ich beinahe fehlerfrei. Jana erklärte mir während der Fahrt, wo ich entlangfahren solle und warum. Damit wir keine unnötige Zeit verlieren, setzte sich Jana nach der zweiten Pause wieder ans Steuer.

Ich hoffte, dass wir nicht so schnell in Tornika ankämen, so hätte ich sie länger bei mir.

So gegen elf Uhr trafen wir in Tornika ein, es war ein kleines dichtbesiedeltes Dorf. Wir betankten als erstes das Mobil und zusätzlich ein Kanister für den Notfall. Das Lokal, das mit dem besten Bier warb, betraten wir als Nächstes. Der bärtige Wirt und seine lieblich scheinende, eher dickliche Frau, begrüssten Jana sehr herzlich. Wir wurden mit Speis und Trank verwöhnt. Scheinbar kannte man sich, den die meisten der Gäste begrüssten Jana und am Rande auch mich sehr freundlich. Thore und Runa, das Wirtepaar, wollten alle Neuigkeiten erfahren. Sie boten uns an, die Nacht hier zu verbringen und erst am anderen Morgen weiterzureisen. Da wir nicht sicher waren, ob das sinnvoll wäre, verschoben wir die Antwort auf später. Bedankten uns jedoch für das grosszügige Angebot.

Runa wollte wissen, wie es Ben so gehe, darauf wurden unsere Mienen ernster.

„Ben hatte einen Unfall, den er leider nicht überlebte. Ich muss dies heute noch dem Amt melden."

Nach einer nachdenklichen Schweigeminute stand Thore auf und klopfte Jana auf die Schulter.

„Es tut mir schrecklich leid für dich, was wirst du jetzt tun?"

„Ich werde so weitermachen wie bisher, ich kann gut auf mich selbst aufpassen. Er wird mir sehr fehlen, er war wie ein Ersatzvater für mich. Das hört sich etwas kitschig an, es war aber so."

Runa umarmte sie, unterdessen wurde Thore von einem Gast weggerufen, ich sass da, doch keiner nahm so richtig Notiz von mir, bis auf Runa.

„Was ist denn mit dir Junge, du bist doch nicht von hier?"

Ich nahm noch ein Schluck von dem besten Bier im Dorf.

„Nein, Ben hatte mich aufgenommen, um den grossen Schnee abzuwarten. Eigentlich wollte er mich hierherfahren."

Jetzt ging es los, sobald ich die Worte zu Ende sprach, liefen mir Tränen übers Gesicht. Ich wischte sie mit dem Ärmel schnell weg.

„Du musst dich für das nicht schämen, lass es nur raus", sprach Runa.

„Wie heisst du übrigens?"

„Man nennt mich C."

„Gut C, bitte überzeuge Jana davon, dass es noch früh genug wäre, Morgen weiterzureisen. Ich bin überzeugt, dass euch eine längere Rast hier guttun würde."

Ich nickte und sendete ein Lächeln zu den beiden Frauen. Thore kam wieder zurück und sprach: „Ich habe mit Nick telefoniert, er sagte, du kannst nachher direkt zu ihm gehen, um alles zu erledigen, dein Begleiter soll auch gleich mit."

Ich machte mir nichts draus, ich hätte sie sowieso begleitet. Als wir ausgetrunken und alles Wichtige besprochen hatten, begaben wir uns auf den Weg ins Amtshaus.

Es bestand aus drei Zimmern und einer Zelle. Herr Polte sass am Schreibtisch und führte ein Telefonat, er deutete uns mit der Hand, dass wir uns setzen sollen. Nach etwa fünf Minuten legte er den Hörer auf die Gabel und stand blitzschnell auf.

„Thore hat mir alles erzählt, mein aufrichtiges Beileid."

Er gab Jana die Hand, mir nicht. Er setzte sich wieder und fragte: „Wie ist Ben den umgekommen?"

Ich fing schon an zu erzählen, da gab mir Jana ein Schubs mit ihrem Fuss.

„Er hatte einen Unfall, er wurde von einem Schneebrett mitgerissen. Der viele Schnee liess die Gegend völlig anders erscheinen. Wir fanden ihn nicht mehr, nehme an er wurde in die Tiefe gerissen."

„Wir, bedeutet, dieser junge Mann und du?"

„Ja, das ist C, Ben hat ihn bei sich wegen des vielen Schnees aufgenommen."

„Ist das so C, woher kommst du, ich habe dich noch nie hier gesehen?"

Ich fühlte mich plötzlich nicht mehr wohl.

„Ich kam von Trubik her und wollte nach Aronis, in Snorland." Mir wurde beim nennen der zwei Wörter richtig komisch.

„Aha, dann hast du vor, von hier aus nach Snorland weiterzureisen, wenn ich dich recht verstehe?"

„Ja genau", antwortete ich erfreut.

„Du hast sicher einen Pass oder sowas?"

Nach kurzem Überlegen sprach ich: „Nein, meine Sachen wurden mir gestohlen oder ich habe sie verloren, das weiss ich selbst nicht genau. Ist das denn wichtig?"

„Es ist meine Pflicht, Fremde zu überprüfen. Ich bin Bürgermeister und Polizist, alles in einer Person", er lächelte etwas blöde. Um die gespannte Stimmung zu lösen, fing Jana an zu sprechen.

„Was kann ich noch für dich tun Nick, ich meine betreffend Ben?"

Er kratze sich am Doppelkinn und notierte etwas auf seinen Schreibblock.

„Du musst mir nur einige Papiere unterzeichnen, dass er tot ist und so fort. Alles Weitere werde ich in die Wege leiten, so viel ich weiss, hatte er keine Nachkommen oder sonstige Familie, oder weisst du mehr?"

„Nein, er hatte niemanden mehr, darum lebte er ja dort oben."

„Das ist gut so, dann ist die Sache schnell erledigt."

Ich fand sein verhalten schrecklich, aber Jana zuliebe blieb ich ruhig.

„Ich werde alles Aufsetzen, morgen früh kannst du vorbeikommen und es unterzeichnen, dann ist es erledigt."

„Morgen erst, geht das nicht sofort?"

„Nein, so schnell leider nicht."

Er grinste, stand wieder sehr hastig auf und streckte die Hand aus. Diesmal galt sie auch mir, er hatte einen kräftigen Händedruck und sah mir zu lange direkt in meine Augen.

Kaum draussen, zog mich Jana an der Hand, wie als Zeichen ihr schnell zu folgen. Als wir ausser Sichtweite des Amtshauses waren, sah sie mich zornig an.

„Dieses aufgeblasene Arschloch, ich könnte kotzen. Er mochte Ben überhaupt nicht, der falsche Hund."

„Beruhige dich Jana, er war aber schon sehr eigen."

„Entschuldige meinen Fusstritt, ich hatte dir vorher vergessen, zu sagen, dass du nicht erzählen sollst, wie es wirklich geschah. Es hätte nur unnötige Fragen hervorgebracht. Mich kennen sie, mir glauben sie eher, als einem unbekannten Ausländer."

Die Frage der Übernachtung hatte sich von selbst erledigt. Die netten Wirte hatten uns zwei Zimmer nebeneinander gegeben. Als Dank assen wir im Lokal zu Abend und blieben, für unsere Verhältnisse, lange wach. Jana hatte sich wieder vom Amtshaus Debakel erholt, selbst Runa lästerte über diesen Nick. Er war nicht sehr beliebt und trotzdem war er der höchste Tronikaner. Sein Vater hatte ihm diesen Posten verschafft, er besass wohl grossen Einfluss.

Als wir ausgetrunken hatten, begaben wir uns in die erste Etage, wo sich unsere Zimmer befanden. Wir sahen uns an und dachten scheinbar das Gleiche.

„Wollen wir die Nacht zusammen verbringen?", fragte Jana mit unwiderstehlichem Charme.

„Ich wollte gerade dasselbe vorschlagen, habe mich jedoch nicht getraut."

Als wir so im Doppelbett lagen, streichelte sie mir mein Gesicht.

„Ist es für dich in Ordnung, wen wir einfach nur engumschlungen zusammen einschlafen?"

„Das wäre eine Ehre für mich."

Ich gab ihr einen Kuss auf die Wange. Ich verstand die Frage, sie war ja nicht sicher, ob ich wiederkommen würde.

Es war auch in meinem Sinne, obwohl mein Körper völlig verrücktspielte, sie war es aber allemal wert zu warten.

Kaum waren sie aus dem Amt gelaufen, nahm Nick Polte den Hörer und rief seinen Berufskollegen in Wornas an.

Der Morgen war angebrochen, sie genossen das gemeinsame Erwachen so eng nebeneinander. Sie hatten zuvor schon oft im selben Raum geschlafen, jedoch nie im gleichen Bett.

Das Frühstück war fantastisch, frisches Brot, Käse und alles, was das Herz begehrte, wurde aufgetischt. Nach dem fulminanten Schmaus liess Runa ausrichten, dass sie nachher zu Nick sollen.

Wir wollten dies schnell hinter uns bringen und begaben uns direkt ins Amtshaus. Nick sass wieder am selben Ort und abermals am Telefon, es folgte dieselbe Handbewegung. Wir setzten uns und warteten geduldig auf das Ende des Gesprächs. Kaum aufgelegt stand er wieder blitzschnell auf und begrüsste uns.

„So, ich habe es vorbereiten lassen, Jana du musst hier je einmal Unterzeichnen, dann ist alles erledigt."

Er hatte ein furchtbares Grinsen aufgesetzt, das mir aber falsch erschien.

Jana unterzeichnete die Dokumente, ohne sie durchgelesen zu haben.

„Muss ich noch was Wichtiges wissen, oder ist damit alles geklärt?"

„Was geschieht mit der Behausung, hatte er noch Tiere oder so?"

Jana überlegte kurz: „Die Hütte wird wohl verwaisen, die Tiere könnte ich nehmen, wenn das ok wäre?"

Nick schaute auf ein Dokument und sprach: „Von Amtes wegen kannst du die Tiere haben, die würden sonst eingehen. Die Hütte ist offiziell eingetragen. Du kannst mit ihr machen was du willst, ich weiss von nichts."

Jana war sichtlich erleichtert, sie hatte schon Bedenken, dass es mit der Hütte Probleme geben würde. Vom Brief wollte sie nichts sagen, das käme Nick bestimmt sonderbar vor.

„Können wir jetzt gehen?", fragte Jana lächelnd.

„Du schon, Jana. Dein Freund muss sich leider eine Weile gedulden."

Beide hatten ein Fragezeichen im Gesicht.

„Ist etwas nicht in Ordnung Nick?"

„Kann ich offen sprechen, oder wünschen sie, dass Jana geht?"

Ich war etwas verwirrt.

„Nein, sicher nicht. Was ist den los?"

„Wie sie wollen, gestern führte ich ein Telefonat mit der Landespolizei in Wornas, da sie sich nicht ausweisen konnten, war es meine Pflicht, sie zu überprüfen."

Mir wurde übel, ich glaube, die dritte Schokolade hätte ich nicht trinken sollen.

„Und nun?", fragte Jana.

„Es ist so, anfangs September dieses Jahres wurde nach einer Person gesucht, die ziemlich genau ihrem Profil entsprach. Das heisst, sie sind mit hoher Wahrscheinlichkeit jener Gesuchte."

Ich war etwas durcheinander.

„Wer sucht mich den, ich verstehe nicht ganz?"

Jana sah ihn an: „ Deine Familie, du suchst sie ja auch!" Nick Polte meinte.

„Das darf ich ihnen leider nicht sagen, es ist jetzt so, sie werden morgen von der zuständigen Stelle, hier in Tornika abgeholt, dann wird sich alles klären. Ich muss sie deshalb bitten, noch eine Nacht hierzubleiben. Kann ich sicher sein, dass sie nicht verschwinden, ansonsten muss ich sie hier übernachten lassen", er drehte sein Gesicht Richtung Zelle.

„Ich glaube, ich habe nichts zu verbergen, vielleicht ist es ja wirklich meine Familie."

„Wir verbringen die Nacht wieder bei Runa und Thore, du musst ihn nicht einsperren."

„Das ist mir lieber, gibt nur unnötigen Papierkram."

Die Übelkeit wurde von einer eigenartigen Freude, gemischt mit Skepsis, abgelöst. Wir verliessen das Büro von Herrn Polte und unternahmen einen Spaziergang.

„Du musst nicht unbedingt hierbleiben, ich kann auch allein eine Nacht schlafen." Kaum gesagt schmunzelte ich, meine Worte klangen etwas seltsam.

„Kommt nicht in Frage, es ist sicher besser, wenn ich bei dir bleibe. Denk daran, du bist ein Ausländer ohne Papiere. Ich traue Nick nicht, er scheint mir unehrlich."

„Danke, ich bin richtig dankbar und glücklich, dich bei mir zu haben. Wieso suchen sie mich hier in Scanland, ich komme doch von Snorland. Joschi und Koni haben mich ja dort gefunden."

„Komm wir gehen zurück und berichten den Beiden, dass wir noch eine Nacht bleiben."

85. Annas Glück

Das Telefon klingelte genau viermal, dann verstummte es, nach kurzer Zeit ertönte wieder der Klingelton, beim vierten Mal wurde der Anruf entgegengenommen.

„Hallo"

„Hier der Schatten, wir haben die Meldung erhalten, dass es wiederaufgetaucht ist. Wie sollen wir vorgehen?"

Schweigen auf der anderen Seite.

„Sind sie noch dran?"

„Klar, es sollte aber nicht wiederauftauchen, ist das ein Problem?"

„Alles machbar, ist nur eine Frage des Preises!"

„Der ist sekundär, kann ich mich darauf verlassen?"

„Wie immer, wenn sich die Meldung als echt erweist, ist es für sie erledigt."

„Danke, das weiss ich zu schätzen."

Fast gleichzeitig wurde aufgehängt.

Ken traf sich weiterhin und in immer kürzeren Abständen mit Linda, sie war genau die Richtige. Sein Gefühl hatte ihn beim ersten Treffen nicht getäuscht, es bahnte sich eine Liebe fürs Leben an. Er half ihr auch in jeglichen Belangen des Haus am Fluss. Sie hatte es im Griff, Hara Bensen wusste scheinbar genau, was sie tat.

Er begleitete sie zum Gespräch mit der Familie Bonn. Ida Bonns psychische Verfassung war sehr instabil, Alex, wie auch Ida hätten Anna gerne behalten, doch die Umstände sprachen dagegen. Sie müsste sich für unbestimmte Zeit in pflegerische Obhut begeben, daher sahen sie keine Möglichkeit mehr, Anna ein geordnetes Zuhause bieten zu können.

Linda Grän kam dieser Umstand, so schrecklich wie er sein mag, entgegen. Sie erwähnte nichts von dem, was sie vorbringen wollte. Die Angelegenheit hatte sich von selbst erledigt.

Einerseits traurig, anderseits eine Chance für Anna. Sie nahm es auf wie erwartet. Ihr tat Ida sehr leid, selbst mit Alex hatte sie Mitleid, auch wenn es schwierig mit ihm war, das hatte er nicht verdient.

86. Eingesperrt

Wir wurden von den direkt ins Gesicht scheinenden Sonnenstrahlen sanft geweckt. Es war erst halb sechs, doch wir konnten sowieso nicht mehr schlafen, wir entschieden aufzustehen. Irgendwie lag eine leicht erdrückende, doch fröhliche Stimmung in der Luft. Uns war bewusst, dass heute der Abschied anstand, würden wir uns wiedersehen oder war hier endgültig unsere Geschichte zu Ende.

Nach dem Frühstück und der Verabschiedung von Runa und Thore, liefen wir schweren Ganges ins Amtshaus. Dort parkte ein schwarzes Fahrzeug, das wie ein Transporter aussah. Wir betraten Nicks Büro und wurden von zwei Personen bereits erwartet. Die Begrüssung fiel kurz aus, Namen fielen keine, nur einer der beiden Herren redete.

„Guten Morgen, wir sind beauftragt worden, sie C, mit nach Wornas zu begleiten. Dort wird alles Weitere in die Wege geleitet, später werden sie zur Grenze nach Snorland gebracht. Wir starten in etwa zehn Minuten, sind sie bereit?" Ich verstand den Aufmarsch nicht, warum brachten sie mich nicht direkt nach Snorland. Diese Frage stellte ich und bekam folgende Antwort.

„Wir klären es in Wornas, wenn alles rechtens ist, können sie nach Snorland reisen. Mehr kann ich im Moment nicht sagen."

Jana gab ihm zu verstehen, dass es keinen Sinn hatte, weiterzufragen. Wir hielten uns kurz und wünschten eine gute Reise. Richtig verabschiedet und alles besprochen, haben wir bereits vorher im Zimmer. Wir wussten, dass wir danach keine Gelegenheit mehr bekämen. Jana wartete, bis der Wagen mit mir und den zwei Herren losfuhr, mir zerriss es fast das Herz, obwohl ich tief im Innern wusste, dass wir uns wiedersehen werden.

Jana betrat nochmals das Amtshaus und stellte Nick zur Rede.

„Geht alles in Ordnung mit C?"

Nick sass schon wieder im Sessel vor dem Schreibtisch.

„Mach dir keine Sorgen, das ist der normale Ablauf, wen jemand sich ohne Ausweis in unserem Land aufhält. Vor allem wurde er gesucht, da müssen sie so handeln. Wenn er nichts illegales getan hatte, ist das eine kurze Sache."

Sie antwortete nicht darauf und verliess Nicks Büro, irgendetwas störte sie an der Geschichte, konnte aber nicht genau sagen was. Einerseits begriff sie dies mit dem fehlenden Ausweis, anderseits für einen Ausländer so ein Theater aufzuführen.

Sie packte alles auf ihr Gespann und fuhr los, so wäre sie noch am frühen Nachmittag bei den Tieren. Zum Glück kannte sie die Strecke, den gedanklich war sie nur bei C. Die Tränen gefroren beinahe vom Fahrtwind.

Auf der Fahrt im schwarzen Auto wurde nicht viel geredet, besser gesagt überhaupt nicht. Der Herr, der kurz mit mir im Büro von Nick Polte gesprochen hatte, sass schweigend neben mir. Er sah nur geradeaus und bewegte sich auch sonst nicht gross, er hätte auch eine Wachsfigur sein können. Ich schaute aus dem Fenster und dachte unweigerlich an Jana und hoffte, dass sie die Fahrt gut überstehen wird. Das Wetter war kein Problem und sie eine sichere Fahrerin. Kaum dachte ich an sie, suchten die Finger nach der Landkarte, auf der alles eingezeichnet war. Sie war meine Rückfahrkarte zu ihr, sowie das einzig Persönliche.

Nach etwa zwei Stunden legten wir eine Rast ein, der Fahrer rauchte eine Zigarette, der andere betrat mit mir das Restaurant. Wir tranken etwas und jeder entleerte seine Blase. Das Lokal war karg eingerichtet, an den Wänden

hingen schiefe alte Bilder und dazwischen ein Geweih. Die
Wirtin liess kein lächeln über ihre Lippen kommen, sie war
schon sehr alt und wuchs scheinbar wieder Richtung Boden.

Fast wortlos stiegen wir erneut in den Wagen, kurz danach
überfiel mich eine Müdigkeit, gegen die ich nicht
ankämpfen konnte.

Jana war nur mit einer Pause, heil aber mit
schmerzenden Knochen bei Bens Hütte angekommen. Sie
blieb kurz vor der Veranda stehen und hielt inne, es war
eine stattliche Behausung, Ben hatte sich immer gut um sie
gekümmert.
Wie von selbst neigte sich ihr Kopf und sie sah zum
blauen Himmel hoch.
„Vielen Dank Ben, du fehlst mir verdammt fest."
Sie senkte den Blick, Sam sprang mit wedelnder Rute
auf sie zu, die Begrüssung war sehr herzlich, wenn man dies
von einem Tier behaupten konnte. Sie entlud ihren
Anhänger, der mit Waren vom Dorf vollgepackt war.
Diverse Dinge, die sich nicht lohnten, selbst herzustellen,
kaufte sie im Dorf ein. Auch war es überlebenswichtig,
immer genügend Treibstoff für ihr Mobil zu besitzen.
Sie nahm sich vor, die Hütte auf Vordermann zu
bringen, den bei diesem Wetter konnte sie draussen eh nicht
viel erledigen. Innerlich hatte sie sich schon entschieden,
hierher zu ziehen, ihre Hütte hätte sie ohnehin irgendwann
ausbauen müssen. Sie würde sie nicht verkaufen, sondern
als Nothütte zur Verfügung stellen. Bens Hütte war etwa
doppelt so gross wie die ihre und auf einer flacheren
Anhöhe gebaut. Mit dem Herholen der Tiere, würde sie bis
zum Frühjahr warten. Die Übersiedelung wäre für alle
Beteiligten im Winter zu gefährlich.

Als sie so vor dem Kamin sass und ein frisch erstandenes Bier genoss, dachte sie an C, ihr wurde so richtig warm ums Herz.

Ich wachte auf, mein Kopf schmerzte, meine Augen erblickten ein grelles Licht, das direkt über mir hing. Der Versuch mich aufzusetzen gelang erst im zweiten Anlauf. Das Zimmer, indem ich mich befand, war nur mit einem Bett, einem kleinen Schrank und einem Tisch mit Stuhl ausgestattet. In einer Ecke stand eine blecherne Schüssel, darüber hing eine Rolle Toilettenpapier.

Erst dachte ich, dass ich das nur träume, doch dieser hätte mich längst wieder in die Realität zurückgelassen. Ich stand auf und lief zur blauen Tür, sie war verschlossen, ein weisser Knopf war im Türrahmen befestigt. Ich drückte darauf, nichts geschah, erneut versuchte ich es, schlussendlich liess ich ihn nicht mehr los.

Plötzlich hörte ich Stimmen, eine kleine Luke in der Tür öffnete sich.

„Was ist los, hör auf zu klingeln", sprach eine leicht gereizte Männerstimme.

„Wo bin ich, warum bin ich hier eingeschlossen?"

„Warum bin ich hier, alle fragen mich immer wieder das Gleiche, woher soll ich das wissen, ich habe dich ja nicht begleitet. Sag du es mir."

Jetzt schien er noch gereizter als vorhin.

„Sie haben mir gesagt, dass sie irgendetwas abklären, dann könne ich nach Hause."

„Wer hat dir das gesagt?"

„Das weiss ich nicht, es waren zwei dunkel gekleidete Männer, sie haben mich abgeholt und scheinbar hierhergebracht. Sind sie noch hier?"

Es wurde kurz still.

„Also weisst du nicht, wie sie hiessen, nur dass es dunkle Gestalten waren."

Hoffnungsvoll sagte ich: „Ja, genau."

Die Luke wurde halb geschlossen.

„Wieder einer der dunkle Gestalten für sein Schicksal verantwortlich macht. Du wirst bald abgeholt, dann kannst du reden, doch lass mich bitte in Ruhe. Mach was man dir sagt, dann geht es allen hier besser, umso eher du das begreifst, umso schneller bist du draussen."

Die Luke wurde geschlossen und es war still. Was heisst umso eher bist du wieder draussen, wo haben die mich hingebracht. Das Fenster im Raum war so hoch oben, dass ich keine Chance hatte, hinauszuschauen. Ich versuchte, den Tisch darunterzustellen, gab es jedoch kampflos auf.

Das Mobiliar war am Fussboden festgemacht, nur den Stuhl konnte ich etwas bewegen. Erst fand ich es noch irgendwie spassig, doch umso länger ich überlegte, umso unwohler wurde mir.

Nach etwa einer Stunde öffnete sich die Luke erneut, es wurde ein Tablett mit Essen und einem Becher voll Wasser hindurchgereicht. Wortlos nahm ich es entgegen, die Luke schloss sich wieder. Es schmeckte mässig, als Besteck diente ein Löffel aus Holz, auch der Teller und Becher waren aus demselben Material. Nach dem Essen musste ich mal, die Schüssel für das gewisse Geschäft war in der gleichen Luftlinie wie die Türe. Erst traute ich mich nicht recht, doch dann war das Bedürfnis so gross, da es entweder in die Hose oder eben in die besagte Schüssel gehen würde, ich entschied mich fürs Zweite.

Ich hatte nicht vor, an diesem Ort an Jana zu denken, doch sie war mir so nah, als ob sie neben mir stand. Hoffentlich war sie gesund und ohne grosse Komplikationen Zuhause angekommen. Da sie ja viele Jahre ohne mich in dieser rauen Wildnis zurechtkam, nahm ich dies einfach so an. Es würde wenig bringen, hier konnte ich sowieso nichts für sie tun. Ich war sowas von froh, dass sie mich nicht begleitete, sonst wäre sie wegen mir ebenfalls in so einem Zimmer eingesperrt worden.

Nach einer weiteren halben Stunde wurde die Türe geöffnet, der gereizte Herr gab mir ein Zeichen ihm zu folgen. Wir unterhielten uns nicht, er führte mich durch Gänge, die mit verschiedenen Farben gekennzeichnet waren. Ab und zu hörte ich rufe und zwischendurch auch Schreie. Ihn zu fragen woher diese kämen, traute ich mich nicht. Nach ersteigen von zwei Treppen, musste ich mich auf einen der Stühle setzen, die an der Wand befestigt waren.

„Warte hier, du wirst dann gerufen, du bewegst dich nicht von der Stelle, ist das klar."

Ohne auf die Antwort zu warten, verliess er mich, hier hingen im Gegensatz zu unten schön bemalte Bilder von Landschaften. Ich wollte aufstehen, um sie mir genauer anzusehen, da erinnerte ich mich an die Bitte meines Begleiters.

Die Türe links von mir öffnete sich und eine Dame in einem blauen Kittel bat mich zu ihr.

„Bitte nehmen sie hier Platz, der Professor kommt gleich."

Der Raum war sehr ordentlich, die dunkelgrüne Farbe verlieh ihm eine gewisse Gemütlichkeit. Die Standuhr in der Ecke tickte friedlich vor sich hin, die Zeiger standen auf zwölf Uhr. Warum Professor, ich nahm an, ich wäre hier in irgendeinem Gefängnis.

Ein Herr kam durch die andere Tür herein und stellte sich mit Professor Johansen vor. Er nahm auf dem Stuhl vor dem Schreibtisch platz. Betrachtete mich kurz und setzte seine runde Brille auf, danach begann er zu sprechen.

„Ich hoffe, sie haben gut geschlafen, bei uns hier oben

ist leider alles besetzt, darum schliefen sie unten. Sobald ein Bett frei wird, werden wir sie versetzen." Ich wollte schon Einspruch erheben, doch er sprach einfach weiter.

„Sie heissen also C, im ernst?"

„Nur C, ich weiss nicht mehr, wie man mich mit vollem Namen nannte."

Er schrieb Notizen und befragte mich weiter.

„Sie sind aus Aronis in Snorland, richtig?"

„Ich vermute ja, die Leute, die mich damals fanden, sagten, Aronis wäre die nächstgelegene grössere Stadt. Sicher bin ich auch nicht."

Wieder notierte er etwas.

„Wer hat sie wo gefunden?"

Ich erzählte ihm, was ich wusste oder zumindest angenommen habe zu wissen. Zwischendurch kam die Frau, die mich hereinbat wieder ins Zimmer und fragte den Professor nach einem Kaffee. Dieser gab die Frage an mich weiter und ich bejahte mit einem lächelnden ja gerne.

Das mit meinem Verschwinden liess ich vorerst weg, ich wollte das Ganze nicht noch verkomplizieren.

Als mein Teil der Geschichte erzählt war, fragte er: „Du hast also durch diesen Unfall dein Gedächtnis verloren, Koni und Joschi haben dich verletzt gefunden und mitgenommen?"

Er wechselte plötzlich ins du, ich nickte abermals.

„Du willst mir also weismachen, das Gastarbeiter die Gefahr auf sich nahmen, um dir zu helfen und sich selbst damit zu gefährden. Dieses Handeln finde ich aber sehr dumm, die Geschichte ist sehr merkwürdig."

Die Spannung liess etwas nach, als der Kaffee serviert wurde. Auf einem Teller lagen Kekse mit Schokolade umhüllt, scheinbar blickte ich auffällig auf diese.

„Sie sind zum Essen da, nimm so viele du magst, sie sind sündhaft gut."

Das erste Mal, dass ich ein Lächeln an ihm entdeckte. Die Frau verliess den Raum, er notierte weiter.

„Warum fragen sie nicht in Trubik nach, da leben Koni und Joschi und deren Familien?"

Er nahm ein Keks und sah mir direkt in die Augen.

„Das werden wir, warum willst du unbedingt nach Snorland zurück." Ich wusste, er kannte die Antwort bereits.

„Ich suche meine Familie und bin überzeugt, dass sich alles von selbst klärt, sobald ich sie gefunden habe. Die Erinnerungen kehren bruchweise wieder zurück, ich glaube auch, das Haus wo ich wohnte zu kennen."

„Dann gib mir bitte die Adresse ich werde für dich nachfragen."

Ich fühlte mich leer und ohnmächtig.

„Das kann ich leider nicht, ich sehe es in meinem Träumen vor mir, aber wo es genau liegt, keine Ahnung. Ich weiss, es hört sich etwas komisch an, glauben sie mir, es ist die Wahrheit."

Jetzt war ich echt froh, dass ich nichts vom Weglaufen aus Trubik und von Ben und so weiter erzählt habe. Schon das Jetzige hörte sich für einen fremden unglaubhaft an.

„Warum erlauben sie mir nicht, nach Snorland zu gehen, um meine Familie zu suchen, ich habe niemandem etwas angetan?"

„Du hältst dich in einem fremden Land ohne Papiere auf. Bei illegalen Aufenthalt in Scanland, wird man mit bis zu zehn Jahren Gefängnis bestraft, ohne gültige Papiere, weitere fünf. Darum wäre es besser, mit uns zusammenzuarbeiten und bei der Wahrheit zu bleiben. Da du keine Papiere besitzt, bist du nicht in der Lage zu beweisen, wie alt du bist, somit darfst du nicht auf eine Jugendstrafe hoffen. Du siehst, dass wir nicht aus Spass hier sitzen und unsere Zeit vergeuden."

Der Ton wurde ruppiger und gereizter, so habe ich die ganze Sache bis jetzt nicht betrachtet. Mir wurde bewusst, wie miserabel meine Lage war, zehn Jahre in einem Gefängnis zu verbringen, wäre das Letzte, was man sich wünscht. Wir schwiegen uns an.

„Bitte fragen sie bei Koni und Joschi nach, diese kennen die Wahrheit."

„Wie schon gesagt, das werden wir, bis dahin muss ich sie leider hierbehalten. Ich kümmere mich um eine Unterbringung im oberen Bereich.

Bitte sprechen sie mit niemandem, auch mit den Wärtern nur das Nötigste." Der Professor schwankte vom du zum sie und umgekehrt. Er brachte mich wieder zur Frau nebenan mit dem blauen Kittel, diese liess mich telefonisch abholen. Ich steckte den mitgenommen Keks in den Mund, kaum drinnen, ertönte das Klingeln des Telefons im Büro vom Professor.

Der nette Wärter holte mich und führte mich ab.

„Johansen hier."

„Was meinen sie, geht alles klar?", ertönte es am anderen Ende.

„Der Junge scheint mir ok zu sein, körperlich gesund, er ist bestimmt kein Spion."

„Eigentlich spielt mir das keine Rolle, wie lange können sie ihn bei sich behalten?"

„Ohne Verurteilung so um die zwei Wochen, anderseits muss er angeklagt werden. Dann sieht es aber nicht gut für ihn aus, ich rechne mit acht bis zehn Jahren", er schluckte eilig den Rest des Kekses runter.

„Gut, dann lassen sie ihn anklagen."

„So einfach geht das nicht, wenn Snorland erfährt, dass wir einen von ihnen anklagen, wird es politisch heikel. Das könnte ungemütlich werden und ewig dauern."

„Warum muss das jemand erfahren, wieso Snorland, niemand weiss woher er stammt, er könnte dies auch nur erfunden haben."

Stille an beiden Enden.

„Wenn die genannten Leute aus Trubik aussagen, dass er aus Snorland stammt?"

Ein dreckiges Lachen auf der anderen Seite.

„Jetzt hören sie auf, sie wissen genau, wie Menschenschieberei bestraft wird. Wenn die erfahren, dass sie mit gleichviel Jahren Gefängnis rechnen dürfen, ist schnell Schluss mit aussagen."

„Das gefällt mir gar nicht, das Ganze kann uns den Hals brechen."

„Gehe ich recht in der Annahme, dass sie keine andere Wahl haben, oder soll ich erst mit, sie wissen schon wem, reden?"

„Geben sie mir eine Woche Zeit, bis dahin leite ich alles in die Wege."

„So, geht doch, um diese Leute aus Trubik kümmere ich mich, die werden keine Schwierigkeiten bereiten."

Es wurde aufgelegt, kurz danach kam die Frau im blauen Kittel herein, erschrocken blieb sie stehen und fragte: „Ist ihnen nicht gut Professor, sie haben einen hochroten Kopf und schwitzen?"

„Ich habe mich nur verschluckt, bringen sie mir bitte etwas Wasser, es ist alles in Ordnung."

87.   Schwere Entscheidung

Koni, Marga und Joschi sassen am Küchentisch, sie wurden um ein geheimes Treffen, von Vertretern eines Anwaltsbüros in Wornas gebeten. Den Grund nannten sie nicht, es wurde nur etwas von Staatssicherheit erwähnt.

Marga brach das schweigen, „habt ihr keine Ahnung, um was es sich da handelt?"

Joschi meldete sich: „Ich vermute, es geht um C."

„Warum C, meinst du, ihm ist etwas Schreckliches zugestossen?"

Koni sprach: „Auf jeden Fall bedeutet es nichts Gutes, wenn ein solches Gespräch stattfindet."

Es wurde an die Tür geklopft, alle drei schreckten auf.

„Ist es schon halb drei?", fragte Marga und alle schauten auf die Küchenuhr. Ja es war halb drei.

Zwei fein gekleidete Herren stellten sich vor und vergewisserten sich, ob sie alleine waren. Schnell war klar, es ging um C. Marga fiel es schwer, ruhig zu sitzen und wartete gespannt, was kommen würde.

„Geht es ihm gut, ist ihm etwas passiert?", fragte Marga.

„Er ist gesund und munter, es geht jedoch hier nicht nur um ihn."

Er legte eine Pause ein, wodurch er die volle Aufmerksamkeit erhielt.

„Bitte hören sie mir genau zu, was ich zu sagen habe, egal was am Schluss herauskommt. Dieses Gespräch hat niemals stattgefunden, ist das für sie soweit verständlich?"

Alle nickten stumm und erwartungsvoll.

„Da sich C ohne Papiere und unangemeldet in Scanland aufhielt und immer noch aufhält, muss er mit einer Verurteilung rechnen."

Marga hob schon den Kopf, um etwas zu sagen, doch Koni stupste sie am Knie und gab damit zu erkennen, zu schweigen.

„Er hat uns eine Geschichte erzählt, darin kommen sie vor, sie hätten ihn über die Grenze von Snorland nach Scanland mitgenommen. Bevor sie jetzt mit einem Ja oder Nein antworten, sollten sie sich dessen Konsequenzen im Klaren sein. Wenn es ein Ja ist und sie es unter Eid beschwören, droht ihnen eine Anklage wegen

Menschenschieberei. Was eine Strafe von etwa acht bis zehn Jahren bedeutet. Sie müssen verstehen, wir sprechen hier über eine Handlung gegen die Staatsverfassung, da kennt kein Gericht Gnade."

Wieder eine Aufmerksamkeitspause. Eine fast erdrückende Stille breitete sich aus.

„Wenn es ein nein ist, geht es weiter wie bisher. Es werden keine unangenehmen Fragen gestellt, da der junge Mann sehr verwirrt wirkt, würde seine erfundene Geschichte als Wahnvorstellung abgetan. Er wird mit sehr hoher Wahrscheinlichkeit verurteilt werden, ihre Aussage ist demnach für ihn nicht so entscheidend. Wir reden hier von ihrer zukünftigen Existenz, das muss ich ihnen wohl nicht weiter erläutern.

Wieder diese Pause.

Wir werden sie jetzt eine Stunde alleine lassen, bitte verlassen sie nicht das Haus, sprechen sie mit niemandem darüber. Nach einer Stunde kommen wir zurück und erwarten ihre gemeinsame, nicht widerrufbare Antwort. Die Drei nickten stumm, sie sassen wie Zinnsoldaten am Tisch. Die zwei Männer fanden selbst hinaus und schlossen mit einem bis später die Tür.

Als Erster meldete sich Joschi.

„Ich brauche jetzt einen grossen Schnaps."

Koni und Marga nickten regungslos, bis sie bemerkte, dass sie das Gebräu holen musste, sie vergass kurz, das Joschi ja der Gast war.

Nach dem ersten Gläschen atmeten sie hörbar auf. Koni sprach: „Das hätte ich jetzt nicht erwartet, alles andere, aber nicht das."

Marga erhob auch ihre Stimme: „Ich bin froh, dass er überhaupt noch lebt, das ist das Wichtigste."

„Ja sicher, aber wir müssen uns einig werden, wie wir weiterfahren, wir haben nicht viel Zeit", sprach Joschi und schenkte selbständig nach.

„Wenn es so ist, wie er sagt, bringt es nichts, die Wahrheit zu sagen. Es würde ihm nicht helfen, jedoch uns schaden, in acht Jahren bin ich ein alter Mann. Michel und Marga müssten alles alleine bewältigen, das würde nicht funktionieren, wir werden verarmen."

„Dem stimme ich zu Koni, normalerweise bin ich für die Wahrheit, in so einem Fall, muss ich wohl passen. Wer würde sich um den Hof und Familie kümmern, es ist so schon mühsam genug. Wir haben zu wenig fürs Leben und doch zu viel fürs Sterben."

Marga spürte eine Ohnmacht, sie wusste genau, dass sie recht hatten, es zerriss ihr fast das Herz, am liebsten nähme sie C in die Arme.

„Was meinst du Marga?", fragte Koni und riss sie damit aus ihren Gedanken.

„Wir dürfen nicht unsere Familien opfern, vor allem, wen es ihm nicht einmal helfen würde. Es fällt mir unsagbar schwer, doch ihr habt recht. Ich bin so froh, dass er lebt, wenn Gott es gut mit uns meint, wird er es verstehen und uns verzeihen!"

Das Weinen war nicht mehr aufzuhalten. Koni umarmte sie und sprach: „Es tut mir auch leid, es ist aber die richtige Entscheidung. Ich hoffe, wir erhalten in Zukunft die Gelegenheit, es ihm persönlich zu erklären."

Es wurde nochmals eine Runde eingeschenkt.

„Dan besiegeln wir jetzt unseren Entscheid und hoffen, das C gerecht behandelt wird."

Sie besprachen weiter ihre Entscheidung, im Wissen, das ohne ihr handeln, C nie in diese Lage gekommen wäre. Anderseits heute nicht mehr am Leben wäre, beide Lösungen waren nicht ideal, doch was wiegt höher.

Die gut gekleideten Herren kamen pünktlich zurück. Marga bot ihnen einen Kaffee an, den sie dankenswert ablehnten.

„Sind sie zu einer einheitlichen Entscheidung gelangt?"

Koni antwortete: „Wir haben nie jemanden über die Grenze gebracht!"

„Ich gratuliere ihnen zu ihrer Entscheidung, sie werden es nicht bereuen. Es gibt einige Vorsichtsmassnahmen, die sie zwingend berücksichtigen müssen. Sie dürfen nie mit jemandem über dieses Treffen sowie unserer Abmachung sprechen. Weiter werden sie denen, die sie auf C ansprechen, dasselbe wie uns erzählen. Wir haben eine eidesstattliche Erklärung, die sie beide unterzeichnen müssen. Jeglichen Kontakt mit C ist von nun an für sie alle strengstens untersagt."

Es wurde unterzeichnet und weitere Details besprochen, bis die beiden Herren nach einer Stunde scheinbar zufrieden das Haus verliessen. Die Stimmung war dahin, alle waren sich einig, doch die Entscheidung wog schwer. Sie selbst haben untereinander vereinbart, über C und diesen Besuch, bis auf weiteres nicht mehr zu sprechen. Nur Michel würde später darüber informiert.

88.   Unverständlich

Mir war irgendwie kalt, die Decke hätte mich wärmen müssen, doch es schien mir einen anderen Grund dafür zu geben. Plötzlich hörte ich das öffnen der Tür und der Wärter schaute herein: „Pack deinen Kram zusammen, du kommst in die erste Etage!"

Was er damit gemeint hatte, wusste ich nicht. Um unnötige Diskussionen zu vermeiden, fragte ich ihn nicht. Er lief voraus, ich watschelte hinterher, nicht wissend, was er mit meinem Kram meinte, ich hatte ja nichts mehr dabei, als man mich einsperrte.

In der oberen Etage empfing mich eine ältere Frau, die recht friedlich aussah. Sie stellte sich als Schwester Iduna vor und begleitete mich in mein neues Zimmer.

„Hier kannst du bis auf weiteres Wohnen, das Essen nehmen wir gemeinsam zu uns. Die Essenszeiten und alles, was sonst noch wichtig ist, steht hier drin. Es gibt Gäste, die ein grünes Band am Arm tragen, mit diesen musst du vorsichtig sein, sie benehmen sich manchmal etwas daneben."

Sie verliess das Zimmer, ich schaute mich um, der Raum besass ein von aussen vergittertes Fenster zu einem Hof, die Türe wurde nicht abgeschlossen. Eine weitere führte ins Bad, Handtücher und Pflegeutensilien waren vorhanden. Der Beutel mit meinen Sachen drin, lag auf einem Stuhl in der Ecke.

Nach zwei Tagen kannte ich mich langsam auf dieser Etage aus, die genannten Gäste mit den grünen Bändern, schliefen im nördlichen Teil. Dieser wurde über Nacht abgeschlossen. Teilweise benahmen sich jene Leute schon sonderlich. Einige sogar etwas aggressiv, doch kaum wurde jemand lauter, erschienen Pfleger, die sie zu beruhigen versuchten, oder sonst wegbrachten. Die eine Frau schrie etwa alle dreissig Minuten und wurde etwas ausfallend, sie beschimpfte mich ab und an mit tierischen Namen und anderem. Sie wurde meistens schnell ruhig, es kümmerte scheinbar niemand, als ob es das Natürlichste der Welt wäre. Danach war sie die netteste Person und lächelte mich an. Ich tat es den anderen gleich und fand es eher lustig als bedrohlich.

Am Morgen des dritten Tages musste ich wieder zu diesem Professor, scheinbar hatte er keine gute Laune, er sah grimmig drein. Die Stimme war jedoch wie beim ersten Treffen, sehr angenehm.

„Nimm Platz C, wir müssen miteinander sprechen."

Ich befolgte und fragte: „Wie lange muss ich noch hierbleiben, ich will doch nach Snorland zurück."

Er atmete tief ein.

„Wenn es nur nach mir ginge, könntest du sofort abreisen. Doch es gibt einige Herren, die dich verurteilt sehen wollen. Wie du bereits weisst, bist du sozusagen illegal hier im Land."

„Aber wenn ich sofort das Land verlasse, ist das doch kein Problem, oder?"

Wieder das Atmen.

„Es geht nicht darum, was jetzt geschieht, es geht um das, was war. Nach geltendem Gesetz darf niemand länger als drei Wochen ohne Visum hier sein. Du bist schon über das Doppelte der erlaubten Zeit hier, ja sogar ohne gültige Papiere."

„Ich habe doch niemandem etwas angetan und die Familie Brend und Joschi können das bezeugen, sie haben mich über die Grenze gebracht."

Wieder das Atmen.

„Es tut mir leid, wenn alles stimmt, was du mir erzählt hast, wird dich das bestimmt sehr verstören. Es gibt eine eidesstattliche Urkunde die bezeugt, dass dich niemand über die Grenze mitgenommen hatte, damit ist deine Aussage vor Gericht nicht zulässig."

Ich schluckte dreimal leer.

„Koni und Marga haben das bestimmt nicht abgestritten, das kann doch nicht stimmen!"

„Leider schon, niemand hat dich mitgenommen, das heisst, dass du selbst für dein Hiersein verantwortlich bist."

Ich wollte nicht, doch es geschah einfach, die Tränen liefen im Eiltempo über mein Gesicht und sammelten sich wieder auf meinen Oberschenkeln. Der Professor stand währenddessen auf und stellte sich hinter mich, klopfte liebevoll auf meine Schulter und sprach: „Weine ruhig, ich kann dich verstehen, es sieht nicht gut aus für dich. Ich sorge dafür, dass es so fair wie möglich abläuft."

Ich hatte im Sinn aufzustehen, doch meine Beine versagten.

„Was geschieht nun, was erwartet mich jetzt?"

Der Professor blieb stehen und sprach: „Es gibt ein Kurzverfahren gegen dich, das heisst, dass du im besten Fall mit fünf, im schlechtesten mit acht Jahren rechnen musst."

„Ich muss deswegen ins Gefängnis, zusammen mit Mördern, Dieben und weiss ich nicht wem?"

Er setzte sich wieder.

„Da dein Alter offiziell nicht bekannt ist, wirst du einer ärztlichen Untersuchung unterzogen, um es zu schätzen. Wenn du unter achtzehn eingestuft wirst, darfst du die Strafe eventuell bei uns absitzen, wenn nicht, bringt man dich in den Süden."

Ich schaute ihn an und versuchte zu sprechen, besser gesagt zu stottern: „Wer wird das bestimmen?"

Ein leichtes Grinsen war auf seinem Gesicht erkennbar.

„Du hast glück, ich werde dieser Arzt sein und glaube mir, du wirst zufrieden sein."

Im Zimmer zurückgekehrt, legte ich mich aufs Bett und starrte die Decke an. Ich zerbrach mir den Kopf, wer mir hier noch helfen könnte. Jana wollte ich nicht hineinziehen, sie war ausser Stande, meine Aussage zu bestätigen. Koni und Joschi waren die Einzigen, die die Wahrheit kannten. Doch scheinbar konnten oder wollten sie dies nicht, weshalb auch immer. Lustigerweise war ich gar nicht böse auf sie, denn sie besassen bestimmt einen triftigen Grund, dieses Papier zu unterzeichnen. Sie haben ja schon einmal mein Leben gerettet, dies reicht, glaube ich, für mein ganzes Leben. Ohne es wahrzunehmen, schlief ich ein, im Wissen, dass ich mich unbedingt an irgendeinen

Namen oder eine Adresse erinnern musste. Irgendetwas sollte dringend geschehen, damit sie mir glauben schenkten.

89.   Der Informant

Jon Foges sass am überfüllten Schreibtisch und rackerte sich Akte um Akte durch. Da die Sekretärin schon über eine Woche krank im Bett lag, musste er seine kostbare Zeit, mit diesen Arbeiten verbringen. Das Telefon klingelte bereits das vierte Mal, da er jetzt nicht gestört werden wollte, überhörte er einfach das Klingeln. Der Nachmittag war ohne Mittagspause angebrochen. Der Hunger schaffte es, sich durchzusetzen und den Inhaber des Magens dazu zu bewegen, etwas dagegen zu unternehmen.

Um die Ecke betrieb ein älterer Mann einen Imbiss, die Auswahl war nicht gerade rosig, doch seine lebensfrohe Einstellung machte alles wett.

„Was darf ich dir bringen Jon, wie immer mit einem Bier?"

Er nickte und schaute aus dem Fenster, draussen war es schon etwas weiss auf den Strassen, der Schnee fing an, das Quartier zu überzuckern.

„Hier Bitte, zwei Rollmopse mit Zwiebeln und Brot, lass es dir schmecken."

„Danke, es sieht köstlich aus."

Der Besitzer lächelte noch mehr und ging zufrieden wieder hinter die Theke. Er wusste genau, wenn Jon etwas plaudern wollte, würde er damit beginnen. Die eingelegten Heringe waren wirklich delikat, sie werden frisch, mit einem geheimen Rezept seines Urgrossvaters zubereitet. Das Brot war noch warm und das Bier leider auch, alles kann man nicht haben. Nachdem Sämtliches verschlungen war, bewegte er sich wieder in sein Büro.

Kaum hingesetzt, klingelte das Telefon abermals, er hob den Hörer von der Gabel und meldete sich mit Jon Foges. Ein Mann, der seinen Namen nicht nannte, begann zu sprechen: „Sie waren vor einiger Zeit bei mir und fragten nach einem Fremden, der wiederum nach einem Jungen suchte, waren sie das?"

Jon Foges dachte kurz nach: „Ja, das war ich."

„Was springt für mich bei einer Auskunft heraus?"

Er überlegte schnell, der gesuchte von damals ist wiederaufgetaucht, was für eine Auskunft wollte er mir den verkaufen.

„Ich wäre schon interessiert, aber ich kann ihnen nicht vorhersagen, welchen Wert es für mich hat."

„Kann ich mich auf ihre vollste Diskretion verlassen?"

„Da können sie Gift drauf nehmen, ohne sie wäre ich schon längst pleite oder tot."

Sie vereinbarten ein Treffen, um alles Weitere zu besprechen.

Clara bereitete sich für das kommende Wochenende vor. Da sie in der Nähe etwas zu erledigen hatte, nahm sie die zusätzlichen zwei Stunden Fahrt in Kauf, um mit Jan das Wochenende zu verbringen. Sie wollte das Haus verlassen, als das Telefon klingelte, da dieser Anschluss nur die engsten Vertrauten kannten, nahm sie das Gespräch entgegen.

„Hallo Clara, wie geht es dir?"

„Hei Jon, mir geht es sehr gut und dir altes Haus?"

„Nicht sonderlich, meine Sekretärin ist krank und ich sitze allein hier mit einer Menge Arbeit."

Clara fragte: „Soll ich dir helfen kommen?"

Jon lachte: „Nein schon gut, das ist lieb von dir. Ich rufe natürlich nicht der Arbeit wegen an. Als ich für dich in der Sache Jan Orsen recherchierte, suchte ich nach einem

Mann, der sich nach einem ausländischen Jungen erkundigte."

Clara unterbrach ihn: „Ja, aber Jan wurde zum Glück gefunden."

„Stimmt, jetzt erfahre ich von einem Informanten, dass genau dieser ausländische Junge, den Jan Orsen damals suchte, aufgetaucht ist!"

„Das meinst du nicht im Ernst, bist du sicher, dass es er ist?"

Jon legte eine Pause ein.

„Sicher ist nur mein Tod, der Beschreibung nach würde es passen."

Clara wurde ganz aufgeregt.

„Das muss ich Jan erzählen, kannst du ihn zu mir bringen, ich fahre sowieso nach Snorland zu Jan."

„Tut mir leid, der Junge sitzt anscheinend im Starrex. Es kommt noch schlimmer, sie werden ihn wegen illegalem Aufenthaltes vor Gericht bringen, du weisst, was das bedeutet."

„Warum wollen sie den Jungen verurteilen, gemäss Jan ist er ein ganz normaler, politisch uninteressierter Bursche. Er ist wegen Liebeskummer aus dem Heim geflohen."

„Wer weiss schon, was alles hinter diesen Handlungen steckt. Die Frage ist nun folgende, muss ich versuchen ihn freizubekommen, was aber bestimmt nicht ungefährlich und günstig wird, oder vergessen wir die Sache?"

Clara überlegte einige Sekunden.

„Ich werde mit Jan sprechen, danach kann ich dir hoffentlich eine Antwort liefern."

„Aber er darf vorerst mit niemandem darüber sprechen, wenn die erfahren, dass das Ausland daran interessiert ist, machen sie kurzen Prozess. Es muss alles vorher mit mir abgesprochen werden!" Er redete mit ernsterer Stimme.

„Geht klar, wir sprechen mit niemandem darüber, ohne dein Einverständnis unternehmen wir sowieso nichts, versprochen."

Sie plauderten noch etwas über Gott und die Welt und verabschiedeten sich. Während der Hinfahrt fröstelte es sie beim Gedanken an den Jungen, sie war sich der Gefahr bewusst.

90.   Entfernte Gedanken

Anna freute sich, dass sie nicht mehr zurückmusste, anderseits tat ihr Ida sehr leid. Sie nahm sich vor, Maria in den nächsten Wochen zu besuchen. Sie hatte sich am meisten für sie eingesetzt und war immer lieb zu ihr. Als sie an Maria dachte, hatte sie ein Lächeln auf ihren Lippen.

Vieles im Haus am Fluss erinnerte sie an C, die geheimen Plätze ums Haus, das verlassene Zimmer im obersten Stockwerk. Es war zeitweise so, als ob es gestern war. Linda riet ihr, nicht zu viel über das unfassbar Geschehene nachzudenken, man konnte nur für ihn beten. Oft lag sie lange wach und stellte sich vor, wie es wäre, wenn er jetzt neben ihr läge. Immer wieder wurde ihr warm ums Herz und fühlte sich wohl bei diesem Gedanken. Eigentlich war sie ja schuld an seinem Verschwinden, nur ihr zuliebe verliess er das Heim und begab sich auf die Suche nach dem Engel F, wie er sie immer liebevoll nannte. Wenn es ein Zurückkommen geben würde, dann wäre das Haus am Fluss bestimmt sein erstes Ziel.

Es waren erst einige Tage verstrichen, die Lücke war grösser, als sie anfangs dachte. Sie musste übermorgen wieder zu ihrer Hütte zurück, um die Tiere neu zu versorgen. Sie besass nun nicht nur fast doppelt so viele Tiere, sondern nebenbei zwei Domizile, die Stunden entfernt voneinander lagen. Jana überlegte, was sie mit Sam anstellen solle. Ginge es nach dem Blick, den er ihr in diesem Moment schenkte, gab es nur eine Antwort. Doch sie musste nüchtern überlegen, hier könnte er als Schutzhund für die anderen Tiere und die Hütte hilfreich sein. Anderseits würde Ben es so wollen, er hatte ihn immer an seiner Seite.

Sie setzte sich hin und trank etwas kalten Kaffee vom Morgen, leider brachte dieser nicht die gewünschte Antwort. Sie liess es darauf ankommen, würde er auf den Anhänger des Mobils platz nehmen, konnte er mit, anderseits müsste er hierbleiben. Den ganzen Weg, würde er nicht zu Fuss schaffen, also war es zwingend, dass er auf dem Mobilanhänger mitfuhr. Am Abend vor der Abreise verhielt sich Sam sehr eigenartig. Sie erkannte es, liess sich aber nichts anmerken, obwohl ihr dies sehr schwerfiel. Vor dem Schlafen legte er sich nicht wie immer neben sie, sondern breitete sich vor der Türe aus. So als würde er sagen, verlass die Hütte ja nicht ohne mich.

91. Wundersames

Clara erwartete Jan in seiner Wohnung, den Schlüssel dazu hatte sie nach der zweiten Begegnung von ihm erhalten. Sie bereitete ihnen ein feines Abendessen, das sie ihm noch nie gekocht hatte. Sie war keine so gute Köchin wie ihre Mutter, doch dieses Rezept kochte sie blindlings. Das Essen bereitete ihr wenig sorgen, die Geschichte wegen dem Jungen hingegen, lag ihr schwer auf. Sie war froh, wenn sie es Jan endlich erzählen konnte. Sie wagte nicht, daran zu denken, was C alles passieren könnte, sie kannte ihr Land. Als sie so am Fenster stand, konnte sie bis weit in die Stadt Aronis sehen, hier schien alles so sauber und geordnet. Es würde ihr nicht schwerfallen, sich hier niederzulassen, wenn das mit Jan funktionieren würde.

So gegen sechs Uhr kam Jan nach Hause, er hatte einen lockeren Tag und war wie meistens gut gelaunt. Sie dachte sich, dass sie ihr Wissen erst beim Dessert preisgeben würde. Sie wollte ihm eine solche Nachricht, nicht sofort an den Kopf werfen, er solle sich erst ein wenig entspannen.

Das Essen schmeckte vorzüglich, nichts blieb übrig, das wäre Lob genug gewesen, aber Jan wiederholte es bestimmt fünfmal.

Das Dessert musste einem Glas Wein weichen, denn die Bäuche waren dermassen voll, dass wirklich nichts Festes mehr Platz fand.

Das Stoffsofa, das schon ein bisschen in die Jahre gekommen war, stand so geschickt, dass man auf der einen Hälfte zum Fenster, auf der anderen zum Fernseher sah.

Da beide bequem und im Verdauungsmodus auf diesem lagen, ergriff sie die Gelegenheit und begann zu erzählen. Die Gläser wurden zwischenzeitlich nachgefüllt.

Jan glaubte kaum, was er zu hören bekam.

„Was wirst du jetzt unternehmen, wir dürfen ohne Einwilligung von Jon nichts tun?", frage Sie.

Jan nahm noch einen Schluck.

„Sprich mit ihm, ich kann das nicht alleine entscheiden, ich werde Bruno Arno einweihen. Nur so komme ich weiter."

Clara kam ihm noch näher und streichelte sein schwarzes Haar.

„Wie willst du rausfinden, ob es tatsächlich dieser Junge ist. Du kannst ja nicht für irgendjemand Fremden, so viel aufs Spiel setzen?"

„Das ist genau das Problem, wir haben vom Heim ein Foto erhalten, das ist aber in der Akte, die niemand mehr ohne Genehmigung des höchsten Richters, einsehen darf. Wenn dieser involviert ist, wird es öffentlich gemacht."

Clara überlegte und sprach: „Vielleicht kann Jon durch den Informanten mehr über ihn in Erfahrung bringen. Es muss etwas sein, das nur dieser Junge weiss, oder irgendein Merkmal, das ihn als den Richtigen auszeichnet."

Jan hatte ein Lächeln im Gesicht: „ Wenn du mal keinen Job mehr hast, kannst du bei uns arbeiten kommen. Das ist eine ausgezeichnete Idee, ich werde diese Frau vom Heim, glaube sie hiess Linda Grän, kontaktieren. Ich erkundige mich nach einem solchen Merkmal, oder etwas, was nur er wissen kann."

„Ich rufe gleich morgen Jon an, was er davon hält, eventuell hat er noch eine gute Idee!"

Jan goss den Rest der Flasche Rotwein in die kläglich trockengelegten Gläser.

„Stell dir vor, der Junge ist es und wir holen ihn da raus, dann muss diese Bruderschaft das Erbe wieder zurückgeben, das wär eine Geschichte."

Sie plauderten, wie geahnt, den ganzen Abend über dieses Thema, es war ja auch kaum zu glauben. Der Junge war schon als tot erklärt worden, das wäre wie ein Wunder.

Am Samstag rief Clara, Jon an und besprach alles Weitere. Jon dachte auch, es wäre das Beste, wenn ein Foto vorhanden wäre. Jan könnte am Montag, Bruno miteinbeziehen. Er wäre am ehesten im Stande, das Foto zu besorgen, andernfalls musste Jan die Leiterin des Heims um irgendetwas bitten, das diesen Jungen identifizierte. Sie dürfte nichts vom eventuellen Auffinden erfahren, doch dürftig in Kenntnis gesetzt werden. Diskretion würde sie als Leiterin eines solchen Hauses als selbstverständlich ansehen. Da sie Kens Freundin ist, war es nicht ganz ungefährlich. So wie Jan sie noch in Erinnerung hatte, lag ihr dieser Junge sehr am Herzen, darum machte er sich keine Sorgen.

92. Eingesperrt

Ich kannte mich im Starrex mittlerweile gut aus, die teilweise komischen Leute waren auch ab und zu sehr lustig. Das Essen war nicht schlecht, ich durfte lesen, Spiele spielen und so weiter. Viel Zeit benötigte ich für mich, denn ich wollte mich unbedingt an etwas Erinnern, was mir helfen könnte zu beweisen, dass ich nicht freiwillig im Land bin. Ich besorgte mir ein Schreibheft und notierte alles, was mir einfiel, meine Erinnerungen und das Erlebte in Scanland. Ben und Jana liess ich bewusst aus, ich wollte sie im Falle einer Verurteilung, nicht gefährden. Der Gedanke an sie schmerzte, ich hätte schon ein paar Mal gerne geweint, liess es aber sein. Wenn ich sie aus meinen Gedanken hielt, war es einfacher für mich.

Die Dame im blauen Kittel, die Brenda hiess, bat mich, in einer halben Stunde zum Professor zu kommen. Ich hatte schon lange darauf gewartet, zu erfahren, wie es weiter ging.

Er forderte mich auf, Platz zunehmen und begann mir zu erklären, was er vorhatte. Dafür musste ich mich im Nebenzimmer bis auf die Unterhosen ausziehen, er begutachtete mich sehr genau. Am Schluss nahm er noch eine Blutprobe und ich durfte in ein Glas pinkeln.

Ich zog mich wieder an und begab mich danach, wie gewünscht, ins Büro zurück.

Da wartete er bereits auf mich.

„So, diese Untersuchung war für zweierlei Sachen gut, erstens dein Gesundheitszustand und zweitens, um dein Alter zu schätzen. Hast du gar keine Ahnung, wie alt du sein könntest, du machst mir nicht gerade den Eindruck eines Zwölfjährigen."

Ich dachte nach, es fiel mir nichts ein, besuchte ich die Schule oder habe ich schon mit einer Ausbildung begonnen. Der Professor sah mir die Ratlosigkeit an.

„Nach meinen Erfahrungen schätze ich dich so zwischen sechzehn, doch höchstens achtzehn Jahre."

Jetzt staunte ich doch.

„Für den Gerichtshof gebe ich ein Alter zwischen vierzehn und sechzehn Jahren an. So erhältst du eine Jugendstrafe, die immens tiefer als die für Erwachsene ist. Du kannst mit etwas Glück und meinem dazutun, deine Strafe eventuell hier absitzen."

Ich wusste nicht so recht, wie reagieren, irgendwie freute ich mich, auf der anderen Seite war alles, was mich hier gefangen hielt, einfach nur traurig.

„Danke Herr Professor, ich bin ihnen sehr dankbar, wieso tun sie das für mich?"

Er nahm einen Keks vom Teller und sprach: „Weisst du, nur weil ich hier arbeite, heisst das noch lange nicht, dass ich mit allem einverstanden bin. Jeder normaldenkende Mensch, sieht und hört, dass du kein Verbrecher oder Spion sein kannst. Mit meinem Handeln kann ich etwas für eine Art ausgleichende Gerechtigkeit tun. Wir müssen das einfach für uns behalten, sonst bin ich gezwungen zu behaupten, dass du lügst. Doch so viel Intelligenz schreibe ich dir allemal zu."

Er lachte und zeigte mit der Hand auf die Kekse, um mich einzuladen, mich zu bedienen.

„Ich hoffe, dass ich ihnen auch mal was Gutes tun kann, was ich aber in meiner Situation eher als schwierig betrachte."

Jetzt nutzte ich die Gelegenheit und nahm eins.

„Das höre ich gerne, ich habe da so meine Ideen, wie du uns vielleicht auf unserer Etage helfen könntest. Dies bringe ich in der Verhandlung selbstverständlich mit ein, um das Urteil der Richter etwas zu mindern."

Das Gespräch dauerte nicht mehr lange, danach ging ich Abendessen und anschliessend verzog ich mich in mein

Zimmer. Die Treffen mit dem Professor waren immer sehr angenehm, er hatte es nie ausgenutzt, dass er in einer besseren Position war. Seine Stimme hatte etwas Warmes, ja fast schon tröstendes an sich, bei ihm fühlte ich mich immer gut aufgehoben.

Der Kopf schmerzte stets vor dem Schlafengehen, ich war so besessen davon, ihm Informationen aus meiner Vergangenheit zu entreissen.

Ich schrieb jedes kleinste Detail auf, viel war es leider nicht, so in etwa, Aronis in Snorland, Haus am Fluss. Menschen, die ich nur mit einem Buchstaben benennen konnte, so wie G und K. In meinen Gedanken kam immer wieder ein Mädchen vor, das mir unbekannt schien, jedoch eine starke Verbindung bestehen musste. War sie meine Schwester?

C war ja nicht mein richtiger Name, diesen erhielt ich von der Familie Brend. Mein Beutel, denn ich damals auf mir trug, als sie mich fanden, hatte ein G eingenäht, aber zu G habe ich ein anderes Gesicht als meins. Auf einer Karte stand viel Glück C, warum auch immer. Wenn mein Kopf ein Vulkan wäre, würde er jetzt gerade ausbrechen und wie wild Lava speien.

Kaum eingenickt, klopfte es wie verrückt an der Tür und wurde geöffnet, ein Mann im Nachthemd stand da und schrie laut: „Die Engel werden uns holen, gebt acht auf euch, die Engel kommen und jagen uns zum Teufel, die Engel werden uns holen, gebt ….."

Dann war Schluss, zwei vom Personal fassten ihn nicht sonderlich zimperlich an und zogen ihn weg. Die Tür blieb offen, ich durfte wieder aufstehen, um sie zu schliessen, da bemerkte ich, dass ich noch die Tageskleider trug. Irgendwie gingen mir seine Worte nicht mehr aus dem Kopf, lange Zeit konnte ich deswegen nicht einschlafen.

93. Das Foto

Der Montag war leider schon wieder Tatsache, für Jan war das Wochenende viel zu kurz, er sähe es am liebsten, wenn Clara immer bei ihm leben würde. Sie hatten beschlossen, dies Schritt für Schritt einzuführen.

Da Clara schon am späten Sonntagabend abgereist war, konnte er früher als sonst ins Revier. Er lief heute den Weg in nur fünfzehn Minuten, Ansporn war die tiefe Temperatur.

Bruno Arno sass in der Kaffeeecke und schnippte lustlos an einem Becher mit Tee.

„Guten Morgen Bruno, hattest du ein schönes Wochenende?"

Er sah zu Jan auf und sprach: „Ja, danke und du?"

Jan bemerkte sofort, dass irgendetwas nicht stimmte.

„Hast du was auf dem Herzen, du weisst, dass du mit allem zu mir kommen kannst."

„Klar, drückst du mir bitte auch einen Kaffee?"

Jetzt wusste Jan, dass er nicht mehr nachhaken musste.

„Trinken wir ihn in deinem Büro, ich muss dringend mit dir sprechen."

Bruno nickte und stand auf.

„Es geht mir gut Jan, entschuldige die schlechte Laune, umso mehr Zeit verstreicht, umso unsicherer bin ich, ob ich das Richtige tue."

„Kann ich verstehen, ginge mir nicht anders. Du wirst sehen, wen du erst weg bist, fällt es dir bestimmt immer leichter."

Beide nippten fast synchron an der Tasse.

„Leg los Jan, ich bin ganz Ohr."

Jan erzählte ihm alles, was er durch diesen Informanten, den er natürlich nicht nannte, erfuhr. Bruno kam aus dem Staunen nicht raus und sprach: „Wie wollt ihr beweisen, dass dieser Junge Nils Oberson ist?"

Jan trank seine Tasse leer.

„Das ist das grosse Problem, das Beste wäre ein Foto, das liegt, soviel ich weiss, im Sonderkeller. Sonst muss ich die Leiterin des Haus am Fluss fragen, was ich jedoch für heikel erachte."

Bruno zog einige Stirnfalten auf.

„Offiziell an diese Akte zu gelangen und es geheim zuhalten, funktioniert nicht. Ich komme ohne Bewilligung nicht an sie ran."

Beide entschieden sich für einen weiteren Kaffee.

Plötzlich stand Bruno auf und fragte Jan: „Damals, du weisst schon wann, in deinen Ferien, hast du doch das Foto mitgenommen, oder nicht?"

Jan überlegte zwei Schlucke lang.

„Ja genau, sonst hätte ich ja nichts in der Hand gehabt."

Immer noch stehend hakte er nach: „Du hattest doch dort einen kleinen Zwischenfall."

Jan dachte, kleiner Zwischenfall ist gut.

„Hast du mir danach das besagte Foto zurückgegeben?" Beide machten grosse Augen.

„Ich dachte ja, aber jetzt, wo du fragst, bin ich mir gar nicht mehr sicher."

„Du weisst bestimmt noch, welche Kleidung du damals mitgenommen hast, schau doch einfach mal Zuhause nach. Ich hege die Vermutung, dieses nicht zurückbekommen zu haben."

Bruno lächelte und setzte sich wieder.

„Du bist der Beste, das mache ich gleich heute Abend, das wäre der Wahnsinn."

„Ich weiss von gar nichts, ist das klar!"

Jan stand auf und sagte nur: „Klar Chef!"

Der Tag verging im Fluge, die Gedanken kreisten meistens um dieses Foto, Bruno könnte schon recht haben, er wusste es ehrlich gesagt nicht mehr, ob er es damals abgegeben hatte.

Zuhause angekommen rief er sofort Clara an, um ihr diese Möglichkeit zu berichten. Sie hatte damals Jans Kleider im Koffer vom Hotel abgeholt und zu ihr nach Hause mitgenommen.

„Du musst mir unbedingt erzählen, ob du es gefunden hast, ich schaue auch noch in dem Schrank nach, wo ich deine Sachen damals verstaute."

Nach einem der kürzesten Telefonate zwischen ihnen begann die Sucherei. Richtig frustriert trank Jan ein Bier und glaubte es nicht, er hatte alles durchsucht, selbst Kleidungsstücke, die er gar nicht mitgenommen hatte.

Clara hatte auch keinen Erfolg zu verzeichnen, den Schrank, den damals Jan belegte, war leer. Plötzlich schoss sie auf, nahm das Telefon und rief Jan nochmals an.

„Entschuldige die Störung, mir ist eben was eingefallen." Jan war sprachlos gespannt.

„Du hast doch den zerrissenen Anzug, den du trugst, als man dich fand, mitnehmen wollen, erinnerst du dich daran?"

Jan bejahte kurz danach.

„Genau in diese Tasche steckte ich noch ein anderes Jackett, das auch stark verschmutzt war. Du wolltest doch alles in die Reinigung geben, kannst du dich erinnern?"

Da schoss ihm ein Blitzgedanke durch den Kopf.

„Genau, diesen gab ich meiner guten Fee, Frau Darkson, mit. Ich bat sie, bei der Textilreinigungsfirma nachzufragen, ob da überhaupt noch etwas zu retten wäre. Die Kleider waren verdammt teuer. Die habe ich nie mehr gesehen und völlig vergessen."

Clara fragte: „Wann kommt deine Fee wieder zu dir?"

„Heute ist Montag, dann morgen, ich warte auf sie und werde nachfragen."

Dieses Telefonat machte in der Dauer das erste wieder wett, die Erwartungen an seine Haushälterin waren mässig, aber nicht ganz null. Völlig aufgeregt legten sie sich Schlafen und hofften auf Morgen.

Jan war schon um sechs Uhr geduscht und angezogen, beim Frühstück liess er sich Zeit, den Greta Darkson würde erst um halb acht beginnen. Er wartete auf sie und riskierte allenfalls etwas später im Revier aufzutauchen.

94. Starrex

Professor Johansen stellte die gesamte Akte für oder besser gesagt gegen C zusammen, er amtete als C`s Ankläger. Im Gegenzug erhält der Angeklagte einen vom Staat gewählten Verteidiger. Es handelte sich meist um Studenten, sie waren damit in der Lage, realitätsnahe Gerichtsverhandlungen mitzugestalten.

Er gab der Frau, im blauem Kittel die Unterlagen, um sie an das Gericht weiterzuleiten. Dieses war im Amtsgebäude im Zentrum der Stadt angesiedelt. Sie rief erst im Hauptbüro, wo ihre beste Freundin Irma arbeitete an, um sie zu informieren. Eigentlich wäre dies nicht nötig, doch so konnte sie ein paar Worte mit ihr wechseln und sich versichern, dass alles rechtens ablief. Sie liebte Perfektion.

Nach dem Telefonat mit Irma klopfte sie an Johansens Tür.

„Ja", ertönte es auf der anderen Seite. Sie öffnete und sprach: „Es tut mir leid Herr Professor, das Amt liess mir ausrichten, dass sie völlig überlastet wären. Nächsten Monat kämen die Weihnachtsferien noch hinzu. Sie hätten so schon genug unbearbeitete Fälle. Sie haben mir versprochen, diesen sofort nach den Feiertagen zu bearbeiten."

„Danke, das habe ich mir schon beinahe gedacht, vielen Dank."

Solle er die besagten Herren informieren oder einfach abwarten, er entschied sich fürs Zweite. Er selbst war ja nicht daran interessiert, diesen Jungen verurteilt zu sehen.

Der Mann, der vor meinem Zimmer stand und geschrien hatte: „Die Engel werden uns holen", ging mir nicht mehr aus dem Kopf. Wieso Engel, normalerweise denkt man immer, der Teufel wird einen holen.

In der folgenden Nacht träumte ich seltsamerweise von einem Engel. Dieser besass keine Flügel und erschien auch nicht in Engelsgestalt. Nein er oder besser gesagt sie, war ein ganz normales Mädchen. Etwas in mir fühlte sich so vertraut und wohltuend an. Zwischendurch rief der Engel mir zu, besser gesagt rief sie nur einen Buchstaben, ich meinte, ein S oder C verstanden zu haben. Dieser Traum wiederholte sich so dreimal hintereinander, immer wieder wurde mir warm ums Herz.

Am Morgen danach war ich völlig aufgewühlt, ich wusste ich muss diesen Engel kennen, doch fiel mir ihr Name sowie ihre Rolle in meinem Leben nicht ein.

Die Wochen vergingen, anfangs Dezember wurde die Etage liebevoll geschmückt, alle die Lust und Freude verspürten zu helfen, waren eingeladen die Weihnachtsdekorationen anzubringen. Dass ich dieses Fest nicht mit Jana feiern konnte, tat mir unsäglich weh.

95. Erleichterung

Jan Orsen konnte es kaum erwarten, Frau Darkson, die er immer noch siezte, seine Frage zu stellen. Plötzlich hörte er eine Schlossdrehung und die Türe öffnete sich, die erwartete Person trat ein.

„Tag Herr Orsen, bin ich zu früh?"

„Morgen, nein, ich habe auf sie gewartet."

Ihr Blick wurde etwas fragender, sie begab sich in die Küche, wo Orsen stand.

„Was ich sie jetzt frage, ist für mich immens wichtig, darum wäre ich dankbar, wenn sie gut überlegen, bevor sie antworten. Als ich von meiner Reise aus Scanland zurückkam, gab ich ihnen einen Anzug und ein Jackett für die Reinigung. Sie waren ja in einem jämmerlichen Zustand, konnte man davon noch etwas retten?"

Frau Darkson blickte auf den Boden und es machte den Anschein, als ob ihre Denkmaschinerie zu arbeiten begann.

„Erinnern sie sich noch daran, es ist doch eine Weile her?"

„Da muss ich mich wohl entschuldigen, ich habe völlig vergessen, ihnen das zu sagen. Die Sachen waren nicht mehr zu retten, sie wurden von der Wäscherei entsorgt."

„Es gibt keinen Grund sich zu entschuldigen, ich hatte ihnen ja gesagt, es war nur ein Versuch. Mir geht es hauptsächlich nicht um die Kleider, sondern um das, was eventuell in den Sachen war."

„Ach so, das habe ich ihnen auf ihren Schreibtisch gelegt, wie immer, wenn ich Wäsche mache, so hatten wir es damals abgemacht", sie blickte fragend, „sollte ich dies nicht mehr so handhaben?" Jan kam sich etwas ungerecht vor.

„Nein, das bleibt so, dies habe ich völlig vergessen, die letzte Zeit war einfach zu hektisch. Bitte entschuldigen sie nochmals, sie haben alles Richtige erledigt."

Frau Darkson machte sich an die Arbeit und Jan steuerte ins Arbeitszimmer, das er ehrlich gesagt, seit der Rückkehr, nicht mehr betreten hatte. Die Schreibtischplatte war noch zu einem Drittel zu erkennen, da sie nicht mehr so intakt war, spielte es keine Rolle. Orsen griff sich an die Stirn, es lagen diverse Sachen auf dem Schreibtisch gestapelt, die eine Höhe von etwa zehn Zentimeter aufwiesen. Es war nicht alles neu, einige alte Dokumente waren schon noch dabei. Er setzte sich auf den Stuhl, den viele Staubkörner für sich in Anspruch nahmen, eilig fing er an zu sortieren. Zum Schutze von Frau Darkson, dieses Zimmer zählte nicht zu ihrem Arbeitsgebiet, das Arbeitszimmer wollte er selbst sauber halten. Die Magazine, die er vorhatte, irgendwann zu lesen, oder eben nicht, stapelte er von links nach rechts. Der erste Stapel brachte nichts Wichtiges zum Vorschein, ausser einem Hustenanfall durch den aufgewirbelten Staub. Beim Zweiten begann es wie beim Ersten, doch bald hielt er das Lederbündel dieses Herrn Logan oder Hafken in seinen Händen. Vorsichtig öffnete er es und sah, was er schon damals sah, viele nicht mehr leserliche Einträge und ein Blatt Papier, das er der Handschrift nach, selber geschrieben hatte. Da er im Moment nicht dieses Dokument suchte, schloss er es und legte es auf die rechte Seite. Nachdem er das Nächste nahm, fiel eine herausragende Ecke mit weissem Rand auf. Ihm wurde ganz anders, er griff danach und zog es hervor, da lachte ihm Nils Oberson entgegen. Ein lauter Jauchzer war seine erste Reaktion, er fasste es kaum, es lag die ganze Zeit auf seinem Schreibtisch. Eilig nahm er den Telefonhörer zur Hand und rief Clara an. Da sie noch in Snorland beschäftigt war, bot sie ihm an, nochmals die zwei Stunden auf sich zu nehmen, um das Foto abzuholen. Als Gegenleistung durfte Jan sie zum Abendessen einladen, sie würde demnach erst am darauffolgenden Tag zurückfahren.

Völlig ausser sich begab er sich ins Revier, Bruno befand sich noch in einer Sitzung. Er genoss einen Kaffee und überlegte, wie es denn weitergehen sollte, sie mussten mit dem Informanten zusammenarbeiten. Ohne fremde Hilfe würde die Sache ewig dauern und die Gefahr für den Jungen erhöhen. Nach gut einer halben Stunde traf er auf Bruno, er bot ihm an, ihre Besprechung draussen bei einem

Spaziergang zu führen. Orsen überlegte nicht lange und zog sich erneut den warmen Mantel über.

Der Geruch von Schnee lag in der Luft. Er rief Erinnerungen an die Vorweihnachtszeit hervor. Er mochte Weihnachten, jedes Jahr feierte er es bei seinen Eltern am Stadtrand von Aronis. Dieses Mal würde er es vielleicht zweimal feiern, einmal wie gewohnt und ein weiteres Mal mit Clara.

Bruno riss ihn mit einer Frage aus seinen Gedanken.

„Hast du Neuigkeiten?"

Sie waren genug entfernt vom Revier und alleine.

„Ich habe das Foto!"

„Dachte ich es doch, wo war es?"

Jan antwortete leicht beschämend: „Bei mir Zuhause auf dem Schreibtisch, den ich seit Wochen vernachlässigt habe."

„Super, wie gedenkst du weiterzufahren?", fragte Bruno.

„Ich, also Clara wird das Foto morgen dem Informanten überbringen. Wenn es dieser Nils oder C ist, müssen wir klar bestimmen, wie wir ihn da rausholen."

Sie sprachen im Gehen.

„Das wird richtig was kosten, nicht wahr?"

„Ja, woher nehmen wir bloss das Geld?", fragte Jan.

„Für solche Fälle haben wir einen Pot, den kann ich nicht ohne Genehmigung nutzen. Warten wir ab, was dieser Informant uns liefert und mit wie viel wir rechnen müssen. Wenn sich alles bewahrheitet, wäre dies einer der grössten und eigenartigsten Fälle der letzten Jahre. Du wirst für das verantwortlich sein, im Positiven, versteht sich."

Sie plauderten noch eine halbe Gehstunde und genehmigten sich einen heissen Tee im Restaurant, das wenige Minuten vom Revier entfernt lag.

Jon Foges hatte das Foto von Clara persönlich überbracht bekommen, es war etwas in die Jahre gekommen. Doch die Identifizierung sollte damit kein Problem sein. Am nächsten Tag vereinbarte er mit seinem Informanten einen Treffpunkt, an dem er eine Kopie des Fotos übergab. Er selbst besass kein solches Gerät, doch seine Schwester arbeitete in einer Bank, die technisch immer auf dem neusten Stand waren.

Der Informant beklagte sich über die schlechte Kopie des Fotos, doch in Anbetracht seiner Gage, sah er darüber hinweg.

Am nächsten Tag fing seine Schicht etwas früher an, er suchte die erste Etage auf. Da ihn jeder kannte, wurden keine ernsthaften Fragen gestellt. Da die Küche auf derselben untergebracht war, nahm er sie sozusagen als Alibi, er könne Zuhause kein Frühstück einnehmen, da Strom und Wasser bis Mittag abgestellt waren. Kaum in der Kantine suchte er sich einen Tisch aus, von dem er den ganzen Raum einsehen konnte. Ein geschultes Auge besass er, schon früh erkannte er seine Begabung, Menschen nach geraumer Zeit wiederzuerkennen.

Die Zeit lief ihm langsam davon, nicht eine Person, die er mit dem Foto in Verbindung bringen konnte.

„Hallo, du seltener Gast, wie geht es dir, hat man dich versetzt?"

Völlig überrascht, dass ihn jemand ansprach, sah er nach oben.

„Hallo Hano, nein, bestimmt nicht."

Es folgte die Geschichte mit dem Strom und Wasser.

„Wie geht es dir Hano, schon lange nicht mehr gesehen."

„Ich komme hier nur selten weg, momentan haben wir einige Insassen zu viel, das wird sich nächstes Jahr wieder bereinigen."

Jetzt erkannte er seine Chance.

„Ich habe gehört, ihr habt neue bekommen?"

„Ja, vier", antwortete er und ass sein mitgebrachtes Brot und trank dazu einen Tee.

Er fühlte sich nicht mehr so wohl, er hatte nicht geplant, so lange hierzubleiben. Er trank seine heisse Schokolade und ein Stück Kuchen, das mit Rosinen versetzt war.

„Das ist unser jüngster Neuzugang, jetzt sperren die noch Ausländer bei uns ein, ob wir nicht schon genug eigene hätten", sprach Hano.

Kaum ausgesprochen rief jemand seinen Namen, ohne sich zu verabschieden, stand er auf und verlies den Tisch. Als er sicher war, dass ihn niemand beobachtete, holte er das Foto aus der Innentasche. Er verglich es mit dem Jungen, der gerade eine Kiste mit Weihnachtsschmuck durch die Kantine trug. Das musste er sein, etwa zwei bis drei Jahre älter, die Haare etwas länger, aber sonst war alles klar. Er steckte es schnell weg und sagte leise, „Ja", ohne aufsehen machte er sich langsam aber sicher aus dem Staub, er sass schon länger hier, als es ihm lieb war.

Jon Foges meldete seine Informationen wie abgemacht an Clara weiter, er wollte nicht mit einem Ausländer solch heikle Fälle abwickeln.

Clara ihrerseits leitete sie eins zu eins an Jan weiter und dieser an Bruno Arno.

„Jetzt können wir es nicht mehr inoffizeill weiterziehen, der Bürgermeister und der oberste Richter, müssen involviert sein. Das Ganze kann nur auf politischer Ebene ausgetragen werden."

Jan überlegte kurz.

„Dann wird dieser Junge die nächsten sechs bis acht Jahre, Snorland nicht wieder betreten. Du weisst so gut wie ich, dass der Richter und unser Bürgermeister, dieser Bruderschaft angehören. Die werden alle Hebel in Bewegung setzen, um es zu verhindern, andernfalls zeitlich ins Unermessliche ziehen."

Bruno brummte etwas vor sich hin.

„Was schlägst du vor, sollen wir mit einem Panzer nach Wornas fahren und ihn befreien?"

Jan musste ein wenig lachen.

„Nein, wir müssen es so unspektakulär wie möglich handhaben. Wir werden so viele wie nötig bestechen und so einen Weg finden. Dieser Informant könnte bestimmt eine Befreiung ohne grosses Aufsehen arrangieren, es wird einfach eine Stange Geld kosten."

„Ich komme nicht so leicht an so viel Geld, ich brauche die Zustimmung der Kommission und darin sitzt wer?"

Er atmete laut aus: „Sag es nicht, ich kann es mir denken."

Jan beauftragte Clara, sie solle diesen Jon anfragen, was so eine Aktion in etwa kosten würde.

96. Hoffnung

Das Haus am Fluss ähnelte einem Märchenschloss, alle hatten eifrig geholfen, es zu schmücken. Jedes Jahr sah es fantastisch aus, man fühlte sich wie in einer anderen Welt. Umso jünger die Kinder, umso grösser ihre Augen. Anna half den Kleinsten, sie konnte es gut mit ihnen, dies bemerkte schon seit längerem auch Linda. Nach den Weihnachtsferien müsste sie wieder in die Schule, diese könnte sie im Heim besuchen. Ab August nächsten Jahres dürfte sie auf die höhere Schule, sie hatte ja die Aufnahmeprüfung bestanden. Es existierte auch in Aronis einen Ableger dieser Institution. Linda war schon jetzt in Abklärung, ob sie dort einen Platz erhalten könnte. Von der Möglichkeit hatte sie Anna noch nichts erzählt, wenn es nicht zustande käme, wäre die Enttäuschung zu gross, das wollte sie ihr in der jetzigen Situation nicht zumuten.

Anna sass im Aufenthaltsraum und bestaunte das bisher geschmückte, nach einer Weile des Staunens kam ihr wieder C in den Sinn. Eher weinerlich wurde ihr klar, dass es die erste Weihnacht ohne ihn sein wird. Ein kleines Geschenk würde sie für ihn trotzdem einpacken, denn wer weiss, ob er, da wo er ist, es nicht sehen oder fühlen könne. Sie kann sich einfach nicht vorstellen, dass er sich nicht melden würde, wenn er am Leben wäre. Anderseits fühlte sie tief in ihr, dass er diese Welt noch nicht verlassen hatte. Schweren Herzens ging sie schlafen und hoffte insgeheim, dass noch ein Wunder geschehe.

97. Der Plan

Jon Foges hatte alle Verbindungen spielen lassen, das Ganze wurde durch die Vorweihnachtszeit etwas erschwert. Doch nach zwei Tagen war er im Stande, sich einen Plan zu erstellen und die Kosten abzuschätzen. Der Zeitplan ergab eine Aktion während der Weihnachtsfeier, die nach internen Quellen immer einen Tag vor Heilig Abend stattfand. Mit dieser Regelung konnten die Angestellten, die eine Familie besassen, am eigentlichen Festtag, dem vierundzwanzigsten Dezember, mit ihren Liebsten verbringen.

Der Befreiungsplan war beinahe fertig, die Kosten waren immens. Es müssten immerhin neun Leute für dieses unterfangen eingesetzt werden, drei davon nur als Mittelsmänner. Die Aktion würde etwa auf hundert bis hundertfünfzigtausend amerikanische Dollars kommen. Solche Einsätze wurden nie in der eigenen Landeswährung abgerechnet, diese Gelder lagen immer auf ausländischen Bankkonten. Die ganze Summe müsste natürlich Bar übergeben werden. Umgerechnet wären dies etwa dreihunderttausend scanländische Kronen, ein normaler Angestellter würde für diesen Betrag sicher sechs Jahre Arbeiten müssen.

Jon Foges erarbeitete mit drei beteiligten Spezialisten an einem simplen, aber effektiven Ausbruchsplan. Nach fast zwei Tagen war er erstellt, alle waren damit einverstanden und ein Plan B war ebenfalls bereit.

Clara wurde von Jon informiert, sie staunte nicht schlecht über die Summe, doch war ihr klar, dass zusätzlich einige Schmiergeldzahlungen geleistet werden mussten, ansonsten wäre so eine Aktion überhaupt nicht durchführbar. Sie wollte eigentlich auch nichts Genaueres wissen, umso weniger davon Kenntnis besassen, umso besser für die Sache. Die Informationen wurden nicht telefonisch ausgetauscht, sondern im Büro von Jon, der eine Raum war hermetisch gegen abhören abgesichert.

Anschliessend verabredete sie sich tags darauf mit Jan.

Kaum angekommen wurde heftig diskutiert.

„Eine derartige Summe kann Bruno ohne Bewilligung nicht freimachen, vor allem, wenn es illegale Elemente enthält, wird das Gremium nicht zustimmen. Da ist noch was, in diesem sitzen mindestens drei aus der Bruderschaft, du kannst dir vorstellen wie es enden würde."

Clara stand auf, lief in die Küche und holte sich ein Glas Wasser.

„Ich dachte mir schon, dass es nicht möglich ist, vor allem gibt es keine Erfolgsgarantie, auch wenn das Unterfangen misslingt, käme die Summe zur Zahlung."

Jan trank den letzten Schluck Wein aus seinem Glas.

„Dann endet hier die unglaubliche Geschichte, tja wir haben unser Bestes getan."

Er schenkte sich nach und schaute ins Glas, als ob die Lösung im Wein läge.

„Ich habe mir bei der Hinfahrt Gedanken gemacht, mir war eigentlich schon vorher klar, dass es so nicht durchführbar ist. Ich werde das Geld als stiller Gönner aufbringen, dies darfst nur du wissen, keiner darf je erfahren, woher das Geld stammte. Der Junge kann es mir zurückzahlen, wenn er sein Erbe tatsächlich erhält, wenn nicht sehen wir weiter. Doch auch er wird nicht erfahren, woher es stammte. Meinst du, das wäre so in Ordnung für dich?"

Jan sass sprachlos auf dem Sofa, nach gefühlten zehn Minuten sprach er: „Das kann ich nicht annehmen, das ist so viel Geld, du könntest alles verlieren!"

„Mach dir darüber keine Sorgen, was ist ein Leben in Freiheit für einen jungen Menschen wert? Ich habe genug, ich vertraue auf dich und darauf, dass es funktionieren wird. Vergiss nicht, du und dieser Bruno Arno riskieren auch einiges, wenn das publik wird, habt ihr keine Arbeit mehr und einen happigen Prozess am Hals."

Das zweite Glas wurde trockengelegt.

„Ich weiss, die Sache ist mehr als heikel, unsere Namen dürfen nirgends erwähnt werden. Wir wollen auch nicht wissen, wie und wer den Plan ausführt. Wir kommen erst ins Spiel, wen er auf freiem Fuss in Snorland ist."

Clara füllte ihr Wasserglas, sie besprachen alle möglichen und unmöglichen Kleinigkeiten. Alles wurde genau durchdacht. Vor allem, an welcher Stelle er beim Grenzübergang auftauchen sollte, damit sie ihn auffinden konnten, zufällig natürlich. Wer wann informiert wird und so weiter. Damit sich der Junge danach an nichts mehr erinnern könne, müsse er leicht unter Drogen gesetzt werden. Dies wäre ein Schutz für alle Parteien.

Sie kamen erst um drei Uhr todmüde ins Bett und schliefen eng umschlungen ein.

Bruno Arno reagierte wie erwartet. Er beschloss, die Sache vorerst ruhen zu lassen. Eine derartige Summe könnte er mit oder ohne Zustimmung nie vertreten. Sie würden nach Weihnachten einen legalen Weg suchen, um C freizubekommen. Dass dieses Gespräch nie stattgefunden hatte, war Ehrensache.

98. Weihnachten 1969

Der dreiundzwanzigste Dezember 1969 war angebrochen, draussen war alles mit Schnee bedeckt, es schien so rein und jungfräulich.

Es war neun Uhr morgens, ich stand lange am Fenster und dachte an Jana, ich sah zum hellgrauen Himmel empor, dabei schloss ich die Augen. Die Gedanken konzentriert auf Jana, hörte ich kein Laut, nur wundersame Stille.

Jana war mit frühstücken kaum fertig, da bellte Sam, sie stand auf und dachte, er müsse sein Geschäft verrichten. Sie öffnete die Tür und wurde von einem Sonnenstrahl direkt in die Augen getroffen, er zwang sie, sie zu schliessen. Sie glaubte, irgendeine Stimme zu hören, weit weg aber hörbar. Sofort dachte sie an C, sie hörte nochmals genau hin, doch die Stille war zurück. Sie sah blinzelnd Richtung stahlblauem Himmel. Alles kreiste um C, sie schloss ihre Augen und ihr wurde warm ums Herz. Es war knapp nach neun Uhr morgens, doch das interessierte sie nicht.

Es war ein Tag, nicht wie jeder andere, alle waren sehr nervös und erwartungsvoll. Die Feier wurde bereits um drei Uhr angesagt, da viele der Insassen das Fest nicht erwarten konnten, waren sie ungeduldig und teilweise anstrengend. Der Chor der städtischen Kirche, würde uns um vier Uhr ein Konzert geben, alle waren erfreut sowie gespannt.

Da der Chor ohne Instrumente auskam, konnten sie den Eingang für das Personal und Lieferanten benutzen. Dieser war sehr eng gehalten, damit nicht viele Personen auf einmal durchgingen. Der wachhabende Boris freute sich auf einen noch ruhigeren Abend als sonst schon. Ausser dem Chor waren heute keine Besucher oder Lieferanten angemeldet. Somit erhielt er die Gelegenheit, wenn auch nicht Zuhause, sein Buch in aller Ruhe fertig zu lesen.

Der Chor war auf vier Uhr angemeldet, er bestand aus achtzehn Sänger, genau so vielen durfte er einlass gewähren. Diese hatten vorgängig einen Besucherpass erhalten, damit die Kontrolle schneller abgehandelt werden konnte.

Paul und Beno waren Brüder und schon seit Gedenken Chorsänger. Anfangs vom gläubigen Vater getrieben, mit der Zeit aber selbst sehr angetan vom Singen im Kirchenchor. Heute war ein besonderer Tag, noch nie traten sie in einer Institution wie das Starrex auf, Altersheime, Kinderheime, Spitäler und dergleichen waren nichts Aussergewöhnliches, doch dieses Gefängnis. Sie kannten das Starrex nur von aussen, sie haben sich auch nie dafür interessiert.

Ein grosszügiger Gönner des Chores, äusserte kurzfristig den Wunsch, den Insassen einige Weihnachtslieder zum Besten zu geben. Diesem wurde natürlich Rechnung getragen, denn finanziell stand der Chor miserabel da. Kurz vor drei Uhr ertönte die Haustürglocke, sie waren beide schon umgezogen und dabei, die gemeinsame Wohnung zu verlassen, Beno öffnete diese und ein Weihnachtsmann stand vor ihm, bevor er etwas sagen konnte, wurde ihm schwarz vor Augen.

Boris musste kurz austreten, gemäss Vorschriften durfte er nur kurz den Posten verlassen und alles abgeschlossen sein.

Als er vom Pinkeln zurückkam, stand ein Teller mit verschiedenem Gebäck auf der Theke. Er schaute sich um, sah aber niemanden, er freute sich über die Überraschung und nahm ihn mit zu sich. Kurz danach trafen immer mehr von diesen Chorsängern ein. Sie passierten den Metalldetekktor sowie die Eingangskontrolle von Boris. Pflichtbewusst überprüfte er, ob jeder einen Besucherausweis auf sich trug. Um die Sache sicherer zu gestalten, hatten diese Pässe einen Stern neben dem Namen, dies war normalerweise nicht so. Er zählte sechzehn Sänger, dabei waren achtzehn angemeldet. Nach zehn Minuten glaubte er, sie hätten sich verspätet oder sind vielleicht kurzfristig ausgefallen. Das Konzert sollte in den nächsten Minuten anfangen.

Er vertiefte sich ins Buch, als er plötzlich Geräusche vernahm, er schaute auf und erschrak dermassen, dass er sein Buch fallen liess. Ein Weihnachtsmann mit seinem Gehilfen standen vor ihm und hielten den Besucherpass hoch.

„Wir sind zu spät und müssen uns beeilen, frohe Weihnachten wünschen wir!"

Boris schmunzelte und winkte sie durch, er hatte von allen Chormitgliedern ein Foto zur Kontrolle erhalten. Da diese schon erheblich spät dran waren und sowieso dazu gehörten, liess er es dabei. Er hob sein Buch und fluchte ein wenig, jetzt wusste er nicht mehr, auf welcher Seite er war. Vor lauter Frust vergriff er sich am Weihnachtsgebäck.

Ich sass im weihnachtlich geschmückten Saal in der zweitletzten Reihe, der Chor sang wunderschöne Adventslieder, die meisten waren hingerissen. Ich wurde etwas melancholisch, dachte an Jana und an das Mädchen im Traum, ich war den Tränen nah. Unerwartet schwebte eine Dose mit Weihnachtsgebäck vor mir, die von einer nett lächelnden Frau neben mir, hingehalten wurde. Da ich nicht unhöflich sein wollte, sowie ein bisschen hungrig war, nahm ich eins. Sie schüttelte die Dose und forderte, dass ich mehr als eins nehmen solle. Da einige schon gehässig die Augen zu uns richteten, nahm ich nochmals zwei, damit der Lärm des Schüttelns aufhörte. Sie lächelte herzlich, was ich ihr gleichtat. Meine Gedanken ordnete ich neu, die feinen Zimtsterne schmeckten vorzüglich. Kaum gedacht erschrak ich, warum wusste ich deren Namen, ich konzentrierte mich auf den Geschmack dieser Zimtsterne. Ich liess sie im Munde zergehen, danach bat ich meine Sitznachbarin, mir noch eines zu geben. Sie lächelte nicht mehr, überreichte mir denoch zwei. Ich genoss das Gebäck ganz behutsam, schloss die Augen und spürte eine regelrechte Flut von Informationen durch mein Gehirn rasen.

„Hat er sie gegessen?"

Darauf folgte ein Kurzes: „Ja, vor vier Minuten."

„Am Ort bleiben, bis wir kommen."

„Alles klar."

Es verstrichen weitere zwei Lieder.

Da einem Zuhörer unwohl war, kamen zwei Betreuer und brachten diesen aus dem Saal. Es verlief ruhig und ohne Aufsehen zu erregen.

Boris lag in seinem bequemen Arbeitssessel und hielt sein Buch nicht mehr fest in den Händen, sein Kopf hing leicht vorne über, der Gebäckteller war leer. Drei Personen erreichten den Posten von Boris, die Tür zu seinem Büro liess sich leicht öffnen. Nach kurzem Eingreifen, öffnete sich auch die Sicherheitstür, sie verliessen das Gebäude früher als die anderen Chormitglieder.

99.   Scanland 23. Dezember 1969

Mein Kopf brummte ordentlich, im Mund den Geschmack von Zimt und Zucker. Meine Augen zu öffnen war ein Kraftakt, sie waren schwer wie Blei. Ich vernahm Stimmen in der Ferne, was sie sprachen, konnte ich nicht verstehen. Plötzlich wurde mein Kopf nach hinten gedrückt, ich spürte, wie etwas meine Lippen berührte. Eine Flüssigkeit wurde mir in den Mund gegeben, ich hatte keine andere Wahl, als diese zu schlucken. Kurz nach der Einnahme wurde um mich herum langsam alles klarer. Ich sass in einem Auto auf der Rückbank, am Steuer sass ein Mann und links von mir noch einer. Als der Herr neben mir bemerkte, dass ich langsam wach wurde, fragte er mich, ob alles in Ordnung sei. Ich antwortete mit einem einfachen Kopfnicken, obwohl in diesem Moment für mich überhaupt nichts klar war. Erst dachte ich, er lächle mich an, als ich genauer hinsah, erkannte ich, dass sie Masken trugen, keine furchterregenden, nur leicht grinsende.

Als ich nach draussen sah, vermutete ich, dass es Nacht war, Dunkelheit umgab uns. Sehen konnte ich keinen Meter weit, nur im Wagen selbst brannte ein schwaches Licht. Der Mann am Steuer reichte mir eine Flasche mit Wasser.

„Trink sie aus, du musst völlig wach werden."

Ich tat was er befahl, danach sprach er weiter: „Es wird bald Morgen, du hast warme Kleider an und eine entsprechende Jacke liegt neben dir. Im Beutel ist alles was du benötigst. Der Weg nach Snorland ist einfach zu finden, wen du nicht mehr weiter weist, schau auf die Karte im Beutel."

Er zeigte mit der Hand in eine Richtung und sprach:

„Hier führt ein Weg in den Wald, du läufst etwa eine Viertelstunde diesem entlang. Anschliessend kommt eine Kreuzung, da biegst du links ab, nach einer halben Stunde kommst du an ein Schild aus Holz. Dort steht geschrieben, dass du nun Scanland verlässt und dies strengstens verboten sei. Du musst dieses Schild ignorieren und dich dahinter stellen. Leuchte mit der Taschenlampe gerade aus, bis du auf der anderen Seite einen Baumstamm siehst, auf dem mit weisser Farbe ein Kreis gemalt ist. Dies ist dein Ziel, es sind knapp hundert Meter Niemandsland bis zur Grenze zu Snorland. Hast du diesen Baum erreicht, bist du in deiner Heimat, auf der Karte erkennst du weiter, wohin du von da an gehen musst. Hast du soweit alles verstanden?"

Ich nickte wieder, hatte jedoch keinen Schimmer was er mir da erzählte. Ich war nicht sicher, ob er mir das ansah oder von sich aus alles nochmals genau erklärte, erst jetzt bemerkte ich seinen Akzent.

„Nimm die Taschenlampe aus dem Beutel und zieh die Jacke an. Einfach laufen und nicht unnötig anhalten, wenn dir jemand begegnet, was ich nicht glaube, spring los oder versteck dich. Ruhe dich erst nach der Grenze aus, wenn du dein Ziel erreicht hast. Du musst jetzt los mein Junge, viel Glück."

Ich lief los, die Taschenlampe leuchtete hell und der Weg war gut erkennbar. Um mich herum war es immer noch stockdunkel, mir war nicht wohl dabei und meine Beine hielten mich eher unsicher aufrecht. Die Kleider gaben mir warm, denn das Klima war winterlich, ein bissiger Wind begleitete mich, er half mir wenigstens wach zu bleiben. Die Taschenlampe imponierte mir, ich hatte noch nie so eine gesehen, der Lichtstrahl leuchtete sehr weit. Plötzlich hörte ich ein knacken, sofort drückte ich das Licht weg und blieb stehen. Es war unheimlich, es kam näher und liess mich erstarren. Etwas war genau neben mir, ich spürte es. Als es nicht weiterlief, richtete ich die Lampe auf die geahnte Stelle und löste den Lichtstrahl aus. Eine Waldkatze oder etwas Ähnliches erstarrte kurz und suchte danach blitzschnell das

Weite. Mir fiel ein riesen Stein vom Herzen, meine Beine zitterten immer noch, war ich froh, dass das Tier flüchtete und ich wieder allein in der Dunkelheit stand.

Dachte ich jedenfalls. Die Viertelstunde sollte etwa durch sein, doch ich kam an keine Kreuzung, ich lief einfach vorwärts. Da ich mich sowieso in dieser Gegend nicht auskannte, wagte ich nichts. Kaum fertig gedacht stand ich an der Kreuzung, es verlief ein Weg nach rechts und links. Sagte er jetzt rechts oder links, ich musste mich konzentrieren. Mein Denkvermögen war noch etwas eingeschränkt. Links flüsterte ich leise, bis zur Holztafel.

Der Weg war steinig und nicht angenehm zu begehen, ständig stolperte ich und hatte so meine Mühe nicht hinzufallen.

Nachdem mein Kopf wieder klarer denken konnte, nahm ich erst richtig wahr, was ich hier eigentlich tat. Ich bin auf dem Weg nach Hause, besser gesagt auf der Flucht dahin. Erst jetzt wurde mir etwas mulmig zumute, irgendwie musste ich aus diesem Starrex gekommen sein. Freudig, doch verwirrt lief ich weiter, der Weg schien mir unendlich.

Plötzlich wurde ich wieder durch ein Rascheln gestört, doch dieses Mal blieb ich nicht mehr stehen. Das Wissen über meine Flucht verängstigte mich, ich lief weiter und stellte die Ohren auf stumm. Wegen des schnellen Gehens rammte ich um ein Haar das Schild. Es war aus Holz und die Inschrift schlecht leserlich, doch sie war es. Ich stellte mich hinter sie und liess den Lichtstrahl die Gegend absuchen. Da ich nichts erkannte, schuld war bestimmt auch der beginnende leichte Schneefall, leuchtete ich auf den Boden, um mich zu vergewissern, ob er begehbar wäre.

Nach etwa zehn Meter wiederholte ich die Suche, ganz schwach in weiter Entfernung erblickte ich diesen Kreis, ob er weiss war, konnte ich nicht mit Bestimmtheit sagen. Der Wind wurde allmählich stärker, der Schneefall tat es ihm gleich, nach einigen Metern zündete ich abwechselnd auf den Boden. Mir war nicht wohl, denn ich wusste nicht, ob plötzlich ein Bach oder gar ein Sumpf meinen Weg kreuzen würde.

Der Schnee bedeckte schnell den Untergrund. Nach etwa fünfzig Schritten, die ich bewusst sehr langsam lief, sah ich plötzlich den Kreis nicht mehr. Ich stand da und wusste nicht mehr wohin, ich sah kaum fünf Meter weit. Der Lichtkegel der Taschenlampe wurde durch die fallenden Flocken reflektiert, dadurch sah ich beinahe weniger als ohne. Langsam fing ich doch an zu frieren, die Kapuzenjacke gab wohlig warm, doch meine Hände und mein Gesicht zogen die Kälte in mich hinein. Was sollte ich tun, der Mann im Auto betonte fast in Befehlsform, dass ich egal was kommen möge, nicht aufhören darf zu laufen. Warum war mir schon klar, ganz freiwillig liessen die mich vom Starrex nicht einfach so frei, die hatten ja vor mich zu verurteilen. Wie ich aus diesem Gefängnis oder was es war fliehen konnte, war mir schleierhaft.

Ich stand mitten im Niemandsland und hatte keine Ahnung wohin. Durch die Kälte fing ich an mich zu bewegen, dadurch wusste ich nicht mehr genau, wo ich anfangs stand. Der Boden gab keine Fussabtritte zu erkennen, der Schnee hatte sie völlig bedeckt. Es ärgerte mich, der Mann sagte ja, ich solle nicht stehen bleiben. Woher kam ich und wohin musste ich, verdammt ich hätte mich Ohrfeigen können.

Ich hörte, vermutlich hinter mir, wie aus dem nichts ein rufen.

„Ist da jemand, sofort stehen bleiben und die Hände nach oben!"

Woher kam diese nette Aufforderung. Schnell löschte ich die Taschenlampe und blieb wie zuvor stehen. Die

Männerstimme rief dasselbe noch zweimal, bis er nach einem schmerzlich, klingendem Gestöhne verstummte.

Ich rannte los, ohne zu überlegen, die Dunkelheit schien mir etwas weniger, selbst der Schneefall hatte nachgelassen. Dreimal stürzte ich kurz, danach rannte ich weiter, bis ich mich wieder getraute stehen zu bleiben. Um mich herum war es totenstill, darum zündete ich die Taschenlampe an. Der Lichtkegel erhellte jetzt wieder mehr als nur fünf Meter, trotzdem wusste ich nicht, in welcher Richtung sich mein Ziel befand. Einige Bäume konnte ich weit entfernt erkennen, doch keinen weissen Kreis. Die Bäume deutete ich schon eher als positiv ein, denn auf dem Niemandsland wuchs weit und breit nichts, sicher um das Gelände besser kontrollieren zu können.

Langsam wurde es heller, vielleicht war der Schnee daran schuld oder meine Augen hatten sich an die Situation angepasst. Als ich die Suche nach dem Kreis fortsetzte, sah ich auf der anderen Seite schräg von mir ein Schild. Als ich es länger anstarrte, war ich überzeugt und leicht geschockt, dass es das Besagte war. Wie selbstverständlich drehte ich mich um, bis das Schild abermals hinter meinem Rücken stand. Wie am Anfang erkundete ich die Gegend mit der Taschenlampe und siehe da, der Kreis war sichtbar und sogar in weisser Farbe. Ohne lange zu überlegen, rannte ich so schnell ich konnte auf diesen zu und erreichte ihn in angemessener Zeit. Völlig ausser Atem stand ich auf der leichten Anhöhe unter zwei Bäumen.

Erst jetzt wurde mir bewusst, auf welchem Boden ich mich befand. Es war Snorland, meine Heimat lag mir zu Füssen. Plötzlich war die ganze innere Anspannung, die ich vorher nicht richtig wahrnahm, verflogen, ich fühlte mich wie neu Geboren.

100. Unerwartet

Es war ein Uhr morgens, Clara war in einem Traum unterwegs, indem sie eine Gruppe von Eseln führte. Sie hielt Ausschau nach Wasser, denn die Tiere waren kurz vor dem Verdursten. Sie nahm von weitem einen seltsamen Ton wahr. Sie schaute sich um, sah aber nur steiniges, sandiges Land, kein Grün, keine Wasserstelle, praktisch nur eine ausgetrocknete Einöde.

Der Ton kam immer näher, bis er so laut war, dass sie aufsitzen und tief durchatmen musste. Plötzlich war er verstummt, die Esel sowie die furchtbare Gegend auch.

Sie benötigte ein Glas Wasser, das sie sich in der Küche besorgte, da erklang er wieder und entpuppte sich als Klingelton des Telefons. Schnell nahm sie den Hörer ab und meldete sich.

„Ja."

„Hallo Clara, hier ist, du weisst schon wer. Die Sache ging heute über die Bühne, das gute Stück ist dort wo es hingehört."

Clara fragte etwas schlaftrunken: „Hast du nicht gesagt, dass es erst nach Weihnachten stattfindet?"

„Tut mir leid, ich habe euch angelogen, besser gesagt, führen wir solche Aktionen nie zum besagten Zeitpunkt durch. So haben wir den Überraschungseffekt auf unserer Seite und mögliche undichte Stellen ausser Gefecht gesetzt."

Clara war erstaunt: „Du bist mir ein echter Profi, vielen Dank für alles, ich werde es gleich weiterleiten. Der besagte Ort und Zeitpunkt bleibt immer noch wie vereinbart, nehme ich an?"

„Ja, wie besprochen, einfach alles seinen Lauf lassen, dann kommt es gut. Ich melde mich dann wieder, es ist besser, wenn wir die nächsten Wochen kontaktlos verstreichen lassen. Wünsche dir und deinem auserwählten schöne Weihnachten!"

Clara war den Freudentränen nah: „Gebe ich gerne zurück und nochmals, herzlichen Dank für alles, ich freue mich auf unser nächstes Wiedersehen."

Es wurde aufgelegt und Clara fing an zu zittern. Sie konnte kaum Jans Telefonnummer auf der Scheibe wählen, die Freude war dermassen gross, obwohl sie diesen Jungen überhaupt nicht kannte.

Jan Orsen schlief tief und fest, jedoch nicht in seinem bequemen Bett, nein, auf dem Sofa vor dem Fernseher, der nur noch rauschende Geräusche von sich gab. Beim ersten Klingeln schoss er hoch und wollte aus dem Bett steigen, da die Grössenverhältnisse Sofa und Bett nicht eins waren, purzelte er auf den Boden. Jetzt erst recht hellwach, griff er zum Hörer und meldete sich wie im Dienst.

„Jan Orsen hier!"

Kaum ausgesprochen sprach Clara: „Ich bin es, sie haben es getan, sie haben es geschafft. Entschuldige, ich bin dermassen aufgeregt."

Jan sammelte sich: „Das kann nicht dein Ernst sein, das glaube ich ja nicht!"

„Konnte ich erst auch nicht, ich erzähle dir alles, wenn ich morgen zu dir komme, das wird das schönste Weihnachtsfest, das ich je hatte."

„Das ist der Wahnsinn, deine Kontakte musst du dir warmhalten. Das ist der Hammer, der vereinbarte Ort bleibt aber derselbe, hoffe ich."

Clara hatte sich ein wenig beruhigt.

„Ja, wie besprochen, der Rettungswagen muss so um zwei Uhr dreissig beim Unfallort eintreffen, freue mich auf dich und auf alles, was noch kommen wird."

„Da sind wir schon zu zweit, ich kann es kaum erwarten, dich meinen Eltern vorzustellen."

Sie beendeten das Telefonat, Clara liess diesen letzten Satz mindestens zwanzigmal Revue passieren, sie schlief danach wie im siebten Himmel.

101. Gedanken

Anna schlief diese Nacht sehr schlecht ein, irgendetwas hatte sie nicht ruhen lassen. Weihnachten stand vor der Tür und doch konnte sie sich nicht so wie immer darauf freuen. Dieses Fest war für sie das Grösste, sie liebte ebenfalls die Geschichte dahinter. Sie fragte sich stets, wie es wohl gewesen wäre, wenn sie diese Maria und in der Hütte ihr Kind zur Welt gebracht hätte. Sie wäre mit Bestimmtheit die berühmteste Mutter auf dieser Erde.

Nach kurzer Schlafenszeit stand sie auf und ging auf die Toilette, danach verspürte sie einen kleinen Hunger, der sie direkt in die Küche lenkte.

Da sie ja kein richtiger Bewohner mehr vom Heim war, durfte sie sich selbst in der Küche bedienen. Nach einem Stück Brot mit etwas Butter, kochte sie sich noch ihre geliebte heisse Schokolade. Diese nicht ganz normal grosse Tasse, besser gesagt Krug, nahm sie und setzte sich damit ans Fenster. Der Schneefall nahm sie in ihren Bann, die Schokolade versüsste die eher traurigen Gedanken, denen sie sich hingab.

102. Snorland, Dezember 1969

Da ich mich nun auf snorländischem Boden befand, hatte ich keine grosse Eile mehr, dachte ich jedenfalls. Ich öffnete zum ersten Mal meinen Beutel und zündete mit der Taschenlampe hinein, eine Karte, etwas zu essen und eine Flasche, vermutlich Wasser. Als Erstes entnahm ich die Karte, sie war wie von Hand gemalt, sah aber täuschend echt aus. Startpunkt war der Baumstamm mit dem weissen Kreis, er war rot markiert. Der Weg war mit roten Pfeilen versehen, die mir die Richtung wiesen. Jede Kreuzung war gut erkennbar, wie die weiterführende Strecke. Das Ziel war ebenfalls mit einem roten Haus markiert, darunter stand in fetten Buchstaben, warten. Am unteren Rand der Karte war eine ungefähre Gehzeit angegeben, sie betrug so zwei Stunden bis zum Zielort. Freude mischte sich mit Zweifel.

Da ich bestimmt schon fünfzehn Minuten herumstand und die Beutelutensilien untersuchte, fing ich an zu frieren. Da zwei Käsebrote vorhanden waren, beschloss ich eines davon auf dem Weg zu essen. So lief ich los, in der einen Hand die Taschenlampe, in der anderen das Brot.

Es musste langsam in den Morgen hineingehen, die vorherige Dunkelheit wurde allmählich vom hellen Morgenlicht abgelöst. Ich atmete tief ein, der Geschmack von frischem Schnee und anderen undefinierbaren Gerüchen verzauberten meinen Marsch.

Jana hatte die karge Möblierung in Bens Hütte nach ihrem Geschmack und nach ihrer Vorstellung der Nutzbarkeit umgestellt. Ihre eigenen Tiere waren immer noch in ihrer zweiten Behausung untergebracht, die Jahreszeit erlaubte es einfach nicht, sie umzusiedeln. Es war so schon schwer genug, sie vor hungrigen Artgenossen zu schützen und ihnen doch die nötige Bewegung zu erlauben.

In dieser Nacht fühlte sie sich besonders einsam, sie wusste, Weihnachten würde sie ohne ihre Liebsten verbringen. An das Fehlen ihrer Eltern hatte sie sich langsam gewöhnt, wenn das überhaupt möglich war. Doch Ben half ihr übers Gröbste hinweg, jetzt war das auch Geschichte. Wieso wurde sie so schwer geprüft, dies fragte sie sich in letzter Zeit des Öfteren. Sie ging mit der Natur, sowie mit den Tieren und den wenigen Menschen, die sie kannte, immer fürsorglich und liebevoll um.

Sam war in dieser Nacht aussergewöhnlich unruhig, als ob da draussen etwas nicht mit rechten Dingen zuging. Sie packte sich mit Fellen ein, lief mit Sam und einem heissen Kräutertee auf die Veranda. Sie setzte sich im Schneidersitz auf die Bank, ihr Blick fokussierte die Weite weisse Schönheit dieser Nacht. Der Dampf des Tees erwärmte und befeuchtete ihre Wangen, die die leisen Tränen schneller gleiten liessen. Sie stellte sich vor, wie C bei seinen Eltern in der warmen Stube sass und die Familie wieder genoss. Vielleicht erzählte er ihnen von ihr, eventuell hatte er sie vor lauter Trubel auch einfach vergessen.

Viele Gedanken an ihn sowie dem neuen alten Leben liess die Zeit verstreichen. Sam legte die Schnauze auf ihr Knie und sah sie mit seinem einzigartigen Blick an, als ob er sie lesen konnte. Sie strich ihm über den Kopf und sprach:

„Du hast recht, ich mache mir zu viele Gedanken, doch du vermisst ihn bestimmt auch. Wir werden ja sehen, für welches Leben er sich entscheiden wird."

In diesem Moment ertönte ein lautes Geheul, es mussten Wölfe in der Nähe sein. Das Heulen liess ihr die Haare zu Berge stehen, auf die eine Art war es faszinierend, auf der anderen furchteinflössend. Sam bellte laut und warnte sie auf seine Art, dass sie hier nicht erwünscht wären.

103. Zwischenfall

Jan Orsen stellte den Wecker auf zwei Uhr, so hatte er noch genügend Zeit den Notdienst zu verständigen, wo sich die Unfallstelle befände. Die winterlichen Verhältnisse eingerechnet, würden sie den Zielort etwa um drei oder halb vier Uhr morgens erreichen. Orsen musste sich als jemand anders ausgeben, somit konnte keine Verbindung zu ihm oder dem Präsidium hergestellt werden.

Der Weg war leicht zu bewältigen, zwischendurch ein sanfter Anstieg und dann wieder hinab, insgesamt nicht wirklich ermüdend. Die Taschenlampe, meistens auf den Boden gerichtet, schreite ich schnell voran. Die Kälte hatte sich aus meinem Körper verabschiedet und einem leichten Schwitzen Platz gemacht. Ich freute mich auf das Wiedersehen, obwohl ich nicht genau wusste auf wen, hatte ich überhaupt jemanden oder war ich völlig allein. Die Fragen liessen mich einfach nicht los, die Einzigen, die ich wirklich kannte, war Ben, Michels Familie, Joschi und Jana, sonst niemanden.

Eine Stunde war bestimmt vergangen, eine Uhr hatte ich nicht, rein von der Strecke her schätzte ich es so sein. Die einzigen Pausen, die ich einschaltete, waren Pinkelpausen, ansonsten hielt ich mich an die Vorgaben. Langsam aber sicher hatte die Taschenlampe nicht mehr so viel zu tun, nur in den Waldstücken war die Dunkelheit vorherrschend.

Jan Orsen wurde vor dem Alarm des Weckers wach, die kleine Ungewissheit, dass doch noch etwas schiefgehen könnte oder der Junge nicht C war, blieb. Er braute sich einen starken Kaffee und ass Brot von gestern mit etwas Butter. Die Anspannung war gross, wenn alles so wäre, wie es schien, wäre es das Weihnachtswunder von Aronis. Er schaute auf die Uhr, es war erst zehn vor zwei, zu früh, um anzurufen.

Langsam kroch die Müdigkeit in meine Knochen, das zweite Brötchen war verschwunden und die Trinkflasche zu dreiviertel leer. Die Karte konnte ich schon fast ohne künstliches Licht lesen, die letzte Strecke war sehr steil, zum Glück nicht allzu lange. Ich war auf einer Anhöhe angekommen, der Blick von hier oben war wunderbar. In weiter Ferne erahnte ich Lichter zu sehen, sie flimmerten, als ob sie vom Winde hin und her geschaukelt würden. Laut Karte hatte ich bald mein Ziel erreicht. Da ich endlich ankommen wollte, lief ich weiter, ohne auf meine Müdigkeit zu achten.

Das Licht der künstlichen Quelle wurde immer schwacher, denn das Tageslicht hatte die Dunkelheit grösstenteils verdrängt. Der Schneefall nahm an Intensität wieder zu, die Flocken waren daumendick, sie hafteten in Sekundenschnelle an mir und zauberten mir ein weisses Kleid. Eigenartigerweise wurde es nicht kälter, denn der Wind hatte zeitgleich aufgehört.

Nach etwa einer halben Stunde blieb ich stehen, ich dachte, ich hätte Geräusche gehört, doch nicht von Tieren. Ich lief leise weiter, als ob mich jemand hören könnte. Ich war allein, weit und breit keine Menschenseele.

Wieder ein heulendes Geräusch und wie aus dem nichts blendete mich ein Blitzlicht. Schnell bedeckte ich meine Augen, mit dem mit Schnee befallenen, Unterarm. Jetzt bekam ich etwas Angst, die suchen mich bestimmt und beabsichtigen, mich zurück ins Starrex zu bringen. Gebückt blieb ich regungslos, die Taschenlampe war aus, wie mein Atmen. Was ich nicht kontrollieren konnte, war das kolossale Herzklopfen, das man sicher von weitem hörte. Nach fünf Minuten ausharren, meldeten sich schmerzhaft meine Knie und baten mich aufzustehen. Da ich keine Lichter sowie Geräusche mehr wahrnahm, erhob ich mich langsam an einem Baum stützend. Wieder marschierte ich mit einer gewissen Vorsicht weiter, der Weg wurde immer breiter und ebener.

„John, wir haben einen Notruf erhalten, scheinbar ein Unfall mit einem Verletzten. Er soll sich ausserhalb von Aronis auf der Hauptstrasse Richtung Harden ereignet haben. Der Anrufer sagte etwas von einer Haltestation des Busses."

John war gerade kurz eingenickt.

„Da haben wir bestimmt eine halbe Stunde Fahrzeit, bei diesem Wetter eher mehr. Ist der Anrufer am Unfallort?"

„Kann ich dir nicht sagen, die Verbindung wurde abgebrochen, ich habe keine Nummer von ihm. Ich benachrichtige die Polizei, die ist bestimmt etwas schneller da."

John und sein Kollege packten ihre Sachen und verschwanden mit ihrem Rettungswagen.

Jetzt stehe ich vor dieser Hütte und kann es gar nicht richtig fassen, ich bin am Ziel. Die Busstation stand an der Strasse und im Innern war eine lange Bank angebracht. Auf diese setzte ich mich, nachdem ich mir mein Schneekleid abschüttelte.

Die Karte lag in meinen Händen, ich schaute sie mir nochmals genau an. Der Zielort war korrekt, jetzt musste ich nur den Befehl, warten befolgen.

Als ich so dasass und mein Körper immer mehr nach unten zu rutschen drohte, rauschte ein Auto mit hoher Geschwindigkeit an der halboffenen Station vorbei. Ich erschrak gewaltig, wusste aber endlich, woher dieses Seltsame heulen kam. Da niemand sonst in der Hütte wartete, legte ich mich auf die Bank, der Beutel hielt als Kissen her. Mein Blick nach draussen war schon fast zu schön, die grossen Schneeflocken tanzten, bis sie weich auf dem Boden landeten. Meine Lider wurden durch dieses

Schauspiel immer schwerer, bis der Schlaf mich einholte und ich nichts mehr spürte.

Sie fuhren die Teilstrecke nun zum dritten Mal ab und stellten nichts fest. Die Strasse war schneebedeckt aber weit und breit keinen Unfall oder Fahrzeuge zu erkennen. Der ältere Beamte wies seinen Helfer Karl an, den Scheinwerfer auf dem Dach anzumachen, dieser war von innen des Streifenwagens bedienbar. Sie fuhren die Strecke auf beiden Strassenseiten langsam ab und leuchteten jeden Meter aus. Nichts war auffällig, zwei Rehe blieben durch den enormen Lichtstrahl stehen, bis sie bemerkten, dass er ihnen nichts anhaben konnte. Der Ältere nahm das Funkgerät und peilte die Station an: „Hier Dani, wir können keinen Unfall sehen, wir fahren die Strecke nun zum vierten Mal ab, ausser zwei Rehen ist hier nichts. Vielleicht hat sich da jemand einen Spass erlaubt, nicht lustig aber besser als einen grausigen Unfall anzutreffen, sollen wir umkehren?"

„Ja klar, aber bitte fahrt noch bis zum nächsten Dorf, wenn ihr nichts erkennen könnt, kehrt zurück."

Plötzlich wurde die Unterhaltung durch wirres Geschrei gestört.

„Dani Achtung, da, da aus der Hütte richtet jemand eine Waffe auf uns!", schrie der Gehilfe nervös.

„Was ist los Wagen vier, bitte meldet euch. Dani, habe ich da etwas von Waffen gehört?"

Dani gab Gas, bis die Hütte ausser Schussweite lag.

„Wagen vier bitte melden, Wagen vier!"

„Hier Wagen vier, Karl hat eine Gestalt in einer Hütte gesehen, scheinbar richtete er eine Waffe auf uns. Verdammte scheisse, was sollen wir tun, das ist kein Spass mehr!"

Der Lärm sowie das grelle Licht dieses Wagens riss mich aus meinem Tiefschlaf, doch kaum hatte ich die Taschenlampe nach draussen gerichtet, sind sie im Eiltempo vorbeigerast. Ich blieb eine Weile stehen, aber sie kamen nicht zurück, daraufhin legte ich mich wieder hin.

„Ist der Rettungswagen schon eingetroffen?"

„Nein, hier ist verdammt nochmal niemand, ausser diesem Irren in der Hütte."

„Es gibt zwei Varianten, wir informieren den Notarzt und rufen ihn zurück, ihr verschwindet von dort."

„Oder?", sprach Dani dazwischen.

„Oder ihr wartet auf Verstärkung und überprüft, was da vor sich geht."

Kurzes Schweigen.

„Ich brauche keine Verstärkung, das ist bestimmt ein Irrer, der nicht weiss, mit wem er es zu tun bekommt. Nein wir belassen es so wie es ist, den Notarzt musst du nicht zurückrufen, wer weiss, vielleicht gibt es für ihn doch noch Arbeit, wenn von dem Scheissirren noch was übrigbleibt."

Wieder kurzes schweigen.

„Du wirst doch ohne Verstärkung nicht zu diesen Typen zurückkehren?", fragte der zitternde Karl.

Dani liess den Motor anspringen und sprach: „Du kannst ja hier drinnen warten und dich einschliessen."

Er unterbrach die Verbindung zur Polizeistation, danach löste er während der Fahrt sein Holster.

„Bevor du erstarrst, entsichere noch das Gewehr. Ich fahre auf der anderen Strassenseite so weit nach vorn, bis wir gegenüber dieser Hütte stehen. Hörst du mir überhaupt zu?", schrie er Karl an. Er nickte und schwitzte, als ob es Sommer wäre.

„Ich fahre ohne Licht und so leise wie möglich dorthin, wenn wir genau gegenüberstehen, richtest du den

Scheinwerfer auf den Eingang. Erst wenn ich jetzt rufe, machst du das Licht an und verharrst so. Ist das klar du Schwachkopf?" Wieder nickte er ohne Worte aber immer noch schwitzend.

Erneut weckte mich ein starker Lichtstrahl, der von draussen kam, er erhellte die ganze Hütte. Vielleicht sind dies ja die Leute, die mich holen kommen. Ich packte alles zusammen und hielt die Taschenlampe in der rechten Hand. Da mich der Strahl fast erblinden liess, hob ich den Arm, um meine Augen vor dem Licht zu schützen.

Karl rief wieder zitternd: „Da, er hat erneut die Waffe in der Hand!" Er lies den Lichtstrahl direkt auf die Gestalt leuchten.

Durch den dichten Schneefall konnte Dani schlecht erkennen, ob Karl recht hatte, doch durfte er ihre Sicherheit nicht aufs Spiel setzen. Er richtete sein Gewehr auf die Zielperson mit der vermeintlichen Waffe in der Hand und gab einen gezielten Schuss ab. Die verdächtige Person wurde getroffen und nach hinten auf den kalten Boden katapultiert. Fast zeitgleich fuhr der Rettungswagen vorbei und hielt an, fuhr im Rückwärtsgang bis zur Hütte und tauchte die Umgebung durch die Warnlichter in ein farbenfrohes Lichtspiel. Blitzschnell erloschen alle Lichtquellen am Polizeiwagen.

„Verdammte scheisse, was tun diese Vollidioten da, immer kommen sie zu spät, nur dann nicht, wenn es gut wäre!", sprach Dani mit hochrotem Kopf.

Karl fragte etwas erleichtert: „Soll ich die Sirene anmachen, so bemerken sie uns?"

„Spinnst du, wir fahren weiter und kehren später um."

„Wir sind ja schon da, wieso zurück?"

Dani wurde noch gereizter und schrie leise: „Wir fahren so hinter den Rettungswagen, als ob wir erst angekommen wären, dann schauen wir, was los ist. Du sagst am besten kein Wort, du bleibst im Wagen. Du reinigst und lädst das Gewehr neu, danach lässt du es unter der Sitzbank verschwinden, nicht fragen einfach nur tun, geht das in dein kleines beschissenes Hirn?"

Ohne die Antwort abzuwarten, fuhr er langsam unbeleuchtet weiter, nach ein paar hundert Metern hielt er an und stieg aus, er zupfte seine Uniform zurecht. Als ob nichts wäre, startete er den Wagen neu, vollbrachte eine Kehrtwendung und fuhr mit Licht und allem was dazugehörte Richtung Busstation.

Zwei Sanitäter knieten am Boden und umsorgten einen jungen Mann.

„Guten Abend, was ist hier passiert, wir wurden zu einem Unfall gerufen?"

Ohne sich umzudrehen, antwortete der eine:

„Autounfall nein, Schiessunfall ja, der Junge wurde am Kopf getroffen, er reagiert nicht, er ist nicht bei Bewusstsein. Wir fahren ihn so schnell wie möglich ins Spital. Der grössere, der bis anhin kein Wort sprach, stand auf und holte die Bare.

„Helfen sie uns, den Jungen auf die Bare zu legen."

Gesagt getan, sie luden ihn in den Rettungswagen und fixierten ihn.

„Nehme an sie wissen was zu tun ist, wir fahren los."

Dani Karson wollte noch was sagen, da waren sie schon weg. Hinter ihm ertönte eine Stimme: „Was ist los, warum sind die so schnell davongerast?"

„Verdammt, erschrecke mich nicht so, du solltest doch im Wagen bleiben. Der Junge wurde am Kopf getroffen, scheinbar ist er bewusstlos."

Karl blickte ins Leere.

„Schau nicht so, wir müssen seine Waffe suchen und alles was rumliegt mitnehmen, selbst wenn es ein beschissener Zahnstocher ist."

Karl lief zum Wagen, er liess die Hütte mit dem Scheinwerfer auf dem Dach erhellen. Zusätzlich nahm er die zwei Taschenlampen von der Mittelkonsole. Kaum aus dem Auto gestiegen, blinzelte etwas vor seinen Füssen. Er bückte sich und sah zu Dani, der wütend den Boden in der Hütte absuchte. Schnell steckte er das Projektil ein.

„Na, schon etwas gefunden?"

Mit hochrotem Gesicht sah er auf und sprach: „Halt dein Maul und suche, wir müssen die Waffe finden, unbedingt!"

„Vielleicht hat er sie noch bei sich" , hakte Karl nach.

„Wir suchen alles peinlichst genau ab und verschwinden dann, wir haben es so vorgefunden. Die Sanitäter haben uns zum Glück bei ihrer Ankunft nicht gesehen.

Karl wurde einer Hirnwäsche unterzogen, damit ihnen nichts untergejubelt werden konnte. Vor allem, wenn der Junge stirbt und keine Waffe gefunden wurde.

„Wir müssen uns gegenseitig schützen, wir sitzen im gleichen Boot, geht einer unter, geht der andere automatisch mit."

Karl nickte wieder.

„Was ist mit der Zentrale, die hat doch alles mitbekommen?"

„Das lass mal meine Sorge sein, ich habe bei denen noch etwas gut, das wird schon. Du musst nur auf dich achtgeben, am besten vergisst du alles."

104. Schlag auf Schlag

Jan Orsen schlief nicht lange. Einerseits kam heute Jana und blieb über die Festtage und zum anderen hoffte er, dass mit dem Jungen alles gut enden würde. Die erste Weihnacht, die er mit einer Frau an der Seite feiern durfte, ohne dass es seine Mutter war.

Er hielt sich zurück und rief das Präsidium nicht an, obwohl es ihm schwerfiel. Am Montag wäre es noch früh genug, er vermutete, dass Bruno ihn sowieso als ersten kontaktieren würde.

Der Rettungswagen erreichte Aronis in nur 35 Minuten, die Strassen waren leer und der Schneefall liess nach. Der Patient war die ganze Zeit bewusstlos, das Atmen und die Herztätigkeit waren nahezu normal. Die Wunde am Kopf war versengt und bestimmt vier Zentimeter lang. Die Schädeldecke schien auf den ersten Blick unverletzt. Der Notarzt informierte das Spital per Funk, da es sich um eine Schuss- oder ähnliche Verletzung handelte.

Er wurde sofort in den Operationssaal gefahren und der Kopf gründlich untersucht. Der diensthabende Oberarzt löste die Haut vom Schädelknochen, um die Wunde zu untersuchen.

Nach einer Stunde lag der Patient zugenäht in einem Krankenzimmer. Die Röntgenbilder bewiesen, was der Oberarzt vermutete, keine weiteren sichtbare Verletzungen.

Der Beutel, den die Sanitäter mitgenommen hatten, gaben keine Auskunft über Name oder Wohnadresse des jungen Mannes. Ausser einer Karte die nicht original, sondern von Hand gezeichnet wurde, einer leeren Trinkflasche sowie einer defekten Taschenlampe, war nichts Brauchbares vorhanden. Da der Patient möglicherweise Opfer eines Verbrechens wurde sowie keine Identität festzustellen war, wurde wie immer die Polizei eingeschaltet.

Die Angelegenheit wurde direkt zu Bruno Arno weitergeleitet, denn er musste entscheiden, wer sich um den

Fall kümmern durfte. Da niemand von der Kriminalabteilung abrufbar war, liess er erst die zwei Beamten rufen, die zuständig waren.

Dani Karson und Karl Dard standen fünfzehn Minuten später vor Bruno Arno. Herr Karson schilderte den Vorgang sehr genau.

„Wir kamen leider etwas später als der Rettungswagen an, die Strassenverhältnisse waren in dieser Nacht wegen dem Schneetreiben verheerend. Da wir zu einem Verkehrsunfall gerufen wurden und nichts ausser acht lassen wollten, fuhren wir die Strecke bis zum nächsten Dorf ab und machten wieder kehrt. Nirgends war etwas zu erkennen. Auf dem Rückweg hielten wir beim Rettungswagen an. Wir begaben uns an den Unfallort, alles Weitere steht im Rapport."

„Was halten sie von der Aussage, dass dieser Unbekannte eventuell angeschossen wurde, bewusst oder unbewusst?"

„Wie gesagt, wir fanden nichts, was dies bestätigt, auch waren keine weiteren Personen gesichtet worden. Der anhaltende Schneefall erschwerte die Sucharbeiten in und um die Hütte."

Bruno Arno fragte den bis anhin stummen Karl Dard, ob er noch etwas hinzufügen möchte, dieser verneinte wortlos.

„Halten sie sich bitte beide zur Verfügung, Danke."

Kurz danach braute er sich einen Kaffee und las den Rapport nochmals durch. Wie beschrieben, fanden die Beamten keine wichtigen Beweismittel, um zu bestätigen, dass eine Schiesserei stattfand. Keine Waffe, kein Projektil, nicht einmal eine Hülse, gar nichts, nur ein scheinbar angeschossener unbekannter. Er würde den Fall an Jan weitergeben, momentan war es sehr ruhig auf seiner Abteilung. Wie es vom Krankenhaus geschildert wurde, wäre ein Schiessunfall oder gar ein versuchter Mord, nicht auszuschliessen.

Jana verliess die Hütte mit Ben an ihrer Seite, da kam ein riesiger Wolf angerannt und sprang aus zwei Metern auf sie. Sam reagierte schnell, hatte aber keine Chance, da ein zweiter Wolf ihn von hinten angriff.

Sofort begann ich zu rennen, um ihr zu helfen, ich konnte so schnell rennen wie ich wollte, ich kam einfach nie bei ihr an. Ich rannte wie ein Verrückter und schrie dementsprechend. Ich musste zusehen, wie sie Jana zu Boden rissen und zu zerfleischen begannen. Die Ohnmacht raubte mir meinen Verstand, es war unfassbar, dem Ganzen machtlos zuzusehen.

Plötzlich wie aus dem nichts, stach ein Lichtstrahl in meine Augen, das Ganze ging nicht einmal vier Sekunden. Ich bewegte die Lider einige Male auf und ab, dadurch erkannte ich eine weiss gekleidete Person, es war nicht Jana. Ich spürte einen Druck im Kopf, als ob er bald explodieren würde. Sie bewegte die Lippen, doch ich hörte nur von weitem ein Wirrwarr von Stimmen. Ich schloss wieder meine Augen und entrann dem Wachzustand. Alle waren verschwunden, Jana, die fremde Person, ja sogar Sam und zum Glück ebenso die Wölfe.

Jan Orsen verliess sein Zuhause so um Siebenuhr dreissig. Es fiel ihm schwer, Clara zu verlassen, doch die Gewissheit, dass eine kurze Arbeitswoche vor ihm lag, erleichterte den Abschied. Der Schneefall der letzten Tage, überzog Aronis mit einem Zuckerguss.

Er liebte seit seiner Kindheit die Vorweihnachtszeit, nahezu mehr, als das eigentliche Fest. Dabei vergass er beinahe, warum er diese Woche nicht frei nahm. Er war gespannt, ob mit dem Jungen alles wie gehofft verlaufen war. Der erste Gang zielte zur Kaffeemaschine, denn da war der Mittelpunkt aller neuen Geschehnisse, er musste sich zusammenreissen, damit er nicht eine zu fragende Miene aufsetzte. Innerlich zerriss es ihn beinahe, mehr zu erfahren.

Bruno Arno trat aus seinem Büro, das gerade mal zwei Meter von der Kaffeeecke entfernt lag.

„Guten Morgen Jan, braust du mir bitte einen Kaffee und kommst dann zu mir?"

„Klar, mache ich gerne."

Erst beim Tassentragen bemerkte er, dass seine Hände zitterten.

„Nimm bitte Platz, ich muss dich leider noch vor Weihnachten beschäftigen." Er legte ihm einen Rapport hin, Jan nahm einen kleinen Schluck und fing zu lesen an. Als er den Einsatzort las, versuchte er die Freude zu unterbinden. Doch als er weiterlas, lief es ihm kalt den Rücken hinunter.

„Wieso kommt das in meine Abteilung?"

Seine Hände zitterten noch.

„Es gibt anscheinend verschiedene Meinungen zu diesem Fall, der Unbekannte liegt im Spital. Ich habe mit dem behandelnden Arzt gesprochen, er vermutet eine Schusswunde, ob gewollt oder nicht, steht in den Sternen."

„Wurde er schwer verwundet?", fragte Jan mit gedämpfter Stimme.

„Er war kurz bewusstlos, doch sein Zustand sei stabil."

„Was erwartest du von mir?"

„Erst will ich die Identität dieses Jungen erfahren, bitte sprich selbst mit dem Oberarzt, vielleicht erfährst du genaueres. Was mir aber am Herzen liegt, rede bitte nochmals mit den Kollegen Dani und Karl, die kennst du besser als ich."

Jan sah auf den Rapport.

„Sie haben ihn verfasst, Dani ist ein langjähriges Mitglied und sehr zuverlässig. Diesen Karl kenne ich nicht besser als du, aber bitte, ich rede nochmals mit ihnen."

Bruno räusperte ein wenig.

„Nicht gleichzeitig, führe Einzelgespräche, dieser Karl kam mir etwas unsicher rüber."

„Alles klar, verstehe, erst fahre ich ins Spital, wie heisst dieser Arzt?"

„Oberarzt Doktor Hermann Aston."

Ohne den Kaffee ausgetrunken zu haben, verliess er das Präsidium und nahm einen Dienstwagen. Nach kurzer Fahrt hielt er an und schlug auf das Lenkrad.

„Verdammt, hoffentlich ist das C."

Er trat wieder aufs Gaspedal und unterbrach sein Selbstgespräch.

Doktor Aston hatte nach einer Wartezeit von zwanzig Minuten Zeit für Orsen.

„Wie geht es dem Jungen?" ‚war seine erste Frage.

„Es ist so, die Wunde ist nicht harmlos, doch er wird sich schnell erholen."

Orsen atmete tief aus.

„Sie vermuten eine Schusswunde, sind sie da sicher?"

„Sicher, ist ein gefährlicher Begriff, es ist so, sagen wir zu achtzig Prozent. Die Wunde sowie die verbrannte Hautpartie sprechen dafür. Was meine Annahme auch unterstreicht, ist die Aussage des Notarztes, er hätte kurz vor Ankunft einen Knall gehört."

Orsen wurde hellhörig.

„Das höre ich jetzt zum ersten Mal, ist die Aussage ernst zu nehmen?"

„Bestimmt, was John sagt, hat immer Hand und Fuss!"

„Kann ich zu ihm?"

„Nein, er hat Ferien und kommt erst nach Weihnachten zurück."

„Entschuldigen sie, ich meinte den Jungen."

Sie verliessen den Raum und erreichten nach einigen Umwegen die Etage, wo sein Zimmer war. Orsen stand vor dem Jungen und weinte leise.

„Ich lasse sie mal allein, sie wissen ja, wo sie mich finden."

Er klopfte Orsen auf die Schulter, als ob sie sich schon lange kannten.

Er war es, tief schlafend lag er vor ihm. Er war dankbar, dass er es geschafft hatte.

„Kennen sie ihn?", fragte eine feine Frauenstimme im Hintergrund. Orsen drehte sich um und erkannte eine Schwester.

„Ja, ich glaube schon, sie müssen sich aber gedulden, die Ermittlungen zu diesem Fall sind noch im Gange."

Die Schwester senkte etwas den Kopf.

„Oh, sie sind von der Polizei, das wusste ich nicht."

„Kein Problem, ich kenne ihn nicht persönlich."

Er gab ihr seine Karte und bat sie, diese am Oberarzt abzugeben.

Auf der Rückfahrt kehrte er erst ein und trank einen doppelten Espresso. Wie solle er sich jetzt verhalten, er durfte niemandem erzählen, dass er wieder zurück ist. Bis alles aufgeklärt und der Junge wieder gesund war, wäre es nicht ratsam, dies zu verkünden.

Im Büro angekommen musste er erst mit Bruno reden, er stellte sich sein Gesicht vor, wenn er erfährt, wer da im Spital lag.

„Du machst einen Witz Jan, das kann doch niemals dein Ernst sein. Bist du dir zu hundert Prozent sicher?"

„Ja, ich kann es selbst kaum fassen, es ist der Wahnsinn, er lebt!'"

Bruno war sehr aufgeregt, er lief auf und ab.

„Wo sind wir hier, in einem schlechten Theaterstück, ich fasse es einfach nicht!"

Die hitzige Unterhaltung zog sich lange hin, Bruno holte seine gute Flasche mit flüssigen Birnen hinzu. Sie vereinbarten Stillschweigen, bis alles aufgeklärt war.

105. Das Wunder

Ich versuchte, die Augen zu öffnen, die Lider waren schwer, mein Kopf war weit entfernt von mir. Etwas Zwang mich, sie zu öffnen, mit aller Kraft versuchte ich, sie offen zu halten. Mein Kopf konnte ich bewegen, doch dies bereitete Schmerzen.

Ich lag in irgendeinem Zimmer, das nicht wirklich gut roch. Mein Hals tat beim Schlucken weh, als ob ich nackt in einem ausgetrockneten Bachbett hinunterrutschen würde.

„Können sie mich hören?", fragte eine nette Frauenstimme, die ich scheinbar vorher überhört hatte. Ich versuchte ja zu sagen, aber mein Mund behielt alles für sich, danach nickte ich.

„Sehen auch?" Ich nickte abermals.

„Ich bin gleich wieder bei ihnen", sagte sie und drückte meine Hand. Nicht zwei Minuten später, standen drei Männer um mich herum. Sie diskutierten, dabei bewegten sie gleichzeitig meine Glieder. Die Frage nach dem Namen und Wohnort folgte am Schluss. Ich antwortete mit kratziger Stimme mit C, das andere wusste ich nicht.

Ausser der Frau verschwanden alle, ich verspürte ein Hungergefühl. Mit rauer Stimme versuchte ich, ihr dies zu erklären, ohne Erfolg.

Während der Wundversorgung fragte die Frau immer wieder, ob es ginge, jedes Mal nickte ich freundlich.

„Bekomme ich danach etwas zu essen?", flehte ich sie erneut an.

„Sicher, ich bringe dir eine feine Suppe, die wird dir guttun, du wirst sehen." Mein Hungergefühl hatte an etwas anderes gedacht, aber ich war froh, einfach irgendetwas zu bekommen.

„Wie heisst du eigentlich, ich bin Schwester Runa." Ich wollte aufsitzen doch schaffte es nicht.

„Ich bin C, mehr weiss ich nicht", sagte ich.

„Alles klar C, ich hole dir die Suppe. Lass dir genügend Zeit, mit dem Aufsitzen."

Heilig Abend war nur noch einen Tag entfernt. Jan Orsen hatte gerade erfahren, dass der Junge vernehmbar wäre. Alles wies darauf hin, dass der Schlag oder was es war, ihn nur leicht verletzt hatte.

Sie rechneten damit, dass er in einigen Tagen das Spital verlassen dürfe. Die Frage von Doktor Aston, ob die wahre Identität schon bekannt wäre, hatte Orsen mit nein beantwortet. Er bat ihn, sich zu gedulden, bis alles geklärt wäre. Doktor Aston gab sich damit zufrieden und wünschte im Voraus schöne Feiertage, was Orsen ihm gleichtat.

Er fuhr ins Präsidium und unterhielt sich mit Bruno.

Bruno fragte: „Was denkst du, kannst du dir vorstellen, dass es so ablief, wie es im Rapport steht?"

Jan stand auf und lief zum Fenster: „Dani ist ein erfahrener Polizist. Etwas impulsiv, doch er hat sich nie was zu Schulden kommen lassen, ausser die Kleinigkeiten, die uns täglich begegnen. Karl hingegen kam mir, wie du sagtest, sehr nervös und unsicher vor. Er hatte alles so wiedergegeben wie Dani, doch komischerweise nehme ich ihm das nicht ab. Irgendetwas liegt in der Luft, das kriege ich schon aus ihm heraus. Er hat es neben Dani nicht leicht."

„Dieses Gefühl hatte ich auch, er ist verunsichert, bleib bitte an ihm dran. Das mit dem Jungen freut mich sehr, bist du immer noch sicher, dass es C ist?"

„Ja, er ist es eindeutig."

Bruno stand auf.

„Du weisst schon, was das bedeutet, Jan?"

„Jede Menge Ärger mit gewissen Herren."

Bruno klopfte ihm lachend auf die Schulter.

„Nicht nur das, es wird ein Weihnachtswunder. Das Weihnachtsmärchen von Aronis im Jahre 1969, und du bist der Held dieses Märchens."

Jan setzte sich und sprach: „Ich habe ihn nicht gefunden, das waren die Sanitäter, die sind die Helden."

Bruno setzte sich ihm gegenüber, er sah ihm direkt in die Augen.

„Erzähl mir nicht, dass dies alles ohne dein Zutun zustande kam. Wir kennen uns lange genug, du kannst mir nichts vormachen. Ich will nicht wissen wie, mit wem und wie legal das alles ablief, doch ich gratuliere dir von ganzen Herzen für diesen unseren letzten Fall."

Jan schmunzelte ein wenig.

„Ohne dich wäre es unmöglich gewesen, du bist zum minimum auch so ein grosser Held, wenn nicht der Held in diesem wahren Märchen. Das behalten wir schön für uns, das Ganze war einfach eine Folge von glücklichen Zufällen. Glaube mir, es ist für uns beide gesünder, wenn wir uns im Hintergrund bewegen."

„Sehe ich auch so, der Gentlemen geniesst und schweigt."

Auf dem Nachhauseweg fuhr er nochmals ins Spital, um nach dem Jungen zu sehen. Der Besuch war normalerweise nur für Familienangehörige erlaubt, da er aber von der Polizei war, gab es keine Probleme.

Er schritt langsam ins Zimmer und war froh, dass das andere Bett nicht belegt war. Der Junge sah zu ihm hoch und fragte, ob er auch ein Arzt sei. Jan verneinte und setzte sich zu ihm.

„Ich bin Jan Orsen, ich leite hier in Aronis die Mordkommission. Wie fühlst du dich, kann ich dir einige Fragen stellen?"

Ich begriff nicht ganz, was er von mir wollte, sagte aber trotzdem ja. Er sah mit seiner Mähne gar nicht aus wie ein Polizist, er war auch gut gekleidet.

„Was wollen sie von mir wissen?"

„Du sagtest dem Arzt, dass du C heisst, mehr aber nicht?"

Jetzt musst du aufpassen, dachte ich mir, ist das eine Falle.

„Ja, warum?"

„Es ist so, vor fast fünf Monaten verschwand hier in Aronis ein Junge, der hiess ebenfalls C."

Etwas in mir veränderte sich, ich wusste nicht was oder wie, doch mein Blut raste mit Lichtgeschwindigkeit durch meinen Körper. Als ich eine Gegenfrage stellen wollte, brachte ich kein Wort heraus.

„Soll ich die Schwester rufen, geht es dir nicht gut?"

Ohne eine Antwort abzuwarten, rief er sie. Diese mass ihm die Temperatur und sah streng zu Orsen hinüber.

„Sie dürfen ihn nicht überfordern, sein Körper ist noch zu schwach dafür!"

Der Junge entspannte sich langsam und trank fast den ganzen Krug Wasser, der auf dem Nachttisch stand, aus.

„Denken sie es wäre besser, wenn ich gehe und morgen wiederkomme?"

Orsen stellte diese Frage der Schwester, die nach Schweiss duftete. Sie blickte ihn nur grimmig an, dies hiess für ihn ja.

Orsen beschloss das Gespräch abzubrechen, er zeigte ihm noch seinen Ausweis, dieser hatte er völlig vergessen vorzuweisen. Der Junge lächelte und bedankte sich für den Besuch.

Er freute sich auf einen gemütlichen Abend mit Clara. Zuhause angekommen, wurde er herzlich begrüsst. Er staunte nicht schlecht, das Abendessen stand schon auf dem Tisch. Er konnte sich vor Freude nicht mehr halten und umarmte sie innig.

„Er ist es, Clara er ist es. Scheinbar kann er sich nicht an vieles von früher erinnern!"

Sie streichelte ihn am Kopf: „Das Wichtigste ist, dass er wieder in Aronis und am Leben ist. Vor knapp einer Woche hätten wir uns dies nicht einmal vorstellen können."

„Du hast recht, wir müssen echt zufrieden sein, es ist, wie Bruno sagte, ein wahres Weihnachtswunder."

Jana lachte: „Das trifft es genau, ihr alle habt dies ermöglicht."

„Nicht wir, wenn du nicht gewesen wärst, wer weiss, wie es mit ihm geendet hätte. Alle vier Beteiligten haben Grosses vollbracht, vor allem du, Jon Foges und Bruno Arno."

„Wenn wir aber ehrlich sind Jan, niemand hat Leib und Leben eingesetzt so wie du, du hättest alles verlieren können, das weisst du genau. Nur du hast dich für den Jungen so eingesetzt, er war für tot erklärt und bald vergessen, also bist du der einzig wahre Held."

Sie plauderten noch über eine Stunde, wie es wohl weitergehe, so oder so, der Einsatz hat sich gelohnt.

106. Weihnachten

Orsen besuchte seinen Schützling, dieser freute sich. Er stellte nur Fragen über den jetzigen Zustand. Nach einer halben Stunde verliess er ihn mit der bitte, morgen wieder kommen zu dürfen, was auch bejaht wurde.

Er überlegte, ob er Linda Grän jetzt schon miteinbeziehen solle. Er würde sie mit ins Spital nehmen, und dem Jungen vorstellen. Es konnte doch nicht sein, dass er sich an nichts mehr erinnerte.

Ich dachte immer wieder an Jana, nur wollte ich niemandem davon erzählen, ich wusste ja nicht wirklich, wem ich vertrauen konnte. Alle waren nett zu mir, doch wie ich erfuhr, heisst das noch gar nichts. Von meiner Flucht durfte ich auch niemandem etwas erzählen, ich erinnere mich nur bruchweise an sie. Ich war jedoch verdammt froh, nicht mehr in diesem Haus oder Gefängnis eingeschlossen zu sein. Der Professor war ja nett zu mir, doch hätte ich als sogenannter Ausländer, bestimmt die Höchststrafe erhalten. Das wären dann acht Jahre ohne jeglichen Kontakt zu Jana, mein Leben wäre unerträglich.

Es war eigenartig, seit meinem Erwachen, kommen immer mehr Erinnerungen zurück, von denen ich vorher keine Ahnung hatte. Selbst dieses Spital hatte etwas an sich, die Stadt Aronis streifte auch ab und an meine Erinnerung. Die Träume, die ich immer wieder ertrug, beinhalteten auch diese seltsamen Namenskürzel, G und K waren am häufigsten vorgekommen. Nur das besagte weibliche Wesen wurde nie genannt. Dieser Kommissar Orsen hatte ein Mädchen erwähnt, sie trug den Kürzel F, das half mir auch nicht auf die Sprünge. F war scheinbar der Grund, weshalb ich floh.

Nachdem Orsen mit Bruno Arno sprach, erklärte er sich einverstanden, diese Linda Grän einzubeziehen, alles geschah unter strengster Geheimhaltung. Orsen kannte die latente Gefahr, die von Frau Grän ausgehen könnte, sie war ja die Freundin von Ken Bolt, der bei dieser Bruderschaft war. Allem zum trotz rief er Frau Grän an, er wartete etwa gefühlte zehn Minuten auf irgendeine verbale Reaktion, nachdem er nur annähernd die neue Situation zu erklären versuchte.

Linda Grän sass zum Glück schon, ihre Beine wurden sogar im Sitzen schwach. Sie versuchte, sich so gut wie möglich zusammen zu nehmen.

„Glauben sie wirklich er ist es, mein Gott ich fange gleich an zu weinen." Orsen legte eine Pause ein.

„Ich habe mir damals sein Gesicht auf dem Foto von ihnen sehr genau eingeprägt. Glauben sie mir, er ist es, wir müssen uns jedoch für den gemeinsamen Besuch treffen, um die Vorgehensweise genau zu besprechen."

Sie vereinbarten einen Ort, an dem niemand sie belauschen konnte. Zum Abschluss wiederholte Orsen nochmals, was er bestimmt schon dreimal von sich gab.

„Frau Grän, das ist keine Bitte, um den Jungen nicht zu gefährden, dürfen sie mit niemandem nur ein Wort darüber verlieren, bis Morgen sprechen sie am besten einfach nichts mehr."

Beide lachten kurz, beim Verabschieden bedankte sich Linda Grän für sein Vertrauen in sie.

Linda Grän fuhr selbst zum vereinbarten Treffpunkt, um jegliche Gefahr auszumerzen. Sie hatte ein Foto von Anna sowie C`s Lieblingsbuch eingepackt, wenn er es sein sollte, würde er sie erkennen.

Das Kino Alfa lag am südlichen Rand des Stadtzentrums, sie parkierte direkt davor. Die Tafel worauf geschlossen stand, hing etwas schief an der hölzernen Tür. Sie klopfte dreimal wie vereinbart, sie kam sich vor wie in einem Agentenfilm. Die Türe öffnete sich und sie erkannte gleich diesen Jan Orsen, die Begrüssung fiel kurz aus, danach begaben sie sich zu einem Sitzplatz auf der Galerie.

Nach etwa einer Stunde hatten sie alles abgesprochen, es durfte ihnen kein Fehler im Umgang mit diesem Jungen unterlaufen. Natürlich behielt Orsen die Wahrheit über die Flucht und vieles mehr für sich, nur das Wichtigste wurde preisgegeben. So wie sie es aufnahm, war ihr das Wie und Warum sowieso egal.

Sie betraten das Spital separat, niemand sollte sie zusammen sehen. Auf der Etage, wo sich das Zimmer dreihundertsieben befand, trafen sie sich wieder.

„Sind sie bereit, wie besprochen gehe ich alleine rein und nach so sechs Minuten, stossen sie dazu. Wir kennen uns nicht, denken sie daran."

Orsen öffnete die Tür und trat ein.

„Hallo junger Mann, geht es ihnen besser?"

Etwas verschlafen sah ich den Kommissar.

„Ich habe nach ihrem Besuch gestern schlecht geträumt, sie kamen eigenartigerweise nicht darin vor."

„Lieber nicht, als negativ."

Orsen platzierte ungefragt einen Stuhl auf die Seite des Bettes, die den Blick auf die Tür erlaubte.

„Warum sind sie wieder hier, wir kennen uns ja gar nicht, oder habe ich was Unrechtes getan?"

Orsen zog das Jackett aus und hing es über die Stuhllehne.

„Du hast bestimmt nichts Unrechtes getan. Es ist nur so, wenn du uns nicht sagen kannst, wer du bist und wo du wohnst, muss die Polizei sich darum kümmern. Du bist an einer Bushaltestelle um drei Uhr morgens verletzt aufgefunden worden. Woher deine Kopfverletzung stammt, ist nicht eindeutig geklärt. Darum bin ich ebenfalls hier."

Nach einer Pause fragte Orsen: „Rede ich zu viel, du darfst mich ruhig darauf aufmerksam machen."

Ich war dabei zu antworten, da blieb mir die Sprache weg. Eine Frau, die mir bekannt vorkam, trat ins Zimmer, sie sah mich an und meine Gedanken fuhren Achterbahn. Sie hatte Tränen in den Augen, dies erkannte ich sofort. Mir liefen sie ebenfalls wie Wasserfälle über die Wangen. Ich war unfähig zu sprechen, kein pieps brachte ich heraus. Sie kam auf mich zu und umarmte mich dermassen fest, dass ich fast keine Luft mehr bekam.

Orsens Hand auf ihrem Rücken, die ihr sagen wollte, so war es aber nicht abgesprochen, nahm sie gar nicht wahr. Erstaunt bemerkte er etwas Warmes über sein Gesicht schleichen.

„C, du bist es wirklich, lieber Gott ich danke dir, du bist zurück, jetzt wird alles wieder gut."

Ich wollte etwas sagen, ich wusste, dass ich die Frau kannte, doch nicht ihren Namen.

„Bist du meine Mutter?"

Diese Frage brachte das Fass zum überlaufen, wenn das vorherige starkes Gefühlsweinen war, entwickelte es sich jetzt zu einem reissenden Strom. Linda Grän konnte nicht mehr aufhören ihn zu drücken, besser gesagt, fast zu erdrücken.

Die nach Schweiss duftende Schwester betrat das Zimmer, Orsen erkannte sie früh genug, um ihr sachte beizubringen, dass sie jetzt nicht erwünscht wäre. Bevor sie das Zimmer verliess, stach ihr Blick noch schnell zu C, um sicherzugehen, dass alles rechtens war. Da sie nur zwei engumschlungene Körper sah, die sich noch regten, kam sie Orsens Wunsch entgegen. Er nahm ein Glas Wasser aus der gläsernen Kanne und trank es in einem Zug hinunter, es half ihm, zurück in die Realität zu kommen.

Unterdessen lösten sich die beiden leicht voneinander, die Tränenflut versiegte langsam. Linda wusch C die Nässe aus dem Gesicht und sprach: „Nein C, ich bin nicht deine Mutter. Du wohnst, seit du vier bist bei uns, man könnte fast sagen ich bin deine zweite Mutter. Erinnerst du dich an dein Zuhause?"

Ich überhitzte beinahe mein Gehirn vor lauter denken.

„Nein, irgendetwas geschieht gerade mit mir, aber im Moment nicht. Wo ist denn mein Zuhause?"

Linda riss sich immens zusammen, damit sie nicht mehr zu Weinen begann.

„Dein Zuhause nennt man das Haus am Fluss, dort wohnst du mit vielen andern Jungen und Mädchen. Sie alle haben dich sehr vermisst und Angst um dein Wohlergehen. Mich nannte man früher einfach nur Z und du wurdest seit Beginn nur C genannt."

Z sagte mir was, auch dieses Haus am Fluss kam in meinen Träumen immer wieder vor, doch hatte ich keine Ahnung, wie es aussah oder wo es stand. Dass ich mich immer besser erinnern konnte, behielt ich für mich. Ich war mir ja nicht sicher, ob es eine Falle war.

Gerne spielte ich den Unwissenden nicht, denn mein Herz sagte mir, dass sie es ehrlich meinten.

Orsen brachte sich sanft in das Gespräch ein.

„Wir sollten es ruhig angehen lassen. Anfangs dachte ich, dass du uns vorspielst nicht zu wissen, wer du bist, um dich zu schützen. Doch ich entschuldige mich bei dir, ich sehe jetzt ein, dass es tatsächlich so ist."

Beide tranken ebenfalls ein Glas Wasser, bevor Linda sprach: „Wir haben jetzt so viel Zeit, wie du brauchst, um alles wieder zu richten. Das Wichtigste ist, dass du gesund wirst und bei uns bist. Sobald es der Arzt erlaubt, kommst du wieder zurück und alles kommt wie es muss."

Ich war so glücklich über das Gesagte, genau dies wollte ich die ganze Zeit, mein Zuhause finden.

„Danke, es ist alles einfach etwas zu viel, doch ich bin unendlich glücklich, dass ich hier bin. Zu lange war ich auf der Suche nach diesem Augenblick."

Orsen senkte die Stimme: „Noch was, bitte behalte dieses Gespräch für dich, im Moment sind wir gezwungen, etwas vorsichtig zu sein, verstehst du das."

Ich nickte und verstand sehr wohl was er meinte, ob er von meiner Flucht etwas wusste.

Die Türe öffnete sich abermals, jetzt bitte ich sie zu gehen, ich muss C für die letzten Untersuchungen vorbereiten. Dem Blick nach liess die Schwester nicht mehr mit sich diskutieren. Orsen sah zu C hin, hielt sich die Nase zu und zwinkerte ihm lachend zu. Er nickte und erwiderte sein lachen, er wusste nur zu gut was er meinte.

Linda Grän legte sein Lieblingsbuch unbemerkt auf das Tischen, anschliessend verliess sie mit einem zufriedenen Lächeln das Spital.

Die Frage nach einem Drink war überflüssig, sie bejahte, bevor er sie halb aussprach.

Das Kaffeehaus war altmodisch eingerichtet, als ob die Zeit hier stehen geblieben war, beide bestellten einen doppelten Espresso und einen Cognac dazu.

„Das ist das Aufregendste, was ich je in meinem Leben erlebte, das ging so richtig tief ins Herz."

Sie griff Orsens Gesicht mit beiden Händen und gab ihm einen Kuss: „Danke, dass sie mich mitgenommen haben, das war sehr lieb von ihnen."

Etwas angenehm überrascht antwortete er: „Nicht ihnen, ich heisse Jan."

„Linda, freut mich dich kennengelernt zu haben. Ken hatte schon viel von dir erzählt, er hatte mit keinem Punkt übertrieben."

„Danke für die Blumen, ich kann es nur zurückgeben."

Sie nahmen den Cognac und tranken auf eine möglichst rasche Genesung von C, der bürgerlich Nils Oberson hiess.

„Er ist es wirklich, am Telefon hatte ich so meine Zweifel, doch die Hoffnung, dass sie, du recht behältst, war enorm."

„Ja, der Verlust der Erinnerung ist scheinbar echt, er hat dich erkannt, das ist schon viel wert. Der Arzt sagt, wenn keine inneren Verletzungen zum Vorschein kämen, könnte er in einer Woche das Spital verlassen."

Linda räusperte: „Das wäre grossartig, du wirst sehen, bei uns wird er sich schnell erinnern und erholen. Er ist ein gewiefter Junge sowie ein Kämpfer. Ich habe das Foto von Anna alias F bewusst nicht gezeigt, ich dachte, nach der ganzen Aufregung wäre das zu viel."

„Das war richtig, er wäre bestimmt überfordert, wir müssen, selbst wenn es schwerfällt, sehr behutsam an die Sache herangehen. Bevor er wieder im Haus am Fluss ist, müssen wir alles geheim halten, wir sprechen jeden weiteren Schritt gemeinsam ab, ist das für dich auch in Ordnung."

Linda trank ihren Espresso halb leer.

„Ja, seine Sicherheit ist für mich das Wichtigste, du kannst dich auf mich verlassen, nicht wie vorhin, tut mir leid."

Orsen lächelte: „Ich habe es ehrlich gesagt befürchtet, wenn nicht gehofft. Das war die beeindruckendste und gefühlsvollste Befehlsverweigerung."

„Ist es recht, wenn ich ihn jeden Tag besuchen gehe, es ist Weihnachten, ich will nicht, dass er in dieser Zeit ganz allein ist. Am ersten Weihnachtstag feiern sie hier im Spital auch Weihnachten, da muss ich im Haus am Fluss sein, das versteht er bestimmt. Neujahr wird er hoffentlich mit uns allen feiern können."

Orsen trank den nun kalten Rest des Espressos aus.

„Sicher geht das, einfach nichts überstürzen, Ken darfst du leider nicht in Kenntniss setzen."

Er sprach, über alles was er preisgeben durfte. Linda interessierte sich natürlich, wo C aufgefunden wurde. Diese Antwort, sowie dass C ein Vermögen erhalten würde, das noch in den Händen der Bruderschaft lag, verheimlichte er ihr. Um vielen weiteren brennenden Fragen auszuweichen, spielte er den Unwissenden.

Sie wünschten sich erholsame Feiertage, Jan gab ihr seine Karte und notierte auch die Privatnummer, damit sie ihn jederzeit erreichen konnte.

Die Untersuchungen verursachten mir keine Schmerzen, sie röntgten mich abermals, der Arzt untersuchte nochmals meine Augen, er stellte mir einige spezielle Fragen. Mir war eigentlich alles egal, was ich heute erleben durfte, war mehr als ich mir in letzter Zeit erhoffte sowie gewünscht hatte.

Nachdem ich wieder in mein Zimmer gerollt wurde, stand das etwas verspätete Mittagessen auf dem Tisch, ich ass alles auf und setzte mich danach auf mein Bett. Ich hatte so ein Gefühl, als ob sich im Raum etwas verändert hatte. Bei genauerem inspizieren, entdeckte ich auf meinem Nachttisch ein Buch. Die Rückseite des Bandes schaute nach oben, ich dachte schon, es hätte jemand liegengelassen. Ich nahm es an mich und las den Titel, Die Abenteuer des Huckleberry Finn. Irgendetwas schien in meinem Kopf zu arbeiten, auch mein Körper wurde sehr schnell erhitzt. Auf der inneren Frontseite stand Folgendes, zum achten Geburtstag für C, 6. Juni 1961, alles Gute zum Geburtstag, von allen im Haus am Fluss. Danach folgten viele einzelne Buchstaben und kleinere Zeichnungen. Einige waren schon fast nicht mehr lesbar. Vier stachen heraus, die Buchstaben Z, G, K und im besonderen F. Um das F waren lauter Blumen mit lustigen Gesichtern gemalt. Dazwischen zwei Zwerge, die sich die Hände hielten, unübersehbar ein Paar.

Mein Körper spielte verrückt. Ich trank Wasser wie eine Kuh, mir wurde immer übler. Ich schaffte es noch knapp zum Becken und übergab alles, was ich eingenommen hatte. Nach der Entleerung putzte ich mir die Zähne. Im Bett liegend vergingen keine zwei Minuten, mein Körper forderte seinen Tribut, ich schlief zehn Stunden durch, ich erwachte am ersten Weihnachtstag.

Nach meinem späten Frühstück nahm ich das Buch und lies eine Seite nach der anderen, ohne zu bemerken, wie die Zeit verging. Die Lesezeit war die einzige, wo ich nicht an Jana dachte, meine Gedanken waren voll gefangen von diesen Abenteuern.

Wäre nicht die Schwester Hadrun gewesen, hätte ich die Feier und die damit verbundenen Geschenke verpasst. Die meisten Patienten mit deren Gäste nahmen teil, es wurde gesungen, sowie feines Gebäck serviert.

Das Abendessen durfte jeder selbst, sofern er konnte, von einem grossen, reich gedeckten Tisch nehmen, den anderen wurde es natürlich serviert. Die Feier liess mich für kurze Zeit alles vergessen. Erst als ich eine feine Tasse Glühwein trank, auf der eine Hütte im Schnee mit Rentieren abgebildet war, dachte ich wieder an Jana.

Ich stellte mir vor, wie sie allein mit Sam auf der Veranda sass und den Himmel betrachtete. Was gäbe ich nur dafür bei ihr zu sein, das Leben kann einem schon durcheinanderbringen. Einerseits freute ich mich wie ein kleines Kind, mein altes Zuhause wiederzuhaben, anderseits wäre ich am liebsten zu Jana aufgebrochen.

Da ich langsam satt vom Essen und etwas ermüdet von den vielen Eindrücken war, zog ich mich wieder auf mein Zimmer zurück. In meinem verpackten Geschenk, das ich mir aussuchte, war eine Seife, die nach Blumen roch und ein blauer Lappen, der vermutlich für die Körperpflege gedacht war, enthalten. Ich legte es auf den Tisch und hüpfte ins Bett, um weiter im Buch zu lesen. Alles was ich las, hatte ich irgendwann schon einmal gehört oder gelesen, es kam mir so bekannt und trotzdem fremd vor.

107. Adventszeit 1969

Jan und Clara hatten sich Chic angezogen und fuhren zu seinen Eltern, ihr fiel es schwer, ohne Geschenke bei ihnen aufzutauchen, schliesslich wurden sie eingeladen. Doch Jan versicherte ihr, dass sie schon über fünf Jahre keine mehr austauschten. Abwechselnd lud man sich gegenseitig ein, die geschenkte Zeit war das eigentliche Geschenk. Jan schaffte es trotzdem nicht, ihr auszureden, Blumen und eine Schachtel Pralinen als Dankeschön mitzubringen.

Der Abend mit Sophie und Stan Orsen verlief friedlich, sie waren sehr herzlich zu Clara. Sie hatten sich schon sorgen gemacht, dass ihr einziger Sohn nie eine Familie gründen würde. Dies war zwar noch kein Thema, doch kannten sie ihn so gut, um zu spüren, dass da mehr war als nur eine oberflächliche Liebschaft.

Linda fasste es kaum, die Freude war dermassen gross, dass sie kaum im Auto sitzend, wieder weinte. Gehofft und dafür gebetet hatte sie stets, dass es Wirklichkeit wurde, war schon heftig. Am liebsten hätte sie C über Weihnachten nach Hause genommen, doch seine Gesundheit und Sicherheit gingen vor. Gemäss Orsen wäre er im Spital am sichersten aufgehoben, selbst wenn es sein Gesundheitszustand erlauben würde.

Die Fahrt war angenehm, der Schneefall gering, die Flocken tanzten leicht wie tausend Federn vom Himmel.

Sie dachte an Anna, die er, wenn überhaupt als F in Erinnerung hätte, wie würde sie es aufnehmen. Wird er sich auch an sie nicht erinnern, vermutlich nicht, das wird sehr hart für sie sein. Doch die Zeit wird es wieder richten, C war mit seinen fast siebzehn Jahren noch jung.

Im Haus am Fluss feierte man immer am ersten Weihnachtstag, denn sie wollten die Kinder und Jugendliche nicht zu lange auf die Folter spannen. Sie hatten ja nur diese, etwas grosse aber trotzdem, eine Familie. Der Weihnachtsschmuck wurde ab dem zweiten Advent mit den Kindern zusammen angebracht. Nur der Weihnachtsbaum wurde heimlich am Vierundzwanzigsten geschmückt. Da der Saal eine beträchtliche Höhe aufwies, wirkte der hohe Baum dementsprechend imposant. Er wurde jedes Jahr liebevoll geschmückt und war wunderschön anzuschauen, nicht nur die Kinder waren beeindruckt. Sie feierten allesamt ohne jeglichen Besuch von aussen, so fühlte sich niemand minderwertig.

Als sie das Haus am Fluss so schneebedeckt und weihnachtlich geschmückt von aussen betrachtete, lief es ihr kalt den Rücken hinunter, es war ein imposantes herrschaftliches Haus, ihr Zuhause. Kurz bevor sie aus dem Wagen stieg, bedankte sie sich nochmals für alles, was geschah, jetzt konnte sie das Fest mit ungetrübten Freuden geniessen. Der zweite Weihnachtstag wird sie mit Ken verbringen, er hatte sie zu sich eingeladen. Sie würden gemeinsam ihre erste Weihnacht feiern. Da beide keine Familien oder Verwandten mehr besassen, stand auch kein

Besuch auswärts an, somit konnten sie die zwei Tage nur für sich geniessen.

Das Buch war gelesen, wenn ich so nachdachte, kannte ich die ganze Geschichte.

Der Arzt war nochmals bei mir und erzählte, dass ich das Spital in wenigen Tagen verlassen dürfe. Da ich nichts von meinem neuen alten Zuhause erzählen durfte, liess ich ihn im Glauben, dass ich mich nicht erinnere, wohin ich gehöre. Ich wusste, dass ich C war, das war alles. Beim Mädchen, das in meinen Träumen immer wieder erschien, bin ich mir nicht ganz sicher, ob sie es wirklich gab. Mein Gedächtnis war auf gutem Wege, doch wie es schien, noch weit weg von der Wirklichkeit.

Ich nahm mir vor, das mit Jana noch einige Zeit für mich zu behalten, auf keinen Fall wollte ich ihr zusätzlichen Ärger bereiten. Werde ich sie überhaupt wiedersehen können, in Scanland suchen die mich bestimmt. Ich mag gar nicht daran denken, mein Herz brannte bei diesem Gedanken. Noch sicher eine halbe Stunde schwelgte ich in melancholischer Abwesenheit.

Die Weihnachtszeit ging langsam seinem Ende zu, mir wurde mit Freuden mitgeteilt, dass ich das Spital am sechsten Januar 1970 verlassen dürfe. Z besuchte mich so oft es ihr nur möglich war. Natürlich erzählte ich ihr nicht die ganze Wahrheit, denn noch immer wusste ich nicht, wem ich vertrauen konnte. Bei ihr hatte ich mich fast einmal gehen lassen, bei Z bin ich mir fast hundertprozentig sicher, dass sie mich nie hintergehen würde. Leider durfte ich ihr noch nicht sagen, dass ich mich sehr wohl an sie erinnere, sie war ja stets für mich da.

Dass ich keine eigentlichen Eltern besass, wurde mir in letzter Zeit immer bewusster, denn meine Erinnerungen zeigten ein völlig anderes Bild. Nichts täte ich lieber, als wieder in mein Zuhause zurückzukehren, ob es jetzt das Haus am Fluss oder sonst was wäre.

Beim nächsten Besuch von Z, frage ich sie nach diesem Mädchen, sie hiess F aber ich habe einfach keine Erinnerungen an sie. Eigentlich hatte ich nur ein paar wenige Gesichter vor mir, die in diesem Hause lebten.

Jan und Clara genossen die Zweisamkeit, auch mit seinen Eltern war es gut gelaufen. So wie es aussah, bahnte sie eine gemeinsame Zukunft an.

Clara wurde von Jan über seinen Entscheid, sich nicht für die Stelle als Polizeichef zu bewerben, unterstützt. Ihm stünde vermutlich eine eher schwierige Zeit bevor. Sämtliche Geschehnisse um C, müssten ohne grosses Aufsehen in Vergessenheit geraten. Aussenstehende sollten das Geschehene für reinen Zufall halten. Der einzige der gefeiert werden könnte, wenn überhaupt, war dieser Junge.

Orsen und die anderen Beteiligten hatten vereinbart, die ganze Sache als nicht existent zu betrachten. Keinem wäre geholfen, wenn andere davon erführen. Das Gegenteil wäre der Fall. Bruno Arno würde seine neue Stellung als Chef der Polizeischule nicht antreten können. Jan Orsen wäre arbeitslos, Jon Foges und Clara Borel müssten ihr Heimatland verlassen, wenn ihnen das überhaupt noch rechtzeitig gelingen würde. So war ihr Schweigen ein Gewinn für alle Beteiligten.

108. Linda und C

Linda, alias Z war schon im Fahrstuhl in die zweite Etage unterwegs, der Geruch des Spitals, hatte sie bereits als nicht mehr so schlimm empfunden. Sie war sehr aufgeregt, in zwei Tagen darf sie ihren C wieder nach Hause nehmen. Sie hatte sich vorgenommen, heute über F zu sprechen, ihre Hoffnung würde sich nicht erfüllen, das war ihr bewusst.

Beim betreten des Krankenzimmers, sass C am Tisch und las eine Zeitschrift. Die Begrüssung war wie immer, sehr liebevoll.

„Darf ich dich etwas fragen Z?"

Sie nickte mit einem Lächeln im Gesicht.

„Das Buch hast du hier liegen lassen, nicht wahr. Es gehört mir, ich habe es zu meinem achten Geburtstag erhalten."

Sie schmunzelte: „Ja und ja, es war dein Lieblingsbuch, ich dachte, wenn du es liest, fällt dir dies und das wieder ein. Da ist noch etwas, was mir am Herzen liegt. Es geht um ein Mädchen, man nennt sie F, erinnerst du dich an sie?"

Jetzt schmunzelte ich, den ich wusste nicht, wie ich die Angelegenheit angehen sollte.

„F kam in vielen meiner Träume vor, es hat sich immer so angefühlt, als ob wir miteinander verbunden wären, doch ich weiss nicht wer sie ist. Gibt es dieses Mädchen wirklich, oder spielt mir meine Traumfantasie etwas vor?

Sie nahm seine Hand und drückte sie leicht: „Sie war der Grund für deine Flucht damals, du nanntest sie immer, mein Engel F. Ihr seid zusammen aufgewachsen und die meiste Zeit eures Lebens miteinander verbracht. Sie verliess vor etwa fünf Monaten das Haus am Fluss, sie hatte, dachten wir damals, Glück und fand eine Familie."

Jetzt war ich etwas überfordert, auf so eine Antwort war ich nicht vorbereitet.

„Dann ist sie meine Schwester oder so?"

„Ja und nein, ihr seid wie ein Geschwisterpaar aufgewachsen, aber richtige Geschwister seid ihr nicht. Vor ihrem Weggang hatte ich so das Gefühl, dass sich bei euch beiden, mehr als nur eine tiefe Freundschaft anbahnte."

„Wie meinst du das, ich verstehe nicht ganz?"

„Ich sage es gerade heraus, ich war mir sicher, dass aus eurer Freundschaft Liebe wurde!"

376

Das bedeutete, dass ich ihr gegenüber dieselben
Gefühle wie bei Jana hatte, ich war völlig verwirrt.

„Dein Engel F wohnt jetzt wieder im Haus am Fluss,
ihre neue Familie war nicht gut für sie. Du wirst sie, ohne
sie gefunden zu haben, wiedersehen. Irgendjemand wollte,
dass ihr wieder zusammenkommt."
Sie sah zum Kruzifix und schloss kurz die Augen.
„Willst du ein Foto von ihr sehen, nicht mehr ganz neu,
aber sie ist es?"
„Ja gerne", sagte ich sofort. Kaum war das Foto vor
mir, weinte ich. Es war das Mädchen in meinen Träumen.
Umso länger ich sie betrachtete, umso mehr drang sie in
mein Herz und Verstand. Wie konnte ich sie nur vergessen,
es wurde mir fast übel, mein Hals war völlig ausgetrocknet.
Z umarmte mich schweigend, die Gefühlsschwankungen
waren nicht mehr in meiner Macht.
Nach einer gefühlten halben Stunde holte sie uns einen
Krug mit Wasser, beide konnten es gut gebrauchen.
„Es ist verrückt, es kamen nach und nach Erinnerungen
zurück, wie ist das möglich, vor einer Stunde wusste ich
sozusagen nichts von ihr."
„Da bin ich überfragt, ich bin froh, dass du dich
erinnerst. Ich hatte schon Angst davor, dass du sie nicht
wiedererkennst. Sie hätte mir sehr leidgetan, obwohl sie
bestimmt deine Situation verstanden hätte."
Wir diskutierten bis Besuchsende, auch meine
Abholung übermorgen, wurde genau besprochen. Ich werde
am Fest der Heiligen Drei Könige nach Hause kehren, es
hat keinen Zusammenhang, aber die Vorstellung war doch
speziell.

Linda Grän befand sich auf dem Rückweg. Ihre Gedanken
waren bei Anna, wie sollte sie es ihr erklären. Mit Jan hatte

sie abgesprochen, dass sie ihn erst in ein paar Tagen als Nils Oberson zu erkennen geben. Er hatte Bruno Arnos Einverständnis, es so zu handhaben, dies wäre für alle das Klügste.

Kaum angekommen liess sie Anna in ihr Büro kommen, es war schon nach sieben Uhr. Anna kam heiter daher, doch als sie Lindas Gesicht erblickte, war die Heiterkeit verflogen.

„Was ist Geschehen Linda, du weinst ja?"

Sie stürmte auf Anna und umarmte sie innigst.

„Ich war noch nie so glücklich wie jetzt, ich kann es noch gar nicht fassen. Was ich dir nun erzähle, wirst du mir nicht glauben."

Anna dachte unweigerlich an sie und Ken, stand eine Hochzeit bevor? Sie wusch sich die Tränen aus dem Gesicht und erzählte.

„Ich bekam vor einer Woche einen Anruf von der hiesigen Polizei."

Anna wurde kreideweiss. Als Linda dies erkannte, sprach sie zügig weiter.

„Was jetzt kommt, wird heftig, sie haben C gefunden, er liegt im Spital, aber ihm geht es den Umständen entsprechend gut."

Anna brachte kein Wort heraus, erst dachte sie, ihr Herz würde stehen bleiben. Kurz darauf arbeitete ihr Gehirn wie eine Lokomotive unter Volldampf. Bevor sie überhaupt etwas von sich geben konnte, erzählte Linda ihr die ganze Geschichte. Nach heftigen Gefühlsausbrüchen, gepaart mit ungeklärten Fragen und Ängsten, trennten sie sich spät Abends.

Es wurde eine lange aber eine der schönsten Nächte überhaupt. Ans Schlafen gehen dachte niemand, es würde eh nichts bringen. Anna lag trotz später Stunde hellwach in ihrem Bett, sie konnte ihr und C`s Glück kaum fassen. Das mit der Erinnerung stimmte sie etwas traurig, doch eher für ihn als für sie. Ihr war klar, sie würde sich so lange Zeit nehmen, wie es bräuchte, dass Wichtigste war, ihn um sich zu haben. Die zurückgehaltenen Gefühle waren mit voller Wucht wiedergeboren, sie hatten nur darauf gewartet wieder geweckt zu werden. Sie liess seit Monaten aus Eigenschutz den Gefühlen keine Chance, sie wollte nicht noch unglücklicher werden, als sie schon war. Da sie jetzt sicher war, dass er lebte, liess sie das Wiederaufflammen dieser, mit gutem Gewissen zu. Sie sorgte sich darüber, wie sie damit umgehen würde, wenn er für sie nicht mehr dieselben Gefühle wie früher hegte. Sie blendete dies bis auf weiteres aus, das Wichtigste war, dass er gesund und glücklich wird.

Die Nacht war wie erwartet kurz. Am morgen fragte sie Linda, ob sie das hauseigene Krankenzimmer etwas schmücken dürfe. Dort würde C bis auf weiteres wohnen, damit er sich, wenn nötig, zurückziehen konnte.

Der Tag der Heiligen Drei Könige war nur noch Stunden entfernt.

109. Schlechte Neuigkeiten

Jan Orsen besprach den weiteren Verlauf mit Bruno Arno. Er wäre eigentlich Ende Januar mit seinem Dienst fertig, doch die Nachfolge war noch nicht geregelt, dadurch verzögerte es sich. Sie beschlossen, die gute Nachricht erst in der zweiten Woche im Januar bekanntzugeben. Da die Neuigkeit bei der Bruderschaft wie eine Bombe einschlagen würde, bekam Orsen die Erlaubnis, Ken Bolt zwei Stunden vorher zu informieren.

Professor Johansen staunte nicht schlecht, als er die Nachricht vernahm, er bat die Mitarbeiter nicht darüber zu sprechen. Den das Starrex sonnte sich nicht gerade in seinem guten Ruf. Sobald die Zeitungen diese Geschichte drucken würden, ständen sie erneut für Monate in den negativen Schlagzeilen. Die Konsequenzen wären wieder unnötige Fragen sowie neue, unangenehme Richtlinien.

Ein schmunzeln konnte er sich nicht verwehren, er mochte diesen C, und wusste genau, wie es geendet hätte. Zum Glück wurde die Strafanzeige gegen C noch nicht weitergeleitet. Damals standen die Feiertage vor der Tür, sonst hätte sie das Starrex bereits verlassen, das Drama wäre perfekt. So besass keine andere Amtsstelle Kenntnis von diesem Ungeschick. Er konnte getrost die nicht ganz legale Strafanzeige einfach vergessen, was er sehr gerne tat. Den Beutel, den die Reinigungsfrau in C`s Zimmer fand, nahm er aus Sicherheitsgründen mit nach Hause. Sämtliche Spuren mussten vernichtet werden, auch seine Beteiligung daran, war nicht ganz gesetzteskonform.

Boris, der am besagten Tag Dienst hatte, war beschämt zu Professor Johansen gekommen. Er jammerte eine Viertelstunde lang, dass er nichts mit dem Verschwinden zu tun habe. Der Professor nutzte die Stunde der Gelegenheit und vereinbarte einen Deal. Er vergass die Geschichte, wenn Boris im Gegenzug mit niemandem darüber sprechen würde. Bei Widerhandlung müsse er den offiziellen Weg bestreiten, dies endete meistens nicht positiv.

Boris war unendlich glücklich, wie hätte er sonst seine fünfköpfige Familie weiter ernährt. Solche Jobs sind begehrt, etwas neues zu finden, wäre ein Ding der Unmöglichkeit.

Brad Maron sass ungetrübt im Wintergarten und genoss eine Havanna, gepaart mit einem Rum aus Panama. Als die Hälfte des Tabaks sich in Asche und Rauch aufgelöst hatte, ertönte das Telefon. Es klingelte genau vier Mal, dann verstummte es, nach kurzer Zeit wiederholte es sich, beim vierten Klingelton wurde der Anruf entgegengenommen.

„Hallo"

„Hier der Schatten, wir haben soeben erfahren, dass das „kleine Geschenk" nicht mehr im Starrex weilt. Es konnte scheinbar fliehen."

Ausser einem Hustenanfall war nichts hörbar.

„Was unternehmt ihr, ich hatte euer versprechen?"

„Wir suchen es schon tagelang, es ist wie vom Erdboden verschluckt."

„Es darf das Land nicht verlassen, sonst gibt es eine Katastrophe", sprach Brad Maron erzürnt.

„Wir haben Freunde bei der Grenzwacht, die lassen keinen raus."

„Enttäuschen sie mich nicht, es steht sehr viel auf dem Spiel, auch für sie und ihre Leute."

„Wir arbeiten unter Hochdruck, sie kennen mich!"

Das Ende des Telefonats war eine Minute her, Brad Maron war stinksauer, die Zigarre war erlöscht. Seine Laune hatte sich um hundertachtzig grad gewendet, es schien alles so perfekt, die zehn Millionen hätten der Bruderschaft neuen Wind und stärke verliehen. Auf keinen Fall setzte er dies aufs Spiel, koste es, was es wolle.

Er gab sich zwei drei Tage, bevor er den Rat informieren würde. Er füllte sich sein Glas mit Rum nach und genoss wie zum trotz eine weitere Zigarre. Die anfangs im Hintergrund zu hörende klassische Musik, wurde, wie es die Qualität zuliess, erhöht. Dieses Ritual zelebrierte er stets, wenn er aufgewühlt war.

110. Rückkehr

Es war so weit, ich wartete auf Z, die mich um zehn Uhr persönlich abholen würde. Doktor Aston wünschte mir beim Schlussgespräch alles Gute und dass wir uns hoffentlich nicht so schnell wiedersehen werden. Ich verabschiedete mich dankend bei allen Schwestern, die Dienst hatten, den anderen liess ich Grüsse mit einem Dankeschön ausrichten. Pünktlich wie eine Uhr stand sie mit lachendem Gesicht vor mir, wir umarmten uns herzlich.

„Bist du bereit, wo sind deine Sachen?"

Etwas beschämt sprach ich: „Das ist alles, mein Beutel und was ich am Körper trage."

Ohne weiter darauf einzugehen, entgegnete sie: „Gut, dann lass uns gehen."

Wir stiegen ins Auto, ich begann, ohne es zu wollen, die Polster zu berühren sowie zu beschnuppern.

„Ich kenne dieses Auto und dessen Geruch."

Sie lachten beide herzlich.

„Ich weiss, du willst so schnell wie möglich nach Hause, mir würde es viel bedeuten, vorher mit dir unter vier Augen zu sprechen. Hast du Lust auf eine heisse Schokolade?"

Eigentlich wollte ich wie erwähnt, lieber nach Hause, doch sie hat so viel für mich getan, um sie nicht zu enttäuschen, bejahte ich.

Das Kaffeehaus war noch weihnachtlich geschmückt, viele Weihnachtsmänner aus Schokolade oder Lebkuchen, standen in den Regalen, sie beobachteten die Gäste. Wir sassen an einem kleinen runden Tisch, der vor lauter geschmücktem, kaum mehr Platz für unsere Getränke zuliess.

„Bevor wir ankommen, will ich dir eine wichtige Neuerung bekanntgeben. Die Buchstabenzeit ist vorbei, alle besitzen neu ihren gebürtigen Namen. Das es für dich nicht zu kompliziert wird, bleiben wir bei dir bei C. Sonst behindert es eventuell dein Erinnerungsvermögen. Darüber hinaus wollte ich mit dir nochmals über F sprechen, was häslt du davon, wenn du sie erstmals alleine triffst. Mit ihr habe ich bereits gesprochen, zudem habe ich ihr deinen Zustand ganz nüchtern dargestellt. Was hältst du davon?"

Ich nahm einen Schluck der feinen heissen Schokolade zu mir.

„Was ist, wenn ich sie enttäusche, ich erinnere mich nur teilweise an sie. Etwas in mir lies mich spüren, dass da mehr sein muss, als mir bewusst war. Was meinst du Z. Übrigens, wie heisst sie den jetzt?"

„Sie ist sich völlig bewusst, dass du dich nicht mehr an alles erinnerst, was euch verbindet. Sie wird sich die Zeit nehmen, die du brauchst. Für sie ist das Wichtigste, dass du lebst. Alles andere ist für sie nebensächlich, glaube mir, sie meint es so, wie sie es sagte. Sie heisst jetzt Anna."

Ich war etwas verwirrt.

„Dachtet ihr ich wäre tot, ihr müsst mir unbedingt alles erzählen. Das mit dem Treffen zu zweit finde ich toll, ich freue mich darauf."

Die Fahrt genossen wir fast schweigend. Der Weg durch den Wald war schön anzusehen. Die Bäume waren bis zur Hälfte mit Schnee bedeckt, der Waldboden war teilweise wieder braun gefärbt.

„Wir sind gleich da", sprach Linda.

Das Haus am Fluss erhob sich wie ein Schloss, ich kam aus dem Staunen nicht mehr raus.

„Genau so sah es in meinen Träumen aus, das gibt es doch nicht. Es ist wunderschön, ich fühle mich richtig gut."

Sie parkte den Wagen direkt vor dem Nebengebäude, dies erlaubte ihnen, unbeobachtet einzutreten.

Sie erklärte ihm kurz, dass sie die Leitung übernommen habe. Sie nahmen im Wohnzimmer am runden Tisch Platz.

„Du sagst mir, wenn du soweit bist, dann gehe ich F holen."

Ich fühlte mich plötzlich nicht mehr so wohl, eine gewisse Unsicherheit nahm besitz von mir.

„Können wir noch so zehn Minuten warten?"

Sie nickte und holte etwas zu trinken.

„Du wirst heute Nacht hier im Nebengebäude schlafen, ich werde erst morgen den anderen die gute Neuigkeit bekannt geben. Das wird sehr anstrengend für dich, die meisten werden dich mit Fragen bombardieren. Du darfst dich im Krankenzimmer einrichten, du wirst die erste Zeit dort schlafen, ansonsten hättest du keine Ruhe, danach sehen wir weiter.

„Danke, ich werde bestimmt einige Zeit benötigen, um mich völlig zu erholen. Ich meine nicht den Unfall, sondern von all den neuen Eindrücken."

Linda strich ihm übers Haar und lächelte.

„Ich bin bereit, ich möchte F gerne sehen."

„Ich werde sie holen, lasst euch Zeit. Wenn ihr Fragen habt, ich bin im Haupthaus. Wir sind so glücklich, dass du wieder bei uns bist!"

Anna lief mit bleischweren Beinen ins Nebengebäude, sie war so nervös und unsicher, was wenn er sie gar nicht mehr erkannte. Tausend wenn's gingen ihr auf der kurzen Strecke durch den Kopf. Sie trat langsam in die Wohnstube, kurz darauf sah sie ihn am Tisch sitzen, er konnte sie nicht direkt sehen, da sie von der Seite herkam. Ihre Beine wurden zusätzlich instabil, er ist es tatsächlich, sie atmete kaum mehr, sie war kurz vor einer Ohnmacht.

Irgendetwas liess mich spüren, dass ich nicht mehr alleine war, ich stand vorsichtig auf, wandte meinen Blick in die geahnte Richtung. Ich starrte sie an, das Sprechen verweigerte sich mir, ihr erging es scheinbar genauso. Eine gefühlte Viertelstunde sahen wir uns nur schweigend an.

Wortlos liefen wir aufeinander zu und umarmten uns unter sintflutartigem Weinen.

Diese Person in den Armen zu halten, war mehr als nur ein Vulkanausbruch an Gefühlen, es wurde mir nahezu schwarz vor Augen. Am liebsten liesse ich sie nie mehr los, doch wäre ihr dies nicht bekommen, denn ich drückte sie so fest, wie ich konnte. Jetzt war mir klar, woher die Vertrautheit in meinen Träumen kam, sie war jemand, mit dem ich eine enorme Verbindung besass.

Anna war von der Situation völlig überfahren worden, alles was sie sich vorgenommen hatte, löste sich in Luft auf. Dieses Gefühl, C in den Armen zu halten, war für sie das Schönste. Jene Angst sowie Unsicherheit, die sich in ihr staute, war wie von einem heftigen Sturm weggeblasen. Sie hätte ihn am liebsten in sich hineingedrückt. Er war es tatsächlich, ihr Lieblingsmensch war wieder bei ihr, das Leben bekam abermals einen Sinn.

Wir sassen uns gegenüber, niemand wusste so recht, was tun, bis ich mich überwand.

„Ich weiss gar nicht, was sagen, ich habe das Gefühl, dass wir eins sind, doch erinnere ich mich nicht mehr so an dich", beschämend schaute ich nach unten. Mit glücklicher doch weinerlicher Stimme sprach sie: „Es ist gut, so wie es ist, lass dir Zeit. Wir werden zusammen alles wieder hinkriegen, du kannst nichts dafür, dass du dich nicht erinnerst. Mir ist es egal, was zählt, ist deine Anwesenheit, alles andere kommt von alleine, du wirst sehen."

Anna versuchte, nicht zu viele Fragen zu stellen, denn sie wollte ihn nicht überfordern. Sie spürte, wie er langsam ermüdete, die ganze Aufregung war scheinbar für ihn, wie auch für sie, schlicht zu viel.

Nach etwa zwei Stunden musste ich aufgeben, ich war von den ganzen Eindrücken und Gefühlen völlig fertig, Z trat ein, als wir uns umarmend verabschiedeten. Sie fragte nichts, sondern zeigte mir mein Zimmer und lies mich allein, ich hörte nur, wie die beiden die Wohnung verliessen.

Erst lag ich einfach so da, das Fenster geöffnet, die kalte reine Waldluft drang in meinen Körper. Ich wusste nicht, was mit mir geschah, während des Gespräches mit F, kamen gleichartige Gefühle wie bei Jana auf.

Ich schloss das Fenster, um die Nacht lebend zu überstehen. Meine Gedanken schwankten zwischen Jana zu F, so verliess ich den Wachzustand.

Anna setzte sich noch mit Linda in das Krankenzimmer, den dort hatten sie die absolute ungestörte Ruhe.

„Wie ist es gelaufen, erzähl mir alles, wenn du willst."

Ihr kamen abermals die Tränen, Linda nahm sie in die Arme, sie liess ihr die Zeit, die sie benötigte.

„Es war einfach wunderbar, dass ich ihn noch einmal lebend umarmen darf, hätte ich nie geglaubt. Er ist noch derselbe, selbst wenn sein Gedächtnis nicht alles preisgibt."

Linda lächelte: „Das freut mich, ich will nur nicht, dass du enttäuscht wirst, wir wissen nicht, woher die Amnesie stammt. Doktor Aston meinte nur, dass diese Beeinträchtigung schon länger bestehen müsse. Es ist nur eine Vermutung von ihm, doch man muss es berücksichtigen."

„Er ist da, das ist für mich das einzige was zählt. Wir wissen ja nicht, was er alles durchmachte, um mich zu finden. Ich mache mir fürchterliche Gewissensbisse, eigentlich war ich der Auslöser für sein verschwinden."

„Das ist nicht wahr, jeder ist für sein Handeln selbst verantwortlich, leg das ab und schau nach vorn. Du bist jung, es wird noch einiges passieren in deinem Leben. Wir wissen nicht, was mit C alles geschah. Was er bestimmt nicht verlor, ist seine wache Auffassungsgabe sowie seinen Charme."

Anna lächelte: „Er ist für mich viel mehr, als er es früher einmal war. Ich habe mich im letzten Jahr, bevor ich das Heim verliess, immer mehr in ihn verliebt." Sie starrte auf die Tischdecke, die mit blauen Blumen bestickt war.

„Das habe ich bemerkt, dafür musst du dich nicht schämen, ich fand es einerseits rührend. Anderseits denke ich als erwachsene Person, auch an die schmerzlichen Momente. Es ist furchtbar dir dies zu sagen, du weisst, dass ich es nur gut mit dir meine. Du musst jetzt sehr stark sein, denn die kommende Zeit wird viel von dir abverlangen, mit einem Ende, das nicht vorhersehbar ist. Denk aber immer daran, es ist für sein wohlergehen, wenn du jemanden zum Reden brauchst, komm einfach zu mir."

Anna lächelte und sprach: „Mache ich gerne, herzlichen dank für alles."

Jan genoss die freien Tage mit Clara sowie die Gewissheit, dass dieser Junge endlich wieder sein Zuhause fand. Gelegentlich telefonierte er mit Linda Grän, um zu erfahren, wie es ihm erging. Die Zeit war gekommen, Ken wissen zu lassen, wie der Stand der Dinge war. Noch niemand wusste Genaueres über die Wiederauffindung dieses Jungen, man versuchte, es so lange wie möglich geheimzuhalten. Da es nächste Woche offiziell bekannt gemacht würde, wollte er Ken vorinformieren. Die Bruderschaft wird die Geschichte genauestens auf ihre Echtheit hin prüfen, für sie stehen nicht weniger als zehn Millionen auf dem Spiel.

Das treffen mit Ken fand an einem kalten Winterabend statt, sie sassen in ihrem Lieblingslokal und bestellten wie immer zwei Biere. Sie sprachen über ihre Feiertage mit ihren

Partnern, es war für beide eine Premiere, dass sie zur selben Zeit eine neue Beziehung pflegten. Clara und Linda waren das Thema Nummer eins an diesem Abend, bis Jan über den vermissten, als tot erklärten Jungen zu erzählen begann. Ken war von der Nachricht völlig überrascht, er traute seinen Ohren nicht. Da er Jan kannte, wusste er, dass er mit der Wahrheit konfrontiert wurde. Jan erzählte alles Verantwortbares, ohne von Ken unterbrochen worden zu sein.

„Ich muss dich wohl nicht fragen, ob es der richtige Junge ist?"

„Nein, so wie er verschwand, tauchte er wieder auf. Ich bitte dich, dies bis nächste Woche für dich zu behalten. Am Montag wird es öffentlich bekannt gegeben."

Sie bestellten ihr essen, dazu nochmals zwei Biere.

„Ich würde zu gerne das Gesicht des Mannes sehen, dessen Namen ich dir leider nicht nennen darf, wenn er erfährt, dass er dieses Erbe nicht behalten kann."

„Aus deinem Gesichtsausdruck lese ich, dass dich die Sache nicht sehr mitnimmt, oder sehe ich das falsch?", fragte Jan.

Die Biere wurden serviert.

„Nein das siehst du richtig, weisst du, seit ich Linda kenne, bin ich mir sicher, dass ich vieles ändern muss und will. Wie ich dir schon letztes Mal erzählt habe, gibt es einiges zu tun, nicht alles wird einfach, doch danach bestimmt besser."

Sie unterhielten sich noch lange, natürlich kam immer wieder dieser Junge ins Gespräch. Jan musste innerlich schmunzeln, er durfte die Geschichte ja nur von da an erzählen, wo die Sanitäter ihn fanden."

Ich durfte im Krankenzimmer des Heimes wohnen, so lange ich wollte. Jeder Tag, der verging, brachte neue

Erkenntnisse meines früheren Lebens hervor. F, die ich mittlerweile auch Anna nannte, kümmerte sich sehr liebevoll um mich, ich genoss sichtlich ihre Nähe. Sie erzählte mir von unseren gemeinsamen Abenteuern, die nicht immer so vernünftig klangen. Auch erzählte sie mir von G und K, sowie, dass wir vier die engsten Freunde waren.

Von Tag zu Tag erholte ich mich besser, ich konnte sogar wieder meine Lehre als Bürokaufmann weiterführen. Was das Wissen seitens der Schule betraf, fehlte mir nichts, irgendwie schaffte ich es, dies irgendwoher abzurufen.

Ich gab acht, nicht zu viel zu erzählen, alle drangen mich stets, meine Abenteuer wiederzugeben. Um Jana zu schützen, liess ich diese Geschichte aus. Ich wollte auch Anna nicht verletzen, denn meine Gefühle für sie näherten sich stetig an Janas. Woher sie kamen, wusste ich nicht, waren sie immer in mir oder bin ich dabei, mich neu zu verlieben. Ich schämte mich für meine Gefühle, ich durfte nicht für zwei weibliche Wesen dasselbe empfinden, dies wäre unfair.

Drei Monate vergingen, Anna besuchte die Schule in Aronis. Es verlief eigentlich alles sehr gut, ich wurde auch nicht mehr täglich, wegen meines Verschwindens befragt. Mein Wunsch, G und K wiederzusehen, war nicht so einfach umsetzbar, da es gegen die Hausregeln verstiess. Linda versprach, mit der jetzigen Familie Gros, den Namen hat sie natürlich nicht genannt, in Kontakt zu treten, um zu erfahren, was möglich wäre.

Drei Monate waren verstrichen, es blieben mir noch neun, um Jana wiederzusehen. Einerseits zog es mich ungemein zu ihr, das Leben hatte mir mit ihr gefallen. Sie war daran selbstverständlich die Hauptschuldige. Anderseits hatte ich hier wieder das gefunden, weswegen ich damals weglief, nein sogar noch mehr. Nicht nur Anna, sondern meine sogenannte Familie waren für mich wieder Wirklichkeit geworden. Sie bedeutete mir viel, mehr als ich anfangs annahm. Sämtliche Erinnerungen an sie, sowie das erlebte im Haus am Fluss, waren vollständig in mich zurückgekehrt. Wir sprachen oft von den gemeinsamen Abenteuern von damals, selbst von den unausgesprochenen Gefühlen füreinander.

In letzter Zeit war es für mich unangenehm, zugleich reizvoll, dass mich Anna so anzog. Bei jedem Körperkontakt sei es nur eine kurze Berührung der Hände, hatte es mich aufgewühlt. Natürlich traute ich mich nicht, dies irgendjemanden zu erzählen. Vor allem, weil ich für Jana genau dieselben Gefühle hegte. Diese Situation belastete mich enorm, dies bemerkte selbst Linda, doch ich schrieb es immer der Arbeit sowie meinem Zustand zu. Sie wäre die einzige Person, die ich ansprechen könnte, doch meine Scham stand mir im Weg.

111. Finale Entscheidung

Brad Maron war am Rande eines Zusammenbruchs, als er vernahm, dass dieser Junge, also sein kleines Geschenk, wieder im Lande, noch dazu gesund und munter im Haus am Fluss lebte. Ken Bolt liess den Totenschein löschen, die Bank zog das Geld vom Konto der Bruderschaft zurück. Der ganze Betrag lag wieder auf dem Sperrkonto, bis der rechtmässige Erbe, Nils Oberson volljährig wurde.

Natürlich wusste Brad Maron, dass er nichts dagegen unternehmen konnte, verlieren war aber gegen seine Natur. Sein nervlicher Zustand verschlechterte sich zusehends, Ken behandelte ihn so gut wie möglich. An den Sitzungen der Bruderschaft nahm er nicht mehr teil, er liess sich stets entschuldigen und überliess Ken, Interims die Führung.

Ken selbst kam diese Wendung sehr ungelegen, da er sich in letzter Zeit, mit der Umsetzung des Ausstiegs aus der aktiven Zeit bei der Bruderschaft, beschäftigte. Da er Brads Gesundheitszustand nicht noch unnötigerweise belasten wollte, verschob er dieses Unterfangen auf später.

Jana Kannar hatte in der Zwischenzeit ihre Tiere und Habseligkeiten in Bens Behausung umgesiedelt. Da der Schnee sozusagen verschwunden war, hatte sie diese mit Hilfe des neuen Pächters in einer Woche erledigt. Sie brachte es nicht übers Herz, die Hütte ihrer Kindheit einfach so zu verkaufen. Der Wunsch eines langjährigen Freundes der Familie, namens Kron, sie zu mieten, kam ihr gerade gelegen.

Sie schlief jede Nacht in C`s Bett, so konnte sie ihn wenigstens riechen, wenn sie ihn schon nicht berühren durfte. Auf der Veranda sass sie abends stundenlang mit Sam. Wenn die Wetterlage es zuliess, würde sie Bens Überreste suchen, um diese, wie es sich gehörte, zu beerdigen.

Dort lag momentan noch zu viel Schnee. Bevor dieser dahinschmilzt und die Tiere sich daran bedienen könnten, war Handeln angesagt. Sie vermisste Ben, immer wieder las sie seinen Abschiedsbrief und hoffte, etwas zwischen den Zeilen zu lesen. Dass Ben damals C so vertraute, verlieh ihr ein sicheres Gefühl, auf Ben konnte man sich verlassen, er hatte ein feines Gespür.

C war allgegenwärtig, egal ob im Bett, in der Küche, selbst wenn sie die Tiere versorgte, doch am meisten, wenn sie Sam streichelte. Sie schloss viele Male die Augen und wünschte, er wäre bei ihr, der Gedanke mit ihm hier zu leben, machte sie glücklich. Sie schätzte es sehr, dass C damals im Gasthaus nur neben ihr schlief, uns sie zu nichts drängte. Sie hätte es in dieser Nacht auch gerne mit ihm geteilt, doch war ihre Vernunft einfach stärker.

Da schon dreieinhalb Monate ohne ein Zeichen von C vergangen waren, sorgte sie sich darüber, ob damals in Wornas alles gut endete. Zu gerne würde sie wissen, wie es gelaufen war, anderseits traute sie diesem Nick nicht über den Weg. Sie wollte auf keinen Fall Aufsehen erregen.

Die folgenden Tage und Nächte wurden immer länger und einsamer, am ende des Tages sass sie jeweils mit Sam auf der Veranda, sah zum Himmel und sandte einen Wunsch nach oben, jeden Abend denselben.

Ich fing aus Frust wegen Jana an, meine Geschichte aufzuschreiben, von dem Zeitpunkt an, als mein Engel F damals das Haus am Fluss verliess. Dank G fand ich überhaupt den Mut, sie zu suchen. Während ich diese Geschichte in ein geheimes Heft niederschrieb, erlebte ich sie hautnah wieder. Je länger ich schrieb, desto mehr Details fielen mir ein.

Bruno Arno hatte im März seinen letzten Arbeitstag, der Nachfolger war noch nicht gefunden. Die Chefs der Abteilungen wurden zu einer Führungsgruppe ernannt, bis der neue Chef bestimmt war. So konnte jeder sicher sein, dass sein Anliegen auch ernst genommen würde. Endgültige Entscheidungen traf schlussendlich der höchste Staatsanwalt, im Einvernehmen mit der Gruppe.

Anna war froh, das C sie wieder als die sah, die sie wirklich war. Ihr bräche das Herz, wenn er nicht mehr sämtliche Erinnerungen an ihre schöne Zeit gefunden hätte. Die Schule, die sie besuchte, dauerte noch ein Jahr, sie würde gerne einmal die Ausbildung zur Lehrerin, oder eine Arbeit mit Kindern erlernen. Abends verbrachte sie oft Zeit mit den kleinsten vom Heim, sie sprang auch überall dort ein, wo eine helfende Hand nötig war.

Die Zuneigung, die sie für C empfand, wurde immer stärker, sie spürte, dass es auf Gegenseitigkeit beruhte.

Der Schule wegen wurde sie in Lindas in Büro gerufen. Das Gespräch dauerte nicht lange, da alles ausgezeichnet lief. Anna nutzte die Gelegenheit.

„Kann ich dich etwas Persönliches fragen?"

Ihr Gegenüber nickte freundlich.

„Es geht um C, eigentlich ist alles in Ordnung, er kann sich, wie du weisst, an vieles erinnern. Stets habe ich das Gefühl, dass ihn etwas beschäftigt, doch er sich nicht traut, es mir anzuvertrauen."

„Wie bekommst du das zu spüren?" , fragte Linda.

Anna wurde etwas rot.

„Immer wenn ich seine Nähe suche, weicht er mir aus. Wir gehen harmonisch miteinander um, doch mein Gefühl sagt mir, dass da etwas ist. Vielleicht findet er mich nicht so anziehend, obwohl er es immer wieder erwähnt. Ich verstehe es einfach nicht."

Linda holte zwei Gläser Himbeersirup aus der Küche.

„Du kennst unsere Regeln, was das angeht, vielleicht will er euch nicht in Bedrängnis bringen. Er ist ja schon siebzehn, du aber noch nicht. Kann es sein, dass er dich damit nur schützen will?"

Anna trank fast das halbe Glas aus.

„Ich habe das Gefühl, dass es etwas anderes ist."

„Ich hatte ohnehin vor, mit C einiges zu besprechen, ich versuche herauszufinden, was ihn beschäftigt."

Ich spazierte fröhlich ins Nebengebäude, da ich jetzt schon fast zu den Erwachsenen gehörte, fühlte ich mich auch dementsprechend.

Linda begrüsste mich lächelnd und bot mir ein Getränk an.

„Du machst dich sehr gut in der Lehre. Ich freue mich, dass du dich so schnell erholt hast. Wie du weisst, darfst du nach der abgeschlossenen Ausbildung das Heim verlassen, wenn du willst. Du kannst aber auch ruhig noch eine Weile bei uns bleiben."

Ich fuhr mir mit der Hand durchs Haar, weshalb wusste ich nicht.

„Ich fühle mich sehr wohl hier, wie du weisst, ist das meine Familie. Ans Weggehen habe ich noch nie gedacht. Alle die mir etwas bedeuten, leben im Haus am Fluss." Als ich zu Ende sprach, kam ich mir als Lügner vor. Scheinbar hatte Linda meine Hautveränderung mitbekommen.

„Du weisst, egal um was es geht, du kannst alles mit mir besprechen, es bleibt unter uns."

Ich schaffte es nicht mehr, dies für mich zu behalten, ich fühlte mich seit beginn als Lügner, das war nicht ich.

„Ich trage seit längerem eine Last mit mir, fand aber nie die richtige Gelegenheit, es anzusprechen." Es würgte mich.

„Lass es einfach raus, vielleicht kann ich dir dabei helfen."

„Es ist nicht so normal, es geschah……"

Ich erzählte ihr von Jana und meinen Gefühlen zu ihr. Ich schämte mich für das, was ich aussprach, fühlte mich gleichwohl erleichtert.

„Ich finde, es benötigt einiges an Mut und Reife, dass du mir die Wahrheit erzählst. Was das andere angeht, nein du bist ein ganz normaler junger Mann. Die meisten verlieben sich nacheinander neu, bei dir ist es aus bekannten Gründen nicht so, du liebst zwei Menschen auf einmal. Wie du selbst erkennst, ist es für dich zu gefährlich, Scanland zu betreten. Sie werden keine Chance auslassen, dich wieder festzunehmen, um dich anzuklagen."

Ich stand kurz auf und bat, das Fenster öffnen zu dürfen, ich kriegte kaum mehr Luft.

„Du siehst, es geht nicht nur um die Gefühle gegenüber Anna und Jana, es handelt sich auch um deine Sicherheit.

„Wenn du dich jetzt sofort entscheiden müsstest, auf wen fiele die Wahl?"

Ich schloss für kurze Zeit die Augen, es gab nur die eine Antwort.

„Ich hege für beide die gleichen Gefühle in mir, nur bei Anna sitzen sie noch viel tiefer. Ich kann es kaum aussprechen, doch ich würde mich für Anna entscheiden." Linda lächelte.

„Schön das zu hören, doch finde ich, du solltest es Jana wissen lassen. Schreibe ihr einen Brief, darin erklärst du ihr ganz ehrlich, warum du dich so entschieden hast. Ansonsten wird sie sich ewig fragen, jedoch nie eine Antwort bekommen. Das bist du ihr schuldig. Du konntest damals, wegen deines Gedächtnisverlustes nicht wissen, was du für Gefühle gegenüber Anna in dir trugst."

„Das werde ich, anders wäre es auch für mich nicht tragbar, das hat sie nicht verdient. Sie ist ein sehr wertvoller Mensch, die Gefühle sind damit nicht einfach weg."

Linda sprach in leisen Tönen: „Bitte weihe Anna ein, sie hat es verdient, die Wahrheit zu erfahren. So musst du kein Geheimnis mit dir tragen, es würde eure Freundschaft mit der Zeit nur unnötig belasten."

„Danke für die Offenheit und einfach für alles."

„Das mache ich gerne, eines will ich noch mit dir besprechen, du kannst selber entscheiden, was für dich besser ist. Kurz nachdem ich die Leitung übernahm, ersetzte ich, wie du bereits weist, die herzlosen Buchstaben in richtige Namen. Dein bürgerlicher Name lautet Nils Oberson, was hältst du davon, diesen von heute an zu tragen?"

„Ich heisse Nils Oberson, das klingt eigenartig."

„Ja, auf diesen Namen wurdest du getauft, ein schöner Name, nicht?"

„Ich muss mich erst an diesen Nils gewöhnen, aber ich würde gerne so heissen." Er trug ein breites Grinsen im Gesicht, stand auf und umarmte sie.

Kaum im Zimmer angekommen, versuchte ich diesen Brief zu verfassen. Stunden, nein nächtelang pflasterte ich etwas auf Papier. Dass er so schwierig zu schreiben sei, war mir nicht bewusst. Ich fand nie die nicht richtigen Worte.

Anna erzählte ich, wie von Linda vorgeschlagen, das erlebte wahrheitsgetreu. Selbst meine Gefühle für Jana, sowie, dass sie mir das Leben rettete.

Danach war sie eher etwas zurückhaltend, liess mich dennoch nach einigen Tagen wissen, dass sie meine Ehrlichkeit sehr schätze. Sie benötigte etwas Zeit für sich, um das Ganze zu verdauen. Nebenbei erwähnte sie, dass sie Nils ebenfalls einen schönen Namen fand.

Schlussendlich sassen wir gemeinsam vor diesem Brief, sie half mir mit ihren Worten, ihn schonend und mit Anstand zu gestalten, so wie es eine Frau wie Jana verdiente.

Die Anschrift erfuhr ich vom Postamt in Aronis, ihnen gelang es, die Adresse der Poststelle in Tronika ausfindig zu machen. Als ich damals mit Jana dorthin fuhr, holte sie ihre Briefe ebenfalls bei dieser Poststelle ab.

Ich setzte mich in ein Kaffee und bestellte mir eine kalte Schokolade, meine Körpertemperatur stieg ins Unermessliche. Der Brief lag vor mir, frankiert und adressiert. Ich starrte ihn an, plötzlich war ich mir nicht mehr sicher, ob es die richtige Entscheidung wäre. Dankend goss ich die Schokolade in mich hinein und bestellte eine weitere. Eine innere Stimme sprach zu mir: „Du musst es tun, es ist das richtige, warten ist keine Lösung. Tu es."

Ich verliess wie in Trance das Kaffee und begab mich zum Briefkasten, er ähnelte einem Fabelwesen, metallicrot, der Einwurf glich einem gefrässigen Maul. Es schien, als ob er mich auslachte und mich zu einer Dummheit verleiten wollte.

Eine Ewigkeit stand ich davor. In Zeitlupe öffnete ich mit der einen Hand die Klappe des Einwurfs, mit der anderen führte ich den Brief zitternd immer näher zum Rachen dieses Wesens. Schweren Herzens, mit geschlossenen Augen, liess ich ihn hineingleiten. Im selben Moment ertönten die Glocken der Stadtkirche mit tosendem Geläut.

112. Nördliches Gebirge, Scanland April 1970

Die Schneedecke litt immens unter der Frühlingssonne, für ihr Vorhaben genau das richtige. Sie war gefordert Bens Leiche zu finden, einerseits hoffte sie auf Erfolg, andererseits scheute sie ihn. Ihr Begleiter auf vier Pfoten half mit seiner sensiblen Nase tüchtig mit. Da der Schnee nicht überall der Sonne wich, war das Begehen des steilen Hanges eine Schwerstarbeit. Sie legte eine Pause ein, die Sam sehr gerne annahm, er war nicht mehr der Jüngste. Jana sah, während sie das Brot in den Händen hielt, in die Ferne. Sie rief lauthals C in die Weite der Wildnis. Sie wiederholte dies bestimmt einmal pro Woche, in Erwartung auf ein kleines Wunder. Es waren schon fast vier Monate verstrichen, als sie ihn mit diesen sonderbaren Herren nach Wornas wegfahren sah. Seither hatte sie nichts mehr von ihm gehört, was hier oben im Winter kein Wunder war. Das

Dorf Tronika sowie die Poststelle, vermochte sie erst so in einem Monat zu besuchen. Dann wäre sie im Stande, ihre Post abzuholen und weitere dringende Einkäufe zu erledigen. Bis dahin würde der ganze Schnee der Sonne gewichen sein. Sie vermisste ihn sehr, die Zeit ohne ihn war elend lange, sie schien ihr zeitweise sinnlos.

Ohne es bemerkt zu haben, schlich sich Sam davon. Nach fünf Minuten bellte und heulte er wie verrückt. Ohne Worte stand sie auf, hoffte, dass es nicht das war, was sie finden sollte, sie lief zu ihm.

Eine Hand, direkt neben einem Fuss, guckte etwa vierzig Zentimeter aus dem Schnee. Sie nahm die Schaufel und fing vorsichtig an zu graben. Tränen begleiteten ihr handeln, Sam stand regungslos gespannt neben ihr. Der Kopf, der nun langsam zum Vorschein kam, lag mit dem Gesicht nach unten. Doch sie kannte Bens Hinterkopf sowie seine Garderobe, es traf sie ein Blitz ins Herz. Sam legte sich neben Ben und heulte leise, er spürte von Anfang an, dass er es war. Jana erfuhr damals von C, dass Ben irgendwo hier unter der Schneedecke begraben sein musste. Doch fühlte es sich wie neu an, sie verblieb weinend auf den Knien, bis Sam sie ableckte. Es schien, als ob er damit sein Mitgefühl kundtat. Sie umarmte ihn innig, da sie wusste, dass auch er litt, selbst wenn er nur ein Hund war, er war seit Jahren Bens engster Begleiter.

Da die Leiche konserviert unter der Schneedecke lag, war der Anblick nicht ekelerregend. Sie hatte sich vorgenommen, ihn dort zu begraben, wo sie ihn fände. Er wäre für sie zu schwer, ihn mit dem Schneemobil herumzuschleifen wäre für sie pietätlos. Selbstverständlich konnte sie ihn nicht unter der Erde begraben, der Boden war gefroren und von Natur aus felsig. Hier oben wurde man entweder verbrannt oder mit Steinen bedeckt. Da sie das verbrennen, nicht übers Herz bringen würde, entschied sie sich für das Steingrab.

Sie fand eine Felsspalte, die es erlaubte, fast den gesamten gefrorenen Körper hineinzulegen. Die Steine, die sie auf ihn legte, wurden so gestapelt, dass kaum Freiraum für grössere Aasfresser liess. Die Felsspalte kam ihr sehr gelegen, so benötigte sie nicht so viele Steine, um Ben anständig zu schützen. Mit der Zeit würde die Natur den Rest erledigen und so wieder alles der Erde gleichstellen.

Sie betete ein stilles Gebet und nahm so vorerst Abschied von Ben. Sie würde ihm noch ein schönes Kreuz aus Holz fertigen, um das Ganze würdevoll zu beenden.

Beide liefen schweigend mit langsamen Schritten zurück zur Hütte. Müde und geschwächt angekommen, wurden zwei Kerzen nahe beieinander angezündet, die eine für Bens Seelenfrieden, die andere für C.

113. Snorland 1972, zwei Jahre später

Seit Linda Grän die Heimleitung übernahm, veränderte sich einiges. Damals war für sie das Wichtigste, den Kindern ihren gebürtigen Namen wiederzugeben. Selbstverständlich verhielt es sich bei den Angestellten gleich. Diese Herzensangelegenheit wurde von allen wohlwollend angenommen.

C, der mit richtigen Namen Nils Oberson hiess, hatte vor knapp vier Wochen seinen neunzehnten Geburtstag gefeiert, die Lehre als Sekretär würde mitte Jahr zu Ende gehen. Sein Engel F, die bürgerlich Anna Grets hiess, wurde im Januar achtzehn, sie war ebenfalls fleissig an der Ausbildung zur Lehrerin.

Sie lebten immer noch im Haus am Fluss. Seit seiner Flucht vor fast drei Jahren, verspürte Nils nie wieder das Verlangen das Haus zu verlassen. Wen sie beide ihre

Ausbildungen abgeschlossen haben, werden sie gemeinsam ihr weiteres Leben planen.

Die Liebe zu Anna wurde immer stärker, zum Glück wurde sie erwidert.

Jana hatte er nie völlig aus seiner Erinnerung verloren, wollte er auch ehrlich gesagt nicht. Für sie empfand er immer noch eine art Liebe, die nicht wirklich erklärbar war, sie stand jedoch nicht in Konkurenz mit Anna. Das hört sich für Aussenstehende etwas verrückt an, doch es ist so, wie es ist.

Seine Gedanken schwenkten wöchentlich zu ihr, dann sieht er sie vor sich, wie damals, es zerriss ihm immer wieder das Herz. Zu gerne hätte er ihr die Situation, die er in seinem Brief vor zwei Jahren zu erklären versuchte, persönlich mitgeteilt. Sie war eine starke Persönlichkeit, das gab ihm die Hoffnung, dass sie es sehr gut alleine meisterte. Möglicherweise hatte sie auch jemanden gefunden, wer weiss, dieser Gedanke löste in ihm egoistische Gefühle aus.

An vielen Abenden sass er an seinem Fenster und betrachtete die Sterne am Himmel. Leise rief er ihren Namen in die Weite des Universums hinaus, hoffend, dass seine Worte sie erreichten.

Linda Grän sass am Schreibtisch in ihrem Büro im Nebengebäude. Sie hatte zwei grössere Probleme zu lösen, das eine war schon fast zwei Jahre hängig. Nils drängte darauf, nach seiner Genesung zu erfahren, wer ihm damals die Flucht aus dem Gefängnis Starrex in Wornas ermöglichte. Stets wurde es hinausgeschoben unter dem Vorwand, die Sicherheit aller zu wahren. Dies leuchtete ihm ein, doch war die Zeit gekommen, die ganze Wahrheit zu erfahren. Er war neunzehn und damit kein Kind mehr, mit der Volljährigkeit im nächsten Jahr, würde sein Leben sich automatisch drastisch verändern.

Sie musste das Einverständnis von Clara Borel, die damals die Flucht finanzierte, sowie von Jan Orsen, der seinen Job und sein Leben für ihn einsetzte, einholen.

Das Zweite war eben die angesprochene Änderung mit zwanzig Jahren. Nils würde von seinem Erzeuger Karl Ferguson, der offiziell nicht genannt werden durfte, zehn Millionen Ruban erben. Diese Summe wird es ihm ermöglichen, mehr als ein angenehmes Leben ohne finanzielle Sorgen zu führen. In Absprache mit der Bruderschaft, deren Vorsitzender Ken Bolt war, wurde vereinbart, dass Nils dies in den nächsten Monaten erfahren sollte.

Linda Grän und der Arzt Ken Bolt waren immer noch ein Paar, sie wohnten nicht zusammen, trafen sich aber regelmässig. Da Kens Praxis in der Stadt Aronis und das Haus am Fluss über eine halbe Stunde davon entfernt lag, war es momentan die beste Lösung. Linda Grän dachte nicht daran, ausserhalb des Heimes zu wohnen, sie war ein Teil dessen.

Sie vereinbarte ein Treffen am Montag mit Jan Orsen und Clara Borel, mit ihnen war sie zwischenzeitlich befreundet.

Sie trafen sich ab und an privat, da Jan und Ken schon seit ihrer Kindheit Freunde waren, ergab sich diese angenehme Situation. Die Leben, die Linda und Clara führten, könnten nicht unterschiedlicher sein, trotz allem verstanden sie sich blendend.

Jan Orsen war froh, dass es Freitag war und er das Wochenende mit Clara verbringen durfte. Um das Zusammenleben zu vereinfachen, eröffnete sie vor einem Jahr eine Tochterfirma mit Sitz in Aronis. So war sie im Stande, viele Arbeiten von diesem Büro aus zu erledigen. Dadurch entfielen die langen Fahrten von Wornas, das in

Scanland lag, nach Aronis. Jan war bei seiner Tätigkeit völlig ortsgebunden, was sie von vornherein wusste sowie akzeptierte.

Auf drei Uhr war eine Sitzung, mit allen Abteilungsleitern angesagt. Da niemand am Freitag unnötig lange Sitzungen liebte, erschienen alle pünktlich. Der Chef des Justizdepartements, Alfred Loren, war als Gast angesagt, den Grund dafür kannte niemand. Als alle am grossen Tisch Platz nahmen, stand er auf und begann zu sprechen.

Es drehte sich um den vakanten Chefposten der Stadtpolizei. So wie es sich anhörte, wollten sie Bruno Arno wieder für diesen Posten zurückgewinnen. Es war noch geheim, da die Verhandlungen sich erst in der Anfangsphase befanden. Nach Abfrage der Anwesenden, würden dies alle begrüssen, er war ein sehr geschätzter Vorgesetzter.

Beim letzten Treffen mit Bruno spürte Jan eine gewisse Unzufriedenheit. Die neue Stelle war nicht so, wie sie anfangs schien.

Das dunkle Zimmer war gross, es wurde von klassischer Musik beschallt. Der Mann im Rollstuhl verschwand beinahe darin. Würde kein Rauch von diesem aufsteigen, könnte man ihn glatt übersehen. Das Gefährt bewegte sich Richtung Fenster, der Fahrer öffnete es und sah in einen gepflegten Garten. Ein Vogel hielt auf dem Fenstersims eine Rast, er guckte in das Zimmer und begann zu zwitschern, scheinbar gefiel ihm diese Art von Musik. Der Mann sah ihn beneidenswert an, Tränen liefen ihm über die faltige Haut, die Wut ergriff Besitz von ihm. Unbemerkt betrat jemand das Zimmer.

„Herr Maron, ist alles in Ordnung?", fragte eine Frauenstimme.

„Lassen sie mich in Ruhe, ich rufe sie, wen ich etwas benötige." Daraufhin zog er demonstrativ an seiner noch brennenden Zigarre und blies den Rauch gegen die Dame, die Hilde genannt wurde.

Sie befreite sich aus der Rauchwolke und lief zurück zur Tür.

„Aber Sorgen darf man sich schon?", fragte sie energisch. Danach schloss sie die Tür ohne die Antwort abzuwarten.

Brad Maron war vor etwa zwei Jahren nicht über das Scheitern um den Kampf einer hohen Erbschaft, sowie den Verlust seiner damaligen Freundin Hara Benson hinweggekommen. Er wurde immer unverlässlicher, die Stimmung war meistens unter null.

Das Amt als Vorsitzender der Bruderschaft übergab er freiwillig an Doktor Ken Bolt. Er war ebenfalls sein Vertrauensarzt, da Brad einen Aufenthalt in einer Klinik als nicht sinnvoll betrachtete, behandelte er ihn, so gut es ging Zuhause. Ken kannte Schwester Hilde schon seit Jahren, sie war bestens ausgebildet in Sucht und Depressionsverhalten. Da Brad Maron nicht den ganzen Tag unter Kontrolle gehalten werden konnte, kam er leider immer wieder an Alkohol. Er war erst dreiundfünfzig, war jedoch durch seinen Lebensstil in den letzten zwei Jahren um etliche mehr gealtert.

114. Trubik in Scanland 1972

Das Dorf Trubik im Norden von Scanland, lag im dicken Nebel, der April 1972 war regnerischer als je zuvor. Die Einwohner waren froh, den strengen Winter einigermassen überstanden zu haben. Marga Brend stand wie jeden Morgen in der Küche und bereitete das Frühstück. Koni ihr Mann, durfte während dieser Zeit nach den Tieren sehen.

Ihr einziger Sohn Michel, war seit Januar wieder ausser Haus. Er übte seine Ausbildung als Zimmermann in der Nähe von Wornas aus.

Beide sassen am Küchentisch und schwiegen sich an, Marga betrachtete ihn, bis er es erwiderte.

„Wir haben fast zwei Jahre geschwiegen, wollen wir nicht endlich über das sprechen, was wir nicht dürfen?" Koni trank noch einen schluck Tee.

„Wir haben es damals zusammen so beschlossen, daher können wir es auch wieder auflösen. Es ist schon irgendwie seltsam, seit dem Besuch dieser Herren vor zwei Jahren, haben wir sowie auch Joschi, nichts mehr von dem Fall gehört."

Marga sah ihn erstaunt an.

„Ich habe jeden Abend im Gebet mit C gesprochen, dies war das Mindeste, was ich tun konnte. Mein Herz sagt mir, dass es ihm gut gehe, mein Verstand ist nicht derselben Meinung." Beiden wurde es warm ums Herz, als Marga seinen Namen aussprach.

„Ende Mai reisen Joschi und ich wieder nach Snorland, um im Wald zu arbeiten, vielleicht erfahre ich ja da etwas." Er wusste genau, dass es nie mehr so werden würde, wie es einmal war.

Die letzten zwei Jahre hatten sie ausgesetzt, die Gefahr war ihnen zu gross. Sie wussten nicht, ob sie durch ihr Verhalten damals polizeilich gesucht wurden. Joschi hatte Anfang dieses Jahres seine sichere Quelle bei der Polizei in Wornas angefragt. Dabei stellte sich heraus, dass niemand aus ihrem Land, in Snorland gesucht wurde. Auf die Frage, was mit C damals geschah, erhielt er keine Antwort. Es fühlte sich an, als ob C nie existiert hätte. Darum entschlossen sie sich, dieses Jahr wieder nach Snorland arbeiten zu gehen. Die zwei Jahre Pause hatten ihre finanzielle Lage sehr strapaziert.

„Du darfst aber nicht zu viel fragen, nicht dass noch jemand Verdacht schöpft", sagte Marga besorgt.

Koni schaute zu ihr auf: „Keine Angst, ich werde nur meinen Vorarbeiter ein wenig ausfragen, der redet gerne und weiss über alles Bescheid."

„Es wäre schön zu erfahren, wie es ihm ergangen ist", sprach Marga und begann das Geschirr abzuräumen.

115. Nördliches Gebirge von Scanland 1972

Sam der Hund, lag schnarchend neben ihr auf der Veranda, der Tag startete mit blauem Himmel und Sonnenschein. Sie trank ihren Kaffee mit geschlossenen Augen, die klare saubere Luft atmete sie genüsslich tief ein. Von C oder besser gesagt Nils, hatte sie nichts mehr gehört, im Brief von damals erklärte er ihr ehrlich seine Situation. Dass er bei seiner Familie und vor allem in Sicherheit lebte, war das Wichtigste. Irgendwie hatte sie nie wirklich daran geglaubt, dass er wiederkommen würde. Das Leben hier oben war hart, einsam und einfach, wer nicht hier geboren wurde, hätte seine Mühe damit. Sie schaute mit blinzelnden Augen in die wunderbare Weite der Landschaft, ihre Gedanken schwenkten zu ihm. Sie holte den besagten Brief aus dem Versteck und las ihn zum xten Mal durch.

Liebste Jana

Ich bin über Umwege sicher und heil in Snorland angekommen, um bei der Wahrheit zu bleiben, muss ich dir folgendes berichten. Ich wurde in Wornas festgehalten und in ein Gefängnis namens Starrex gesteckt, sie wollten mich wegen illegalen Aufenthaltes verurteilen. Nur dank eines Wunders wurde ich befreit und konnte aus Scanland fliehen. Ich denke oft an dich und wäre auch sehr gerne bei dir. Wie du dir vorstellen kannst, wäre es für mich zu gefährlich nach Scanland zurückzukehren. Ich würde nicht nur mich, sondern ebenfalls dich und dein geliebtes Leben gefährden. Dies könnte ich nicht ertragen, denn so einen wertvollen Menschen wie dich, muss man vor allem Negativen beschützen. Du weisst, ich hege starke Gefühle für dich, wer weiss, vielleicht wird es ein anderes Leben geben, wo wir uns wieder vereinen. Bens Hütte sowie das Geld, darfst du behalten, es gehört nun alles dir. Drücke auch Sam von mir, ich weiss er wird es gut haben bei dir, er ist deine lebendige Erinnerung an mich.

Meine gesuchte Familie entpuppte sich als ein Heim, man nennt es das Haus am Fluss. Es liegt in der Nähe von Aronis. Meine Erinnerungen kommen dank der vertrauten Umgebung immer mehr zurück, was sehr willkommen ist. Mein richtiger Name lautet Nils Oberson, C gehört der Vergangenheit an, ich muss mich selbst erst daran gewöhnen.

Es gibt auch ein Mädchen, das die ganze Zeit aus meinem Gedächtnis verschwunden war. Ich bin mit ihr aufgewachsen und wir haben uns in den vielen Jahren sehr liebgewonnen. Sie war der Grund, weshalb ich vom Heim geflüchtet war, denn sie wurde von einer fremden Familie aufgenommen. Das ist auch der Sinn des Heimes, nur hielt ich das Fernbleiben dieses Mädchens, das damals F genannt wurde, nicht mehr länger aus, darum die Flucht.

Ich schäme mich nicht für das, was ich für dieses Mädchen oder dich empfinde, sondern weil ich durch mein Gedächtnisverlust nichts mehr von ihr wusste und dich damit in eine missliche Lage brachte. Glaube mir, ich habe dich nie angelogen, es tut sehr weh, dir dies alles zu schreiben.

Ich verfasse diesen Brief unter Tränen, in Anwesenheit des Mädchens F, das richtig Anna heisst. Ihr zwei seid für mich die wichtigsten und wertvollsten Menschen. Es zerreisst mir fast das Herz dies zu schreiben, doch es muss sein.

Bitte verbrenne diesen Brief, nachdem du ihn gelesen hast, so kann er nicht in falsche Hände geraten und dir schaden. Schreibe auch nicht zurück, es ist einfach zu gefährlich.

Ich will mich nicht von dir verabschieden Jana, das bringe ich nicht fertig.

In Dankbarkeit, dein C oder Nils

Sie drückte den Brief fest auf ihr Herz und dachte leise:

Wenn unsere Geschichte anders verlaufen wäre, wer weiss, wo wir jetzt stünden. Er war stets aufrichtig und ehrlich zu mir. Dieses Mädchen vom Haus am Fluss war Nils Vergangenheit, dank der Genesung gleichzeitig seine Gegenwart und voraussichtlich die Zukunft. Meine Gefühle für ihn sind immer noch dieselben, nur etwas abgeschwächt und realistischer. Seinen Brief hätte ich nie vernichten können, klar wusste ich, dass darin eine gewisse Gefahr lauerte, doch verdrängte ich es stets.

In Gedanken schwelgend, vergass sie völlig, die Tiere zu versorgen, dank der unruhigen Geräusche aus dem Stall, wurde sie in die Realität zurückgeholt.

Lachend streichelte sie Sam.

„Wir haben ja uns, nicht wahr?"

Oft fühlte sie sich einsam und etwas verloren, sie hatte nicht vor, ihr ganzes Leben allein zu bleiben. Früher hatte sie ihre Eltern, später nur noch ihren Vater und ihren gemeinsamen Freund Ben. Als auch der Vater verstarb, hatte sie nur noch Ben und heute war nur Bens Hund übrig. Klar war sie noch jung, doch die Chance hier oben jemanden zu finden, grenzte fast an ein Wunder. Ein Kurzes hatte sie schon erfahren dürfen. Es wäre zu viel verlangt, dass es sich wiederholen würde.

116. Aronis, Snorland im Jahr 1972

Jan Orsen und Clara Borel lagen im Bett, es war schon neun Uhr, doch sie sahen keinen Grund, dies zu ändern. Jan streichelte ihr übers Gesicht, sie schloss die Augen und genoss jeden Augenblick.

Draussen herrschte das wahre Aprilwetter, es zeigte sich von der schlechtesten Seite, die Sonne würde heute keine Chance erhalten, ihr Gesicht zu zeigen. Da sie am frühen Abend mit Ken Bolt und Linda Grän verabredet waren, konnten sie getrost liegenbleiben. Im Vorfeld hatte Jan mit Linda am Montag einen Termin vereinbart, dieser wurde kurzerhand auf den Sonntagabend verschoben.

„Was meinst du Clara, heute Abend entscheiden wir, ob wir es Nils sagen oder nicht."

Mit etwas verträumten Augen blickte Clara zu Jan.

„Es ist schon mehr als zwei Jahre her, mir persönlich wäre es lieber, wenn es noch eine Weile geheim bliebe. Anderseits verstehe ich diesen Nils, ich wäre ebenfalls daran interessiert, zu erfahren, wer mir half, was denkst du?"

Jan setzte sich auf und streckte seine Arme in die Höhe.

„Wir haben seither keine Meldung aus Wornas erhalten, scheinbar verhalten sich alle so, als ob das Ganze nie geschah. Ich will mich da auch eher raushalten, jeder der neu involviert wird, birgt eine neue Gefahr für alle. Nicht auszudenken was geschähe, wenn die falschen Leute in Scanland erführen, dass du dies finanziert hast", Jan sah ernst drein.

„Ja, mir wäre es auch wohler, wenn wir es so belassen, wie damals abgesprochen, am besten für immer", sprach Clara.

„Finde ich auch, Linda und Ken verstehen dies bestimmt."

Durch ihr Gespräch wurden sie hungrig und entschieden, doch früher, als geplant aufzustehen.

Linda fuhr direkt vom Haus am Fluss nach Aronis in Kens Praxis, er hatte einiges nachzuarbeiten. Sie parkte vor dem Haus und begab sich in die zweite Etage. Es war bestimmt schon zwei Wochen her, als sie sich das letzte Mal sahen. Die Beziehung lief sehr gut, die gemeinsame Mitgliedschaft in der Bruderschaft hatte keinen negativen Einfluss auf ihre Liebe.

Ken freute sich auf den heutigen Abend mit ihren besten Freunden. Kurz nach fünf Uhr verliessen sie die Praxis und fuhren zu Jan, die Angelegenheit war zu heikel, um diese in einem öffentlichen Lokal zu diskutieren.

Das Aprilwetter scherte sich nicht darum, sich von der besseren Seite zu präsentieren, im Gegenteil, der Regen prasselte stärker den je auf den schwarzen Asphalt.

Der Abend wurde trotz des wichtigen Gesprächs gesellig, das ernste Thema wurde zu Beginn besprochen. Sie vereinbarten, dass es für immer geheim bleiben müsse. Das Geld, das Clara investierte, musste wenn möglich zurückbezahlt werden. Im Wissen um die Erbschaft von Nils, hatte sich Clara nach langem Ringen dazu entschlossen das Geld anzunehmen, ansonsten hätte sie darauf verzichtet.

Linda Grän wollte die Angelegenheit nicht lange auf sich beruhen lassen und rief gleich montags Nils zu sich ins Nebengebäude.

„Leider darf ich dir keine Auskunft über deine Helfer erteilen, wie du schon weisst, wollen alle zum eigenen Schutz, dass es für immer so bleibt. Die Kosten der Flucht werden nur dann eingefordert, wenn du über genügend Mittel verfügst, ansonsten verzichtet der Geldgeber darauf." Ich trank mein Glas Wasser leer.

„Das eine verstehe ich, aber das Geld will ich abbezahlen, selbst wenn ich dafür hart arbeiten muss, das ist das mindeste."

Linda nahm liebevoll seine Hand.

„Du bist ein guter Junge, alles wird kommen, wie es muss. Ich bin stolz auf dich, so einen Sohn hätte ich mir gewünscht." Ich wurde leicht verlegen.

„Du warst immer wie eine Mutter zu mir, so gesehen bin ich doch dein Sohn, einer von mehreren." Beide lachten und sprachen über leichtere Themen, die momentan anstanden. Zum Schluss wollte Nils doch noch eines wissen.

„Was denkst du, könntest du Jan Orsen mal fragen, ob es immer noch zu gefährlich wäre, nach Scanland zu fahren. Meinen richtigen Namen kennt da niemand, es sind schon etwas mehr als zwei Jahre verstrichen."

Das Lachen verschwand aus Lindas Gesicht.

„Du hast sie nicht vergessen, oder täusche ich mich?"

„Das werde ich nie, sie hat mir das Leben gerettet. Es schmerzt mich, nicht zu wissen, wie es ihr ergangen ist. Auch meine ersten Lebensretter würde ich gerne wiedersehen, sie haben mein damaliges Verhalten nicht verdient!"

Linda stand auf und nahm ihn in die Arme.

„Ich verspreche dir, ich werde ihn fragen." Die Umarmung tat mir gut, ich konnte mich wie früher an ihr mit liebevoller Geborgenheit aufladen.

Georg, früher im Haus am Fluss nur G genannt, war siebzehn geworden, wie natürlicherweise sein Zwillingsbruder Kelly. Georg würde dieses Jahr eine Ausbildung als Kunststoff Technologe in der Firma seiner Pflegefamilie Gros starten. Kelly wollte weiter die Schule besuchen, ein Studium in Recht wäre sein Traum.

Georg und Nils trafen sich immer wieder, sie blieben beste Freunde, die Treffen fanden abwechselnd bei ihm Zuhause, oder im Haus am Fluss statt.

Diese Ausnahmeregelung bewilligte Linda Grän, nichts in der Welt hätte sie davon abgehalten. Sie hatte an beiden ihre wahre Freude.

Nils erzählte Georg von sämtlichen Abenteuern, die er auf seiner Reise erlebte, Jana durfte darin nicht fehlen. Immer wieder war sie das Thema ihrer Gespräche. Georg war stets gespannt zu erfahren, wie dies und das verlief. Sein Gesichtsausdruck liess öfters darauf schliessen, dass er nicht alles glauben konnte was er erfuhr. Nils verstand dies, einiges hörte sich schon etwas eigenartig und aufgesetzt an. Da er diese Geschichte, neben den bereits involvierten, nur ihm erzählte, war es ihr Geheimnis.

117. Wornas, Scanland 1972

Detektiv Jon Foges sass in seinem Büro, er war mitten in einem regen Telefonat. Plötzlich stand Clara Borel vor ihm und fragte per Handzeichen, ob sie draussen warten solle.

Er winkte ab und bot ihr wortlos an sich zu setzen. Nach wenigen Minuten war das Telefonat beendet.

„Was in aller Welt führt dich zu mir?" Er stand auf und küsste sie auf die Wangen, was sie erwiderte.

„Wollte mal nach dir sehen, es ist schon eine Weile her, als wir uns sahen."

Er bot ihr ein Glas Wasser an und sprach: „Das kannst du laut sagen, ist noch alles wie es sein sollte?"

„Ja, alles bestens und bei dir?"

„Wie meistens bin ich allein, ich schaffe es immer wieder, meine Sekretärinnen zu verlieren", er lachte und sie schmunzelte.

„Gehen wir zusammen Mittagessen?"

Clara bejahte, sie liefen gemeinsam zum Restaurant. Wie immer setzte er sich an einen abseits stehenden Tisch. Er kannte den Besitzer sehr gut und wusste, dass er hier ungestört sein konnte. Sie plauderten über Gott und die Welt, nichts Wichtiges wurde angesprochen.

Wieder zurück im Büro, sprach sie ihn auf ihr Anliegen, betreffend C, besser gesagt Nils an.

„Könntest du dich für mich mal umhören, ob der Junge noch gesucht wird. Er würde gerne die Menschen, die ihm geholfen haben besuchen, um sich persönlich zu bedanken."

„Das sollte nach dieser Zeit kein Problem sein. Erstaunlicherweise erhielt ich knapp einen Monat nach seiner Flucht ein Telefonat meines Informanten. Er bat mich unnötiger weise nochmals darum, unseren Kontakt geheimzuhalten. Scheinbar hatte die Leitung des Starrex den betroffenen Mitarbeitern verboten, über diesen Vorfall je wieder ein Wort zu verlieren. Alle wurden gezwungen, eine Erklärung zu unterzeichnen, als Belohnung wurde niemand für die Flucht zur Rechenschaft gezogen. Es ist so, als hätte dieser Junge namens C, nie existiert."

Jetzt nahm Clara einen grossen Schluck des eingeschenkten Whiskeys.

„Aber die Polizei oder wer immer dahintersteckte, spielte doch da nicht mit?"

Jon genehmigte sich ebenfalls einen.

„Nach diesem Telefonat liess ich meine Kontakte kreisen. Du sitzt ja schon, der Junge wurde nie offiziell von einer öffentlichen Behörde gesucht. Da war eine rein private Organisation im Spiel, erstaunlich nicht."

Clara war wirklich froh, das sie bereits sass.

„Das bedeutet, dieser Junge war damals jemandem ein Dorn im Auge und nutze seine Flucht?", sprach Clara.

„Du weisst, wie es in unserem Land funktioniert, mit genügend Geld ist das alles machbar."

Knapp zwei Stunden wurde heftig diskutiert, bevor Clara zu ihrer Mutter fuhr. Einerseits empört, anderseits erleichtert die Nachricht an Jan weitergeben zu dürfen.

Vor einem Jahr überredete sie ihre Mutter, in ihr Haus einzuziehen. Da sie meistens bei Jan in Aronis lebte, konnte sie über das Haus und Personal verfügen. Letzten Sommer stellte sie eine Haushälterin ein, damit ihre Mutter etwas unter Kontrolle stand. Natürlich wurde ihr das nicht so vermittelt. Das meiste konnte sie selbständig erledigen, doch vergass sie immer mehr Dinge des alltäglichen Lebens.

Sie verbrachten einen gemütlichen Abend, nichtwissend, dass es ihr letzter war.

Auf der Rückfahrt nach Aronis dachte sie an Nils und Jan. Wie es den Anschein machte, wurde ihr Leben nur des Geldes wegen aufs Spiel gesetzt. Man muss ja kein Genie sein, um den Zusammenhang der Erbschaft und dem Vorgefallenen zu erkennen.

Müde doch froh darüber, gesund in Aronis angekommen zu sein, parkte sie ihren Wagen vor Jans Wohnung. Dort legte sie sich auf das Sofa und verfiel in den Tiefschlaf.

Das Frühstück wartete geduldig auf dem Küchentisch, Jan liess Clara so lange schlafen, bis er geduscht und angezogen war. Mit einem Kuss auf die Stirn entführte er sie aus dem Schlafzustand. Sie lachte, als sie Jan neben ihr sitzen sah.

„Ist es schon Morgen?" Sein Lachen bejahte ihre Frage.

„Das Frühstück wartet auf dich."

„Danke, ich komme gleich." Jan begab sich in die Küche und braute zwei Tassen gehaltvollen Kaffee. Er war brennend interessiert zu erfahren, was sie in Wornas erfuhr.

Sie tranken erst einige Schlucke des wohlriechenden Kaffees.

„Du willst bestimmt wissen, was ich erfuhr?"

Etwas geschummelt antwortete er: „ Lass dir Zeit, erzähl wenn du Lust dazu hast."

Sie stellte die Tasse vorsichtig auf die hölzerne Tischplatte.

„Es ist der Wahnsinn, was mir Jon erzählte."

Jan nahm einen weiteren Schluck.

„Der Junge wird und wurde in Scanland nie offiziell gesucht, nicht von der Polizei, noch von sonst einer Behörde. Das Ganze wurde scheinbar von privater Hand geführt. Das Starrex verhaltet sich so, als ob es den Jungen nie beherbergte, er hat für Wornas oder Scanland nie existiert!"

Jan blieben die Worte weg.

„Das einzig Gute an der Sache, Nils kann das Land ohne Gefahr betreten." Ein laues Lächeln zeichnete sich auf ihr Gesicht. Als sich Jan einigermassen fasste, sprach er:

„Du weisst bestimmt womit das zusammenhängt, mir wird schlecht vom Gedanken."

Clara strich ihm liebevoll durchs Haar.

„Die Bruderschaft, ich weiss, darum tut es mir so leid für dich."

„Ich muss mit Ken reden, habe ich mich so in ihn getäuscht."

„Nimm dir frei, versuche, dich heute mit ihm zu treffen, das muss sofort geklärt werden", sagte Clara.

So gegen zehn Uhr vereinbarte Jan ein Treffen, scheinbar hörte Ken die Dringlichkeit in seiner Stimme und sagte ohne zu zögern zu.

Jan lief zum vereinbarten Ort, die frische Luft des beginnenden Frühlings fühlte sich gut an, sie verdrängte ein wenig seine Wut.

Nach kurzer Begrüssung begann Jan zu sprechen.

„Was ich dich jetzt frage, ist zwingend wahrheitsgetreu zu beantworten."

Ken wurde nachdenklich, nickte aber bejahend.

„Hat oder hatte die Bruderschaft etwas mit dem verschwinden dieses Jungen in Scanland zu schaffen?"

Ruhe trat ein.

„Leider ja, Brad Maron leitete dies im Alleingang, die Anderen hatten keine Kenntnis."

„Was ist mit dir Ken?"

Er trank sein Glas leer.

„Anfangs nicht, erst als du ins Spiel kamst, hatte er mich unfreiwillig eingeweiht."

Jan bestellte nochmals zwei Biere.

„Dann wusstest du damals von meiner Entführung in Wornas, ...verdammt!"

„Ja, als Gegenleistung für deine Freilassung war ich gezwungen, den Totenschein für Nils Oberson früher auszustellen. Erst dachte ich, er wollte dich an der Suche von C hindern. Dass er ebenfalls nach dem Jungen in Scanland suchen liess, wusste ich nicht."

„ So was Krankes."

Jan zog ein ernstes Gesicht.

„Brad war so vergiftet von diesem Erbe, dass er nicht mehr Herr seiner Sinne war", Ken sah Jan direkt in die Augen, „auf jeden Fall bin ich froh, dass dir, wie dem Jungen nichts Schlimmeres geschah. Das war unter anderem ein Grund für mich, die Mitgliedschaft bei der Bruderschaft neu zu überdenken."

Jan klopfte ihm auf den Unterarm.

„Geh mit dir nicht so streng ins Gericht, du hattest damals keinen Einfluss auf das Geschehen. Ach ja, danke für deine Hilfe, vielleicht wäre ich ohne dein Handeln jetzt nicht mehr so lebendig. Mir ist bewusst, was du für mich riskiert hast."

Beide konnten ein Lächeln nicht verhindern.

„Jan, du weisst, was mir unsere Freundschaft bedeutet, du bist mein einzig wahrer Freund, nie würde ich zulassen, dass dir jemand etwas böses antut."

„Danke Ken, ich weiss dies sehr zu schätzen, dass es auf Gegenseitigkeit beruht, ist wohl unnötig zu erwähnen."

Sie bestellten das essen, die Zeit verflog wie im Fluge.

„Was hast du bezüglich der Bruderschaft jetzt vor?"

„Nun, da Brad Maron und der Rest der Liga mir Interims die Leitung übertrugen, verschiebe ich je nach Verlauf meine endgültige Entscheidung. Linda hat die Sache zum Glück noch etwas verkompliziert." Ein Schmunzeln auf Kens Gesicht war ersichtlich.

„Ihr habt es gut miteinander, das spürt man. Mir geht es genauso mit Clara. Wir mussten erst das halbe Leben verleben Ken, bis wir die Richtige kennenlernten. Es hört sich verrückt an, doch ohne meine Suche nach diesem Jungen, hätte ich Clara nie kennengelernt."

„Du kannst sagen was du willst Jan, es hat irgendwie alles einen Grund im Leben, nur erkennt man diesen meistens nicht auf Anhieb."

Das Essen wurde serviert, sie verbrachten danach etwa eine Stunde im Restaurant. Ausgesprochen und sichtlich erleichtert trennten sie sich.

Jan trat den Rückweg wieder zu Fuss an, die Verdauung dankte es ihm. Er wollte Clara umgehend informieren, wie Ken sich dazu äusserte.

118. Trubik in Scanland

Es war mitte Mai, Joschi und Koni bereiteten sich für den Fussmarsch nach Snorland vor. Sie vereinbarten, mittwochs früh morgens zu starten. Es war etwas sonderbar, nach zwei Jahren und der Geschichte von C wieder zurückzukehren. Marga wusste, dass es finanziell unumgänglich war, ins Ausland zu gehen. Rein emotional würde sie für das hierbleiben kämpfen.

Sie hofften immer noch, dass sich ihr Land politisch sowie wirtschaftlich wieder vereinen würde, damit wäre die Arbeit im Ausland Geschichte. Anscheinend sind intensive Gespräche zwischen Nord und Süd im Gange, doch diese Mühlen mahlen erfahrungsgemäss langsam.

Die Verabschiedung fiel schwer, da alle Mühe damit hatten, hielten sie es so kurz wie nötig.

Etwa zwei Tagesmärsche und viele Höhenmeter entfernt, brannte eine Holzhütte lichterloh. Ihr Besitzer, Niklas Karens, zweiundzwanzigjährig, stand sprachlos mit einem halbgefüllten Wassereimer in sicherer Entfernung. Die Hitze, die der Luft ihren Sauerstoff entzog, erschwerte sein atmen. Die Machtlosigkeit liess Tränen über seine Wangen fliessen. Die Flammen schossen wie Feuerspeere Richtung Himmel, als wollten sie die Wolken verbrennen. Niklas schaffte es, die Tiere zu befreien, viele waren es nicht.

Es erschien ihm wie eine Ewigkeit, als ob das Feuer ihre Macht bis auf die letzte Flamme auskostete. Es nahm ihm fast alles, was ihm lieb und teuer war. Ein Jahr geprägt von harten Entbehrungen sowie Arbeit, waren in weniger als einer Stunde ausradiert.

119. Rauchwolken

Jana sass auf der Veranda und bearbeitete ein Werkzeug aus Holz, in weiter Ferne entdeckte sie dunklen Rauch am sonst so stahlblauen Himmel. Sie holte ihr Fernglas und suchte die Gegend ab. Sie fand die Stelle, von wo er emporstieg, doch es war zu weit entfernt, um genaueres zu entdecken. Eine davorstehende Felsgruppe liess nur den Blick auf die Rauchsäule zu. Sie hoffte, dass niemand ernsthaft zu schaden kam.

Sam kümerte dies nicht, er lag auf dem Boden neben ihr und genoss sichtlich die wärmenden Sonnenstrahlen.

Die Vorräte an Mehl, Salz, Zucker und weitere Lebensmittel, die sie nicht selbst produzierte, sowie andere zwingend notwendige Dinge, gingen ihr langsam aus. Sie musste bald, wie jedes Jahr, nach Tornika fahren, um sie zu besorgen. Seit der Sache vor über zwei Jahren, umgab sie immer ein ungutes Gefühl, wen sie an Tronika dachte. Doch sie hatte keine Wahl, das andere Dorf lag zu weit entfernt. Ausserdem kannte sie jeden dort, zu gewissen Personen hegte sie eine fast familiäre Beziehung. Vor allem Thore und Runa vom Gasthaus, sie waren gute Freunde ihrer Eltern und Ben.

Als sie so zurückdachte, stiegen erneut ungewollte Gefühle hoch, sie mochte diesen Zustand nicht. Ihr war völlig klar, dass Nils nach über zwei Jahren nicht wieder kommen würde. Damals sprachen sie von einem Jahr, andernfalls könne sie alles als ihr eigen nennen. Was ihr weit mehr sorgen bereitete, war die Ungewissheit, ob es ihm auch weiterhin gut ergangen ist. Der damalige Brief hatte es bestätigt, doch liegt wieder viel Zeit dazwischen, wer weiss, was in dieser Zeit noch geschehen ist.

In einer Woche würde sie hinunter ins Tal fahren, um ihre Besorgungen zu erledigen. Die Jagd war letztes Jahr nicht sonderlich erfolgreich, sie besass selbst Erspartes, doch war das Erbe von Ben eine angenehme Sicherheit. Die

Jagd war nie ihre Leidenschaft, doch sie war die einzige Einnahmequelle hier oben.

Sie griff erneut zum Fernglas und suchte abermals die Gegend ab. Der Rauch hatte sich leicht aufgehellt, war aber dennoch drohend dicht.

120. Verwunderung

Linda legte den Hörer des schwarzen Telefons auf die Gabel. Das soeben Erfahrene stimmte sie erfreut, zugleich besorgt. Sie braute sich einen Tee und liess sich auf das Sofa nieder. Ihr war bewusst, wie heikel dieses Thema war. Sie schmiedete einen Vorgehensplan, jede Aussage musste wohl überlegt sein. Die Wahrheit war ein muss, doch war es ihr ein Bedürfnis, ihn vor voreiligen Handlungen zu schützen. Sie vereinbarte mit Nils ein Treffen.

Nils begab sich kurz nach seiner Ankunft ins Nebenhaus. Den Grund des Treffen kannte er nicht, er besass auch keine Vorahnung. Nach der Begrüssung sassen sie sich gegenüber am Sitzungstisch.

„Wie läuft es mit deiner Lehre, noch einige Monate und du bist ausgebildeter Sekretär." Sie wollte nicht gleich mit der Tür ins Haus fallen.

„Die Arbeit macht mir immer noch spass, die kommenden Abschlussprüfungen liegen mir schon auf dem Magen. Die Verwaltung sowie mein Lehrmeister sind zufrieden mit mir."

„Das ist gut zu wissen, ansonsten meldest du dich bei mir, wir stehen dir gerne zur Seite." Beide tranken einen Schluck Limonade.

„Wäre das alles Linda oder ist da noch was?" Er spürte, dass noch etwas in der Luft lag.

„Du hast recht, ich liess dich nicht nur deswegen rufen. Vor Kurzem führte ich ein Telefonat mit Kommissar

Orsen. Auf deinen Wunsch hin, erkundigte ich mich über die Lage, betreffend dir und Scanland."

Nils Haltung versteifte sich.

„Von Gesetztes wegen könntest du nach Scanland reisen, es würde dir nichts geschehen." Kaum ausgesprochen schoss er auf und umarmte Linda herzlich.

„Danke, dass du dich darum gekümmert hast, danke."

Als seine überfallartige Umarmung sich löste, setzte er sich wieder hin.

„Habe ich gerne getan, mir liegt viel daran, ehrlich mit dir zu sein. Was ich dir von Herrn Orsen ebenfalls ausrichten muss ist folgendes. Dieses Land hat andere Gesetzte und Gepflogenheiten als wir uns dies gewohnt sind. Ein unscheinbarer Fehltritt kann für dich und die anderen ungeahnte Folgen mit sich ziehen."

Die Freudenzüge im Gesicht wurden weniger.

„Ich will mich nur vergewissern, ob es Jana gut geht und mich bei allen persönlich bedanken. Das bin ich mir wie auch ihnen schuldig."

Linda griff nach seiner Hand.

„Niemand will dich von diesem Vorhaben abhalten, doch sind einige Punkte genau zu beachten. Was hältst du davon, wenn wir nach deinem Lehrabschluss mitte Jahr, gemeinsam einen Besuch planen. In der Zwischenzeit kann ich mich informieren, ob diese Menschen noch dort wohnhaft sind und ihre genauen Anschriften herausfinden. Die Abklärungen benötigen eine gewisse Zeit, doch dann steht dir nichts mehr im Wege. Ein unüberlegter, überraschender Besuch wäre eventuell enttäuschend. Was hältst du von meinem Vorschlag?"

Nils überlegte, währendessen trank er die Limonade leer.

„Du hast wahrscheinlich recht, es ist länger als zwei Jahre her. Wer weiss, was sich in dieser Zeit verändert hat.

Die Möglichkeit, dass mich jemand nicht mehr sehen will, habe ich nicht in betracht gezogen. Bestimmt wäre es schlauer, ihnen erst zu schreiben. Sie einigten sich für diesen Weg.

Er sprang von Hoffnung beflügelt ins Haupthaus, Anna musste es so schnell als möglich erfahren.

Sie freute sich riesig für ihn, sie wusste, wie sehr ihm dies am Herzen lag. Ob sie sich selbst freuen oder sorgen musste, liess sie aussen vor.

121. Neuanfang und Ende

Niklas Karens stand vor seiner Hütte, das Feuer hatte ganze Arbeit geleistet. Er musste einsehen, dass da nichts mehr zu retten ist. Wenn überhaupt, wäre ein totaler abbruch nötig, um eine neue Hütte zu erstellen. Dies würde wieder viel, zu viel Zeit in anspruch nehmen. Traurig gestand er sich ein, dass er nicht mehr im Stande war, diese Kraft aufzubringen.

Er packte, was einigermassen brauchbar war sowie die Hühner auf den Wagen. Band die Ziegen davor und begab sich auf den Weg ins Ungewisse. Nach beinahe einem Tagesmarsch traf er auf eine leerstehende Hütte, er entschied, sich dort für eine Nacht einzurichten. Der Marsch war anstrengend, selbst die Ziegen zeigten Müdigkeitserscheinungen. Er staunte immer wieder, dass es hier oben solche Gasthütten gab.

Die Nacht verlief ruhig, vermutlich hätte er nichts mitbekommen, wen es anders gewesen wäre.

Am folgenden morgen genoss er einen Kaffee, als ein Mann angeritten kam. Dankend nahm der Fremde eine Tasse an und sie unterhielten sich, dabei erfuhr Niklas, dass eine Hütte etwa einen Tagesritt östlich von hier frei werde. Der momentane Besitzer erkrankte und zieht ins Flachland zu seiner Tochter. Er liess sich den Weg genau erklären,

vielleicht war es Schicksal oder sonst was, doch der
Zeitpunkt kam gelegen.

Nach zweieineinhalb Tagen erreichte er die besagte Hütte,
der Besitzer war nicht alt, doch er war sehr geschwächt.
Niklas erzählte ihm von seinem Unglück, darum sei er auf
der suche nach einem neuen Zuhause.

"Du kannst von mir aus die Hütte übernehmen, doch
sie gehört mir nicht. Da musst du die Besitzerin, Jana
Kannar fragen", sprach er leicht hustend.

"Wo finde ich diese Jana?, fragte Niklas gespannt.

"Ich zeige es dir auf der Karte, es ist eine Tagesreise mit
dem Mobil."

"Ich habe keines, ich besitze nicht einmal ein Pferd",
sprach er leicht beschämt. Der kranke Mann, der sich nur
als Kron vorstellte, lächelte schelmisch. Er erklärte ihm,
dass er sich bei Jana verabschieden wolle, wenn er möge,
könne er gleich mitfahren. Niklas bedankte sich für sein
lobenswertes Angebot, sie verstanden sich auf anhieb. Im
Unterland benötige er nicht mehr viel von hier oben. Sogar
die Tiere würde er zurücklassen, ausser seinem Pferd, wenn
er für sie gut sorgte. Es war für beide ein Segen, dass sie
sich trafen, dem einen fiel dadurch der Neuanfang leichter,
dem anderen der Abschied.

Jana war dabei, ihren Anhänger ans Schneemobil zu
montieren, da hörte sie von weitem Motorengeräusche. Sam
sah prüfend Richtung lärm und spitzte seine Ohren. Zwei
Personen kamen angefahren, den einen erkannte sie auf
anhieb, es war Kron. Den anderen hatte sie noch nie zuvor
gesehen. Nach der Begrüssung erkundigte sich Jana nach
dem Grund des unverhofften Besuchs.

Kron liess sie nicht lange warten, er erzählte während
des Essens über seine gesundheitlichen Probleme. Die

letzten Monate waren für ihn die schwersten seines Lebens gewesen. Die angebotene Hilfe der Tochter werde er dankend annehmen. Jana bot ihm ebenfalls Hilfe an, egal bei welchem unterfangen. Sie sassen lange am Tisch, doch Kron bat sie, nicht mehr über die Krankheit und dessen Folgen zu diskutieren. Er wolle lieber wissen, wie es mit seiner Hütte sowie den Tieren weitergehen solle.

„Wir handhaben es so, wie du es für richtig hältst, du sagst mir wie und ich werde es umsetzen", sprach Jana mit leisen Worten.

„Dieser junge Mann sandte mir Gott, nein im ernst, er verlor beinahe alles durch ein Feuer. Er ist auf der Suche nach einer neuen Unterkunft, für mich wäre es in Ordnung, einzige Bedingung, er muss den Tieren sorge tragen. Doch wie ich ihn mit seinen umgehen sah, ist dies kein Problem. Was denkst du Jana?

Sie hörte schweigend zu, als sie Niklas so betrachtete, kam ihr Nils in den Sinn. Es war nicht sein Aussehen, mehr seine Art.

„Wie gesagt, ich passe mich dir an, für mich ist das eine sinnvolle Idee. Du musst mir einfach sagen, was ich dir schuldig bin, für die Geräte die du zurücklässt sowie den bezahlten Jahreszins."

„Nein, dies schenke ich dir, du hast mir damals diskussionslos geholfen, es wäre eine Ehre für mich. So wohnst du Niklas, bis Ende Jahr gratis, einzig für die Tiere hätte ich gerne eine angemessene Summe", er guckte zu Niklas und sah seine Scham in den Augen.

„Ich wäre gerne gewillt, doch ich hatte nur, was ich auf mir trug, mein und das Leben der Tiere retten können, den Rest raubten die Flammen."

Um die für Niklas unangenehme Lage zu entspannen, sprach sie. „Ich werde es dir vorschiessen, zahle es mir zurück, wenn du in der Lage bist."

Niklas konnte vor Staunen kaum sprechen.

„Ich weiss nicht, wie ich dies verdient habe, ihr kennt mich doch gar nicht. Es tut mir leid, ich bin einfach nur überwältigt, ich werde euch nicht enttäuschen!"

Jana reichte ihm die Hand. „Das wissen wir, es wird alles gut."

Die Berührung löste bei ihr etwas Angenehmes aus.

Nach einer emotionsgeladenen halben Stunde legten sich alle schlafen, jeder mit seinen eigenen Gedanken und Sorgen.

Die Sonne schien am folgenden Morgen mit voller Kraft. Nach einem klärenden und wohlschmeckenden Frühstück, verabschiedeten sie sich in aller herzlichkeit und den besten Genesungswünschen für Kron. Jana und Sam sahen ihnen hinterher, bis sie im Dickicht des Waldes verschwanden. Niklas hinterliess bei Jana einen bleibenden Eindruck, sie verstanden sich auf Anhieb. Sein Wesen strahlte etwas Beruhigendes aus. Vergnügt und zufrieden begab sie sich auf den Weg nach Tronika..

Niklas überhäufte Kron mit jeglichen Fragen über Jana, die gesamte Rückfahrt liess er ihn nicht zur Ruhe kommen. Bei der Hütte angekommen, waren beide todmüde, Niklas vor lauter Aufregung, Kron von der Fragerei, die er aber insgeheim genoss.

In den folgenden Tagen wurde die Hütte von vorn bis hinten durchgekämmt und sämtliche Sachen zugeteilt. Kron war sehr grosszügig mit verschenken, für ihn bedeutete es mehr, die Freude in Niklas Augen zu sehen, als einige Scheine mehr zu bekommen. Am fünften Tag fragte Kron, ob es für ihn in Ordnung sei, wenn er in zwei Tagen abreise. Seine schmerzen wurden von Tag zu Tag unerträglicher.

Niklas bot ihm an, ihn zu begleiten, was er jedoch dankend ablehnte.

Der Abschied fiel trotz der kurzen Zeit des Kennenlernens, sehr schwer. Einerseits freute er sich über die neu gewonnene Chance, anderseits tat ihm Kron leid, er hätte bestimmt sein Leben lieber hier oben zu Ende gelebt.

Der erste Abend ohne Kron kam ihm irgendwie falsch vor. Die Einsamkeit kannte er nur zu gut, doch erinnerte ihn die Zeit mit ihm an seine Familie. Abends sass er oft vor der Hütte und trank heissen Kräutertee, die Gedanken führten ihn oft zu Jana Kannar.

122. Ausreise aus Scanland

Koni und Joschi waren bereits acht Stunden unterwegs, der marsch verlief ereignislos ruhig. Sie unterhielten sich kaum, jeder trug seine eigenen Gedanken mit sich. Erst als sich Joschi wegen dem Nachtlager meldete, entkamen sie der Schweigsamkeit.

„Joschi, wollen wir noch etwa eine Stunde marschieren, danach könnten wir nach einer Schlafstelle Ausschau halten?"

Er war einverstanden und nickte.

Nach Einrichten des Nachtlagers führte sie ihr Gespräch auf die Arbeitssuche.

„Was denkst du, können wir nach zwei Jahren einfach mir nichts dir nichts erscheinen?" Joschi überlegte mit seiner Pfeife im Mundwinkel.

„Wir fragen nach, wenn nicht, laufen wir einen Waldbesitzer nach dem anderen ab. Es gab bis vor zwei Jahren genug Arbeit für uns Ausländer, nehme nicht an, dass es grosse Veränderungen gab."

Koni war mit seiner Antwort zufrieden, anschliessend erwärmte er ihr mitgebrachtes essen.

Die Stille war beinahe gespenstisch, sie assen schweigend, beide nutzten das Kauen für die Verarbeitung ihrer Gedanken. Koni brach die Mauer des schweigens.

„Was denkst du über C, werden wir ihn jemals wiedersehen. Er lief damals geradewegs in unseren Wald, wer weiss warum."

„Ich vermute immer noch, dass er vor etwas oder jemanden geflüchtet ist." Koni blickte ihm direkt in die Augen.

„Hoffen wir, dass er es heute besser hat und nicht mehr auf der Flucht ist."

Das waren in etwa die letzten Worte vor dem Schlafen gehen, morgen werden sie nach zwei Jahren wieder die Grenze zu Snorland überschreiten.

Die Nacht war kühler als angenommen, leichter Nebel schlich sich unbemerkt durch die mächtigen Baumwipfel, er liess sich sanft auf dem Waldboden nieder.

Koni erwachte als erster, die leicht feuchten Kleider klebten unangenehm am müden Körper. Das Feuer war schnell entfacht und der Kaffee am Kochen. Nach einer halben Stunde brachen sie auf, die Ungewissheit begleitete sie unermüdlich.

Abends trafen sie erstaunlicherweise eher als gedacht, beim Gutsbetrieb von Mika Henson ein. Sie erfuhren, dass es seit einem Jahr offiziell erlaubt war, ausländische Arbeiter für eine befristete Zeit anzustellen. Ein neuer Vorarbeiter war für sie zuständig, er stellte sich nur als Hank vor. Im Gegenteil zum Letzten war er sehr energisch und von oben herab. Sie bekamen Arbeit im selben Wald wie vor zwei Jahren. Die Übernachtungs, sowie Verpflegungssituation wurden ebenfalls geändert. Sie mussten zum Glück nicht mehr in den undichten Hütten im Wald übernachten, es standen zwei gut erhaltene Baracken zur verfügung. Sie wurden in jene einquartiert, wo bereits andere Gastarbeiter untergebracht waren.

123. Jana

Das Mobil war beladen, Jana war bereit, sich auf den Weg nach Tronika zu begeben. Sam liess sie sicherheitshalber zurück, ihr war wohler, wenn die Hütte gegen aussen hin nicht völlig unbewohnt wirkte. Er war nicht mehr der Jüngste, wie alt er in Wirklichkeit war, wusste sie nicht genau, doch bestimmt über zehn Jahre. Sie plante eine Übernachtung bei Runa und Thore ein, normalerweise könnte sie bei diesen Verhältnissen am selben Tag zurückfahren. Heute jedoch bräche sie Bens altes Funkgerät zur Reparatur, darum die Übernachtung. Runa bat sie schon seit Jahren es instandstellen zu lassen, man wusste nie, was passieren könnte. Jana war stets der Auffassung, dass sie es nicht benötige, doch sah sie nun ein, dass es nicht schadete.

Die Fahrt war angenehm, es lag nur noch an wenigen schattigen Plätzen Schnee. Sie traf um zwei Uhr in Tronika ein, als Erstes brachte sie das Funkgerät in die Reparatur, sie erfuhr schnell, dass es da nichts mehr zu richten gab. Sie liess sich für ein neueres kleineres Gerät überzeugen, die Handhabung war in kurzer Zeit erklärt.

Zügig verkaufte sie ihre Felle, dieses Jahr waren es wenige. Nach einem Kaffee bei Runa und Thore ging es weiter auf Einkaufstour. Um halb sechs war sie im Gasthaus eingetroffen, sie parkte ihr vollbepacktes Mobil in der Scheune nebenan, danach bezog sie ihr Zimmer.

Nach einer ausgiebigen Dusche, was sie sich bei ihr oben nicht oft gönnte, begab sie sich nach unten, um mit Runa und Thore zu essen.

Sie genossen die Zeit zusammen, sie konnten sich alles anvertrauen. Die beiden waren für sie wie Familie. Sie kannten Jana schon ihr ganzes Leben lang, bevor sie auf der Welt war, ihre Eltern. Am wohlsten wäre es ihnen, wen Jana sich entschliessen würde, nach Tronika zu ziehen. Doch Runa und Thore war bewusst, dass sie ihr freies Leben nicht so schnell aufgeben würde. Trotzdem boten sie es ihr immer wieder an, was Jana schätzte.

Als die letzten Gäste das Gasthaus verliessen, blieben sie noch für ein intimeres Gespräch sitzen. Jana fragte, wie es ihnen erging, sie tauschten sich gegenseitig aus. Selbst ihr neuer Pächter der Familienhütte, Niklas Karens, kam vor. Jana wollte wissen, ob sie von ihm etwas hörten, den sie kannte Niklas ja kaum. Beide verneinten und rieten ihr zur Vorsicht, viele die ihr altes Leben aus zwielichtigen Gründen hinter sich liessen, zogen sich in die Abgeschiedenheit zurück.

Runa drückte liebevoll ihre Hand: „Du hast dich richtig entschieden, ein neues Funkgerät zu kaufen. Das gibt uns auch die Möglichkeit, ab und an zu plaudern, oder wenn etwas passiert, sind wir in der Lage, uns gegenseitig zu warnen."

„Das sehe ich auch so, auf das plaudern komme ich gerne zurück, seit C`s Abreise, überkommt mich oft die Einsamkeit, das geschah früher nie."

Der Abend neigte sich dem Ende zu, müde doch zufrieden schlüpften sie in ihre Betten und schliefen dem neuen Morgen entgegen.

Nach dem Frühstück fuhr Jana mit dem vollgetankten und beladenen Mobil zurück. Die erschwerte Ladung verringerte die Geschwindigkeit drastisch, dazu kamen die Höhenmeter die überwunden werden mussten. Sie schaffte es in knapp fünf Stunden.

Sam stand erwartungsvoll auf der Veranda, es schien, als ob er ihre Ankunft bereits stunden vorher erahnte. Glücklich wieder heil angekommen zu sein, entlud sie den Anhänger, anschliessend ass sie zufrieden mit Sam an der Seite zu Abend.

In den folgenden Tagen testete sie das Funkgerät und zauberte damit Runa sowie sich selbst ein Lächeln aufs Gesicht. Sie behielten recht mit der Aussage, dass sie sich so weniger einsam und um einiges sicherer fühlen würde. Die langen Wintermonate waren echt eine Herausforderung, vor allem wenn man wusste, dass keine Menschenseele in erreichbarer Nähe war.

Sam reagierte auf die Stimmen von Runa und Thore sehr verstört, er bewegte die Ohren, strammte seinen Körper und suchte nach deren Redner. Jana sprach mit sanfter Stimme, sodass Sam bemerkte, dass es ungefährlich war. Als das Funkgerät verstummte, wendete er sich ab und legte sich leicht angespannt nieder.

Jana legte sich neben das wärmende Kamin, ihre Gedanken schweiften ungewollt zu Niklas Karens. Sie versuchte, es zu verdrängen, doch sie scheiterte kläglich.

124. Sommerausflug

Anna meldete sich mit mir freiwillig als Begleitung für den diesjährigen Sommerausflug an. Es war Ende Juli sowie perfektes Wetter für dieses Abenteuer. Ich erinnerte mich an den letzten Ausflug im August 1969. Vor drei Jahren begann mit meiner Flucht das ungewisse Abenteuer. Ich guckte während der Wanderung stetig zu Anna, ich schmunzelte, sie war damals der Auslöser.

Nach dem Mittagessen am Fluss war eine stündige Ruhezeit angesagt, ausser Baden war alles erlaubt. Meine Gruppe war mit einem beachtlichen Staudammprojekt beschäftigt. Da Anna auf demselben flachen Fels sass, übernahm sie zusätzlich meine Beaufsichtigung. Mein Harndrang zwang mich, kurz zu verschwinden. Da ich nicht allzuweit, doch für die anderen nicht sichtbar sein wollte, lief ich in eine Ansiedelung junger Fichten. Der Lärmpegel war auf ein minimum geschrumpft. Als der befreiende Akt einsetzte, hörte ich von weitem Geräusche, die mich in ihren Bann zogen. Ein kalter Schauer kroch über meinen Rücken.

Eilig lief ich zu Anna zurück, sie sah mich und fragte, ob etwas Geschehen sei, ich erzählte ihr mein Erlebnis. Sie bot mir an, Morgen erneut diesen Ort aufzusuchen, um herauszufinden, was es damit auf sich hatte. Ich nahm ihr Angebot dankend an, der Weitermarsch zwang meine Gedanken wieder ins jetzt.

Am Morgen danach packten wir Badekleider und genügend Proviant ein, wir beschlossen den gelungenen Ausflug zu wiederholen, nur zu zweit. Ich hatte heute das geliehene Fernglas dabei, man konnte ja so vieles in der Natur beobachten.

Anna bat mich an dieselbe Stelle zu gehen, von der aus ich gestern die Geräusche wahrnahm. Wir standen beide eine Viertelstunde stumm nebeneinander, nichts, nur die Geräusche des Waldes waren zu hören. Ich umarmte sie und lief mit ihr weiter den Fluss entlang. Mittags wurde ein Feuer grösser als nötig entfacht. Die Wärme, die es ausstrahlte, war beinahe unangenehm.

Mit vollen Bäuchen lagen wir im Kies des Flussufers, ich beobachtete Annas atmen, sie war eingenickt. Ich konnte nicht aufhören sie anzusehen, was habe ich für ein Glück einen solchen Menschen meine Freundin nennen zu dürfen. Unsere Zukunft war oft ein Thema, wir wussten nicht, wie es nach der Ausbildung weiterginge. Anna wird erst ein Jahr später als Lehrerin abschliessen. Ich schwelgte noch in süssen Gedanken, als plötzlich wieder dieses Geräusch in der Luft lag. Anna erwachte durch meine ungewollten schnellen Bewegungen.

„Was ist los Nils, ist was geschehen?"

„Hörst du es, das sind wieder die Geräusche von gestern!" Da Anna noch etwas schlaftrunken war, hörte sie erst nach mehrmaligem Gähnen das Besagte.

Wir löschten die übriggebliebene Glut und liefen in jene Richtung. Der Marsch zog sich hin, denn der Wind spielte den Spielverderber. Nach einer halben Stunde pausierten wir, die schwüle Luft trocknete unsere Atemwege aus.

Der Lärm war verschwunden, die Lust ihn zu suchen, ebenfalls.

Wir traten den Heimweg an. Kurz vor Ende des Waldes ertönte er abermals, doch in immenser Lautstärke. Fast rennend liefen wir auf diesen zu, wir erblickten vier Männer, die im Wald arbeiteten. Ich sah Anna an: „Das ist das Geräusch, sieh meine Härchen auf der Haut!" Bevor Anna in der Lage war zu antworten, trat ein Arbeiter auf uns zu, er forderte uns auf, den Abstand zu waren.

„Habt ihr die Warnschilder nicht gesehen, hier darf niemand durch, es ist zu gefährlich." Kaum ausgesprochen, war es um mich herum schlagartig still. Ich blickte starr auf einen Arbeiter, der mir den Rücken zukehrte. Ich wurde am Arm gepackt, der Mann, der bei uns stand, schrie auf mich ein, doch hörte ich ihn nicht. Er drängte uns einige Meter hinter die Warntafel und blieb vor uns stehen. Jetzt redete auch Anna auf mich ein, doch ich vernahm nur ein entferntes Gemurmel. Mir wurde schwindlig und kippte beinahe um.

„Nils, geht es wieder?"

„War etwas?", fragte ich leicht stotternd.

„Du warst unansprechbar, dabei riefst dauernd denselben Namen."

„Welchen?"

„Koni, du riefst immer nach Koni, so hiess doch jemand von der besagten Familie!"

„Genau, die Familie Brend, Koni, Marga und ihr Sohn Michel. Nicht zu vergessen Joschi, er war damals auch dabei. Mein Kopf schmerzte, ich habe keine Ahnung, was da vorhin mit mir geschah!"

„Ich vermute eine Reaktion auf das erlebte, es schlummert in dir."

„Wo sind alle Arbeiter hin?", fragte Nils erschrocken.

„Sie gingen nach Hause, der eine gab mir die Adresse, wo sie zu finden wären."

Es war spät, wir traten endgültig den Heimweg an und unterhielten uns die ganze Zeit über das Geschehene. Ich beschloss, morgen Sonntag diese Adresse aufzusuchen, um mich für mein Benehmen zu entschuldigen.

Nach dem Frühstück liess ich mir den Weg zur Farm der Familie Henson erklären und borgte mir das Fahrrad aus. Anna besuchte unterdessen mit den anderen die Messe.

Nach einer halben Stunde erreichte ich den Hof von Mika Henson, er war grösser als ihr Heim mit allen Gebäuden. Aus einer Scheune hörte ich eine Stimme, da sonst niemand zugegen war, lief ich hin. Ein grosser eher dicklicher Mann hantierte an einer Maschine, er sprach währendessen, obwohl niemand sonst zu sehen war. Ich erklärte ihm mein unterfangen, es schien mir, als ob er nicht richtig verstand, was ich vorhatte. Er zeigte mir den weg zu den Baracken und war anscheinend froh, wieder seine Ruhe zu haben.

Als ich kurz davor war, stockte mir der Atem, Koni und Joschi sassen draussen mit den anderen an einem Holztisch.

Kurzerhand entledigte ich mich vom Gefährt und sprang auf sie zu.

Koni entdeckte mich als erster, wie versteinert sass er auf der Bank. Erst als ich direkt vor ihnen stand, erhob er sich wie eine Rakete und umarmte mich hörbar weinend. Joschi hielt sich eher zurück, doch selbst er liess seiner Freude freien lauf. Ich fasste mein Glück kaum, endlich bekam ich die Gelegenheit, mich gebührend zu bedanken sowie zu entschuldigen.

Wir sassen bis nach drei Uhr nachmittags zusammen, es gab so vieles zu erzählen und zu erfragen. Kurzer Hand lud ich beide nächsten Sonntag ins Haus am Fluss ein, so hätte ich Gelegenheit, sie Linda und Anna vorzustellen. Koni war sehr gespannt mehr zu erfahren sowie mein richtiges Zuhause kennenzulernen.

Glücklich erschöpft fuhr ich zurück, ich brannte darauf, mein Erlebtes zu erzählen.

Es blieb selbstveständlich nicht bei dieser einen Einladung. Wir trafen uns des Öfteren, es war mir ein anliegen, ihren Aufenthalt so angenehm wie möglich zu gestalten. Koni traf ich ab und an selbst an den Abenden unter der Woche, obwohl er sehr hart arbeitete.

Wir planten ebenfalls meinen Besuch nächstes Jahr bei ihm in Trubik, ich wollte den rest der Familie unbedingt wieder in die Arme schliessen können.

Nach der ganzen Aufregung wurde mir klar, dass ich Jana zwingend einen zweiten Brief schreiben musste.

Ich liess sie unter anderem wissen, dass ich nicht mehr gesucht werde und daher für sie keine Gefahr mehr bestünde.

Was mich unendlich freute, war ihre schnelle und herzliche Antwort.

125. Ein Jahr danach

Die Ausbildung war zu Ende sowie bestanden. Von meinem bis anhin unbekannten leiblichen Vater, erbte ich eine hohe Summe Geld. Da ich mit dem unverhofften Geldsegen völlig überfordert war, liess ich es, wie von Linda empfohlen, erst auf der Bank liegen.

Was mich besonders mit Stolz erfüllte, war, dass ich dem Geldgeber meiner Flucht, die Summe so früh zurückzahlen konnte.

Anna und ich waren immer noch ein Paar, sie wird in einigen Monaten ihre Ausbildung als Lehrerin abschliessen. Ich entschloss mich, mit der Einwilligung von Linda Grän, bis dahin im Haus am Fluss wohnen zu bleiben. So konnte ich nah bei Anna und selbstverständlich bei meiner grossen Familie bleiben.

Dieses Jahr war es aus politischen Gründen Koni und Joschi nicht möglich, nach Snorland zu reisen. Mein Besuch bei ihnen in Trubik war auf den August geplant. Ich freue mich sehr auf Marga und Michel, sie habe ich bereits seit beinahe drei Jahren nicht mehr gesehen.

An Jana schrieb ich erneut einen Brief, um zu erfahren, ob sie mit einem Besuch von mir einverstanden wäre.

Jana sass mit Niklas auf der Veranda und öffnete den Brief aus Snorland, gespannt und etwas nervös las sie ihn vor. Sam lag am Boden und sah kurz auf, er war alt und anhänglicher den je.

Niklas streichelte unterdessen Janas rundlichen Bauch und lächelte sie an. Er liess sie wissen, dass er sich ebenfalls auf seinen Besuch freuen würde. Dass Nils ein unauslöschliches Kapitel in ihrem Leben spielte, war ihm von Anfang an bewusst, er hatte keine Probleme damit. Sie führten ein erfülltes Leben, hart aber friedlich. Sie liess Nils wissen, dass er oder sie jederzeit willkommen wären. Von ihrer frühen Schwangerschaft erwähnte sie nichts, denn man wusste ja nie.

Da ich mich bei Jana, Koni und Joschi erkenntlich zeigen wollte, bat ich Linda um Hilfe. Wir vereinbarten, dass sie Jan Orsens Partnerin Clara Borel, miteinbeziehen. Sie besass von ihrer beruflichen Seite her das Können und lebte in Scanland, daher kannte sie die Gegebenheiten dieses Landes.

Ich liess Clara wissen, was mir am Herzen lag.

Es verging keine Woche und es lag bereits ein fertiger Vorschlag auf dem Tisch, der folgendermassen aussah.

Bei Koni und Joschi wäre eine Aufstockung des Viehbestandes, sowie einen Zukauf von fruchtbarem Land, das sinnvollste. Damit wäre gewährleistet, dass ihre Existenz gesichert und die Auslandaufenthalte Geschichte wären.

Da Jana das Jagen verabscheute, jedoch ohne sie nicht über die Runden kam, musste eine neue Einnahmequelle her. Clara Borel schlug in ihrem Falle einen Kauf einer oder zwei Liegenschaften in Tronika vor. So würde sie von den Mieteinnahmen anständig Leben können, sogleich wäre die Jagd für sie überflüssig.

Ich fand, diese Vorschläge ausgezeichnet und beauftragte Clara alles in die Wege zu leiten, damit es unter Dach und Fach wäre, wenn ich sie besuchen gehe. Es war von mir etwas eigenmächtig, doch war ich mir bewusst, dass sie sonst die Geschenke ablehnen würden. Kostenmässig lag es im Rahmen, ich erbte genug. Auf jeden Fall wäre ich ohne sie nicht mehr am Leben.

Die Zeit verging wie im Fluge, die Besuche im August waren sehr emotional und schwieriger als geahnt. Die Geschenke wurden erst wie vermutet vehement abgelehnt, da sie nicht für ihre Hilfe bezahlt werden wollten. Doch

nach innigem bitten und erklären, gelang es mir, sie zu
überzeugen.

Linda bedeutete es viel, diesen Abschnitt meines
Lebens kennengelernt zu haben. Die Besuche waren ein
voller Erfolg, weitere Folgen mit Bestimmtheit. Meine
Altlasten, die ich bis anhin schwer auf mir trug,
verschwanden. Nun war ich in der Lage vorwärts zu
schauen, der gemeinsamen Zukunft mit Anna stand nichts
mehr im Wege. Das Haus am Fluss begleitete uns das ganze
Leben.

Ende

Lightning Source UK Ltd.
Milton Keynes UK
UKHW010626140621
385483UK00001B/302